續三國志
속 삼 국 지

無外者 무외자 — 이원섭 역

明文堂

속삼국지 권4 • 진조멸망편

차 례

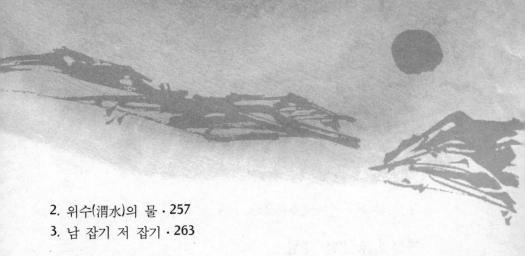

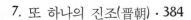

갈불음도천수 · 걸해골 · 고복격양 · 구사일생 · 낭패 · 누란지위 · 다
기망양 · 도탄지고 · 득롱망촉 · 반간계 · 방약무인 · 백년하청 · 사면
초가 · 사족 · 선시어외 · 오월동주 · 요령부득 · 일모도원 · 일장공성
만골고 · 정중지와 · 조이불강 · 조장 · 천려일실 · 칠보재 · 토사구
팽 · 할계언용우도(가나다 順)

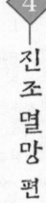

속 삼 국 지 권 4 — 진 조 멸 망 편

제1장. 무상한 승패

1. 낭야의 움직임

동평이 떨어진 줄 모르는 낭야성에서는, 조배의 요청에 따라 원군을 보낼 준비에 부산하였다. 낭야를 지키는 하후성(夏侯成)은 하후돈(夏侯惇)의 현손(玄孫)으로 문무를 겸비한 인물이었다. 동평이 위기에 처한 것을 안 그가 병사 5천을 이끌고 막 성문을 나서려는데 급보가 들어왔다.

「어느 쪽인지는 알 수 없으나 한떼의 인마가 이곳으로 밀려오고 있습니다.」

하후성은 곧 성문을 굳게 닫고 병사들로 하여금 지키게 하면서 그 군대가 나타나기를 기다렸다.

이윽고 서쪽으로부터 먼지가 일면서 일지군마(一枝軍馬)가 접근해오는 것이 시야에 들어오고 시간이 지남에 따라 그것은 다름아닌 동평의 군사들임이 밝혀졌다. 놀란 하후성은 곧 성문을 열고 조배 일행을 맞아들였다.

조배는 얼굴을 붉히면서 말했다.

「내가 성을 나가 싸우다가 중과부적으로 패했습니다. 성으로 들어가는 길까지 막혔기에 명부(明府)를 찾아왔으니, 장군은 우리

고을이 화를 면하게 하여주시기 바랍니다. 제가 무슨 면목으로 살기를 바라겠습니까마는, 국토야 한 치라도 어찌 도둑에게 줄 수 있겠습니까. 저의 심정을 살펴십시오.」

「원, 별말씀을 다 하십니다.」

하후성은 조배의 손목을 잡으면서 말했다.

「그놈들이 강성하니 누군들 어떻게 하겠습니까. 나도 막 떠나려던 참이었습니다.」

그는 무엇을 생각하는 듯하더니 다시 말을 이었다.

「그런데, 이제 간다고 동평을 건질 수가 있겠습니까. 그 동안에 어찌 되었는지도 모르지 않을까요?」

「아닙니다.」

조배가 머리를 절레절레 흔들었다.

「하심(河深)이 지키고 있으니 별일은 없을 것입니다.」

조배도 내심으로는 동평이 무사한지 어떤지 의문을 품고 있었다. 그러나 거기에는 자기 가족이 남아 있었다. 국가로부터 받은 사명보다도 아내와 자식들의 운명이 더 아프게 가슴을 눌러왔다. 그러나 그것은 하후성에게 털어놓을 수 있는 문제가 아니었다.

「그러면 내일 아침에 떠나기로 하겠습니다.」

하후성도 결심한 듯 단호히 말하며 조배에게 술을 권했다.

그들이 술을 몇 잔이나 마셨을까. 방울소리도 요란히 동평의 소식을 알리는 급사(急使)가 뛰어들었다. 조배는 넋 빠진 사람처럼 앉아서 그 보고를 경청하고 있었다. 하심이 화살에 맞아 죽었고, 자기와 아우의 가족이 몰살당했으며, 조억이 이들을 후히 묻어주었고…… 이런 이야기를 마치 남의 이야기를 듣듯이 그는 듣고 있었다. 적어도 그 표정만으로는 그렇게 보였다.

「아, 『*천도(天道)는 시(是)인가, 비(非)인가(天道是耶非耶천도

시야비야)?』라고 하였던가! 어찌 무고한 가솔까지 해쳤단 말인고?
장군께는 무어라 여쭐 말씀이 없습니다.」

이렇게 말하면서 하후성이 고개를 숙였을 때에야, 조배는 그것
이 자기에 대한 인사인 줄 깨닫고 황망히 고쳐 앉으면서 말했다.

「모든 것이 운수지요. 남편 잘못 만난 운수, 아비 잘못 만난 운
수, 막비명야(莫非命也 : 모는 것이 다 운수에 달렸음)입니다.」

그들은 말없이 밤 늦도록 술을 마셨다.

이튿날, 하후성은 장수들을 모아놓고 대책을 논의했다. 그 자리
에는 조배도 참석했다.

「저놈들이 동평을 이미 빼앗았으니, 다음 목표는 우리 낭야성
일 것은 뻔한 일이라 하겠소이다. 어떤 전략으로 임해야 좋겠습니
까? 조 장군께서는 한번 싸워보신 터이니 부디 가르침을 주시기
바랍니다.」

「패군지장이 무슨 말을 하겠습니까.」

조배는 몇 번이나 사양한 끝에 말했다.

「저들은 매우 강성하며 수효에서 우리를 압도하고 있으니, 나
가서 싸우다가는 실패를 반복하게 될 우려가 있다 하겠습니다. 불
일간에 업성으로부터 원군이 이를 것인즉, 그때까지는 성을 굳게
지키기만 하는 것이 좋을 듯합니다.」

「장군의 말씀이 지당하고 지당하십니다.」

하후성은 크게 고개를 끄덕였다.

하후성은 성 주위에 사는 백성들을 모두 성내로 이사시켜 약탈
에서 벗어나게 하고, 호(壕)를 깊이 파는 한편, 시석(矢石)을 준비
하여 적에 대비하였다.

그 이튿날로 조억의 군대가 밀어닥쳤다. 그들은 성으로부터 10
리쯤 떨어진 곳에서 산을 등지고 진을 쳤다. 10만이나 되는 대군

이고 보니, 들판 한 귀퉁이가 온통 사람으로 뒤덮인 것같이 보였다. 조억은 적이 성에서 나오지 않자 사면을 포위하고 공격을 개시했다. 그러나 하후성과 조배가 사병들을 격려하며 결사적으로 방비했으므로 손을 써볼 도리가 없었다. 성에 접근하였다가 성안에서 쏘는 화살에 맞아 목숨을 잃거나 중상을 입는 병사가 부지기수였다.

이런 싸움이 닷새 동안 계속되었다. 그 동안 죽은 병사의 수효만도 몇 천을 헤아려야 했다. 이런 싸움을 언제까지 계속할 수 있을 것인가. 그것은 성안에 있는 하후성만의 고민은 아니었다. 조억은 오르지 않는 전과에 초조해져서 음식도 제대로 못 먹는 나날을 보내고 있었다.

이때 불길한 정보가 들어왔다. 척후병은 급히 달려오느라고 숨이 가빠서 처음에는 말도 제대로 하지 못했다.

「지금 구희가 청주의 수장(守將) 하양(夏陽) 등과 함께 병사 5만을 이끌고 달려오고 있습니다. 그들은 동평으로 가다가 그쪽 소식을 듣고 이쪽으로 방향을 바꾸었습니다. 선봉은 동예(童禮)·섭녹(葉祿)이라 합니다.」

이 말을 듣는 장수들의 얼굴에 순간 긴장의 빛이 감돌았다. 조염이 한탄했다.

「성은 끄떡도 하지 않는데 다시 원병까지 이르고 보니 일인즉 맹랑하게 돼가는구먼!」

그러나 조억은 대단치 않다는 듯이 말을 받았다.

「그리 걱정하실 것은 없는 줄 압니다. 군사를 나누어서 싸우면 되지요.」

조억은 조염의 말을 듣지 않고 자기가 구희를 막을 테니 다른 장수들은 성을 공타하라고 하며, 군사를 이끌고 낭야의 지경까지 나가 숲속에 의거하여 군사를 포진했다.

소년장군 장옹이 고개를 흔들며 간했다.

「적을 얕보시면 안됩니다. 구희는 지혜 있고 용기 있는 장수입니다. 마땅히 근신하여 지켜야 합니다. 지금은 동짓달이니 더위를 피할 필요야 없을 것 아닙니까. 어째서 숲에 의거하여 포진하십니까.」

그러나 조억은 듣지 않았다.

「만약 들판에 진을 친다면 사면으로 적을 받을 것이 아니겠소. 그 때에는 우리 군사가 적보다 수가 적은데 어찌 막을 수가 있겠소.」

장옹은 정색을 하고 다시 간했다.

「지금 나뭇잎이 떨어질 때이고, 나무에 물이 마를 때라는 것을 장군은 아십니까. 만약 적이 화공(火攻)을 해온다면 장군은 어떻게 하시겠습니까?」

조억은 그래도 자기 고집을 꺾지 않고 성을 포위하고 있던 군사를 거두어 진을 치고 청주의 군사가 이르기만을 기다렸다.

구희는 구희대로 착잡한 심정에 사로잡혀 있었다. 그는 한군에게 동평을 뺏긴 일이 몹시 분했다. 거기에다가 낭야가 위태롭지 아니한가. 길가에 떨어지는 나뭇잎을 바라보노라니, 그것이 자꾸 진조(晋朝)의 운명과 같이 여겨지는 것이었다. 여름철의 그 왕성한 생명력도 가을만 되면 저렇게 무력해지는 것이 아닌가. 지는 잎사귀를 누가 있어 일각인들 붙들어둘 수 있단 말이냐.

구희는 자꾸 자기 조국이 가을을 맞은 것이나 아닌가 하는 생각이 드는 것이었다. 그는 그것이 아무 근거도 없는 망상임을 잘 알고 있었다. 그리하여 그런 생각을 떨쳐버리기라도 하려는 듯 손을 휘저었다. 그러나 그러면 그럴수록 그런 생각은 더욱 고개를 빳빳이 들었다.

그가 이렇게 자기 머리에 떠오르는 상념과 싸우고 있을 때 척후병이 달려와서 고했다.

「저 앞길에 한군이 진을 치고 있기 때문에 더 이상은 나아갈 수 없습니다.」

「오, 그래!」

구희는 구원이라도 얻은 듯 반가운 표정으로 대답했다. 척후병은 그러한 대장의 응대가 정말로 큰 인물답다고 감탄하면서 적정을 자세히 보고했다. 구희는 여전히 유쾌한 표정으로 끝까지 듣고 나서 좌우의 막료들을 둘러보았다.

「그렇다면 우리는 좀더 나아가서 진을 칩시다. 그리고 시험 삼아 싸움을 한판 벌여본 다음에 작전을 본격적으로 짜도 늦지 않을 것이오.」

그는 한 5리쯤 더 나아갔다. 거기서는 적의 진세(陣勢)가 훤히 바라다보였다. 구희는 그 자리에 진을 치게 하고 스스로 진두에 말을 타고 나섰다. 푸른빛 투구에 노란 전포를 걸친 구희의 좌우에는 동예·하양·섭녹 등이 시립해 있었다. 이에 응하듯 한군 측에서도 몇몇 장수가 진 앞에 나타나 말을 세우는 것이 보였다. 구희는 손을 들어 그들을 가리키면서 외쳤다.

「너희들은 오랑캐의 몸으로 어찌 분복을 이같이도 모른단 말이냐. 하나가 뜻대로 되었다 해서 만사가 그 같을 줄 안다면, 그야말로 어리석은 자이니라. 너희가 약간의 성공을 거두어 몸을 담을 만한 땅을 얻었으면 자족해야 할 것임을, 어찌 탐심이 끝이 없어 다시 상국을 침범해 왔느냐. 이에 하늘도 결코 무심히는 안 보시리니, 속히 말에서 내려 항복을 하라. 내 반드시 부귀를 보장해 주리라.」

한군 측에서는 장경이 나서서 대꾸했다.

「너희 진(晋)이야말로 분수를 알아라. 너희는 본래 조씨를 섬기는 몸으로 그 자리를 빼앗았고, 다시 안으로는 서로 권세를 다투며 밖으로는 가렴주구(苛斂誅求)를 일삼아서 크게 천하를 어지럽혔도다. 너는 입이 열 개가 있은들, 너희 사마씨의 탐욕으로 인하여 세상이 어지러움을 부정하지 못할 것이다. 이에 비해 우리 한나라는 예전의 고토(故土)와 신하를 다시 찾으려는 것뿐이다. 너도 알겠지만 이 나라는 본래 우리 한나라 것이 아니었더냐?」

구희가 큰 소리로 웃었다.

「너는 그 무슨 잠꼬대를 여기 와서 하고 있느냐. 천하에는 일정한 주인이 없는 법이니, 덕을 잃을 때 나라도 잃는 법이다. 이 천하가 한나라 이전에는 누구의 것이었더냐. 나는 하(夏)·은(殷)·주(周)의 유민으로서 자기 나라를 되찾겠다고 나서는 자를 본 적이 없다. 하물며 너희들은 강지(羌地)에서 자란 오랑캐로서 한나라의 후예임을 자칭하고 나서다니, 양심에 비추어 부끄럽지도 않느냐!」

「이놈!」

조억이 크게 노하여 눈을 부릅떴다.

「너희 사마씨는 본래 우리 한나라의 신하로서 한을 배반하고 위에 붙더니, 다시 그 위를 배반하고 자립했다. 이런 신의 없는 놈들은 이 세상에서 멸종당해야 마땅하니라. 어서 너희 황제를 끌어내어 항복시키지 못할까!」

이번에는 구희가 버럭 성을 냈다.

「천하에 무지막지한 오랑캐 놈 같으니! 누구 없느냐, 저놈의 목을 베어오라. 천 조각 만 조각을 내리라.」

이 말이 끝나기도 전에 한 장수가 말을 달려 나갔다. 동예였다.

조억은 큰 칼을 휘두르며 이를 맞아 싸웠다.

두 장수는 허허실실 기술을 다해서 대결했다. 조억의 칼이 싸늘한 서릿발을 공중에 날리면 동예의 창은 싸움터에 무수한 무지개를 그렸다. 두 사람의 싸우는 모양에 넋을 잃은 듯 양쪽 진영에서는 기침소리 하나 들리지 않았다.

그러나 싸움이 50합에서 60합으로 접어들어도 승부가 나지 않자 섭녹과 하양이 뛰쳐나가 동예를 도우려 했다. 한군 측에서도 이를 방관만 할 수는 없어 조엄·장경이 말을 채찍질하여 쫓아나갔다.

이리하여 장수들 사이에는 혼전이 벌어지고 있는데, 고함소리가 들리며 성으로부터 한떼의 인마가 밀려나왔다. 말할 것도 없이 하후성·조배가 때를 노리고 있다가 달려 나온 것이었다. 이를 본 공장·도표는 군사를 이끌고 나가 이들을 맞아 싸웠다.

한군은 양쪽의 적으로부터 습격을 받아 불리할 것도 같았으나, 반드시 그렇지만도 않았다. 워낙 대군이었기 때문에 충분히 이에 응전할 수 있는 여유가 있었던 까닭이었다.

이때, 급상은 여전히 도끼를 휘두르며 이리저리 뛰어다니고 있었다. 그는 닥치는 대로 쳐 죽이다 보니 어느덧 적진의 한가운데에 와 있었다. 그때 어떤 생각이 머리를 스치고 지나갔다.

'그렇다. 이런 기회에 구희를 안 죽이면 언제 죽인단 말이냐.'

그는 나는 듯이 적진 속을 헤치고 들어갔다. 피투성이의 도끼를 든 이 위험인물이 뛰어드는 것을 보자, 병사들은 서로 달아나기에 바빴으나, 임제(林濟)라는 장수는 그의 앞을 막고 나섰다. 그는 아직 급상에 대해 별로 아는 바가 없었으므로 그를 단순한 졸병으로 알고 호통부터 쳤다.

「이놈! 여기가 어딘 줄 알고 들어왔단 말이냐. 무례하기 짝이 없구나. 어서 도끼를 못 버리겠느냐!」

그러나 급상은 험상궂은 얼굴을 들고 빙그레 웃을 뿐이었다. 말하자면 이것이 이 사나이의 대답의 전부였다. 그리고는 몸을 앞으로 내닫는가 싶더니 벌써 임제가 탄 말의 앞발을 찍어버리고 난 뒤였다. 임제는 창 한번 못 써본 채 땅에 나가떨어졌고 곧이어 날아온 도끼에 의해 머리가 바가지 모양으로 깨져버렸다.

이 끔찍한 광경에 병사들은 기겁을 해서 흩어지는 중 푸른 투구의 노란빛 전포를 입은 장수 하나만은 우뚝 선 채 이쪽을 바라보고 있었다. 급상은 그것이 구희일 것이라는 직감이 들었다.

「구희야, 할 말이 있으니 기다려라!」

급상은 이렇게 외치면서 내달았다. 그의 걸음이 말 탄 사람보다도 더 빠르다는 것은 이미 앞에서 여러 번 보아온 터이지만, 흐트러지는 병사들의 걸음을 멈추게 하려고 서 있던 구희는 어느덧 코앞에 나타난 급상을 보고 저승사자를 만난 것만큼이나 기겁을 했다.

그리고 그보다 더 놀란 것은 자신이 타고 있는 말이었다. 말의 앞발이며 머리를 함부로 찍고 돌아다니는 이 사나이에게서, 말은 본능적인 어떤 위기감을 느꼈는지도 모른다. 그리하여 급상의 도끼가 번쩍 쳐들어지는 순간, 말은 뒤도 안 돌아보고 전속력으로 내달리고 있었다.

이렇게 되니 싸움은 구희 측의 패배였다. 모든 병사들이 다 주장(主將)의 뒤를 따라 도망쳤다. 한군 측에서는 날이 어두워지므로 더 이상 추격하지 않았다.

2. 그 험상궂은 놈

성중으로 들어간 구희는 인마를 점검해 보았다. 병사 2천 명이 죽은 외에 임제를 비롯하여 장수 셋이 전사했음이 드러나자 조배가 한탄했다.

「오늘도 저놈들로 하여금 승전고를 올리게 했으니, 더욱 방자해져 날뛸 것입니다.」

그리고는 저도 모르게 한숨을 쉬었다. 죽은 처자와 조카 생각이 난 것이었다. 그러나 구희는 대단치 않다는 듯이 웃었다.

「오늘은 그 허실을 알아보기 위해 조금 싸워본 것뿐이니 너무 걱정 마오. 내일은 기필코 도둑을 잡을 것인바, 여러분들이 수고 해주셔야 하겠소」

그의 말에는 무엇인가 훈훈한 것이 있어서 사람들의 마음을 달래주었다. 장수들은 구희에게 무슨 생각이 있으려니 여기고 거기 대해서는 더 이상 캐묻지 않았다. 그리고는 구희를 환영하는 주연이 흥청하게 벌어졌다.

이튿날, 구희는 장수들을 모아놓고 말했다.

「어제의 싸움은 그 험상궂은 놈 하나 때문에 우리가 패했소 나는 여러 해 동안 싸움터를 돌아다녔고, 따라서 이름 있다는 장수들도 많이 보아왔소, 이를테면 왕미·유영 같은 맹장 말이오. 그러나 그 어느 누구에게도 겁이 안 났는데, 그놈, 이름이 무엇이라 하더라……」

구희가 이름을 생각해내려는 듯 말을 잇지 못하자, 조배가 얼른 말했다.

「저, 급상이라 합니다.」

「그래, 그래, 급상이란 놈!」

구희는 즐거운 듯 외쳤다. 그러나 다음 순간의 표정은 차돌처럼 굳어졌다.

「그놈이 보통 놈이 아니란 말이외다. 말도 안 타고 뛰는데, 비호같을 뿐 아니라 그놈의 도끼는 천하무적이거든!」

구희는 그가 지금 눈앞에라도 있는 듯 긴장을 했다.

「그까짓 놈이 무어가 대단하다고 그리 걱정하십니까.」

섭녹이 어이없다는 듯이 말했다.

「급상으로 말하면 일개의 필부일 뿐입니다. 이런 놈은 힘으로 잡으려면 힘이 들겠지만, 약간의 계략만 쓰면 쉽게 사로잡을 수 있을 것입니다. 일찍이 제만년은 만부부당(萬夫不當)의 용장이라 했지만, 맹관이 한 칼에 목 베지 않았습니까. 급상이 어찌 제만년의 위에 서는 장수겠습니까.」

「옳거니, 옳거니!」

듣고 있던 구희가 손뼉을 치며 외쳤다.

「그 말이 옳소. 싸움에서는 속임수를 꺼리지 않는 법, 나에게 급상을 죽일 한 계책이 있소.」

구희는 아주 자신 있게 단언하면서, 성을 지키기만 하고 나가 싸우지 말도록 장수들에게 지시했다.

한편, 자기를 죽이려는 음모가 있는 줄도 모르는 급상은 성을 치자고 강력히 주장하고 나섰다.

「구희까지도 패한 뒤라, 그들은 전의를 상실하고 있을 것입니다. 이 기회에 성을 쳐서 결판을 내는 것이 좋을까 합니다.」

장웅이 고개를 흔들었다.

「구희는 간교한 꾀가 많은 늙은이니, 그렇게 가벼이 보아서는 안됩니다. 그들이 성에서 안 나오는 데에는 다 그만한 이유가 있을 것이니, 자칫하다가는 그 함정에 빠질 우려가 있습니다. 우리로서는 신중을 기하여 섣불리 움직이지 말고 빨리 평양에 기별하여 우리 아버님을 청해오는 것이 좋을 줄 압니다.」

「소장군(小將軍)은 웬 겁이 그리도 많으시오?」

급상이 큰 소리로 웃었다.

「그 늙은이와는 한두 번 마주쳐보는 것이 아니어서, 그 수단은 내가 잘 압니다. 그것 하나를 처치하지 못해서 군사 어른까지 모셔온다면 그야말로 세상의 비웃음을 살 것이외다. *닭을 잡는 데 소 잡는 칼을 쓸 필요는 없습니다(割鷄焉用牛刀할계언용우도).」

그러나 장웅도 가만히만 있지는 않았다.

「장군은 왜 그리 적을 얕보시오? 구희는 노련한 대장이라 그렇게 호락호락하지는 않을 것이니, 경솔히 움직이지 마시오.」

「소장군!」

급상의 눈초리가 위로 치켜 올라갔다.

「소장군은 나를 왜 자꾸 경솔하다 하십니까. 나도 수없이 많은 싸움터를 돌아다닌 몸, 지금껏 이렇다 할 실수가 없었던 사람이외다.」

이렇게까지 말하는 데는 더 무어라고 할 수 없었다. 그는 자리를 뜨면서 가만히 한숨을 쉴 뿐이었다.

이튿날, 한군은 진채를 나가 도전했다. 그러나 성중에서는 개미 새끼 한 마리 움직이는 기색이 보이지 않았다.

「저놈들이 꽤 혼이 났던 모양이구나. 그렇다면 총공격을 감행해야겠다.」

이렇게 생각한 급상은 바로 군대를 이끌고 성을 사방에서 포위하며 쳐들어갔다. 포위망이 서서히 압축되는데도 반응이 없던 성중에서는 바로 성 밑에 한군이 육박한 다음에야 갑자기 반격을 가해왔다. 돌연 무수한 화살이 빗발처럼 날아오는 데는 의기양양하여 달려가던 한군으로서도 주춤하고 걸음을 멈출 수밖에 없었다. 그리고 한군도 곧 활을 쏘아 이에 맞섰지만, 몸을 성에 숨기고 있는 편에 비하여 공격하는 측에 피해가 많을 것은 자명한 일이었다. 여기저기서 비명과 함께 병사들이 쓰러져갔다.

그래도 급상은 굴하지 않고 병사들을 독려하여 성을 기어오르
도록 했다. 물론 성중에서 이것을 방관만 하고 있을 리는 없는 일
이어서 무수한 돌멩이가 기어오르는 병사들의 머리 위에 쏟아져
적잖은 병사들이 머리가 깨지고, 더러는 중상을 입기도 했다. 급
상도 이에는 더 이상 어쩔 방도가 없었다. 마침 날이 저무는 것을
계기로 군대를 철수하였다.

「공연한 짓을 해서 병사들만 죽였습니다.」

급상은 돌아오자 조억 앞에 고개를 들지 못했다. 이런 때에는
몹시 순진한 일면이 그에게는 있었다.

「원, 별것을 다 가지고 그러시오. 그만한 희생이야 언제는 안
났겠소이까.」

조억은 이렇게 급상을 위로하고 나서 장웅을 돌아보았다.

「그것보다는 앞으로의 일이나 상의합시다.」

장웅이 말했다.

「앞서도 말씀드렸지만, 구희가 안 나오는 데는 무슨 꿍꿍이속
이 있을 것입니다. 아마 우리 진채를 야습하려는 생각이 있거나,
아니면 뒤로 동평을 습격하여 우리의 돌아갈 길을 끊으려는 속셈
이 있을 것입니다.」

조억이 고개를 끄덕였다.

「과연 그럴지도 모르겠소. 그렇다면 기수(沂水) 가에 두 개의
진채를 만들어서 지키게 합시다. 그리하면 동평이 무사할 것 아니
겠소?」

이 말에 모두 찬성했으므로 조억은 도표와 사강(斜剛)에게 군사
2만을 주어 떠나보냈다.

이 정보가 전해지자, 구희가 웃으며 장수들을 둘러보았다.

「왜 기수에 군대를 보냈는지 알겠소?」

아무도 얼른 대답하는 사람이 없자, 구희는 다시 만족한 듯이 웃었다.

「우리가 성에서 안 나가니 도리어 우리 속셈을 몰라서 겁이 난 것이오 그리하여 우리가 동평을 쳐서 자기네들이 돌아갈 길을 끊지나 않을까 걱정하고 있다는 말이외다.」

그제야 여러 장수들은 이해가 가는 듯 고개를 끄덕였다.

하후성이 말했다.

「과연 장군의 눈초리는 적의 폐부를 찌르십니다 그려. 정말로 탄복해 마지않습니다.」

구희는 기분이 좋아져서 말했다.

「이는 하늘이 주신 절호의 기회로다. 어찌 적을 섬멸하지 않고 견딜쏘냐.」

그는 섭녹과 임윤(林潤)을 불러 명령했다.

「그대들은 1만의 병사를 이끌고 소로(小路)로 해서 기수 가로 나아가라. 그리하여 갈대를 베어 한 묶음씩 병사들에게 나누어주고 갈대 묶음에는 유황과 기름을 부어두었다가 일경(一更)이 되면 적진에 접근하여 불로 공격하라. 적병은 반드시 대혼란에 빠질 것인바, 그때에는 따로 원군이 있어서 접응하리라.」

말하자면 불을 질러 한군을 전멸시키려는 계획이었다. 두 장수가 명령을 받고 물러서자, 동예·하양·조배·하후성을 불렀다.

「그대들은 병사 7천을 이끌고 날이 저물기를 기다렸다가 성을 빠져나가 적진의 시초(柴草)에 화전(火箭)을 쏘아 불이 나게 하라. 적이 혼란에 빠졌을 때 이를 치면 반드시 적을 섬멸하리라.」

그는 또 섭복(葉福)·구원·구항·하국상 등 네 사람을 불러 명령했다.

「그대들은 정병 5천을 끌고 가되, 시초 속에 유황을 싸서 한군의 진지 양쪽에 갖다 버리도록 하라.」

날이 어두워지자 일제히 행동으로 옮겼다. 성을 나선 구희의 군대는 말에 재갈을 물리고 숨소리도 죽여가면서 어둠이 깔린 들길을 신속히 이동해갔다. 얼마 안 가 여기저기 황덕불이 놓인 적진이 바라보였다. 그들은 소리도 없이 바싹 다가들었다.

이때 앞에 섰던 동예가 칼을 쑥 뽑으면서 호령했다.

「화전을 쏴라. 적의 시초는 동쪽에 있다. 모두들 동쪽을 향해 활을 쏴라.」

이 소리가 끝나기가 무섭게 수천수만 개의 화살이 어둠 속을 날아갔다.

「더 쏴라. 화전을 더 쏴라.」

동예는 신들린 사람처럼 더욱 악을 썼다.

얼마 안 가 적진에서는 불꽃이 일어나기 시작하더니, 그것은 삽시간에 번져갔다. 그럴수록 병사들은 더욱 신명이 나서 무수히 화살을 퍼부어댔다.

놀란 것은 한나라 진영의 장병들이었다. 적이 성에서 싸우러 나오지도 못하는 것을 보고 적을 얕보던 그들은 이런 기습을 당하리라곤 상상도 못하던 터였다.

조억은 급상과 함께 술을 마시다가 갑자기 밖이 시끄러워지는 듯했으므로 고개를 돌려보니 밖이 대낮처럼 환했다. 그제야 두 장수는 술상을 걷어차면서 밖으로 뛰어나갔다.

시초더미에 불이 붙어 진영은 대낮처럼 밝은데, 사면에서는 적의 고함소리가 요란하지 않은가. 병사들은 모두 우왕좌왕하면서 일대 혼란을 이루고 있을 뿐이었다.

「적병은 얼마 되지 않는다. 모두 내 뒤를 따르라!」

조억은 이렇게 외치면서 창을 꼬나들고 앞으로 달려갔다.

급상도 가만히 있지는 않았다. 그는 장웅의 제언을 물리쳤다가 이런 꼴을 당하게 되자 그 책임이 자기에게 있다고 생각했으므로 이를 악물고 도끼를 휘둘렀다. 가뜩이나 흉하게 생긴 얼굴이 불빛에 비쳐서 도끼를 들고 날뛰는 모양은 흡사 도깨비처럼 보였다.

급상은 생김새가 도깨비 같기만 한 것이 아니라, 실제에 있어서도 그 값을 충분히 해냈다. 그는 큰 도끼를 들고 닥치는 대로 휘두르면서 이리저리 날뛰었다. 그야말로 사람을 만나면 사람을 죽이고, 말을 만나면 말을 찍는 것이었다. 그가 향하는 곳에는 저절로 길이 열렸고, 튀어온 피에 젖어 그의 몰골은 더욱 무섭게 보였다.

그러나 이러한 급상의 활약으로도 대세를 돌려놓을 수는 없어서 한병들은 대혼란에 빠졌다. 불에 타 죽든가 도망하는 자가 속출했다. 그것은 흡사 아비지옥(阿鼻地獄)을 보는 듯한 참경이었다. 이렇게 온 진영을 태우는 불꽃 속에서의 쫓기고 쫓는 모습이란 끔찍하기 이를 데 없었다.

한군의 맹장들도 모두 몸을 피해 달아났으며 조억까지도 마지막임을 느끼고 드디어 싸움터를 빠져나갔다.

이런 와중에서도 급상은 그의 독특한 살육을 계속하고 있었다. 그 역시 전세의 불리함을 느끼지 못한 것은 아니었다. 그러나 회한과 분노의 염이 너무나 크기에 승패 같은 것은 머리에 떠오르지도 않는 것이었다. 차라리 그것은 무아(無我)의 경지라고 하는 편이 진실에 가까울지도 몰랐다.

그는 모든 것을 잊고 있었다. 자기가 싸움터에 있다는 것, 그리고 전세가 불리하며, 거기에는 장웅의 제언을 물리친 자기의 태도가 크게 작용했다는 것, 이런 것을 까맣게 잊고 있었다. 하물며 자기의 생사와 영욕 같은 것이 염두에 들어올 리 없었다. 그는 오직 한 자루의 도끼에 제 모든 염원을 맡기고 종횡무진으로 날뛰고 있었다. 도끼를 쓰고 있는 것이 아니었다. 도끼는 바로 그의 팔이었다. 그대로 피가 통하는 그의 육신의 일부분인 것이다.

좀 이상한 일일지 모르지만, 한의 모든 장병들이 쫓기고 있었지만, 급상은 이렇게 살육 삼매경에 빠져서 날뛰는 중, 어느덧 구희의 중군 속으로 깊이 들어오고 말았다. 그는 좌충우돌하면서도 저쪽에서 자기를 노려보고 서 있는 한 장수를 보았다. 푸른 투구에 황색 전포를 입은 모습이 눈에 들어오자, 그는 두서너 명의 병사를 거꾸러뜨리면서 그쪽으로 달려갔다.

「이놈, 구희야! 거기 섰거라!」

이에 놀란 것은 구희였다. 그는 피투성이의 사나이가 도끼를 휘두르며 자기 앞에 나타나는 것을 보자 기겁을 해서 말머리를 돌려 달아났다. 자기가 잡으려고 노리고 있던 사나이에게 하마터면 즉음을 당할 뻔한 것이었다. 구희는 이리 몰리고 저리 몰리는 병사들에게 호통을 쳤다.

「저기 저놈이 급상이다. 모두 활을 쏴라. 어떻게든 저놈을 잡아라!」

이윽고 사방에서 무수한 화살이 날아왔다. 급상의 몸에는 십여 군데나 화살이 꽂혔다. 그래도 급상은 넘어지지 않고 비호처럼 날뛰면서 도끼를 휘둘러 순식간에 몇 명의 적병을 거꾸러뜨렸다. 이것을 본 구희는 더욱더 악을 썼다.

「뭣들을 하느냐. 쏴라, 쏴!」

다시 무수히 많은 화살이 날아와서 급상에게 꽂혔다. 그러더니 그 중의 하나가 그의 왼쪽 눈에 꽂혔다. 급상은 눈에서 화살을 뽑아내어 던지면서 거목이 넘어지듯 그 자리에 쓰러지고 말았다.

「아, 천하에 지독한 놈도 다 봤다! 내 이런 놈은 일찍이 본 적이 없어!」

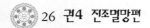

구희는 급상의 시체를 앞에 놓고 혀를 찼다.

3. 기수(沂水)는 말이 없고

한군의 장수들은 모두 불을 피하여 어둠을 타고 도망했다. 그들은 약속이라도 한 듯 모두 기수 강변으로 향했다. 거기에는 그들의 별도의 부대가 주둔하고 있는 터였으므로 그것은 조금도 무리가 아니었다.

기수 가의 한군 진영에는 잠시 후 장경·조염·조억·공장 등의 장수와 병사들이 모여들기 시작했다. 장수들은 모두 침통한 얼굴이었고, 병사 중에는 부상자가 적지 않았다.

「그런데, 급 장군이 안 보이는구려.」

제일 먼저 이 말을 한 사람은 조억이었다.

순간, 장수들의 얼굴에 어두운 그림자가 스치고 지나갔다.

「누구 본 사람이 없습니까?」

조염이 좌석을 둘러보며 물었다. 급상은 자기네 집 하인이었으므로 누구보다도 관심이 큰 것은 역시 조염이었다. 그러나 아무에게서도 대답이 없자, 조염은 장막 밖으로 뛰어나갔다. 그리고는 병사들을 잡고 급상의 소식을 물었다.

「도끼를 휘두르시며 무수히 많은 적병을 쳐 죽이셨습죠. 정말 끔찍스런 광경이었습니다.」

이렇게 말하는 자도 있었으나, 그의 생사에 대하여 안다고 나서는 사람은 아무도 없었다. 조염이 다시 장막으로 돌아왔을 때였다. 피투성이가 된 병사 한 사람이 뛰어 들어왔다.

「급 장군께서는 그만……」

병사는 가쁜 숨을 몰아쉬느라고 말을 제대로 잇지 못했다. 그러나 이 단편적인 말로도 사태를 추측하기에는 충분한 것이어서 장수들의 얼굴에는 경악의 표정이 일제히 나타났다.

「너 뭐라고 했느냐?」

조염은 자리에서 벌떡 일어서며 물었다.

「장군께서는 그만 돌아가셨습니다. 적진에 혼자 뛰어드셨다가 화살에 맞아 돌아가셨습니다. 구희가 병사들에게 활을 쏘게 했습니다. 수십 개의 화살이 몸에 꽂히셔도 끄떡도 안하시고 싸우시더니 그만……」

방안에는 잠시 숨 막히는 침묵이 흘렀다. 그러나 이 침묵은 조염의 흐느낌에 의해 곧 깨어졌고, 그것은 전염병처럼 다른 사람에게로 옮아갔다.

「급 장군은 우리가 대업(大業)을 일으킨 이래, 수백 번의 싸움에 출전하여 개세(蓋世)의 공을 세웠는데, 이렇게 돌아가다니 하늘도 무심하시구나!」

조억은 이렇게 말하면서 통곡하였고,

「나라 일도 나라 일이지만, 우리 집을 위해서도 그토록 애를 많이 썼는데!」

조염은 이런 소리를 하며 눈물을 비 오듯 흘렸다.

슬퍼한 것은 장수들만이 아니었다. 울음은 삽시간에 장막 밖으로 번져나가서 온 진영은 통곡소리로 뒤흔들렸다.

그러나 이런 한군 측의 슬픔 같은 것을 적이 동정해줄 리 만무했다. 한군의 진영에서 10리쯤 떨어진 기수 가에 숨어 기회를 엿보던 섭녹과 임윤은 이미 행동을 개시하고 있었다.

그들은 멀리 화광이 충천하는 것을 보았고, 한군이 패주하여 기수로 모여드는 것을 탐지하고 있었던 것이다.

그들은 부대를 끌고 소리 없이 접근하여 저마다 손에 들고 있던 갈대 단에 불을 붙여 한군의 진영으로 던졌다. 그 갈대 단에 유황이 부어져 있었음은 말할 필요도 없었다.

한나라 진영은 금세 사방에서 불꽃이 맹렬히 일어나기 시작했고, 이에 호응하여 섭녹의 부하들은 고함을 지르면서 일제히 화살을 퍼붓기 시작했다.

급상의 죽음을 슬퍼하고 있던 한군은 뜻하지 않은 피습에 벼락이나 떨어진 듯 기겁을 했다. 그들은 구회의 부대가 어느덧 여기까지 추격해온 줄만 알았다. 사방에서는 유황 냄새가 코를 찌르고 사나운 불길이 충천하는데 화살은 화살대로 빗발 같고 보니 이러한 상황에서는 어떻게 손을 써볼 도리가 없었다. 여기저기서 병사들이 비명과 함께 쓰러져갔다.

「아, *낭패(狼狽)로구나! 어찌 일이 이 지경에 이르렀는가! 하늘도 무심하시지, 하늘도 무심하시지!」

조억은 하늘을 우러러보며 부르짖었다. 그러나 하늘에는 반짝이는 별들만이 차가운 빛깔을 띠고 있을 뿐이었다.

이때 조염이 소리쳤다.

「여기 있다가는 우리 모두 다 죽는다. 강을 건너라. 모두들 내 뒤를 따르라!」

불기운이 다소 약한 한쪽을 택하여 조염이 말을 달리자, 조억을 비롯한 모든 장병은 그의 뒤를 따랐다. 이렇게 되면 죽기 아니면 살기였다. 실의의 구렁텅이에 빠졌던 그들은 살 길이나 생긴 듯 몰려갔고, 그것은 무서운 힘이 되어 포위망의 일각을 무너뜨리고 강물을 건너게 했다.

물론 강을 건너다가 적이 퍼붓는 화살에 목숨을 잃은 병사의 수효도 적지는 않았다. 그러나 넘어져도 나아가고, 쓰러져도 건너는 의지력은 꽤 어려운 도하작전을 그런대로 성공리에 마치게 해주었다. 적도 강을 건너서까지 쫓아오지는 않았으므로 조억은 군사를 이끌고 동평으로 철수하는 데 성공할 수 있었다.

동평에 닿은 조억은 군사를 점검해 보았다. 그러나 군사는 절반으로 줄어들어 있었다.

「아, 이 일을 어쩐단 말이오? 내 무슨 면목으로 돌아가 폐하를 뵙는단 말이오? 기어이 구회의 목을 베고야 말리라.」

조억이 비분강개하여 외치자, 장웅이 간했다.

「장군은 이런 때일수록 고정하셔야 합니다. 한때의 울분을 못참아 싸우다가 죽는 것은 통쾌한 일일지는 몰라도, 그것이 장수된자의 처신은 아닙니다. 장군은 국가와 병사의 운명이 장군에게 달려 있음을 생각하시고 항상 사사로운 입장을 초월하셔야 합니다. 대사를 이루는 데는 으레 실수가 따릅니다. 그렇다고 분한 마음에몸을 맡긴다면 어찌 되겠습니까. 장군 한 몸의 명예보다도 더 소중한 것은 국가이며, 저 병사들의 목숨입니다. 장군은 부디 깊이생각하시기 바랍니다.」

「내가 잘못했소」

조억은 진심으로 어린 장웅에게 고개를 숙였다.

「내가 군법에 의해 처단되거나, 세상의 손가락질을 받아도 좋소. 어떻게든 나라에 도움이 되도록 행동하려 하오. 앞으로의 대책을 말씀해 주시오.」

장웅이 말했다.

「우리는 병사의 절반을 잃었고, 군량의 저축도 충분하지 못하니, 이곳을 오래 지킬 수는 없을 것입니다. 만일 여기 있다가 다시적을 만나는 날이면 전군이 몰살당할 우려가 있습니다.」

장웅의 말에는 거침이 없었고, 장수들은 숙연한 기분으로 귀를기울이고 있었다.

「빨리 평양으로 철수하는 것이 좋습니다. 이곳의 재물을 모두 싣고 떠나가시지요. 이런 작은 성쯤은 이후에도 마음만 먹으면 언제라도 뺏을 수 있으니까요」

장웅의 말에 아무도 반대하는 사람이 없었으므로 조억은 평양으로 돌아가고, 장경과 조염은 자기네의 임지(任地)인 양국군으로 떠났다.

여기서 우리는 *사족(蛇足) 같지만, 구희의 진영으로 눈을 돌릴 필요를 느낀다. 승리했다고 해서 문제가 끝난 것은 아니며, 도리어 장래에 골치를 앓을 불씨가 이런 때에 뿌려지는 것을 알고 있기 때문이다.

동평까지도 손쉽게 회복한 구희는 조배로 하여금 예전같이 그곳을 지키도록 하고 소위 논공행상을 했다. 그런데 모든 장수가 다 상을 받았으나 유독 참군 고연(高淵)만이 명단에서 빠져 있었다. 본래 고연은 경박하여 말을 함부로 하는 버릇이 있었는데, 구희에게서 미움을 산 것도 그 때문이었다.

싸움이 시작되던 날 저녁, 장수들이 명령을 받고 떠날 즈음 고연이 구희에게 말했다.

「야습은 으레 삼경(三更)을 택하는 법인데, 어찌 초저녁에 하라고 하십니까. 초저녁에 행동하다가는 적에게 들킬 우려가 많다고 보는데요」

구희는 이 말에 핀잔을 주었다.

「참, 모르는 소리 작작하오. 밤중에는 적도 경계가 있겠으나 초저녁에는 도리어 방심할 것 아니겠소? 이른바 허허실실(虛虛實實)을 모르는구려. 하물며 저놈들은 우리를 얕보고 있는 터인데 무엇을 걱정하겠소? 어서 내 말대로 하시오」

고연은 무안을 당하고 나오면서 투덜거렸다.

「허허실실이라? 그놈들이 다시 우리 계획에 대해 허허실실로 나오면 어쩐담?」

구희는 이 빈정거림에 화가 났으나, 시기가 시기여서 분을 꾹 삼켜버리고 말았던 것이다. 이런 이유로 논공행상에서 자기만이 제외되자 고윤은 자리를 박차고 나가면서 또 중얼거렸다.

「*일장공성만골고(一將功成萬骨枯)로구나!」

그러자 구희도 이번에는 참지 않았다.

「이놈! 너 뭐라고 했느냐? 일장공성만골고라구? 그래, 내가 누구를 희생시켜 내 이름만을 도둑질했다는 것이냐?」

화가 머리끝까지 치민 구희는 다시 외쳤다.

「저놈이 상하의 구별을 모르고 날뛰니, 이래 가지고서야 어찌 질서를 잡겠느냐. 이번 출전할 때에도 나를 욕하더니 또다시 행패가 심하구나!」

그리고는 끌어내다가 목을 베라고 명령했다. 이 말에 장수들의 얼굴이 흙빛으로 변하며 서로 얼굴만 쳐다보고 있는데, 하양(夏陽)이 일어나 간했다.

「장군은 고정하십시오. 한 장수가 실언을 하였다 하여 죽이지는 못하십니다. 하물며 그의 부친 고당(高鐺)은 패전하는 장군을 도왔었고, 그 형 고윤(高潤)은 장군의 목숨을 구하지 않았습니까. 이렇게 그 집안이 통틀어 장군에게 공이 있거늘, 어찌 그 자제를 박대하실 수 있겠습니까. 영창하(靈昌河)에서 고윤이 장렬히 죽지 않았던들 어찌 장군이 오늘날에 혁혁한 이름을 날리실 수 있었겠습니까?」

이 말에 구희는 더욱 노하며,

「이놈! 너는 잘못한 놈을 도리어 편드니, 이런 법이 어디 있단 말이냐. 그래 나는 잘못했고 고연이란 놈은 잘했다는 것이냐. 너희 둘이 작당하여 딴 뜻을 품고 있는 줄 이제야 알겠다.」

하고 하양까지 끌어내어 목을 베게 했다.

이 일은 다른 장수에게도 큰 충격을 주는 사건이었다. 그렇게 공 있는 사람도 사소한 불평 한 마디로 목이 달아난다면 누구인들 그 지위가 보존될 것인가. 말은 안해도 장병들은 마음속으로 구희를 위해 목숨을 걸고 싸우는 일이 얼마나 허무한 짓인가를 강하게 느끼는 것이었다.

그 중에서도 가장 충격을 받은 것은 하양의 아들 하국상이었다. 그는 자기에게도 화가 미칠 것을 두려워한 나머지 자기 수하에 있는 5백 명의 군사를 이끌고 청주를 향해 총총히 떠나갔다.

이 소식을 들은 구희가 군대를 풀어 추격하려 하자 섭녹이 간했다.

「이미 그 아비를 죽인 마당에 어찌 또 그 아들까지 죽이려 하십니까. 하물며 하양은 장군에게 간한 죄밖에는 없는 터입니다.」

구희도 하양을 죽인 일은 후회하고 있었으므로 말했다.

「나라고 하양의 아들까지 처벌할 생각이야 하겠소? 그가 군사를 끌고 청주로 갔으니, 우리 가족을 해칠까 두려워서 그랬던 것뿐이오.」

섭녹이 웃으면서 말했다.

「그 말씀도 지당하시나, 근심이 지나치십니다. 하국상이 거느린 병사는 기껏 5백의 약졸입니다. 공자(公子)의 지략으로도 그 정도는 막으실 것입니다. 그는 단지 자기에게도 화가 미칠까 두려워 장군을 피한 것뿐입니다.」

그 말에 구희도 고개를 끄덕이는 수밖에 없었다.

'무슨 일이 있으면 그때에 제거하지.'

그는 속으로 이렇게 생각하고 그 건에 대해서는 더 이상 말하지 않기로 하였다.

4. 성난 아들들

어느덧 초겨울로 접어들었다. 눈발이 날리다가 그치곤 했다. 꽤 음산한 길이었다. 병사들은 두 줄로 종대를 지어서 말없이 행군하고 있었다. 그 중간쯤에서 조억은 말에게 몸을 맡긴 채 흔들거리고 있었다.

광막한 벌판의 풍경과도 같이 그의 표정에 떠도는 것은 침울한 색조뿐이었다. 그도 그럴 것이, 무지개 같던 꿈이 산산이 부서지고 이제 패잔병을 이끌고 돌아가는 길이었으니 말이다. 패장(敗將)은 말이 없다 했던가. 새삼스레 이를 것도 없는 말이다. 일패도지(一敗塗地)한 처지에 그 무슨 말이 있겠는가.

조억은 평양이 한 걸음 한 걸음 가까워지고 있다는 사실이 몹시 불안스러웠다. 성문을 들어설 때의 초라한 행색이 눈에 보이는 듯했고, 그 중에서도 길 좌우에 늘어서서 구경할 백성들의 눈이 두려웠다. 그리고 황제 앞에서는 무어라고 복명한단 말인가.

「차라리 이 길이 도읍에서 떠나가는 길이었으면. 차라리 길을 잘못 들었으면!」

그가 이런 생각에 잠겨 있을 때였다. 갑자기 뒤에서 말발굽 소리가 들려오는 듯하여 조억은 고개를 돌렸다. 한 장교가 그에게로 달려와 말했다.

「저 뒤에서 한떼의 인마가 달려오고 있습니다. 누구의 군대인지는 분명치 않습니다.」

조억은 군대의 후미 쪽을 바라보았다. 아닌 게 아니라 그쪽에서는 먼지가 뿌옇게 일어나고 있었다. 조억은 그것이 적임을 직감할 수 있었다. 그는 곧 행군을 멈추고 싸울 태세를 갖추도록 했다.

「여기까지 추격해왔단 말이지! 좋다. 해볼 테면 해보라지.」

그는 벌판에 군대를 벌여놓고 적이 접근해오기를 기다렸다.

어느덧 저쪽 인마의 모습이 시야에 들어왔다. 그러나 조억은 고개를 갸우뚱했다. 그도 그럴 것이 그 군대는 한 5백 명 남짓해 보였으며, 그들도 그 자리에 정지하기는 했으나 전투태세를 갖추는 것처럼 보이지는 않았기 때문이다. 그러자 그 중의 한 사람이 말을 달려오는 것이 보였다.

그 사람은 곧 조억 앞으로 안내되었다. 보아하니 30이나 되었을까 말까 한 젊은 장군이었다.

「저는 청주의 장수 하국상이라는 사람입니다. 지금 까닭이 있어 고향으로 돌아가는 길입니다만, 장군께서는 길을 내어주실 수 있겠습니까?」

그 말하는 태도에 조금도 비굴한 기색이 없어 보여 조억은 호감이 갔다.

「나는 한나라의 장수 조억이오 그런데 장군은 우리와 싸운 사이인데, 어째서 나에게 협력을 청하는 것이오? 그 까닭을 들었으면 싶소」

조억이 이렇게 말하자, 하국상은 한동안 무엇을 생각하는 듯하더니 곧 고개를 번쩍 들었다.

「그러면 자초지종을 말씀드리겠습니다.」

이렇게 서두를 꺼낸 하국상은 자기 아버지가 화를 입었던 이야기를 들려주었다. 이 말에는 듣고 있던 조억도 분개하지 않을 수 없었다.

「아니, 그 정도의 말을 간한다고 처형하다니, 정말 이리도 무도한 놈인 줄은 몰랐소이다.」

하국상은 말을 이었다.

「제가 아버지의 한을 풀어드리지 못한대서야 어찌 천하에 설

수 있겠습니까. 그러기에 속히 청주로 가서 그 가족을 잡아 죽이고 한조(漢朝)에 귀순할 생각을 하고 있습니다.」

「옳거니!」

조억은 감탄해 마지않았다.

「그대의 효성에 정말 탄복했소이다. 그러나 장군이 가진 이 병사만으로야 어찌 그런 일을 하실 수 있겠소? 만약 방해가 되지 않는다면 내가 도와드리고 싶소이다. 나에게는 용병 2만과 상장(上將) 10여 명이 있소.」

「정말 감사합니다.」

하국상이 깊이 고개를 숙였다.

「그렇게만 하여 주신다면야 무엇을 걱정하오리까.」

크게 기뻐한 조억은 곧 장수들을 불러 하국상을 소개하고 함께 말을 나란히 하여 청주로 떠났다.

그들은 샛길로 소리를 죽여가면서 길을 재촉했다. 이틀이 지나자 청주의 경계에 이르렀다. 그들은 산속에 숨어서 밤이 되기를 기다렸다. 그리고 서로 굳게 약속을 한 다음 하국상은 자기 부하들만을 이끌고 앞서 떠났다.

하국상이 성 밑에 다가가서 외쳤다.

「나는 하국상이다. 급한 일이 있어 돌아왔으니, 어서 성문을 열어라!」

성문을 지키던 군사들은 불을 들어 하국상임을 확인하자 아무 의심도 없이 성문을 열었다. 하국상은 성문으로 들어서자마자 문지기들에게 호령했다.

「이놈들! 전선에서 고생하다가 돌아왔으면 으레 성문을 크게 열고 환영할 일이거늘, 너희는 어찌 불을 들어 나를 비추어본단 말이냐. 내 이런 수모는 결단코 못 받으리라.」

기겁을 한 것은 성문을 지키던 군사들이었다.

「장군! 위로부터 분부가 있어서 엄중히 문을 지킨 것뿐입니다. 제발 용서해 주십시오」

그러자 하국상은 자기 부하들을 돌아보며 호통을 쳤다.

「너희는 무엇을 어물어물하느냐. 썩 저놈들을 묶지 못할까!」

그 명령에 병사들이 우르르 달려들어 10여 명의 문지기들을 묶어버렸다. 그 중의 몇몇은 도망하여 구표(荀豹)에게 알렸다. 구표란 구회의 아들이다. 그러나 구표가 이 소리에 깜짝 놀라서 뛰쳐나왔을 때에는 이미 조억이 이끄는 주력부대가 성문이 메워지도록 밀려들고 있는 중이었다.

구표는 갑옷을 걸치고 나와서 군사를 소집하라고 명령하다가 몰려온 한군에게 붙잡혔다. 그러자 하국상은 자기 형인 하국경(更國卿)을 데리고 현장으로 달려왔다.

「오, 이 원수 놈의 자식!」

그는 구표를 보자 이렇게 외치면서 칼을 쑥 뽑아들었다.

「이거 왜 이러시오?」

구표는 영문을 몰라 오들오들 떨 뿐이었다. 하국상은 들었던 칼을 내리면서 형을 돌아보았다.

「참, 형님이 계신데 내가 실수할 뻔했습니다. 형님이 앞서 베십시오」

「이놈! 너는 우리 아버지를 죽인 원수의 자식이라 목을 베는 것이니, 그리 알아라.」

하국경은 이렇게 외치면서 칼을 들어 구표의 목을 쳤다.

「내 칼도 받아라!」

곧 이어 하국상도 한 칼에 내려치니 구표의 목은 땅바닥에 굴러 떨어졌다.

하국경 형제는 곧 구회의 인척을 모두 잡아 죽이고 자기 아버지의 제사를 지냈다. 조억은 백성들을 안무하고 즉시 표(表)를 지어 평양에 바쳤다.

황제 유연으로부터는 곧 칙사가 내려와서 조억을 청주자사로 삼고, 기안을 청주 총독으로 임명한다는 뜻을 전했다.

황표(黃彪)·사강(斜剛)은 좌우독호(左右督護)가 되고, 하국경은 청주 별가(別駕), 하국상은 등채(登棻)의 통제(統制)가 되었다. 조서를 받은 조억 등은 험한 땅에 군영을 배설하고 양국군에 있는 석늑과 함께 의각(犄角)을 이루어 한나라의 전초기지를 이루었다.

제2장. 강남의 풍운

1. 낭야왕

양자강 이남을 강남이라고 한다. 대체로 중국의 문명은 북부 황하(黃河) 유역에서 싹텄으므로 그 부근인 장안과 낙양이 정치의 중심지가 되어 근세에까지 내려왔다. 따라서 세력의 각축전은 항상 북중국을 전화로 휩쓸기 일쑤였으나 그와 멀리 떨어진 강남땅은 비교적 전란을 피할 수 있는 지리적 조건에 있었다.

유연(劉淵)이 한(漢)의 재건을 기치로 하여 일어선 이래, 북부에서는 싸움이 그칠 날이 없었건만 남쪽은 비교적 평온한 삶을 즐길 수 있었던 것도 그 때문이었다. 물론 이곳이라 하여 전혀 영향을 안 받을 수는 없는 것이어서 진민(陳敏)의 반란이라는 작은 소란이 있기는 하였다. 그러나 그것도 그럭저럭 가라앉은 지금에 와서는 다시 평온한 나날이 계속되고 있었다.

중앙의 골육상잔을 피해 건강(建康)에 내려와 있던 낭야왕 사마예는 항상 좋은 정치를 하려고 애썼으므로 그의 덕망이 차차 강남 일대를 아우르기에 이르렀다.

하루는 장사 왕도(王導)가 말했다.

「중원에서는 지금도 싸움으로 날이 새고 해가 지고 있습니다.

이대로 가다가는 국가의 운명이 어떻게 될지 헤아리기조차 어렵 겠습니다. 전하께서는 어떤 변고에라도 대비하는 바가 있어야 하 겠나이다. 양식을 모으고 병사를 훈련하는 일도 중요하나, 더 긴 급한 것은 어진 이들을 초빙하는 일인가 합니다.」

사마예는 이 슬기로운 신하가 자못 대견스러웠다. 그래서 그의 말이라면 무엇이나 따르던 터였다.

「경의 가르침을 받은 이래 현인을 사모하는 마음으로 몹시 어 진 이를 갈망해왔소. 그러나 내 덕이 부족하여 찾아오는 이가 적 구려.」

이렇게 말하면서 사마예가 한숨을 쉬자 왕도가 말했다.

「주기(周玘)·고영(顧榮) 같은 현인들이 진민을 평정한 뒤에 일단 소명(召命)을 받들어 낙양으로 올라갔습니다만, 천하가 다시 어지러움을 알고 모두 피하여 다시 이곳에 와서 살고 있습니다. 또 그 밖에도 진민의 난에 공을 세운 사람 중에 조정의 논공행상 에서 누락된 이가 적지 않습니다. 전하께서는 그들을 벼슬에 기용 하시고 상을 주시어 영광되게 하여 주옵소서. 그렇게 하시면 강남 일대가 다 전하께 마음을 기울일 것입니다.」

크게 기뻐한 사마예는, 양감·양혁·하문·하정·감탁·고영 ·주기 등에게 표창하고 모두 벼슬을 내렸다. 대개는 건강에 이르 러 사은하고 벼슬에 올랐으나, 감탁과 고영·주기만은 이를 사양 하고 받지 않았다.

「그렇다면 전하께서 친히 그들을 찾아보십시오. 어진 이를 맞 이하는 예로서 결코 수치스런 일이 아닙니다. 유현덕이 *삼고초려 (三顧草廬)한 예도 있지 않습니까.」

사마예는 기꺼이 그 말을 받아들였다. 그는 왕도와 함께 감탁· 주기·고영을 차례로 방문했다. 그러나 한결같이 외출 중이라고 해서 만나지 못했다.

「나도 세 번 찾아가야 만나게 되겠소?」

사마예가 좀 실망한 듯 말하자, 왕도가 고개를 저었다.

「그러실 필요는 없습니다. 그들로서도 자신을 어찌 공명(孔明)에게야 견주겠습니까. 대왕의 행차를 맞이하는 것이 송구스러워서 피한 것일 뿐이며, 아마 곧 전하를 찾아뵐 것입니다.」

왕도의 말이라면 무엇이든 믿는 사마예도 이 말만은 믿기지 않는 듯 반신반의했다. 그러나 얼마 가지 않아서 그 말은 사실로 나타났다.

세 사람이 함께 왕부(王府)에 나타났다는 말을 들은 사마예는 하도 기뻐서 계단을 뛰어 내려가 그들을 영접했다. 세 사람은 왕 앞에 부복했다. 주기가 대표 격으로 인사말을 했다.

「저희들은 산야에 묻혀 있는 촌부(村夫)에 불과하거늘, 은총을 내리심이 한두 번이 아니고, 전일에는 또 옥가(玉駕)를 누옥에까지 옮기시니, 감히 몸 둘 바를 모르겠나이다. 황공하여 여기에 대죄하였나이다.」

「그것이 무슨 말씀이오?」

사마예는 자리에서 일어나 세 사람을 억지로 일으키며 자리를 권했다.

「내가 선생들의 성화를 우레처럼 듣고 사모함이 목마른 자 물을 구함과 같았거늘, 어찌 그만한 일을 수고롭다 하겠소이까. 사실은 다시 찾아가리라 마음먹고 있던 터인데, 도리어 와주시니 이렇게 기쁠 데가 없구려.」

그것은 낭야왕의 진심이기도 했다. 그는 세 사람에게 친히 술을 권하면서 출사(出仕)할 것을 종용했다. 그러나 세 사람은 막무가내였다.

제2장. 강남의 풍운 41

「저희들은 황제께서 내리시는 관작도 마다하고 도망 온 터이옵니다. 만일 전하를 섬긴다면 군주를 능멸하는 것이 되지 않겠나이까.」

여기에는 사마예도 할 말이 없어서 가만히 있는데, 왕도가 입을 열었다.

「지금 조정에는 소인배가 들끓고 변방의 근심은 그칠 사이가 없는 형편이니, 선생들이 *명철보신(明哲保身)을 생각하심도 지당하다 하겠습니다. 그러나 나라가 없으면 백성도 없는 법, 그리하면 은퇴해서 한가한 나날을 즐기고자 한들 어디에서 즐길 수 있겠습니까. 그러므로 천하가 편안하고 난 뒤에야 선생들도 편안하실 수 있을 것이니, 이 뜻을 깊이 생각해보시기 바랍니다.」

왕도의 말은 물 흐르듯 했다.

「지금 천하가 다 병화(兵禍)를 못 면하는 중, 우리 강남만이 평온한 상태에 있습니다. 만일 중원이 뜻 같지 않은 경우, 우리 조정이 의지할 곳은 여기밖에 없습니다. 지금 우리 전하께서는 성덕이 융륭(隆隆)하시니 이를 도와 이 땅을 확보했다가 일단 유사시에는 사직을 이곳에서 보존함이 어찌 뜻있는 이의 할 일이 아니오리까. 선생들은 더 사양하지 마십시오.」

세 사람도 그 말에는 깊이 감동된 듯 더 이상 다른 말을 꺼내지 않았다.

고영이 말했다.

「죽은 말의 뼈를 5백 금으로 사주시니(買死馬骨 : ☞ *선시어외先始於隗) 감격스럽소이다. 신명을 바쳐 전하를 돕고자 하나, 나이 많아 몸이 뜻같이 움직이지 않으니 어찌하오리까. 연기(年紀) 방장(方壯)한 인재를 몇 분 천거코자 하는데, 전하께서는 신의 참람함을 용서해주시겠나이까?」

「어서 말씀하시오」

사마예는 앞으로 다가앉으며 재촉했다. 고영은 이전의 무군장군(撫軍將軍) 조적(祖逖), 관군장군(冠軍將軍) 유하, 아문장군 대연을 추천했다. 사마예는 곧 사람을 보내 세 장군을 불러오게 하여, 조적은 예주자사에 북중낭장(兆中郞將)을 겸하게 하고, 대연은 관군진북장군에, 유하는 관군평북장군에 임명했다. 감탁·고영 등도 사마예가 자기들의 말을 거침없이 받아들이는 것을 보자, 마음으로부터 기뻐해 마지않았다.

이것이 계기가 되어 여러 사람이 인재를 천거해왔다. 사마예는 그 모두를 받아주었다.

우선 하순은 조협을 추천했다. 사마예는 그를 친군장사(親軍長史)로 삼았다. 자(字)가 현량(玄亮)인 조협은 발해 사람으로 어려서부터 문무를 닦아 박문강기(博聞强記 : 널리 견문하고 이를 잘 기억함)하고 식견이 탁월한 인물이었다. 조협의 천거로 유양(庾亮)이 서조(西曹)가 됐다. 유양의 자는 원규(元規)로서, 풍채가 좋고 말을 잘하여 인망이 두터운 인물이었다.

그 유양이 추천한 것은 주방(周訪)이었다.

「그는 손자·오자의 병법에 능통하오니, 당대에 짝을 구하기 어려운 인물입니다.」

사마예는 기뻐하며 그를 불러 양렬장군(揚烈將軍)에 봉하고 군사를 심양에 주둔시켜 강좌(江左)를 지키게 했다.

또 왕도는 글을 왕징·왕돈·도간(陶侃) 등 강남의 유력한 태수에게 보냈다.

　〈지금 낭야왕은 어진 이를 존경하고 선비를 예로써 대하사, 공 등과 함께 동남의 지역을 확보하기만을 바라고 계십니다. 서

로 유무상통하고 협조해주셨으면 합니다.>

이에 도간 등은 낭야왕의 통제를 자진하여 받겠다고 나서고 군량미를 건강으로 보내왔다. 이제 사마예는 명실공히 강남의 지배자가 된 것이다. 또 여러 사람이 천거하는 인재를 차례로 기용하니 어진 이가 왕부에 가득하게 되었다. 현인의 수효가 백여섯 명이나 된다 하여 세상사람들은 이들을 가리켜 강동의 백육연(百六椽)이라 일컬으며,

「강동엔 금옥(金玉)이 만당(滿堂)하였구나.」

하며 입을 모아 사마예의 공덕을 칭찬했다.

이제 진조의 기운은 낙양을 떠나 강동의 건강으로 옮겨오는 듯했다.

2. 다져지는 터전

어느 날, 사마예는 추연한 빛을 띠면서 말했다.

「우리 진실(晉室)이 불행하여 사해에 편안한 날이 없도다. 서천을 잃고 산우(山右)가 도둑에게 돌아갔으며, 하서는 격조(隔阻)하고, 요계(遼薊)는 조공을 끊지 않았는가. 유(幽)·기(冀)·대(代)는 반(反)하고 관중(關中)·관외(關外)는 자주 위한(僞漢)의 침공을 받으니 정히 가마솥이 끓는 것 같다 할 것이다. 그러니 낙양이 어찌 편안할 수 있겠는가.」

조적이 나서면서 말했다.

「전하의 진념하심이 깊은 것을 알겠나이다. 그러나 예전 백성은 착해서 조명(朝命)을 받들었고, 오늘의 백성은 모질어서 배반함이 아닙니다. 천하를 어지럽게 하는 씨를 뿌리기는 위에 계신분들입니다. 위에서 사랑으로 백성을 어루만지는 대신 가렴주구

(苛斂誅求 : 가혹하게 세금을 징수하고, 무리하게 재물을 빼앗음)를 일삼고, 안으로는 서로 권세를 다투어 국력을 소모해왔습니다. 이러고서도 나라가 어지럽지 않기를 바랄 수 있겠습니까.」

그의 말은 한 마디 한 마디가 충심에서 나오는 듯 힘이 있었다.

「그렇다고 절망할 것은 아닙니다. 백성들은 양같이 착하거늘, 어찌 나라가 태평해지기를 바라지 않는 자 있겠습니까. 그러므로 대왕께서는 어진 장수를 가리어 중원의 고을을 회복케 하옵소서. 사방에서 반드시 호걸들이 일어나 협찬할 것입니다. 그런즉 나라를 중흥할 시기는 바로 지금입니다.」

「오, 그 말을 들으니 내 속이 시원하오」

사마예는 무한히 기뻐했다.

「과인이 조국의 다난함을 목격하면서도 속수무책이라 늘 마음을 졸일 뿐이더니, 장군의 말을 듣자 속이 환히 밝아오는 듯하오. 이 나라의 백성이라도 사직의 안정을 갈망할 것이거늘, 내 제실(帝室)의 지친이 되어 어찌 안연할 수 있겠소? 장군은 부디 과인을 도와주오」

이렇게 말한 사마예는 곧 조적을 분위대장군(奮威大將軍) 삼도자사(三道刺史)에 임명하여 예주에 진주하면서 중원을 회복토록 하였다.

「이 몸이 불민하오나, 간뇌도지(肝腦塗地)하여 반드시 전하의 홍은에 보답하겠나이다.」

조적은 지기지은(知己之恩)에 감격하여 정병 3천을 이끌고 예주로 떠나갔다. 사마예는 양식 1천 석과 베 2천 필을 주어 그 전도를 축하했다.

조적은 군사를 배에 태우고 강을 북상하던 중 배가 강심(江心)에 이르자 노로 뱃전을 치면서 외쳤다.

「내 중원의 잃은 땅을 되찾지 못한다면 다시는 이 강을 건너지 않으리라. 한번 흘러간 물이 되돌아오지 못하듯, 다시는 돌아오지 않으리라.」

이를 보고 감격한 병사들 입에서는 만세소리가 터져나왔고, 그 소리에 산악이 움직이는 듯했다.

회음(淮陰)에서 배를 내린 조적은 군량을 모으고 무기를 새로 만들면서 군사를 쉬게 했다. 여기서도 그의 장한 뜻에 감동하여 모여든 장정이 2천을 넘었다. 그는 다시 예주로 옮겨가, 농업을 권장하고 백성의 일을 자기 가사처럼 보살폈으므로 민중들은 그를 어버이같이 따랐다.

사마예가 조적에게 보냈던 사신이 돌아와서 아주 감명 깊은 사실을 목격했다고 보고했다.

그 사신이 예주에 도착한 것은 밤이 꽤 깊었을 때의 일이었다. 그는 달빛 아래에서 낚시를 하고 있는 한 청년을 보았다.

「월하(月下)의 풍류객이로군요」

사신은 저도 모르게 호기심이 나서 다가가며 말을 건넸다. 그러나 청년은 낚시에 넋을 잃었는지 쳐다보지도 않았다. 사신은 한참을 그 옆에 서 있었다.

이윽고 청년이 낚싯줄을 잡아챘다. 달빛에 무엇인가 번쩍이는 것이 있었다. 분명히 그것은 꽤 큰 고기였다. 그런데 이상한 일이었다. 청년은 고기를 들여다보더니 혀를 차면서 도로 물에 집어던지는 것이 아닌가.

「아니, 노형! 아깝지 않소? 왜 버리시오?」

사신은 저도 모르게 소리쳤다. 그제야 청년은 낯선 사람을 바라보며 말했다.

「이 근처에 사시는 분이 아닌 것 같군요」

「그렇소. 나는 꽤 먼 곳에서 왔소이다만, 고기는 왜 버리셨
소?」

그러자 청년은 빙그레 웃었다.

「사실은 우리 대장군께서 영을 내리시기를, 잉어를 너무 잡아
절종(絶種)이 되어가니 앞으로 3년은 잡지 말라고 하셨답니다. 아
까 물린 것이 공교롭게도 잉어가 돼서……」

여기까지 말한 청년은 다시 낚싯줄을 물에 던지면서 혼자 중얼
거렸다.

「원, 재수가 있어야지!」

이 목격담을 들은 사마예는 입이 딱 벌어졌다.

「*조이불강(釣而不綱)이라 했거늘, 아아, 어질도다, 조적이여!
몇 달 동안에 이렇게까지 민심을 휘어잡을 줄은 정말로 예상하지
못했다. 일개 촌부가 남이 안 보는 밤중에도 법을 이렇게 지키거
늘, 그 나머지야 물어서 무엇 하리오!」

왕도도 자기 일이나 되는 듯이 기뻐했다.

「과연 천하의 영걸인가 하옵니다. 옛 성현이라 해도 어찌 이보
다 나았겠나이까.」

낭야왕은 조적을 다시 진북대장군에 임명하고, 정벌에 관한 일
은 뜻대로 처리하도록 일렀다.

이렇게 하여 조적은 그 위엄을 날로 떨쳐서 도둑도 그 고을은
피하게끔 되었다. 병주자사 유곤 같은 이도 이에 감복하여 친구에
게 보내는 서한에서 이렇게 말했다.

<나는 창을 짚고 일어나서 지금껏 오랑캐를 맞아 싸웠건만,
조 장군이 몇 달 만에 세운 위엄에 못 미치는구려. 다음날 사해
를 편히 할 사람은 바로 그이인가 하오>

조적은 다른 면에서도 사마예에게 큰 도움을 주었다. 주의(周顗)는 자가 백인(伯仁)이고, 환이(桓彝)는 자가 무륜(茂倫)인데, 두 사람은 다 일세의 명사들로서 난을 피하여 강동에 옮겨와 살고 있었다.

앞서 사마예가 수차에 걸쳐 사람을 보냈으나 응하지 않던 인물들이었는데, 그들은 사마예가 조적을 쓰는 것을 보자 생각이 달라져서 스스로 건강을 찾아왔다. 사마예는 보물이 제 발로 굴러들어온 듯 기뻐하며 두 사람을 맞이하였다.

「두 분의 성화를 듣고 흠모한 지 오래더니, 오늘은 타는 듯한 소망을 풀 수 있어 다행함이 더할 수 없는 바요 선생들은 멀리서 오시어 무엇으로 과인을 가르치려 하시오?」

주의가 대답했다.

「신 등이 소명에 응하지 않다가 이제는 자진하여 대왕을 찾아뵙는 것은 오로지 천하 창생을 위해서일 뿐 조금도 스스로 바라는 바가 있어서는 아닙니다. 대왕께서는 높은 몸을 낮추어 선비를 예로써 대하시는 줄 알기 때문에 이렇게 인사를 올리러 왔나이다.」

「어서 말씀하십시오.」

사마예가 진정으로 기뻐하면서 말했다.

「내가 부덕하나 좋은 가르침은 목마른 듯 바라고 있습니다. 무엇이든 기탄없이 말씀하시오」

다시 주의가 말했다.

「지금까지 집권하셨던 제왕·성도왕·하간왕·동해왕·남해왕 등 여러 대왕을 뵙건대, 모두 원대한 안목이 없으셔서 골육끼리 분쟁만 일삼으셨나이다. 형제를 원수로 만들고 충성한 신하를 물리친다면 나라가 어찌 망하지 않을 수 있겠나이까. 천하가 이렇게 어지러워진 것은 도둑의 세력이 강해져서가 아닙니다. 치자(治

者) 스스로 자기를 약화시키는 일만을 해왔던 까닭입니다. 경계할
바가 참으로 여기에 있는가 하옵니다.」

「지당한 말씀이오」

사마예가 한숨을 쉬면서 말했다.

「과인도 그것을 모르는 바는 아니오 그러나 내 힘이 모자라니
이를 어찌하겠소이까. 공연히 *망양지탄(望洋之嘆 : ☞ 다기망양)
만 되풀이할 따름이오」

주의가 다시 입을 열었다.

「대왕은 스스로 겸손하지 마옵소서. 대왕께 사직을 바로잡으
실 뜻이 진정으로 계시다면 무엇이 불가능하겠습니까. 백성을 어
루만져 근본을 튼튼히 하신 다음 군사를 훈련시키고 식량을 저축
하시되, 기회를 보아 도둑을 치신다면 천하가 멍석 말리듯 잡히오
리다. 그리하여 사직을 중흥시키는 대공이 모두 전하께 돌아가리
니, 전하께서는 뜻을 크게 가지옵소서.」

그 말이 조적의 의견과 같다고 생각한 사마예는 그래도 짐짓
딴전을 부려보았다.

「강남은 천하에 비긴다면 손바닥 같은 땅이오. 사람과 재물이
아울러 모자라는데, 무슨 공을 이를 수 있겠소이까?」

그러자 지금까지 가만히 있던 환이가 나섰다.

「이곳이 작다고 말씀하시나, 손권(孫權)이 일어나 천하를 다투
던 땅입니다. 또 옛날에 오(吳)·월(越)이 함께 패국(覇國)이 된 적
도 있습니다. 이것으로 미루어보면, 공업을 이루는 것은 나라의
크기, 백성의 다과와는 관계없음을 알 수 있습니다. 대왕께서 예
로써 선비를 대하시어 천하의 신망을 일신에 모은 다음 북을 울리
며 나아간다면 누가 흔희작약하여 왕사(王師)를 영접하지 않겠습
니까.」

그의 언변은 강물이 흐르듯 했다.

「또 이곳의 지형은 어떠합니까. 산하가 험준하니 이를 근거로 할 때, 나아가서는 중원을 석권하고, 물러나서는 스스로 지키기에 족한 터입니다. 어찌 대공이 이루어지지 않겠습니까.」

사마예는 자리에서 일어나 두 사람의 손을 잡으며 말했다.

「두 분의 가르침을 듣고 가슴이 후련함을 느끼오. 부디 나를 도와주시오.」

그는 술잔을 나누며 두 사람 만난 것을 기뻐해 마지않았다. 주의·환이도 사마예의 성심에 감동하여 그를 섬길 것을 맹세했다.

술이 몇 순배 돌았을 때, 환이가 다시 말을 꺼냈다.

「지금 형주의 오랑캐가 상류에서 반란을 일으켰다고 들었습니다. 곧 군사를 일으켜 치십시오. 또 대업을 이루시려면 형주와 양주를 문호(門戶)로 삼아야 합니다. 문을 안 지키고 집안이 편안할 수야 있겠나이까.」

이 말에는 사마예가 난색을 표명했다.

「그 말씀에도 일리가 있소이다만, 조정의 명령도 없이 어찌 군사를 일으킨단 말이오. 이는 어려운 일이오.」

「전하!」

환이가 고개를 번쩍 들었다.

「전하께서는 폐하의 지친이시거늘, 나라를 위해 군사를 일으키는데, 누가 있어 불가하다 하겠습니까. 그것은 조금도 걱정하실 것이 없는 줄 압니다.」

그래도 사마예는 선뜻 마음이 내키지 않는 모양이었다.

「지금 동해왕이 조정 일을 맡고 있소만, 그분은 나에게 은혜가 있는 터요. 내가 허락도 없이 형주를 친다면 나에게 딴 뜻이 있지 않은가 의심할 것이오.」

주의가 답답하다는 듯이 말했다.

「동해왕은 지금 정권을 잡고 있기는 하나, 오래 지탱해 나갈 그릇이 못됩니다. 자기 발에 떨어지는 불똥도 끌 사이가 없는 터에 어찌 강남을 생각할 여유가 있겠습니까. 격문을 광주의 도간, 임치의 왕돈에게 내리시어 함께 치십시오 대사를 생각하는 이는 소절(小節)에 얽매이지 않는 법입니다.」

그러나 사마예는 고개만 끄덕일 뿐, 그 문제에 관한 한 명확한 언질은 주지 않았다. 그리고는 주의를 안동장군(安東將軍), 환이를 역양(歷陽)의 내사(內史)로 임명했다.

어느 날, 환이는 주의를 찾아가 가만히 말했다.

「어떻게 생각하시오? 전하의 관인대도(寬仁大度)하심이 가히 대업을 이룰 만하다 생각했는데, 도리어 우유부단한 일면이 있는 것 같구려.」

「글쎄, 나도 그런 생각을 했소」

주의도 동감의 뜻을 표했다.

「좀 결단력이 모자라시는 듯하오. 우리가 모처럼 기대를 걸었던 것이 잘못이었을까?」

그들이 이런 말을 주고받는데, 왕도가 찾아왔다. 두 사람은 기꺼이 그를 맞이하였다. 그리고는 서로 이야기하는 중에 마치 백년지기나 되는 양 서로 간담상조(肝膽相照)의 사이가 되고 말았다. 꽤 오랜 시간을 이야기하다가 왕도가 돌아가자, 두 사람은 서로 얼굴을 쳐다보며 뜻있는 웃음을 웃었다.

「아, 역시 인물이구먼. 이런 사람이 보필한다면 대업의 성취가 어렵지는 않을 것이오」

「정말이오 왕도는 솔직히 말해 우리보다 월등히 뛰어난 인물인 것 같소 전하께서는 인물을 얻으셨구려.」

두 사람은 이런 말을 주고받으면서 서로 왕도를 칭찬해 마지않
았다. 따라서 낭야왕이 형주를 당장 치려하지 않는 데서 오는 불
만 같은 것도 씻은 듯이 가셔버렸다.

　하루는 사마예가 베푸는 연회가 신정(新亭)에서 열렸다. 중요한
신하들은 모두 모인 큰 잔치였다. 군신 상하의 구별을 잊을 만큼
즐거운 시간이었다. 그런데 문득 주의가 일어나 잔을 높이 든 채
흐느꼈다. 그의 볼에는 눈물이 흐르고 있었다.

　「전하를 모시느라고 만사를 잊고 있었습니다만, 역시 고향의
풍물이 그리워집니다. 지금 눈에 띄는 것은 낯선 산하입니다. 고
향의 땅을 언제나 밟게 되겠습니까?」

　소위 강동 백육연이라는 현인들은 모두 타향 사람들이었으므
로 금세 추연한 기분이 장내를 무겁게 눌렀다. 그 중에는 부모처
자의 생각이 나는지 눈물짓는 이가 많았다.

　「이것이 어이 된 일입니까?」

　왕도가 안색을 고치며 자리에서 일어났다.

　「속담에도 정들면 고향이라고 했습니다. 대장부가 뜻을 천하에
두면 아녀자의 간호를 받으면서 죽어가게 됨을 부끄러워하는 법입
니다. 하물며 고향이 어찌 한 군데뿐이겠소이까. 의(義)가 있는 곳
에 현인이 살며, 어진 군주가 계신 곳에 의사가 모여들게 마련입니
다. 한데 지금이 어느 때입니까. *누란의 위기(累卵之危)에 처한 천
하를 바로잡을 책임이 여러분에게 있거늘, 어찌 아녀자를 본받으려
하십니까. 이는 여러분을 위해 내가 취하지 않는 바입니다.」

　엄숙한 기운이 장내를 무겁게 눌렀다. 주의는 곧 일어나서 사과
했다.

　「술이란 정을 상한다더니, 제가 몇 잔의 술에 그만 실수를 한
것 같습니다. 취한 나머지 광태를 보임을 너그러이 살펴주시기 바

랍니다.」

사마예가 껄껄 웃으면서 말했다.

「선생은 조금도 부끄러워하지 마시오. 고향을 그리워함은 인지상정이거늘, 그것을 어찌 잘못이랄 수 있겠습니까. 한고조 같은 이의 시를 보아도 고향을 말씀하셨거늘, 하물며 우리네야 말해 무엇 하겠소이까. 어서 천하가 태평해져서 우리 모두 고향으로 돌아가 편안히 살 수 있어야겠지요.」

이렇게 말하여 장내의 분위기를 부드럽게 돌려놓은 사마예는 한층 어조를 높였다.

「지금 천하가 어지러우매 자기 고향에 사는 사람은 적고 타향을 유랑하는 수효는 많소. 우리는 어서 세상을 태평하게 만들어 모든 사람이 고향을 그리워하며 한숨짓는 일이 없도록 해주어야겠습니다. 이것이 내 소원이오.」

이 말에 모든 사람의 고개가 깊이 숙여졌다. 내로라하는 사람들을 휘어잡는 힘이 사마예에게는 있었던 것이다.

진군(陳頵)이 상소문을 바친 것은 연회가 있은 지 며칠 뒤의 일이었다. 그도 백육연의 한 사람이었다.

　　<신 진군은 낭야왕 전하께 이 글을 올리나이다. 지금 중원이 다사하여 난을 피하는 이가 모두 강남으로 몰리고, 전하께서 관인대도하시어 어린 인사들의 촉망이 오직 전하 한 분에게 쏠리고 있는 터입니다. 전하께서는 황실의 지친으로 몸을 낮추어 선비를 예우하시니, 옛날의 성왕(聖王)이라고 어찌 이에서 지나오리까. 그러나 지혜 있는 자가 *천 번 생각하는 가운데도 반드시 한 가지 실수가 있다 하였사오니(千慮一失천려일실), 그런 중에도 전하께서 경계하셔야 할 일이 없지 않다고 생각합니다. 신

하를 예우한다 함은 반드시 말을 공손히 하고 술자리를 함께한
다는 뜻은 아닙니다. 그 재주에 따라 일을 맡기고, 좋은 말은 받
아들이며, 명상신벌(明賞信罰)함이 신하에 대한 예우입니다. 그
렇거늘, 전하께서는 신하를 사랑하는 나머지 지나치게 공손한
말씀으로 임하는 수가 있는 바, 이는 상하의 예에 도리어 어긋
나는 일입니다. 또 술자리를 자주 베풀어 신하와 함께 즐기시는
바, 이것은 선왕의 도가 아니라고 신은 감히 말씀드립니다. 이
런 일이 되풀이되면 군신의 의가 가벼워질 뿐더러, 공연히 고담
준론(高談峻論)을 일삼는 무리가 득세하게 될 것이니, 그것이
경국지도(經國之道)에 무슨 유익함이 있겠습니까. 대저 우리 대
진이 어지러워지기 시작한 원인이 실로 여기에 있었습니다. 유
연을 즐기는 곳에서는 노장지도(老莊之徒)로 *청담(淸談)을 일
삼게 되어, 세상의 치란(治亂)을 외면하는 무리는 고상한 인물
이요, 나라를 근심하는 무리는 속된 무리라 하게 되니 가치가
전도된 이 같은 곳에서 천하가 편하려 한들 어찌 편할 수 있었
겠나이까. 전하께서 현인을 부르심은 다 국가를 위해 유용하게
쓰시고자 함이니 차후로는 상하의 구분을 엄히 하시고 모두 맡
은 바 직책에 충실하도록 묘당(廟堂)의 기풍을 일신하옵소서.>

이를 읽는 사마예는 무릎을 치며 탄복해 마지않았다. 사마예는
이런 신하의 보필로 나날이 치적을 올려갔다.

3. 난민(亂民)들

성왕(成王) 이웅은 스스로 황제의 칭호를 선포한 뒤 차츰 서촉
밖 형주를 엿보기 시작하였다.
이 무렵 형주와 한중이 지경을 접하는 백제성(白帝城)과 이릉

(夷陵) 일대를 근거로 하여 강력한 세력을 가진 도적이 있었다.

도적의 두목은 두도(杜弢)란 자로서, 그는 성(成)과 진(晋) 어느 쪽에도 가담하지 않고 기회를 보아 형주와 한중을 공히 노략질을 하고 있었다. 그는 여느 도적의 두목과는 달리 문무의 도를 깨우친 자였다. 스스로 말하기를, 옛날 촉한의 효장 두로(杜路)의 손자라 했다.

그의 휘하에는 만여 명의 군사가 있었는데, 그들의 대부분은 촉지를 버린 옛날 촉한의 백성들과 형주자사 왕징의 탁정(濁政)에 원한을 사서 모여든 무리들이었다.

성왕 이웅은 황제 위에 오르자 교묘한 수를 써서 두도를 일시 매수하는 데 성공하였다. 그리하여 두도에게 많은 병장기와 양초를 대주며 형주와 상주(湘州) 등지를 노략질하도록 하였다. 건업에서 성적(成賊)이라고 부르는 것은 바로 이들이었다.

낭야왕 사마예는 두도의 행패가 날로 심해지자, 왕도와 주의 등의 계책에 따라 우선 광주자사 도간과 교주자사 왕돈, 형주자사 왕징에게 격문을 띄워 그들을 제어하도록 하였다.

도간은 격문을 가지고 온 조유(趙誘)에게 의아하게 반문하였다.

「전날 유홍이 형주를 다스리고 있을 때는 없던 도적이 어찌하여 지금에 창궐한단 말이오?」

조유는 형주자사 왕징이 학정을 하여 백성을 마구 들볶기 때문에 백성들이 스스로 뭉쳐서 도적이 되었다는 말을 하였다. 그것을 성의 이웅이 뒤에서 병장기와 전량까지 대주며 조종을 하기 때문에 그 세가 크다는 말을 덧붙였다.

도간은 더 이상 말을 하지 않고 곧 군사를 이끌고 가서 두도를 소탕하겠다는 짤막한 대답만 하였다. 그가 긴 말을 하게 되면 자연 왕징의 훼방(毁謗)을 들추어야 되겠기에 입을 다문 것이다.

도간은 곧 사자를 교주로 보내 왕돈에게 함께 군사를 일으킬 것을 종용하였다.

　왕돈은 도간의 제의를 응낙하면서 한 마디 의견을 말했다.

　「우리가 군사를 움직여 형주 지경에 불쑥 들어가면 형주자사 왕징이 언짢게 생각할지도 모르니 우리 둘이 연명으로 낭야왕에게 표문을 올려 낭야왕이 일단 왕징에게 양해를 얻든지 또는 그를 건업으로 불러들이든지 한 연후에 군사를 움직이는 것이 어떻겠소?」

　도간은 왕돈의 말을 좇아 곧 표문을 닦아 건업으로 보냈다.

　낭야왕 사마예는 도간과 왕돈의 표문을 접하자, 이내 왕도와 주의 등을 불러 상의하였다.

　왕도가 말했다.

　「왕징은 조정에서 임명한 자사인데, 대왕이 함부로 바꿀 수는 없지 않겠습니까.」

　그러자 주의가 한 마디 했다.

　「난세에서 친왕(親王)이 맡은 영지를 다스리기 위해 임의로 자사를 경질하는데 굳이 조정의 구애를 받을 필요는 없다고 보겠습니다. 형주와 상주는 강동의 병풍이며 곧 진조의 병풍이기도 합니다. 결코 소홀히 할 곳이 아닙니다.」

　사마예는 주의의 의견에 찬의를 표하며 반문했다.

　「그렇다면 과연 누구를 형주로 보내면 좋겠소」

　그러는데 갑자기 밖에서 형주에서 비마가 이르렀다는 말을 아뢰었다.

　왕도는 얼른 비마를 안으로 불러들였다.

　「형주에 무슨 변이 생겼단 말이냐」

　비마는 가쁜 숨을 몰아쉬며 아뢰었다.

「두도의 무리가 장사(長沙)와 상동(湘東)을 깨치고 여세를 몰아 형주의 몇몇 현을 유린하고 있습니다. 자사께서는 친히 군사를 이끌고 그들을 소탕코자 하셨으나, 오히려 도적에게 패하고 왕 참군께서 구원을 와 간신히 위기를 모면하셨습니다. 그러나 도적의 세가 강성하여 속히 토멸하기가 어려우니 빨리 장수와 군사를 보내달라는 왕 참군의 요청이십니다.」

사마예는 비마가 전하는 말을 듣자 근심스런 어조로 왕도에게 물었다.

「아무래도 유능한 사람을 형주로 보내야겠으니, 경은 속히 적격자를 천거하오」

이에 왕도는 하순과 고영을 천거하였다.

그러자 환이가 한 마디 했다.

「두 분은 이미 맡은 임무가 있으니 아직 일을 맡지 않은 사람을 골라서 보내심이 어떻겠습니까. 신이 헤아리건대 주의를 보내심이 좋을 듯합니다. 일찍이 조 자사가 대왕에게 주의를 형주자사로 천거한 적이 있는 줄 아옵니다.」

사마예는 연신 고개를 끄덕이며 환이의 말에 동의를 표했다.

환이의 말이 끝나자 사마예는 왕도의 얼굴을 쳐다보았다. 동의를 구하는 것이다.

왕도도 두말 하지 않고 찬성하였다. 이에 사마예는 주의를 형주자사로 임명하고, 왕징을 제주(祭酒)로 하여 건업으로 불러들였다. 왕징은 낭야왕의 명을 기꺼이 받아들였다. 그에게는 골치 아픈 정사보다도 술과 노래와 여인이 더 소중하였던 것이다.

왕징의 눈에는 건업의 미주(美酒)와 미녀(美女)가 선하였다.

왕징은 곧 채비를 차려 배를 타고 장강을 내려왔다. 마침 그가 형주 지경에 이르렀을 때 도적을 토벌하러 군사를 몰고 이 곳까지

와서 낭야왕의 영을 기다리고 있는 왕돈의 배와 만나게 되었다.

왕돈은 왕징을 찾아가서 환담을 하였다.

그러나 왕징은 왕돈을 족제(族弟)라 부르며 조금도 공경해 주는 빛이 없었다. 왕돈은 격하여 왕징을 단칼에 찔러 죽이고 싶었다. 몇 차례나 손이 허리에 찬 칼에 닿았으나 차마 칼을 뽑지는 못하고 이글이글 끓어오르는 구역질을 가까스로 참았다.

왕징과 작별한 왕돈은 혼자 뇌까려 붙였다.

「저런 위인이 어떻게 형주같이 큰 고을의 자사가 되었는지 모르겠다. 그러니 진조가 오늘날같이 퇴폐했구나.」

왕돈은 곧 그 곳을 떠나 이틀 후에 형주 50리 밖에서 기다리고 있는 도간과 만났다. 이때 도간과 왕돈에게는 낭야왕이 왕징 대신 주의를 형주자사로 임명하였다는 파발이 전해진 직후였다.

도간과 왕돈은 곧 군사를 휘동하여 형주 지경으로 나아갔다.

도적의 두목 두도는 도간과 왕돈이 군사를 이끌고 자기를 토멸하기 위해 온다는 소식을 듣자 곧 수하 소두목들을 불러서 대책을 수의하였다.

소두목 왕공(王貢)이 말했다.

「광주자사 도간은 전날 형주자사 유홍과 막역한 사이였으며, 유홍과 나란히 인덕(仁德)의 제후라는 명망을 듣는 사람입니다. 특히 이번에 선봉을 맡아 오는 장수 주사(朱伺)는 지난 날 영창구에서 끝까지 한의 대병을 저지하여 용맹을 떨친 명장이니 우리가 맞서서 싸운다는 것은 계란을 가지고 바위를 깨려는 어리석은 짓이라 하겠습니다. 차라리 도 자사에게 항복을 하여 목숨을 보존하는 것이 어떻겠습니까.」

또 한 사람의 소두목 장언(張彦)이 말했다.

「도간이 낭야왕 사마예의 명을 받고 왔으니, 우리는 기왕에 항복을 하려면 건강의 낭야왕에게 직접 항서를 바치는 것이 좋을 것입니다.」

두도는 두 사람의 말을 좇았다. 곧 항서를 써서 건강으로 보냈는데 그 항서 사연은, 형주자사 왕징이 음주 연락을 일삼아 정사를 게을리하자, 아래 고을의 벼슬아치들이 마구 백성을 착취하여 백성의 삶이 궁지에 몰리게 되었기 때문에 부득이 무리를 지어 노략질을 하게 된 것이며, 이제 천하에 덕망과 명망이 높은 주 자사가 새로 도임하게 되었다기에 전비(前非)를 뉘우치고 다시 양민으로 돌아가고자 이에 항서를 드리는 바이니, 너그럽게 받아달라는 것이었다.

사마예는 두도의 표문을 보자 측은한 생각이 들어 이를 왕도에게 상의하였다. 왕도도 그들을 무력으로 치는 것보다 덕으로 감화시켜 초안하는 것이 이롭다 하면서, 그들의 죄를 불문에 붙인다는 전지를 내렸다.

형주자사 주의는 두도의 무리들이 낭야왕에게 항서를 올리고 양민으로 돌아갈 것을 자청했다는 말을 듣자, 친히 두도를 찾아 이릉까지 나갔다.

두도는 감격의 눈물을 흘리며 손가락을 깨물어 혈서를 써서 주의에게 양민이 되기를 맹세하였다.

주의는 그들이 결코 일시의 세에 못 이겨 항복하는 것이 아님을 간파하고, 두도를 낭야왕에게 청하여 파동(巴東)의 감군(監軍)으로 임명해 주도록 하였다. 이리하여 한동안 어지러웠던 형주는 다시 평온을 되찾게 되었다.

성도의 이웅은 이런 소식을 전해 듣자 이를 갈며 분해 했다.

「아직 진조의 명운이 남았단 말인가!」

이웅은 혼잣말처럼 중얼거리며 연신 입맛을 쩍쩍 다셨다.

한편 모처럼 군사를 멀리 형주까지 내어 두도 등을 토벌하러
갔던 도간과 왕돈은 이미 자기들의 할 일이 없어졌음을 깨닫고 그
대로 무료하게 군사를 돌렸다.

도간은 왕돈에게 한 마디 했다.

「과연 주백인은 명불허전의 명장인 것 같소 장차 낭야왕을 도
와 반드시 큰일을 할 사람이오.」

왕돈은 무엇을 느꼈는지 가볍게 웃음을 지으며 대꾸했다.

「조적과 주의의 힘을 입어 장차 낭야왕은 진조의 대권을 잡을
거요.」

사실 낭야왕 사마예는 후일 이들의 도움을 입어 건업에서 진조
의 대통을 이어 동진의 원제(元帝)가 되었던 것이다.

제3장. 다시 낙양으로

1. 유요의 출병

진(晉) 회제 영가(永嘉) 2년, 한(漢) 원희(元熙) 4년 9월이었다.

한의 도읍인 평양으로는 연이어 불길한 소식이 날아들었다. 하나는 유주에서 왕준과 싸우다가 유영과 여종이 전사했다는 소식이요, 또 하나는 동평을 빼앗고 낭야를 치다가 급상과 여율이 죽었다는 정보였다.

이 소식을 전해들은 황제 유연은 크게 놀랐다.

「뭐라고! 급상과 유영이 죽었다고?」

그는 어이가 없다는 듯 다음 말을 잇지 못했다. 그도 그럴 것이, 그 두 사람은 한(漢)이 군대를 일으킨 이래 언제나 앞장서서 싸우던 맹장 중의 맹장이었다.

「구희와 왕준, 이 두 놈과 같은 하늘을 이고 있는(不俱戴天불구대천) 한 짐이 어찌 베개를 높이 베고 잠들쏘냐. 짐이 직접 대군을 이끌고 나가 이 도둑들을 치리라.」

그리고는 정말 나가려는 듯이 자리에서 벌떡 일어섰다.

「폐하! 진정하시옵소서.」

제갈선우가 앞으로 나오며 말했다.

「옛말에도 작은 일을 못 참으면 대사를 그르친다 했나이다. 어찌 그만한 일로 성상께서 친정(親征)하실 수 있사오리까.」

제갈선우는 황제가 진정하고 용상에 다시 앉기를 기다렸다가 입을 열었다.

「왕준은 북방 유연(幽燕)의 땅에 근거하여 척발의로(拓跋猗盧)·소서연(蘇恕延) 등 오랑캐의 도움을 받고 있사오며, 구희는 지혜가 많고 병사가 풍족하므로 둘 다 쉽게 꺾을 수 있는 상대가 아니옵니다. 주상께서는 위엄을 기르시면서 잠깐만 기다리시옵소서. 한번 북을 울려 낙양을 뺏는 날에는 왕준·구희쯤은 스스로 망하오리다.」

그제야 황제도 흥분을 약간 가라앉히며,

「그렇다면 이렇게 하오.」

한다. 이젠 목소리도 격해 있지 않았다.

「유요에게 10만을 주어 낙양을 치게 하고, 석늑에게도 10만을 주어 허도를 무찌르게 합시다. 우선 사마월이라도 잡는다면, 진조의 팔 하나를 자른 폭이 되지 않겠소?」

제갈선우는 다시 아뢰었다.

「진실(晉室)의 운수는 아직 다하지 않았사오며, 사마월은 그대로 버려두어도 스스로 멸망하리니 좀더 천하의 정세를 관망하시옵소서.」

그러나 황제는 막무가내로 들으려 하지 않았다. 진을 친다는 욕망이 하나의 집념처럼 되어버렸다.

유요에게는 즉석에서 정동대원수(征東大元帥)의 직첩이 내려졌고, 또 유여(劉厲)는 선봉장, 강발은 모주, 관근·관산은 좌우장, 유경(劉景)은 후군으로 정해졌다. 그리하여 곧 낙양을 치라는 명령이 떨어졌다.

또 석늑에게도 진북대원수(鎭北大元帥)의 직함이 주어지고, 상당공(上黨公)에 봉해졌으며, 나아가 허도를 공격케 했다.

명령을 받은 유요는 10만 대군을 이끌고 호호탕탕 낙양을 향해 나아갔고, 이 소식은 진의 비마에 의해 낙양에 보고되었다.

황제는 깜짝 놀랐다.

「또 위한이 쳐들어온다 하니 이 일을 어쩌랴. 동해왕을 불러들여야 하리라.」

이때, 왕연이 출반하여 아뢰었다.

「전에 그들이 두 번이나 쳐들어왔다가 다 실패하고 돌아갔거늘, 성상께서는 무엇을 걱정하시나이까. 전위장군 조무(曹武)는 문무겸전한 인재이오니, 그를 선봉으로 기용하시며, 후위장군 장기(張騏)와 그의 아우 중위장군 장기(張驥)로 하여금 그를 도와 함께 한적을 막게 하시기 바라나이다. 그리고 우위장군 가윤(賈胤)에게도 따로 군사를 주어 한의 원병을 끊게 하옵소서. 이렇게만 하면 저들은 결코 낙양 땅을 밟지 못하오리다.」

크게 기뻐한 황제는 곧 네 명의 장군을 불러들여 인(印)을 내리고, 나아가 유요의 군사를 물리치라 명령했다.

이 조무는 조홍(曹洪)의 손자로서, 그에게는 조조에게서 받은 칠보도(七寶刀)라는 가전(家傳)의 보검이 있었다. 이 칠보도를 만나는 자는 누구나 패하지 않는 사람이 없다는 전설이 있어서, 조무는 이것을 믿는 나머지 천하무적의 맹장으로 스스로 자처하고 있는 터였다. 그랬기에 황제로부터 출전명령이 내렸을 때도 그는 전혀 조심하는 빛이 보이지 않았다.

「폐하, 조금도 심려하지 마옵소서. 오랑캐란 본디 금수와 같아 그 장수만 꺾어 놓으면 모두 흩어져버릴 것입니다.」

하고 큰소리부터 쳤다. 그것을 또 황제나 고관들은 믿음직스럽게 받아들여 기뻐했다.

조무는 5만 명의 군사를 이끌고 앞서 진군하는 중 다음날에는 벌써 유요의 부대와 마주쳤다. 두 군대는 서로 진을 벌였다.

얼마 후, 한나라 측 진문이 크게 열리면서 유요가 앞으로 나왔다. 그는 황금투구에 붉은 갑옷을 걸치고 손에는 철편을 들고 있었다. 그리고 왼쪽에는 관근, 오른쪽에는 관산이 시립했으며, 앞에는 유여, 뒤에는 관방이 서 있어서 그 위엄이 온 싸움터를 짓누르는 듯했다.

이를 본 진나라 진영에서도 포를 울리고 북을 치면서 조무가 진두에 나타났다. 부장 송추와 팽묵을 거느리고 있었다.

유요가 앞서 철편을 들어 조무를 가리키면서 외쳤다.

「거기 온 장수의 이름은 무엇이라 하는가? 이제 진조는 천명을 잃고 백성의 신망을 상실했으니, 장수로 쓸 만한 사람이 없고 군사가 모자라는 터이다. 분수를 안다면 마땅히 낙양을 바쳐라. 그러면 너희 군주를 안락공(安樂公)에 봉하여 부귀를 잃지 않게 하여주리라. 만일 완고하여 내 말을 좇지 않을 때는 성을 치고 *옥석을 함께 불사르리라(玉石俱焚옥석구분)!」

유요는 여기에서 철편을 높이 들어올리면서 더 한층 높은 소리로 외쳤다.

「보라, 이 철편을! 내가 지금껏 천하를 무수히 횡행했건만, 일찍이 내 일격을 견뎌내는 자 없었나니, 나중에라도 후회함이 없도록 하라.」

「천하에 가소로운 놈이로고!」

조무가 크게 웃음을 터뜨렸다.

「듣거라! 나는 조무라는 사람이거니와, 일찍이 너처럼 방자한 소년을 본 적이 없다. 너는 오랑캐 땅에서 성장했으니, 어찌 천하의 넓음을 알라. 내 칼맛을 좀 보겠느냐?」

하고 조무는 칼을 빼어들었다. 칠보도의 칼날에서는 이상스런 빛이 발산되는 것 같았다.

「이 칼은 위(魏)의 무제께서 차시던 칠보도! 쇠라도 베어지는 명검이다. 하물며 너 같은 어린놈의 목쯤이랴. 너는 앞서도 왔다가 패주했다는데 무엇을 믿고 다시 왔는지 모르겠으나, 속히 말에서 내려 항복함이 좋으리라.」

「이놈을!」

성이 난 유요가 뛰쳐나가려 하자,

「원수께서 친히 나가실 것까지야 있겠습니까.」

이렇게 말하면서 말을 달려 나가는 장수가 있었다. 관근이었다.

조무는 달려오는 관근을 보자 찔끔 놀랐다. 그도 그럴 것이 그 체구와 수염과 손에 든 언월도가 꼭 관운장이 살아 돌아온 것 같았기 때문이다.

두 장수는 불이 붙듯이 싸웠다. 조무의 칠보도가 더할 수 없는 명검이라면, 관근의 언월도는 그 크기와 무게에 있어 천하에 짝이 없는 웅검(雄劍)이었다. 두 칼은 무수한 원과 곡선을 공중에 그으면서 천 가지 만 가지로 변화했고, 용처럼 날뛰는 말발굽 아래서 뽀얗게 이는 먼지는 햇빛을 가렸다.

싸움이 50합에 접어들자 차츰 우열이 드러나기 시작했다. 조무는 우선 기력에서 압도당했다. 그는 믿는 것이 칠보도였는데, 그것이 아무리 명검이라 해도 자동적으로 상대를 쓰러뜨려 줄 리는 만무했다. 거기에다 관근의 언월도는 너무나 거센 힘을 가지고 육박해왔다. 그는 차츰 숨을 헐떡이며 자신을 방어하기에 진땀을 흘렸다.

이 상태로 10합만 더 끌었다면 조무는 쓰러졌을지도 모른다. 그러나 그가 위태로운 것을 보고 송추와 팽묵이 황급히 달려 나와 도왔으므로 우선 위기를 모면하였다.

관근은 세 장수를 상대하면서도 여유 있게 싸웠는데, 급격히 접근해오는 말발굽소리가 있었다. 관근은 또 적장이 나타나는가 싶어 고개를 돌렸다. 그리고 전속력으로 달려오는 유요를 발견했다.

「내 철편 맛을 좀 보려느냐」

가까이 온 유요는 이렇게 외치며 곧바로 송추를 향해 일격을 가했다. 송추는 창을 들어 이를 막았으나 철편에 가해진 힘이 어떻게나 세든지 창이 부러지며 그의 어깨가 으스러졌다. 송추가 악소리를 지르면서 땅에 구르는데 유요의 철편이 번개처럼 덮쳐서 그의 머리를 박살내고 말았다.

이를 본 팽묵은 겁을 집어먹고 말머리를 돌려 달아났다. 아니 달아나려 했다. 그러나 어느새 다가온 유요는 철편을 들어 그의 등을 강타했다. 팽묵은 그대로 앞으로 쓰러지고, 척추가 부러진 듯 그의 등에서는 검붉은 피가 치솟았다.

「네가 조무렷다!」

이렇게 외치면서 다시 유요가 조무에게 다가갔을 때, 관근을 상대하고 있던 조무는 산중에서 호랑이를 만난 듯이 기겁을 하며 달아나기 시작했다. 싸워 보기도 전에 왜 그리도 겁이 나는지 몰랐다. 그는 등골이 서늘해졌다.

유요가 뒤를 돌아다보며 손을 흔들자, 한군은 총공세를 취해 물밀 듯이 쳐들어왔고, 자기네 대장이 패주하는 것을 본 진나라 군사들은 싸워보지도 못한 채 도망치기 시작했다.

관근은 다른 병졸 같은 것은 염두에도 없는 듯 조무의 뒤를 따랐다. 조무는 뒤에서 따라오는 것이 유요인 줄만 알고 죽어라고 말을 달렸다.

그는 어떻게나 도망하는 데 열중했든지 앞에서 우군이 나타났을 때에도 적인 줄로 착각하여 말머리를 다른 방향으로 바꾸려 들었을 지경이었다. 그러나 귀에 익은 목소리를 듣고서야 그것이 장기 형제임을 알고 마음을 놓았다.

장기는 이끌고 온 부대를 지휘하여 추격해오던 한군과 정면에서 맞부딪쳤다. 상당한 힘을 발휘할 수 있는 새로운 세력이라 한군도 일단 주춤했다.

그들은 서로 찌르고 죽이고 하며 한동안을 싸웠다. 싸움은 어디까지나 우열이 없는 듯 보였다. 그러나 유요가 뛰어들자 정세는 한쪽으로 완전히 기울기 시작했다. 유요는 전군을 떠나보내고 뒤에서 행군해오다가 이때에야 현장에 도착한 것이었다.

「뭐, 장기라고?」

유요는 아니꼽다는 듯이 반문하며 혼전을 벌이고 있는 가운데로 뛰어들었다. 그의 철편이 바람을 일으키기 시작했다. 순식간에 몇 명의 병사들이 자리에 쓰러졌다. 모두 어깨나 머리가 으스러져 있었다.

유요는 이리저리 말을 달리면서 철편을 휘둘러댔다. 그가 나아가는 뒤로는 무수한 시체가 깔렸고, 그 어느 것이나 차마 눈뜨고 못 볼 만큼 처참한 모습이었다. 진나라 군사들은 모두 기겁을 하여 그를 피하느라고 야단들이었다.

유요는 이렇게 무차별적인 학살을 계속하면서도 멀리 저쪽에 서 있는 장기를 발견하고 그쪽으로 나는 듯이 달려갔다.

「장기야, 너 오래간만이로구나!」

유요의 호통소리가 싸움터를 뒤집어엎을 듯이 울려 퍼졌을 때, 그의 말은 어느 사이엔지 장기의 눈앞에 바짝 다가와 있었다.

장기도 깜짝 놀랐다. 그러나 피하기에는 이미 거리가 너무나도 가까웠다.

「도망갔던 녀석이 죽지도 않고, 왜 또 왔느냐!」

장기도 호통을 치면서 창을 비껴들고 앞으로 나아갔다.

두 사람은 용호상박의 싸움을 벌였다. 날랜 말은 길길이 날뛰는데, 철편과 창은 서로 어울려 바람을 일으켰다. 장기의 창 쓰는 법은 변화무쌍하고 기기묘묘했다. 마치 열 개 스무 개의 창이 동시에 공격을 가하는 듯이 앞뒤에도, 왼쪽 오른쪽에도, 거의 때를 같이하여 창은 번뜩였다. 보통 사람이라면 눈이 아찔해서도 그 자리에 쓰러지고 말았을 것이었다.

그러나 유요의 철편은 역시 천하에 적수가 없었다. 그의 철편이 번개처럼 번뜩일 때마다 무서운 바람소리가 났다. 20합 30합에 접어들자, 차츰 그 우열이 눈에 띄게 드러났다. 장기의 창술로도 이 철편 하나를 겨우 막아내는 듯 보였다.

유요가 일부러 보인 허점을 타고 장기의 창이 번뜩이는 순간, 유요는 재빨리 몸을 피하면서 일격을 적에게 가했다. 철편은 바람을 일으키며 장기의 왼쪽 어깨로 떨어지는 순간, 유요의 탄 말이 무엇을 잘못 디딘 듯 앞으로 기우뚱했기 때문에 철편의 끝이 팔을 스치는 데 그쳤다. 그러나 가공할 힘이 가해진 철편의 끝이라 장기는 저도 모르는 사이에 창을 땅에 떨어뜨리고 말았다.

기겁을 한 장기가 획 말머리를 돌려 달아나자, 유요는 독수리처럼 그 뒤를 따랐다. 이것으로 이날의 싸움은 끝장이 난 셈이었다. 진나라 군졸들은 장기의 패주와 함께 눈사태처럼 무너져갔고, 한군은 고함을 지르면서 그 뒤를 추격했기 때문이다.

상당한 수효의 진나라 병사가 목숨을 잃었다. 그러나 해가 저물었으므로 한군도 언제까지나 공격을 계속할 수는 없었다. 유요도 앞에 거치적거리는 적병들 때문에 장기를 잡는 일은 마침내 단념

할 수밖에 없었다.

2. 거짓된 항복

조무와 장기가 이끄는 패군이 낙양성 밖 10리 지점까지 후퇴하였다는 소식을 듣자, 회제는 낯이 흙빛이 되었다. 진의 백관들은 서로 얼굴만 쳐다볼 뿐 말을 꺼내는 사람이 없었다.

왕연의 처지는 더욱 딱했다. 그는 이전에 자기가 천거한 장수들이 모두 공을 거두어 돌아온 바 있었으므로 마치 지인지감(知人之鑑)이라도 있는 듯이 뽐내고 있던 터라 그저 얼굴만 붉힐 따름이었다.

「아, 이 일을 장차 어찌한단 말인가! 조무와 장기 형제로도 못막는 적이라면 누가 나가서 물리친단 말인가!」

황제가 한탄하자, 어사중랑 왕수(王修)가 출반해서 아뢰었다.

「이 비상한 시기를 당하여는 비상한 방책이 아니고서는 나라를 구하지 못할 것이옵니다.」

이렇게 서두를 꺼낸 그는 잠시 말을 끊었다. 그 태도에는 자기만이 그 비상한 방책을 알고 있다는 빛이 역력히 보였다. 여러 사람의 시선은 그에게로 집중되었고, 왕연은 이 순간 그런 왕수의 태도가 아니꼬워서 노려보고 있었다.

「지금 홍농(弘農) 태수 탄연(坦然)이 조칙을 받들어 군사를 이끌고 오고 있사옵니다. 신의 소견 같아서는 그로 하여금 거짓으로 적에게 항복토록 한 다음 적의 공세를 파악한 뒤 적을 치면 일거에 공을 거둘 수 있을까 하나이다. 성상께서는 그에게 밀지(密旨)를 내리시어 간곡히 타이르소서. 반드시 낙양을 구할 수 있을 것입니다.」

그러자 왕연이 못마땅하다는 듯이 나섰다.

「그대로 된다면야 오죽이나 좋겠소이까. 하나 적진에는 지모가 있는 자가 많은즉, 과연 속아 넘어갈는지 의문이오. 만일 저들이 역으로 *반간계(反間計)라도 쓰는 날에는 도리어 화를 면치 못하리다.」

「그렇지 않습니다.」

왕수가 펄쩍 뛰었다.

「지금 우리 대군이 패주한 뒤라, 탄연의 군대는 낙양에 오려 해도 길이 막힌 상태가 아닙니까. 싸우기에는 수효가 모자라고, 낙양에 입성할 수도 없고 보면, 이는 소위 진퇴유곡의 상황이 아니겠습니까. 그런 처지에서 항복한다는 것은 의당 있을 수 있는 일입니다. 이보다 더 좋은 방책이 있다면 모르되, 그렇지 않다면 막지 마시기 바랍니다.」

왕연은 뾰족한 수가 있는 것도 아니어서 대꾸를 못하였다. 그러자 황제가 마침내 결단을 내렸다.

「국가의 존망이 경각에 달려 있는 이때에 무슨 일인들 못하겠소? 그러나 이것은 용이한 일이 아니니 경이 직접 다녀오도록 하시오.」

황제는 이렇게 말하면서 왕수를 건너다보았다. 그 눈초리에는 절망한 사람이 어떤 일에 일루의 희망을 걸 때의 애절함이 나타나 있었다.

「황공하옵니다. 어명이시라면 신이 어찌 사양하겠나이까.」

왕수의 눈초리에는 이슬이 맺혔다.

왕수는 곧 평민의 옷으로 갈아입은 다음 길을 떠났다. 그는 샛길로 가서 이틀 만에 탄연의 군사를 만났다. 탄연은 진군하는 중에 관군이 패했다는 소식을 듣고 어찌할 바를 몰라 행군을 멈추고 있는 참이었다.

탄연은 상인의 복장을 한 왕수를 보자 깜짝 놀랐다.

「아니, 대감께서 어인 행차이십니까?」

그가 허둥지둥 달려가 머리를 숙이자, 상인인 줄만 알고 안내했던 병사는 영문을 몰라 눈을 크게 떴다.

탄연은 왕수에게서 조서를 전달받고 더욱 놀랐다.

「아니, 이럴 수가!」

그는 황공한 듯 무릎을 끓고 그것을 읽었다.

　　―경이 조칙을 받고 군사를 일으켜 달려오고 있다는 말을 들었노라. 집안이 가난하매 어진 아내를 생각한다 했거늘, 국가의 위기를 당해서 짐이 어찌 경의 충성됨을 가상히 아니 여기겠는가. 지금 도둑이 창궐하여 길이 막혔기에 경이 공을 거두기 어려울까 하노니, 경은 왕수와 꾀하여 그르침이 없도록 하라.

「대체 어떠한 기계(奇計)를 가지고 오셨나이까. 어서 말씀해주십시오」

조칙을 다 읽고 난 탄연이 엄숙한 표정으로 왕수를 바라보며 물었다.

「말씀드리지요 좀 어려운 일이긴 하나, 이 난국이 쉬운 수단으로야 해결이 나겠소이까. 이는 성상의 어명이시니 그리 아시고 들으십시오」

왕수는 옷매무시를 고치면서 말을 꺼냈다.

「장군으로서는 좀 하기 어려운 일입니다. 그러나 이것밖에는 적을 물리칠 도리가 없습니다. 꼭 들어주셔야 합니다.」

왕수의 눈에는 어떤 애절함이 있었다.

「무슨 말씀이시기에 그러십니까. 어서 말씀하십시오. 어명이

신 터에 수화(水火)인들 피하겠나이까.」

탄연이 모든 것을 각오한 듯 잘라서 말하니, 그제야 왕수의 얼굴에 웃음이 활짝 번졌다.

「사실은 적에게 항복해 주십사 하는 것이오.」

이 말이 떨어지자, 탄연은 자기 귀를 의심했다.

「아니, 지금 무어라고 하셨습니까?」

왕수는 빙그레 웃었다.

「적에게 항복해 주십사 했지요.」

탄연은 성난 눈으로 왕수를 바라보았다. 숨 막히는 시간이 흘렀다. 왕수를 노려보던 탄연의 눈빛이 부드럽게 변해갔다. 드디어 왕수는 눈길을 돌리면서 말했다.

「잘 알겠습니다. 어명대로 행하겠습니다.」

그리고는 왕수의 손목을 덥석 잡았다.

이튿날, 왕수를 떠나보낸 탄연은 군대를 지휘하여 앞으로 나아갔다. 다음날 오정쯤이 되었을 때, 척후는 적이 전방에 진을 치고 있음을 보고했다.

탄연은 그 자리에 군대를 주둔시키고 자기는 소복으로 갈아입은 다음 혼자 말을 달려 한나라 진영을 찾았다.

한편, 낙양을 칠 작전을 논의하고 있던 한군 측 장수들은 탄연이 나타났다는 말을 듣자 깜짝 놀랐다. 유요는 소복한 그가 나타나자 물었다.

「그대는 누구이기에 나를 만나자고 하는가?」

탄연은 고개도 못 들고 대답했다.

「저는 홍농태수 탄연이라는 사람입니다. 와서 장군을 뵈옵는 까닭은 충정을 털어놓아 장군의 관용을 빌고자 하기 때문입니다. 저는 조칙을 받들어 군사를 이끌고 달려왔으나, 다른 데서는 병사

하나 나타남이 없고, 장군의 대병이 앞을 막고 있음을 알았습니다. 낙양의 존망이 경각에 달린 이때, 죄 없는 병사들을 무엇 때문에 죽이겠습니까. 제가 가지고 있는 장병과 군량을 모두 바치고자 하오니 장군께서 거두어주십시오」

유요의 입이 딱 벌어졌다.

「옛말에 시무(時務)를 아는 사람이 영웅이라 했거니와, 장군이야말로 대세의 돌아가는 방향을 정확히 아는 분이라 할 것이오 이제 진조가 덕을 잃으매 억조창생이 다 그 망할 날을 손꼽아 기다리고 있는 터이오 장군이 귀속한다면 어찌 부귀공명을 걱정하겠소이까.」

수장(首將) 자신이 나타나서 벌이는 항복교섭이라 유요뿐 아니라 아무도 의심하는 사람이 없었다.

탄연은 자기의 말을 충실히 이행하였다. 그는 모든 군사의 무기를 거두어 앞세워 보낸 다음 군량을 호송하여 한나라 진영으로 병사를 이끌고 왔다. 그가 데리고 온 군병이 5천에 양식은 1만 석이나 되었다.

한나라 진영에서는 큰 주연을 베풀어 이들을 환영했다. 유요는 탄연을 첨군(僉軍)에 임명하여 우선 후군에 있도록 했다.

어쨌든 탄연의 투항은 한군 측에 큰 활력소를 불어넣어 준 결과가 되었다. 싸우지 않고도 항복해오는 판이니, 낙양쯤은 문제될 것도 없는 듯 보였다. 그리하여 낙양을 함락했을 경우, 자기가 맛볼 득의를 미리 생각해보는 것이었다. 이것은 장수나 병졸이나 마찬가지였다.

유요는 의기양양하게 대군을 인솔하여 곧 낙양성을 포위했고 곧이어 싸움이 벌어졌다. 아침부터 유요는 공격을 명령했다. 그러나 진나라 측의 방비도 물샐 틈이 없어 전과는 뜻대로 오르지 않았다.

낙양이라면 천하에 드문 요해지다. 거기다가 아무리 기울어져 간다고는 해도 진조의 수도임에 틀림없었다. 막상 대하고 보니 용이하지 않은 고장이었다.

며칠의 싸움에서 얻은 것은 꽤 많은 사상자뿐이었으므로 유요도 지구전을 각오하지 않을 수 없었다. 그는 군사를 성 밖에 주둔시킨 채 결전의 때가 오기를 기다리기로 했다.

이리하여 변변한 싸움 한번 못하고 며칠이 지난 어느 날 밤, 마침 바람이 크게 불고 하늘이 흐려서 지척을 분간키 어려운데, 가만히 성문이 열리더니 소리도 없이 병사들이 쏟아져 나왔다. 송주·하윤·가윤·조무·장기(張驥) 등의 인솔을 받은 이들은 가만히 적진에 접근해갔다.

이것을 아는지 모르는지 한나라 측 진영에서는 화톳불만이 어둠 속에 꽃처럼 피어오르고 있을 뿐이었다.

이윽고 북소리가 요란히 울리고 고함이 하늘을 찌를 듯이 일어나면서 공격이 가해지자, 깊이 잠들었던 한군들은 대혼란에 빠지고 말았다. 적을 얕보고 있었던 만큼 놀라기도 놀랐으려니와, 칠흑같이 어두운 밤이고 보니 대항할 길이 없었다. 서로 이리저리 밀리면서 법석을 떠는 속에서도 이성을 잃지 않은 사람은 오직 강발뿐이었다.

「모두 그 자리에 서서 적과 대항하라. 위치를 떠나지 마라!」

그는 이렇게 외치면서 진중을 돌았다. 그제야 진상을 알아차린 장수들은 병사들을 정렬시켜 적과 싸우게 했다.

이때 진 뒤쪽에서 갑자기 불길이 치솟으며 그와 동시에,

「진나라 군대가 뒤에서도 쳐들어온다!」

하고 외치는 소리가 들려왔다. 이것은 물론 후군 속에 끼여 있

던 탄연과 그 부하가 시초(柴草)와 양식에 불을 지르고 외친 고함소리였으나, 이에 더욱 놀란 한군들은 제각기 살기 위해 이리저리 흩어져버렸다.

이제는 아무도 통제할 수 없는 상태에 빠진 것이었다. 벌써 혼란의 단계를 넘어 붕괴의 과정에 들어섰다고나 할까. 그럴수록 진나라 장병들의 공격은 더욱 심해져서, 화살이 빗발치듯 날아들고 창과 칼이 어둠 속에서 번뜩였다. 무수한 한병들이 귀신도 모르게 죽어갔다.

이렇게 되고 보면, 일기당천(一騎當千)의 맹장들도 속수무책이어서, 관근과 호연유도 적병들 사이로 도망치기에 바빴고, 유요에게 있어서도 결코 예외일 수 없었다.

그는 이제 모든 것이 마지막임을 깨닫고 철편을 휘두르며 어둠 속으로 달아났다. 이때의 분노가 얼마나 컸는지 유요는 닥치는 대로 마구 철편으로 내려쳤다. 이튿날, 사람과 말이 함께 박살이 난 시체가 꽤 많이 발견되어 진나라 장병들은 혀를 내둘렀다고 하니 그 심사가 추측이 간다.

어느덧 날이 밝아왔다. 유요는 낙수(洛水) 가에 말을 세우고 흩어진 군사들이 모여들기를 기다렸다. 피투성이가 된 사람, 팔을 동여맨 병사, 다리를 저는 사람, *구사일생(九死一生)으로 살아난 장병들이 하나 둘 모여들었다. 장수들도 모였으나 모두들 입을 다문 채 말이 없었다.

유요는 굽이굽이 흘러가는 낙수를 한참이나 바라보았다. 그 검붉은 물결은 인간의 영욕 같은 것은 이제 관심도 없다는 듯이 아주 무표정하게 흐르고 있었다. 몇 천 년을 통해 이 물가에서 얼마나 많은 희비극이 벌어졌던가. 그가 패잔병들에게 대오를 짓게 하고 떠나려 할 때, 누군가가 물었다.

「어디로 가시렵니까?」

유요는 무표정한 얼굴로 그 사람을 돌아다보면서 대답했다.

「평양으로!」

그 목소리는 아주 냉랭하게 아침 공기를 흔들었다.

「자, 모두 평양으로 돌아가자. 내 세 번 낙양을 쳤다가 세 번 실패했으나 후회하지 않는다. 관중(管仲)도 세 번 싸워 세 번 지고도 부끄러워하지 않았다고 했잖느냐. 나도 이번 일을 부끄러워하지 않는다. 이것으로 낙양을 치려는 내 뜻이 꺾인다면 그것은 부끄러운 일일 것이다. 그러나 나는 다시 이 낙수를 건너 낙양을 다시 칠 것이다.」

유요로서는 세 번이나 낙양을 쳤다가 실패했으니 그야말로 *일모도원(日暮途遠)의 심정이었을 것이다. 그러나 그것을 속으로 삭이고 겉으로는 이렇게 외쳤던 것이다.

강발 같은 이는 백발을 바람에 흩날리며 눈물을 흘렸다.

'아, 장하다! 이 젊은이에게는 꺾을 수 없는 힘이 있구나. 무엇인가 되기는 기어코 되겠다.'

그는 이런 생각을 하며, 어떻게 보면 철없는 이 청년 장군을 새삼스레 우러러보는 것이었다.

3. 사마열의 열 가지 죄

한편, 한나라 황제 유연은 이번에도 행여나 유요에게 실수가 있을까 걱정하여 석늑과 왕미에게 명하여 달려가 그를 돕도록 했다. 두 장수는 급거 낙양을 향해 출동했으나 닿기도 전에 유요가 패주하여 평양으로 돌아가고 있다는 소식을 듣자 군대를 일단 멈추고 군사 장빈과 상의했다.

장빈이 석늑에게 말했다.

「천기를 살피니 아직 낙양의 운이 진하지 않았습니다. 우리가 허창으로 나아가도 이로울 게 없을 것 같으니 기왕에 군사를 몰고 나선 이상 여영(汝穎)과 남양 일대를 공략하고 돌아가는 것이 좋을 듯합니다.」

석늑은 장빈의 말을 좇아 곧 환원관에 있는 왕미에게 연락을 취하여 함께 여주·영주·남양 일대를 공략했다.

이 고을과 그 속현(屬縣)들은 모두 동해왕 사마월의 가렴주구에 허덕이고 있던 터라 한군이 이르기도 전에 자진하여 항복해오는 성이 많았다. 투항해오는 곳은 접수하고 대항하는 곳은 치고 하면서 석늑과 왕미는 무인지경을 가듯이 그 일대를 유린했다.

이 소식을 들은 유홉(劉洽)은 사마월에게 말했다. 그는 동해왕 휘하에서 장사 벼슬을 하고 있는 인물이었다.

「지금 석늑과 왕미가 중병(重兵)을 이끌고 중원을 짓밟고 있사오며, 유총도 내지 깊숙이 들어와 발판을 굳히고 있습니다. 이를 그대로 두었다가는 돌이킬 수 없는 재앙이 될 것이니, 전하께서는 속히 손을 쓰십시오. 앞서 유요가 패하여 돌아갔으니 유연은 더욱 분해하고 있을 것인즉 반드시 다시 낙양을 노릴 것입니다. 그리하여 유요·석늑·왕미 등이 함께 낙양으로 밀려든다면 무엇으로 대항하겠습니까. 이번의 승리도 적을 속여 요행히 공을 거둔 것뿐이니, 그런 속임수가 언제까지나 통할 리 만무한 것이 아닙니까. 전하는 태부이시니, 속히 조칙을 제후들에게 내려 낙양에 들어와 조정을 지키도록 명령하옵소서.」

「과연 적절한 말이로다.」

사마월의 말처럼 그것은 적절한 말이었는지도 모른다. 그러나 제후들에게 조정의 권위가 정상적으로 미치는 때에 한에서만 적절한 대책일 수 있음을 잊고 있는 점에서는 반드시 적절하다고만은 말할 수 없는 면도 있었다.

이 명령이 전해졌을 때, 실제로 응한 것은 형주도독 왕측(王則) 한 사람뿐이었다. 그것도 군사 5천을 이끌고 달려오다가 왕미의 부하들에게 군량미만 뺏기고 패주해 돌아가는 데 그쳤다.

이렇게 태수들이 조칙에 불응한 것은 조정의 권위가 땅에 떨어 졌다는 것 외에도 몇 가지 원인이 있었다. 강력한 힘을 가진 태수 들은 스스로를 천하의 패자(覇者)로 자처했기 때문에, 무력한 조 정의 명령에 따르다가 손해를 보기보다는 천하의 정세를 관망하 자는 태도로 나온 것이었다. 마치 춘추전국시대의 제후가 천자 같 은 것은 안중에도 두지 않고 서로 힘을 겨루어 대립했던 것과도 같이 지금의 중요한 태수들도 권력이 그만큼 커져 있었던 것이었 다. 또 약한 힘밖에 못 가진 태수들은 스스로 나설 계제가 못됨을 알기 때문에 움직이지 않았다.

이렇게 근왕(勤王)의 군사들은 모이지 않는데, 불길한 소식은 자꾸 들려왔다. 석늑·왕미는 다시 한수(漢水)를 건너 양양으로 육박해가고 있다는 것이었다. 황제나 사마월도 이제는 당황할 수 밖에 없었다.

「장차 저들의 대군이 이르는 경우, 도읍을 지키기 어려울지도 모르겠나이다. 지금까지는 다행히도 물리칠 수 있었으나 이는 모 두 요행에 힘입은 것이오니, 언제까지나 요행만 바라보고 있을 수 없을까 하오니, 크게 배를 만드시어 만일의 경우에는 진퇴에 실수 가 없도록 하옵소서.」

이런 말을 하는 대신도 있었다. 미리 도망칠 준비를 해두자는 것이었다.

황제는 현명하다고는 해도 노련한 정치가는 못되어서 금시에 귀가 솔깃해 했지만, 역시 이런 때면 왕연이 그래도 대신의 체통을 지켰다.

「그것이 무슨 말이오? 군신이 함께 싸우다가 죽으면 죽었지, 어찌 어가(御駕)가 낙양에서 떠나신단 말이오? 모두 도둑을 깨뜨릴 궁리들이나 하시오」

그는 이렇게 흐트러지려는 조신들의 마음에 일침을 가했다. 그리고는 자기 집에 있던 수레를 모두 팔아버렸다. 자기에게 도망갈 뜻이 없음을 밝히기 위해서였다. 이것으로 들뜨던 민심이 어느 정도 가라앉았다.

그러나 왕연의 이런 노력쯤으로 평정을 회복하기에는 천하는 너무 무거운 질병을 앓고 있었고, 그것을 끄집어내어 터뜨리는 역할을 맡고 나선 것은 패자로 자처하거나 패자가 되고자 원하는 태수들이었다. 왕준·왕돈·유곤·주의 등은 합동으로 상소하여 동해왕을 탄핵했다. 거기에는 동해왕이 저지른 죄목 열 가지가 열거되어 있었다.

간사한 마음을 품고 충량을 해하고 사당(私黨)을 모은 것. 성도왕을 멸한 일. 혜제를 독살한 일. 권세를 전횡하여 무고한 백성을 가렴주구한 일. 정당한 여론이 황제에게 들리는 것을 막은 일. 불신(不臣)의 행위가 많았던 일. 이리하여 위한을 발호케 한 일. 그리고는 천하의 화근이 동해왕에게 있다고 지적하고, 동해왕이 제거된다면 근왕의 군사가 구름처럼 모여들 것이라 단정하고 있었다.

그러나 이 상소문은 사마월에 의해 압수되었고, 황제에게는 넘어가지 않았다. 그렇다고 사마월의 마음이 편할 리 없었다.

그는 잠도 못 자면서 고민했다. 성도왕·하간왕을 죽인 이래 천하의 권세는 그의 수중에서 떠나본 적이 없었다. 그러나 그는 권력의 정상에 앉아 있으면서도 무엇인가 모를 불안을 늘 의식하며 살아왔었다.

그 이름 모를 불안이 이제야말로 정체를 드러낸 듯한 느낌이었다. 그도 천하가 모두 그에게 심복하고 있는 것이 아니라는 것쯤은 알고 있었다. 그러나 그의 절대적인 권력 앞에는 아무도 딴소리를 못할 것으로 알고 있었던 차에 그렇지만도 않다는 것이 드러난 셈이었다.

더구나 상소문을 올린 왕준 등이 일개 지방관이라는 것이 못마땅했다. 그러나 천하가 어지러운 틈에 지방 태수들이 차츰 독립국의 군주처럼 되어버린 사실을 사마월은 아직도 모르고 있었던 것이다.

며칠 동안 고민하던 사마월은 마침내 자리에 눕고 말았다. 마치 식물이 땅에서 수분을 빨아올려 이것을 먹고 살듯, 야심가들은 권력의 쾌감을 먹고 살아가는 법이다.

이런 유의 인간들은 그 권력을 잃거나 거기에 대한 위협에 직면했을 경우 급격히 늙어버리거나 앓다가 죽거나 한다. 사마월도 그런 사람 중의 하나였다.

마침내 그는 요양을 위해 허도(許都)로 돌아가야 했다.

이렇게 되자 태수들의 암약은 더욱 활발해졌고, 그 대표 격으로 나선 것이 구희였다. 구희는 조신(朝臣)들을 시켜 사마월을 치라는 조칙이 내려지도록 은근히 압력을 가했다.

황제라고 반드시 사마월을 좋게 보아 온 것만은 아니었다. 아니, 그 권세에 늘 눌려 살아온 까닭에 다른 사람보다도 더 많은 반감을 지니고 있는지도 몰랐다. 그러므로 이 공작은 힘들이지 않고 이루어졌다.

―오호라, 방가(邦家)가 복이 없을 새 난신적자가 안에서

발호하여 나라의 기틀을 좀먹기 무릇 몇 해이던가. 비록 근
자에 동해왕 사마월이 어가를 환도케 한 공로는 있다 하나
불측한 마음을 먹고 조권(朝權)을 농락하니 그 행패 아니 미
친 데 없었도다. 성도왕과 하간왕을 죽였으며, 충량을 해했
음은 말할 것도 없고, 심지어 선제까지 독살했으니, 이 어찌
신자(臣子)의 도리일까 보냐. 지금 한구(漢寇)의 날뜀이 심하
지 않았던들, 짐이라 어찌 무사하기를 바라리오. 동해왕이
사직에 지은 죄는 천하가 다 아는 바이니, 경은 여러 의사들
의 힘을 모아 이를 제거하라.

조서를 받은 구희는 매우 기뻐하여 곧 군대를 일으켜 허도로
달려갔다. 이웃 고을의 동조가 있고 하여, 그의 병력은 15만이나
되었다.

사마월에게는 이것을 막을 만한 군사가 없었을 뿐 아니라 병든
몸을 이끌고는 싸움을 지휘할 수도 없어서 황망히 허도를 버리고
낙양으로 도망했다. 구희는 허도에 입성하여 미처 피하지 못한 사
마월의 일당을 색출하여 목을 베었다. 상서 유중(劉曾), 시중 정연
(程廷) 등도 이때에 죽었다.

허도를 확보한 구희는 다시 상소하여 사마월에게 사약을 내리
도록 요청했다.

'아, 내가 어이타가 이 지경이 되었는가!'

구희의 상소문을 읽은 사마월은 자탄해 마지않았다.

어찌 되었든 사마월에게는 생기가 없었다. 그전 같으면 어떻게
해서라도 구희를 치려들었을 테지만, 사마월은 이미 운명이 결정
된 사람처럼 기가 죽어 있었다. 전처럼 고갯짓 하나로 제후들을
움직일 수 있는 시대는 물론 아니었지만, 그는 너무 맥이 빠져 있

어서 자기가 할 수 있는 일도 하려고 하지 않았다.

그런 중에 병세는 더욱 악화되어 갔다. 그도 자기가 마지막인 것을 자각한 모양인지 하루는 측근을 불렀다.

「나도 내 잘못을 알고는 있소 그러나 처음부터 나쁜 마음을 먹었던 것은 아니오 난세에서 내 몸을 지키려다 보니 자연 남을 해치게도 되었던 것이오 아무튼 국가의 근심 중 한구만한 것이 없은즉, 구희에게 이르오 다른 태수들과 협력해서 위한을 치라고. 경들은 나와 함께 지내던 정을 생각하여 내가 죽거든 동해에 장사 지내 주면 구천에서라도 경들의 은혜를 잊지 않겠소」

여기까지 말한 그는 감정이 격했는지 주르르 눈물을 흘렸다. 모인 사람들도 같이 울었다. 권력의 무상함이 모든 사람의 가슴을 아프게 눌렀다.

그로부터 이틀 뒤 동해왕 사마월은 유언도 없이 죽었다.

왕연과 유흡 등은 회제에게 아뢰어 사마월의 장사를 왕후의 예로 지내도록 해줄 것을 요청했다.

그러나 회제는 구희의 눈치를 보아 그것을 허락하지 않고 사마월의 신분을 현공(縣公)으로 낮추어 왕연 등에게 그의 요청대로 동해에 장사지내 주도록 하였다.

이로써 근 20년 동안 계속된 진조의 여러 친왕들의 골육상잔이 비로소 그 종언을 고하게 되었다.

그동안 이 골육지간의 권세다툼에 나섰다가 죽은 친왕들은 여남왕 사마양·초왕 사마위·조왕 사마윤·제왕 사마경·장사왕 사마예·성도왕 사마영·하간왕 사마옹·동해왕 사마월의 여덟 왕이었다.

그래서 후일 사람들은 이를 가리켜 진조「팔왕(八王)의 난」이라고 일컬었다.

4. 사마월의 도당들

한편 왕미가 남양과 양양 등지를 공략하여 많은 전과를 올리자, 석늑은 다시 군사를 옮겨 번성(樊城)으로 향했다.

번성을 지키고 있던 사람은 이덕(李德)이란 장수로 위의 맹장 이전(李典)의 손자였다. 그는 장가(將家)에 태어나 용맹을 자부하고 있던 인물이었으므로 조금도 놀라지 않고 석늑을 물리치기 위해 군대를 일으켰다.

두 군대는 번성을 50리 앞둔 지점에서 서로 만났다. 그러나 이 싸움은 아주 간단히 끝났다.

「너희들은 한실(漢室)의 후예라고 자처하지만, 그런 놈들이 무슨 일로 오랑캐를 이끌고 반란을 일삼느냐. 의를 다소라도 안다면 어서 항복해라!」

석늑과 나란히 진두에 나섰던 장빈이 거두절미하고 대꾸했다.

「이제 와서 족보를 들먹일 필요가 없이 항복이냐, 아니면 죽음이냐, 양자 중 택일을 하여라. 이미 중원의 절반이 우리에게 귀속하였는데, 너 따위 망량(魍魎 : 도깨비)이 장창을 쓴단 말이냐.」

장빈은 말을 마치자 즉시 한장들에게 적진을 들이치라는 영을 내렸다.

장경과 장실이 나란히 선두에 나서서 일제히 군세를 몰아 진진을 덮치니 이덕은 한번 버텨 보지도 못하고 성안으로 도망쳐 들어갔다.

이덕이 본래 장가에 태어난 것은 사실이지만, 후실 소생이라 변변한 교육도 받은 바 없는 인물이었다. 그러므로 어떻게 하다가 장수로 기용이 되었어도 자기의 실력에 대해서 지나친 자신만을 가지고 있을 뿐 그 정확한 정도에 대하여는 검증받은 바가 없었다. 그런 우물 안의 개구리가 처음으로 맞선 것이 하필이면 석늑의 군대라니, 운이 없었다고나 할까.

성으로 도망간 이덕은 장병을 점검해 보았다. 낙오자는 겨우 열 명에 지나지 않았다. 이것으로도 그들이 싸움은 안하고 얼마나 도망하기에만 열중했는지 짐작이 가는 일이다.

「겨우 열 명이야? 됐어, 됐어!」

무엇이 됐다는 것인지 이덕은 유쾌히 웃었다.

그러나 언제까지 웃고 있게 내버려둘 석늑이 아니었다. 그는 곧 밀려와서 성을 공격하기 시작했다. 다행히도 날이 이내 어두워졌으므로 우선 하루는 안심할 수 있었다.

그러나 내일이면? 여기에 대해서는 이덕 자신도 전연 자신이 없었다. 그리고 무엇보다도 석늑이라는 적이 무슨 신장(神將)이나 괴물 같이만 보여 상대하기가 싫었다.

「어떻게 하시렵니까?」

부장인 진인(陳仁)이 눈치를 살펴가며 조심스레 물었다.

「무엇, 무엇 말이오?」

「적병이 저렇게 강성하니, 이 조그만 성으로 어떻게 대항하시려느냐 말입니다.」

「글쎄, 그것이 문제구려. 어떻게 해야 되겠소?」

「제 생각 같아서는.」

진인은 여기서 잔기침을 몇 번인가 했다. 아무래도 말을 꺼내기가 거북한 모양이었다.

「이 외로운 성으로 천하의 대군을 어찌 막겠습니까. 제 생각 같아서는 잠시 피하여 후일을 기약함이 좋을까 합니다. 부끄러움을 참는 것이야말로 남아라 했습니다.」

진인은 엉뚱한 문자까지 썼다.

「어디 우리뿐입니까. 다른 성들은 우리보다 몇 곱이나 되는 병력을 가지고도 패하기만 하는 터에 누가 장군더러 그르다 하겠습니까. 더구나 백성들의 생명과 재물을 보호해 준 것만 해도 큰 공이 될 것입니다. 만일 여기서 버텨보십시오. 결국은 속절도 없이 죽어 조상에게는 불효가 되지 않겠습니까. 깊이 생각하시기 바랍니다.」

깊이 생각하라는 말을 들어서 그런지, 이덕은 한참이나 묵묵히 앉아 있었다. 그리고는 눈을 감았다 떴다 하면서 신중히 생각하는 체했다. 그러나 그의 내심은 진인이 말을 꺼내기 이전부터 결정되어 있었다.

「잘 알겠소이다. 저 백성들에게야 무슨 죄가 있겠소이까. 소용도 없는 싸움으로 피해를 주느니 잠시 이곳을 피해 형주로 갑시다. 그리하여 언젠가는 이 한구들을 한 놈도 남김없이 잡아 죽입시다.」

마음에도 없는 용감한 발언이었다. 그들은 밤이 깊기를 기다려 가만히 서문을 열고 밖으로 나왔다. 다행히도 지척을 분간 못할 어둠이 깔려 있었으므로 그들은 무사히 탈출할 수가 있었다.

이튿날, 석늑이 입성한 것은 두말할 필요도 없다.

석늑이 다시 속현들을 치기 위해 떠나려 했을 때, 급한 정보가 들어왔다. 동해왕 사마월이 죽고, 그를 동해에 장사지내기 위해 많은 조관(朝官)들이 상여를 호위하여 길을 가고 있다는 것이었다.

「아, 그놈이 죽었어?」

석늑이 소리를 질렀다.

「사마월의 죄가 하늘에 사무치는 터이거늘, 그 끝을 좋게 마치게 한다면 무엇으로 징계가 되랴. 그의 시체를 빼앗아 효수하는 것이 좋으리라.」

장빈은 즉시 공장과 도표·오예 등에게 날랜 군사 1만 명을 주고 영을 내렸다.

　「질풍같이 달려가서 사마월의 장례 행렬을 들이쳐서 영구를 빼앗고 진조의 대신들을 모조리 사로잡아 오라. 지체하지 말고 떠나도록 하라.」

　공장과 도표는 말 탄 군사 1만을 이끌고 단숨에 태현(苔縣)에 이르러 사마월의 장례행렬을 붙들었다.

　이 사마월의 상여는 1만 명의 군사가 호위하고 있었으며, 왕연을 비롯한 많은 조관들이 그 뒤를 따르고 있었다.

　왕연은 비분강개하여 앞으로 나서며 외쳤다.

　「너희들은 누구기에 길을 막느냐! 우리는 동해왕 전하의 영구를 모시고 가는 중이거니와, 너희들도 사람이라면 이러지는 못하리라. 전하에게 혹시 원한이 있었다 해도, 돌아가신 후까지 이렇게 함은 인도(人道)에 어긋나는 행실이니 어서 길을 비켜라.」

　왕연은 그러고 나서 하윤과 송주에게 명하여 나가서 적을 막도록 했다. 하윤과 송주가 거느린 군사는 불과 5천밖에는 되지 않았다. 그러나 하윤은 백전노장이었다. 공장과 도표가 거느린 한병들은 쉽게 진병을 꺾을 수가 없었다.

　공장과 도표를 보낸 석늑은 뒤가 궁금하여 다시 철갑병 1만을 휘동하여 장경과 함께 그들의 뒤를 접응해 나섰다. 과연 공장과 도표는 고전을 하고 있었다.

　석늑은 공장이 거느린 군사를 일단 뒤로 물린 다음 손수 데리고 간 철갑병에게 일제히 화살을 쏘도록 하였다.

　무수한 화살이 날아가기 시작했다. 화살은 빗발보다도 촘촘한 데다가 장소가 좁아 대항할 수도 피할 수도 없었다. 화살은 영구를 실은 수레의 장막에도 무수히 꽂혔다. 여기저기서 비명을 지르며 병사들이 삼단같이 넘어갔다.

이때 석늑까지 군사를 끌고 뛰어들었으므로 진나라 병사들은 대혼란에 빠지고 말았다. 결과만을 말한다면 죽은 수효와 항복한 수효는 반반이 되었고, 포로 속에는 양양왕·인성왕·서하왕·제왕 등 황족을 비롯하여 사도 왕연, 상서 유망(劉望), 장사 유교(劉喬) 등 고관과 명사들도 많이 끼여 있었다. 사마월의 일당은 거의 모두 장례식에 참가했던 터였으므로 진나라 조신들의 대부분이 석늑에게 사로잡힌 셈이었다.

석늑은 가까이 있는 양양으로 들어갔다. 백성들은 구름처럼 모여들어 사로잡힌 사람들을 구경했다.

석늑은 왕연을 불러서 물었다.

「대감은 대신의 몸으로 어찌 천하를 보존할 생각은 안하고 도리어 사마월의 악행을 도왔단 말씀이오?」

왕연은 가는 눈에 웃음을 가득 담고 석늑을 바라보았다. 그는 늙었다고는 하나 아직도 고혹적인 데가 있었다.

「나는 어려서부터 산수(山水)를 좋아하여 벼슬에는 뜻을 두지 않았습니다. 부귀공명이란 것이 산허리에 감긴 안개나 아지랑이와 무엇이 다르겠습니까. 그러므로 부득이하여 동해왕 밑에 있었다고는 해도 실제로는 조정 대사에 크게 관여한 바가 없으며, 진조의 꼴이 이 지경이 된 것도 나와는 상관이 없는 일이니 장군은 이를 살피십시오.」

석늑도 이런 사람을 대해 보기는 난생 처음이었다. 그 태도나 말에는 감미로운 어떤 요소가 깃들여 있어서 마치 미녀를 대할 때처럼 가슴이 찌릿해 왔다.

「그래, 책임이 없다 그 말씀이오?」

석늑은 흔들리는 마음을 스스로 책하기나 하려는 듯 언성을 약간 높였다.

「일찍부터 벼슬을 살아 지금에 이르고도 한운야학(閑雲野鶴 : 아무 구속도 없는 한가로운 생활)을 벗하는 한사(寒士)로 자처하신단 말이오? 세상에서는 모두 대감을 사마월의 심복이라 일컫고 있습 디다.」

왕연도 이 일에는 낯을 붉혔다. 곱게 늙은 볼에 붉은 빛이 감도 는 모양은 차라리 소년 같은 데가 있었다.

「만사를 귀찮게 아는 성미라, 누가 무어라 해도 굳이 반대는 안했던 것입니다만, 이제 와서 보니 그것이 동해왕을 더욱 그르치 게 만들었는지도 모르겠습니다. 그 점으로 논한다면야 어찌 책임 이 없겠습니까.」

그의 마지막 말에는 힘이 주어져 있었다. 석늑은 그러한 왕연이 조금도 밉지가 않았다.

「천하의 정세가 어떻게 돌아갈 듯합니까? 대감의 가르침을 받 고 싶소이다.」

이런 질문을 받자, 왕연의 얼굴에는 엄숙한 표정이 나타났다.

「진나라가 기울어져 가고 있음은 잘 아시는 바이고, 또 만만찮 은 세력으로 중원을 넘겨다보는 것이 한(漢)임도 명백한 사실입니 다. 그러나 진은 아직도 완전히 망하기에는 여력이 남아 있고, 한 도 천하의 주인이 되기에는 힘이 모자라는 듯합니다.」

여기서 그는 말을 일단 높였다.

「지금 장군으로 말씀하오면, 천하가 다 그 위엄을 우러러보고 있거늘, 어찌 이곳을 근거로 하여 자립하시지 않습니까. 만일 그 러신다면 천하는 솥발처럼 3분되어 누구의 손으로 돌아갈지 헤아 리기 힘들 것입니다.」

왕연은 그에게 또 하나의 황제가 될 것을 제의해 온 것이다. 야심가인 그로서는 결코 흘려버릴 수 없는 한 마디였다.

지금껏 석늑은 그런 뜻을 내 비친 적이 없었고, 누구 하나 그에게 그러한 권고를 해온 사람도 없었다. 그러나 마음 속 깊은 곳에는 언제까지나 남을 위해 싸움을 할 것인가 하는 자탄이 서려 있었는데, 왕연이 정곡을 찌른 것이다.

석늑은 발끈 노하여 호통을 쳤다.

「너는 젊어서 조정에 올라 그 벼슬이 재상에 이르렀다. 어찌 뜻이 없었다고 하느냐. 오직 진심으로 정사를 돌보지 않아 나라를 망치고 백성을 도탄에 빠지게 했을 뿐인데 무슨 딴소리를 하느냐. 이놈을 당장 끌어내어라.」

왕연이 끌려나가자 석늑은 어이없다는 듯이 한바탕 웃고 나서 제장을 보고 말했다.

「간사한 말이 꿀처럼 달다더니 과연 그렇구나. 저런 놈이니, 천하를 어찌 어지럽히지 않았으랴. 저놈을 어떻게 처리하면 좋겠소?」

공장이 나서서 말했다.

「왕연은 진조의 삼공 가운데 한 사람입니다. 벼슬을 무겁게 주어서 그를 쓴다면 다시 *청담(淸談)을 늘어놓아 우리 군사를 고혹(蠱惑)할 것이고, 낮은 자리를 준다면 반드시 나쁜 짓을 하여 우리를 해롭게 할 것입니다. 그러니 그를 살려두어서 하등의 이익이 없을 것입니다.」

석늑도 공장의 말에 찬동하였다. 그리하여 곧 군사들에게 영을 내려 왕연 등을 죽이라 했다. 형장으로 끌려가면서 왕연은 다른 사람들에게 일장 설교를 늘어놓았다.

「나는 오늘이 있을 것을 알고 허무(虛無)의 학(學)과 적멸(寂滅)의 도를 닦으라고 사람들에게 외친 바 있소. 모두들 내 말을 좇았으면 오늘날 이 꼴이 되지 않았을 텐데, 참으로 애달프오」

왕연은 끝까지 뭔가 중얼거리며 죽음을 받았다.

그는 소위 노장(老莊 : 노자와 장자)의 허무사상을 숭상하여 항상 속세를 초탈해서 살겠다는 죽림칠현들과 같이했던 것이다.

석늑은 다시 하윤을 엄히 치죄한 뒤 그의 목도 베었다. 그런 다음 사마월의 관을 깨고 시체를 목을 잘라 거리에 효수하였다.

사마월의 목이 효수된 아래에는 다음과 같은 방이 붙어 있었다.

<천하를 어지럽힌 자. 나는 천하를 위하여 그 원수를 여기 갚노라.>

제4장. 낙양의 최후

1. 무서운 집념

한나라 황제 유연은 세 번이나 낙양 공격을 기도했건만 유요가 이번에도 패하여 돌아오자 아주 낙담했다. 그는 기어코 낙양을 빼앗아 부조(父祖)의 한을 씻고 싶은 강한 집념이 있었던 것이었다. 다른 데는 아무래도 좋았다. 그곳만은 뺏어야 했다. 그것만은 자기 생전에 이루고 싶었다. 그런 그였으므로 석늑에게 눈을 돌리게 된 것도 무리가 아니었다.

석늑은 사마월의 영구를 빼앗아 부관참시(剖棺斬屍)하고, 왕연 등 진조의 중신과 황족을 30여 명이나 목 베었다 하지 않는가. 그리고 지금은 강릉(江陵)을 빼앗고, 다시 그 너머를 엿보고 있는 중이었다. 웅병 20만, 그의 위엄은 동북 일대를 휩쓸고 있었다. 또 여주·영주에 머물러 있는 왕미도 10만을 거느리고 위세를 떨치고 있었다.

「석늑과 왕미에게 명하여 낙양을 치게 하리라. 웅병 30만에 그들의 용맹이 있다면 무엇이 불가능하랴.」

황제가 이렇게 말하자, 일부 신중론을 펴는 신하들이 있었다.

「옳으신 말씀이오나, 석늑 단독으로 치게 한다면 그의 세력이 너무 커져서 제어하기 힘들게 될까 걱정이옵니다. 시안왕(始安王) 전하와 힘을 합하여 이를 치게 하옵소서.」

황제 유연은 그 말을 옳게 여겨 다시 유요에게도 10만을 주어 석늑과 함께 낙양을 치라는 명령을 내렸다.

석늑은 조칙을 받자 주저했다. 왜 그렇게도 낙양을 치려 하는가. 그 지엽(枝葉)을 모두 잘라놓는다면 나무는 저절로 말라죽을 것이 아닌가. 낙양은 뭐니 뭐니 해도 진조의 근본이 되는 도읍이다. 그것이 용이치 않을 것은 불문가지였다. 그리고 만일 침공이 실패로 돌아가는 경우 떨어지는 것은 자기의 명성뿐일 것이었다.

「이번에는 가셔야 합니다.」

공장이 간했다.

「우리 조정에서 몇 번이나 낙양 공격을 시도했으나 장군은 한 번도 참가하지 않으셨습니다. 이번에도 또다시 어명을 받들지 않는다면 불충으로 몰릴지도 모릅니다.」

듣고 보니 그것도 그랬다. 석늑도 이번만은 이해를 떠나 참가하는 수밖에 없었다. 장빈도 같은 의견이었다.

군사 15만을 출동시키되, 공장이 선봉, 장실·조염이 좌군대장, 장경·조개가 우군대장이 되었고, 조음·도표·공돈(孔豚)·오예(吳豫)·장월·조녹 등이 뒤를 따랐다.

유요의 군대와는 도중에서 합류하여 낙양으로 떠났다. 총병력 25만의 행군이고 보니 길이가 1백여 리에 뻗쳤고, 먼지는 뿌옇게 일어나 햇빛을 가렸다.

'진조도 이제는 마지막인가 보다.'

길가에서 이 행군을 구경하는 사람들은 모두 입 밖으로 내어 말은 하지 않아도 하나같이 이런 심정이었다.

유요와 석늑의 군사들은 낙양성을 완전히 포위했다. 성에서 바라보면 넓은 들판이 온통 군인투성이였다.

회제는 한탄해 마지않았다.

「우리 태수들이 가지고 있는 군대를 합친다면 어찌 몇 백만이 안되겠느냐. 그렇거늘 한 사람도 달려오는 자가 없단 말인가?」

정말로 못 믿을 것은 사람의 마음이었다. 일단 불리해 보이자 황제고 뭐고 거들떠보는 이가 없는 세상이었다. 태수들은 군대를 가지고 있으면서도 움직이려 하지 않았다. 변해 가는 권력의 기상도를 더 두고 보자는 속셈이었다.

이런 중에서 예외자가 하나 둘 있었다 해서 그들을 기특하다 할 것인가. 그러나 어찌 되었든 간에, 서량주(西涼州)의 대장 북궁순이 3만의 군사를 이끌고 낙양을 구하러 달려온 것은 진조로 볼 때 지옥에서 만난 보살만큼이나 고마운 일이었다.

북궁순은 낙양 가까이 오기는 했으나 막상 한나라의 대군에 대한 정보를 듣고는 주춤하지 않을 수 없었다. 3만의 병력으로야 무슨 수로 적군 속을 헤치고 입성한다는 것인가. 그렇다고 적과 맞붙어 싸울 수도 없고, 돌아가는 것도 면목이 서지 않았다.

그런데 이런 예외자는 또 있었다. 그것은 동해왕 사마월을 섬기던 구광(丘光)이었다. 그는 낙양이 위태롭다는 말을 듣자, 흩어졌던 사마월의 군사를 끌어모았다. 사마월이 죽자 흩어졌던 장병 중에는 의지가지없는 사람도 많았으므로 며칠 사이에 2만이나 되는 병력이 모였다. 그는 이들을 이끌고 가서 공을 세움으로써 전비(前非)를 용서받고자 했다.

구광과 북궁순은 서로 만나자 금시에 간담상조(肝膽相照)하는 사이가 되었다. 과부의 사정은 과부가 안다는 속담 그대로였다. 그들은 서로 숙의를 거듭한 끝에 마침내 대담한 모험을 감행하기로 했다. 적의 허(虛)를 찌름으로써 낙양성으로 들어가자는 것이었다.

그들은 대하문(大夏門)을 선택했다. 도둑고양이처럼 살그머니 접근한 그들이 갑자기 돌격을 감행하자, 그곳을 지키고 있던 한군 측에서 오히려 당황했다. 전체적 병력으로 따진다면 보잘것없는 군대였으나, 5만이면 한 성문의 방비쯤 능히 뚫을 수도 있는 수효였다.

허를 찔린 관방은 매우 노하여 언월도를 비껴들고 몰려드는 적병을 이리저리 후려갈겼다. 80근이나 되는 칼이고 보니 스치기만 해도 박살이 났다. 칼이라기보다는 하나의 쇠뭉치였다.

몰려들던 진병들도 이에는 주춤하지 않을 수 없었다. 개중에는 관방을 피하는 병사도 적지 않았다. 이를 본 북궁순은 말을 달려 나가 관방의 앞을 막았다.

「이 수염투성이 녀석! 네가 관방이렷다. 어디 내 창을 좀 대항해 봐라!」

이렇게 외친 그는 창을 비껴들고 꼭 관운장처럼 생긴 적장을 상대해 싸웠다. 북궁순의 창술은 신묘해서 이번에는 다른 병사들의 경우처럼 한 번에 때려눕힐 수는 없었다.

또 한쪽에서는 유여가 구광과 만나 불이 붙는 결전을 벌이고 있었다. 유여는 싸우는 중에도 관방 일이 걱정되었으므로 슬쩍 그쪽으로 눈길을 주었다. 그러나 이것은 일생일대의 실수였다. 그 순간 용서 없는 구광의 칼이 그의 어깨를 깊숙이 파고들었기 때문이다.

팽팽히 맞선 싸움에서는 하찮은 일로도 승패가 좌우되는 법이거니와, 하물며 한 장수의 죽음이니 영향이 안 미칠 리 없었다. 한군들이 기겁을 해서 구광을 피하려 들었을 때 진나라 병사들은 맹렬한 속도로 한나라 진영을 돌파하고 지나갔다. 그들에게는 머물러 시간을 끌면서까지 승부를 낼 마음은 없었으므로 길을 만들어 성 쪽으로 몰려간 것이었다.

성중에서 이를 바라보고 있던 조무(曹武)는 급히 문을 열어 원군을 맞아들이는 한편, 병사들을 성 위에 늘어세워 일제히 활을 쏘게 함으로써 적군의 추격을 격퇴했다.

기뻐한 것은 회제였다.

「나라가 어지러울 적에 충신을 안다고 했거니와, 경들의 공은 마땅히 청사에 전해지리라.」

이렇게 말한 황제는 북궁순과 구광에게 관내후(關內侯)의 작을 내리고, 부장 급에도 교위(校尉)의 관직을 제수했다. 어쨌든 이 일로 침체해 있던 성중에 생기가 돌게 된 것만은 사실이었다.

「보라, 이 어려운 중에서도 짐을 버리지 않는 충신들이 찾아왔으니, 시일이 지나면 스스로 천하의 대군이 모여들리라. 적군의 형세가 강성한즉, 성을 굳게 지키고 아예 나가서 싸우지 마라. 시일을 끌면 스스로 포위가 풀어지리라.」

이렇게 명령하는 황제의 눈에는 기쁜 빛이 감돌았다.

이에 장수들은 부서를 정하여 성문을 물샐틈없이 지켰다. 그러므로 매일 계속되는 공격에서 한군들만 많은 사상자를 내었다.

이런 싸움을 무려 한 달이나 끌었다. 이제는 사상자보다 군량이 문제였다. 25만이 먹는 양식이니 그 양이 엄청났다.

「이래 가지고는 안되겠소이다.」

장빈이 석늑에게 말했다.

「성을 월여나 포위하고 빼앗지 못하는 일은 병가에서 꺼리는 바이며, 그렇지 않다 한들 이런 싸움을 언제까지 끌고 갈 수 있겠습니까. 양식이 떨어지고 밖에서 적의 원군이라도 이르고 보면 그때야말로 진퇴유곡에 빠질 것입니다. 우선 포위를 풀고 물러나 비성(郫城)과 삼대(三臺)를 치는 것이 어떻겠습니까. 그곳에 있는 적의 군량미를 뺏고 낙양의 조아(爪牙 : 손톱과 이빨)를 제거하면 이

곳은 스스로 함락될 것입니다.」

석늑은 매우 기뻐하여 장빈과 함께 유요를 찾아가 이 뜻을 상의했다. 유요도 장빈의 지혜에는 깊은 존경심을 지니고 있던 터이므로 두말없이 따랐다.

대군에 포위되어 매일을 공포 속에 보내던 낙양의 군민들은, 어느 날 아침 잠자리에서 깨어나 너무나 뜻밖의 소식을 듣고 자기 귀를 스스로 의심했다.

「뭐라고? 한나라 놈들이 간밤에 깨끗이 도망갔다고?」

말로만은 믿을 수 없었든지 성에는 온 시민이 모여들었다. 그들은 어제까지도 들판을 까맣게 뒤덮었던 적군이 간데온데없음을 목격하고 서로 손을 잡고 기쁨을 나누었다.

문무백관들은 궁중에 들어가 황제에게 치하를 드렸다.

「간밤에 적군이 모두 철수했사옵니다. 이는 모두 성덕의 소치로 아옵니다.」

「그놈들도 성을 뺏을 수 없음을 알았고, 또 저들의 군량도 달렸던 모양이옵니다.」

대신들은 제각기 한 마디씩 하며 한군이 물러간 것이 마치 제 공이기나 한 것처럼 기뻐했다.

그러나 이런 가운데에서 호주(亳州)의 장수 주복(周馥)만이 딴소리를 했다.

「한군이 물러간 것은 싸움에 지고 쫓겨난 것과는 다릅니다. 그들은 이웃고을을 침략하여 우리가 쌓아둔 군량을 빼앗은 다음 다시 크게 움직여 이곳으로 모여들 것이 틀림없나이다. 만일 몇 달이고 포위를 풀지 않는다면 우리도 양식이 없어 지탱하려야 지탱하지 못할 것이니, 성상께서는 잠시 강남의 낭야왕께로 어가를 옮기시오소서. 그리하여 적의 세력이 쇠해짐을 기다렸다가 다시 낙양을 회복함이 만전지책인 줄로 아뢰옵나이다.」

적이 물러간 이 기회에 강남으로 피하자는 주장이었다. 그러나 이 말에는 맹렬한 반대가 따랐다.

「적이라고 귀신이 아닙니다. 주 장군은 왜 한구를 그리도 두려워한단 말씀이오? 적은 이번에도 이길 수 없음을 알았기에 스스로 손실을 줄이고자 물러간 것뿐입니다. 만일 어가를 강남으로 모신다고 가정해 보십시오. 중원(中原)을 어찌 우리가 확보할 수 있겠습니까. 낙양은 이 나라의 근본입니다. 근본을 잃고 어찌 사직을 보존한다는 말씀이오?」

대개 이런 투의 논리였다. 황제도 주복의 건의에 따르려고 하지 않았다.

「아, 이 일을 어찌한단 말인가?」

주복은 조정에서 나오며 홀로 탄식하였다.

「정세변화를 모르는 사람들이 기어코 나라를 망치는구나!」

그의 볼에는 굵은 눈물이 주르르 흘러내렸다.

2. 꿈에서 추천한 장수

한황 유연은 하룻밤 이상한 꿈을 꾸었다. 황제가 궁중의 어떤 정자에 혼자 앉아 있는데, 어디선지 피리소리가 들려왔다. 황제는 소리 나는 곳을 찾으려고 좌우를 둘러보았으나, 거기에서는 아무것도 발견되지 않았다.

「이상도 하지!」

황제는 중얼거리면서 고개를 들어 하늘을 쳐다보았다. 그리고는 어안이 벙벙해졌다. 그도 그럴 것이, 구름을 타고 한 노인이 내려오고 있지 않은가. 피리는 그 노인의 손에 들려 있었다.

황제는 구름을 이처럼 가까이 보는 것은 처음이라는 생각이 들었다. 그리고 자세히 보니 그것은 솜보다도 더 부드러운 새 깃털로 되어 있었다.

구름에서 내린 노인은 어전으로 들어오자 국궁하여 보였다.

「야심하신 터에 어찌 침전에 드시지 않으셨나이까. 옥체를 돌보시옵소서.」

그제야 황제는 지금이 밤중이라는 생각이 들었다.

「짐은 심정이 착잡하여 잠을 잘 수가 없소」

이렇게 황제가 대답하자, 노인은 허리를 펴며 웃었다. 좀 불경스럽다는 생각이 황제의 머리를 스쳤다.

「그만한 일로 왜 걱정하시나이까. 낙양을 얻으시려거든 반드시 두 자 성을 가진 장수를 쓰시옵소서. 그러시면 만사가 뜻같이 되오리다.」

황제는 노인에게 그 까닭을 물으려 했다. 그러나 노인은 간데온데없었다. 물론 구름도 보이지 않았다. 이튿날, 뜻밖에 남양(南陽)에 나가 있는 왕미로부터 표문이 올라왔다.

왕미는 한황제가 유요와 석늑에게 칙명을 내려 낙양을 치도록 하면서, 자기에게는 아무 말이 없는 데 대해 적잖이 섭섭한 마음을 품고 있던 중, 석늑과 유요가 낙양을 치다가 석 달이 가깝도록 성을 에워싸고도 깨뜨리지 못하고 다시 포위를 풀었다는 말을 듣자 얼른 표문을 닦았던 것이다. 왕미는 표문을 수하 대장 서막을 시켜 평양에 전달하도록 하였다.

표문의 사연은 대략 다음과 같았다.

―개국관군 대장군 사례교위 왕미는 삼가 폐하께 표문을 올리옵니다. 신이 밖에서 듣자옵건대 시안왕 유요와 상당공 석늑이 대병을 휘동하여 낙양을 에워싼 지 석 달이 가까워

도 성을 깨뜨리지 못하였다 하옵니다. 신이 군사를 이끌고
가서 두 분을 돕고자 하오나 아직 조명을 받지 못했기에 감
히 군사를 움직이지 못하였나이다. 연이나 작금에 듣자 하
니 두 분께서는 웬일인지 낙양의 포위를 풀고 군사를 옮겨
서 삼대성과 비성을 공타한다 하옵니다. 신이 염려하는 것
은 포위를 푼 사이 진주(晉主)가 크게 덕을 닦고 은혜를 베
풀어 제후들을 낙양으로 불러들인다면 다시는 낙양을 치지
못할까 하는 점이옵니다. 폐하께서는 속히 시안왕과 상당공
에게 조명을 내리시고, 신으로 하여금 태자를 모시고 낙양
으로 나가 함께 치도록 하시면 낙양을 깨치기는 여반장의
일인가 하옵니다.

황제는 왕미의 표문을 접하자 대로하였다.

「아니 이 놈들이 이렇게도 무능할 수가 있단 말인가! 25만의
대병을 가지고 석 달이 가깝도록 성을 에워싸도 깨뜨리지 못했다
니, 거기에다 마음대로 군사를 옮겨서 딴 짓을 하고 있어? 이 놈들
을 당장 어떻게 하면 좋단 말인가.」

우승상 제갈선우는 얼른 황제에게 간했다.

「폐하께서는 부디 고정하옵소서. 장빈과 강발은 공히 병법을
알고, 기회를 아는 자들입니다. 그들이 옮겨서 타처를 공략하는
것은 필시 군량이 결핍되었기 때문일 것입니다. 그들이 군량을 조
달하면 반드시 다시 낙양을 공략할 것이니, 폐하께서는 아무쪼록
진노를 푸시옵소서. 그보다는 속히 일지군에게 양초를 주어 낙양
으로 나가 돕게 하면 자연 대공을 이룩할 것이옵니다.」

황제는 제갈선우의 말을 들으니 비로소 유요와 석늑의 행동이
납득이 갔다. 그제야 순한 말로 제갈선우에게 물었다.

「그럼 누구를 보내면 좋겠소?」

제갈선우는 잠시 생각한 다음 아뢰었다.

「이 일은 지용을 겸전한 노련한 장수가 아니면 감당키 어려울 것입니다. 마침 거기대장군 호연유가 이 곳에 남아 있으니 그를 보내소서.」

황제는 호연유라는 말을 듣자, 흔연히 지난밤의 꿈이 상기되었는지 용상을 탁 치며,

「호연유라, 바로 그였군!」

하고 중얼거렸다.

제갈선우는 황제의 뜻밖의 행동에 어리둥절한 표정을 지었다.

황제는 웃으며 제갈선우에게 나직한 말로 간밤의 꿈 이야기를 들려주었다. 제갈선우는 무엇을 느꼈는지 그저 머리만 조아렸다.

이에 황제는 호연유를 불러 칙명을 내렸다.

「경은 5만 군사를 이끌고 양초를 낙양으로 호송하오. 도중에 낙수에 들러 태자와 함께 나가도록 하오. 서하에 있는 경의 형에게도 칙명을 내리겠으니, 형제가 힘을 합해서 공을 세워주오.」

호연유는 그 날로 50만 석의 양초를 수레에 싣고 낙양으로 떠났다. 황제는 곧 왕미에게 칙명을 내려 낙수로 나와 태자 유총과 합류하여 호연안·호연유와 함께 낙양으로 나아가도록 하였다.

서막은 황제의 조명을 받자 나는 듯이 남양으로 돌아왔다.

한편 황제는 다시 칙사를 유요와 석늑에게 보내어, 지금 50만석의 군량과 태자와 왕미·호연안·호연유를 낙양으로 보냈으니 이번에는 어김없이 낙양을 깨뜨려서 진제(晋帝)를 사로잡으라고 하였다.

한편 호연유는 서하에 있는 형 호연안에게 황제의 칙서를 띄우는 비마가 평양을 떠나는 것을 보고 낙양으로 떠났다. 호연안은

비마가 전하는 칙서와 동생의 서장을 접하자 지체하지 않고 군사를 휘동하여 낙양으로 진격하였다.

호연안이 낙양성 가까이 이르러도 아직 석늑과 유요와 왕미·유총 등은 이르지 않고 있었다.

호연안은 혼자서 낙양성 밖에 영채를 묻었다. 그리고는 부근의 지세를 살피다가 문득 강변에 연한 쪽에 무수히 배들이 매어 있는 것을 발견하였다.

이 배는 전날 유요가 두 번째로 낙양을 공략할 때, 회제가 유사시에 타고 도망가기 위하여 징발해 매어둔 배들이었다.

호연안은 밤을 타서 군사를 시켜 우선 이 배들을 모조리 불태워버렸다.

한편 호연유는 낙수에 이르러 태자 유총을 만나 황제의 칙서를 전한 다음 양초의 운송을 태자에게 맡기고 자기는 3만 군사를 휘동하여 낙양으로 나아갔다.

호연유가 낙양에 이르니, 벌써 형 호연안이 서하에서 먼저 도착해 영채를 묻고 있었다. 두 형제는 유요와 석늑·왕미 등이 이르기 전에 공을 세우고자 낙양성을 공타할 방책을 모색하였다.

「내 혼자서 낙수 가에 매어둔 배는 몽땅 불살라 버렸다. 놈들이 다급하면 강으로 나가 배를 타고 도망칠 작정을 한 모양이더라. 그러나 성은 워낙 견고하니 우리가 거느린 군사만으로는 깨치기가 어려울 것 같다.」

호연안이 이렇게 말하자, 호연유가 대꾸했다.

「한번 내일은 적의 허실을 찔러 보기 위해 성을 공타해 봄이 어떻겠습니까. 그런 후에 서서히 방책을 강구합시다.」

두 사람은 이렇게 뜻을 모은 다음, 그 밤은 군사들을 푹 쉬도록 하였다.

한편 남양에서 장군 서막을 평양으로 올려보내고 황제의 조서가 내리기를 기다리던 왕미는 쉬지 않고 날마다 군마를 조련하고 있었다. 그러는데 서막이 황제의 칙명을 가지고 돌아왔다.

「폐하께서는 즉시 낙양으로 출병하라는 칙명을 내리셨습니다. 특히 장군께서 태자와 호연안·호연유 형제와 힘을 합쳐서 시안 왕과 상당공에게 공을 빼앗기지 않도록 하라는 분부까지 계셨습니다.」

왕미는 크게 기뻐하며 곧 왕이(王邇)와 왕여(王如)에게 2만 군사를 주어 전군이 되어 먼저 떠나게 하고, 자기는 서막과 함께 3만 군사를 휘동하여 낙양으로 떠났다.

호연안과 호연유는 날이 밝자 곧 군사를 휘동하여 광양문(廣陽門)을 들이쳤다. 진병들은 성문을 굳게 닫고, 성루와 성벽에 의거하여 줄기차게 시석을 날리며 응전했다. 한병들은 화살과 돌에 겁을 먹고 물러서고 말았다. 호연안과 호연유는 군사를 잠시 물린 다음 곧 자모포(子母砲)를 앞으로 끌어내었다.

자모포는 일찍이 상산(常山)을 공략할 때 한병이 처음 썼던 대포로써 한꺼번에 큰 돌 여러 개를 날릴 수 있는 무서운 위력을 가졌다. 이 포는 거리가 가까워야만 효과가 있다는 것이 한 가지 흠이지만, 그 위력은 커서 웬만한 성벽은 자모포를 맞으면 여지없이 파괴되는 것이었다.

호연유는 만약에 적이 포를 빼앗기 위해 성문을 열고 내달을 것을 대비하여 광양문 앞에 일지군을 데리고 버티어 있고, 호연안은 군사들을 시켜 일제히 포를 쏘도록 하였다.

다섯 문의 포가 한꺼번에 터지니, 그 소리는 천지를 진동하는 듯했다. 성벽에 있던 진병들은 혼비백산이 되어 쥐구멍을 찾았다. 큼직한 돌이 성벽 위에 떨어지자, 그 부분은 가루가 되어 날아갔다. 그토록 견고함을 자랑하던 낙양 성벽이 군데군데 이지러지기 시작했다.

궁중에서 요란한 포소리에 놀란 회제는 안색이 변하여 여러 장수들을 모아 물었다.

「저 요란한 소리를 내는 포가 대관절 무엇이오?」

상관기가 아뢰었다.

「그것은 자모포라는 것으로서, 한꺼번에 여러 개의 큰 돌을 날릴 수가 있습니다. 그것은 전날 한적이 상산을 공략할 때 장빈이란 자가 처음으로 만들어낸 것인데, 지금까지는 많이 쓰이지 않았던 것입니다.」

이렇게 지껄이고 있는데도 연신 요란한 포소리가 궁궐을 뒤흔들며 들려왔다. 이 때 광양문을 지키던 군사 하나가 숨을 헐떡이며 달려와서 고했다.

「광양문 일각이 적의 포를 맞아 부서졌습니다. 속히 손을 쓰지 않으면 구멍이 점점 커질 것 같습니다.」

회제는 깜짝 놀라 몸을 부들부들 떨었다.

장기가 나서서 아뢰었다.

「광양문은 신의 형제가 맡은 곳이오니 곧 달려가서 적을 격퇴하겠습니다. 성문을 열고 나가 포를 빼앗아 부수는 것만이 상책일 것 같습니다.」

회제는 창황 속에서,

「경들만 믿겠으니, 부디 충성을 다하여 적을 물리쳐 주오」

하는 말만 되풀이할 따름이었다.

3. 낙양 최후의 날

조정을 나온 장기 형제는 급히 광양문으로 달려왔다. 포는 멈추지 않고 계속 광양문과 그 주변 성벽을 두드리고 있었다.

진병들은 겁을 먹고 모두 포탄이 닿지 않는 곳까지 몸을 피하여 근심스럽게 부서져 나가는 성벽과 성문을 멍하니 바라보고만 있었다.

장기 형제는 군사들을 모았다.

「지금부터 성문을 나가 적의 포를 빼앗는다. 낙양을 구하고 못 구하는 것은 이번 싸움에 달렸으니, 모두들 있는 힘을 다하여 싸우도록 하라. 천자께서 너희들에게 후히 상을 내리실 거다.」

말을 마친 형 장기는 전부가 되고 동생 장기는 후부가 되어 마침 포성이 뜸한 틈을 타서 급히 광양문을 활짝 열고 밖으로 짓쳐 나갔다.

호연유는 진병이 성문을 열고 짓쳐 나오는 것을 보자, 얼른 군사를 돌려 세웠다. 장기는 호연유가 앞을 가로막는 것을 보자 다짜고짜로 호연유에게 저돌했다.

호연유의 아들 호연수(胡延銹)는 젊은 혈기만을 믿고 철편을 휘두르며 급히 내달아 장기를 취했다.

진병들은 전에는 볼 수 없을 만큼 모두가 용감하였다. 모두들 죽음을 두려워하지 않고 한병에게 부딪쳤다.

호연유의 군사들은 한 걸음 두 걸음 물러서기 시작했다.

호연수는 장기를 맞아 교봉 10합이 못 되어 그만 장기의 칼을 맞고 말 아래로 굴러 떨어졌다.

이 때 남쪽에서 티끌이 자욱이 일며 한떼의 군마가 들이닥쳤다. 왕미의 군사들이었다. 왕미는 왕여·왕이·서막과 함께 나란히 진두에 서서 불문곡직하고 진병을 시살하기 시작했다.

진병들은 새로운 한병이 내도함을 보자 주춤했다.

호연유는 왕미의 군사가 뜻밖에 이른 것을 알자 크게 군사들에게 소리쳤다.

「우리의 원군이 왔으니, 모두 힘을 내라!」

호연유의 호통소리에 물러서던 한병들은 다시 용기를 내었다.

새 원군의 내도로 낙양 측 군사 가운데는 도망하는 자가 눈에 띄기 시작했고 시간이 지날수록 더욱 늘어났다. 그것은 마치 물줄기가 흐를수록 더욱 커지는 것과도 같았다. 드디어 대부분의 병사가 도망치자, 장기 형제도 자기들만 남아 버틸 수는 없었으므로 말머리를 돌려 달아났다.

장기 형제가 패주하는 병사들을 이끌고 성으로 향하는데, 난데없이 한떼의 병마가 나타나 앞을 가로막자 기절초풍을 했다. 앞에 선 장수는 눈을 부릅뜨고 호통을 쳤다.

「장기야, 내 여기서 너를 기다린 지 오래다. 너도 왕 선봉의 이름쯤은 들었겠구나.」

장기(張驥)는 호연유와의 싸움으로 지쳐 있었으므로 상대가 왕미인 것을 알자 말머리를 돌려 성을 끼고 도망했다. 그러나 이내 말을 달려오는 서막과 만났다. 앞뒤가 다 적이라 어쩔 줄 몰라 머뭇거리는데 왕미가 쏜살같이 다가오면서 한칼에 그의 등을 베어 버렸다. 장기는 그대로 말 아래 떨어져 죽으니, 용장 치고는 참으로 쓸쓸한 최후였다.

동생 장기는 왕여와 왕이에게 쫓겨서 달리는 중 형이 말에서 떨어지는 광경을 목격하고 더욱 초조해졌다.

그때 전면에서 한 대장이 나타나면서 고함을 치는 것이 보였다.

「이놈! 네가 내 아들을 죽인 놈이로구나. 어디 내 칼을 받아봐라!」

고개를 드니 어느 틈에 달려왔는지 호연유가 무서운 눈초리로 이쪽을 노려보고 있는 것이 아닌가.

자기들 형제를 상대하여 오래도록 싸움을 벌인 터라 호연유 역시 피로해 있을 것이라 판단한 장기는 왕여·왕이보다는 이쪽을 상대하기로 했다. 그리하여 그는 호연유와 싸움을 벌였으나 얼마 안 가서 왕여·왕이 두 장수가 싸움에 끼어들었으므로 결과적으로는 매우 불리한 대결이 되고 말았다.

「이놈!」

호연유의 입에서 호령이 떨어지는 찰나 장기는 왼쪽 어깨를 창에 찔려 말 아래로 굴렀고, 번개처럼 달려드는 왕여의 칼에 의해 목이 잘렸다.

여기저기서 무서운 살육전이 벌어지고 있었다. 살육전이라고는 해도 서로 죽이는 것이 아니라, 진나라 병사만 죽는 일방적인 싸움이었다. 그것은 차라리 사람사냥이라고 하는 편이 보다 정확한 표현일는지도 몰랐다.

이리저리 짐승처럼 쫓기는 진나라 군사와 이를 추격하는 한병들! 성안으로 도망친 것은 극소수에 불과했고, 대부분이 쫓기다 죽었다. 항복한 수효도 3천이나 되었다.

모처럼 출격했던 장기 형제가 전사하는 것을 본 성중에서는 다시는 나가서 싸우겠다고 나서는 장수가 없었다. 그저 성문을 지키는 것이 고작이었다.

회제는 장기 형제가 죽고 성 밖으로 나갔던 3만의 진병이 여지없이 꺾였다는 말을 듣자, 그만 그 자리에 혼절하고 말았다.

중신들은 당황하여 일변 천자를 간병토록 하고, 일변 한적에 대한 대책을 수의하였다.

시중 왕준(王雋)이 말했다.

「낙양이 한적에게 공격을 당한 지가 어언 다섯 달이 지났는데도 아직 한 사람의 제후도 구원을 오지 않는데 더 이상 무엇을 기다린단 말이오. 아무래도 낙양을 지탱하기가 어려울 것 같으니 속히 강으로 나가 배를 타고 강동으로 일시 난을 피하는 것이 좋을 듯하오」

조신들은 아무도 왕준의 말을 반대하는 사람이 없었다.

그 자리에는 낙양 수호의 총책임을 맡은 상관기도 있었으나, 역시 말이 없었던 것이다.

이 때 회제가 정신을 회복하였다. 시중 왕준은 회제에게 자기의 뜻을 조용히 아뢰었다. 회제는 무작정 왕준의 의견을 따랐다.

이에 회제는 먼저 조무와 조성(曹成)을 시켜 밤이 되거든 강으로 나가 배를 점검토록 하였다.

그러는데 말석에 있던 한 관원이 아뢰었다.

「이미 한장 호연안이 며칠 전에 배를 몽땅 불태워서, 강에는 지금 한 척의 배도 없습니다.」

회제와 중신들은 그 말을 듣는 순간 다 같이 얼굴이 백지장처럼 창백해졌다.

회제는 장탄식을 하며 중얼거렸다.

「아아, 하늘이 과인을 버리시는구나! 진조의 대업이 여기에서 그치다니, 애통하구나. 아아 애통하구나!」

그러자 조무가 한 마디 했다.

「기왕에 어가를 옮기시기로 하셨으니 샛길로 해서 일시 장안으로 나가심이 어떠하시겠습니까.」

그러나 회제는 고개를 저었다.

「말과 수레가 얼마나 있다고 그런 소리를 하오 걸어서 가다가는 불과 몇 십리도 못 가서 한병에게 붙들리고 말 것이 아니오 백관을 버리고 과인 혼자만 살고 싶지는 않소」

조무는 더 이상 할 말이 없었다.

밖에서 한병들이 쉬지 않고 쏘아대는 포소리가 밤이 되니 더욱 요란하게 들려왔다. 거리의 백성들은 겁에 질려 문을 굳게 잠그고 꼼짝도 하지 않았다. 낙양의 거리는 가끔 군사들이 오갈 뿐 죽음 의 거리처럼 음산하고 적요하였다.

이 때 궁중의 회제 곁에는 문관으로 상서령 유민과 시중 왕준 밖에 없었고, 무관으로는 동해왕 사마월의 효장이었던 구강과 누 포만이 있었다. 상관기는 군사를 독려하기 위해 조무를 데리고 밖 으로 나가고 없었다.

시중 왕준이 다시 회제에게 아뢰었다.

「일찍이 청주자사 구희는 일시 한적의 예봉을 피하여 창탄(倉 坦)으로 천도설을 주장한 바가 있사옵니다. 창탄은 비록 작은 고 을이나, 천험에 의거하여 성지가 견고 무비하고, 지난 날 여남왕 께서 허창에 진수하면서 이 곳에 궁을 세워 별궁으로 쓴 적이 있 사옵니다. 차라리 이 밤을 도와 창탄으로 어가를 납시어 구희에게 도움을 청하심이 좋을 듯하옵니다.」

회제는 물에 빠진 사람이 지푸라기를 붙드는 심정으로 그 말을 좇으려 했다.

「곧 중신을 모아 의논해 보도록 하오.」

그러자 구광이 아뢰었다.

「중신들은 모두 집과 처자가 이 곳에 있기 때문에 선뜻 동의 하지 않을 것 같사옵니다. 또 수가 많으면 한병에게 들키기도 쉬 우니 신과 누 장군이 어가를 모시고 나가도록 하겠습니다. 내일 날이 밝아 폐하께서 창탄으로 납신 것을 알면 백관들은 자연 따라 올 것입니다.」

상서령 유민은 구광의 의견에 즉시 찬의를 표했다.

「장군의 말이 지당합니다. 폐하께서는 곧 어가를 납시도록 하

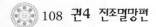

옵소서.」

이리하여 회제는 서둘러 몽진의 채비를 차린 다음, 몰래 운룡문
(雲龍門) 밖으로 나왔다.

황제의 몽진 수레가 동타(銅駝) 거리에 이르렀을 때다.

어디에 숨었다가 어떻게 알고 나타났는지 한떼의 백성들이 행
렬의 뒤를 따르는 수레를 덮쳐 마구 재물과 양식을 노략질했다.

어가를 모시고 앞서 가던 구광과 누포가 기별을 받고 뒤로 달
려왔을 때는 이미 도적들은 어디론지 자취를 감추고 보이질 않았
다. 구광과 누포는 보이지 않는 도적들에게 마구 욕설을 퍼부으며
다시 앞으로 돌아왔다.

회제는 어가가 가지 않고 멈추는 것을 수상히 여겨 그 까닭을
물었다.

「별안간 도적 떼들이 무엄하게도 폐하의 행렬을 덮쳐서 수레
에 실은 재보와 양초를 노략질했다고 하옵니다.」

「무어라고? 도적이 어디에서 나타났단 말이냐?」

천자의 물음에 군사는 아무 생각 없이 솔직하게 아뢰었다.

「굶주림에 지친 백성들이 어느새 소문을 엿듣고 나와서 도둑
질을 하였다고 하옵니다.」

회제는 깜짝 놀랐다.

「백성들이 그랬단 말이냐? 그들이 오죽이나 굶주렸으면 감히
천자의 행렬을 낙양 한복판에서 털기까지 하랴. 속히 남여(藍輿)
를 궁으로 돌려라. 굶주림에 허덕이는 백성을 버리고 과인 혼자서
살겠다고 도망가고 싶지는 않다.」

군사들은 어리둥절하여 망설이고만 있었다. 그러는데 마침 구
광과 누포가 돌아왔다. 군사들은 얼른 천자의 분부를 두 장수에게
알렸다. 구광과 누포가 회제의 어가에 다가가서 계속 앞으로 나갈

것을 간청했으나 회제의 결심을 돌릴 수가 없었다. 구광과 누포는 하는 수 없이 어가를 도로 운룡문 안으로 모셨다.

황제보다 한 걸음 앞서 성문을 벗어난 궁인(宮人)들 일부는 뒤에 황제의 어가가 따르지 않는 것을 보고도 자기들끼리 계속 창탄을 향하여 도망쳤다.

한편 시안왕 유요와 상당공 석늑은 각각 비성과 삼대성을 나누어서 쳤는데, 순일이 지나도록 두 성을 깨뜨리지 못하고 있었다.

유요와 석늑은 차츰 조급한 마음이 들기 시작했다. 그러는데 갑자기 비마가 달려와 고했다.

「황제께서 거기대장군 호연유에게 50만 석의 양초와 5만 군사를 주어 두 분을 도와 낙양을 치라는 조칙을 내리셔서 이미 호연 장군 형제분이 낙양에 이르러 성을 맹타하고 있습니다.」

유요와 석늑은 일변 반가워하면서도 일변 놀라는 표정을 지었다. 그러는데 이튿날 아침에 다시 비마가 내도하였다.

「칙명을 받은 사례교위 왕미 장군께서 낙양에 이르러 호연 장군 형제분과 힘을 합쳐 진장 장기 형제의 목을 베고, 진병 2만 여를 꺾었습니다. 여기 진장 장기 형제의 수급을 가져왔습니다.」

유요는 기쁨을 감추지 못하고 벌떡 자리에서 일어서며 큰 소리로 지껄였다.

「내 기어이 이 두 놈을 내 손으로 잡아 몸뚱이를 만단을 내려 했는데, 이미 우리 장수에 의해 죽었다니 이제야 내 분이 절반은 풀리는구나.」

말을 마친 유요는 즉시 석늑을 청하여 함께 군사를 이끌고 낙양으로 올라왔다. 이들이 낙양에 이르렀을 때는, 이미 태자 유총도 낙수에서 많은 양초를 발송하여 이 곳에 도착해 있었다.

유요와 석늑은 곧 장빈과 강발 등 여러 장수를 대동하여 유총

앞에 나아가 인사를 드렸다. 장빈은 유총에게 유요와 석늑을 대신하여 아뢰었다.

「전일 군사를 삼대와 비성으로 돌린 것은 진중에 군량이 결핍하였기 때문입니다. 이제 전하께서 많은 군량을 가지고 오셨으니, 낙양을 깨치기는 여반장의 일인가 하옵니다.」

태자 유총은 좋은 말로 유요와 석늑을 위로한 다음, 여러 장수를 불러 낙양을 깨칠 계책을 수의하였다.

이 자리에 모인 장수들은 바로 한의 핵심을 이루는 명장이고 용장들이었다. 그 기라성 같은 장수들의 이름을 살펴보면 대략 다음과 같다.

태자 유총, 시안왕 유요, 상당공 석늑, 군사 장빈·강발, 대장군 사례교위 왕미, 대사마 태위 관방, 대장군 관근·장실·호연안·호연유·조염·가개·장경·황신 등과 장군 공장·도표·관산·관심·왕이·왕여 등 50여 명이었다.

실로 어마어마한 위용이었다.

이들은 모두 일당백이고, 만부부당의 용장들이니, 어찌 낙양이 깨어지지 않으랴. 태자 유총은 모든 용병(用兵)을 군사 장빈과 강발에게 일임하였다.

장빈과 강발은 우선 낙양성 주위 네 곳에 높다랗게 토산(土山)을 쌓도록 하였다. 그리고는 토산 위에 각각 2천의 궁노수를 배치하여, 진병이 성루와 성벽 위에 나타나거든 쇠뇌를 쏘도록 하였다. 토산은 불과 하루 만에 성벽보다도 높게 구축되었다.

장빈은 다시 밤을 도와 수십 문의 자모포를 만들도록 하였다. 그리하여 포를 동서남북 네 곳에 각각 10여 문씩 배치하여 맹렬히 성벽과 성문을 때리도록 하였다.

이러한 배치가 끝나자 장빈과 강발은 제장들을 각각 나누어서 사방의 여섯 성문에 보내어 때를 맞추어 일제히 성을 치도록 하였다.

한편 한병이 토산을 쌓는 것을 본 성중에서는 곧 대책을 수의하였다. 시중 왕준이 의견을 말했다.

「우리도 성벽 위에 포를 가설하도록 합시다. 제가 일찍이 제갈무후가 쓴 적이 있는 팔석기(八石機)라는 포의 제조법을 익혀 둔 적이 있는데, 이것은 한꺼번에 큰 돌 여덟 개를 날릴 수 있습니다. 이것으로 토산 위의 한병을 무찌르면 우리 군사가 안심하고 성루와 성벽에 올라가 싸울 수가 있을 것입니다. 밤을 도와 만든다면 10여 문을 만들 수 있을 것이니, 당장에라도 제조를 시작합시다.」

상관기와 조무 등은 곧 성중에 있는 공인(工人)들을 모아서 팔석기를 만들도록 하였다. 과연 이튿날 아침에는 10여 문의 팔석기가 만들어졌다.

왕준은 곧 이것을 성벽 위에 날라다 장치하도록 하였다.

한병이 토산을 쌓고 궁노수를 배치했을 때는 이미 팔석기가 성벽 위에 설치된 뒤였다.

한병들이 토산 위에 오르는 것을 본 왕준과 상관기는 일제히 팔석기를 가동하였다.

궁노를 들고 토산 위에 올랐던 한병들은 별안간 바윗돌의 벼락을 맞고 우수수 토산 아래로 굴러 떨어졌다. 날아온 돌은 군사들뿐만 아니라 흙으로 쌓은 산도 단번에 무너뜨렸다.

장빈은 자기의 계책이 허무하게 깨지는 것을 보자, 이번에는 군사를 시켜 땅 속으로 굴을 파도록 하였다. 그러나 그것도 시중 왕준에 의해 미리 방비되어 모처럼 힘들여 팠던 토굴도 어이없이 무용지물이 되고 말았다.

왕준은 한병의 토굴이 어지간히 완성될 때까지 기다렸다가 이

곳으로 물을 끌어당겨 넣었던 것이다.

이와 같이 시중 왕준이 갖은 수단을 다하여 한병의 계책을 꺾기는 하였으나, 낙양의 운명은 시시각각으로 종말을 고하고 있었다. 주야를 가리지 않고 자모포를 터뜨리고 성벽을 기어오르는 한병들의 맹공에 진병들은 하루에도 수백 명이 죽어갔고, 성벽은 군데군데 돌이 무너지고, 구멍이 뚫리고 있었다.

군사들은 주린 배를 움켜쥐고 장수들의 매와 칼에 겁이 나서 마지못해 성벽 위로 기어오르는 한병을 막았으나, 그들의 얼굴에는 원망과 저주의 빛이 가득하였다.

성중에는 이제 먹을 양식이 없었다.

백성들은 굶주림을 못 참아 마구 거리로 나와 노략질을 했으나, 빼앗아 먹을 양식조차 없는 실정이었다. 밤이 되면 어디서 일어나는지 무수한 곡성들이 단말마의 비명과 함께 들려왔다.

어느덧 한의 대군이 낙양을 에워싼 지 한 달이 지났다. 그러나 성은 깨지지 않고 가녀린 잔명이나마 계속 이어가고 있었다.

태자 유총은 차츰 조바심이 났다.

그는 제장들을 불러 공성을 독려하였다.

「오늘부터 시작하여 열흘 이내에 낙양을 깨뜨리지 못하면 모두들 갑옷을 벗고 물러나시오. 만약 군사들이 영을 듣지 않으면 그 우두머리를 참하고, 대장(隊長)이 말을 안 들으면 부장을 참하오 부장이 말을 듣지 않을 때는 장군들이 목을 내놓으시오」

장수들은 유총의 엄한 영에 다시 한 번 결의를 굳히고 밖으로 나와 그 말을 군사들에게 전했다. 군사들은 장수의 영을 듣자 죽음을 각오하고 일제히 성벽에 기어올랐다.

이제는 성벽 위에서 시석을 날리던 진병들의 수가 절반도 되지 않는 듯했다. 한병들은 혼신의 용기를 다하여 구름사다리를 타고 성벽으로 기어오르는 데 성공하였다.

군사들과 함께 제일 먼저 성벽에 기어오른 장수는 호연유였다. 호연유는 성벽에 오르자, 하늘의 신장처럼 영용을 다하여 평창문(平昌門)을 들이쳤다. 그곳에는 구광과 누포가 나와 있었다.

구광과 누포는 호연유의 서슬에 잠시 주춤하다가 그만 나란히 호연유의 칼에 목이 달아나고 말았다. 호연유는 얼른 군사를 질타하여 사방에 불을 놓게 하고 성문에도 불을 질렀다.

이 무렵 왕미와 서막도 성벽을 타고 올라 광양문을 쳐서 불을 질렀다. 또 강비와 황신은 선양문을 빼앗았고, 시안왕 유요가 진두에서 지휘하는 군사들은 서명문을 빼앗았다.

제일 늦게 석늑은 동명문을 빼앗았다.

이 때 동명문을 지키던 조무는 급히 성 밖으로 나와 도망치려다가 그만 한장 공장에게 들켜 목을 잘리고 말았다. 조무의 동생 조성은 형을 구하고자 달려오다가 단 세 합에 공장에게 사로잡히고 말았다.

이리하여 마침내 낙양의 여섯 대문이 한병에 의해 깨어지고 한병들은 노도처럼 성중으로 몰려들었다.

4. 사로잡힌 황제

진나라 장수들은 뿔뿔이 도망치다가 더러는 성중에서 벗어났고, 더러는 전사하곤 하였다. 상관기와 북궁순은 이런 중에서도 궁중으로 뛰어 들어갔다.

「폐하, 어서 말에 오르소서. 사태가 긴급하옵니다!」

상관기가 이렇게 외치자, 황제는 오들오들 떨면서 용상에서 일어났으나 걸음이 휘청거렸다. 북궁순은 보다 못해 전상으로 뛰어 올라 황제를 덥석 안아다가 말에 태웠다.

두 장수는 얼마 안되는 병사들로 어가를 지키게 한 다음 앞장서서 궁문을 열고 밖으로 나왔다. 그러나 그들의 길이 순탄할 리 만무했다. 강비와 황신의 부대가 그 앞길을 막았다. 강비는 흰 말 위에 높이 앉아 호령을 하였다.

「너희들은 어디를 가겠다는 것이냐. 빨리 말에서 내려라!」

그러자 황신도 한 마디 했다.

「보아하니 거기 있는 것은 황제 같구나. 어서 황제를 이리 끌어오너라!」

마치 황제를 물건 다루듯이 말했다.

「무엇이라고? 이 필부 놈!」

*사면초가(四面楚歌)에 몰린 북궁순은 분을 못 이겨 창을 비껴들고 달려들었다. 그러나 지칠 대로 지쳐 있는 그로서는 황신을 당해낼 수 없었다. 마침내 졸병들까지 그를 에워싸자 말머리를 돌려 그대로 달아났다.

상관기는 강비와 싸우다가 죽었다. 그도 너무 지쳐 있었기에 평소의 실력을 발휘하지 못했던 것이리라.

강비를 상대하던 상관기가 어깨에 칼을 맞고 쓰러지는 것을 목격한 황제는 황망히 궁중으로 되돌아갔다. 그는 태자 사마전(司馬詮)의 손을 이끌고 화림원(華林園)에 가서 숨었다.

이렇게 되면 이미 황제도 태자도 아니었다. 그저 불쌍한 일개 부자일 뿐이었다.

이 때 호연유는 군대를 이끌고 궁중으로 뛰어들었다. 그는 병사들을 시켜 샅샅이 뒤졌으나 황제가 보이지 않았으므로 다시 후원으로 돌아갔다. 황제와 태자는 어느 정자 마루 밑에 숨어 있다가 끌려나왔다. 호연유는 황급히 말에서 내려 그 앞에 나가 허리를 굽혔다.

「한나라 장수 호연유가 삼가 진의 황제 폐하께 인사를 드리나이다. 총망중이라 세세한 말씀은 나중에 올리겠사오니, 우선 말에 오르시옵소서.」

황제는 몸을 사시나무 떨 듯 떨기만 할 뿐 대답이 없었다. 호연유는 다시 부드러운 낯으로 아뢰었다.

「폐하! 황실의 흥망이 어찌 오늘에만 있었겠나이까. 마음을 늦추어 잡수시옵소서. 용체(龍體)의 안전을 신이 목숨을 걸고 보장해드리겠나이다.」

「고맙소」

그제야 황제는 똑똑한 목소리로 대답하며 말에 올랐다. 호연유의 은근한 태도에 어느 정도 마음을 놓은 모양이었다.

호연유가 황제와 태자를 말에 태워가지고 나왔을 때는 궁중은 완전히 한나라 병사들에 의해 장악된 뒤였다.

유요는 전상(殿上)에 의자를 놓고 앉아 있었다. 그는 호연유가 황제와 태자를 데리고 오는 것을 보자 자리에서 일어나지도 않은 채 물었다.

「그는 누구인가?」

유요는 한눈에 그가 진의 황제임을 알아차렸으면서도 거만하게 물었다. 호연유가 황제임을 말하자, 유요는 냉랭한 눈초리로 황제를 쏘아보며 말했다.

「알았소 전각 한 곳을 치우고 연금하오」

호연유는 자기가 무안을 당한 듯 낯을 붉히면서 황제에게만 들리도록 속삭였다.

「다른 데로 모시겠습니다. 과히 섭섭히는 생각 마시옵소서.」

황제는 다시 병사들에게 에워싸인 채 어디론지 끌려 나갔다. 태자도 따라 나가는 것을 본 유요는 소리를 질렀다.

「태자는 여기에 남으라.」

황제는 잠시 걸음을 멈추고 태자를 말없이 되돌아보다가 다시 발을 옮겼다. 그 눈에는 불안의 빛이 깃들어 있었다.

유요는 태자를 앞으로 불렀다. 태자는 이제 열서너 살쯤 되어 보였다.

「태자는 오늘의 일을 어떻게 생각하오? 기탄없이 말해보오」

유요가 이렇게 말하자, 태자는 고개를 번쩍 들었다. 의외로 태연한 얼굴이었다.

「여유가 없으니 무슨 생각이 있겠소? 장군이나 의견이 있으면 말씀하오.」

그러자 유요의 눈초리가 위로 올라갔다. 그는 소년이 아직도 태자인 양 말이 불공한 데 대해 화가 난 것이었다.

유요는 큰 소리로 웃었다.

「나에게 말을 해라? 좋소, 들려 드리지요. 나는 더없이 통쾌하오. 우리 조상들의 한을 풀어드려 기쁘기 짝이 없소」

「장군!」

소년의 언성이 높아졌다.

「남이 망하는 것을 보고 기뻐하다니 어질지 못한 태도요. 장군이 용맹할지는 모르겠으나……」

「이 놈이!」

유요는 그 말이 끝나기도 전에 눈을 부릅떴다.

「이놈이 이제 와서도 자존망대하여 버릇없이 구는구나. 나는 한실의 피를 받았고, 지금은 시안왕의 봉작을 가지고 있는 터다. 너 같은 애송이를 눈에 둘 줄 아느냐!」

그는 여전히 성난 눈초리로 좌우를 돌아다보았다.

「무엇을 하고 있느냐. 이놈을 끌어내어 목을 베어 바쳐라!」

태자가 끌려나간 지 얼마 안되어서 유요의 눈은 문득 비빈들 앞에 서서 걸어오는 한 여인에게 집중되었다.

그녀는 황태후 양씨(羊氏)였다. 유요는 양태후의 미모에 그만 눈이 부셨다. 그는 군사에게 영을 내려 양태후만은 특별히 정중히 보호하도록 했다.

그날 밤, 유요는 양태후를 앞에 불러 앉히고 술잔을 기울였다. 궁성 밖에서는 낙양을 함락한 한병들이 마냥 환성을 지르고 있었다. 유요는 취한 듯 어린 듯 물끄러미 양태후의 자태를 바라보았다. 아무리 보아도 *경국지색(傾國之色)이다. 이때 양태후의 나이 아직 스물다섯이었다.

양태후는 일찍이 가후(賈后)의 뒤를 이어 혜제(惠帝)의 계비로 황후가 되었다가, 혜제가 죽자 젊은 나이에 태후로 추앙되어 후궁에 나가 있었던 것이다. 그녀는 아직 단 한 번도 아이를 생산한 적이 없었다.

여자 나이 스물다섯이면 활짝 핀 꽃봉오리 같다. 유요는 은근히 양태후에게 말을 건넸다.

「임자는 고와 함께 여생을 보낼 뜻이 없소?」

그러나 양태후는 다소곳이 머리를 숙일 뿐 대답이 없었다.

「고는 임자를 비(妃)로 맞아 길이 버리지 않으리라.」

여전히 양태후는 대꾸가 없다.

이 때 밖에서 아뢰는 소리가 들려왔다.

「여러 장군들께서 낙양에 있는 종회(鍾會)와 등애(鄧艾)의 무덤을 파헤쳐 옛 원한을 갚고자 하는데, 대왕의 윤허를 기다리고 있사옵니다.」

그제야 양황후는 숙였던 고개를 번쩍 들고 유요를 바라보았다. 유요는 의아한 듯이 물었다.

「왜 무슨 할 말이 있소?」

양태후는 옥을 굴리는 듯한 목소리로 입을 열었다.

「사람은 죽으면 모든 원한도 사라진다고 하옵니다. 땅 속에 묻힌 고골(枯骨)에게까지 원한을 갚을 거야 없지 않사옵니까.」

유요는 고개를 끄덕이면서 대꾸했다.

「고도 그것을 모르는 바는 아니오. 그러나 종회와 등애는 바로 촉한을 멸망시킨 장본인들이 아니오? 장수들의 청을 물리칠 수는 없소」

결국 유요는 종회와 등애의 묘를 파는 것을 내버려두었다.

모든 수습이 일단락을 짓자 석늑은 태자에게 아뢰었다.

「지금 낙양 성중에는 양초가 많지 않습니다. 50만 대병과 성중 백성들이 연명하기에는 많이 부족하오니 속히 군사의 일부를 허창으로 돌리도록 하십시오.」

유총은 석늑의 말을 좇아 석늑의 군사만을 허창으로 가도록 하였다.

석늑이 허창으로 떠나자 왕미는 유총과 유요에게 말했다.

「허창은 전날 위나라의 도읍이었습니다. 상당공을 그 곳으로 보낼 것이 아니라, 전하께서 친히 그 곳으로 납시는 것이 좋을 듯합니다. 또한 낙양은 천하의 중심지로서 사방으로 산과 강을 두르고 있고, 궁궐이 장엄하고 수려하니 곧 폐하께서 이곳으로 납시도록 하여 이곳을 도읍으로 삼고 천하를 다스리는 게 좋을 듯하옵니다.」

유총은 고개를 끄덕이며 왕미의 말을 수긍하였다. 그러나 유요는 왕미가 자기보다 먼저 대전에 들어갔다 나온 것을 불쾌하게 여겨 그의 말에 반대했다.

「지금 낙양은 황폐한 공성(空城)이 되었고, 사면으로 적을 받는데 어찌 평양보다 낫겠소 아직은 시기상조요」

왕미는 유요의 속을 모르고 진심으로 다시 말했다.

「지금은 비록 공허하나 폐하가 이곳에 납시어 인덕(仁德)을 베푸신다면 백성들은 자연 모여들 것입니다. 옛날 주나라와 한이 모두 이곳에 도읍하였는데, 어찌 적을 사면으로 받는 것을 두려워했겠습니까.」

유요는 끝내 왕미의 의견을 받아들이지 않고 태자 유총에게 포로로 잡은 진제와 진조의 백관들을 데리고 평양으로 가도록 우겼다. 유총은 유요의 뜻을 꺾을 수가 없어서 많은 포로와 황신·관심 등 일부 장수를 데리고 평양으로 개선하였다.

유총이 낙양을 떠나자, 시안왕 유요는 군사들을 시켜 낙양의 궁성에 불을 지르도록 하였다. 왕미는 이것을 보고 혀를 차며 중얼거렸다.

「시안왕이 저토록 옹졸하니 그는 결코 큰 인물이 될 수 없는 위인이다.」

왕미의 이 말을 엿들은 그의 참군 유감(劉暾)은 왕미에게 나직이 권했다.

「시안왕이 장군을 탐탁찮게 여기고 있으니 장군은 동쪽으로 급군(汲郡)과 연주(兗州) 두 고을에 의거하여 장차 천하의 대세를 살피도록 하십시오 시안왕은 장군이 그 곳으로 가는 것을 환영할 것입니다. 이는 장군이 해를 피하는 방책도 되며, 또한 앞으로 어떤 뜻을 펴기 위한 기반도 닦는 일이 됩니다.」

왕미는 유감의 의견을 옳다고 생각했다.

곧 유요에게 나아가서 말하고, 군사를 이끌고 급군으로 가서 진수하였다.

제5장. 석늑의 활약

1. 끝난 뒤에 오는 것

역사란 끝이 없다. 한 사건이 결말이 날 즈음에는 다음에 일어
날 사건의 불씨가 이미 마련되어 있는 법이다. 이리하여 문제는
언제까지라도 꼬리를 물고 이어가는 것이다.

낙양이 함락되고 황제가 잡혔으나 우리는 그 자리에서도 석연
치 않은 몇 가지 일을 보았었다. 유요의 방자―이것은 언젠가는
무슨 사건을 내고야 말 것 같은 예감이 든다. 그리고 이를 못마땅
히 여겨 지방으로 전출한 석늑과 왕미의 일도 개운치만은 않다.

이런 요소들은 언젠가는 어떤 사건이 되어 다시 우리 눈앞에
나타나거니와, 우리는 진나라가 낙양 함락과 함께 아주 망한 것으
로 속단해서는 안된다.

낙양이 함락되던 날, 한병들이 성내에서 살육과 약탈에 정신을
잃고 있는 틈을 타서 가만히 성을 넘어 도망하는 사람이 몇 있었
다. 그 중 한 사람은 어린 소년을 업고 있었다.

소년은 무제의 넷째아들인 오왕(吳王) 사마안(司馬晏)의 아들로
서, 진왕(秦王)의 봉작을 받은 사마업(司馬業)이었으며, 나이는 겨
우 열두 살에 접어들었을 뿐이었다. 그리고 두 사람이란 사공 순

번(荀藩)과 광록대부 순조(荀組) 형제로서, 진왕은 그들의 생질이었다.

평민으로 가장한 그들 일행은 밀현(密縣)을 지키는 염정(閻鼎)에게로 갔다. 염정은 그들을 보자 버선발로 뛰어내려와 손을 잡아 당상으로 모셨다.

「제가 지은 죄가 산하 같습니다. 조정이 결딴나는 것도 모르고 앉아 있었으니, 백 번 죽어 마땅하오이다.」

염정의 거친 볼에 굵은 눈물방울이 흘러내리고 있었다.

「장군! 너무 상심 마시오. 운으로나 돌려야지요.」

순번은 이렇게 위로하고 난 다음 옆에 앉은 소년을 가리켰다.

「뉘신지 아시오? 진왕 전하이시오.」

지금껏 그들의 아들이나 되려니 여기고 있던 염정은 소스라치게 놀랐다.

「진작 귀띔해주실 일이지!」

이런 말과 함께 진왕 앞에 부복한 그는 떨리는 음성으로 진왕에게 아뢰었다.

「전하께서 친림하시는 줄 모르고 영접의 예를 다하지 못했나이다. 시기가 시기라 전하께선들 오죽이나 심로가 크시겠나이까.」

이렇게 말한 그는 정말로 소리를 내어 울었다.

그들은 진나라를 다시 일으키기 위해 노력할 것을 맹서하고, 형양(滎陽) 태수 이구(李矩)의 동의를 얻었다. 그들은 격문을 써서 이웃고을에 돌리고, 건업의 낭야왕 사마예와 장안의 남양왕 사마모를 맹주로 추대할 것에 합의했다. 낭야왕은 염정을 여음(汝陰) 자사로 임명하여 대사를 진행시켰다.

또 한 사람 낙양에서 빠져나온 황족이 있었다. 회제의 둘째아들인 사마단(司馬端)이었다. 그는 아직 소년이었으므로 별 의심도 사지 않고 성에서 빠져나올 수 있었다. 사마단은 창탄으로 달려가 구희에게 몸을 의지했다. 크게 기뻐한 구희는 그를 높여 태자라 부르고 흩어진 진나라 군사들을 끌어 모았다.

낙양 함락의 여파는 이에 그치지 않고 평양에까지 미쳤다. 태자 유총이 진나라 회제를 압송하고 입성하자 평양은 발칵 뒤집혔다. 집집마다 꽃을 꽂고 등을 달아 이 날을 축하했고, 진나라 회제를 보려는 사람들로 길이 터져나갈 지경이었다.

황제 유연의 기쁨이야 이루 말할 수가 없었다. 생각하면 얼마나 긴 세월 동안 오늘을 위해 살아온 그였던가. 그는 망명길에 오르던 때의 정경을 다시 눈앞에 되새겨보며 감회를 누를 수 없었든지 눈시울을 적셨다.

이윽고 진나라 황제가 끌려와 계하에 엎드리는 것이 보였다.

「이 몸이 천명을 모르고 망령되이 천자라 일컬었음을 널리 용서하시옵소서. 오늘 용안을 배알하매 황공하기 그지없사오며, 이 몸의 존몰(存沒)에 관하여는 오직 폐하의 성지(聖旨)만을 기다릴 뿐이오이다.」

밉다고만 여겨오던 상대였으나, 이 말을 듣는 순간 유연은 가슴이 뭉클해짐을 느끼고 진정할 수 없었다.

「어서 일어나시오 그리고 전상에 오르십시오」

황제 유연은 이렇게 말하면서 친히 내려가 또 하나의 황제를 끌어 일으켰다.

「놓아주시옵소서. 너무나 황공하여이다.」

포로가 된 황제는 한사코 전상에 오르려 하지 않았다.

이때 제갈 승상이 앞으로 나가 나직이 말했다.

「무리하게 전상으로 모실 것이 아니라 은광정(恩光亭)으로 납심이 어떠하오리까.」

유연은 그렇겠다고 생각했다. 상대는 이제 망국의 황제일 뿐이다. 그가 어찌 자기와 동등한 자리에 앉으려 하겠는가. 그러나 정자에서라면 사석이니 꺼릴 바도 없을 것이었다.

이윽고 은광정에서는 잔치가 벌어졌다. 조망이 좋은 이 정자에는 두 황제와 태자 유총 그리고 제갈선우가 참석했을 뿐이어서 분위기는 매우 온화했다.

황제 유연은 이 자리에서 포로가 된 황제를 진심으로 위로했고, 진나라 회제도 그의 인자함에 마음이 끌린 양 기쁜 낯으로 술을 대작했다.

이튿날, 회제에게는 별궁이 하사되고 시비(侍婢)와 호위병이 주어져 그는 이제부터 한나라의 태자 급에 상당하는 대우를 받게 되었다.

여러 장수들에게 상이 있었던 것은 말할 나위도 없다.

여기까지는 좋았다. 황제 유연은 아주 큰 도량을 보임으로써 자기의 위신을 한층 높인 결과가 되어 모든 일이 순조로웠다. 그러나 그 다음부터가 문제였다. 평생의 소원을 달성했다는 자족감은 그를 일종의 허탈상태로 몰아넣었다.

그는 매일 술을 마시며 즐겼다. 아직도 진(晉)의 잔당은 도처에 깔려 있건만, 낙양을 빼앗고 황제를 사로잡았다는 사실이 그에게는 모든 것의 종말로 보였다.

'광무제(光武帝)인들 나에게서 더할 것이 있었겠는가?'

말은 안해도 이런 자부심이 그를 술 속으로 몰아넣었다. 그는 매일 처소를 바꾸어가면서 유흥에 빠졌다. 술에는 으레 따르기 마련이지만 전에 없이 여자에게도 손을 댔다.

그렇다고 그가 후세의 당나라 현종(玄宗) 모양 아주 나라가 기울어지도록 놀아난 것은 아니었다. 아무리 자족감에 젖은 그이기로소니, 세상이 태평성대를 누리고 있다고는 보지 않았으며, 그는 이미 늙은 데다가 원래 호사를 싫어하는 성격이었다. 따라서 아무리 그가 매일을 주색에 묻혀 산다 해도 물질적인 피해란 아주 미미한 것이었다.

그러나 문제는 다른 데 있었다. 그는 이미 70세였다. 건강하다고는 해도 이런 노인의 체력이 그러한 생활을 견뎌낼 리 없었다. 그리하여 그의 몸은 눈에 띄도록 수척해지다가 드디어는 병이 들어 자리에 눕고 말았다.

황제의 병세가 차츰 악화되기 시작하면서부터 한의 조정에는 심상치 않은 공기가 나돌기 시작했다.

그것은 황제의 뒤를 과연 누가 있느냐는 중대한 문제였다.

한황제 유연에게는 두 아들이 있었다. 큰 아들은 유화(劉和)이고, 둘째가 친히 군사를 이끌고 전장에 나서서 수많은 공을 세운 유총(劉聰)이었다. 큰아들 유화는 착하고 어질기는 하였으나, 천성이 나약하여 박력이 조금도 없었다.

조정의 중신들은 자연 두 패로 갈라지게 되었다.

하나는 당연히 서열을 좇아 유화를 보위에 앉혀야 한다는 패였고, 하나는 안팎으로 다사다난한 때이니 박력 있고 공이 많은 유총으로 대통을 잇도록 하여야만 된다는 패였다.

유화를 주장하는 패의 대표적인 인물은 우선 시안왕 유요와 상당공 석늑, 그리고 사례교위 왕미, 태위 호연유, 호위보가사(護衛保駕使) 호연안 등 주로 무관이었다.

또 유총을 내세우는 사람들은 좌승상 진원달, 우승상 제갈선우, 군사 장빈, 강발 등 주로 문관이었다. 그러나 이들은 속으로 끼리끼리 의론을 할 따름이지 아무도 입 밖에 내어 지껄이는 사람은 없었다.

누가 이런 문제를 감히 중인 앞에 나서서 지껄일 수가 있겠는가. 그 최종적인 결정권은 오직 아직도 운명하지 않은 황제 한 사람만이 가진 것이다.

무장들이 주로 서열을 좇아 맏아들로 하여금 대통을 잇게 하려는 데는 그럴 만한 이유가 있었다. 시안왕 유요와 상당공 석늑은 자기들이 품고 있는 야망을 달성하기 위해서는 나약한 유화가 훨씬 호락호락할 것이었기 때문이며, 호연안과 호연유는 유화가 바로 자기 누이가 낳은 아들로서 생질이 되기 때문이었다. 물론 유총도 똑같은 생질이나, 천륜을 좇아 형을 세우는 것이 도리였고, 또 유화는 일찍부터 호연안 형제가 등에 업고 다녔기 때문에 정이 훨씬 유총보다 더 들었던 것이다.

또 재상들이 유총을 세우고자 하는 것은 유총의 성격으로 미루어서 만약 그 형 유화가 대통을 잇는 날이면 유총은 족히 형을 시해하고라도 황제의 위를 빼앗으리라는 것을 알고 있었기 때문이었다. 차라리 그렇게 되기보다는 처음부터 유총의 많은 공을 인정하여 나약한 유화 대신 유총을 세우자는 주장이었다.

양쪽이 모두 그럴싸한 이유를 갖고 있는 것이다.

조정의 공기가 이렇게 미묘하게 돌아가는 가운데 황제 유연은 마침내 임종을 맞이했다. 황제는 중신들을 와탑 가까이 불러 마지막 당부를 했다.

이 자리에 부름을 받은 중신들은 태자 유화와 유총을 비롯하여 진원달·제갈선우·유광원·강발·관방·호연유·황신 등이었다. 이 때 유요는 낙양에 있었고, 석늑과 장빈은 허창에, 왕미는 급군에 있었기 때문에 황제의 임종을 지켜볼 수가 없었다.

황제는 힘없는 목소리로 옥음을 내렸다.

「과인이 경들과 함께 천신만고 끝에 오늘날 진의 원수를 갚았소. 이제 죽어도 한은 없으나, 오직 경들의 대공을 보답치 못하는 것이 한스럽구려. 경들은 과인이 죽은 뒤에라도 부디 태자를 도와 천하를 통일하여 한조 부흥의 대업을 완수해 주기 바라오. 과인은 저승에서 경들을 만나면 필히 그 은공을 보답하겠소」

말을 마친 황제의 두 눈에서는 눈물이 한 줄기 흘러 내렸다.

어사대부 유광원은 말문을 닫으려는 황제에게 가장 중대한 말을 급히 물었다.

「폐하, 대통을 어느 태자에게 잇게 하오리까?」

황제는 이미 말문을 닫는 참이었다.

그러나 유광원의 말을 알아들었는지 고개를 가까스로 돌려 유화를 바라보았다. 그리고는 스르르 눈을 감았다. 모였던 중신들은 황제가 운명하였음을 알자 일제히 엎드려 통곡을 터뜨렸다.

어사대부 유광원은 한동안 통곡을 한 다음 먼저 일어서서 중신들에게 밖으로 나갈 것을 종용하였다.

조당으로 나온 중신들은 곧 황제의 붕어를 백성들에게 알리는 한편, 하루도 비울 수 없는 보위(寶位)에 신제(新帝)를 추대할 의논을 하였다.

이때 어질고 착한 유화는 황제가 운명하는 순간, 중신들 몰래 밖으로 나와서 어디론지 자취를 감춰버렸다.

그는 스스로 대위를 이어받아 다사다난한 천하를 호령해 나갈 자신이 없음을 깨닫고 일부러 그 자리를 동생 유총에게 물려주려 했던 것이다.

황제의 유명을 좇아 유화를 보위에 앉히고자 아무리 찾았으나, 평양 성중에는 유화의 그림자도 찾을 수가 없었다. 꼬박 하루 낮과 하루 밤을 지낸 중신들은 유화가 스스로 물러난 것을 깨닫고, 곧 유총을 받들어 황제의 위에 오르게 하였다.

유총은 대위에 오르자, 부황을 광문황제(光文皇帝)라 추증하고, 연호를 광흥(光興) 원년이라 개원하였다. 이가 곧 한의 제2대 왕인 소무황제(昭武皇帝)이다. 이때는 서력으로 310년 되는 해였다.

2. 잇단 평양성의 슬픔

평양성을 벗어난 태자 유화는 단지 종자 두 사람만을 데리고 변복하여 서하(西河)를 향하여 길을 재촉했다. 서하에는 자기를 가장 귀여워해 주던 외삼촌 호연안이 있었다.

평양성을 떠난 지 이틀이 지나서 유화는 그날 밤 유숙하는 역관에서 동생 유총이 대위에 올랐다는 소식을 들었다. 그제야 그는 길게 한숨을 쉬며 그날 밤은 발을 뻗고 잘 수가 있었다.

근 열흘 만에 서하에 이른 유화는 호연안을 찾았다. 마침 밤이었다. 호연안은 유화가 이르렀다는 말을 듣자 깜짝 놀라며 밖으로 나와 유화를 맞아들였다.

「전하께서 이 밤에 이 곳까지 웬일이십니까!」

유화는 엷은 미소를 지으며 말했다.

「외숙이 보고 싶어 왔소이다.」

호연안의 늙은 눈에는 눈물이 글썽하였다.

「전하, 속히 이 곳을 피하셔야 되겠사옵니다.」

유화는 놀라서 호연안을 쳐다보았다.

「신제께서 전하의 행방을 각처로 염탐하고 있사옵니다. 발각이 되시면 결코 좋지 않은 결과가 올 것이니 속히 다른 곳으로 피하옵소서.」

「외숙은 이상도 하시오 동생이 형을 찾는데, 왜 피한단 말이오?」

어진 유화는 골육의 정을 앞세우며 조금도 유총을 의심치 않았다. 유화가 그럴수록 호연안은 더욱 가슴이 무너지는 듯했다.

「한 나라에 두 황제가 있을 수는 없는 법이옵니다. 전하는 어찌 그렇게도 착하시기만 하옵니까.」

호연안은 더 이상 말을 잇지 못하고 흐느껴 울기만 하였다. 유화는 그제야 자기의 존재를 뚜렷이 인식하였다. 동생 유총이 자기를 찾는 이유를 알 수가 있었다.

유화는 조용히 입을 열었다.

「이제 깨달았소이다. 내가 이 곳에 있으면 외숙에게 해가 미칠 터이니 다른 데로 떠나겠거니와, 오늘은 이미 날이 저물었으니 내일 새벽 일찍 떠나도록 해주오.」

호연안은 와락 유화의 손을 잡으며 통곡을 터뜨렸다.

이튿날 새벽, 호연안은 말과 심복 군사 셋으로 하여 유화를 멀리 지경 밖까지 호송하도록 하였다.

호연안에게서 단 하루를 묵은 유화는 총총히 지향 없는 망명의 길에 올랐다. 그러나 유화는 어느 곳이고 한의 국토 안에서는 안심하고 거동할 수가 없음을 깨달았다.

서하를 떠난 지 한 달 만에 유화는 태원(太元)에 이르렀다.

이 곳은 병주와 지경을 맞대는 곳이었다.

지칠 대로 지친 유화는 그날 밤 객사에서 그만 한 많은 생애를 스스로 끊고 말았다. 그는 머리맡에 간단히 유서 한 통을 남기고 약을 먹었던 것이다.

유화를 따라가던 종자들은 이튿날 아침에 유화가 자결(自決)한 것을 보자, 크게 놀라며 유화의 유서와 함께 서하로 달려가서 호연안에게 알렸다.

호연안은 한 동안 통곡을 한 다음, 즉시 이 소식을 다시 평양으로 알렸다. 황제 유총은 유화가 스스로 목숨을 끊었다는 말을 듣자, 짐짓 놀라고 비통해 하며 곧 칙명을 내려 유화의 영구를 평양으로 모시도록 하였다.

황제 유총은 형의 영구가 평양에 이르자 국상을 선포하고, 유화의 장례를 황제의 예를 좇아 성대히 지내도록 칙명을 내렸다.

그는 마침 입궐한 시안왕 유요에게,

「과인은 형의 죽음을 부왕의 죽음보다 더 서러워하오.」

하고 말했다.

유요는 속으로 비웃으며 단지,

「망극하오이다.」

하고 한 마디 대꾸하였을 따름이다.

태자 유화가 죽었다는 기별을 받은 관방은 그만 방성대곡을 한 차례 한 다음 땅에 혼절하고 말았다.

이 때 관방은 집에 있었다. 그는 황제 유연이 붕어하자 크게 상심한 나머지 일체 바깥출입을 하지 않고 집에 들어박혀 있었던 것이다.

관방은 황제 유연과 나이 동갑이었다. 성도(成都)에서 어릴 때부터 남달리 친하게 지내던 사이였다. 그들의 할아버지는 서로 의형제를 맺어 한날한시에 죽자고 맹세했다는 말을 되씹으며, 공자 유거(劉璩 : 죽은 한황 유연의 본명)와 관방은, 우리도 그와 같이 되자고 굳게 언약하며 어린 날을 함께 보냈던 것이다.

그 후 관방은 유림천에서 유연이 기병(起兵)하였다는 소식을 듣고 달려간 뒤부터 오늘날까지 줄곧 유연을 위하여 충성을 다해 왔었다. 그랬던 것이 그만 유연이 죽었으니, 관방으로서는 자기도 함께 죽고만 싶은 생각밖엔 들지 않았다.

그러던 차에 또 태자 유화의 부음(訃音)이 전해졌으니, 어찌 관방이 기절하지 않겠는가.

그날 밤 관방은 이상한 꿈을 꾸었다. 관방은 유연과 손을 마주 잡고 어딘지 모르게 정신없이 달려가고 있었다. 그러는데 갑자기 산과 모래와 바위만이 한없이 뻗어 있는 막막한 황무지가 불쑥 앞에 나타났다. 두 사람은 잠시 머뭇거리다가 다시 손을 잡고 달리기 시작했다.

한참을 가다가 바라보니 눈앞에 수많은 사람들이 손뼉을 치며 두 사람을 환영하고 있는 것이 아닌가. 놀라서 그들을 바라보니 그 가운데는 학원탁과 마난·노수의 모습이 보였다. 사람들은 모두 강인(羌人)이었다.

깜짝 놀란 관방은 눈을 뜨니 꿈이었다. 이 날부터 관방은 시름시름 앓기 시작했다. 아들 관하는 근심스럽게 아버지의 병세를 지키며 몇 날을 뜬눈으로 새웠다. 백약이 무효였다.

황제 유총은 태의를 보내어 관방의 병을 다스리도록 하였으나 역시 아무런 차도도 없었다. 관방은 병이 든 지 꼭 한 달 만에 동생 관근·관산·관심과 아들 관하가 지켜보는 가운데 숨을 거두고 말았다.

황제 유총은 관방의 죽음을 듣자 크게 애도한 나머지, 사흘 동안 조회를 파하고 온 백성에게 상복을 입도록 조칙을 내린 다음, 그를 추증(追贈)하여 충렬왕(忠烈王)의 시호를 내렸다. 그리고는 왕공의 예를 좇아 정중히 선제 광문황제의 능 옆에 장사지내도록 하였다.

관근은 형의 죽음을 슬퍼한 나머지 병을 얻어 자리에 눕게 되었다. 관근의 나이도 이미 반백을 넘고 있었다. 관근은 와병하고서부터 일체 식음을 전폐하였다.

그는 그렇게 하여 스스로 목숨을 끊을 작정이었다. 그러다가 관근은 와병한 지 10여 일 만에 기어이 세상을 하직하고 말았다.

황제 유총은 친히 상(喪)을 입고 슬피 울면서 관근에게 충순왕(忠順王)의 시호를 내리고 왕공의 예로 그의 형 관방의 무덤 곁에 장사지내 주었다.

이 때 관근에게는 아들 관만(關曼)이 있었다. 황제는 관근의 벼슬을 관만에게 이어받도록 칙명을 내려, 그가 한나라에 끼친 큰 공을 일부나마 갚았다.

2. 삼대성(三臺城)

낙양을 격파한 뒤 허도로 옮겨온 석늑에게는 20만의 대병이 있었으므로 그 위세는 하북 일대를 주름잡았다. 그는 다시 삼대(三臺)를 공략하기 위해 준비를 서둘렀다.

삼대성의 수장(守將) 유연(劉演)은 전날 석늑과 유요의 포위를 당한 일이 있었다. 그 때 그는 나아가 맞아 싸우지 않고, 군사를 독려하여 성을 굳게 지키며, 숙부인 유곤(劉琨)에게 구원해 줄 것을 요청했었다.

그러나 유곤은 석늑의 기세가 강성함을 잘 알고 있기 때문에 애써 구원병을 보내려 들지 않았다.

다행히 지난해에 석늑이 양국(襄國)을 쳐들어갔을 때 요서의 단말배가 구원병을 보내어 석늑은 그만 패하여 뿔뿔이 흩어져 달아나다가 양자 계동(季童)과 석(石)노인의 부인을 비롯하여 가권 14명의 여인을 잃었었다. 이때 유곤의 군사는 석늑의 가권을 생포하여 병주(幷州)로 보냈는데, 석부인은 나이 팔순이며, 계동은 열한살이었다.

유곤은 석부인과 계동 등을 자기 성하에 두었는데, 지금 유연이 숙부인 자기에게 구원을 요청하기에 이른 것이었다.

유곤은 참모 장유(張儒)에게 어떻게 할까를 의논하였다.

「석늑의 세(勢)가 왕성하오니, 나아가 싸우는 것보다는 전에 볼모로 잡아온 그의 노모와 어린 아들 계동을 돌려보내 석늑과 화친을 맺는 것이 좋을 줄 압니다.」

유곤도 그 의견을 옳게 여겨, 석늑에게 보내는 서장을 닦아 장유를 시켜 석부인과 계동을 대동하여 보냈다. 몇 년 만에 노모와 어린 아들을 보자 석늑은 눈물을 흘리며 반겼다.

유곤의 서장 내용은 이러했다.

석늑이 하삭(河朔)에서 일어나 연주와 예주를 석권함을 치하하고, 주인을 섬김에 있어 의(義)를 따르면 의병이 되고, 역(逆)을 따르면 반적이 된다고 하며, 총(聰)을 배반하면 화를 면할 수 있고, 진(晋)을 따르면 복이 온다. 그러므로 진에 복종하면 시중지절대장군(侍中持節大將軍)을 제수하고 양양공에 봉하겠다는 것이었다.

석늑은 서장을 다 보고 나서 유곤에게 회답을 썼다.

　　<그대와 나의 길이 다르니, 나의 일을 썩은 선비인 그대들은 모를 것이다. 그대는 본조에 충절을 다할지어다. 나는 그대와 함께 일을 하기 어려울 것이다.>

하고 따로이 명마진보(名馬珍寶)를 갖추어 장유를 후히 대접하고, 그 밖의 종자에게도 많은 상금을 주어 병주로 돌려보냈다.

이리하여 삼대를 공략하려던 군사를 일단 파했다.

석늑은 노모를 다시 만난 기쁨도 기쁨이려니와 계동이 돌아온 것을 못내 대견히 여겼다. 이 때 석부인의 나이는 92세였고 계동은 13세로 그 동안에 어른처럼 성숙해져 장사가 되어 있었다. 그러나 둘째아들인 석호(石虎)도 장사라는 점에서는 누구에게든 뒤지지 않았으나, 그에게는 난폭한 데가 있어서 석늑은 노상 그것이 마음에 걸렸다.

'호지(胡地)에서 태어나 호지에서 자랐기에 저런가?'

석늑은 아들을 두고 가끔 이런 생각도 하여 보았다. 그리고 이 것은 조금도 빗나간 생각이 아니었다.

혈통에 있어서 그는 분명히 석늑의 아들이었다. 그러나 거친 호 지의 산천과 습성이 어린 마음에 어째서 영향을 끼치지 않았겠는 가. 도리어 풍토의 영향은 혈통의 그것을 몇 곱이나 앞지르고 있 는지도 모른다.

하여간 그는 어려서부터 남달리 거칠었다. 그냥 거친 정도가 아 니라 잔인한 성격이 두드러져서 이것이 늘 석늑의 마음을 어둡게 했다. 열두어 살 된 석호는 이미 천하의 역사가 되어 있었는데, 하 찮은 일로 사람을 때리거나 죽이거나 했다.

그는 강궁(强弓)을 메고 사냥하기를 좋아했다. 한번은 사슴을 쫓다가 어느 집 밭을 가로지르게 되었다. 민폐 같은 것을 염두에 둘 리 없는 그는 서슴지 않고 말을 몰아 밭으로 뛰어들었다.

「아, 이놈 봐라! 어디라고 들어가느냐?」

주인이 뒤에서 주먹을 휘두르며 고함을 쳤다.

「뭐라고?」

소년은 말을 밭 한가운데 멈추더니 말에서 내렸다. 그리고는 다 가와 주인의 멱살을 잡았다. 얼굴에 주근깨가 촘촘히 난 마흔쯤 된 사나이는 상대의 힘에 깜짝 놀랐다. 어린애인 줄만 알았던 석 호가 사나이를 머리 위로 번쩍 쳐든 것이다.

「잘못했습니다. 제발 용서해주십시오」

공중에 뜬 주인은 애걸복걸했다. 그 순간 그는 저쪽에 내동댕이 쳐졌다. 그리고 다음 순간, 석호의 주먹은 벌써 그의 머리를 박살 내고 있었다. 무서운 힘이었다.

처음으로 사람을 죽여 본 석호는 아무런 거리낌 없이 이후로는 더욱 사나워져서 백성들만이 아니라 병사들도 가끔 쳐 죽였다.

한번은 병사들 세 명이 술을 마시고 있는 자리에 석호가 불쑥 나타났다.

「도련님, 어서 오세요」

그들은 석호를 보자 자리를 권했다. 자리에 앉은 석호는 권하는 대로 술을 넙죽넙죽 받아마셨다. 그리하여 서로 우스갯소리를 하던 중 장난하기 좋아하는 어느 병사가 농담을 했다.

「도련님도 장가를 가셔야지. 어디 한번 여물었는지 어떤지 좀 봅시다.」

하고 그의 손이 석호의 사타구니를 건드리는 찰나,

「이놈이!」

하는 호령과 함께 석호의 주먹은 그 병사의 가슴을 사정없이 쥐어박고 있었다. 어린애라고는 해도 무서운 힘이 가해진 주먹이었기 때문에 병사는 그대로 뻗고 말았다. 이것을 본 두 사람은 벌벌 떨면서 말도 못했건만, 석호는 엉뚱한 트집을 잡고 나왔다.

「너희들도 내가 못마땅하지? 그렇지? 바른 대로 말해봐.」

「원, 천만에요. 저놈이야 제 죗값으로 죽은 것입죠 안 그렇습니까. 제가 감히 어디라고……」

한 병사는 연신 허리를 굽실거리며 웃어 보였다. 그러나 이번에는 그런 태도가 석호의 비위를 거슬렀다.

「이놈아! 친구가 죽는 것을 보고 분해 할 줄도 몰라? 이 바보 녀석!」

하며 석호의 주먹이 다시 날아왔다. 그러나 이번에는 그리 세게 친 것이 아니었기 때문에 병사는 머리가 약간 깨지는 데 그쳤다.

석호의 행패는 만사가 이런 식이었다. 석늑도 처음에는 말은 안 했으나 그런 아들이 믿음직해 보여,

'우리 집에 호랑이가 한 마리 생겨났구나.'

하고 속으로는 아들의 용맹을 대견해 하기도 했다. 그러나 매일 같이 이런 일을 저지르니 문제가 달랐다. 그는 아들을 꾸짖어도 보고 때로는 매질도 해보았으나 그의 성격은 날로 거칠어져갈 뿐이었다.

석늑도 마침내는 아들에 대해 어떤 결단을 내리기로 했다. 다만 노모가 이 손자를 몹시 사랑하고 있는 것이 마음에 걸렸다.

「어머님.」

석늑은 어느 날 저녁, 단 둘이만 있는 자리에서 말을 꺼냈다.

「호(虎)란 놈은 아무래도 사람이 될 것 같지 않습니다. 공연한 일로 백성이나 졸병을 때려죽이고 돌아다니니 내버려두었다가는 큰일이 나겠군요. 될 성싶지 않은 놈은 아주 제거해야 할 것 같습니다.」

「그게 무슨 소리냐?」

노인은 아들이 자기를 해치려 하기라도 한 듯 펄쩍 뛰었다.

「나이가 아직 어리지 않으냐. 그것이 무엇을 안다고……」

「어리기는 하지만 힘은 장사예요. 그래서 더욱 골칫거리가 아닙니까.」

「그러게 말이다.」

노모는 대견한 듯 눈을 깜박였다.

「그 애가 보통이 아니니라. 꼭 네가 자랄 때와 같구나. 큰일 할 놈이야. 두고 보아라, 아무렴. 큰일을 이루지 않고……」

이쯤 되면 더 말을 붙여볼 도리가 없었다. 더구나 자기의 어렸을 적과 같다는 데는 얼굴이 붉어졌다.

이리하여 지금껏 버려두고 있었고, 노모가 유곤에게 억류되어 있던 때에는 어머니 생각이 간절한 만큼 차마 아들에게 손을 댈

수 없었던 그였다. 이런 판에 계동이 나타난 것이었다. 계동도 힘이 세기로는 석호와 비슷했다. 그러나 함부로 남을 해치지는 않았고 그것이 석늑에게는 무엇보다도 고마웠다.

하루는 두 아들과 한자리에 모였는데 석호가 말을 꺼냈다.

「아버지께서는 삼대 치는 일을 그만두셨다면서요?」

「그래.」

석늑이 고개를 끄덕이자 석호는 다시 말했다.

「대사를 도모하시는 터에 어찌 작은 인정에 얽매이시나요? 저에게 군사를 주십시오. 가서 그 성을 빼앗아버리겠습니다.」

「작은 인정이라니?」

석늑이 못마땅한 듯 언성을 높였다.

「네 할머님과 아우가 몇 해나 신세를 졌는데, 그것이 어째서 작으냐. 의리를 저버릴 수는 없느니라.」

「아버지!」

이때 계동이 입을 열었다. 몸은 컸지만 음성은 아직도 어린아이였다.

「유곤이 할머니와 저를 부양해주기는 했으나, 어디까지나 포로였음에는 틀림이 없지요. 그리고 좀 극진히 대해 준 것은 다 생각하는 바가 있었기 때문이지 결코 단순한 호의는 아니었어요. 보세요, 아버지가 삼대를 치려고 하시자 저희를 돌려보내 교섭하고 나선 것을.」

석늑은 물끄러미 계동을 바라보고만 있었다. 어린애인 줄만 알았던 계동이 자기보다도 생각은 깊은 것 같았다.

「저도 형님과 함께 가겠어요. 꼭 삼대를 뺏고야 말겠습니다.」

석늑은 가만히 눈을 감았다. 자기가 소년의 몸으로 싸움터에 나갔던 일이 생각되었다. 지금 호(虎)는 열여섯, 계동은 열세 살이었다. 그들은 벌써 전쟁터에 나가고 싶어 들떠 있다. 그렇다면 자기와 꼭 같은 일생을 그들도 밟을 것인가.

석늑은 장빈을 불러 상의해 보았다. 장빈도 찬성이었다.

「아드님들 생각이 옳습니다. 작은 절개에 얽매여서는 대사를 이루지 못합니다. 하물며 유곤이 자친을 두고 성을 흥정하는 데 있어서겠습니까. 조금도 꺼리지 마십시오」

석늑은 매우 기뻐했다.

「선생까지 뜻이 그러시다면 무엇을 주저하겠소이까.」

그리고 다시 말을 이었다.

「내가 방랑하여 석가촌(石家村)에 이르렀을 때, 우리 아버님께서는 호랑이를 꿈꾸신 바 있었고, 나도 꿈에 호랑이를 보고 아들을 나아 호(虎)라고 이름을 지었더니, 이번에는 또다시 호랑이 꿈을 꾸고 계동이가 돌아왔습니다. 나는 이 아이를 조호(趙虎)라 부르겠습니다. 이호(二虎)로 하여금 좌우 선봉을 삼아 군사를 통솔케 함이 어떨까 합니다.」

장빈이 대답했다.

「그렇지 않습니다. 지금 장군께서는 석씨의 성을 가지고 위명을 남북에 떨치고 있습니다. 그러니 석씨의 성을 주도록 하십시오 일가의 양자로 두 성씨를 나눌 필요가 없습니다. 일후, 장군께서 패업을 성취하시거든 국호를 세워 조(趙)라고 하십시오 또한 자손에게 명하시되, 국호를 따라 성(姓)으로 하도록 하십시오」

석늑은 장빈의 말을 좇아 계동에게 석씨 성을 주고 이름을 지어 석민(石閔)이라 하였다.

석늑은 석호에게 행군초토진위선봉(行軍招討振威先鋒)이라는 직책을 주고, 석민을 행군도위에 임명했다. 그리고 부장 이운(李惲)과 오예(吳豫)로 하여금 따르게 한 다음 병사 1만을 주어 삼대성을 치게 했다.

유연은 석호가 쳐들어온다는 탐마의 기별을 듣자, 즉시 군사를 이끌고 나와 진을 치고 기다리고 있었다. 이를 본 석호는 진세를 벌인 다음 진두로 뛰쳐나갔다. 그는 처음으로 출전하는 터였으므로 기쁨과 흥분으로 가슴이 터져나갈 것 같았다.

「들거라! 낙양이 이미 떨어지고 너희 황제까지 사로잡혔거늘 어찌 완명하여 이제껏 천명을 거역한단 말이냐. 대군이 임하는 곳, 낙양도 일조에 무너졌는데 이 소정(小亭)으로 버틴다 한들 언제까지나 가랴. 속히 말에서 내려 항복하라.」

유연은 석호의 생김새가 쟁맹(猙猛 : 쟁은 날개가 달린 여우 같은 짐승. 맹은 곰 같은 형상의 짐승) 같으나 아직도 나이가 어린 것을 얕보고 크게 웃으며 대꾸했다.

「어린놈이 방자하구나. 너의 아비가 왔다가 되돌아갔거늘, 네 놈이 무엇을 믿고 여기까지 왔느냐.」

석호는 비위가 상하여 큰 칼을 들고 춤추듯 달려 나가 유연과 싸웠다.

유연은 깜짝 놀랐다. 석호의 칼이 사방으로 번쩍이는데, 그 속도가 어떻게나 빠른지 주위가 모두 칼인 것만 같았다. 유연은 현기증이 나는 것을 애써 가다듬으며 가까스로 자기 몸을 보호해갔다. 10합도 못되어 그의 이마에서는 식은땀이 배어나오고 있었다.

안되겠다 생각한 유연은 갑자기 몸을 돌리면서 순식간에 상대의 말머리를 창으로 찔렀다. 보통사람 같으면 백이면 백 낙마하고 말았을 것이다. 그러나 그 순간, 석호는 말머리를 돌리지도 않은 채 칼을 번개같이 휘둘렀다. 유연의 창은 어느 결에 두 동강이 나 있었고, 다음 순간 두 번째의 칼이 유연의 가슴을 향해 날아들었다. 유연은 기겁을 해서 말머리를 돌려 달아났다. 실로 눈 깜짝할 사이에 벌어진 일이었다.

「비겁한 놈! 거기 서지 못하겠느냐.」

석호가 뒤를 추격하자 진중에서 관전하고 있던 석민이 말을 달려 나오면서 외쳤다.

「출격! 저놈들을 깡그리 없애버려라.」

이에 힘을 얻은 한병들은 물이 제방을 허물고 밀려 나가듯 고함을 지르며 적진으로 쇄도해갔다.

석호는 도망치는 적병들 때문에 유연을 이내 놓쳐버렸지만, 이날 그의 활약은 정말 눈부셨다. 그의 이름 그대로 호랑이가 날뛰는 것 같았다. 그의 칼이 번쩍이는 곳마다 추풍낙엽처럼 병사들이 쓰러져갔다.

석민도 어린 호랑이의 면목을 십분 발휘했다. 그는 이날 쌍검(雙劍)을 썼다. 오른손에 큰 칼을 들고, 왼손에는 짧은 것을 쥐었는데, 하나로는 적의 무기를 막고 또 하나로는 적을 베었다. 두 손이 전후가 없이 동시에 움직였다.

그리하여 쌍칼을 잡고 춤추듯 적진 속을 헤쳐 나가는 모양은 마치 천신(天神)과 같아서 그 뒤를 따르던 병사들이 혀를 찼다.

「석씨(石氏)네 집에 호랑이가 또 하나 생겼구나.」

이렇게 중얼거리는 사람도 있었다. 한참을 적진을 휘젓던 석민은 한 장수가 앞을 막는 것을 보았다. 삼대의 부장인 주복이었다.

「너는 누구냐.」

석민이 칼을 휘두르며 나아가자 주복은 창을 비껴들고 맞섰다.

두 사람이 싸운 것은 불과 5, 6합에 지나지 않았다. 마치 유성처럼 휘도는 석민의 칼은 어느덧 상대의 목에 깊숙이 꽂혀 있었던 것이다.

하여간 두 소년장수의 첫 싸움은 대성공이었다. 그들은 의기도 양양하게 삼대성을 포위했다.

다음날부터 성에 대한 공격이 시작되었다. 그러나 석호 형제가 제아무리 용맹하다고는 해도 경험이 모자라는 귀공자일 뿐이었다. 성에서는 화살이 비 오듯 해서 접근하기도 어려웠다. 두 소년은 이를 갈고 분해 했으나 용맹을 써볼 여유가 없었다.

이런 상태가 닷새나 계속되자 석호는 초조하여 온종일 화를 내고 있었다.

「무례한 놈들! 성이 떨어지기만 해봐라. 병졸 하나 안 남기고 모두 죽이리라.」

옆에서 이 말을 듣던 병사들의 얼굴색이 변했다. 그들은 다 석호의 성미를 알고 있었으므로 장차 벌어질 끔찍한 일을 예상했던 것이다.

이튿날 석늑이 드디어 군사를 끌고 나타났다. 성은 다시 몇 겹으로 포위되었다. 석늑이 나타난 것을 안 유연은 끝내 견딜 수 없을 것을 알았던지 그날 밤 가만히 성문을 빠져나와 도망치고 말았다. 장병들은 이튿날 아침에야 그것을 알고 맥이 빠졌다.

「천하에 고약한 놈! 대장이란 것이 어쩌면 이리도 무책임할 수 있느냐!」

이렇게 욕하는 병사가 많았다.

부장 사서(謝胥)는 항복할 도리밖에 없다고 생각했다. 그리고 이것은 모든 장병의 마음이기도 했다. 그러나 석호에게 항복하기는 싫었다. 상대의 나이가 어리다는 데서 오는 모욕감도 있으려니와 그의 잔인함을 잘 알고 있었기 때문이다. 그는 다른 장수들과 상의한 끝에 석늑의 진에 나타나서 항복했다.

「아니, 무엇이라고?」

이 소식을 들은 석호는 매우 노했다.

「가까운 우리 진을 놓아두고 그놈이 왜 아버지에게까지 갔단 말이냐?」

그는 곧 부친 앞에 나타나서 말했다.

「사서가 항복해 왔다면서요?」

「그렇다.」

석늑은 심상치 않은 아들의 기색을 살피면서 대답했다. 석호가 한 걸음 앞으로 나섰다.

「저놈들은 간교하여 그 향배(向背)를 헤아리기 어렵습니다. 전에 시안왕(유요)께서도 속은 일이 계시지 않습니까. 만약 항복하는 체했다가 배반하는 날에는 재앙이 어디에까지 미칠지 알 수 없는 일이니, 그 장수를 베고 사병들은 구덩이를 파고 묻어 버리는 것이 좋겠습니다.」

석늑은 아들의 얼굴을 한참이나 물끄러미 바라보았다. 싸움에 나다니면서 사람 죽이는 일로 지금껏 살아온 그로서도 꿈에서조차 생각해본 적이 없는 방법이었다.

「애야, 무슨 말을 그렇게도 끔찍하게 하느냐.」

이윽고 석늑은 침착한 어조로 타이르듯이 말했다.

「이미 항복해왔고, 그것을 받아주겠다고 약속한 처지에 어찌 그런 짓을 할 수 있겠느냐.」

그러나 석호는 굽히려 들지 않았다.

「그들이 처음부터 귀순할 뜻이 있었다면 제가 성을 닷새나 포위하고 있는 동안 어째서 항복해오지 않았겠습니까. 또 이제 항복한 것까진 좋지만 왜 저의 진을 지나서 아버지에게로 왔겠습니까. 이것은 아버지에게 접근했다가 무슨 일이건 꾸미려는 수작일 것입니다. 의심스러운 것은 뿌리를 뽑아야 합니다.」

석늑은 기가 막혔다. 진작 처치해버릴 것을 하는 생각이 문득 그의 머리를 스쳤다.

옆에 있던 공장이 말했다.

「이렇게 하시지요 공자(公子)께서 처음 출전하셔서 공을 세우신 터이니 우선 그 말씀에 따라주시지요 그렇다고 병졸까지 죽일 필요는 없을 것이니 사서만 참하심이 어떨까 합니다.」

「그렇게 하지.」

좀 개운치 않은 점은 있었으나, 석늑도 이 문제를 가지고 더 이상 부자간에 논쟁하고 싶지는 않았다. 사서는 곧 참형에 처해졌다.

그러나 석호는 이것으로 만족하지 않았다. 그는 석늑의 허락도 없이 포로들을 자기 진중으로 옮기고, 그들을 시켜 큰 구덩이를 파게 했다. 이런 경우 사람의 본능이란 아주 민감한 법이다. 그들은 자기가 묻힐 줄 알고 몸을 떨었다. 그러면서도 시키는 대로 삽질을 했다.

이렇게 3천이나 되는 병사들이 작업을 벌이는 중에 말발굽소리가 나며 한 장수가 나타났다. 그것을 바라보던 석호의 입이 경련을 일으켰다.

「어느 놈이 또 고자질을 한 게로군.」

그가 이렇게 중얼거렸을 때, 말은 이미 그의 앞에 와서 걸음을 멈추었다. 그것은 석늑이었다.

석늑은 말없이 아들을 바라보고 서 있었다. 그의 눈빛이 인자했을 리도 없는 일이지만 그렇다고 증오에 불타고 있는 것은 더더욱 아니었다. 그는 딱한 듯이 아들을 보고 있었다.

'아무래도 이놈을 없애야 되겠다.'

이렇게 마음먹은 석늑이 칼에 손을 대려고 했을 때,

「장군! 장군!」

하면서 황망히 그를 부르는 사람이 있었다. 찔끔 놀란 석늑은 소리 나는 곳으로 눈을 주었다가 눈이 휘둥그레졌다.

「아, 아니, 이것이 누구요?」

잠시 후, 그는 말에서 내리더니 삽을 들고 땅을 파고 있는 포로들 속으로 뛰어갔다. 그리고는 그 중의 한 사람의 어깨를 얼싸안았다.

「아, 이게 웬일이오. 어떻게 여기에 오셨단 말이오?」

석늑은 흥분하여 어쩔 바를 몰랐다. 한 쉰 살쯤 되어 보이는 상대의 눈에서도 눈물이 흘러내렸다.

「난을 피해 다니다가 그만 붙들려서……」

그는 말을 차마 맺지 못했다.

석늑은 옆에 있던 장수를 부르더니 명령했다.

「이 항복해온 병사들은 다 석방하라. 우리 진에 머물겠다는 사람은 받아주고 떠나겠다는 사람은 돌려보내라.」

이 말에 병사들 사이에서는 환성이 올랐으나 석호의 얼굴은 험하게 일그러졌다. 석늑은 그런 석호의 표정 같은 것에는 아랑곳없이 웃는 낯으로 아들을 바라보았다.

「애, 어서 와서 인사 여쭈어라. 내가 망명을 떠났을 때, 우리 일행을 몇 번이나 숨겨주셨던 어른이시다.」

그리고 천중(川中)에서 도망하던 당시의 일을 자세히 설명해주었다. 그는 곽경(郭敬)이라는 사람으로 일행 10명을 몇 달 동안 먹여주었을 뿐 아니라 노자까지 마련하여 주천(酒泉)으로 보내주었다는 것이었다.

「아, 그러세요? 아버님의 은인이시라면 곧 저의 은인이시기도 합니다. 아까는 몰라 뵙고 죄를 지었습니다. 부디 용서하십시오」

석호는 그제야 곽경 앞에 무릎을 꿇고 깍듯이 인사를 올렸다. 그들은 밤늦게까지 술을 마시며 기쁨을 나누었다.

이튿날, 삼대 성에 들어간 석늑은 곽경을 상장군(上將軍)으로
기용하여 삼대성의 대장으로 삼았다.

「제가 어찌 자리에 나가겠습니까.」

그는 굳이 사양했으나 옆에서 석호도 열심히 권했다.

「아버님의 대 은인이신 터에 이 조그만 성 하나가 어찌 과하
겠습니까. 천하가 안정되면 제가 더 좋은 자리로 아저씨를 모시겠
습니다.」

석늑은 곧 석호와 더불어 허창으로 돌아와 석호에게 하현(下縣)
을 공략하게 하니, 석호가 가는 곳마다 적이 없었다.

이를 본 석늑은 석호의 재능과 기략을 믿게 되어 허창을 진수
하도록 하고, 삼대의 곽경과 서로 돕도록 한 다음 자기는 대군을
이끌고 양국군으로 돌아갔다.

4. 구희의 최후

양국군에 돌아온 석늑에게는 다시 중대한 정보가 전해졌다. 예
장왕 사마단(司馬端)을 추대한 구희가, 남양왕의 장안 군사와 낭
야왕의 강동 군사에다 순하(荀下)·염정·왕준·유곤·왕돈·이
구·장궤 등과 꾀하여 불원간 삼대·허창·낙양 등을 탈환하려
한다는 것이었다.

장빈이 의견을 말했다.

「*선즉제인(先則制人)이라 했습니다. 기선을 제(制)하는 사람
은 이기고, 뒤늦게 움직이는 자는 망합니다. 구희가 여러 제후들
과 합세한다면 무엇으로 이를 꺾겠습니까. 그러니 빨리 군대를 일
으켜 그를 치십시오 빠를수록 좋습니다.」

「옳은 말씀이오」

석늑도 무릎을 쳤다.

「샛길로 하여 가만히 접근하고 일거에 습격하여 뿌리를 뽑지요. 그놈은 간사한 꾀가 많을 뿐 아니라 급상(汲桑)의 원수요 내가 급상의 원수를 못 갚아준다면 어찌 고개를 들고 세상에 다니겠소이까.」

석늑은 군대를 셋으로 나누어서 떠나보내고 자기도 장빈과 함께 뒤를 따랐다.

사람됨에는 다 한계가 있는 법이다. 한 고을을 맡을 만한 사람에게 도를 맡기면 그 인간성이 변한다. 도백(道伯)감이 대신(大臣)이 되어도 마찬가지다.

구희는 본래 한 주(州) 태수로서 가히 모범적이라고 할 만한 인물이었다. 군대를 모으고 군량을 저축하며 농업을 권장해서 백성의 마음을 거두었고, 나라를 위해서도 많은 전공을 세운 터였다. 그런 그도 급상을 죽이고 다시 상소하여 동해왕 사마월까지 물리치는 데 성공하자, 나이 탓도 있기는 하겠지만 차츰 교만해지고 드디어는 아주 *방약무인(傍若無人)해졌다.

더구나 이제는 조정도 없는 세상이 아닌가. 그렇다면 예장왕을 모시고 있는 자기는 천하의 기둥임에 틀림없다고 생각했다. 이렇게 자기를 믿는 마음이 두터워질수록 남의 의견을 물리쳤고, 비위에 거슬리기만 하면 누구라도 서슴지 않고 죽였다. 그래서 사람들은 그를 도백(道伯)이라 부르지 않고 도백(屠伯)이라 하였다.

염형(閻亨)이라는 사람이 있었다. 그는 요서(遼西)의 태수로 치사(致仕)하고 은거하던 중, 구희가 진나라를 다시 일으키려 한다는 말을 듣고 자진해서 이를 돕고 있었다. 그러나 그는 구희의 살육행위가 점점 더 지나치자 하루는 조용히 간했다.

「명공(明公)께서 이 난세를 당하여 기울어진 나라를 다시 일으키려 하시니 그 충심은 가히 일월과 짝할 것입니다. 그러나 대사는 마음만 가지고 되는 것이 아니오이다. 군사와 백성의 마음을 거두어 쥐지 않고는 어려운바, 요즘 공의 처사는 너무 엄격에 흐르는 경향이 없지 않습니다. 관용의 덕으로 대하여 군민의 마음을 수습하십시오」

자기를 섬긴다고는 해도 태수 출신이라, 처음에는 구희도 노골적으로 화를 내지는 못했다.

「내가 엄하기만 하다니, 어떤 점을 두고 하시는 말씀인가요? 군민 간에 질서가 없이는 하루도 지탱되지 않는다는 것은 공도 아실 것이오 공 있는 자에게 상주고 허물 있는 자를 벌하는 것은 선왕(先王)의 도(道)입니다.」

그러 염형은 성품이 꼬장꼬장한 사람이었다.

「그렇다고 옛날 성왕(聖王)들이 상벌만으로 세상을 다스리지도 않았을 것입니다. 정이 통해야 합니다. 백성에게 통치자의 따스한 덕이 느껴져야 됩니다. 공께서도 들으셨을 것입니다. 증자(曾子)도 매일 세 가지 일을 돌이켜본다 했습니다. 공이 만약에……」

그러나 그의 말은 구희의 역정 때문에 더 계속되지 못했다.

「아니, 나를 무엇으로 아는 거요? 어린애인 줄 알고 훈계하는 게요? 내 참, 별일 다 보겠네.」

구희는 입맛을 다시면서 말했다.

「그렇게 덕 없는 나를 왜 섬기시오? 어서 돌아가시오」

이번에는 염형이 노했다.

「나도 의식이 없어서 공 밑에 있는 것이 아니요 본디는 공과 동렬(同列) 아니오? 오직 사직을 회복해볼까 해서 스스로 몸을 굽히고 있는 것뿐이오」

「뭐라고 몸을 굽혀?」

구희가 버럭 소리를 질렀다.

「몸을 굽혔다고? 아, 그럼 그대가 언제는 내 위에 있었단 말인가?」

구희는 매우 노하여 볼기를 쳐서 염형을 쫓아냈다.

이때 부장 명석(明錫)은 병으로 집에 누워 있다가 이 소문을 듣고 굳이 일어나 구희를 찾았다.

「염공을 추방하셨다는 얘기를 들었습니다. 사실입니까?」

염형의 이름을 듣자 노여움이 되살아나는 듯 구희는 다시 화를 냈다.

「물론이지. 그런 버릇없는 놈을 그대로 둔단 말인가?」

명석은 기가 막혔다.

「염공의 말씀은 그분 한 사람의 의견이 아니라 천하의 공론입니다. 왜 대사를 앞두고 어진 이를 욕보여 민심을 잃으십니까?」

「어허, 이놈 봐라.」

구희가 언성을 높였다.

「네가 나를 훈계하느냐. 너도 염형과 한통속이구나.」

그는 군사를 부르더니 호령했다.

「이놈을 잡아다가 목을 베어라. 사당(私黨)을 모아 불궤를 꾀한 죄는 용서할 수 없다.」

만사가 이런 식이었으니 민심이 크게 동요되었을 것은 자명한 일이었다. 구희의 전날을 아는 사람은 그가 노망한 것이라 했다. 그러나 이렇게라도 보아주는 사람은 아주 드물었고, 대부분의 병사들이나 백성은 그를 미워하고 원망했다.

그러자 병사들 중에서는 나날이 탈주병이 늘어났다. 그들은 산속에 숨어 도둑질을 하였는데 끝내는 몇 천의 떼도둑이 되었다.

그런데 마침 산길을 가고 있던 석늑은, 전방에 한떼의 인마가 나타난 것을 보고 깜짝 놀랐다. 그러나 그들이 곧 말에서 내리는 것을 보고 불러서 연유를 물었다. 그리고 그것이 구희의 도망병들임을 알았다.

「하도 들볶아서 이렇게 도망하여 산중에 묻혀 지내고 있었습니다. 원컨대 장군께서는 저희들로 하여금 다시 한번 햇빛을 보게 하여주십시오.」

그 중의 우두머리인 듯한 자가 이렇게 말하고 허리를 굽히자, 다른 자들도 일제히 머리를 숙였다. 석늑은 그들에게 앞장서서 길을 안내하게 했다. 그리고 속으로 은근히 기뻐했다.

「내 저 늙은 간신을 필히 도륙을 내리라.」

이들이 창탄(蒼坦)에서 1백 리쯤 떨어진 곳까지 왔을 때 비로소 그 소식에 접한 구희는 군사를 점검해 보았다. 웬만큼 팔팔한 병사들은 모두 도망하고 늙은이와 애송이들만 남아 있는데 세어보니 2만이 될까 말까 했다.

출전명령이 내리자 군심이 흉흉했다. 병사들이 여기저기 모여 투덜거렸다.

「낙양도 무너졌는데, 우리가 어떻게 싸운단 말이지?」

「어디 그뿐인가. 황제 폐하도 사로잡히셨잖은가.」

「그러면 나라는 이미 망한 거나 다름없는데 누구를 위해 싸운다는 거야?」

「그야 뻔하지. 왜 늙은이가 하나 있지 않아?」

이런 식의 대화로 광장은 난장판이 되었다.

도독 고준(高俊)은 군심이 진정될 기미가 보이지 않자 나이가 지긋한 병사 두엇을 불러 물었다.

「무슨 일들이냐. 명령이 내린 터에 채비들 안 차리고 무슨 수선들이냐?」

병사가 말했다.

「각처의 군사를 불러 함께 싸운다면 모를까 우리들만으로 어떻게 싸우겠느냐고들 합니다.」

병사는 조금도 겁내거나 황송해 하는 기색이 없었다.

「답답한 소리 마라. 그럴 틈이 있으면 오죽이나 좋겠느냐. 적군은 지금 코밑에 밀려와 있다는 것을 알아야 한다.」

그 병사가 말문이 막혀 가만히 있자 옆에 있던 병사가 나섰다.

「천자님도 안 계시다면서 누구를 위해 싸우는 것입니까?」

고준은 치밀어 오르는 화를 꾹 눌렀다. 이런 때일수록 너그러이 대해야겠다고 마음먹었다.

「그러기에 넘어진 나라를 다시 일으켜 세우려는 게 아니냐? 우리 장군님께서는 의를 위해 일어나시는 것이니라.」

「그렇습니까?」

그 병사는 반문하고 나섰다.

「그렇다면 이렇게 해주실 수 없겠습니까. 장군께서 충신이 되시려 하신다면 앞장서시는 것이 좋겠습니다. 가뜩이나 약한 우리라 그렇게 되면 사기도 오를 것이옵고…… 안 그렇습니까?」

고준은 그들과 더 말해보아야 소용이 없음을 알고 곧 관아(官衙)로 들어갔다.

구희는 노발대발했다.

「그대는 수장(首將)이 된 몸으로 어찌 군대 하나 통솔하지 못한단 말인가. 싸우러는 언제 갈 작정인가?」

고준은 약간 거북했으나 이실직고할 수밖에 없었다.

「적의 기세가 대단해서 군심이 흉흉합니다. 그들은 주공께서 친히 지휘해 주시기를 바라고 있습니다. 그렇게 되면 사기도 오를 것 같고……」

「고약한지고!」

구희가 호통을 쳤다.

「병사들이 어찌 나의 일을 입에 담으랴. 이는 반드시 그대가 나를 욕보이려고 일부러 장령(將令)을 늦추고 출발을 연기하는 것일 게야. 지금이 어느 때인가? 장령을 안 받드는 자에게는 죽음이 있을 뿐이다.」

이렇게 말한 구희는 곧 좌우를 돌아보며 고준의 목을 베라고 명령했다. 고준이 끌려 나가자 그와 교대하듯, 역시 도독으로 있는 하적(夏赤)이 나타났다. 그는 백발이 성성한 노장이었다.

「도둑이 성에 임한 지금 장수를 베심은 크게 잘못이오이다. 군과 백성의 동요를 생각하십시오.」

「너는 또 뭐냐?」

구희는 다시 화를 냈다.

「너도 그놈과 한패라고 나를 모욕하려는 것이냐. 어서 물러가라. 그렇지 않으면 같은 죄로 논하리라.」

「장군!」

하적의 목소리는 안타까운 듯 떨렸다.

「지금이 어느 때라고 이러십니까. 큰일을 하는 데에는 여러 사람을 부릴 줄 알아야 합니다. 한 사람을 위해서 남이 일해 주는 데에는 다 까닭이 있는 법입니다. 어진 이는 여러 마음을 사로잡는 힘을 가지고 있어야 하는 것이니, 문왕(文王)이나 한고조가 큰일을 하실 수 있었던 이유도 여기에 있었습니다. 만일 백성의 마음을 잃어 보십시오. 만승(萬乘)의 몸이라도 일개 필부일 따름입니다.」

「이놈 봐라!」

구희는 안상을 주먹으로 치면서 부르짖었다.

「누구 없느냐. 이놈도 내다가 목 베어라. 역당(逆黨)이다, 역당이야!」

그러자 더 이상은 아무도 말하는 사람이 없었다. 구희의 그러한 태도는 아무래도 상식을 벗어나고 있었다. 무엇 때문에 그리도 화를 내는지, 그리고 왜 그렇게도 사람을 죽여야 하는지 다른 사람으로서는 이해가 가지 않았다.

고준과 하적이 죽는 것을 본 병사들의 불평불만은 더욱 커졌다. 이제는 구희를 두고 자기들끼리 공공연히 욕을 해댔다.

구희는 측근을 불러 명령했다.

「아직도 병사들이 떠들어댄단 말이지? 좋다, 가장 험한 입을 놀리는 놈이 눈에 띄거든 그놈을 잡아 죽여라.」

그리하여 말할 때마다 손을 높이 흔드는 버릇을 가진 어떤 병사가 주모자로 몰려 참형을 당했다.

이렇게 해도 병사들의 소동이 그치지 않는 것을 본 구희는 그제야 겁을 냈다. 그는 병사들을 불러 좋은 말로 타이르고 싸움이 끝나면 후한 상을 줄 뜻을 비쳤다.

이처럼 이럭저럭 시간만 끌고 있는데 벌써 적의 선봉이 성 아래 도착했다는 보고가 들어왔다. 구희는 급히 병사들을 나누어 성문을 지키게 하는 한편, 자기는 문루(門樓)에 올라가 적정을 시찰했다.

한떼의 군사가 밀려오고 있었다. 앞에 세워진 기에는 '대한선봉장 석호'라는 일곱 글자가 뚜렷이 보이는데, 그 뒤에는 붉은 전포를 입은 소년대장 한 사람이 백마에 그림같이 걸터앉아 있었다.

그들은 곧 행군을 멈추더니 진을 쳤다. 구희는 그것을 바라보면서 질서정연한 모습에 감탄했다.

「아범을 닮아서 자식도 똑똑한 모양이구나!」

그가 이렇게 중얼거리자, 부장 명주(明珠)가 말했다.

「대군이 이르기 전에 저놈들을 무찔러버리면 어떻겠습니까.

그리하면 우리의 사기도 오를 터이니 농성하는 경우에도 도움이 클 것입니다.」

그러나 구희는 고개를 가로저었다.

「안될 말! 해가 지려 하는데 어찌 싸운단 말이오?」

조금 있으니까 장실・장경이 이끄는 중군(中軍)이 도착하였다. 그리고 곧 이어 석늑이 이끄는 주력부대가 들을 가득 메우면서 나타났다.

「아, 아까 나가 싸울 것을!」

그제야 구희는 후회했다. 이렇게 많은 군대에게 포위된다면 싸우려야 싸울 도리가 없음은 자명한 일이었다.

이튿날, 석늑은 포위만 하고 있을 뿐 공격을 가하지 않았다. 그리고는 전단을 화살에 매어 성중 이곳저곳에 쏘아 넣었다. 전단의 문장은 이러했다.

　　<천명이 옮기매 낙양이 뽑히고 황제도 사로잡혔나니, 너희들은 누구를 위해 싸우느냐? 소용도 없이 버티다가 천추의 한을 남기지 마라. 누구나 성을 넘어오는 자에게는 양식과 돈을 주리니 군민을 막론하고 고생에서 벗어나기를 바라노라. 밤중에도 진문을 열어놓고 기다리겠노라.>

이런 전단이 수백 장이나 날아들었으므로 구희를 제외한 성중의 관민이라면 누구 하나 읽지 않은 사람이 없었다. 가뜩이나 이반된 민심은 더욱 크게 흔들렸다.

날이 어둡자 성을 뛰어넘는 병사와 백성은 몇 백 명이나 되었다. 석늑은 그들에게 따뜻한 밥과 술을 주고 쌀과 돈을 주어 가고 싶은 데로 가게 했다. 고향을 찾아가는 사람, 다시 성중에 있는 가족을 찾아가는 사람, 한나라 진영에 남기를 원하는 사람, 이렇게 그들의 희망은 가지각색이었으나 석늑은 그들의 소망을 다 들어주었다.

이튿날은 그 수가 더욱더 늘어났다. 어제는 으슥한 밤에야 성을 넘어 하나 둘 빠져나오더니 오늘은 대낮에까지 아주 버젓이 성을 넘어왔다. 그제야 구희도 실정을 알고 활로 쏘아 죽이라고 명령했지만, 대답만 할 뿐 아무도 그 명령에 따르지 않았다. 저녁때가 되고 보니, 성중에 남아 있는 병사의 수효는 2만에서 2천으로 줄어 있었다.

「아, 이 일을 어찌한다!」

구희는 땅이 꺼지게 한숨을 쉬었다.

「하늘이 나를 망하게 하는구나! 진정 하늘이 나를 망하게 하는구나!」

여태껏 자기가 저지른 실수는 생각지 않고 공자의 말을 인용하여 하늘에게 책임을 돌린 점만 보아도 그는 역시 교만한 사나이임을 알 수 있다. 그리고 인간이 얼마나 주관적인 판단에 의존하는가를 보여주는 본보기라 할 것이다.

구희도 이제는 자기에게 최후가 온 것을 똑똑히 알았다. 이 병력으로—더구나 말을 듣지 않는 병사들을 데리고 어떻게 싸운단 말인가. 아무리 생각해도 백의 하나도 가능성이 보이지 않는다는 결론에 이르자, 구희는 탈출하기로 마음먹었다. 어디로 갈까? 에라 모르겠다. 하여튼 가는 데까지 가 보자.

명주(明珠)와 함께 어둠을 타고 남문으로 해서 빠져나왔을 때, 그를 따르는 것은 측근에서 부리던 몇 명의 병사뿐이었다. 눈이라도 내리려는지 바람이 찼다. 구희는 수염을 쓰다듬으며 성 쪽을 돌아보았다. 어둠 속에서 두어 군데 피워 놓은 화톳불만이 놀처럼 불그레한 빛깔을 드러내고 있을 뿐이었다. 그는 저도 모르게 흘러

내리는 눈물을 닦으면서 말에 채찍을 가했다.

전면 일대에는 한군이 피워 놓은 불이 이곳저곳에서 피어오르고 있어서 그지없이 아름다웠지만 구희에게는 그것들이 귀신의 이글이글 타오르는 눈빛처럼 무섭게 보였다. 그는 머리에, 이마에, 그리고 등 뒤에 무수한 귀신의 눈을 느끼면서 어둠 속으로 어둠 속으로 빨려 들어갔다.

한 백성이 구희가 몰래 성을 빠져나간 사실을 장빈에게 고하였다. 장빈은 석늑에게 말했다.

「구희는 진의 효장(驍將)입니다. 지모가 깊고 심상한 인재가 아닙니다. 다만 잔인하여 군심이 그에게서 이탈하여 반역하는 자가 생겼을 뿐입니다. 그것을 기회로 우리는 군사를 이끌고 여기 왔습니다. 그런데 그는 지금 성 밖으로 도망쳐 나갔습니다. 생각건대 그는 반드시 다시 돌아와 보복을 할 것입니다. 그가 강을 건너 관내에 들어가게 하여 화근을 남길 필요가 없습니다. 속히 뒤를 쫓아 그를 제거하고 후환을 없애야 합니다.」

석늑은 장빈의 말을 좇아 황급히 석호·조응·공장·도표를 강관(江關) 남북 두 갈래로 나누어 진발시키고, 다시 일대를 보내어 접응케 하는 한편, 밤을 도와 쫓아가서 구희를 사로잡거든 더 쫓지 말라고 영을 내렸다. 네 장수는 영을 받고 나는 듯이 달려 하룻밤에 150리를 뛰었다.

다음날, 공장과 도표는 평향(平鄕)에 이르러 구희를 따라잡았다. 부하 병졸은 모두 달아나고 명주 혼자서 항거를 하다가 명주는 그만 공장에게 죽임을 당하였다.

구희는 운이 진함을 보고 크게 통곡하며 얼굴을 가리고 모든 것을 버리고 단신 도망을 쳤다.

도표는 장병을 에워싸고 구희를 찾았으나 구희는 그림자도 보이지 않았다. 두 장수는 또 추격하여 구희와 10리 남짓 간격을 두게 되었다.

구희는 주마가편으로 위지(危地)를 빠져나가고자 애를 썼다. 그런데, 말에 채찍을 가하자 말은 홀연 허공을 차며 쓰러졌다. 구희는 당황하여 허겁지겁 말을 일으키고 가만히 바라보니, 무수한 악귀(惡鬼)가 머리를 산발하고, 피를 머금었다가 얼굴을 향하여 내뿜었다.

구희는 대경실색(大驚失色)하여 옆길로 들어서는데, 어느새 공장이 달려들었다. 두 사람의 교봉이 수합에 이르자 한병들이 내도하여 일제히 에워쌌다.

마침내 구희는 생포되었다. 공장은 도표를 불러 구희의 가솔과 가장집물을 압수하고 함께 창탄으로 돌아갔다.

오예의 후군도 내도하여 함께 성중으로 들어가 구희를 석늑에게 보내어 항복시키려 하였다. 그러나 구희는 응하지 않았다.

석늑은 대로하여 칼을 씌워 옥에 넣고 하루 낮과 밤을 음식을 주지 않았다. 다음날 다시 구희를 끌어내어 가부를 물었다. 구희는 예장왕 사마단이 옆에 있음을 보고 비로소 항복을 했다.

석늑은 구희로 하여금 사마(司馬)의 일을 맡겼다. 그러나 한 20일이 지나 구희는 마구간의 말을 훔쳐 타고 도망을 쳤다. 그러나 이내 한 목부에게 들켜 잡혀서 석늑 앞에 다시 끌려왔다.

석늑이 말했다.

「그대는 연주(兗州) 태수가 되고, 다시 청주자사가 되고, 또 공사번(公師藩)을 격파하여 업(鄴)의 도목(都牧)이 되고 청(靑)·서(徐)·연(兗)·예(豫) 등 6군(郡)의 군사를 총독하지 않았느냐. 그러면서 낙양이 떨어질 때는 위급함을 구하지 않고, 신하로서 동해왕을 살해하고 권력을 남용했으며, 군주를 경시하고, 성품이 잔혹하

여 충간(忠諫)을 물리치고, 대신(大臣)을 살육하고 사민(士民)을 학
살하는 등, 하루도 사람을 죽이지 않으면 마음이 즐겁지 않다고
하니, 이 무슨 까닭이냐. 지금 나라가 깨어져 절개를 지킬 수 없고,
집안이 망하여 의(義)를 세울 수 없다. 그러나 나는 그대의 재주를
아깝게 여겨 목숨을 보전시키고 벼슬을 주어 일을 맡겼거늘, 또
다시 배반 도주하니, 진정 모를 일이로다.」

그러나 구희는 묵묵부답이었다. 이에 석늑은 구희를 참수하여
효수케 한 다음, 시체는 시정에 내놓아 잔혹한 말로를 보이게 하
고, 아울러 가솔 10여 명도 참하였다.

제6장. 다시 고개 드는 사람들

1. 패자(覇者)의 길

중국인은 자기네 나라를 '천하'라 칭해왔다. 한 사람의 통치로는 불가능할 정도로 넓었으며, 많은 나라들이 그 안에 있어서 전쟁과 평화, 병탄(倂呑)과 흥망을 되풀이해왔으니, 그런 점으로 보면 그것은 하나의 세계였음에 틀림없다.

중앙정부의 권위가 서면 지방의 제후국은 이에 복종하지만, 일단 통제가 해이해질 경우에는 제후들 사이에 심한 경쟁이 벌어져, 그 중에서 가장 큰 세력으로 다른 나라를 호령하는 나라가 패자(覇者)로 일컬어졌다.

지금도 중국은 그러한 패자의 출현을 예상할 수 있는 시기에 와 있었다. 진은 일단 망했다. 그러나 그 세력은 아직도 천하의 반을 차지하고 있는 터이며, 진을 멸망시킨 한나라는 아직 천하를 평정하지 못했을 뿐 아니라, 오랫동안 전쟁을 일삼는 중에 자체 내에서 새로운 세력의 군벌이 대두되고 있었다. 이런 경향은 고종(高宗, 유연)의 붕어로 더욱더 심해졌다. 새 황제가 그런 군벌을 통제하기란 불가능한 일이었기 때문이다.

우리는 한나라의 사례교위 왕미(王彌)가 시안왕 유요와의 불화

로 급군에 가 있는 것을 이미 알고 있다. 그는 본래 충직한 사람이
었지만, 자기에게 큰 세력이 생기고 천하가 계속 어지러운 것을
보자 차차 패자가 되고 싶은 욕심을 갖게 되었다.

이런 그의 심정은 황제 유연이 붕어했을 때에 나타났다.

「국상이 났으니, 장군도 어서 입조하여 문상하셔야 할 것입니
다. 또 새 황제의 등극도 축하하셔야 될 것이고……」

이렇게 서막(徐邈)이 권하자, 왕미는 외면하다시피 얼굴을 돌리
면서 말했다.

「외신(外臣)에게는 외신의 직책이 있소. 지금 언제 어떤 사태
가 벌어질지도 모르는 터에 내가 어떻게 함부로 여기를 떠난단 말
이오?」

「그렇기로서니……」

서막이 다시 말했다.

「선제 폐하와의 관계를 생각하신다면 어찌 안연히 앉아만 계
시겠습니까. 당장에는 아무 일도 없을 것인즉 어서 다녀오십시오
그쪽이 장군에게 이로울 것입니다.」

「나에게 이롭다? 내가 가지 않기로 대체 누가 나를 어쩐다는
거요?」

그 어조에는 새 황제 유총쯤 무엇이 대단하단 말인가 하는 의
도가 노골적으로 엿보였다.

'아, 내가 사람을 잘못 보았구나!'

이렇게 생각한 서막은 그날 밤으로 어디론지 가버리고 말았다.

사실 왕미는 새 황제를 대수롭게 여기지 않았다. 선제 유연에게
는 오랜 관습이 몸에 배어 무조건 신복해오던 터였으나, 유총의
경우는 사정이 달랐다. 그나 나나 다를 것이 무엇이냐 싶었다. 유
총과는 싸움터에서 늘 같이 있었다고 해도 과언이 아니다.

유총이 자기와 동배이며, 재능도 자기만 못하고 공을 세움도 자기만 못한데다 태자 화(和)를 내쳐서 죽게 하고 왕위를 도둑질했다고 생각하고 있었다.

왕미의 근심은 오히려 다른 데 있었다. 새 황제는 안중에도 없었지만, 시안왕 유요와 상당공 석늑은 만만치가 않았다. 만만치가 않은 정도가 아니라 그들의 힘이 자기를 훨씬 능가하고 있고, 그것을 인정하지 않을 수 없는 그로서는 심사가 편안할 리 없었다.

시안왕 유요는 멀리 떨어져 있으니까 그래도 나았다. 그러나 석늑은 20만의 웅병을 이끌고 바로 이웃에 버티고 있지 않은가. 더욱이 그는 구희까지 죽여 그 세력은 이미 북중국 일대를 압도하고 있는 터였다.

그러면 그를 칠 것인가. 아무리 생각해보아야 그것은 병력만이 문제가 아니었다. 석늑은 나이에 비해 매우 영특한 인물임에 틀림없었다. 그리고 무엇보다 안타까운 사실은 장빈이 그를 돕고 있는 점이었다.

장빈은 본래 전쟁을 돕기 위해 파견되었지만, 석늑과 함께 오래 지내는 동안 이제는 아주 그의 사람이 되어가고 있었다. 뭐니 뭐니 해도 장빈이라면 당대무비(當代無比)의 전략가이다. 그가 석늑의 옆에 버티고 있다는 것은 왕미에게 있어서는 가장 큰 두려움이었다.

그는 곰곰이 생각한 끝에 석늑을 차라리 추켜올리는 편이 좋겠다고 생각했다. 그럼으로써 자기에 대한 석늑의 경계를 풀고, 그 마음도 떠볼 수 있을 것 같았다. 그는 편지를 써서 창탄에 있는 석늑에게 보냈다.

　　<근자에 공께서는 구희를 깨뜨리고 이를 사로잡으셨다고

들었습니다. 일을 처치하심이 어찌도 그리 신속하십니까. 나의 부족함을 새삼 느끼고 감탄해 마지않는 터입니다. 이제 새 황제가 즉위하셨으나, 황음잔학(荒淫殘虐)하여 크게 민심을 잃고 있는 실정이니, 이 또한 신기(神器)가 아님을 알겠습니다. 공께서는 도탄에서 헤어나지 못하는 백성들을 불쌍히 여기시어 중원을 정비하여 크게 공업(功業)을 일으키시옵소서. 그때에는 저도 공을 좇아 미력이나마 도와드릴 것을 기약하는 바입니다. 공이시여! 저를 오른쪽에 거느리시고, 구희를 왼쪽에 두신다면, 천하사는 정해진 것이나 다름없다 하겠습니다. 원컨대 공께서는 저를 일러 망령되다 마옵소서.>

구희가 죽은 줄을 아직도 모르는 듯한 이 편지를 받은 석늑은 장빈에게 물었다.

「왕미가 왜 갑자기 이런 태도로 나올까요?」

편지를 훑어본 장빈이 웃었다.

「왕미는 스스로 패자가 되고 싶은 것입니다. 그러나 오직 장군의 세력을 꺼리는 까닭에 행여 해를 입을까 하여 몸을 굽혀 보이는 것이겠죠」

어쨌든 이 편지는 석늑의 본심을 드러내는 데 있어서 어떤 촉진제가 된 것만은 사실이었다. 그도 속으로는 패자가 되고 싶었고, 사실상 이미 되어 있었던 것이다. 또 이것은 장빈을 비롯한 그의 막료 급들도 암암리에 다 인정하고 있는 사실이기도 했다.

왕미도 움직이려 한다? 그렇다면 석늑의 경우, 더욱 가만히 있을 수 없는 일이었다.

그리고 이런 생각을 굳힌 데에는 새 황제 유총의 평판도 끼여 있었다. 유총은 즉위하자 매일 주색에 묻혀 있을 뿐 아니라, 조금이라도 비위에 거슬리는 자가 있으면 죽여버렸다. 이름 있는 사람 중에도 그의 지나친 소행을 간하다가 죽은 사람이 적지 않았다.

호연안·호연유 형제가 그랬고, 시중 유승과 서창왕(西昌王) 유예(劉銳)도 마찬가지였다. 등극한 지 몇 달 사이에 이 지경이라면 앞으로 대신과 장수 중 누가 와석종신(臥席終身 : 제 명에 죽음)할 것인가.

나라가 이 지경이요, 지위와 생명의 보장이 안되는 판국이라면 믿을 것은 제 힘밖에 없다는 결론이 나왔다.

석늑은 차라리 양국군으로 돌아갈까 하고도 생각해보았다. 그러나 장빈이 말렸다.

「지금 장군과 왕장군이 입조하지 않았다 해서 가뜩이나 조정에서는 의심하는 눈초리로 바라보고 있다고 들었습니다. 이런 혐의를 받고 있는 동안은 함부로 움직이지 않는 것이 좋습니다. 또 한 번 여기를 떠나보십시오. 허도·업성은 왕미가 점령하게 될지도 모릅니다. 이는 호랑이에게 날개를 달아주는 격입니다. 더욱이 업성은 위나라 조조(曹操)가 왕업을 일으켰던 고장으로, 천하의 요지요 천험(天險)의 땅입니다. 장군도 이곳을 근거지로 삼으셔야 합니다.」

장빈의 입에서 이렇게 노골적인 말이 나온 것은 이번이 처음이었으나, 석늑은 짐짓 겸손해 보였다.

「나야 오직 근신하면서 조정의 명령이나 따르면 되지요. 그럴 바에야 구태여 여기에 있어야 할 이유도 없으리라 봅니다.」

「장군!」

갑자기 장빈의 어성이 높아졌다.

「장군은 결코 내 말을 흘려듣지 마십시오. 나도 처음에는 한실의 부흥을 생각했으나, 이제는 생각이 좀 다릅니다. 만일 하늘의 뜻이 한(漢)에 있다면 왜 금상(今上) 같은 분이 제위에 올랐겠습니까. 천하에는 일정한 주인이 없으며, 천하는 천하 만민의 것입니다. 오직 그 시기의 덕 있는 사람에 의해 통치되는 것이지요」

장빈은 앞에 놓여 있는 한 잔의 차를 쭉 마시고 나서 다시 말을 이었다.

「지금 금상께서 저렇게 덕을 잃고 계시거늘, 천하가 어찌 안정될 수 있겠습니까. 그리고 장군께서 근신하신다 하나 암군이 어찌 그것을 알아주겠소이까. *토끼를 잡고 나면 사냥개를 잡아먹는다 했으니(兎死狗烹토사구팽) 장군은 자립하셔야 합니다. 이 이외에는 장군이 몸을 지켜내실 방도가 없습니다」

석늑은 장빈의 손을 잡고 말했다.

「그렇기로니 선생의 위에 내가 어찌 앉겠습니까. 선생이 자립하십시오. 제가 도와드리겠습니다」

「원, 당치 않은 말씀을!」

장빈은 쓴웃음을 지었다.

「사람에게는 그릇의 대소가 모두 정해져 있습니다. 장막에 앉아 전략을 세우는 데는 장군이 저에게 못 미칠지 모르겠습니다. 그러나 저의 역량은 그렇게 참모 노릇이나 하는 데 그칩니다. 삼군을 호령하고 백관의 하례를 받을 위인이 못됩니다」

장빈은 엄숙한 어조로 말을 이었다.

「나는 장군과 같이 있는 동안 세심히 살핀 바 있거니와 장군이야말로 만민의 위에 서실 분입니다. 장군은 아무 말씀 마시고 그저 저의 의견을 따르십시오」

다른 장수들도 모두 기뻐하여 말했다.

「군사(軍師) 어른의 말씀치고 어긋나는 것을 보셨습니까. 이번에는 그 말씀을 따르시는 것이 좋을 것입니다」

「고맙소!」

그제야 석늑도 수락할 뜻을 보였다.

「그러나 망령되이 일어났다가 웃음이나 살까 걱정이 되는구려. 대사를 위해서는 반드시 어진 이의 보필을 필요로 하는데, 인재가 있으면 천거해 보시오」

곽경(郭敬)이 나서면서 말을 받았다.

「장빈 선생 외에 용장이 그득한 터에 무엇을 부족하다 하십니까. 그러나 현인군자는 많을수록 좋은 것인즉, 제가 한 사람을 추천하겠습니다. 원래 동래태수이던 조팽(趙彭)이라는 사람이 이 근처에 살고 있습니다. 혹 이름이라도 들으셨는지……」

장빈이 나서면서 말했다.

「조태수라면 나도 그 이름을 사모하고 있던 터입니다. 장군은 곧 그를 불러보십시오」

석늑은 곧 사람을 보내기로 했다.

사자로 뽑힌 것은 이문국(李文局)이라는 문관이었다. 그는 광적산(廣積山)에 있다는 조가장(趙家庄)을 찾아갔다.

광적산은 한 40리 길이어서 오정이 가까웠을 때에는 이미 그 골짜기에 접어들 수 있었다. 아름다운 골짜기 좌우에는 기암괴석으로 이루어진 봉우리가 하늘에 치솟아 있고, 낙락장송이 울밀하게 들어서서 가히 별천지라 할 만한 곳이었다.

조가장은 이 골짜기에서도 가장 끝 간 데 자리잡은 부락이었다. 조팽의 집은 시냇가에 축대를 높이 쌓고 지은 초옥으로 첫눈에 그 아담한 운치가 마음을 끌었다.

다행히도 조팽은 집에 있었다. 이문국은 공손히 인사하고 석늑의 서한을 전했다. 홍안백발의 주인이 편지를 읽는 동안 이문국은 방안을 둘러보았다. 꽤 넓은 방에는 몇 권의 책과 거문고가 놓여 있을 뿐이었다.

「수고하셨습니다.」

노인이 이렇게 말하며 편지를 놓자, 이문국은 공손히 말했다.

「석장군께서는 선생의 꽃다운 이름을 들으시고 굳이 모셔오라고 저를 보내셨습니다. 뵈옵자니 홍진(紅塵)을 멀리 피하여 풍류로운 생활을 즐기시는 듯하오나, 창생이 도탄에 있음을 생각하시고 부디 산에서 내려가 주시기 바랍니다.」

「고마운 말씀이오」

이렇게 말하면서 조팽은 빙그레 웃었다.

「지금 천하가 뒤흔들리고 있으매, 뜻이 있는 이라면 재주를 펴서 이름을 청사에 전할 시기입니다. 그러나 나는 나이 많고 또 망국의 유민이니 어찌하겠소이까. 나는 진조(晉朝)에 벼슬하여 그 국록을 먹은 사람입니다. 낙양이 쑥밭이 되고 성상 폐하께서 평양으로 옮기셨다는 풍문을 들었으나 흘러간 물을 다시 되돌릴 길 없으매, 그저 산을 대하여 울고 달을 만나 한숨지으며 지금껏 살아온 터입니다. 망한 나라와 외로우실 폐하를 생각할 때 내 어찌 다른 군주를 섬길 수 있겠소이까. 석장군의 뜻은 고맙게 받겠으나 그 은혜는 되돌려드릴 수밖에 없습니다.」

그 말은 사뭇 비장했다.

이문국이 돌아와 상세한 것을 보고하자, 석늑은 길이 탄식했다.

「과연 의사(義士)로다! 내 그 뜻은 뺏을 수가 없구나!」

서광(徐光)이 말했다.

「장군이 향하시는 곳에는 적이 없어서 모든 백성이 복종하였으나 선비는 아무도 따르려 하지 않았습니다. 이는 그들을 예로써 대우하시지 않기 때문이니, 왜 조팽 같은 이를 구태여 무릎 꿇게 하려 드십니까. 그들의 이름을 높이고 의를 드날리게 하여서 천하의 선비를 존경하는 뜻을 보이십시오. 이것이 어진 이를 모으는 방법이오이다.」

석늑은 기뻐하며 곧 보화와 비단을 수레에 실어 조팽에게 보내어 경의를 표했다. 그리고 그의 아들 조명(趙明)에게 종군참사의 벼슬을 내렸다.

이것으로 석늑의 이름은 선비들 사이에 오르내리게 되었다.

2. 피바람을 일으킨 잔치

왕미는 급군에 있으면서도 그의 눈초리는 항상 업성에 쏠려 있었다. 전번에 그를 추켜세우는 편지를 전한 적이 있었건만 그 회답이 도리어 왕미의 마음을 불안케 했던 것이다.

<주신 편지를 받고 황감하게 생각했습니다. 구희는 민심을 잃은 나머지 스스로 와해한 것이매, 조금도 저의 공 될 것이 없습니다. 나는 죽으나 사나 한실의 신하이매, 사해가 속히 평정되어 우리 성상의 덕이 우내(宇內)를 뒤덮게 되시기만 바라고 있습니다. 정(情)은 길지만 사연으로는 다하지 못하니 장군은 통촉하소서.>

이것은 왕미의 제의를 거절한 것으로도 볼 수 있고, 왕미의 소행을 괘씸히 여겨 도전하는 것 같기도 하였다.

'내가 섣불리 속을 남에게 주었구나!'

왕미는 새삼 후회하였다. 그리고는 첩자를 업성에 잠입시켰다. 정보는 속속 급군으로 날아들었다. 석늑이 군사를 더 모으고 식량을 사들이는 것을 알았다. 또 이전과는 달리 선비들을 우대하기 시작했다는 소문도 들었다.

「무어? 조팽에게 금은보화를 실어 보냈어?」

왕미는 신음에 가까운 음성으로 이렇게 부르짖었다. 어떻게 보면 아주 싱겁게 여겨질 이 사실이 왕미에게는 굉장히 큰 사실로 비쳤다. 석늑의 만만치 않은 야심의 증거를 이제야 잡은 듯한 느낌이 들었다.

　왕미는 며칠을 두고 곰곰이 생각했다. 그리고 지금의 그로서는 누구와 연합하여 석늑을 치는 수밖에 없다는 결론에 도달했다. 이렇게 되자, 제일 먼저 떠오른 것은 조억(曹嶷)의 얼굴이었다. 그 수염투성이의 얼굴이 아주 믿음직스럽게 느껴졌다. 하기는 조억과는 형제 같은 사이이니 자기 말을 꼭 들어주리라 싶었다.

　왕미의 처지로서, 이것은 어쩌면 아주 좋은 생각인지도 몰랐다. 그러나 그에게는 행운이 따라주지 않았다. 조억에게 보낸 사자가 도중에 석늑의 유격대에게 붙잡히고 만 것이었다.

　편지를 읽은 석늑은 매우 노했다.

　「이놈이 나를 추켜세우면서 한쪽으로는 나를 칠 작정을 하고 있으니, 이런 간사한 놈이 어디에 다시 있으랴. 조억과 연락이 되기 전에 없애버리리라.」

　이리하여 곧 군대를 출동시키려 결심했다. 그러나 이때 급보가 날아들었다. 활적(活賊) 진오(陳午)라는 자가 있어 군사를 일으켜 봉관(蓬關)을 침범하고 백성을 살해하며, 약탈을 자행하여 백성에게 끼치는 해가 막심하다는 것이었다.

　활적이라고는 해도 대개 패잔병이나 탈주병의 집단이었으므로 예사 도둑과는 다른데다가 그들은 군대가 없는 곳만을 찾아다녔으므로 이를 소탕하기란 용이한 일이 아니었다.

　석늑은 봉관으로 군사를 징발시켰다. 장경이 선봉이 되어 나아가자, 진오는 항거하였으나, 불과 두 번 싸움에 대패하고 마침내 석늑에게 포위를 당했다.

적중의 모사 이두(李頭)는 석늑의 군세가 왕성하여 대적할 수 없음을 간파하고 진오와 협의하여 담략 있는 우정(虞精)을 보내 석늑에게 투항케 했다.

우정은 석늑의 영채에 투항을 청하고 말했다.

「명공께서는 하늘이 내신 신무(神武)이십니다. 의당 해우(海宇 : 한 나라 안)를 평정하실 것입니다. 지금 사해는 어지러워 민생은 도탄에 빠져 있습니다. 공께서 지금 저희 무리를 치려 하시는데, 저희의 본바탕을 말씀드리면, 저희는 공의 향당(鄕黨)입니다. 저희들은 먹을 것만 얻으면 물러갈 것입니다. 그리하여 공을 받들고 선량한 백성이 될 것입니다. 명공께서는 어찌 대사를 접어두시고 누의(螻蟻 : 누는 땅강아지, 의는 개미. 곧 보잘 것 없는 미물이라는 뜻)에 마음을 쓰시고 힘을 더시려 하십니까.」

석늑이 이런 사소한 일로 수의를 하는 차에, 왕미에게 한 사건이 일어났다. 그것은 전에 도망친 서막이 유곤의 조카 유서(劉瑞)의 도움으로 왕미를 치러 온 것이었다. 서막은 본래 왕미 밑에 있었는지라 그 성의 허실을 환히 알고 있었을 뿐 아니라, 왕미의 성격이나 군략 등 모르는 것이 없었다. 따라서 싸움은 왕미에게 불리하였다. 거기에다가 유곤이 친히 대군을 끌고 올 것이라는 풍문도 돌아 왕미는 마침내 석늑에게 원조를 청하기로 했다.

「우리의 위급을 모면하기도 할 겸 우리에게 딴 뜻이 없음을 알릴 겸, 이는 가히 일석이조의 방책이라 할 것이오.」

왕미는 제 꾀에 스스로 감탄해 마지않는다는 시늉을 해보였다.

이 편지를 받은 석늑은 불쾌한 표정을 지었다.

「아니 언제는 나를 치려하더니 이제는 도와 달라? 뻔뻔스런 놈이다. 마침 좋은 기회니 혼 좀 내주자.」

「그것이 무슨 말씀이십니까!」

안타까운 듯 장빈이 말했다.

「하늘이 급군을 들어 장군에게 주시는데, 장군은 왜 이를 거부하려 하십니까. 이 얼마나 급군으로 밀려갈 수 있는 좋은 기회입니까. 그리하여 약간의 계략만 쓴다면 왕미 하나쯤 아주 간단히 제거할 수 있을 것입니다.」

「과연 그렇겠소!」

석늑은 좋아서 무릎을 쳤다.

석늑의 10만 대군이 밀려가자 급군의 정세는 급격히 달라졌다. 누가 보아도 달걀 하나를 태산으로 덮치는 형세였다. 석늑은 왕미와 의각지세로 진을 친 다음 앞으로 나서서 외쳤다.

「유서라는 놈이 누구냐? 네가 도망한 죄인의 꾐에 빠져 이곳에 밀려왔거니와, 천명이 옮겨진 지금 누구를 위해 싸우는 것이냐. 낙양도 내 앞에 사기그릇처럼 부서졌으니, 너는 어서 항복을 함으로써 여명을 보존하라!」

10만 대군을 배경으로 하고, 좌우에 그득히 장수를 늘어세운 가운데 서 있는 석늑의 위엄은 싸움터 일대를 뒤덮는 듯했다.

저쪽에서 유서가 나서서 무엇인가 말하려 했을 때 석호가 나서면서 외쳤다.

「무엄한 놈! 너 같은 필부가 어찌 우리 아버님과 대등하게 말을 주고받으려 한단 말이냐. 항복할 뜻이 있거든 곧 말에서 내릴 것이요, 그렇지 않거든 말을 탄 채 있어라. 곧 내가 죽여주마.」

상대를 완전히 무시하는 소리였다.

「이 오랑캐 놈들!」

유서는 하도 분해 소리를 지르면서 앞으로 달려 나왔다. 그것을 본 석호도 비호처럼 말을 달려 나갔다.

그러나 유서는 처음부터 석호의 상대가 아니었다. 그도 어느 정도 검술을 익힌 사람이었으나, 기력에서 너무나 차이가 났다. 석호가 호랑이처럼 덤비는 데 비해 그는 양 같은 모습으로 그와 맞섰다.

석호의 칼이 한 번 번쩍이자 유서의 칼이 땅에 떨어졌고, 두 번째 번쩍였을 때 유서는 이미 말에서 굴러 떨어졌다. 너무나 간단히 끝난 싸움이었다.

석호는 그대로 적진 속으로 뛰어 들어갔고, 이것을 본 석늑의 군사들은 일제히 고함을 지르면서 밀려갔다. 서막은 싸움이 불리해지자 도망하는 졸병 속에 끼어 어디론지 사라지고 싸움은 순식간에 끝나버렸다. 석늑은 종시 본진에 앉아 있을 뿐이었다.

이튿날 아침, 석늑이 장빈에게 말했다.

「왕미를 잡을 수 있는 계략을 들려주시오」

장빈이 웃었다.

「아주 간단하지요. 왕미가 인사 오거든 베어버리는 겁니다.」

석늑은 고개를 끄덕였다. 그러나 점심때가 지나도록 왕미가 나타나지 않는 것을 본 석늑이 말했다.

「편지를 보내 부를까요?」

「아닙니다.」

장빈이 손을 저었다.

「그렇게 하시면 의심을 삽니다. 그대로 계십시오. 제가 안 오고는 못 배길 것입니다.」

그날 왕미는 결국 나타나지 않았다.

다음날 오정이나 지나서야 왕미가 10여 명의 호위를 받으며 찾아왔다.

사실은 그도 여기까지 오기에는 적잖은 고민을 하였다. 석늑의 참전으로 유서가 죽은 것까지는 좋았다. 그러나 싸움이 끝나니 뒤

처리가 고민거리였다. 왕미는 곧 석늑을 찾아가 사례하려 했으나 주위에서 말렸다.

「석늑은 얼음 같은 사람입니다. 해를 입을 염려가 있으니 가시지 마십시오」

왕미는 석늑 쪽에서 찾아와주기를 바랐다. 그러나 하루가 지나도 그런 기미는 안 보였고, 싸움이 끝난 뒤에는 응당 돌아가야 할 석늑이 무슨 생각에서인지는 모르나 계속 머물고 있음이 수상쩍었다. 그렇다고 돌아가라고 재촉할 수도 없는 형편이 아닌가.

「편지를 보내 청하시지요?」

이런 의견을 말하는 사람도 있었으나, 그는 지위에서나 세력에서나 자기보다 월등히 위였을 뿐 아니라, 일부러 청해온 손이고 보면 그럴 수도 없는 일이었다.

이튿날도 왕미는 생각에 생각을 거듭하다가 낮이 돼서야 자리에서 일어났다.

「내가 찾아가 보는 것이 도리에 맞을 뿐더러 그가 움직이지 않는 것을 보건대 노여워하고 있는지도 모른다. 가서 좋은 말로 풀어 주리라.」

「그러시다가 화를 입으시면 어쩌시렵니까?」

여전히 반대하는 사람도 있었으나, 왕미는 크게 웃었다.

「남아라면 신의를 무겁게 알아야 하거늘, 어찌 그런 일로 남을 의심하리요. 또 장빈 형제로 말하면 죽마고우이니, 아무 일 없을 것이오」

이렇게 말한 그는 활짝 웃으며 말에 올랐던 것이다.

왕미는 석늑의 진에 닿자 말에서 내려 단신 안내되어 안으로 들어갔다. 안에는 석늑을 비롯하여 장빈·장경·장실 등의 장수가 앉아 있었다. 그런데 석늑의 자리는 한 단 높게 마련되어 있어 마치 용상 같았다.

왕미는 하는 수 없이 그 앞에 나가 허리를 굽혔다.

「오래 문안드리지 못했습니다. 이번에는 멀리 오셔서 제 위태로움을 풀어주시니 은혜가 하해 같습니다.」

「원, 별소리를 다 하는구려. 그 동안 푹 쉬시기는 하셨소?」

이것이 이제야 왔냐는 책망인 것쯤은 왕미도 곧 눈치챘다.

「참 이리 늦게 찾아뵈어서 죄송하옵니다. 다소 정리할 일들이 있어서……」

왕미는 이렇게 하여 어물어물 넘기려 했다.

「그러시겠죠. 정리할 일이란 무엇이오? 조억 장군과 내통하는 일이 아직도 끝이 안 났소?」

이 소리에 왕미의 이마에는 땀이 솟아나왔다.

「그것이 무슨 말씀이십니까?」

「무엇이? 그래도 모르겠단 말이지?」

석늑이 소리쳤다.

「애야, 저놈에게 그 편지를 보여주어라.」

석호가 험상궂은 얼굴로 성큼성큼 다가오더니 종이쪽지를 내밀었다.

「이래도 모르겠냐? 이것이 뉘 필적이냐?」

왕미는 할 말이 없어 고개를 떨어뜨렸다. 그때 석호의 칼이 번개처럼 그의 목을 쳤다. 땅 위에 붉은 피가 홍건히 번져서 피비린내를 풍겼다.

석늑은 군대를 풀어 왕미의 진영을 멀리서 에워싼 뒤 그 군사들의 대표를 불러놓고 왕미의 목을 내주었다.

「지금 황제의 조서를 받잡고 말한다. 왕 교위는 나라의 중직을 받고 있으면서 신왕에게 신사(臣事)하지 않아 선제에게 불충을 저

질렀다. 그러므로 나에게 그를 제거토록 하셨다. 그대들은 경거망동하지 말라. 만약 칙지(勅旨)에 거역하는 자 있으면 삼족을 멸하리라.」

왕미의 아우인 왕여·왕이 등은 모두 도망해버렸다. 이로써 석늑은 다시 10만의 병력과 급군 일대를 얻게 된 것이었다.

이 소식을 들은 황제는 크게 노했으나, 세력이 큰 석늑을 두려워하여 왕미를 죽인 이유를 상소하라는 조칙을 내렸을 뿐이었다. 석늑은 조억에게 내는 왕미의 서한을 증거로 내세워 변명했으므로 정부에서는 진동대장군(鎭東大將軍) 유주군공(幽州郡公)의 직첩을 내려 도리어 석늑의 비위를 맞추었다.

3. 또 하나의 황제

진나라의 유신인 염정(閻鼎)과 순번(荀藩)이 진왕(秦王) 사마업을 밀현(密縣)에서 받들고, 각처의 자사들에게 격문을 띄운 일은 앞에서 말했다. 장안에서 이 격문에 접한 남양왕 사마모는 대성통곡을 했다.

「회제께서 동해왕을 치라는 조칙을 나에게 내리시고 윤음(綸音)이 간곡하셨건만, 이제 나라가 망하는 것을 앉아서 보았으니, 내 무슨 면목으로 세상에 고개를 들랴!」

대장 순우정(淳于定)이 나서서 말했다.

「전하, 고정하소서. 지난 일은 다시 돌아오지 않나이다. 이제 운다고 무엇이 이루어지오리까. 차라리 눈길을 앞으로 돌리시옵소서. 지금 낙양이 떨어지고 황제께서 도둑 손에 드셨다고는 하나, 천하대세는 결정된 것이 아니오이다. 밀현에는 진왕 전하께서 임어해 계신다 하오니 어서 모셔다가 보위에 오르게 하소서. 이리하여 이름을 바로잡고 의로써 타이르신다면 국은을 못 잊어 하는 무리들이 천하 도처에서 일어나오리다.」

「오, 옳은 말이오!」

사마모는 눈물을 거두고 곧 사람을 밀현으로 급파했다.

염정이나 순번에게 이의가 있을 턱이 없었다. 염정은 급히 어가를 준비하고 어가가 떠나려 할 때 진왕 앞에 나가 아뢰었다.

「전하를 사사로이 뵙는 것도 이것이 마지막이옵니다. 보위에 오르시면 부디 조종 열성조(祖宗列聖祖)의 뜻을 받드시어 다시 천하를 안정시키도록 힘쓰시옵소서. 소인의 말을 듣고 권신을 발호케 하는 곳에 나라의 병폐가 깊어갔던 것이오니 은혜와 위엄을 아울러 베푸시어 상벌을 분명히 하옵소서. 만약 신에게 죄가 있을 때에는 주저 없이 신의 목을 베게 하옵소서. 이것이 제가 드리는 마지막 말씀이오이다.」

여기서 염정은 감정이 격했는지 눈물을 흘렸고, 어린 왕도 비장한 표정을 지어 보였다. 새 황제의 행차는 10리에 뻗쳤고, 호위하는 병사들의 얼굴에는 생기가 넘쳐 보였다. 장안에서는 사마모가 장수와 관리들을 데리고 성 밖에서 기다리고 있었고, 연도에는 운집한 시민들로 입추의 여지가 없었다.

진왕의 행렬이 사마모의 앞에서 멎자, 사마모는 그 앞에 나아가 부복하고 아뢰었다.

「이 변란의 시기에 얼마나 옥체가 피로하시나이까. 온 백성이 전하의 등극을 바라고 있사오니, 부디 성덕을 하이(夏夷)에 두루 미치사, 열성조의 제업을 이으소서.」

소년 진왕은 앉은 채 안에서 대답했다.

「나라의 일은 망극할 뿐입니다. 전하께서는 부디 저를 도와주시기 바랍니다.」

이때, 군중들 사이에서는 소란이 일어났다. 앞에 나선다고 보이는 것도 아니련만, 서로 황제를 보기 위해 밀고 당긴 것이었다.

「저것 보시옵소서.」

남양왕은 손을 들어 군중을 가리키며 말했다.

「모두 전하를 뵙고자 앞을 다투고 있사옵니다. 저 어진 백성들을 잊지 마시옵소서.」

그러자 소년은 아주 의외의 행동을 했다. 스스로 발을 젖히고 땅 위에 내려선 것이었다. 이 광경을 본 군중들 사이에서는 약속이라도 한 듯 만세소리가 터져 나왔다. 그것은 어쩌면 많은 싸움에서 죽어간 장병들의 넋이 부르는 소리인지도 알 수 없었다. 만세소리는 산을 무너뜨리고 하늘을 뒤흔들 듯이 울려 퍼졌고, 12세의 소년은 기쁜 듯이 그 앞에 떡 버티고 서 있었다. 나이에 비해 숙성도 했거니와 아주 의젓해 보였다.

며칠 후, 진왕은 종묘에 제사하고 제위에 올랐다. 이 사람이 후세에 민제(愍帝)라고 불리게 되는 인물이다. 민제의 이름은 업(鄴)자는 언기(彦旗), 오왕 사마안(司馬晏)의 아들이다.

그는 즉위하자 각 부서에 대한 벼슬 배치를 했다.

염정 : 대사마 · 총리군사(總理軍事)

가필(賈疋) : 정서장군 · 수조참찬(隨朝參贊)

국지(麴持) : 옹주자사

삭침(索綝) : 상서 · 좌복야

양종(梁綜) : 보국대장군

양위(梁緯) : 진국대장군

미황(麋晃) : 보국대장군

순우정(淳于定) : 호국대장군

왕비(王毗) : 보가전장군(保駕前將軍)

이흔(李昕) : 보가후장군(保駕後將軍)

남양왕 사마모 : 대사도(大司徒)·좌승상·관서제군사(關西諸
軍事)
낭야왕 사마예 : 시중·우승상·강동제군사(江東諸軍事)
그리고 사마예에게는 따로 조서가 전달되었다.

―짐이 어린 몸으로 황제의 자리에 오르니, 얼음을 밟는
것 같고 깊은 못에 임한 듯하여 오직 마음을 다하고 몸을 삼
갈 뿐이로다. 전번에 낙양이 방비를 잃고 선제(先帝) 호지로
몽진(蒙塵)하시매 그 망극함이 이를 바 없었으나, 이제 천명
을 받들고 억조창생의 여망을 따라, 다시 나라를 일으키고
사해를 평정하여, 조종의 홍서(鴻緖)를 이을 것을 은근히 기
약하노라. 지금 각처에 구은을 생각하고 충심을 잊지 못하는
무리 구름같이 있어, 칼을 갈고 북을 치며 위한(僞漢)을 일소
하기로 맹서하나, 이를 주관하는 이 없을 새 그 힘이 흩어지
고 뜻이 뭉쳐지지 않으니 어찌하리오. 짐은 경이 일찍부터
강남·강동을 확보하여 덕을 쌓고 힘을 기른 지 해가 오램을
짐작하노니, 경이 아니면 뉘 있어 이 대임(大任)을 다할까보
냐. 특히 글월을 천리 밖에 내려 간곡한 뜻을 부치노니, 경은
그 일에 힘쓸지어다.

조서를 받은 사마예는 북쪽을 향해 두 번 절하고 흐느꼈다.
「일월이 다시 밝음을 뵈오니 당장에 죽어도 여한이 없을 것
같나이다. 폐하께서는 부디 사직을 다시 일으키시어 어진 덕으로
만민을 어루만지소서. 신 등이 어찌 견마(犬馬)의 노고를 마다하
오리까.」
그는 눈앞에 황제를 대한 듯 이렇게 말했다.
사마예는 곧 사신을 장안에 보내어 황제의 등극을 축하하는 한

편, 명령을 각처에 발하여 변경의 경비를 엄중히 하였다.

이 소식은 평양에 큰 충격을 주었다. 새 황제 유총은 신하들을 모아놓고 말했다.

「장안에서 진왕이 등극했다는 소식을 들었소 이미 낙양이 깨어지고 묘당이 뒤엎어진 마당에 몇몇 유신(遺臣)의 장난이 무슨 효과야 있겠소만, 의견이 있으면 말하오」

제갈선우가 출반하여 아뢰었다.

「이는 가벼이 볼 일이 결코 아니옵니다. 낙양이 우리 손에 들어오고 그 황제가 사로잡혔다고는 하나 진조의 세력은 아직도 천하의 반을 차지하고 있는 상황입니다. 그러면서도 그들이 큰 힘을 나타내지 못한 것은 오로지 이를 통솔하고 호령하는 이가 없었기 때문입니다. 이제 새 황제가 즉위했으매, 반드시 실지(失地)를 회복하려는 움직임을 보일 것이오니, 폐하께서는 시안왕과 상당공을 소환하시어 이에 미리 대비하옵소서.」

강발도 나아가 말했다.

「사람은 역경에 처했을 때 도리어 큰 힘을 내는 것이옵니다. 우리 한(漢)이 천중(川中)에서 처음 일어났을 때, 잃었던 나라를 되찾는다 하니 장병들은 모두 비분강개하였습니다. 그 사기가 얼마나 드높았는지 회상하여 보시옵소서. 오늘날 저들의 기세도 응당 그럴 수 있는 것이오니, 십분 경계함이 있어야 될 줄로 아나이다.」

「호연 형제와 관방 형제가 이미 짐의 곁을 떠났으니, 두 사람을 부를 수밖에……」

황제는 이런 말을 중얼거리며 유요와 석늑을 부르라고 명령했다. 호연안·호연유를 공연히 죽인 것에 대한 일말의 후회가 일어났는지 황제의 안색은 밝지 못했다.

얼마 후 석늑에게서는 조적(祖逖)이 수춘(壽春)에 군사를 모으고 있기 때문에 업성을 떠날 수 없다는 표(表)가 올라왔다.

「이놈이 어찌 이럴 수 있단 말이냐. 짐을 무엇으로 아는가?」

황제는 발끈 성을 냈으나, 강발이 얼른 간했다.

「석늑은 30만의 대군으로 북방 일대를 제압하고 있사온바, 그가 다른 뜻이라도 품으면 손을 쓸 수 없사오니, 폐하께서는 말씀을 신중히 하옵소서. 제왕의 언행은 항상 둥그셔야 하옵니다.」

「짐에게 훈계하는 거요?」

황제는 다시 성을 냈으나 눈앞에 석늑이 있는 것도 아니고 보니, 어쩔 도리가 없는 것이었다.

유요만은 무슨 생각에선지 고분고분 평양에 나타나 황제를 뵙고 하례를 올렸다. 낙양에 군대를 남겨 지키게 하고 스스로 5만의 병사를 이끌고 입성한 그의 위세란 대단한 것이었다. 황제도 용상에서 일어나 그를 맞았다.

「낙양을 공략했다고는 해도 적의 잔당은 도처에서 기회를 엿보고 있어 이제껏 그곳을 못 떠나고 있었습니다. 늦게 온 죄가 크오이다.」

간단하기 짝이 없는 이런 인사에도 유요의 오만한 태도가 역력히 나타나 보였다. 그 사이에 고종황제가 붕어하고 새 황제가 즉위했다. 그렇다면 응당 선제에 대한 조문의 말도 있어야 할 텐데도, 이에 대해 유요는 한마디 언급도 없었다. 다만,

「늦게 온 죄가 크오이다.」라고 했을 뿐, 「용서해주시옵소서.」라고도 하지 않았다. 그래도 황제에게는 이 사촌동생이 대견하게만 보였다.

「경의 노고를 짐이 아오. 낙양을 뺏어 진조의 근본을 뒤엎은 공은 가히 역사에 길이 남으리니, 국가의 경사이며 우리 집안의 복인가 하오」

황제는 연회를 성대히 열어 유요를 환영하는 뜻을 표했다. 그 자리에서 화제는 자연 장안에 새로 생긴 정권에 미쳤다. 황제는 길이 탄식했다.

「짐의 부자와 경 등이 마음을 다하고 몸을 수고로이 하여 낙양을 뒤엎기까지에는 수십 년의 세월이 흐른 터이거늘, 이제 장안에 괴뢰정권이 생겨났다 하니 짐의 마음이 편안치 않소. 만약 진실(晋室)의 고구대장(故舊大將)이 벌떼처럼 일어나 다시 천하를 되찾으려 든다면 우리의 전공(前功)이 가석하지 않은가.」

황제는 이렇게 말하면서 유요를 바라보았다. 그 눈초리에는, 유요로부터 어떤 시원스런 대답이 나오기를 은근히 기대하는 뜻이 명백하게 담겨 있었다. 그러나 유요는 못 들은 체 앞만 바라보고 앉아 있었다. 그 태도에는 무섭도록 냉철한 그의 천성이 그대로 드러나 보였다. 보다 못해 강발이 말했다.

「진이 다시 일어나려고 발버둥칠 것으로 짐작되오나, 한번 흐트러진 마음이 어찌 그리 쉽게야 합쳐지겠나이까. 강남에는 낭야왕이 기른 세력이 있사오나, 그들은 수전(水戰)에만 익숙할 뿐 당장에는 소용에 닿지 못할 것이오며, 하서(河西)의 제후들은 스스로 패자가 될 뜻을 품고 있으니 이것 또한 근심할 것이 없는 줄 아나이다. 다만 관중(關中) 땅에는 수십만의 강군이 있어 큰 우환의 우려가 있어 보이오니, 폐하께서는 그들의 세력이 커지기에 앞서 한 양장(良將)을 파견하시어 장안을 쳐서 새로 생긴 진조를 뒤엎어버리시옵소서. 그 근본만 깨지면 나머지는 스스로 멸망하고 말 것이옵니다.」

「오, 그도 그러렷다!」

황제는 기쁜 듯 다시 유요를 바라보았다. 그러나 유요는 여전히 침묵만을 지키고 있을 뿐이었다. 내가 알 것이 무엇이냐 하는 태도였다.

「시안왕 전하!」

강발이 이번에는 유요를 맞대놓고 불렀다.

「전하께서는 낙양을 거두시어 개세의 대공을 세우셨거니와, 다시 장안의 공략을 누구에게 맡기시려 하십니까. 석늑에게는 중원을 제압하는 임무가 있으니 이번에도 전하께서 친히 나가셔야 될 것으로 압니다.」

그제야 유요도 마지못한 듯 입을 열었다.

「나야 어명을 따를 뿐이지요.」

그는 이렇게 간단히 받았다. 그리고는 잠시 침묵한 다음 다시 말을 이었다. 그러나 그 태도에는 자못 울분이 담겨 있는 듯했다.

「신이 어명이라면 언제 사양했나이까. 그러므로 장안에 다녀오라 하시면 장안에 다녀오겠나이다. 하오나 조정에는 입방아만 찧고 있는 무리가 있는 듯하오이다. 앉아서 천하의 경륜을 논하기야 쉬운 일입니다. 그러나 싸움터에서의 고생은 겪은 사람만이 아나이다.」

그는 여기서 말을 끊고 자리에 앉은 사람들을 쭉 훑어보았다. 아주 안하무인격이었다. 아무도 마주 쳐다보는 사람이 없었다.

「선제께서 붕어하셨을 때, 저의 애통한 심정이야 오죽했겠나이까. 곧 달려오고 싶었으나, 외지에서 중임을 맡고 있는 몸이라, 멀리서 망곡(望哭)하고 애만 태웠을 뿐이옵니다. 그렇거늘 조정에서는 저와 상당공(석늑)을 두고 불충하다고 논하는 자가 있었다 들었나이다. 새로 적의 수도를 뺏었다고는 하나 대세가 결정된 것도 아닌 터에 저와 상당공이 그곳을 떠나버린다면, 그 후에 어떤 사태가 일어나겠나이까. 조정에서 영화를 누리고 있는 무리가 망령되이 입을 놀려, 자칫하면 충량을 해치고 국사를 그르칠까 두렵사옵니다. 폐하께서는 이런 무리부터 물리치시옵소서.」

이런 말을 듣고도 누구 하나 입을 여는 사람이 없었다. 그래도 이런 때에 말할 수 있는 것은 황제밖에 없었다.

「경은 조금도 마음에 두지 마오. 짐이 어찌 경의 충심을 모르겠소? 그 동안의 공로에도 갚을 길이 없으나, 장안의 일에도 경이 수고하지 않으면 누가 책임을 다하겠소? 부디 대업을 완수한 다음 부귀를 한가지로 누리기 바라오.」

유요도 이제는 위엄을 부릴 만큼 부린 끝이라 군말 없이 받아들였다.

「신이 어찌 그만한 수고를 마다하리까. 다만 대장은 밖에 있을 때, 때로는 어명도 못 지키는 일이 생기오니, 성상께서는 간사한 무리의 말에 현혹되지 마시고 대장을 신임하셔야 하나이다.」

마치 조신들 모두가 간사한 무리라는 말투였다.

제7장. 장안의 공략

1. 진중에 나타난 상인

진의 민제(愍帝) 건흥(建興) 원년, 한(漢)나라 연호로 가평(嘉平) 3년, 황제는 시안왕 유요를 정서평진대원수(征西平晉大元帥)로 임명하고, 강비·관산을 선봉장, 강발을 행군모주로 임명하여 장안을 치게 했다. 대장만도 30명에 10만 대군의 출전이었으므로 그 위세는 대단하였다.

황제는 문무백관을 거느리고 동문 밖에 나가 유요를 전송했다. 이 싸움에는 태자 유찬(劉燦)이 감군이란 명목으로 참가하게 되어 있었으나, 누구 하나 대단히 아는 사람은 없었다. 모든 사람의 관심은 유요 한 사람에게만 쏠렸다.

「폐하께서는 소인의 말을 멀리하옵소서. 태자 전하는 신이 모시고 있사오니 부디 마음을 쓰지 마시기 바라나이다.」

그는 이런 말을 하며 황제를 날카로운 눈으로 바라보았다. 듣기에 따라서는 이제부터 태자는 인질로 잡고 있을 것이니 그리 알아서 행동하라는 협박으로 들렸다. 그제야 황제도 태자를 보내지 말 것을 하고 후회했다. 태자 따위로 유요를 억누를 수도 없으려니와, 태자의 말을 들을 유요도 아니라 생각되었다.

유요의 대군이 밀려오고 있음을 안 장안에서는, 보따리를 둘러
메고 피난 가는 백성이 많았다. 새 황제의 즉위를 축하하던 심정
같은 것은 까맣게 잊어버리고, 이렇게 되면 살겠다는 본능만 남는
것이 사람인지도 몰랐다. 낙양에서의 전례가 있는 터였다. 다시
그런 비극의 와중에 말려들지 않으려 하는 것도 무리는 아니었다.

황제 앞에 문무백관이 소집됐다. 어린 황제를 대신하여 좌승상
남양왕 사마모가 말을 꺼냈다.

「우리가 새로 조정을 세워 아직 기초도 굳기 전에 한군(漢軍)
이 대거 내침한다 하니 무슨 방책으로 적을 격퇴할 것인가? 누구
나 기탄없이 말하라는 폐하의 분부시오」

장내에는 무거운 침묵이 흘렀다. 보국대장군 미황이 출반하여
아뢰었다.

「남양왕 전하께서는 선제의 분부를 받자옵고 이미 군사를 관
서(關西)에 모으신 바 있으시므로 수십만의 대군이 있고 군량이
또한 갖추어진 터이옵니다. 어찌 그만한 도둑을 못 물리치오리까.
폐하께서는 조금도 심려치 마시옵소서.」

장사도위 진안이 아뢰었다.

「지금 복야 삭침·치중(治中)·국윤(麴允), 정서장군 가필이
지방을 평정하기 위해 외지에 나가 있사오니, 곧 부르시어 기각지
세(掎角之勢)를 이루어 적을 막게 하시고, 따로 한 장수를 보내 요
관(嶢關)을 지키게 하옵소서. 그곳은 천험의 땅이오니 비록 백만
대군이라 하더라도 지나지 못하오리다. 그런 뒤에 다시 한 장수를
보내어 남전(藍田)마저 지키게 하신다면 도읍은 태산같이 편안할
것으로 아옵니다.」

남양왕은 크게 기뻐하여 진안에게 물었다.

「누구를 보내 요관을 지키게 할까?」

진안은 서슴지 않고 대답했다.

「부장 왕인(王因)이 장재(將材)가 있으니 그를 보내십시오」

이에 남양왕은 왕인에게 군사 3만을 주어 요관으로 급파했다.

왕인은 곧 병사들을 시켜 길을 막고 요소요소에 군대를 배치했다. 이곳은 본래 하늘로 치솟을 듯한 험준한 산으로 에워싸여 좁은 길만이 오직 관문으로 통하게 되어 있었으므로 한 병사가 지키면 1만 명의 군대도 통과 못한다는 고장이었다. 이곳에 3만이나 되는 병력을 배치하고 보니 가히 철통과 같았다.

장안을 향하여 노도같이 밀려가던 유요의 군사도 이 관문에 부딪치자 주춤하고 그 자리에 멈추어 서지 않을 수 없었다. 유요는 친히 앞으로 나아가 관문을 살펴보았다. 험준하다는 말만으로는 실감이 나지 않는 고장이었다. 깎아지른 듯한 봉우리가 하늘에 치솟고 보니 천하의 기관(奇觀)이어서 경관치고는 이런 경관이 다시 있을 것 같지 않았으나, 그 산허리에 띠처럼 둘린 한 가닥의 길 외에는 도대체 발붙일 곳이라고는 없는 터였다.

이 좁은 길목을 나무와 돌로 막아놓고 요소요소에 병력을 배치해 놓은 것이었다. 쳐다보고 있자니 유요는 한숨이 나왔다.

「그것 큰일입니다 그려. 날개라도 있다면 모를까, 무슨 수로 여기를 넘어가겠소이까?」

강발이 말을 받았다.

「그러기에 옛날부터 말이 있지 않습니까. 장안은 1백 2개의 산하에 둘려 있다고 여기의 지형이 이러하매 진(秦)이 천하를 상대하여 승리할 수 있었던 것입니다.」

유요가 고개를 끄덕이자, 강발은 다시 말을 이었다.

「그러나 아무리 지형이 험하다 해도 지키는 것은 사람이니까, 절대로 불가능하다는 법은 없습니다. 한번 시험삼아 공격을 가해

보고 나서 그 대책을 세우는 것이 좋겠습니다. 적장이 용맹하다면 말로써 그 감정을 경동케 하여 이를 뺏을 것이며, 만약 지혜롭다면 기계(奇計)를 쓰면 됩니다.」

그러나 산을 쳐다보고 서 있는 유요에게는 그런 말이 실감이 나지 않았다. 제갈공명의 지혜나 항우의 용맹으로도 이곳만은 어쩔 수 없을 것만 같았다.

이때 이곳 주민 두엇이 병사에게 잡혀왔다. 강발은 그들을 불러 음식을 주고 위로한 다음에 물었다.

「너희는 관문에 온 진나라 병사들을 보았느냐?」

늙수그레한 백성이 대답했다.

「진병(晋兵)은 어제 밀려왔습죠. 자기들 말로 3만이라 하는데, 나무를 베고 돌을 운반하여 길목을 모두 막아놓는 것을 눈으로 보았습니다.」

「대장은 누구라 하던고?」

「아마 왕인이라고 하는 것 같았습니다. 그렇게 들은 듯합니다.」

강발은 무엇을 생각하는 듯하더니 다시 물었다.

「저 관문에 이르는 샛길이 없느냐? 있으면 알려다오. 후하게 갚으리라.」

이번에는 젊은이가 대답했다.

「서쪽으로 나무꾼이 내놓은 길이 있기는 하옵니다. 그러나 하도 험해서 별로 다니는 사람이 없습니다. 겨우 한 사람이 기어 올라갈 수 있을 정도인데 하루면 올라갈 수는 있습니다.」

강발은 두 백성을 군중에 억류케 하고 유요를 돌아다보면서 웃었다.

「되는 수가 있겠습니다. 어쩌면 아주 잘될 것 같습니다.」

「무엇이 잘되겠다는 말씀이오?」

유요는 강발이 샛길로 군대를 끌고 가겠다는 줄 알고 이렇게 물었다. 혼자서 겨우 기어오를 수 있는 길로 대군을 움직인다는 것은 위험천만한 일이었다. 그러다가 적에게 들키는 날에는 전멸할 것을 각오하지 않으면 안되었다.

강발이 말했다.

「전하께서는 모르시는 일입니다만, 왕인은 왕밀(王密)의 아들로서 우리 선친 밑에서 일한 사람입니다. 그런 인연으로 그와 우리 형제는 동기같이 지냈습니다. 제 아우와는 나이가 같고 아주 친한 터이니 아우를 보내 설득해 보겠습니다. 잘하면 병사를 하나도 희생시키지 않고 이곳을 넘을지도 모릅니다.」

「아, 그렇다면야!」

유요도 크게 기뻐해 마지않았다.

옆에서 듣고 있던 관심(關心)이 말했다.

「매우 좋은 일이긴 하나 만전책은 못되는 줄 압니다. 사람의 마음이란 헤아릴 수 없는 것이니, 만일에 왕인이 움직이지 않고 도리어 강장군을 해친다면 어찌하겠습니까. 그러니 저희 형제가 1백 명쯤의 군사를 이끌고 강 장군을 호위해 가겠습니다. 저희들은 관문 뒤 숲속에 숨어 있다가 일이 뜻대로 되지 않을 경우에는 적진을 급습하여 왕인을 사로잡아 오겠습니다. 설사 그를 잡는 데 실패한다 해도 적의 기를 꺾어놓을 수는 있지 않겠습니까.」

유요는 구태여 말리지 않았다.

이튿날 새벽, 날이 밝기 전에 일행은 전날 회유한 백성을 앞세우고 길을 떠났다. 그들은 다람쥐처럼 산을 기어 올라갔다. 말이 길이지 덩굴에 매달리고 바위를 건너뛰어야 되는 아주 위험천만한 길이었다. 그들은 땀을 흘리고 숨을 헐떡이면서 하루를 거의 산에서 보낸 끝에 저녁 무렵이 되어서야 정상에 설 수 있었다. 바로 눈앞에 관문이 보였다.

거기에는 새로 친 진이 보였고, 군사들이 여기저기 떼지어 있는 모습이 눈에 들어왔다. 관심은 군사들을 데리고 숲속에 매복하고, 강비(姜飛) 혼자 길로 나섰다. 상인같이 차린 강비가 관문으로 다가가자, 보초가 창끝을 들이댔다.

「나는 상인으로 난리를 피해 고향으로 돌아가는 길입니다. 부디 여기를 지나가게 하여주십시오」

그 큰 몸집에 안 어울리게 강비는 연신 허리를 굽실거렸다. 병사는 수상쩍은 눈으로 강비의 아래위를 훑어보더니 그를 진채 속으로 끌고 갔다.

거기서 어떤 장교의 신문을 받게 되었다. 강비는 일부러 큰 소리로 외쳤다.

「나는 상인이라 하지 않소? 상인이 돌아다니는 것이 무엇이 나쁘단 말씀이오? 당신도 부모가 계실 것 아니오 우리 고향에서는 노모가 내 걱정으로 밤을 새우실 것이니, 어서 나를 가게 해주시오」

하도 큰 소리로 외쳤기 때문에 병사들이 우르르 몰려들었다. 장교는 체통이 손상당했다고 생각했는지 노발대발했다.

「이놈 봐라! 여기가 어느 곳인 줄 알고 소리를 질러? 이놈! 정말 수상쩍구나.」

강비는 더욱 크게 외쳤다.

「수상하다고? 수상한 놈이면 이렇게 대들 것 같소? 나는 누구 앞에서나 떳떳하오 사람을 바로 보시오」

「그래도 이놈이!」

장교는 더 못 참겠다는 듯이 칼을 쑥 뽑아들었다. 그때였다.

「웬 소란이냐?」

굵직한 목소리가 들려왔다. 장교는 주춤하더니 칼을 내리고 공손히 말했다.

「이놈이 상인이라 하면서 이곳을 지나겠다기에……」

강비는 고개를 들었다. 그리고 자기를 유심히 바라보고 서 있는 장군을 보았다. 바로 왕인이었다.

「내가 직접 신문할 것이니 나에게 보내라.」

이런 말을 남기고 왕인이 가버리자 장교는 씨근덕거리면서 강비를 떠다밀었다.

「어서 가! 장군 앞에 가서도 그런 식으로 말해라. 그래야 목이 달아나지!」

왕인은 강비가 장막으로 안내되어 들어오는 것을 보자, 좌우에 있던 사람을 물리친 다음 강비의 손을 덥석 잡았다.

「강형! 이게 웬일이시오?」

그 목소리는 떨리는 듯했다.

「오래간만이오.」

강비도 감개무량하여 눈시울이 젖었다.

서로 멍청하니 한동안 바라보고 있던 그들은 정신이 든 듯 서로 자리에 앉았다.

「나는 강형이 한나라에 계신 줄 알았었는데, 어떻게 오셨소?」

강비가 웃으며 말했다.

「지금도 있기야 한나라에 있지 어디에 있겠소? 나는 장안을 치러 오던 중 형이 여기를 지킨다는 말을 듣고 이렇게 찾아온 것이오.」

왕인의 얼굴에 놀라움과 함께 경계하는 빛이 보였다.

「나는 진나라 장수인 형을 찾아오며 형을 위해 목숨을 바쳐도

좋다고 생각했소. 형제 같은 우리의 과거를 생각할 때, 이런 모험
도 나에게는 달기만 했던 것이오.」

왕인은 아무 말이 없었다.

「형의 부형도 한조의 신하였소. 그 동안 어지러운 세상에 형이
진을 섬기게 되었다 하여 형을 책할 사람은 아무도 없소. 다만 한
나라가 다시 일어나 장차 천하를 아우르려는 지금, 형은 왜 아직
도 그쪽에 머물러 있는 것이오?」

왕인이 한숨을 쉬었다.

「나도 대의를 모르는 바 아니지만 일단 섬기기 시작한 터에
이제 와서 어찌하겠소? 더욱이 나를 믿고 있는 터이니……」

그 말에 강비가 언성을 높였다.

「진은 우리의 원수요. 형의 선친과 형님도 그들과 싸우다가 돌
아가시지 않았소? 그럼 형은 언제까지나 원수를 섬기겠다는 것이
오? 낙양이 깨지고 황제가 사로잡힌 지금, 진조가 가면 얼마나 가
겠소? 형이 그들과 생사를 같이한다 해서 누가 형을 의롭다 하겠
나 생각해 보시오!」

왕인의 머리가 점점 수그러졌다.

이윽고 왕인이 고개를 들었다. 그 얼굴에는 강개한 빛이 나타나
있었다.

「이렇게 찾아주신 형의 뜻을 생각해서라도 대의를 따르려오.
나도 늘 꺼림칙하게 생각하고 있던 것을 이젠 풀어버리겠소.」

강비는 좋아하였다.

「그렇게 하시오. 그렇게만 한다면 장안을 빼앗은 공은 모두 형
에게 돌아가리다.」

두 사람은 한참을 더 수군대다가 헤어져서 강비는 다시 관을
내려갔다.

난을 피해 관중으로 간다던 사람이 도로 관을 내려가는 것을 수상히 여긴 관상의 한 병졸이 왕인과 한구(漢寇)가 어떤 연유가 있어 여기서 만난 것이 아닌가 하여 방벽(方壁)에게 고했다.

방벽은 왕인을 만나서, 어찌하여 난을 피해 왔다던 사람이 도로 관을 내려가는가 하며, 진조가 호한(胡漢)에게 수모를 당하고 있음을 모르는가고 따졌다.

그러자 왕인이 말했다.

「내일 만약에 쳐들어오는 군사가 있으면 내 나가 한구를 베어 나의 충성을 보일 것이다.」

방벽은 그 자리를 물러나면서 사람들과 말하기를,

「왕인은 사심을 품었다. 나는 관을 굳게 지키겠다.」

하니, 모두들 본관의 말이 옳다고 수의하고 헤어졌다.

2. 요관에서 남전으로

이튿날, 진시에 강비는 1만 명의 정병을 거느리고 요관을 향해 올라갔다. 관에서 이것을 알고 왕인이 말했다.

「저놈들이 쳐 올라오는 모양이니, 내 마땅히 내려가 이를 물리치리라.」

그러나 부장 방벽이 반대하고 나섰다. 그는 어제 강비를 석방해 준 일로 왕인을 의심하고 있던 터였다.

「적은 많고 우리는 적은 터에 무엇 때문에 나가서 싸우려 하십니까. 이곳은 천험의 고장이니 지키는 것만으로 충분합니다.」

왕인이 자기주장을 고집했다.

「공격은 가장 좋은 방어요 우리는 위에서 싸우고 적은 아래서 올라오는데, 어찌 이를 물리치지 못하겠소? 그리하여 적의 강약을 살핀 다음 필요하다면 관문을 지킵시다.」

그러나 방벽도 고집을 부렸다.

「적은 유요가 이끈다 하니 안 싸운들 그것이 강적임을 왜 모르겠습니까. 낙양을 친 자가 바로 그요. 그의 철편 쓰는 법은 천하에 모르는 사람이 없는 터입니다. 정 싸우시려거든 1만 명을 끌고 혼자 가십시오 이 좁은 길에서는 그 이상의 병력도 필요 없을 것입니다.」

왕인도 그 이상 고집을 세우지는 못했다. 그 역시 방벽이 자기를 의심하고 있음을 눈치 챘던 것이었다. 왕인이 군사를 끌고 관문을 나서자, 무슨 생각이 들었는지 방벽이 말했다.

「제가 어찌 장군을 앉아서만 보겠습니까. 1만의 군사를 끌고 후군이 되어 내려가 위태로우면 돕겠습니다.」

왕인은 모든 것이 개운치 않았으나 하는 수 없었다.

왕인은 산 중턱에서 적과 만났다. 그는 그들을 크게 꾸짖었다.

「이 오랑캐들아! 너희가 조그만 성공에 자족하지 못하고 다시 장안을 엿보니 하늘인들 어찌 언제까지나 무심하겠느냐. 썩 물러가 멸망을 피해라.」

그리고는 적장의 대꾸도 기다리지 않고 그대로 공격을 가했다. 지형의 이로움을 차지한 그의 부대가 하늘에서 내려가는 듯 수월한 싸움을 하는 데 비해 한병은 석벽 같은 곳을 기어오르며 싸우는 판이라 제대로 용맹을 발휘하지 못했다. 그래서 그런지 한군은 이내 퇴각하기 시작했다.

「저놈들을 놓쳐서는 안된다. 마지막 한 놈까지 잡아라.」

왕인은 이렇게 외치며 그 뒤를 추격했다.

한 5리나 이렇게 추격했을 때, 옆의 숲으로부터 한떼의 복병이 쏟아져 나왔다. 앞에 선 대장은 황금빛 투구에 푸른 갑옷을 입고 손에는 철편을 들고 있었다.

「이놈들아! 시안왕의 이름은 너희들도 들었으리라! 어서 항복하여 내 철편을 면해라.」

그는 이렇게 외치면서 왕인의 군중으로 뛰어들어 철편을 휘둘렀다. 철편은 어느 장교의 몸을 부수고 그 말까지 쓰러뜨려 놓았다. 기고만장하여 있던 군사들은 기겁을 하여 그를 피하느라고 법석을 떨었다.

유요는 마치 양떼 속에 뛰어든 호랑이처럼 날뛰었다. 그의 철편은 과연 천하무적이었다. 약간 스치기만 해도 팔이 부러지고 머리가 깨졌다. 왕인은 짐짓 그 앞을 막으며 외쳤다.

「너도 왕인 장군의 이름은 알렷다! 썩 말에서 내리지 못할까!」

「이놈이!」

유요는 성을 내고 덤비는 척했으나 상대의 이름을 기억하고 있었으므로 철편을 어지러이 휘두를 뿐 몸에 맞히지는 않았다. 왕인은 얼마를 싸우는 체하다가 도망치고 말았다.

총퇴각이었다. 왕인의 군사는 유요에게 쫓겨 관문을 향해 도망을 치는데 방벽이 이끄는 후군이 밀어닥쳤다. 그들은 추격해오는 유요의 군대를 향하여 일제히 화살을 퍼부었으므로 유요도 더 이상 쫓아가지 못했다.

「이것은 좀 예정이 빗나갔군!」

유요와 강비는 서로 바라보며 고개를 갸우뚱했다. 사실은 쫓기는 왕인을 쫓아가 그대로 관문을 점령하게 되어 있었던 것이었다.

그러나 이때쯤에는 다른 한 부대가 관문 뒤에 몸을 숨기고 기회를 엿보고 있었다. 그것은 강발의 제의로 관산·관심의 형제가 용사 1백 명을 이끌고 어제처럼 샛길을 통해 요관 바로 뒤까지 다가간 것이었다.

그들은 자기네의 공격작전이 실패하는 것을 보자 가만히 관문에 다가가 갑자기 뛰어들었다. 모두 뽑혀온 용사들이라 싸우면 일기당천(一騎當千)이었다. 관문을 지키던 군사들은 너무나 당황해서 적정도 제대로 못 살피고 흩어져 달아났다.

왕인과 방벽이 돌아온 것은 관산과 관심이 관문을 완전히 점령한 뒤였다.

「모두들 어디 갔느냐. 이놈들이 다 어디에 갔어?」

이렇게 소리를 지르며 관문으로 들어서던 방벽은 관산의 칼에 맞아 목이 날아갔다.

「모두들 진정해라. 지금 우리는 사방을 포위당한 터이다. 움직이면 죽을 것이니, 그 자리에 가만히 있어라.」

왕인은 이렇게 외치며 자기 부하들 속을 헤집고 다녔다. 무슨 영문인지 몰라 멍하니 그를 바라보는 병사도 있었고, 어떤 사람은 포위당했다는 말에 놀라서 주위의 깎아지른 봉우리를 두리번거리며 쳐다보기도 했다.

얼마 있지 않아 유요의 대부대가 도착했다. 유요는 관 위에서 잠깐 쉰 후 다시 폭풍우처럼 군대를 몰아 관 아래로 내려갔다.

도망한 병사에 의해 소식이 장안에 전해진 것은 해도 뉘엿뉘엿 기울 무렵이었다. 장안에는 갑자기 황급하게 말을 타고 달려오는 한 병사가 나타나 여러 사람의 이목을 끌었다.

남양왕 사마모는 대경실색했다.

「아, 이 일을 장차 어찌한단 말인가? 요관이 이리도 빨리 떨어지다니!」

그가 이렇게 한탄하자, 진안이 말했다.

「요관에서 패한 원인은 아직 확실치 않습니다만, 남전(藍田)이 있으니 전하께서는 너무 심려 마십시오 이런 때에는 역시 경력이

있어야 하니, 노장 미황을 보내시고, 순우정(淳于定)·여의(呂毅)
로 이를 돕게 한다면 만의 하나라도 실수가 없을까 하옵나이다.」

이에 사마모는 급히 세 장수를 불러, 병사 5만을 주어 떠나보냈
다.

미황이 남전으로 달려와 진을 친 것은 그날 오정이 조금 지났
을 무렵인데, 벌써 한군의 선봉이 밀려들고 있었다.

두 군대는 한참 동안 서로 마주보고만 있었다. 이윽고 숨 막히
는 듯한 그 정적을 깨뜨리기라도 하려는 듯 한군 측 진영에서 포
소리가 울리며 진문이 크게 열렸다. 앞장서 나오는 것은 유요로서,
황금빛 투구에 푸른 전포를 입고 오른손에는 늘 가지고 다니는 철
편을 들고 있었다. 그리고 관산·관심·강비·황신·황명 등이
좌우에 늘어서 있었다.

미황도 북을 크게 울리면서 진두에 나섰다. 그의 좌우에도 순우
정·여의·왕비·이흔·염승 등의 장수가 시립했다. 미황은 채찍
을 들어 유요를 가리키면서 크게 외쳤다.

「이 오랑캐야! 너는 우리 진조와 무슨 원수를 졌기에 낙양을
뺏고 다시 여기까지 밀려왔느냐. 어린놈이 작은 공을 크게 알며
천하에 자기밖에 없는 듯하니, 이르는 바 *정중지와(井中之蛙)로
다. 어서 물러가 네 분복을 지킬 것이며, 만일 끝까지 깨닫지 못할
때에는 천벌이 네 머리에 임하리라.」

유요는 철편을 높이 쳐들었다. 모두 그가 미황에게 무슨 말을
하려는 것으로 알았다. 그러나 그는 뒤를 돌아보며 외쳤다.

「총공격! 저놈들을 콩가루로 만들어버려라!」

그리고는 자기가 앞장서서 쏜살같이 달려 나갔다.

너무나 갑자기 공격을 받은 미황은 당황하였다. 그가 진중으로
들어가 적을 공격하기 위해 부대를 정돈시키고 있는데, 유요는 벌

써 진중으로 뛰어들었다. 그리고는 강비·관산 등의 장수와 그 병사들이 밀려들었다.

유요는 미황을 발견하고 다가갔다.

「어디 다시 말해 봐라. 천벌이 어쩌고 어째?」

만일 여의가 그 앞을 막아서지 않았던들, 그는 유요의 철편에 싸움터의 고혼이 되고 말았을 것이다.

여의는 유요와 싸웠다. 그러나 도저히 유요의 적수는 되지 못했다. 유요의 철편은 번개 같았고 너무나 무시무시했다. 휘두를 때마다 공기 갈라지는 소리가 났다. 여의는 미처 막을 길이 없어 쩔쩔매다가 어깨가 부서지며 말에서 굴렀다.

온 진영이 수라장이 되어 있었다. 서로 치고 찌르며 아우성치는 바람에 천지가 그대로 무너져 내리는 듯 요란스러웠다. 유요의 철편은 그럴수록 바람을 불러일으켜 무수한 진병의 목숨을 앗았다. 장수들 중에서도 그의 앞에 나서려는 자는 없었다.

왕비는 관산과 싸웠는데 차차 힘이 달려 밀리고 있었다. 이것을 본 그의 아우 왕전은 이를 구하러 달려갔다. 이때 어디선지 나타난 강비가 그의 말을 쫓아가더니 팔을 뻗어 그를 덥석 움켜잡아 자기 말로 옮겼다. 마치 독수리가 병아리를 채가는 격이었다. 왕전은 발버둥을 치다가 결박되고 말았다.

순우정도 죽었다. 관산과 싸우던 그를 관심이 뒤에서 칼로 내려쳐버렸던 것이다. 염승도 황신의 도끼에 이마를 정통으로 맞고 즉사했다.

진병에 패색이 짙어 위급한 때에 멀리서 한떼의 인마가 몰려오고 있었다. 서량(西涼)의 구원병이었다.

서량의 대장 북궁순(北宮純)은 도끼를 비껴들고 말을 몰아 한군과 대적했다. 한장 강발은 크게 구원병이 도래함을 보고 혹 병사에게 실수가 있을까 우려하여 징을 쳐 군사를 거두었다.

북궁순은 강비가 군사를 거둠을 보자 마침내 미황 등을 보호하여 밤을 도와 장안으로 달려 들어갔다. 이를 추격하던 유요는 날이 저물자 쇠북을 쳐서 군사를 거두었다

밤중에야 장안에 도착한 미황은 이튿날 아침 황제를 뵈었다. 어린 황제도 그가 이렇게 돌아온 데 대해 미심쩍었던지 의아한 표정을 지었다.

「경은 남전은 안 지키고 어이하여 벌써 돌아왔소?」

「신을 죽여주시옵소서.」

미황은 목을 놓아 울었다. 그러자 옆에 있던 남양왕 사마모가 꾸짖었다.

「어전에서 이 무슨 태도인가? 어서 사실을 아뢰시오.」

늙은 장수는 흐르는 눈물을 닦고 떨리는 음성으로 말했다.

「남전에 가서 미처 진도 다 치기 전에 적이 밀려들어 왕전이 사로잡히고, 순우정·여의·염승 등 제장이 죽음을 당했사옵니다. 우리 군사는 용감히 싸웠으나 중과부적(衆寡不敵)으로 패주하였으니 신을 군법으로 다스리옵소서.」

사마모가 발을 굴렀다.

「저놈들의 형세가 이토록 사나우니, 무엇으로 적을 물리치랴」

진안이 다시 의견을 말했다. 그는 왕인과 미황을 천거한 인물이었다.

「서량의 대장 북궁순을 전상(殿上)에 올리시어 여러 장수들과 함께 적을 격퇴할 모의를 하시옵소서.」

사마모는 조칙을 내려 북궁순을 전상에 오르게 했다

이윽고 9척 장신의 북궁순이 들어와 황제께 숙배를 드렸다.

열두 살짜리 황제가 말했다.

「이렇게 멀리 와주어 참으로 고맙구려.」

「폐하!」

북궁순은 소년다운 황제의 말에 가슴이 뭉클하여 눈물을 글썽거렸다.

「사직을 중흥하는 일이 어찌 순조롭기만 하겠사옵니까. 반드시 험한 일과 어려운 고비를 넘기고야 대사는 이루어지는 법이오니 너무 상심 마시옵소서.」

그가 이렇게 말하며 허리를 굽히자 사마모가 말했다.

「유요가 10만의 용병으로 쳐들어오매, 장수는 용맹하고 병사는 사나워 어쩔 길이 없구려. 요관이 단번에 무너지고 남전 또한 금시에 함락되어 버렸으니, 적을 물리치는 데 어떤 도리가 있겠소? 장군은 기탄없이 말하오」

북궁순이 말했다.

「유요는 심상치 않은 장수이며, 그의 세력이 이처럼 막강한 터에 나가서 막으려다가는 반드시 실수하오리다. 그가 밀려오기에 앞서 조칙을 사방에 발하여 근왕(勤王)의 군사를 크게 모으시옵소서. 그 동안 신은 전심전력하여 이 성을 지키겠사옵니다. 그러는 중 외원(外援)의 군대가 이르면 그때에 좋은 꾀를 써서 적을 격퇴하겠사옵니다.」

「그것 참 좋은 말씀이시오 그 길밖에는 없는가 하나이다.」

일류의 모사로 자처하는 진안도 찬성하고 나섰다.

아직 모의가 끝을 맺지도 않았는데, 일성 포향이 천지를 진동하며 유요의 대군이 성을 에워싸고 있었다.

3. 장안성 싸움

진의 민제는 한군에게 연이어 두 곳 관애(關隘)를 격파당하고 적을 물리치기 힘들다는 것을 깨달았다 그리하여 즉시 북궁순·진안의 의견을 좇아 조서를 내려 군사를 모으게 했다.

이 때 유요는 장안성 밖 네 곳에 진을 치고 성을 공격했다. 그러나 워낙 견고한 성인 데다가 북궁순과 진안 등이 결사적으로 지켰으므로 성은 끄떡도 하지 않았다.

이런 싸움이 반달이나 계속되었다. 매일 무슨 훈련이나 하듯 우르르 밀려갔다가 성에서 화살을 퍼부어 응전하면 다시 물러나곤 하는 일을 반복하는 것이었다. 이렇게 되니 한군(漢軍)의 사기는 차차 떨어져갔다.

어느 날, 문루에서 적진을 바라보고 있던 진안이 남양왕에게 말했다.

「적진을 보건대, 우리를 얕보아 아주 방심하고 있음이 역력하나이다. 이때 야습을 가한다면 저들의 네 진을 모두 깨뜨릴 수 있으리라 봅니다.」

사마모는 무릎을 치며,

「그것 참 좋은 꾀요 네 곳을 욕심낼 것이 아니라 그 중의 두 진만 쳐서 깨뜨리시오 그러면 저놈들도 기겁을 해서 물러나리다.」

그들은 군사들에게 저녁밥을 배불리 먹인 후 3경의 어둠을 타고 성에서 빠져나왔다. 북궁순은 적의 선봉인 관산·강비의 진을 맡았고 진안은 유요의 본진으로 다가갔다.

진안이 유요의 진 앞에 닿은 것은 4경이 가까운 시각이었다. 유요의 진은 보초조차 안 세웠을 만큼 무방비 상태였다. 진안의 부하들은 소리도 없이 적진으로 뛰어 들어갔다.

술을 좋아하는 유요는 이날 밤 늦게까지 잔을 기울인 끝에 아주 곤한 잠에 빠져 있는 중이었다.

「장군! 장군!」

그는 누가 몹시 흔드는 바람에 눈을 떴다. 방은 아직도 어두운데 누군가가 그를 깨우고 있었다.

「적이 쳐들어왔습니다! 적이……」

「무엇이?」

유요는 자리에서 벌떡 일어났다. 술이 채 깨지 않아 머리가 무겁고 다리가 휘청거렸다. 그러나 그는 철편을 잡고 밖으로 나갔다.

그의 진중은 발칵 뒤집혀 있었다. 어둠 속이라 누가 적이고 누가 자기편인지도 몰라서 서로 무작정 치고 찌르고 하였다. 유요도 적이다 싶은 그림자가 나타날 때마다 철편을 휘둘렀다.

그는 진중을 돌다가 술독이 놓여 있는 곳에 와 있음을 깨달았다. 그는 가만히 다가가서 한 바가지의 술을 떠서 마셨다. 그러고 나니 좀 정신이 드는 것 같았다. 그의 철편은 다시 생기를 되찾아 적병을 만나는 대로 쓰러뜨렸다. 그러나 그것이 반드시 적병이었는지는 의심스러웠다.

그러는 중에 차차 날이 밝아왔다. 온 천지가 병사들의 시체였다. 그 대부분은 한나라 측의 병사였다. 자다가 당했으므로 미처 갑옷도 못 입고 싸우다가 죽은 병사들이 대부분이었다.

강비와 관산의 진영도 북궁순의 습격을 받았다. 여기도 무슨 준비가 있었던 것은 아니었으므로 당황망조한 것은 유요의 경우와 마찬가지였다. 하나 다른 것이 있었다면 여기저기 화톳불을 피워 놓았기 때문에 진영 안은 대낮처럼 밝아서 적과 자기편을 확인할 수 있었다는 그 점이다.

관산은 투구를 미처 쓸 사이가 없어 어깨에 걸치고 80근짜리 언월도를 들어서 밀려드는 적병을 막았다. 어찌나 힘이 센지 한 번에 네댓 명씩 쓰러져갔다. 그것은 마치 날아드는 벌레 떼를 비질하는 격이었다. 그 형상이 어찌나 사나워 보였든지 북궁순도 그 자리를 피했다.

강비는 창을 휘두르다가 쌍창을 든 진안을 만났다. 진안의 쌍창 솜씨는 미상불 볼 만한 것이었으나, 운이 없었는지 말이 무엇엔가 걸려 헛디디고 기우뚱했다. 그 순간 강비의 창끝이 전광석화처럼 상대의 목을 향해 날아갔다. 진안은 재빨리 몸을 피하려다가 그대로 땅 위에 굴렀다. 위기일발의 순간 북궁순이 달려와 강비의 다음 창을 막아주었으므로 진안은 그 사이에 말을 얻어 타고 허둥지둥 달아날 수 있었다.

이렇게 전세는 반드시 진나라에게 유리한 것만도 아닌데다가, 이웃 진영에서 황명·황신이 군사를 끌고 달려왔으므로 이제는 더 기대할 것이 없어지고 말았다. 더욱이 날도 밝아오기에 북궁순은 마침내 퇴각하고 말았다. 유요의 진 속에 뛰어들었던 군사들도 모두 물러갔다.

양쪽 진영을 점검한 결과 1만 명이나 사상자가 난 것을 확인한 유요는 크게 노했다. 그리하여 맹렬히 공격을 가하는 한편, 장안에서 한 사람도 못 빠져나오도록 엄하게 지켰다. 이런 상태로 다시 반달을 끌었다.

이때 성안의 사정은 말이 아니었다. 이런 사변을 당하리라고는 예상치 않았으므로 식량의 비축이 없었다. 밖으로부터는 한 톨의 반입도 없는 상태에서 한 달이나 끌고 보니, 군인을 먹이는 것도 뜻대로 되지 않아 끝내는 멀건 죽을 한 사발씩 안겼다.

싸우는 군인이 이 지경이니 일반 백성들은 말할 것도 없었다. 흰 구름이 떠도는 죽이나마 차례가 제대로 안 가서 나무를 벗기고 풀뿌리를 캐먹다가 드디어 식량폭동까지 일어났다. 마침내 병사나 말의 시체가 밤만 되면 없어졌다. 누군가가 갖다먹는 것이라는 소문이 자자했다. 일촉즉발, 누가 불만 그어대면 그대로 폭발할 기세였다.

그러나 그럭저럭 다시 한 달이 넘어갔다. 어린이나 늙은이는 대부분 굶어죽고, 청년들도 뼈만 남은 얼굴로 먹을 것을 찾아 주야로 거리를 헤매 다녔다.

4. 장안은 점령했어도

왕인(王因)이 유요에게 말했다.

「우리가 장안을 포위 한 지도 두 달이나 되었으니 지금 성중에서는 식량난으로 야단들일 것입니다. 이대로 시일만 끈다면 모두 굶어 죽을 것인 바, 그때까지 기다리는 것은 차마 못할 노릇입니다. 또 우리 측으로 말한다 해도 이 성이 너무나 견고하기 때문에 공격하느라고 매일 사상자만 내고 있는 형편이 아닙니까?」

유요는 그가 말하려는 취지를 아는지 모르는지 잠자코 듣고만 있었다.

「만일 이대로 시일을 끌다가 다른 곳 태수의 원병이라도 이르면 우리는 복배(腹背)에 적을 맞는 꼴이 될 것입니다.」

여기서 왕인은 목소리를 낮추었다.

「그러므로 제가 성중에 한번 다녀올까 합니다. 남양왕을 타이른다면 백성과 병사의 목숨을 건지기 위해 항복하는 데 동의할는지도 알 수 없는 일이니까요.」

유요는 한참 무엇인가 생각에 잠기는 듯하더니 말했다.

「나도 그것을 진심으로 원하는 바요. 다만 진이 우리 뜻을 받아줄는지 그것이 걱정이구려.」

「일의 성패는 부딪쳐봐야 압니다. 다만 신 한 몸의 도리를 다하고자 합니다.」

유요는 왕인을 장안성으로 들여보냈다.

이에 왕인은 혼자서 말을 달려 성문으로 접근해가서 외쳤다.

「나는 왕인이다! 남양왕 전하를 뵙고자 하니 문을 열어라!」

얼마를 기다린 끝에 그는 마침내 성문을 들어섰다. 눈에 띄는 것은 굶어서 얼굴에 부황이 든 백성과 병사들의 모습이었다. 길가에는 이제 막 숨이 넘어가려는 늙은이가 쓰러져 있었다.

진안이 물었다.

「내가 너를 요관을 수비토록 천거했거늘, 무슨 까닭에 중직에 있으면서 원수와 내통하여 요애(要隘)를 실함시키고 다시 여기에 온 이유는 뭔가?」

왕인은 공손하나 겁내는 기색도 없이 말했다.

「장군과 함께 남양왕 전하를 뵙고 고할 이야기가 있습니다.」

왕인이 군사의 인도를 받아 왕부에 이르러 남양왕을 뵈었다.

사마모가 말했다.

「그대는 요관을 뺏기고 지금까지 어디 있었는가?」

「지난일이라 이제 새삼 변명하고 싶지도 않사오나, 사세가 부득이하였나이다. 제가 불민하여 적이 샛길로 접근하는 줄 모르고 있다가 그만 요관을 점령당하고 적에게 잡혔사옵니다. 저는 참형을 당하게 되어 있었으나 우연히 옛 친구인 강비를 만나 그의 주선으로 목숨을 건질 수는 있었습니다. 한번 절개를 잃으매 구구한 말씀이 무슨 소용이겠습니까. 오직 부끄러울 뿐이옵니다.」

사마모가 물었다.

「그대는 나에게 무슨 일이 있어 온 것인가?」

왕인이 말했다.

「제가 한진에 머물러 있다 하여 어찌 마음으로야 대왕을 잊었겠사옵니까. 싸움의 승패야 어떻든 간에 성중의 전하께서 식량의 결핍으로 고초를 겪으시리라 생각하니 좌불안석(坐不安席)하고 식불감미(食不甘味 : 근심과 걱정으로 먹는 음식이 맛이 없음)하와 고민하던 중 이렇게 찾아뵌 것은 오직 저 무고한 군민과 전하를 이 위급한 처지에서 벗어나게 하여 드리고자 하는 뜻에서이옵니다. 일단 성이 방비를 잃는 날에는 *옥석구분(玉石俱焚)할 것 아니옵니까. 또 성이 안 떨어진다 한들 언제까지나 이런 상태로 시일을 끄실 수는 없지 않겠사옵니까. 그러하옵기에……」

「알았다!」

사마모가 소리를 질렀다.

「알았어! 이제 보니 나더러 항복하라는 것이로구나. 그렇지?」

왕인은 죄인이나 된 듯 허리를 연방 굽실거렸다.

「그것은 안돼! 조금만 있으면 제후들의 군대가 크게 이를 것이니, 그 때에도 그대가 찾아와서 이런 말을 하려는가?」

그러자 왕인이 조심스레 웃었다.

「전하! 그런 기대는 가지지 마옵소서. 전하께서 각 태수에게 보내신 격문은 모두 한군에 의해 압수된 터입니다. 60일이 되도록 안 오는 원군이 언제 오겠나이까.」

사마모는 장탄식을 했다.

「아, 하늘이 진을 돕지 않는구나!」

사마모는 왕인을 다른 방에서 기다리게 한 다음 장수들을 소집했다. 장수들은 말이 없었다. 이런 때의 침묵이 무엇을 의미하는지는 사마모가 더 잘 알았다. 그는 한참 후에 입을 열었다.

「사세가 딱하구려. 왕인이 한(漢)을 위해 세객(說客) 노릇을 하는 줄은 나도 알지만, 그의 말에도 일리가 없는 것은 아니오 항복하자니 대국의 위신을 땅에 떨어뜨리겠고, 버티자니 무고한 백성을 주려 죽이겠으니, 이 일을 대체 어찌했으면 좋겠소? 기탄없이 말하시오」

여러 사람은 입을 모아 아뢰었다.

「왕인의 말은 한을 위한 말이라 해도 사리에 지당합니다. 지금 성중의 곤경은 극에 달하여 백성은 살을 저며 먹고 뼈를 갉아 먹으며 연명하고 있는 형편입니다. 어찌 변이 생기지 않으리라 보장하겠습니까. 일단 문을 열어 원수를 들이는 것도 나쁘지 않으리라 봅니다.」

여기 왕인의 친구에 벼슬은 비서승(秘書丞)인 장경(張璥)이란 자가 나서서 아뢰었다.

「지난날 아군이 촉천에 들어갔을 때, 한의 후주(後主)는 초주(譙周)의 말을 좇아 등사재(鄧士載)에 나와 항복하며 백성을 보전해 줄 것을 원했습니다. 그러므로 오늘날 그의 자손이 한을 중흥하여 대업을 이루었습니다. 대왕께서도 그의 본을 받아 재회복(再恢復)을 꾀하십시오. 주액의 변(肘腋之變 : 주액은 팔꿈치와 겨드랑이. 곧 신변에서 일어나는 변고)을 발생시키지 마옵소서. 화가 소장(蕭墻 : 소장지변蕭墻之變. 소장은 군신이 회견하는 장소에 세우는 병풍. 곧 안에서 일어난 변란. 자중지난自中之亂)에 일어나 후회막급한 일이 없도록 하십시오」

사마모가 말했다.

「사리에 지당한 바 있다고 하나, 이 몸 중죄를 선제(先帝)에게 질 뿐이니라.」

장경이 또 말했다.

「일에 경권(經權 : 일정불변의 법칙과 임기응변하는 처리)이 있고 세(勢)에 상변(常變)이 있습니다. 지금 진(晋)의 명수 양구(陽九)에 있습니다. 대왕 혼자서는 지탱하지 못합니다. 그리하여 신 대왕께 권하되 편의를 따르시게 하고, 군민(軍民)의 성명을 어여삐 여기시어 혜택을 베풀어 후일의 은혜가 되게 하고자 하는 바입니다.」

사마모는 뜻을 결정하지 못하고 다시 진안을 불러 상의했다.

「왕인을 참하여 그를 따르지 않으려 하나, 군민의 마음이 변하여 성을 지키지 못하고 헛되이 포로가 될 것을 두렵고, 또 복종하자니 대국(大國)의 위명을 손상시키고 조묘(祖廟)를 욕되게 하여 비웃음을 후세에 남길까 두렵소」

진안이 아뢰었다.

「신이 중관(衆官)의 마음을 살피건대, 한을 두려워하는 자 많습니다. 서로 마음을 합하여 수비한다 치더라도 아마 싸울 의사는 없을 것입니다. 장계취계로 우선 왕인을 보내어, 성중의 백성은 기아선상에서 헤매니 성을 들어 항복한다고 하십시오 그러면 그들이 마음을 놓아 포위망이 느슨해질 테니 그런 연후에 소신과 염정·호숭·미황 등은 어가를 보호하고, 대왕의 가권(家眷)은 장춘·양종·왕비가 보호하여 밤을 도와 상규로 도망해서 다시 조명(詔命)을 내리십시오 그리하여 가필·삭침에게 병마를 정비시켜 다시 장안을 취한다면 이것이 상책일까 합니다. 그렇지 않을진대, 반드시 내변(內變)이 있을 것입니다.」

그래도 사마모는 주저했다.

「그대의 계교 참으로 묘하오. 그러나 도적이 의심하여 군사를 시켜 우리를 추격한다면 모든 것을 다 잃는 결과가 되지 않을까 두렵구려. 고의 생각은 내가 장경과 함께 적의 영채로 들어가고, 경들은 충의를 다하여 어가를 보호하여 출분(出奔)하고 함께 회복을 도모함이 좋을 듯하오. 적은 아마 추격하지 않을 것이오」

진안이 말했다.

「대왕께서는 한 나라의 주인이십니다. 주인께서 가시면 소신들은 어떻게 합니까.」

「고는 연로하여 무능하오 세자 가권을 경과 장춘·호숭 세 사람에게 부탁하니, 장안을 회복하여 종묘를 다시 편안케 하도록 하오. 고는 구원(九原 : 묘지)에 죽어 눈을 감을지라도 그대들을 생각할 것이오.」

사마모는 말을 마치고 안으로 들어가 여러 비빈(妃嬪) 및 아녀(兒女)들과 눈물로 이별하고, 몸을 단정히 한 다음 민제에게 배알하고 나서 서(書)를 삭침·가필에게 주어 후사를 부탁했다.

그리고 장경과 함께 수행인 수십 명을 거느리고 항서와 도책(圖册)을 든 채 성을 나와 한의 진영에 들어가 투항했다.

크게 기뻐한 시안왕 유요는 진문까지 나와 남양왕을 맞아 상빈(上賓)의 예로써 접대했다. 장막에 안내된 남양왕은 그 앞에 허리를 굽혔다.

「대왕의 혁혁한 성화는 들은 지 오래거니와, 이제 이처럼 뵈올수 있으니 다행이 더 넘을 바 없습니다. 이 몸은 진실(晋室)의 지친이기에 그 부흥을 위하여 미력이나마 힘썼던 것이오나, 힘이 모자라고 하늘이 편들지 않음을 알았습니다. 이제 항서를 드리오니원컨대 귀국 황제 폐하께 전달해 주시기 바랍니다.」

「나야말로 대왕의 성명(盛名)을 듣고 은근히 사모한 지 오래되었소. 이렇게 되고 보면 두 집안이 하나가 되는 것이니, 대왕은 조금도 의구심이 없으시기 바라오.」

유요는 항서를 받아 봉을 뜯었다. 한나라 황제 앞으로 보내진것이니 그 부본(副本)을 읽는 것이 예의건만, 그는 서슴지 않고 봉을 열어버렸다.

──신 사마업(司馬業)은 성황성공하와 글월을 닦아 대한(大漢) 황제 폐하께 올리나이다. 앞서 낙양이 떨어지고 황제 구속되시매, 진조의 구신들은 신을 추대하여 제위에 올리고 진

실(晉室)의 복구를 획책한 바 있었나이다. 그러나 왕사(王師) 한번 이르매 막을 길이 막혔고 아울러 식량의 결핍을 가져와 성중에는 주려 죽은 노유의 수효가 몇 만에 이르렀사옵니다. 신은 비로소 천명이 따로 있음을 절감하옵고 이 무고한 창생의 목숨을 구하기 위하여 이에 나라를 들어 폐하께 바치오니, 폐하께서는 너그러운 마음으로 신의 전비(前非)를 용서하시고, 저 백성을 돌보시기 적자(赤子)를 보심같이 하시옵기를 삼가 바라나이다. 신은 항표(降表)를 올리며 삼가 장안에서 분부를 기다리나이다.

「잘들 하셨소 황제와 대왕은 그 부귀를 잃지 않도록 하여 드리리다.」

유요는 이렇게 말하며 남양왕을 위해 크게 잔치를 베풀어 환영의 뜻을 표했다. 자기가 최종결정자인 듯한 태도였다.

이날 밤, 술을 마시며 즐긴 것은 유요와 남양왕뿐이 아니었다. 장안을 들어 항복해왔다는 소문이 퍼지자, 온 진중이 축제 분위기였다. 병사들에게는 우선 이 지루한 나날의 생활이 끝난 것이 무엇보다도 즐거웠다. 그들은 여기저기에 둘러앉아 마음껏 마시며 즐겼다.

이날 밤, 호숭(胡嵩)·장춘(張春) 등은 황제와 남양왕의 아들 사마보(司馬保)를 호위하여 장안에서 빠져나왔다. 염정·양종·왕비·북궁순 등이 군사를 이끌고 앞장을 섰다.

달이 있어서 길은 어둡지 않았다. 불빛이 휘황한 한나라 진영에서 부르는 노랫소리가 멀리 도피자 일행의 귀에까지 들려왔다.
「저놈들을!」

북궁순은 문득 일격을 가해주고 싶은 충동에 몸을 부르르 떨었다. 저렇게 놀고 있는 판에 뛰어든다면 그 허겁지겁할 모양이 머릿속에 그려졌다. 그러나 그는 자기의 망상을 책하기라도 하려는 듯 고개를 한번 크게 흔들고는 묵묵히 길을 달렸다.

그러나 그들 한군이 모두 술만 마시고 있는 것은 아니었다. 호연승은 언젠가 방심하다가 야습을 받았던 아픔을 되씹으며 자기 부대만은 경계를 엄히 하고 있었다. 그때 멀리서 군대의 이동이 있는 것을 확인하자, 부하 5천을 이끌고 달려가 길을 막았다.

「너희들은 누구기에 밤중에 도주하느냐?」

호연승은 이렇게 말하면서 그들을 훑어보았다. 한 만 명은 됨직한 수효였다. 그러자 한 장군인 듯한 사람이 나서며 대답했다.

「나는 서량의 북궁순이오. 황제와 남양왕께서 항복한다 하시기에 임지로 돌아가는 길이오. 장군은 길을 비키시오.」

「그렇다면 왜 밤에 가는가?」

호연승이 반문하자 북궁순이 웃었다.

「공이 있어야 낮에 가지 않소이까. 내가 서량에서 올 때에는 국가를 바로 세워 놓으려는 투지에 불타고 있었소만, 모든 것이 수포로 돌아간 지금 무슨 낯으로 백일하에 행군하겠소? 장군도 무부(武夫)시니 제 심정을 아실 것이오. 장군은 패장의 처지를 동정하십시오.」

「그러시다면 가시구려.」

호연승은 부하를 물리쳐 길을 열어주었다. 그는 똑똑하기는 했으나 나이가 어린 탓으로 모처럼의 기회를 이렇게 놓치고 말았다.

다음날 아침에야 유요는 황제가 도망간 것을 알았다. 그는 화가 나서 남양왕을 불러들였다.

「어찌 그대는 그리도 뻔뻔스러운가?」

어제와는 달리 포로 취급이었다.

「무슨 말씀이신지요?」

이렇게 말하는 사마모의 얼굴은 밝았다. 그 말은 황제가 장안에서 무사히 벗어난 것을 뜻하기 때문이었다.

「무슨 말이냐고?」

유요는 언성을 높였다.

「그대 이미 나에게 와서 투항하겠다 하였거늘, 성중에서는 그 틈에 황제를 끼고 도주했으니 어찌 이럴 수 있는가!」

그러나 사마모는 조용히 대답했다.

「나는 이미 항복하기로 마음먹은 사람입니다. 내가 항복함으로써 수백만의 성명을 구하고자 하는 것이 나의 본심입니다. 우리 주군은 유충(幼沖)하여 장군의 해를 입을까 두려워하여 나라를 버리고 피했을 뿐입니다. 해가 미치지 않기를 바랍니다. 장군이 장안을 얻기를 희망하신다면, 장군이 꺼리는 사람은 장안의 주인인 이 몸일 것입니다. 그러나 이 몸은 여기 장군 앞에 있는데 무엇을 또 운위하시렵니까.」

그도 그럴 것이라고 생각한 유요는 곧 장안에 입성했다. 그는 굶주린 백성들에게 양식을 나누어주도록 이르고 자기는 궁중으로 들어갔다. 그리고 용상이 눈에 띄자 그 가까이에 의자를 놓고 앉았다. 그는 언제나 용상만 보면 어린애처럼 흥분했다. 뜻 같다면 그 위에 떡 버티고 앉고 싶었으나 그런 마음을 꾹 누르고 그 옆에 앉은 것이었다.

'좋다. 언젠가는 내 저기에 앉으리라.'

이렇게 속으로 되씹으며 그는 장수들의 축하 인사를 받았다.

그때 금군의 장교 하흠(何欽)이라는 자가 찾아왔다. 그리고는 남양왕이 처음부터 딴 마음을 품고 거짓으로 항복했다는 내용을 증거를 들어가며 역설했다. 하흠은 남양왕이 자기를 홀대했다고

하여 원한을 품어오던 사람이었다. 듣고 있던 유요의 얼굴에 경련
이 일었다. 남양왕은 다시 불려왔다.

「이놈!」

유요는 호통을 치면서 철편을 들어 궁 기둥을 쳤다. 벼락 치는
소리가 났다.

「네 이제도 나를 속이려느냐. 이 엉큼한 늙은이야!」

사마모가 껄껄껄 웃었다.

「장군도 단순한 사람이군. 제각기 자기 나라를 위해 일하는 터
에 그처럼 화낼 것은 없지 않은가. 장군이 내 처지에 있었다면 어
떻게 했겠는가?」

이 말에 유요가 발을 굴렀다.

「저놈을 끌어내어 당장 목을 베어라.」

사마모는 끌려가면서 유요 옆에 서 있는 하흠을 노려보았다.

「너도 사람이냐?」

하흠은 고개를 푹 숙인 채 대꾸를 못했다.

장안 함락의 보고가 올라가자 평양에 있는 황제 유총은 크게
기뻐하며 유요를 중산왕(中山王)에 봉하고, 옹주대총관(雍州大總
官)을 겸하게 하여 장안을 진수케 하고 휘하 장병들에도 각기 후
한 상을 내렸다.

제8장. 번지는 전화(戰火)

1. 황구(黃丘)에서

남양왕의 세자 사마보(司馬保)는 자기 부친이 죽었다는 소식을 접하자 스스로 대사마라 일컫고 군사를 상규(上邽)에서 모았다. 이곳은 원래 진조와 연고가 깊은 곳이었으므로 한 달도 못 가서 모여든 군사는 5만이나 되었다. 그는 다시 그 일대에 있는 오랑캐의 추장을 군현의 장(長)으로 삼았으므로 그들도 모두 그를 받들게 되니 세력은 나날이 커갔다.

이때 황제는 옹주(雍州)에 있었으므로 그는 그곳으로 달려가서 실지를 회복할 뜻을 상주했다. 황제의 이름으로 된 격문이 각처에 하달되자, 여기저기서 의군을 일으켜 옹주로 모여드는 장수가 많았다. 안정(安定)의 호국장군 국윤을 비롯하여 복야 삭침(索綝), 정서장군 가필 등이 각기 몇 만씩의 장병을 이끌고 달려왔고, 개별적으로 찾아오는 장병도 그 수가 적지 않았다.

이렇게 옹주가 활기를 띠게 되자 어전회의가 열렸다. 대사마 사마보가 앞서 말했다.

「장안의 일은 우리가 꿈에도 잊지 못하는 바요. 이제 대군이 모이고 군량도 갖추어졌은즉 나가서 유요의 군사를 깨어 전일의 한을 씻어야 되겠소」

복야 삭침이 출반하여 상주했다.

「장안은 폐하께서 보위에 오르신 곳이며, 우리의 기초가 되는 땅이옵니다. 전일에는 대군에 포위되어 사세가 부득이했사오나, 이번에는 모두 이를 갈고 있는 즉 크게 군대를 발하여 실지를 되찾아야 하오리다. 지금 유요는 방심하고 있을 것이니, 이를 깨뜨리기는 그리 힘들지 않을 줄 아옵니다.」

삭침뿐 아니라 모든 장수들이 다 나아가 싸우기를 원했으므로, 크게 기뻐한 사마보는 삭침을 대총제(大總制), 국윤을 부도통(副都統)에 임명하고, 국윤의 장수 한표(韓豹)를 기용하여 선봉을 삼았다. 총 12만의 군사를 동원하여 장안을 치기 위한 준비를 하느라 옹주는 부산한 분위기에 휩싸였다.

한편 첩자의 보고로 이 소식이 장안에 전해지자, 유요는 장수들을 모아놓고 대책을 협의했다.

「옹주로 도망간 진이 10여 만의 군사로 우리를 치러 온다 하오. 어떤 대책이 없겠소?」

강발이 일어나 말했다.

「옛말에 의로써 일어나고 순(順)으로써 응하는 자는 이긴다 했습니다. 지금 민심은 진을 편들고 있습니다. 낙양이 깨어지고 회제가 사로잡힌 것도 충격을 주기에 족했거늘, 다시 장안이 떨어지고 신제(新帝)가 도망했으며, 남양왕까지 죽음을 당했으니, 왜 그들에게 동정이 아니 가오리까. 더구나 진조의 유신들은 비분에 차 있을 것인즉 비분에 차 있는 군사는 하나로써 백을 당해내는 법이옵니다.」

그의 말은 물 흐르듯 했다.

「전에 우리가 호지(胡地)에서 일어나매 천하를 멍석 말 듯했던

것도 민중의 마음이 우리에게 있었고, 장병은 다 비분강개하여 목
숨을 아끼지 않은 때문입니다. 이제는 위치가 서로 바뀌어 진은
망하고 우리는 흥했으며, 그들은 약하고 우리는 강한 터입니다.
따라서 공격하는 것은 그들이요, 수비를 해야 하는 것은 우리입니
다. 지금 장안을 우리가 차지했다 하나 이곳은 완전히 빈 껍질뿐
입니다. 식량과 재물과 백성이 없는 성에서 우린들 무슨 수로 싸
우겠습니까. 잠깐 평양으로 돌아갔다가, 앞서 진주(秦州)·옹주(雍
州)를 빼앗아 놓는다면 그때에는 장안도 길이 보존할 수 있을 것
입니다.」

유요도 고개를 끄덕였다.

「군사(軍師)의 말씀은 구구절절이 옳소만, 싸우지도 않은 채
물러가면 세상의 비웃음을 살 것이니, 이렇게 하는 것이 어떻겠
소? 대장군 유찬에게 군사 5만을 주어 신풍(新豊)에 진을 치게 합
시다. 그럼으로써 서쪽에서 올지도 모르는 원군을 막고 동시에 우
리가 후퇴할 길을 확보해두는 것이오. 그리고 선봉은 3만을 내가
이끌고 황구(黃丘)에 진출하여 적을 맞아 싸움으로써 그 강약을
시험해보겠소. 그런 다음 회군해도 늦지 않을 것이외다.」

강발도 여기에는 반대하지 않았다.

강발·관심·유경·근문귀(靳文貴) 등은 장안을 지키게 되고,
유요는 군사를 이끌고 나가 황구에서 진을 쳤다.

사흘 만에 진군의 선발대가 도착했다. 한표·노충·양위 등이
앞에서 군사 3만을 이끌고, 화경과 호충이 2만으로 후군부대를 이
끌었다. 장안을 향하던 그들은 한군이 길을 막고 있음을 보자 자
기들도 진형을 정비하고 일전할 뜻을 보였다.

유요는 좌우에 장수들을 거느리고 앞으로 나가서 외쳤다.

「그대들은 누구의 군대며 어디로 가려는 것이냐? 사해(四海)가

하나가 된 지금 심히 의심스럽도다.」

진의 선봉장 한표가 나서면서 크게 웃었다.

「무엇이라고? 사해가 하나가 되었다고? 어디서 그런 뻔뻔스런
소리가 나오느냐. 지금 천자께서는 옹주에 임어하시고, 나는 칙명
을 받들어 너희 역적들을 치러 온 선봉장 한표라는 사람이다. 속
히 장안을 바쳐서 사죄의 뜻을 표한다면 모를까, 그렇지 않다면
살아서는 못 돌아가리라.」

「고약한 놈!」

유요가 호통을 쳤다.

「아무리 무식한 놈이기로서니, 왕호를 지닌 내 앞에서 무슨 버
릇없는 언동이냐? 나는 어려서부터 하삭(河朔)에서 일어나 천하를
횡행하매 산서·하남을 뺏고 낙양·장안을 거두어 너희 황제도
내 앞에 무릎을 꿇은 터이다. 무명의 필부인 주제에 어찌 무례함
이 이 같으냐.」

한표가 다시 웃었다.

「오랑캐의 왕은 중국의 하인만도 못한 것인데 그리 자랑으로
삼는단 말이냐. 네가 그리도 자신이 있다면 어서 내 앞에 나서 보
아라.」

「이놈이!」

유요는 버럭 화를 내면서 앞으로 달려 나갔다.

유요와 한표는 맞붙어 싸웠다. 그들은 어디까지나 대조적인 적
수였다.

한쪽이 철편을 쓰는 데 대해 다른 편은 칼을 썼고, 한쪽이 수없
는 싸움터를 거친 노련한 장수라면, 다른 쪽은 처음 나온 인물이
었다. 유요의 철편은 격렬하고 신속하여 보는 이의 눈을 아찔하게
하였으나, 한표의 검술은 중후한 중에도 변화가 무쌍하였다.

철편과 칼은 공중에 난무하여 번갯불을 일으켰고, 고함소리는 온 싸움터를 압도하였다. 싸움은 20합에서 30합으로, 40합에서 50합으로 옮겨갔으나 두 사람의 승부는 좀처럼 가려질 것 같지 않았다.

이 두 사람의 대결을 바라보고 있던 양위가 노충에게 말했다.

「과연 유요란 놈은 대단하구려. 선봉에게 실수가 있으면 전군의 사기가 꺾일 것이니, 우리 둘이 나가 유요를 잡읍시다.」

두 사람은 말을 비호처럼 달려 둘의 싸움에 끼어들었다.

그러나 유요는 조금도 당황하는 기색이 없이 철편을 휘둘렀다. 그 솜씨가 어떻게나 빠른지 세 사람을 상대하는데도 여유가 있어 보였다. 노충은 유요가 보통이 아님을 알자 가만히 그 뒤로 돌아가 창으로 찌르려 했다. 그러나 그 순간 유요는 전광석화같이 철편을 뒤로 휘둘렀다. 철편은 노충의 창을 어찌나 세게 강타했던지 노충은 창을 손에서 놓치고 말았다. 나머지 두 장수가 있었기에 망정이지 그렇지 않았던들 영락없이 목숨을 잃었을 것이다.

「이 비겁한 놈들!」

이때 호통소리가 터지며 두 장수가 달려들었다. 본진에서 유요를 돕기 위해 달려온 관산·관심 형제였다. 이에 세 패의 싸움이 벌어졌다.

강비는 본진에서 이것을 바라보다가 외쳤다.

「총공격을 감행하자. 적진을 짓밟아버려라!」

그리고는 앞장서서 말을 몰았다. 한군은 함성을 지르면서 노도같이 밀려갔다. 이것을 본 진나라 측에서도 가만히 있을 턱이 없었다. 화경이 칼을 뽑아들면서 외쳤다.

「때는 왔다! 적을 무찔러라! 선제께서 당하신 수모를 생각하고 장안에서의 원한을 잊지 말아라. 나라를 다시 찾을 시기는 바로 지금이니, 우리의 목숨을 아꼈다가 어디에 쓰랴.」

감동한 장병들은 모두 이를 악물고 악을 쓰면서 몰려갔다.

두 군대는 정면으로 충돌했다. 여기저기서 무기끼리 부딪치는 금속성소리가 고막을 때리고, 먼지가 일어나서 햇빛을 가렸다.

만일 이 싸움을 그대로 두었던들 언제까지나 이렇게 싸우고 있었을지도 모르는 일이었다. 전세는 팽팽하여 어느 쪽으로도 기울어지지 않았다. 그러나 새로운 힘이 불시에 끼어들어서 이 힘의 균형을 순식간에 무너뜨려 놓았다. 그것은 가필·양종 등이 인솔하는 진(晉)의 후속부대가 도착하여 싸움에 뛰어든 것이었다.

이렇게 되면 승패는 판가름 난 것이나 다름없었다. 한군은 순식간에 밀렸고, 유요도 이제는 체념하지 않을 수 없어서 총퇴각을 명령하는 수밖에 없었다. 황구에서 쫓긴 한군은 장안으로 철수했다. 적도 끝까지 추격해오지는 않았다.

2. 장안의 철수

장안으로 돌아온 유요는 강발을 보자 부끄러운지 외면을 했다. 강발은 부드러운 낯으로 말했다.

「싸움이란 본래 이기기도 하고 지기도 하는 법, 어찌 싸울 때마다 이길 수가 있겠습니까. 대왕은 조금도 괘념치 마소서.」

그제야 유요도 웃어 보였다.

「그렇다고는 하나, 이것이 무슨 꼴이란 말이오? 어쨌든 적이 곧 밀려올 텐데, 어떻게 해야 좋겠소?」

강발이 말했다.

「전에도 말씀드렸거니와 이번에는 천운이 우리에게 없나이다. 적은 이번 싸움으로 더욱 기세가 올라 있을 것이며, 삭침은 슬기롭고 한표·호충·화경 등 제장은 용맹하다고 들었나이다. 더구나 이 장안에는 군량도 없으니 무슨 수로 이 성을 지킬 수 있겠습니까. 어서 철수하여 평양으로 돌아가소서.」

그러나 유요는 좀처럼 체념이 안되는 모양이었다.

「군사의 말씀이 지당하거니와, 어찌 이대로야 돌아갈 수 있겠소? 유 황자(劉皇子 : 유수)께서 신풍에 계신 터이니 기별하여 협공한다면 오늘의 한은 씻을 수 있지 않겠소?」

「그렇지 않습니다.」

강발은 고개를 흔들었다.

「적이라고 어찌 신풍에 대한 대책이 없겠습니까. 그렇게 하시다가는 또 다시 실수하오리다.」

이런 논의를 하고 있는데, 유찬이 보낸 사자가 황망히 나타났다. 허둥지둥 들어오는 것을 보는 순간, 불리한 정보를 가져왔을 것을 직감한 유요의 표정이 굳어졌다.

「무엇이냐?」

유요는 사자를 보자마자 소리를 질렀다.

「아뢰옵니다.」

사자는 숨이 차서 말도 제대로 잇지 못했다. 그가 더듬거리면서 말한 내용은 다음과 같다.

어제 황구에서 싸움이 한창일 무렵, 신풍에 있는 유찬의 진영에 한 병사가 나타났다. 먼지로 온몸이 뒤덮인 그 병사는 가쁜 숨을 몰아쉬면서 유찬에게 말했다.

「큰일 났습니다. 지금 황구에서는 중산왕께서 적에게 포위되셨나이다. 저는 구사일생으로 빠져나왔사오나, 전하는 어떻게 되셨는지 알 수 없습니다.」

유찬은 소스라치게 놀라며 부르짖었다.

「중산왕이 그러시다면 안 갈 수 없도다.」

그는 급히 군대를 인솔하여 황구로 달려갔다. 대군이 황구에서 10리쯤 떨어진 곳을 지날 무렵이었다. 갑자기 숲으로부터 한떼의 군마가 나타나 앞을 막았다. 이 싸움에서 크게 패한 유찬은 지금 장안 가까이까지 도망쳐왔으나, 적의 추격을 받아 위태로운 지경에 놓여 있다는 것이었다.

「그러니 얼른 원병을 보내주시옵소서. 조금만 도와주신다면 무사히 입성할 수 있을 것입니다.」

이렇게 말하며 사자는 땅이 꺼지게 한숨을 쉬었다.

「아! 어떻게 해야 이 원수를 갚으랴!」

유요는 얼굴이 백지장처럼 하얗게 되어 외쳤다. 곧 그의 명령을 받고 강비·호연승·관산이 군사를 끌고 달려 나갔다.

싸움은 장안성 밖 5리쯤 떨어진 곳에서 벌어지고 있었다. 원군이 성중에서 밀려나가자 무슨 생각을 했는지 진군은 스스로 물러갔으므로 유찬의 부대는 무사히 입성했다.

「면목이 없습니다.」

유찬이 고개를 숙이자 유요가 위로했다.

「면목이 없는 것은 나입니다. 너무 상심 마십시오.」

이렇게 말한 유요는 강발을 돌아보았다.

「이제는 군사의 말씀을 따르겠소이다. 진작 말씀대로 했던들 어찌 오늘 같은 꼴을 당했으리요」

그리고는 괴로운 듯 웃었다.

유요의 부대는 그날 밤 삼경에 철수를 시작했다. 두 선봉장 강비와 관산이 앞에 서고 관심과 관하는 뒤에 떨어져서 적의 내습에 대비했다. 달은 없었으나 별이 총총한 밤이었다. 말의 입에는 재갈을 물리고 발소리를 죽이면서 대군은 어둠을 타고 곧장 산서(山西)로 향했다.

그러나 이런 대부대의 이동이 감쪽같이 행해질 리 만무했다. 수레소리와 발소리를 알아챈 것은 호충과 화경이었다. 공명심에 불타는 두 장수는 본부에 알리지도 않은 채 급거 1만 명의 병사를 이끌고 그 뒤를 밟았다. 그들 역시 말에 재갈을 물리고 발소리를 죽여가면서 한병(漢兵)이 눈치 채지 않게 조심조심 뒤를 따랐다. 어둠 속에서는 싸움이 되지 않으므로 날이 밝기를 기다리자는 속셈이었다.

그들이 한 30리쯤 전진했을 무렵 드디어 훤히 동이 터왔다. 이제는 적을 칠 속셈으로 행군의 속도를 빨리하였다.

「적은 5리쯤 앞서 가고 있을 것이다. 어서 뒤쫓아가 놈들을 잡아라.」

이렇게 외치며 화경은 말에 채찍을 가했다.

이때 갑자기 한 방의 포성이 올리면서 적잖은 군대가 옆 골짜기에서 튀어나왔다. 앞장 선 두 장수는 거구에 봉황의 눈, 긴 수염, 손에는 언월도를 들어 위풍이 당당하였다. 관하와 관심이었다.

「이 경망한 녀석들!」

관하가 크게 호통을 쳤다.

「아무리 역적에게 붙어 아양을 떠는 놈들이기로서니, 어찌 개처럼 우리 뒤를 밟는단 말이냐. 우리는 남양왕의 죄를 문책하기 위해 군사를 움직였으며, 이제 그 일이 끝나 돌아가는 길이다. 장안을 그저 던져주었으면 그것으로 만족하지 못하고 어찌하여 하늘 높은 줄을 알지 못한단 말이냐. 썩 물러가라. 그렇지 않으면 용서하지 않으리라!」

그 소리는 산악을 움직일 듯했다.

관하와 관심은 군사를 끌고 밀려왔다. 진군은 기가 꺾였으나 할 수 없이 이를 만나 싸웠다.

관하와 관심의 활약은 눈부셨다. 80근이나 되는 언월도를 휘두
르며 적병 속을 휘젓는 모습은 마치 천신과도 같았다. 워낙 육중
한 무기라 스치기만 해도 머리가 깨어지고 손발이 떨어져나갔다.

「이놈! 거기 섰거라!」

호충은 자기 군사가 쫓기는 것을 보고 관하 앞을 막고 나섰다.
그러나 그는 곧 아연실색했다. 그 무시무시한 칼이 바람을 일으키
는 데는 도무지 정신을 차릴 수가 없었다. 그는 겨우 다섯 합을
싸운 끝에 어깨가 으스러져 말 아래로 굴렀다.

이것을 본 화경은 사세가 불리함을 알아차리고 군사를 휘동하
여 물러가기 시작했다. 관하 형제도 더 추격해오지는 않았다.

유요는 평양에 돌아가서 무슨 면목으로 황제를 뵐 것인지 번뇌
하다가 사람을 놓아 형양(滎陽) 성의 정세를 살폈다. 형양을 지키
는 장수는 이구(李矩)였으나, 그가 지방의 도둑을 토벌하기 위해
성을 비우고 문관 곽송(郭誦)이 지키고 있다는 것이었다. 유요는
기뻐하여 군사를 네 갈래로 나누어 일제히 성을 엄습하니 곽송은
대비가 없었다.

유찬이 동문으로 쳐들어가자 곽송은 성을 버리고 달아나 버렸
다. 유요는 마침내 성안으로 들어가 형양에 의거하게 되었다.

3. 유씨육귀(劉氏六貴)

제왕(帝王)은 절대적인 권력을 지닌 만큼 타락하기도 쉬운 자리
다. 우리는 고래의 임금 중 소인에 혹하고 주색에 빠져 국사를 그
르친 인물을 들어 그 어리석음에 대하여 논하기 일쑤다. 그러나
그런 왕들이 반드시 똑똑하지 못해서 그렇게 되었던 것은 결코 아
니다.

그럼에도 불구하고 이성을 잃어간 것은 앞서도 언급한 바와 같

이, 그들이 너무나 강력한 권한을 쥐고 있었기 때문이다. 무엇이나 할 수 있고, 누구의 눈치도 살필 필요가 없는 상황에서 타락하지 않을 수 있는 사람이 과연 몇이나 되겠는가.

한(漢)의 황제도 마찬가지였다. 그가 유총이라고 불리면서 싸움터를 고생스럽게 돌아다닐 무렵, 그는 어질다는 말을 여러 사람에게서 들어왔다. 그러나 한의 자리가 잡혀 태자의 자리에 오르고 남에게서 '전하' 소리를 듣게 되면서부터는 차츰 어진 이의 눈을 찌푸리게 하는 일이 생기기 시작했다. 그런데 황제가 되자 그는 더욱 딴사람처럼 변해갔다.

누구에게나 여러 가지 나쁜 마음이 의식의 밑바닥에 잠재해 있다. 남을 때려주고 싶은 의욕, 이유도 없이 죽이고 싶은 의욕, 근친상간을 하고 싶은 의욕, 무엇인가 반항하고 싶은 의욕, 가치 의식을 짓밟고 싶은 의욕…… 이런 불씨를 속에 지니고 있으면서도 그것을 마음껏 발휘할 처지가 못 되므로 우리는 의지의 힘으로 이것을 누르곤 한다. 그래서 그것은 영영 고개를 들고 뛰쳐나오지 못하고 마는 경우가 허다한 것이다.

그러나 제왕이라면 문제는 다르다. 그는 누구에게 대해 무엇이라도 할 수 있는 권리를 가지고 있는 것이다. 여기에 제왕의 위기가 있고 비극이 있다고 말할 수 있다.

황제 유총은 차츰 자기를 특수한 사람으로 자처해갔다. 자기는 하늘에 의해 선택된 사람이며 언제나 옳게 판단하고 행동하는 사람이며, 언제나 온 백성의 존경을 받는 사람이라고 스스로 생각했던 것이다. 따라서 자기가 하고자 하는 일은 누구도 못 막으며 모든 사람이 그것을 당연하게 여긴다고 생각하게 되었다.

가령 술을 마신다 하자. 다른 사람은 모르되 자기가 도연히 취하는 것은 태평한 기상을 나타내는 것이며, 그것이 바로 성천자

(聖天子)의 표시라고 생각했다.

「요순(堯舜)은 남면하고 앉아 있었을 뿐이다.」

이 말을 황제는 이따금 입에 담았다. 문무백관이 보필해주니 황제는 편안하고 한가하게 지내면 된다고 생각했다. 그런 점에서 그도 *청담(淸談)사상에 물든 시대의 아들이기도 했다.

그리고 여색에 빠졌다. 그는 유별나게 정력이 좋은 편이어서 하룻밤에 여자를 몇씩 갈아 대게 했다.

어느 날, 그는 환관에게 말했다.

「듣자니, 태보 유은(劉殷)에게 딸이 둘 있는데, 아직 출가시키지 않았다더군. 자색 또한 절륜하다던데?」

「네, 그러하옵니다. 가히 *경국지색(傾國之色)이옵니다. 후궁에도 그를 따를 미녀가 없는 줄 아옵니다.」

유총의 눈이 빛났다.

황제가 유은의 딸을 맞아들이려 한다는 소문이 나자, 태제(太弟) 유의(劉義)가 간했다.

「유은과는 동성이 아니옵니까. 어찌 천하 지존(至尊)의 몸으로 도덕을 짓밟으려 하나이까. 달리 생각하시옵소서.」

그러나 아첨하는 신하 중에는 황제의 뜻을 헤아려 찬의를 표하는 자도 적지 않았다. 대홍로(大鴻臚) 이홍(李弘)이 말했다.

「불취동성은 선왕이 끼치신 법도이오나, 유 태보의 경우는 문제가 다른 줄 아나이다. 그들의 조상은 누경(婁敬)이라는 사람으로 고조(高祖)를 섬김에 공이 있었기에 유씨의 성을 하사받았던 것이옵니다. 따라서 피가 통한 유씨는 아니오니 조금도 괘념치 마시옵소서.」

그러자 태제 유의가 다시 아뢰었다.

「대저 제왕께서 천하를 다스리심에 있어, 우선 이름부터 바로

잡으셔야 하는 법이옵니다. 이름은 사실을 나타내는 것이라 이것을 바르게 써야 사실이 바르게 되며, 이것이 엉클어지면 사실도 혼란에 빠지나이다. 군군신신(君君臣臣 : 임금은 임금다운 도리를, 신하는 신하다운 도리를 다함)하며 부부자자(父父子子 : 아비는 아비된 도리를 다하며 자식은 자식 된 도리를 다함)함이 다 이름에서 나오는 것이 아니옵니까. *옛사람들은 도천(盜泉)이라는 이름을 꺼려 목이 말라도 그 물을 먹지 않았다 하나이다(渴不飮盜泉水갈불음도천수). 이미 유씨로 사성하신 바에는 사실에서도 유씨로 된 것이옵니다. 어찌 그 딸을 후궁에 들이실 수 있사오리까. 천하는 넓고 미인은 그 밖에도 얼마든지 있사옵니다. 왜 하필이면 유은의 딸을 취하려 하시나이까?」

그러나 이미 황제의 귀에는 그 말이 도무지 귀에 안 들어오는 모양이었다.

「짐이 알아서 할 것이니, 모두 물러가라.」

그는 이리하여 찬반양론으로 갈린 신하들을 내보낸 다음, 책명(策銘)을 유은의 집에 보내 통혼의 뜻을 알렸다.

두 후궁이 입궁하는 날, 평양 시민들은 연도에 모여 서서 그 성대한 행렬을 구경했다. 앞뒤에 몇 천을 헤아리는 근위병이 따르고, 마차는 끊임없이 그들 앞을 지나갔다. 군중은 아무 말도 없이 바라보고 있었으나, 결코 기쁨을 나누는 얼굴들은 아니었다. 쯧쯧, 하고 혀를 차는 사람도 있었다.

선명전(宣明殿)에서 황제는 두 신부를 접견했다. 좌우에는 문무백관과 궁녀들이 구름처럼 시립해 있었다. 두 딸을 데리고 나타난 유은이 앞서 아뢰었다.

「신 유은은 황공하와 몸 둘 곳을 알지 못하겠나이다. 두 여식은 미거하여 황은을 받기에 적당치 않사오니, 복원 성상께서는 굽어 살피시옵소서.」

그러나 황제의 귀에는 그런 말이 들리지 않았다. 그의 눈은 분주히 움직여 자기 앞에 다소곳이 고개를 숙이고 서 있는 두 처녀의 아래 위를 훑어보고 있었다. 두 처녀는 중키에 여윈 편이었으나, 얼굴은 과연 국색이라 할 만했다. 마치 이슬에 젖은 한 떨기 꽃 같아 보였다. 특히 그 서글서글한 눈매가 아름다웠다.

「음!」

황제는 자기도 모르게 신음에 가까운 소리를 냈다.

얼마 동안 침묵이 흘렀다. 황제는 그제야 제 정신으로 돌아온 듯 유은에게 말했다.

「경에 대하여는 짐이 짐작하는 바이니, 가훈(家訓)인들 오죽이나 잘 받았겠소? 경은 물러가오.」

이렇게 말하는 그의 얼굴에는 만족한 빛이 역력히 나타났다.

언니는 문희(文姬), 동생은 정희(貞姬)였다. 이 두 처녀는 모두 보기만 해도 윤기가 자르르 흐르는 살결이어서 호색가인 황제를 더욱 매혹시켰다. 가정교육으로는 어쩔 수 없는 어떤 천성적인 기질을 그 자매는 갖추고 있었다.

이로써 유은의 두 딸을 좌우 황비(皇妃)로 세우니, 은의 딸들은 질녀(姪女) 네 명의 미색을 또 한제에게 아뢰었다.

한제는 또 이들을 불러들여 귀인(貴人)을 내렸다. 이로써 유씨 육귀(劉氏六貴)는 절세의 미색으로 황제의 총애를 받았다.

한제는 밤낮을 가리지 않고 내전에서 이들 육귀와 더불어 연락(宴樂)에 빠져 조정 대사를 돌보지 않았다. 조정 대사를 상주하는 자가 있으면 모두 묘당에서 적절히 처결하라 이르기만 했다.

뒷날 장안(長安)을 또 잃었을 때, 진원달과 제갈선우 두 승상은 친히 궁중에 들어가 간하기를, 이해(利害)를 논하고 황제로 하여금 조정에 나오기를 간청했다.

유총은 즉일로 조정에 나왔다 문무백관은 크게 주연을 베풀어 한제에게 국가 대사를 주달하려 했다.

이때 진(晉)의 회제(懷帝) 또한 한자리에 있었다. 한제는 회제를 돌아보며 말했다.

「그대가 지난날 예장왕(豫章王)으로 있을 때, 짐 일찍이 왕무자(王武子)와 함께 낙양에서 서로 만난 적이 있지 않은가?」

회제는 머리를 조아리며 대답했다.

「신이 어찌 잊겠습니까. 다만 원망스러운 것은 어두운 이 육안이 일찍 용안(龍顔)을 알아뵙지 못하였을 뿐입니다.」

한제는 또 말했다.

「경의 가문은 원래 총예(聰睿)하다. 그렇거늘 골육이 상쟁하여 간언(諫言)이 용납되지 않더니, 가국(家國)을 파하고 말았구려.」

「대한(大漢)은 바야흐로 천의에 응하여 명(命)을 받들고자 하십니다. 그리하여 폐하께서는 친히 거병하시고 조아(爪牙)를 꺾으심은 모두 하늘의 뜻인 줄 압니다. 또한 신의 가문이 무제(武帝)의 교명(敎命)을 받들어 기업(基業)을 성취하고 구족(九族)이 돈목하여 팔왕(八王)이 협심하였던들 어찌 폐하께서 신(臣)을 얻으셨겠으며, 또한 이 자리에 이르렀겠습니까.」

한제 유총은 그의 명민함을 치하하고 소유귀인(小劉貴人)을 하사하여 회제의 아내가 되게 하였다.

이 때 한제가 부탁하여 말했다.

「이는 명공의 손(孫)이다. 경은 마땅히 이를 잘 보살펴야 하느니라.」

회제는 재삼 사양하다가 겨우 배수하니, 주연은 파하고 중인은 흩어져 밖으로 나왔다.

4. 청의동자(靑衣童子)

병주자사 유곤(劉琨)은 마음속 깊이 석늑의 처사를 원망했다. 자기가 그의 모자를 보내주고 조카 유연(劉演)의 일을 부탁했건만, 석늑은 이를 무시하고 삼대(三臺)를 빼앗아버렸기 때문이다.

「의리 없는 오랑캐! 내가 제 모자를 부양한 공도 모르다니!」

괘씸히 여긴 그는 삼대를 치기 위해 준비를 서둘렀다. 그러나 수십만의 대군을 거느리고 있는 석늑의 세력이 어마어마한 터였으므로 그리 쉽게는 손을 대지 못했다.

이런 중에도 천하 정세는 주마등처럼 바뀌어갔다. 유요가 장안을 뺏고 남양왕을 죽였으나, 진나라 황제는 옹주로 탈출했다는 정보가 날아들었다. 그러나 다시 삭침 · 국윤 등은 유요를 크게 깨뜨리고 장안을 회복했다고 하지 않는가. 더욱이 이 싸움에서 한군의 목을 베기 7천 급(級), 그 병사를 꺾기 4만이라는 소식을 듣고는 자기 공인 듯 신이 나기도 했었다.

그러나 이것으로 끝난 것은 아니었다. 쫓겨간 유요는 형양(滎陽)을 뺏고 그곳을 근거지로 삼았다고 했다.

「유요는 반드시 변두리를 칠 것입니다. 그대로 물러날 인물이 아닙니다. 전일에 낙양을 치기 위해 세 번 네 번 쳐들어왔던 것을 생각해보십시오」

어떤 장수는 이런 의견을 말하기도 했다.

「이놈이 어찌 이리도 무례하단 말이냐」

유곤은 와락 성을 냈다.

「이미 패전했으면 북국으로 물러날 일이지, 다시 형양을 치다니. 우리 진조(晋朝)에 사람이 없다고 얕보는 것인가. 내 기어코 이 도둑을 잡아 국치를 씻으리라.」

이렇게 하여 석늑의 일은 뒤로 미루고 우선 유요부터 치기로 했다. 그의 조카 유연도 전적으로 찬성했다.

「석늑은 수십만의 웅병을 거느리고 있으니 쉽게 무찌르지 못할 것이옵니다. 그러나 유요는 장안에서 패하여 그 휘하에는 불과 3만 명의 잔졸(殘卒)이 남아 있을 따름입니다. 형양을 손아귀에 넣은 것도 주장(主將)이 마침 없었기 때문이니, 우리가 대거 밀려간다면 어찌 그 하나를 격파하지 못하오리까. 석늑에 대한 일은 나중에 여러 제후들과 합심하여 도모해도 될 것입니다.」

솔직히 말한다면 이들은 다 같이 석늑을 꺼리고 있었다. 그들의 처지에서 본다면, 유요가 아닌 석늑을 격파해야 체통이 서는 것이었다. 그러나 30만이나 되는 그의 세력에 정면으로부터 부딪쳐간다는 것은 무모한 일이었다. 그러므로 세력이 약한 유요를 침으로써 화풀이를 하자는 것이었다. 삭침도 격퇴한 유요라면 그렇게 겁날 것도 없었다.

저쪽에서 눈치 채기 전에 움직여야 했기에 유곤은 곧 군대를 출동시켰다. 희담(姬澹) · 노심(盧諶)에게 군사 1만을 주어 황갈파(黃葛坡)에 주둔시킴으로써 서북에서 올지도 모르는 한군을 막게 하고, 학선(郝詵)을 선봉으로 삼아 형양을 향해 나아갔다.

이 소식을 들은 유요는 장수들을 모아놓고 그 대비책을 강구했다. 강발이 말했다.

「유곤은 석장군에게 원한을 갖고 있는 터입니다. 그런데도 삼대로 가지 않고 우리에게 오는 것은 우리가 패하였으므로 예기가 꺾이고 군사가 적을 것이라 하여 얕보는 마음에서 나온 행동입니다. 경적필패(輕敵必敗)라 했으니, 조금만 마음을 쓰면 어찌 이것을 물리치지 못하겠습니까.」

강발은 다시 말을 이었다.

「걱정인 것은 단씨(段氏)네의 움직임입니다. 그는 일찍이 유곤과 친교를 맺어 형제의 의를 지키며 지내오는 터이니, 이번에는 반드시 도우려 할 것입니다. 그러므로 5천의 군사를 쪼개어 북쪽 길을 지키게 한 다음 단번에 유곤을 격파해야 합니다. 오래 끌면 단씨와의 협공을 만나려니와, 유곤이 단번에 패해버린다면 저들도 손쓸 여지가 없을 것입니다.」

크게 기뻐한 유요는 유경·관산·근문귀에게 군사 5천을 주어 북쪽 길을 막게 하고, 강비를 선봉에, 관하를 중군에 임명하여 곧 성을 떠났다. 한 50리쯤 갔을 때, 양군은 중도에서 만나 각각 진을 쳤다.

이윽고 유곤의 진문이 열리면서 한 대장이 군사를 이끌고 달려 나오는 것이 보였다. 선봉장 학선이었다. 그는 말도 건네지 않은 채 그대로 한진(漢陣)을 향해 달려들었다. 이를 본 한군에서는 역시 선봉장인 강비가 군사를 끌고 나가 이를 맞아 싸웠다.

육박전이 벌어졌다. 군사들이 서로 베고 찌르는 사이에 두 선봉장은 창으로 맞섰다.

그들의 실력이 비슷해서 20합이 지나도 영 우열이 가려지지 않았다.

이것을 바라본 유요는 말을 달려 나가면서 외쳤다.

「적장은 이름을 밝히라. 그대는 누구인가?」

그러나 학선은 어느 개가 짖느냐는 태도로 이를 무시한 채 강비와의 대결에만 열중했다.

이것을 본 유요가 크게 성을 냈다.

「이놈이 어찌 무례함이 이 같단 말이냐. 그렇다면 내 철편 맛을 좀 보아라.」

그는 곧 달려 나가 학선에게 달려들었다. 유요의 철편이 바람을 일으키자 놀란 것은 학선이었다. 강비 하나도 힘에 겨운 판에 유요의 철편을 만나자 이내 말머리를 돌려 달아났다.

「이놈! 어딜 가느냐!」

유요는 그 뒤를 추격했으나 거치적거리는 적병으로 인해 그를 잃고 말았다.

유요는 마치 화풀이라도 하려는 듯 철편을 마구 휘둘러댔다. 어떻게나 그 힘이 엄청나든지 말과 사람이 한꺼번에 박살나기도 했다. 그는 이렇게 사람을 만나면 사람을 치고, 말을 만나면 말허리를 꺾으면서 종횡무진으로 날뛰었다. 그 모양은 마치 용이 먹구름을 헤치고 나가는 듯했다.

이때, 관하도 한떼의 군마를 이끌고 달려 나와 싸움터에 뛰어들었다. 그는 80근짜리 언월도를 들어 닥치는 대로 내려쳤다. 칼이라기보다는 쇠뭉치였다. 맞으면 베어지기에 앞서 뼈가 부러졌다. 지칠 대로 지쳐 있던 유곤의 군사는 이 새로운 힘 앞에 여지없이 무너져갔다.

「모두 맞서서 싸우라! 도망가는 자는 참하리라!」

유곤은 친히 칼을 뽑아들고 기울어진 힘의 균형을 다시 만회해 보려고 발악을 했다. 그러나 누가 밀리는 사태에 정지를 명할 수 있을 것인가. 살기 위해 내달리는 병사들의 귀에 그 말이 들릴 리 만무했다.

「오, 유곤아! 잘 만났다.」

갑자기 창을 꼬나든 강비가 유곤 앞에 나타났다. 유곤은 독전할 때의 말과는 달리 기겁을 하여 패주하는 병사들 사이에 끼여 도망쳤다. 완전한 패배였다.

30리나 뒤를 추격한 끝에 해가 저물기 시작했으므로 유요도 일단 걸음 멈추었다.

이때, 관하가 외쳤다.

「어째서 멈추십니까. 날이 어두워 불리하다면 저들도 불리하고, 우리가 피곤하다면 유곤의 군대라고 피곤하지 않겠습니까. 유곤은 예사내기가 아니니 이번에 놓친다면 반드시 세력을 회복하여 우리를 괴롭힐 것입니다. 그에게 미처 손쓸 겨를을 주지 말고 곧 추격을 계속한다면 병주도 얻을 수 있을 것입니다.」

「오, 그대의 말이 옳소!」

유요는 입이 딱 벌어져서 말했다.

「모두 들었소? 관장군의 그 의기로 적의 뒤를 추격하여 숨쉴 사이를 주지 마오.」

유요는 관하에게 1만을 주어 앞서 달려가게 하고 자기도 중군을 휘동하여 그 뒤를 따랐다.

이 작전은 적중했다. 패전하여 달아나던 유곤은 해가 저무는 것을 보고 그제야 걸음을 약간 늦추었다.

「그놈들도 어두우면 못 따라올 것이니, 조금만 더 가서 쉬도록 합시다.」

이렇게 말한 그는 행군하면서 점호해 볼 것을 장군들에게 명령했다. 오늘의 싸움에서 얼마나 손실이 났는지를 살핀 다음 서서히 대책을 세워보자는 생각에서였다.

그러나 그럴 겨를이 없었다.

한 병사가 황망히 외쳤다.

「적이 옵니다. 저 말발굽 소리를 들어보십시오.」

이 말이 떨어지기가 무섭게 유곤을 비롯한 모든 장병들은 일제히 도망치기 시작했다. 자라보고 놀란 가슴 솥뚜껑을 보고도 놀라는 법이다. 적의 그림자를 확인도 않은 채 패주하는 군대란 정말 서글픈 존재이다.

어둠 속을 두 군대는 경주라도 하듯이 달렸다. 날이 밝아왔다. 눈앞에는 희담이 지키고 있는 진영이 바라다 보였다. 희담의 군사도 그제야 아우성 소리에 놀라서 뛰어나왔다. 그리고는 그것이 패주해온 우군임을 알자 기겁을 했다.

「저놈들을 좀 막아주오. 저놈들을!」

희담을 보자 유곤은 가쁜 숨을 몰아쉬며 이렇게 외쳤다. 쑥 들어간 두 눈에는 공포의 기색이 역력했다.

「어서 병주로 가시옵소서. 저들은 제가 막겠나이다.」

별로 달가운 일은 아니었으나, 희담은 이렇게 대답하며 군사들을 끌고 급히 진영에서 나갔다. 한 식경도 되지 않아 관하의 선발대가 밀어닥쳤다.

「듣거라, 너희가 작은 승리를 거두었으면 자족해야 마땅하거늘, 어찌 사지인 줄 모르고 여기까지 뛰어든단 말이냐. 목숨이 아깝거든 썩 물러가라!」

희담이 앞으로 나서서 불호령을 쳤다.

그러자 한군 측에서도 한 장수가 앞으로 나왔다. 육중한 몸매에 배꼽까지 뒤덮은 수염, 손에 들린 언월도 등 어디로 보나 일대의 맹장임을 말해주고 있었다. 그는 관하였다.

「이 무지한 놈아! 천명을 거역하는 놈에게는 죽음이 있을 뿐인데 너는 어찌 방자하게 내 길을 막느냐. 어서 유곤을 결박하여 나에게 바쳐라. 그것이 네 목숨을 보존할 수 있는 길이니라.」

「무엇이? 이놈!」

성을 버럭 내며 희담은 군사를 휘동하여 한군 쪽으로 밀려갔다. 두 군대는 정면으로 부딪쳤다. 한군이 아무리 사기가 높다 해도 하루를 싸운 끝에 밤새도록 적을 추격해온 군대였다. 새 힘과 맞서자 아무래도 힘이 달렸다.

그러나 이런 상태는 잠시뿐이었다. 곧 이어 유요 자신이 이끄는 대부대가 밀어닥쳤다. 싸우고 있는 것을 본 유요의 부대는 마치 태산이 무너지는 것 같은 형세로 몰려왔고, 소수인 희담의 군대는 그 앞에서 여지없이 무너지고 말았다.

유요는 흩어지는 적병에는 아랑곳하지 않고 유곤이 달아났을 병주로 향했다.

유곤이 병주에 닿은 것은 그날 저녁때였다. 그는 성으로 뛰어들기는 했으나 이미 유요의 선발대도 성 밑에 도착하는 판국이라 미처 성을 지켜낼 수 있을 것 같지가 않았다.

「아, 이 일을 어찌한다!」

깊이 탄식하던 유곤은 총총히 부고(府庫)에 있는 보물을 거두어 싣고 북문으로 나가 다시 어둠 속으로 사라졌다.

성중에 남아 있는 군사들은 감히 항거할 엄두도 못 내고 성문을 크게 열어 항복의 뜻을 표했다. 유요는 곧 입성하여 방을 부쳐 백성들을 위로했다. 성화처럼 적을 추격한 이 작전은 예상 외로 좋은 성과를 올린 셈이었다.

이때 황제 유총은 여전히 주색에 파묻혀 있었다. 태평성세의 성군으로 자처하며 시끄러운 국사는 애써 듣지 않으려 했지만 장안의 패보에 접했을 때에는 술맛이 확 달아남을 느껴야 했다. 그러나 며칠이 안 가서 유곤을 치고 병주를 빼앗았다는 장계가 올라왔다.

황제 유총은 크게 웃으며 말했다.

「짐은 장안을 취한 것이 기쁜 게 아니다. 진양을 얻으면 된다. 그런데 아직 산동(山東)을 얻지 못함이 근심이구나. 산서도성(山西都城)을 아울러 취하지 못하고 어찌 대장부라 하랴. 오늘 이 첩보를 받으니, 비로소 금구(金甌) *완벽(完璧)하도다.」

하고 조서를 내려 광록사(光祿司) 상선감(尙膳監)의 벼슬을 내리고, 크게 연석을 광극전(光極殿)에 베풀어 조정의 대소 문무관에게 술을 나누어 주고, 진 회제에게 청의(靑衣)를 입히고 작은 모자를 씌워 항아리를 들어 술을 따르게 하여 지난날의 수모를 씻었다.

황제는 술잔을 들어 웃으며 말했다.

「지난날 짐의 선제께서는 서천(西川)에 정족(鼎足)하시며 조금도 죄과가 없었다. 그럼에도 사마씨는 이를 엄습하여 탈취하고 우리 군신으로 하여금 등애(鄧艾), 종회(鍾會)에게 무릎을 꿇게 하였다. 당시 짐의 나이 어렸으나, 심히 부끄러이 여기는 바이다. 앞서 적은 낙양을 격파하고 등애 등의 분묘를 헤쳐 불질렀도다. 지금 사마소(司馬昭)의 자손으로 하여금 짐의 술을 따르게 하니, 지난날의 설욕을 했다고 보겠다.」

한의 공경(公卿)들은 모두 몸을 일으켜 칭송했다.

「제환공(齊桓公)은 구세(九世)의 원수를 갚아 춘추 이를 칭송합니다. 지금 폐하께서는 전철(前哲)보다 더욱 빛나십니다. 마땅히 중흥의 성주(聖主)라 일컬을 만합니다.」

일제히 잔을 들어 성수 무궁을 외치니, 그 소리에 전계(殿階)가 들먹였다.

이 때 진의 배석한 신하 왕준(王雋)·유민(庾珉)이 있다가, 한인들의 이와 같은 행동을 보자 눈초리를 거꾸로 찢고, 머리털을 곤두세우며 동료들을 보고 큰 소리로 외쳤다.

「임금이 근심하면 신하가 욕을 보고, 임금이 욕을 당하면 곧 신하는 죽는 것이다. 우리들이 오랑캐를 역살(磔殺)시키지 못하고 헛되이 성명(性命)을 투안(偸安)코자 하니 이 무엇이 충의지사라 할 수 있겠는가. 이 정상을 참고 견디면 목우(木偶)와 같도다.」

눈물을 흘리며 한제 앞에 나가 비방했다.

「전날, 우리 선제께서는 촉을 병합하고 오(吳)를 평정하였도다. 무슨 까닭에 고제(故帝)에게 청의를 입히고 술을 따르게 하는가. 도리를 모르는 광로(狂虜), 어찌 인심(仁心)이 있다고 할까 보냐. 우리는 진(晋)의 신하이다. 이미 민제를 세워 남북에 백만 대군이 있다. 불원간 호혈(胡穴)에 짓밟아 너를 잡아 살점을 아홉 토막을 내어 저견(猪犬)을 먹여도 네 죄를 다 갚지 못할 것이다.」

말을 마치고 또 매도하니, 한제는 대로했다.

「망국(亡國)의 부수(俘囚) 놈들, 어찌 죽음을 두려워 않는가!」

유총은 대갈하며 도부수(刀斧手)에게 명하여 회제 이하 이를 따르는 신하는 모조리 마주 세워 목을 치니, 실로 처참한 광경은 형언키 어렵다.

이 때, 신면(辛勉)이란 사람이 있었다. 신면은 일찍이 병을 얻어 집에 있었으므로 참혹한 해를 면했다.

다음 날, 한제는 인수를 하사하여 신면에게 광록대부를 제수하였다. 사신이 칙서를 받들고 신면의 집에 가서 이 뜻을 전하니, 신면이 말했다.

「이 몸은 죽음을 달게 알기 엿과 같도다. 감히 이심(二心)을 품지 않는다. 그럼으로써 진의 은혜를 잊지 않겠노라.」

하며 굳이 사양하여 받지 않았다. 사신은 돌아와서 이 사실을 고하니, 한제는 또 황문(黃門) 교탁(喬庹)을 불러 분부했다.

「그대는 인장과 짐주(鴆酒 : 짐독鴆毒. 곧 짐새의 깃에 있다는 독으로 담근 술)를 가지고 신면에게 가서 한에 벼슬을 하겠는가 물으라. 그러나 굳이 사양하거든 이 짐주를 마시라 하라. 만약 벼슬을 하겠다면 좋다 하고, 짐주를 마시겠다면 충신을 죽이지 말라.」

교탁은 분부를 받고 물러나 신면의 집에 이르러, 한제의 명을 받들고 온 뜻을 말하니, 신면은 하늘을 우러러 깊이 차탄했다.

「아, 대장부 어찌 수년의 목숨을 가지고 한마당의 영화를 탐하여 대절(大節)을 훼손시킬까 보냐. 다른 날, 선제와 중국의 사대부(士大夫)에게 지하에서 뵈올 낯이 없도다.」

하며 조복(朝服)을 입고 동쪽을 향하여 배례(拜禮)한 다음, 교탁의 손에 든 짐주를 받아 마시려 했다.

교탁은 급히 손을 빼어 막으며,

「우리 주군께서 이 술을 내림은 특히 그대의 충렬을 시험하기 위한 것뿐이오. 어찌 함부로 이 술을 마시려 하오.」

하며 인장과 짐주를 가지고 돌아와 한제에게 복명했다.

「신면은 북궐(北闕)을 배례하고 탄식하며 짐주를 마시고자 하였나이다.」

한제는 깊이 탄상하며, 평양 서산에 집을 지어 신면을 그 곳에 살게 하며, 매일 봉미포백(俸米布帛)을 급여하고, 관부(官夫) 네 사람을 시켜 봉양케 하였다.

신면은 뒤에 83세로 죽었다.

5. 다시 찾은 병주

진의 민제(愍帝) 건흥(建興) 2년, 회제의 흉보(凶報)가 장안에 전해지자 조정은 곧 울음바다가 되었다. 황제도 울고 대신도 울고 말단의 관속도 울었다. 기울어져가는 나라에 있어서 황제란 하나의 괴뢰다. 국가가 있으매 안 세울 수 없어 그 자리에 앉힌 것뿐, 그의 의사대로 나라를 움직이는 경우는 드물기 때문이다.

회제야말로 그런 사람이었다. 권신들의 틈바구니에 끼여 기를 못 펴다가 사로잡혔고 끝내는 죽음을 당하고 만 것이다. 평시에는 그를 별로 존경하지 않던 신하들도 막상 그의 붕어 소식을 듣자,

만감이 복받침을 어쩔 수 없었다. 모든 관원은 상복을 입고 열흘 동안 일체의 가무·음주가 금지되었다. 백성들도 슬퍼하는 사람이 많았다.

어린 황제는 눈물을 억제하며 말했다.

「선제께서 붕어하시니 망극함을 금할 수 없소. 오늘부터 기강을 일신하여 이 원한을 씻어주기 바라오.」

이에 민제는 조서를 내려 백관의 벼슬을 높이고, 군사를 모아 복수하고자 했다.

사공(司空)에 양분(梁芬),

좌우 복야(僕射)에 염정과 국윤,

삭침은 태위(太尉)에다 금위장군(禁衛將軍)직을 겸하고,

양위(梁緯)는 관군장군(冠軍將軍),

노충(魯充)은 탕구장군(盪寇將軍),

한표는 정국대장군(定國大將軍)에 선봉장을 겸하게 되었다.

그 밖에 각 장군 급에 다 은명(恩命)이 있었다.

이때 장안은 이름만 도읍일 뿐이었다. 대궐은 옛것이 그대로 보존되어 있어서 아쉽지는 않았으나, 계속되는 전란으로 백성들은 다 흩어지고 실제 호수(戶數)는 1천에 불과했다. 그나마 대부분이 폐가이기 때문에 길에는 잡초가 무성하여 낮에도 거리를 가노라면 섬뜩한 기분이 들 정도였다. 궁중에 수레가 4량밖에 없었다면 짐작이 갈 일이다.

장수들은 모두 지방에 나가서 양식과 군사를 모으는 일에 종사하고 있었으므로 조정의 일은 거의 모두가 삭침 한 사람의 손에 의해 처리되었다.

삭침은 자를 거수(巨秀)라 하는데, 돈황(燉煌) 사람이었다. 그의 아버지는 삭정(索靖)으로 그 어진 이름이 일세를 뒤덮던 이였다.

그가 낙양에 있는 청동으로 된 낙타상을 보고,

「얼마 안 있어 너를 폐허 속에서 보리라.」

했던 것은 유명한 이야기로, 후세에까지 회자되어왔다.

이런 삭정도 아들의 사람됨에 대해서는 은근히 기대하는 바가 커서 한번은 그 고을 태수가 삭침을 쓰겠다고 제의하자 이를 준열히 거절했을 정도였다.

「내 자식은 낭묘지재(廊廟之才 : 낭묘는 조정의 정사를 보살피는 전사殿舍)이지 간책지용(簡册之用 : 간책은 곧 간독簡牘, 곧 문서를 이름)이 아니다. 주현(州縣)의 이직(吏職)은 내 자식을 모욕하는 처사이다.」

이것으로도 그 위인 됨이 짐작된다.

과연 그 삭침이 장안에서 대임을 맡아 바야흐로 황제의 이름으로 된 조서를 사방에 보내어 군왕의 군사를 모았다.

―짐은 *누란(累卵)의 위기에 처하여(累卵之危누란지위), 웅주거목(雄州巨牧)을 맡은 경들에게 이르노라. 대저 낙양이 떨어지고 황제가 호지(胡地)로 파천하시매, 넘어진 사직을 바로 세우고 만민을 안도케 하기로 기약하였더니 도둑의 탐심이 처연하여 다시 장안을 내놓게 될 줄 뉘 알았으리요 그러나 조령(朝令)이 음우(陰佑)하시고 경 등의 충성에 힘입어 다시 고기(古基)를 되찾았음은 천행이로다. 그러나 들리는 바에 의하면 평양에 계시던 선제께서는 도둑에게 해를 입으셨다 하니, 오호라! 천도의 무심함이 어찌 이에 이르렀느뇨 유총이 패역무도하여 선제에게 청의를 입히고 술을 따르게 하매, 선제 진노하심으로써 그 화 망극함에 이르렀다 들리는 도다. 도둑의 무례함이 끝 간 데가 없으니, 짐은 쌓이고 쌓인

이 한을 풀고 구주(九州)의 산하를 다시 밝게 하고자 맹세하
노니 경 등은 조칙이 이르는 날 짐의 뜻을 받들어 거병하여
오랑캐를 토벌하라. 그럼으로써 이 무궁한 치욕을 씻을까 하
노라.

칙사는 강동·강우(江右)·호남·하서·기북(冀北)·요양(遼陽)의
각처에 파견되었다.

이 무렵, 유곤은 병주에서 쫓겨 대군(代郡)에 와 있었는데, 조서
가 이르자 서쪽을 향해 크게 통곡하고, 대공(代公) 척발의로(拓跋
猗盧)를 만나 말했다.

「위한(僞漢)의 유총이 극악무도하여 선제께 갖가지 모욕을 가
한 끝에 이를 해하였다 하오 이렇게 망극한 변이 어디에 있겠소
이까.」

「나도 조서를 보고 깜짝 놀랐습니다.」

척발의로도 흰 수염을 쓰다듬으면서 추연한 빛을 띠었다.

「이 망극한 시기를 당하여 마땅히 도둑을 쳐서 이 무궁한 한
을 풀어야 할 것이오만, 아시다시피 나는 병주에서 쫓겨나 한 치
의 땅이 없는 몸이오 공은 누대의 국은을 생각하여 나에게 일지
병마(一枝兵馬)를 빌려주실 수 없겠습니까. 그러면 고군(故郡)을
회복하고 도둑을 깨뜨려서 진조에 사람 있음을 보일까 합니다.」

척발의로는 원래 유곤의 은혜를 입은 사람이라 쾌히 승낙했다.

「이런 때 도와드리지 않고 언제 돕기를 기다리겠습니까. 조금
도 걱정 마십시오.」

그는 큰아들 척발육수(拓跋六修)를 선봉으로 하여 군사 5만을
이끌고 앞서 떠나게 하고 자기도 5만을 이끌고 대군을 출발했다.

이 소식을 들은 유요는 비웃는 표정으로 말했다.

「오, 이놈이 이제는 오랑캐의 힘을 빌려 병주를 되찾으려 하는 구나. 발칙한 놈이로다.」

강발이 조심스레 말했다.

「적을 얕보지 마시옵소서. 본래 척발씨의 군사는 사납기로 천하에 이름이 나 있고, 유곤은 전날 패했다고는 해도 아직 그 휘하에 적잖은 군병을 지니고 있는 터입니다. 그들이 합세하여 쳐들어 온다면 용이한 일이 아니니, 우리는 성을 굳게 지킴으로써 적의 예기를 꺾는 한편, 평양에 알려서 원군을 청해옴이 마땅할까 하옵니다.」

그러나 유요는 고개를 흔들었다.

「그들이 아무리 세다 하나, 한 고을의 군사가 아니오? 천하의 대군도 맞아서 싸운 터에 그 정도를 걱정함은 도리어 우스운 일인 줄 아오. 만일 나가 싸우지도 못하면 이는 그들의 뜻을 키워 주는 일밖에 안될 것이오.」

그러자 강발이 간절히 말했다.

「싸움은 항상 얕보는 데서 실수하는 법입니다. 지금 우리가 이 병주를 차지하고 있다 하나, 이곳은 우리에게 생소하여 우리는 나그네와도 같습니다. 거기에 비해 유곤에게는 오랜 연고지이니, 일단 싸움에 실수할 때에는 지킬 길이 없습니다. 전하께서는 깊이 통촉하소서.」

그러나 유요는 끝내 듣지 않았다.

「적을 얕보는 것은 아니나, 공정히 따져서 충분히 이길 싸움인데, 왜 군사(軍師)께서는 그렇게까지 말씀하시오. 만일 적에게 평양에 이르는 길마저 빼앗겨 보시오. 그때에는 한 성의 문제가 아닐 것이오.」

고집을 부리기 시작하면 꺾을 수 없는 유요인 것을 알고 있는 강발은 더 이상 말하지 않았다.

유요는 5만의 군사를 동원하여 스스로 이끌고 분하를 건너 낭맹(狼猛)에 진을 치고 적이 쳐들어오기를 기다렸다.

다음날, 의로의 아들 척발육수가 이끄는 선발대가 도착했다. 이 오랑캐로 편성된 대군은 모두 영악스럽고 무지막지한 병사들뿐이어서 바라보기에도 만만치가 않았다.

포진이 끝나자 북소리가 울리고 말을 탄 유곤이 진 앞에 나섰다. 그는 유요를 손으로 가리키며 외쳤다.

「너는 호지에서 일어나 우리 중원을 침범함이 누차에 미쳤다. 근자만 해도 장안을 침범하고 형양을 도둑질했으며, 내 병주까지 뺏었으니 무슨 탐심이 그리도 많단 말이냐. 너는 우리 진조에 너 하나 목 벨 장수가 없다고 생각하는 모양이구나. 썩 물러가 분복을 지킨다면 모를까 그렇지 않다면 결단코 용서치 않으리라.」

이에 유요가 크게 웃었다.

「이 무지한 늙은 놈아! 너는 천명을 모르느냐. 너희 진이 잔학무도하여 망하매 천하는 모두 한(漢)의 것인데, 너는 왜 완고하여 애써 하늘의 뜻을 거역하려 드느냐. 앞서는 나에게 패하여 도망한 적도 있던 놈이 다시 옴은 스스로 죽기를 원함이렷다! 그렇다면 썩 앞으로 나서라.」

유곤이 버럭 화를 내며 여러 장수를 돌아보았다.

「저런 놈을 용서하면 무엇을 용서 못하랴. 누가 나가 그 목을 베어 오라.」

이 말이 끝나기도 전에 한 장수가 창을 비껴들고 달려 나가는 것이 보였다. 위웅(衛雄)이었다. 한군 측에서도 관하가 언월도를 들고 달려 나가 이와 맞섰다. 두 장수는 용맹을 다해 40합이나 싸웠으나 승부가 나지 않았다. 이것을 본 학선과 장유가 달려와 위웅을 도우려 하자, 한군 쪽에서는 관심과 호연승이 쫓아나와 그들의 앞을 막았다.

이렇게 한동안 싸움을 벌이는데, 척발씨의 대장 일률손(日律孫)과 빈육수(賓六修)가 달려 나왔다. 일률손은 푸른 얼굴에 노란 수염이 났으며, 키는 9척은 됨직 했고, 빈육수는 시커먼 얼굴에 눈이 불덩이처럼 빨겠다. 이 흉악하게 생긴 두 장수가 칼을 잡고 바람처럼 달려오는 모습은 보기만 해도 소름이 끼쳤다.

이것을 본 유요는 철편을 들고 달려 나가 그 앞을 막았다.

「중산왕 유요의 철편 이야기는 너희도 들었으리라!」

그는 이렇게 외치면서 두 장수를 맞아 싸웠다. 두 장수는 춤추듯이 칼을 빙글빙글 돌리면서 유요를 노렸다. 그 속도가 어떻게나 빠른지 그들의 상반신이 무지개에 에워싸인 것 같았다. 그러나 유요는 그런 검술쯤에는 눈 하나 꿈쩍하지 않았다. 그의 철편은 번개같이 허공을 날아 바람을 일으켰다. 그때마다 종이 찢어지는 것 같은 소리가 났다.

두 장수는 좌우로 갈라져서 유요를 협공했지만 유요는 오히려 여유있게 싸웠다. 그러다가 일률손을 향하는 듯하던 철편이 갑자기 방향을 바꾸며 빈육수 쪽으로 날아갔다. 빈육수는 미처 피할 새도 없이 스스로 말 아래로 뛰어내렸다. 그의 말은 등이 부러져 그 자리에 나동그라졌다. 실로 무서운 위력이었다.

동료가 위태로운 것을 본 일률손이 얼른 유요 앞을 막았기에 망정이지, 두 번째 내려치는 철편에 빈육수는 그만 머리가 박살이 날 뻔했다.

아슬아슬한 고비를 넘긴 빈육수가 부하들의 도움으로 달아나자, 일률손 혼자서 상대하게 되었다. 이때쯤 양군은 정면충돌을 하여 일대 혼전이 벌어지고 있었다. 병사와 병사, 장수와 장수는 서로 목숨을 걸고 불꽃처럼 맹렬히 싸우고 있었다.

유요는 일률손과 싸우면서도 이 전쟁이 심상치 않음을 직감했다. 척발씨의 군대는 장수뿐만 아니라 사병도 모두 영악하기 짝이 없었다. 서로 팽팽히 맞선 힘의 균형은 어떤 사소한 것 하나로 깨어질 가능성이 있었으므로 유요는 유요대로 자기가 그 계기를 마련함으로써 싸움을 승리로 이끌어가고 싶었다. 그래서 그는 일률손을 잡기 위해 온갖 힘을 경주했다.

그러나 일률손은 참으로 용맹스러웠다. 그는 어떻게나 칼을 잘 놀리는지 유요의 철편도 좀처럼 뚫고 들어갈 수가 없었다. 그때 문득 유요의 머리에 한 생각이 떠올랐다. 그는 상대의 몸이나 말을 노리던 전법을 갑자기 바꾸어 철편을 옆으로 휙 놀려 상대의 칼을 탁 쳤다. 칼이 중간에서 뚝 부러졌다.

그 순간 기겁을 한 일률손이 말머리를 돌려 달아났다.

「이 비겁한 놈, 거기 섰거라!」

유요는 고함과 함께 비호처럼 그 뒤를 쫓았다.

마침내 유요가 노리던 계기가 마련된 것이다. 대장이 달아나는 것을 본 척발씨의 군사는 기가 꺾여 도망하는 자가 많았고, 이대로 가면 멀지 않아 승리를 휘어잡을 수 있으리라 생각되었다.

「저놈의 목만 있으면!」

이런 생각을 하며 유요는 말을 달렸다. 그가 보기에 일률손은 그들의 우상인 듯했다. 그러기에 그 목이 탐났다. 그 목만 베어든다면 싸움은 끝난 것이나 다름이 없을 것이다. 유요는 정신없이 그 뒤를 쫓았다.

이때 본진에 있던 유곤은 일률손이 유요에게 쫓겨오는 것을 보자 병사들을 향해 외쳤다.

「모두 움직이지 말고 그 자리에 선 채 활을 쏘아라. 저기 쫓아오는 것이 유요다. 저 한 놈만 노려라!」

그 말이 떨어지자 수천 개의 화살이 날아갔다. 이를 본 유요는 주춤하지 않을 수 없었다. 화살은 계속해서 날아왔고, 그 중의 대여섯 개가 그의 몸에 꽂혔다. 그래도 유요는 힘을 다해 버티면서 철편을 휘둘러 화살로부터 몸을 막으려고 애썼다. 그러나 화살이 그의 말을 쓰러뜨리자, 그도 말에서 떨어졌다. 그는 재빨리 땅에서 일어났다. 그러나 이미 때는 늦어 있었다. 어느 틈에 적병이 그를 빙 둘러싸고 있었던 것이다.

「이놈들!」

자신이 사지에 빠졌음을 안 유요는 부상당한 호랑이처럼 날뛰었다. 그의 철편이 번뜩이기만 하면 무수한 병사와 말이 박살났다. 그러나 오직 유요 하나에 목표를 두고 있던 유곤은 계속해서 병사를 몰아다가 그를 새로이 포위했으므로 호랑이 같은 유요로서도 별 효과를 거둘 수가 없었다.

'내가 여기서 죽는가보다.'

이런 생각이 유요의 머리를 스쳤다. 그러나 이 오만한 사나이는 다음 순간 마음속으로 강하게 이를 부인했다.

'천만에, 내가 왜 죽어! 적어도 유요가, 이 중산왕이 이런 필부들 손에 죽다니? 아니다 절대로 그럴 리가 없다.'

이렇게 생각을 하고 나니 자신이 생겼다. 그는 더욱 철편을 맹렬히 휘두르며 적병 속으로 뛰어들었다.

이때 갑자기 적병들이 양쪽으로 갈라졌다. 유요는 고개를 들었다. 그리고 토로장군(討虜將軍) 전무(傳武)가 한떼의 군사를 끌고 달려와 진의 부장들을 베고 병사를 무수히 베어넘겨 길을 열어서 급히 유요를 말 위로 끌어올렸다

유요가 말했다.

「지금 위망한 때에 몸을 보전하오, 나는 이미 몸에 일곱 군데나 창상을 입고 열네 개의 살을 맞았으니, 중상이며 필사지경이오 장군은 내 왕질(王姪)을 보호하고 본국으로 돌아가도록 할 것이며, 나와 더불어 이 고장을 잃어서는 아니 되오」

진무가 대답했다.

「한가(漢家)의 왕실이 비로소 이루어졌는데, 전쟁은 바야흐로 치열합니다. 천하는 하루도 대왕께서 없으시면 안됩니다. 소장은 일개 무용지인입니다. 목숨을 바쳐 대왕을 구하겠나이다.」

유요가 말했다.

「토로장군이 적장을 베지 않았던들 나는 없었을 것이오 내가 어찌 장군을 버리고 내 목숨만 보전하겠소」

전무는 굳이 사양하는 유요를 말에 올려 박차를 가하여 겨우 분수(汾水)를 건넜다.

얼마 만에야 유요는 의식을 회복했다. 맥이 탁 풀려 기운이 없고 갈증이 몹시 났다.

「물, 물을 좀!」

그가 이렇게 외치자 한 얼굴이 다가왔다. 강발이었다.

「전하! 이제야 정신이 드십니까. 하여간 무사하셔서 다행이옵니다.」

유요는 일어나려 했다. 그러나 몸이 말을 듣지 않았다. 어깨며 등의 상처가 몹시 아팠다. 그제야 유요는 자기가 성중에 누워 있음을 알았다.

강발이 나직한 소리로 말했다.

「이 성은 더 지탱할 수 없으니 평양으로 가셔야 합니다. 오늘밤은 적도 완전히 성을 포위하지는 못했습니다. 여기뿐 아니라 형양에서도 철수해야 되옵니다.」

「군사!」

유요가 아픔에 낯을 찡그리면서 말했다.

「어서 그렇게 해주시오. 군사의 말을 안 듣다가 또 실수를 저질렀구려. 미안하오.」

그리고는 눈을 감아버렸다.

강발의 지휘로 한군은 그날 밤 3경에 병주성을 떠났다. 별이 총총한 밤이었다. 군대 행렬 중간에는 한 대의 마차가 가고 있었다. 유요는 마차에 누워서 하늘을 쳐다보고 있었다.

'아, 저 유구한 하늘에 비해 사람이란 얼마나 보잘것없는 존재란 말인가!'

이리하여 유요는 강발의 의견을 좇아 곧 수습하여 성을 빠져나왔다. 그리고 형양으로 사람을 놓아 유경(劉景)에게 기별하고, 잠시 평양으로 돌아가기로 하고 두 군을 모두 진(晋)에 돌려주었다.

다음날, 유곤은 척발의로를 청하여 성을 공격하려던 차에 백성 부로(父老)들이 일찍이 향화를 갖추어 원문(轅門)에 이르러 통곡하며 환대하니 유곤은 곧 입성하여 백성을 안무하고, 또 다시 병주를 얻었다.

제9장. 다시 장안으로

1. 장수의 길

진 민제 건흥 2년, 병주를 되찾은 유곤은 백성을 안무하고 나자, 대공(代公)의 영채를 걸어서 방문하여 은공을 배사하고, 승전의 기세를 몰아 유요를 추격하여 무찌르자고 청했다.

「다행히 공의 도움으로 고군(故郡)을 다시 찾아 그 은혜가 각골난망입니다만, 지금 유요는 부상한 몸으로 물러가고 있으니 급히 그를 쫓아가 섬멸한다면 국가의 화근을 끊어버리는 셈이 될 것입니다. 만일 그대로 놓아둔다면 그 몸이 회복되는 대로 반드시 보복하기 위해서라도 쳐들어올 것입니다.」

유곤의 말을 듣고 있던 척발의로는 내키지 않는 듯 긴 수염을 쓸어내렸다.

「무엇에나 한계가 있는 법입니다. 이만큼 이긴 것도 다행한 일이거늘, 다시 유요를 잡으려는 것은 좀 지나친 욕심이 아니겠소이까. 유요는 천하의 맹장이며 그가 포위되어서도 벗어 나간 것으로 볼 때 그의 운은 아직도 다하지 않았다고 봅니다. 죽을 사람 같으면 이미 그 때 죽었을 것입니다.」

유곤은 화가 났으나, 그런 것을 내색할 처지도 못되었으므로 추격하는 일은 포기하는 수밖에 없었다.

「그래도 분이 안 풀리셨소?」

척발의로도 유곤의 마음을 읽은 듯 그를 바라보며 웃었다.

「다 운수라는 것이 있으니 조급하게 생각 마시오. 그것보다는 우리 사냥이나 하면서 하루를 즐겨볼까요?」

유곤은 마다 할 수 없었다.

다음날, 그들은 수양산(壽陽山)으로 사냥을 나갔다. 말이 사냥이지 10만 대군이 동원되었으니 일종의 연무대회였다. 산은 5, 60리에 걸쳐 군사에 의해 완전히 포위되고 고함소리는 천지를 진동시켰다.

척발의로와 유곤은 온종일 말을 달리며 활을 쏘았다. 산야를 달리며 하루를 보냈더니 울적한 심사가 많이 가셨다.

「저것들 좀 보시오. 군사들이 아득히 저쪽에까지 뻗쳐 있군요」

척발의로는 자랑스러운 듯 손을 들어 저쪽 산모퉁이에서 사냥감을 몰고 있는 군사들을 가리키기도 했다.

「이런 것을 보고 있으면 문득 어떤 야심이 일어나기도 하지요. 천하의 일이 뜻같이 만 될 것 같다 이 말씀입니다. 그러나 모든 일에는 한계가 있는 법이지요. 나는 내일 돌아가겠소이다.」

이렇게 말하며 척발의로는 큰 소리로 웃었다.

유곤은 가슴이 뜨끔함을 느꼈다. 그렇다면 이 사람에게도 그런 야심이 떠오를 때가 있었던가. 그는 초탈한 것 같은 척발의로의 얼굴을 다시금 바라보았다.

「무슨 일이 있으면 알리십시오. 곧 달려와 돕겠습니다.」

이렇게 말한 척발의로는 위웅(衛雄)에게 5천의 정병을 주어 유곤을 돕도록 명령한 후 대군을 인솔하고 귀로에 올랐다.

　유곤은 성중을 친히 돌아보았다. 몇 번의 싸움으로 거리는 여지없이 황폐해져 있었고, 주민들은 오래 굶어서 얼굴에 핏기가 가셨다. 그가 남문으로 갔을 때 한떼의 백성이 병사들에게 끌려오는 것이 보였다.

　「이놈들은 적의 편을 들었습니다. 유요가 입성할 때 땅을 쓸고 술을 들고 나가서 마중했다 합니다.」

　병사는 태수에게 이렇게 설명했다.

　「이놈들!」

　유곤의 입에서 호통이 터졌다. 백성들은 그 순간 사색이 되었다. 그러나 이것은 백성을 꾸짖은 것이 아니었다.

　「누가 그런 짓을 하고 다니라 했느냐. 백성은 나라의 근본인즉 우리가 성을 지키지 못해서 그들에게 그 같은 고통을 주었으니 죄가 있다면 나에게 있다. 살기 위해 적병 앞에서 허리를 굽힌 것이 무슨 잘못이란 말이냐. 나라도 그랬을 것이다. 즉시 모두 풀어주어라.」

　어리둥절한 병사들이 결박을 풀어주자, 백성들은 서로 붙들고 눈물을 흘리며 좋아했다. 이 소문은 삽시간에 성중에 퍼져서 유곤의 위신은 더욱 올라갔다.

　유곤은 이렇게 백성들을 덕으로 어루만지는 한편 군사를 모집하고 군량을 모으는 데 열중했다. 그의 명성을 듣고 몰려드는 장정은 매일 끝없이 이어졌다.

　유곤은 마침내 황제에게 표를 바쳐 위한을 치자고 주장했다.

　　—병주자사 신 유곤은 삼가 성상 폐하께 글월을 올리나이다. 국가가 흔들리는 때를 당하여 신은 변방을 지키며 오직 황은에 보답할 길만을 찾던 중, 전번에는 유요에게 고을을

빼앗기고 폐하께 심려를 끼쳐드렸사옵니다. 그러나 폐하의 위엄을 빌려 다시 유요를 격퇴하고 고을을 회복했으며, 적군을 목 베기 몇 만에 이르렀고, 유요는 중상을 입고 도주하였사오니, 이 어찌 하늘이 굽어보시고 조종(祖宗)이 도우심이 아니겠사옵니까. 그러나 유요는 다시 쳐들어올 것이오니, 폐하께서는 각 고을에 분부하사 크게 왕사(王師)를 일으키시옵소서. 그리하여 적의 소굴을 소탕하시고 유총을 사로잡아 다시 사해에 황은이 골고루 미치도록 하시기를 복망하나이다.

어쨌든 이 상소는 어린 황제를 깊이 감동시켰다.
「오, 장하도다! 신하의 도리가 이래야 마땅하리라.」
그는 곧 백관을 정전에 모으고 이 일을 논의케 했다.
사공 양분(梁芬)이 출반하여 아뢰었다.
「유곤이 한 고을의 군사를 이끌고 능히 유요의 대군을 깨뜨렸음은 이제 사직이 바로잡히려는 조짐이 아니고 무엇이오리까. 한 지방으로도 발분하여 일어나면 이러하거늘, 천하의 제후가 뜻을 같이하여 일어난다면 그 위력이 어떠하겠사옵니까. 마땅히 조칙을 각처에 발하시어 왕돈·주의·조적은 남으로부터 올라오게 하시고, 왕준·장궤와 요대(遼代)의 군사는 북에서 내려오게 하시며, 장광·이구·유곤은 안으로부터 응하게 하시면 능히 국치를 씻고 신주(神州)를 되찾을 것이옵니다.」
이에 조서를 휴대한 사신이 각 주 자사와 장수에게 급파되었다.
이 소식은 곧 평양에 알려졌다. 왕인(王因)의 친구인 장경(張瓊)이라는 사람이 있어서 일종의 첩자 노릇을 하고 있었던 것이다. 놀기만 하던 한황 유총도 이 소식에는 무심할 수가 없었다. 신하들 앞에 나타난 그는 사뭇 초조해 보였다.

「장안의 일처럼 각처에서 움직인다면 천하가 크게 흔들릴 터인데 경들은 그에 대한 대책이 없겠는가?」

이때 좌승상 진원달이 출반하여 아뢰었다.

「*선수를 치면 남을 제압한다 했나이다(先則制人선즉제인). 급히 조억에게 명령하여 왕돈을 치게 하시고, 조고(趙固)에게는 낙양에서 일어나 조적으로 하여금 감히 움직이지 못하게 하시며, 석늑에게는 그 위엄을 강한(江漢)에서 떨치며 물을 타고 동으로 내려가게 하옵소서. 이리하면 강남의 군대가 북상하지 못할 것이옵니다. 다시 왕복도에게 군사 1만을 주어 한성에 주둔케 하시고, 호연모ㆍ왕자춘의 군대와 협력하여 왕준을 막고, 황양경(黃良卿)에게는 군사 3만을 주어 한단의 경계에 나아가 장궤를 누르게 하시는 한편, 중산왕 전하로 하여금 10만을 이끌고 장안에 이르러 적의 소굴을 뒤엎고 그 군신을 사로잡게 하시옵소서. 위제(僞帝)만 잡는다면 각처의 군사가 와해될 것이옵니다.」

크게 기뻐한 황제는 곧 각처에 명령을 하달하고 중산왕 유요를 불러들였다.

「경의 몸은 쾌차되었소?」

황제가 건강부터 걱정하자 유요는 고개를 번쩍 들고 황제를 쳐다보았다. 그 얼굴에는 씩씩한 기운이 넘쳐흘렀다.

「상처가 회복된 지는 오래 되었사옵니다. 이제는 보통 때와 다름이 없나이다.」

「오, 다행한 일이오」

황제는 적의 움직임을 대강 설명해 주었다.

「그래서 각처에 명령하여 적의 군사를 중도에서 막게 했소만, 장안을 치는 일은 아무래도 경에게 부탁해야 될 것 같소. 경에게는 그 동안 너무나 고생을 시켰고 이번에는 상처가 회복된 지 얼마 안되는지라 말하기조차 거북한데 경의 뜻은 어떠하오?」

그 말을 듣자 유요의 눈에서는 불꽃이 활활 타올랐다.

「폐하께서는 어찌 신의 의향을 물으시나이까. 장수된 자는 목숨이 붙어 있는 한 나라를 위해 분골쇄신할 뿐이오이다. 싸우고 또 싸운다는 것, 이것이 장수의 도리인 줄 아옵니다.」

그의 말은 사뭇 비장했다.

「신이 전번에는 그들을 얕보다가 군사를 잃고 몸에 부상까지 입었사옵니다. 이 수모를 씻기 위해서라도 장안을 쳐부수고야 말겠사오니 폐하께서는 마음을 놓으시옵소서.」

황제는 크게 기뻐하여 관서대도독(關西大都督) · 평진원수(平晋元帥)의 직책을 유요에게 내리고 교지명(喬智明)을 선봉장으로 임명했으며, 왕등 · 마충 · 전무 · 형연 · 유풍 · 관산 등으로 하여금 그를 돕게 했다.

유요가 12만의 대군을 이끌고 평양을 떠난 것은 그로부터 이틀 뒤의 일이었다. 모두 기백에 넘쳐 있었지만, 교지명은 새로이 선봉장에 뽑혔으므로 더욱 의기양양하게 앞서 달렸다.

진으로서는 한을 치려는 계획이 중앙정부에만 있을 뿐, 아직 지방의 호응을 얻지 못한 형편이었으므로 침략하는 유요의 앞길을 가로막을 자가 없었다. 지방의 조그만 성 같은 데에 대군이 밀어닥치자 대부분이 싸우지도 않고 항복하든가 도망하든가 하였으므로 유요의 선발대는 무인광야를 가듯 요관(嶢關)을 뺏고 후속부대의 도착을 기다렸다.

이 소식이 전해지자 장안은 물 끓 듯하였다. 재빠른 백성 중에는 벌써 남부여대(男負女戴 : 남자는 지고 여자는 이고 감. 즉 가난한 사람이 이리저리 떠돌아다니며 산다는 뜻)하여 성문을 빠져나가는 자가 많았다.

황제는 영리하다 하나 아직 소년이었다. 겁이 덜컥 나고 안색이 변했다.

「전번에도 유요에게 포위되어 가까스로 위기를 모면했거늘, 이번에는 또 무엇으로 막는단 말인고? 경들은 적을 물리칠 계획을 세우라.」

삭침이 아뢰었다.

「폐하! 너무 심려치 마시옵소서. 군사가 오면 군사로 막고, 장수가 오면 장수로 막으면 됩니다. 유요라 해서 특별난 사람은 아니옵니다. 우리 장수는 그를 여러 번 격퇴한 일이 있거늘 무엇을 두려워하오리까.」

삭침은 침착한 어조로 말을 이어갔다.

「속히 국윤(鞠允)에게 분부하여 군량을 장안으로 나르게 하시고, 한표를 대장으로 삼아 5만의 군사를 이끌고 남전에 나가 적을 막게 하시옵소서. 남전은 천하의 험지이니 유요라 해도 쉽사리 깨뜨릴 수 없을 것이옵니다.」

황제는 한표를 불러들여 대장군의 직첩을 내리고, 화경(華勍)·노충·양위 등에게도 출전을 명령했다.

한표의 군대와 유요의 부대는 거의 때를 같이하여 남전에 도착했다. 그들은 서둘러 각기 진을 치고 대치했다. 이윽고 양진에서는 북소리가 요란히 울리고 한표와 유요가 제각기 장수들을 거느리고 진두에 나타났다. 한표가 앞서 호통을 쳤다.

「족한 것을 알면 욕됨이 없거니와, 멈출 줄을 모르는 자에게는 천벌이 임하나니, 너는 어찌 무지함이 이 같으냐. 한두 번 실수하고도 깨닫지를 못하고 이처럼 자꾸 밀려오니 세상에 두려운 것은 무식한 놈이로다. 너는 일찍이 상국(上國)을 범하여 낙양을 짓밟음으로써 죄를 하늘에 얻었기로 마땅히 근신하여 칩거할 것이거늘, 이제 다시 여기 와서 무엇을 하려는 것이냐. 무도하고 강포한 자로 망하지 않는 자 없으니, 너는 속히 말에서 내려 대죄하도록 하라.」

그 정정한 목소리는 싸움터를 메운 장병들의 가슴을 섬뜩하게 만들었다.

「천하의 미친 놈이로구나!」

유요가 크게 웃었다.

「족한 것을 안다는 놈이 왜 천명이 바뀐 줄은 모르느냐. 낙양이 떨어지고 황제가 사로잡힐 때 진조의 운명이 이미 다했거늘, 너희가 다시금 위제(僞帝)를 받들어 북방에서 준동하니 그것을 어찌 충성이라 하겠느냐. 이제 천하는 우리 한조의 것이다. 장안을 어찌 너희 같은 괴뢰정권에게 넘겨주겠느냐. 어서 성을 들어 항복해라. 너희가 살 길은 그것뿐이다.」

「이놈!」

한표가 호통을 쳤다.

「내 칼을 보고 입을 놀려라. 너 같은 역적 놈은 단번에 목 베어 주리라.」

크게 노한 유요는 철편을 들고 쫓아나갔다. 한표는 칼을 쑥 뽑아들고 이를 맞아 싸웠다. 한표는 칼을 분주히 놀리면서도 입을 다물고 있지 않았다.

「유요야! 그렇게 서두르지 마라. 우리 해가 넘어갈 때까지 수영(輸贏 : 승부·자웅·승패의 속어)을 결하자. 공연히 기력을 소모하여 조금이라도 패주하는 일이 없도록 하라.」

유요도 지지 않고 대꾸했다.

「난도(亂道 : 사설邪說로써 도리를 흐트러뜨림)를 농하지 말라. 10합 안에 너 필부를 생포하지 못하면 내 대장부가 아니로다.」

유요의 철편은 생명이 있기나 한 듯이 한표의 머리와 어깨와 말머리 주변을 난무했다. 그러나 한표의 칼은 자기 몸 주위를 번개처럼 휘돌아서 마치 무지개를 쓰고 있는 것 같았으므로 유요의 철편도 뚫고 들어갈 여지가 없었다. 그들은 80합이나 싸웠다.

한표에게 실수가 있을까 하여 화경이 창을 비껴들고 달려 나가니 이를 본 한진에서는 호연승이 뛰어나가 화경을 막았다.

그래도 싸움에 진전이 없자, 노충과 양위가 달려 나왔고 이쪽에서도 교지명이 쫓아나가 싸웠다. 그야말로 장수들끼리의 대혼전이었다.

이때, 북소리가 울리며 한 대장이 한떼의 군마를 이끌고 나타나바로 진군의 진영으로 뛰어들었다. 후군을 맡아 행군해 오던 관하가 이제야 도착한 것이었다.

관하도 이제는 흰 머리가 보이는 나이였다. 이 백전노장은 장수들이 싸우고 있는 것을 보자 그것은 외면한 채 바로 적의 본진을 들이친 것이었다.

「이놈들! 관장군의 언월도를 아느냐」

관하는 이렇게 호통을 치면서 좌충우돌했다. 갑자기 뛰어든 새 부대 때문에 진나라 진영은 대혼란에 빠지고 말았다.

진군은 드디어 지탱하지 못하고 관하는 곧바로 중군을 들이쳤다. 한표는 더욱 역전(力戰)하였으나, 이 때 관심이 말 뒤에서 또 대드니 한표는 마침내 달아나고 만다. 이리하여 진군은 온통 대패하여 장안을 향하여 달아났다.

관심·관하·교지명 세 장수는 뒤에서 추격하여 용미파(龍尾坡)에 이르렀다. 진병은 성문 쪽으로 달려가서 한병이 온다고 소리치니, 백성들은 곧이듣고 모두 난장판이 되어 밀려들었다.

성문 밑에 있던 군민은 서로 밟고 밟히고, 떠밀고 밀리며 난입

하니, 진병과 한병의 분별을 못함은 물론, 곡성은 천지를 진동하고, 시체를 밟는 자 또한 부지기수이니, 실로 아비규환의 수라장이었다.

진제(晉帝)는 이 소식을 듣고 크게 두려워하며 사안루(謝雁樓)로 달려가 피하니 모든 관원은 진제를 찾아내지 못했다.

관하 등은 진병이 놀라고 두려워하고 있는 줄은 모르고 복병이 있을까 겁을 내어 애써 성중으로 들어가지 않고 도리어 불을 놓아 진병의 영채를 태우고 군사를 소요원(逍遙園)으로 이동하여 둔을 치고 본진이 이르기를 기다렸다.

한편 유요는 패주하는 진병을 추격하다가 날이 어두워 영을 내려 군사를 거두는데, 오직 전후 두 장수가 없는 것이었다. 급히 측근에게 물으니, 병사의 말이 삼위장군(三位將軍)은 진병을 추격하였는데, 아직까지 돌아오지 않아 어디 있는지 모른다는 보고였다.

유요는 이 보고를 받자, 군사를 재촉하여, 관산을 잃지 않으려고 자신이 앞장서서 바람같이 내달으니, 모든 장수들도 질풍같이 유요의 뒤를 따랐다. 이들은 이경이 넘어서 용미파에 이르니, 관하 등은 이미 소요원에 가 있다는 말을 듣고 크게 기뻐했다.

유요는 곧 달려가 함께 전승을 기뻐하며 주연을 베풀고 즐거이 마시며 함께 의논을 폈다. 그리고 만약 있을지도 모를 암계(暗計)에 대비하여 밤을 경계하고 조금도 쉬지 않았다.

2. 위수(渭水)의 물

이튿날, 유요는 성을 에워싸려 했으나 국윤·국지(鞠持)·국감(鞠監) 등이 이끄는 농우(隴右)의 10만 대군이 두 패로 나뉘어 접근해 오고 있다는 보고에 접했으므로 진을 굳게 치고 싸울 준비를 서둘렀다.

국윤은 장안으로부터 30리쯤 떨어진 곳에서 일단 행군을 멈추고 사자를 가만히 성중에 보내서 한군을 협공할 것을 제의하는 한편, 따로 간첩을 보내 적정을 탐색케 했다.

다음날 아침, 갑자기 성문이 열리며 한떼의 인마가 쏟아져 나왔다. 앞장선 대장은 한표와 화경이었다. 유요는 얼른 진세를 가다듬었다.

오늘의 싸움은 장수의 대결을 거치지 않고 처음부터 전면적인 충돌로 들어갔다. 진나라 군사들은 원군이 가까이 와 있음을 알고 있는 까닭에 사기가 충천해 있어서 그 공격은 보통 날카로운 것이 아니었다.

「적은 얼마 되지 않는다. 그대로 성안으로 밀고 들어가라. 황제를 사로잡은 자에게 특상을 내리리라.」

유요는 이렇게 외치면서 몰려드는 적군 속으로 뛰어들었다. 그가 철편을 움직이기만 하면 앞길은 훤하게 뚫렸다.

「한표는 어디 있느냐?」

유요는 적군 속을 헤치고 나가면서 고함을 질렀다.

「무엄하다, 이놈!」

저쪽에서 한표가 유요를 보고 달려왔다.

유요는 기필코 이번에는 한표의 목을 벨 작정을 하고 용맹을 다해 싸웠다. 그의 철편은 천변만화하면서 허공을 난무했다. 싸움이 40합에 이르자, 한표의 검법이 차츰 생기를 잃는 것 같았다. 이것을 눈치 챈 유요는 더욱 힘을 다해 싸웠다.

「이놈!」

고함소리와 함께 유요의 철편이 가로로 날았다. 한표는 칼을 놓친 채 말머리를 번개처럼 돌려 달아났다.

「거기 서지 못해? 이 비겁한 놈!」

유요는 신이 나서 그 뒤를 추격했다.

이것으로 팽팽히 맞섰던 양군의 균형은 깨어진 듯했다. 한나라 장병들이 힘을 얻어 용기백배하여 싸우는 데 비해 진나라 군사들은 주춤 물러서는 자가 많았다.

그러나 싸움은 예상을 뒤엎고 새로운 방향으로 전개되어갔다. 국윤·국지가 이끄는 농우(隴右)의 10만 대군이 들이닥쳤다.

또 진주(秦州)의 대장 호숭, 옹주의 대장 양종(梁綜), 농우의 금장(金章)·화칙(華勑)·화면(華勔)은 병사 7만을 통솔하여 앞뒤에서 협공하였다. 그러나 한병은 역전분투 퇴군하지 않고, 삭침·가필은 싸움을 독려하며 허장성세로 크게 외쳤다.

「송시(宋始)·축회(竺恢)의 대병이 쇄도한다. 한병은 곧 패주할 것이다. 전진하라! 유요를 생금하는 자에게는 관직을 높이고 만호(萬戶)를 봉하리라!」

진장(晋將)은 이 말을 듣고 용기백배하여 죽음을 무릅쓰고 앞을 다투어 나가니, 한군은 지탱하지 못하고 크게 패하여 달아났다. 한표 등은 위수(渭水)까지 추격하였으나 날이 어두워 회군하였다.

유요는 1만 여의 병사를 꺾이고 노기가 탱중하여 장병들에게 호령했다.

「나는 군사를 일으킨 이후 한 번도 패한 적이 없다. 그런데 오늘의 이 참패는 여러 장병이 죽음을 무릅쓰지 않은 데 원인이 있는 것이 아닌가! 내일 다시 쳐들어갈 것이나, 만약 이기지 못하는 날엔 부장(部長)을 참하리라.」

관하가 간하여 말했다.

「전하, 병사를 책망하지 마십시오. 오늘의 패전은 진장이 양쪽에서 공격했기 때문에 지탱할 수 없었던 것입니다. 결코 목숨을 아낀 것이 아닙니다. 그들은 새로 군주를 세우고 전력을 다하여 군사를 모았습니다. 모두가 필사적입니다. 또한 다시 진격하지 않고 있습니다. 그리고 송시·초승이 과연 경양(涇陽), 부풍(扶風)에서 인마 3만을 거느리고 내도한다면 더욱 기세가 강성해질 것입니다. 그러므로 일단 후퇴하여 남전을 수비하다가 그 적실(的實)을 살펴 가며 진격하여도 늦지 않을 것입니다.」

유요가 다시 말했다.

「어찌 수천 리를 와서 이미 험애(險隘)를 지나 아직 촌공(寸功)도 세우지 않고 퇴거하여 그들에게 다시 돌려줄 수 있겠소」

관산이 또 말했다.

「그를 알고 나를 알면 백전백승합니다(知彼知己百戰不殆지피지기백전불태). 지금 강존충은 여기 없습니다. 소인의 모의(謀議)를 들으십시오」

관하가 옆에서 한 마디 참견했다.

「오류를 범하지 말아야 합니다. 또 진은 처음으로 떨쳐 일어나 모두 죽음을 각오하고 공을 새로 세우려 합니다. 장안은 아마 격파하기 힘들 것입니다. 또한 전봉(戰鋒)이 이롭지 않습니다.」

유요가 다시 말했다.

「공의 조부는 60세에 위(威)를 화하(華夏)에 떨치셨소 계안(繼安)은 아직 6순이 안됐는데 무엇을 겁내시오」

「그야 아직도 80근 대도를 쓰고, 3백 력(力)이나 되는 활을 당깁니다. 무엇을 겁내겠습니까. 그러나 장수끼리 1 대 1로 대적한다면, 진의 만진(晩進 : 후퇴)하는 자를 금참(擒斬 : 사로잡아 베어 죽임)합니다. 그러나 그들은 중지(重地)에 있으니, 언제 어떤 사태가 벌어질지 모르므로 말씀을 드리는 것입니다.」

관하가 말을 마치자, 유요는 또 이어 말했다.

「군사는 진격이 있을 뿐 후퇴는 없는 법이오 내게 한 계교가 있소」

그러면서 유요는 숙장(宿將)들로 하여금 모두 후대(後隊)를 삼고, 교지명・형연・전무・왕등・마충 등 일반(一斑)의 새 장수들을 원망 섞인 소리로 진충갈력하여, 삭침・국윤을 사로잡아 장안을 취하는 데 큰 공을 세우라고 분부했다.

이리하여 군사를 돌려 또 위수를 건너니, 진(晉)의 세작은 진군 안으로 나는 듯이 이 소식을 고했다.

삭침・국윤은 여러 장수들에게 일렀다.

「그들은 어제 싸움에 패주하여 아직 군심(軍心)이 동요되고 있소. 예기(銳氣)는 우리에게 있으며, 도적들은 무지하여 역세(逆勢)로써 움직이고 있소. 우리가 신속히 진군하여 순(順)으로써 응하면 그들은 반드시 우리가 승세를 몰아오는 것이라 생각할 것이오. 그러니 조금만 진격하면 한병은 혼란을 일으킬 것이오.」

이리하여 한표・화경 등은 군사를 휘동하여 전진하고, 양군은 중로에서 만나 각기 진세를 폈다.

한장 교지명은 용맹을 믿고 진두에 나갔다가 손 한번 써보지 못하고 진장 양위가 쏜 암전(暗箭) 한 개를 어깻죽지에 맞았다.

교지명은 화살을 꽂은 채 마구 달려 나가니, 노충이 추격하여 창을 꼬나 잡고 대들었다. 교지명은 노기가 탱중하여 노충에게 바싹 다가가서 노충이 내지르는 창끝을 잡았다가 다시 손을 바꿔 손잡이 쪽을 노충의 목덜미에 적중시키니 노충은 창을 안고 뒤로 비틀거렸다.

화면은 노충을 구하고자 대항하였으나, 불과 3합에 교지명의 창에 찔려 죽었다.

화칙은 이것을 보고 달려와 원수를 갚고자 하였으나, 접전 1합도 하기 전에 형연이 배후에서 찌르는 창을 받고 목이 떨어져 말

아래 뒹굴었다.

화경은 아우를 잃은 슬픔에 분함을 참지 못하여 대도를 휘두르며 교지명을 향하여 성난 짐승처럼 돌진했다.

교지명이 화경을 맞아 10합도 교전하기 전에 양위 등이 달려드니, 교지명은 사면으로 적을 맞아 몸을 피할 길 없어 화경이 내리치는 칼에 맞아 말 아래 떨어지고 말았다.

교지명이 말에서 떨어지는 것을 보고 유요는 한군이 패퇴하지 않을까 두려워하여 노기가 탱중했다. 즉시 철편을 휘두르며 진진(晋陣)를 마구 짓밟으니, 한표·국윤은 말머리를 가지런히 하여 나와 맞았다. 그러나 국윤이 교봉 5합에 창이 꺾이고, 위태로웠던 목숨을 다행히 한표의 구원을 받아 겨우 살아났다.

이 때 국감(麴鑒), 양종이 달려와 미처 싸우기도 전에 한장 형연·호연승이 달려와 저지했다.

이때 홀연 북쪽으로부터 티끌이 하늘을 뒤덮으며 신포(信砲)가 하늘에 울리더니 축회·초승·송시 등이 정병을 휘동하여 후면을 들이쳤다. 그러나 관산·관하의 접응병이 이르러 도리어 초승을 베어 물리치자, 송시는 얼른 구원하러 달려가고, 축회는 허겁지겁 좌충우돌로 대도를 내질렀다.

축회의 아우 축회(竺懷)는 형이 도저히 관산·관하의 적수가 못된다고 판단하여 암전을 관산을 겨냥하고 쏘았다. 활은 어김없이 관산의 왼쪽 팔에 맞았다. 관산이 상처를 입고 진중으로 들어가니 관하가 나와 초승·송시를 막았다.

축회 형제는 곧 관산을 뒤쫓았으나, 적진에서 관심이 달려 나와 또 저지당하고 말았다.

삭침은 군사를 재촉하여 활을 쏘려는데, 홀연 서쪽의 진이 어지러워지는 것이 보였다. 자세히 보니, 남양왕의 부하 대장 호숭·

장춘이 짓쳐 나오고 있는 것이 아닌가. 한병은 그만 겁을 먹고 뒤도 안 돌아보고 궤주(潰走)하고 말았다.

축회(竺懷)는 궤주하는 적을 쫓아 승세를 몰아 추격하니, 관심은 형 관산을 보호하여 달아났다. 관산의 손에는 대도가 들려 있지 않았다. 이것은 곧 그 팔이 아픈 때문이리라 판단하고 박차를 가하여 돌진해서 관산 형제에게 덮치려고 했다.

그러자 관산은 머리를 돌려 축회를 보고 말을 몰아 대갈일성 호통을 쳤다.

「암전을 쏘는 이 좀도둑아, 죽고 싶거든 나를 쫓으라.」

하며 대도를 휘둘렀다. 관산은 단 1합에 축회의 머리와 목을 쳐 만단을 내어 형을 쏜 복수를 하였다.

진병은 이 광경을 보고 두려워하여 일시 진군을 멈췄다. 그러나 진장 색침·국윤이 대갈하여 깃발을 든 두 병사를 참하니 군사들은 그 위에 눌려 산이 울리도록 함성을 지르며 다투어 돌진했다.

유요는 병사를 멈추게 하고 싶으나 뜻대로 되지 않자 그냥 동관(潼關)을 향해 달아났다. 진병은 추격하다가 한병이 동관으로 들어가는 것을 보고 군사를 거두었다.

3. 남 잡기 저 잡기

동관에 도착한 유요는 군사를 점검해 보았다. 그날의 싸움에서 잃은 군사는 실로 3만 명이나 되었다.

「몇 만만 있어도 싸울 수 있는데, 우리에게는 아직도 7만의 병사가 남아 있지 않은가. 내일은 기어코 적을 깨뜨리고야 말리라. 차라리 장안에서 뼈를 묻을지언정 무슨 면목으로 평양에 돌아가랴.」

「전하! 고정하소서.」

관하가 간했다.

「이기고 지는 것은 병가의 상사입니다. 이만한 정도의 실수를 가지고 지나치게 생각하심은 잘못이오이다. 조조는 어떠한 인물입니까. 소열황제께서도 그 용병의 능력을 높이 평가하셨던 터입니다. 그 같은 인물도 적벽(赤壁)에서 대패를 하지 않았사옵니까. 또 고조께서는 초(楚)와 싸워 번번이 실패하셨건만 구리산(九里山)의 한 싸움에서 크게 이겨 한나라의 기틀을 마련하시지 않았나이까. 이렇게 볼 때, 마지막 승리만이 진정한 승리이고, 그 이전에 있는 일승일패는 논할 것도 없는 줄 아옵니다. 그런즉 전하께서는 속히 평양으로 회군하사 후일을 도모하시옵소서.」

그제야 유요도 어느 정도 생각을 고쳐먹었다. 그렇다고 평양으로 돌아갈 수도 없는 노릇이어서 그는 물러나 효관(淆關)에 진을 치고 상소하여 원병을 청했다.

한의 황제는 중산왕 유요가 바친 표(表)를 받았다.

―신이 군사를 이끌고 평양을 떠난 이래 주야로 노심초사함이 오로지 적을 깨뜨리고 위제(僞帝)를 사로잡음에 있사옵니다만, 일이 뜻같이 되지 못하여 송구스럽게 여기는 바이옵니다. 아군은 요관을 뺏고 남전에서 한표를 격파하여 바로 장안으로 밀려가 화경·축회·화면 등을 베었사오나, 선봉 교지명이 용맹을 믿은 나머지 경솔히 나아갔기에 도리어 적의 술책에 빠져 일을 그르쳤나이다. 지금 신은 효관에 주둔하여 시기를 기다리고 있사옵니다. 만일 여기에서 신이 물러난다면 적은 뒤를 밟아 평양을 노릴 것이오며, 적을 깨기 위해 나아가기에는 군사와 식량이 약간 결핍되어 있는 상황이옵니다. 복원하오니 성상께서는 신에게 몇 만의 장병을 내리

시어 다시 장안을 거두어 진조의 뿌리를 끊게 하옵소서. 신 유요는 성황성공하와 멀리 도읍을 향하여 울며 이 글월을 폐하게 올리나이다.

황제는 읽기를 마치자 복잡한 표정을 지어 보였다. 솔직히 말한다면 실망한 것이었다. 그렇다고 유요의 실수라고만 말할 수도 없는 것 같았다. 명색이 한 국가의 수도이니 그리 용이하게 떨어뜨릴 수는 없을 것이다. 더욱이 유요 아닌 다른 장수가 갔다면 그만한 성과나마 거두지 못했으리라.

유요는 낙양을 칠 때에도 세 번이나 실패했다. 그러나 마지막에는 훌륭히 승리하여 그 황제까지 사로잡아다가 바치지 않았던가? 이런 일로 미루어본다면 사태는 반드시 절망할 것만은 아닌 것 같았다. 이제라도 낙양에서의 승리 같은 성과를 올리지 말라는 법도 없을 것이다.

그리고 황제에게는 유요라는 인물이 얼마간 두려운 것도 사실이었다. 사사로이는 사촌간이요, 공식적으로는 그의 신하였건만, 그의 세력은 너무나 컸다. 황제로서는 그것을 누를 자신이 없었다.

이런 일 저런 일로 미묘한 반응을 보인 황제는 이윽고 좌우를 돌아보며 말했다.

「적도 장안을 소홀히 할 리 없기에 중산왕도 다소 고전하는 모양이로다. 군사 1만과 군량미 3만 석만 보내주라.」

어쨌든 이런 황제의 조치는 유요에게 힘이 된 것이 사실이었다. 군대나 식량의 원조보다도 그에게는 황제가 보인 신임이 고마웠다. 여기에 용기를 얻은 유요는 관문을 굳게 지키면서 호시탐탐 장안을 칠 기회를 엿보았다.

한편 유요의 이러한 움직임을 알고 있는 장안에서는 전전긍긍

했다. 이번에 유요를 물리쳤다고는 하나, 재기할 수 없을 만큼 결정적인 타격을 주었다고는 생각되지 않았다. 그리고 그들은 유요에 대해 거의 본능에 가까운 공포를 지니고 있었다. 그 두려운 유요가 본국으로 안 가고 눈앞에 버티고 있지 않은가.

그렇다면 그가 노리는 것이 무엇인지는 물을 것도 없는 일이었다.

그러니 장안의 수비를 강화하려는 움직임은 자연스러운 일이었다. 삭침의 주장이 받아들여져 양주사자 장광(張光)에게 소명이 내려졌다.

태평한 시대라면 문제도 안될 것이었으나, 시대가 시대이니만큼 칙명을 받은 장광의 반응도 그리 단순하지는 않았다. 황제의 이름만 들어도 굽히고 들어가던 시대는 이미 아니었다.

「조칙이 내려서 나에게 장안을 수호하라 하시는 바, 제공들의 의견은 어떠하오?」

장광은 장수들을 모아놓고 이렇게 서두를 꺼냈다. 그 말 속에는 때에 따라서 거부할 수도 있다는 암시가 내재되어 있었다.

종사(從事) 왕교(王喬)가 말했다.

「하간왕을 치신 이래, 아직 그 상처가 완전히 회복되지 못했습니다. 병사라야 형주에서 항복해 온 2만이 있을 뿐이며, 군량의 비축도 미미한 터에 어찌 장안에 들어가시겠습니까. 여기는 장군의 본거지입니다. 가볍게 움직이지 마십시오.」

양주를 하나의 독립국처럼 보는 의견이었다.

「그것도 그렇소만……」

장광이 난처한 듯 말했다.

「칙명을 거부하기도 어렵고……」

이때 그 아들 장매(張邁)가 나섰다.

「백니보(白泥堡)의 양무(楊武)를 보내십시오. 그에게는 5만 명이나 수병이 있는 터이니까, 장안에 가면 힘이 될 것입니다. 우리는 명목상 장수만 한 사람 딸려 보내면 되지 않겠습니까.」

「그것 참 묘안이다!」

장광이 무릎을 쳤다. 그렇게만 한다면 여기를 떠나지도 않고 칙명을 어기지도 않는 결과가 될 것이다.

양무란 강(羌)이라고 불리는 오랑캐의 추장이었다. 지금도 중국의 벽지에는 한족 아닌 소수 민족이 살고 있었는데, 그때에는 이런 종족이 더욱 많아서 중국 사람들은 그들을 오랑캐라 부르고 있었다. 이 강이라는 오랑캐는 양주의 산간 일대에 퍼져 있었는데 그 세력이 대단했다. 장광은 그들을 회유해 오던 터였으므로 그의 말을 들어줄 것도 같았다.

그러나 의리도 지키고 실리도 거두자는 이 묘안이 실현되기는커녕 오히려 말썽을 가져왔다. 장광에게서 받은 격문을 놓고 양무가 회의를 소집하자, 거기 모인 사람들은 일제히 반대를 하고 나섰다.

한의 군대는 강하며 더구나 유요의 용맹은 천하에 모르는 자가 없다. 앞서 낙양이 그 손에 떨어진 것을 보라. 우리가 만일 장안에 간다면 손해밖에는 돌아올 것이 없다. 성과가 없으면 벌을 받을 것이요, 공이 있을 때에는 장광에게 돌아갈 것이 아닌가. 장광의 간사한 꾀에 놀아날 필요는 없다―대개 이런 주장이었다.

「나도 물론 반대요.」

양무도 결론을 내리듯 말했다.

「거 장광인가 하는 녀석은 참 뻔뻔스럽기도 하군!」

그리고는 모두 크게 웃었다. 며칠 후 장광은 양무의 회답을 받았다.

　<장안은 성상께서 계시는 곳이니 어찌 저희 같은 오랑캐가 지킬 수 있으리까? 마땅히 장군 스스로 가심이 번신(藩臣)의 도리오리다. 장군께서 가신다면 저희들은 성심성의껏 양주를 수호해 드리겠습니다.>

이 답신은 장광에게 큰 충격을 주었다. 출전을 거부하는 것은 또 모른다 해도 이쪽에서 떠나면 양주를 지켜주겠다는 것은 도대체 무슨 뜻인가.

「나는 조정에 대한 체면도 세울 겸, 오랑캐도 이 기회에 없애려 했다마는 그들은 도리어 우리 고을을 뺏으려는 생각이 있는 모양이구나.」

그가 이렇게 말하면서 아들을 바라보자, 장매는 미소를 띤 얼굴로 대답했다.

「그들의 본심이 드러난 이상 가만히 내버려둘 수는 없는 노릇입니다. 그렇다고 증거도 없이 직접 토벌하는 것도 온당치 않으니 양무수(楊茂搜)에게 백니보를 주겠다고 하여 이들을 치게 하십시오. 소위 오랑캐를 써서 오랑캐를 제압하는(以夷制夷이이제이) 방법입니다.」

장매는 자못 의기양양하게 말했다. 선무당이 사람 잡는다고 책사로 자처하는 장매의 꾀는 사사건건 일만 그르쳤다. 그러나 앞을 내다보지 못하는 장광으로서는 아들의 말이 지극히 타당해 보였다. 그리고 오랑캐를 써서 오랑캐를 제압한다는 말이 마음에 들었다. 이것으로 자기도 제왕이나 된 듯한 기분이 드는 것이었다.

양무수란 강족(羌族)의 또 다른 추장이었다. 양무의 세력에 억눌려 사는 것을 분하게 여겨오던 양무수는 장광이 던진 미끼를 덥석 물었다.

「양주자사가 우리에게 백니보를 주겠다는구나. 너는 2만의 정병을 이끌고 가서 그들을 쳐라.」

양무수는 흰 수염을 쓰다듬으면서 그 아들인 양난적(楊難敵)에게 명령했다. 단순한 것은 이 부자의 생리였다. 아들은 두말없이 그 임무를 맡았다.

양난적이 제법 위용도 늠름하게 군사를 끌고 나타나자 놀란 것은 양무였다. 영문을 몰라 어리둥절한 것은 잠깐이었다.

「옳거니, 이 고약한 놈!」

이내 무릎을 치면서 일어난 그는 단신으로 양난적의 진중을 찾아갔다. 어색해 하는 양난적에게 양무는 자연스러운 태도로 말을 걸었다.

「오시느라고 수고가 많으셨소. 내가 이렇게 죽음을 무릅쓰고 찾아온 것은 장군의 목숨을 구하고자 함입니다.」

양난적은 낯빛을 고쳤다.

「그것이 무슨 말씀입니까?」

양무는 담담한 어조로 말했다.

「믿기 어려운 것은 사람의 마음입니다. 세상에는 보살의 가면을 쓰고 야차 같은 행위를 서슴지 않는 무리가 있으니 말만 믿고 움직였다가는 큰일 납니다.」

이렇게 서두를 꺼낸 양무는, 장광이 자기를 장안에 보내려 했던 일로부터 시작하여 그가 두 추장 사이를 이간시키려 한 내용을 차근차근 설명했다.

「중국인이란 원래가 음흉하답니다. 옛날부터 이이제이(以夷制夷)라고 하지 않았습니까. 나와 장군이 싸우면 이득을 보는 자가 누구이겠는가 생각해 보십시오.」

이 말을 들은 양난적은 화를 버럭 냈다.

「천하에 고약한 놈 같으니! 장광이가 그런 놈인 줄은 미처 몰랐습니다.」

그는 양무 앞에 고개를 숙이고 사과하기를 잊지 않았다.

「정말로 뵈올 낯이 없습니다. 멋도 모르고 날뛴 자신이 부끄러울 뿐입니다.」

양무는 기뻐하며 그 손을 잡고 말했다.

「이제 아셨으니 다행입니다. 우리의 적이 누군지 안 이상 앉아서 죽음을 기다리느니 선수를 차는 것이 어떻겠소이까?」

물론 양난적에게 이의가 있을 턱이 없었다.

마침내 생사를 같이하기로 약속한 두 추장은 군사를 끌고 양주성으로 밀려갔다.

「뭐, 두 놈이 합세했다고?」

장광의 놀라움은 이만저만한 것이 아니었다. 그제야 철없는 아들의 말을 따랐던 것을 후회했으나 소용이 없었다.

「아버지!」

장매는 또 무슨 꾀가 떠올랐는지 앞으로 나섰으나 장광은 눈을 부릅뜨고 호령을 했다.

「보기 싫다. 썩 물러가거라!」

그리고는 스스로 군사를 이끌고 나가 강족의 군대와 맞섰다. 장광은 진두에 말을 세우고 외쳤다.

「그대들은 어찌하여 반란을 꾀하는가. 그 동안 조정의 은혜가 안 미치심이 없었거늘, 도리어 성상께 활을 당기고자 하니 이는 신하의 도리에 크게 어긋남임을 알라.」

강족의 진영에서는 양무가 양난적을 데리고 나타나 호통을 쳤다.

「장광 네 이놈! 너도 사람이냐? 우리 세력을 덜기 위해 나에게 장안에 가기를 권하더니, 그것이 뜻대로 안되자 우리 둘에게 싸움을 붙이고 어부지리(漁父之利)를 꾀하려 한 자가 누구냐. 이미 네 죄상이 드러났으니 죽지 않고는 못 배기리라.」

내심 부끄러워서 얼굴이 붉어진 장광은 뒤를 돌아다보며 큰 소리로 말했다.

「어서 나가 오랑캐들을 격퇴하라!」

이 소리가 떨어지기가 무섭게 양주의 군사들은 홍수처럼 밀려갔고 이에 호응하여 강족들도 몰려왔다.

양군은 아우성을 치면서 충돌했다. 서로 치고 찌르면서 한동안 난장판을 이루었으나, 싸움의 승패는 곧 가려졌다. 강족은 역시 훈련이 부족했든지 이내 쫓기고 만 것이다.

「저놈들을 놓치지 마라!」

장광은 고함을 지르면서 그 뒤를 추격했다.

쫓고 쫓기면서 양군이 어느 골짜기를 한창 달리고 있을 때였다. 갑자기 포성이 울리더니 양쪽 숲속으로부터 무수한 병사가 그 모습을 드러냈다. 그들은 모두 손에 활을 들고 있었다.

「후퇴해라, 후퇴해!」

장광이 소리소리 쳤지만 때는 이미 늦어 있었다. 화살은 빗발치듯 관군을 향해 날아오기 시작했다.

관군은 각기 살기 위해 한쪽으로 밀렸으므로 날아드는 화살은 반드시 누군가에게 꽂혔다. 장수 중에서도 식원과 진막이 죽었다. 장광은 구사일생으로 골짜기를 벗어나 성중으로 도망했다.

성은 곧 강족에게 포위되었다.

「이 노릇을 어찌한다! 안에는 군사가 없고 밖에는 원군이 없으니!」

장광은 깊이 탄식하며 그대로 쓰러졌다.

장광은 얼마 후에 정신을 차리기는 했으나 다시 일어나지는 못했다. 한증막에나 들어간 듯 온몸은 식은땀으로 흥건히 젖어 있었다. 그리고는 헛소리를 했다.

「이놈, 양무야!」

하고 소리를 지르기도 하고,

「폐하! 용서하시옵소서. 신이 죽을죄를 지었나이다.」

하고 울기도 했다.

성은 이런 상태 속에서도 한 달이나 버티었고, 장광의 실낱같은 목숨도 그 동안을 용케 견뎌냈다.

어느 날 밤, 그는 드물게도 밝은 정신이 드는 모양이었다. 성의 수비에 대해서도 묻고, 군량미 걱정도 하였다.

「그런데 저것은 무슨 소린가?」

하고 장광은 물었다. 옆에 있던 부인이 얼른 대답했다.

「오랑캐들이 밤이면 북을 치고 야단법석을 한답니다. 술을 마시고 노는 거라고도 하고, 푸닥거리를 한다고도 합니다만……」

「아, 이놈들이!」

장광은 눈을 부릅뜨고 주먹을 발발 떨었다. 그러더니 이내 숨을 거두어 버렸다.

이튿날로 성은 함락되었다. 장광이 죽은 데서 기가 꺾인 병사들이 성문을 열어 적을 불러들인 것이다.

성중 백성들은 장광의 죽음으로 인하여 양주가 오랑캐의 땅이 되고 말았다고 통곡하며 그들의 부모상을 치르듯 하였다.

왕교·범광·장매는 위홍으로 가고, 양난적은 마침내 양주에 의거하고, 양무는 옛 땅으로 돌아가게 하였다.

제10장. 석늑의 야심

1. 북벌(北伐)

유요가 장안을 공격하여 세상의 이목을 집중시키고 있는 데 비해 지방에 있으면서 은근히 야심의 손을 뻗치고 있는 또 하나의 장수가 있었다. 말할 것도 없이 그는 석늑 그 사람이었다.

유요와 석늑! 이 두 사람은 여러 가지 점에서 대조를 이루고 있었다. 그들은 처음으로 싸움에 나갔던 소년시절부터 경쟁하는 사이였지만, 이제는 각기 천하의 맹장이 되어 있었다.

그리고 유요가 표면에 나서서 화려한 활약을 하고 있었다면 석늑은 업성을 근거로 하여 차츰 자기 세력의 기반을 굳혀가고 있었다. 현재의 유요는 맹장에 지나지 않았지만 석늑은 엄연한 군벌이었다. 그의 휘하에는 3, 40만을 헤아리는 병사가 있었고, 장수들은 모두 그의 심복들이었다. 더구나 장빈을 손아귀에 넣어 그 지혜를 마음껏 이용하고 있었으므로 그 세력은 유요의 그것에 비할 바가 아니었다.

진의 제후가 일제히 거병한다는 소문으로 평양이 떠들썩했을 때, 석늑에게는 강남을 쳐서 진의 세력을 분산시키라는 명령이 내려졌다.

석늑 자신도 강남에 대해서 은근한 야심이 없지도 않았으므로
세작을 놓아 허실을 탐지시키니, 세작이 돌아와 보고했다.

「강남의 낭야왕은 문(文)을 숭상하고 무(武)를 소홀히 하며, 아
직 북벌(北伐)할 뜻이 없어 보입니다. 요량컨대 장강(長江)은 풍랑
이 흉험하여 화공(火攻)을 막기 어렵겠으며, 우리 측 군병이 풍역
(風逆)인 경우는 또한 물러가기 힘들 것입니다.」

석늑은 이 보고를 믿고 얼마 후 그가 바친 상소문에는 강남 대
신 조억(曹嶷)을 치게 해달라고 씌어 있었다.

　—신은 칙명을 받잡고 곧 강남의 정세를 알아보았나이다.
강남은 오로지 낭야왕의 세력 하에 놓여 있으며, 병화(兵禍)
와는 멀리 안정된 생활을 즐기고 있으니, 구태여 북상하여
장안에 협조할 것 같지는 않사옵니다. 더구나 요즘은 풍랑이
심한 시기인지라 주사(舟師)가 움직일 수 없사오니, 그 정벌
은 뒤로 미루는 것이 타당한가 하옵나이다. 이같이 강남은
버려두어도 해가 될 것은 없으나, 청주의 조억과 기안에 이
르러서는 국가의 큰 근심이 될까 저어되옵나이다. 그는 누차
도둑을 치라는 조칙을 받았으되 못 들은 척 움직이지 않았으
니, 충성스런 신하라면 어찌 이럴 수 있사오리까. 이는 스스
로 패자가 되려는 것이 아니면 남으로 낭야왕에게 붙을 생각
임에 분명하옵나이다. 전번에 왕미와 꾀하여 신을 죽이려 한
적도 있사옵니다. 복원하오니 성상께서는 신이 이 역적을
칠 수 있도록 어명을 내려주시옵소서. 그를 제거하여 대의를
밝힌 다음, 서쪽으로 나아가 장안을 친다면 진조는 스스로
쓰러질 것이 명백하옵나이다.

황제 유총은 대신들을 불러 석늑의 상소문을 보이고 말했다.

「석늑은 기어코 조억을 치고자 하니, 이것을 어떻게 생각해야 되겠소?」

강발이 말했다.

「앞서 왕미를 죽였을 때에도 이유가 충분하지 못했사옵니다. 설사 왕미에게 죄가 있은들 조정의 처분 없이 대장을 죽이는 것이 어찌 도리라 하오리까. 그러나 그때에는 석늑의 공훈을 생각하여 불문에 붙였던 것이옵니다. 그러나 이제 다시 조억을 죽이겠다 함은 우리 한조의 우익(羽翼)을 제거하여 스스로 패자가 되려는 생각으로밖에는 해석할 여지가 없사옵니다. 폐하께서는 엄히 신칙하사 조억을 못 건드리게 하시옵소서. 만일 조억까지 없어진다면 석늑의 세력은 너무나 커져서 도저히 견제할 길이 없사오리다.」

그 말을 옳게 여긴 황제는 조억을 놓아두고 진을 공격하라는 명령을 석늑에게 내렸다. 약간의 혐의가 있기로서니 집안끼리 싸우는 것은 옳지 않다는 것이었다.

「장군을 의심하시는 까닭에 이런 분부가 내린 것입니다.」

장빈이 말했다.

「조정에서는 장군이 자립하기 위해 한조의 권신을 제거하려 드는 것이라고 생각하고 있습니다. 어서 북벌(北伐)하여 의심을 푸셔야 합니다. 조억을 없애는 것은 때가 오기를 기다려야 할 것입니다.」

석늑은 조염과 도표를 남겨 업성을 지키게 한 다음 스스로 대군을 이끌고 북상하여 진류군(陳留郡)에 다가갔다.

이때 진류를 지키고 있던 사람은 왕찬(王讚)이라는 장수였다. 그는 석늑이라는 이름만 들어도 기겁을 하는 위인이라 성문을 굳게 닫고 지키는 한편, 옹주도독 이홍(李洪)과 여남도독 왕자(王玆)에게 구원을 청했다.

며칠이 지나자 그의 소원대로 두 장수가 군대를 끌고 나타나기는 했으나 싸움은 아주 싱겁게 끝났다. 원군이 도착한 데 기운을 얻어 왕찬이 성에서 나가 그들과 합세한 것까지는 좋았다. 그러나 석호(石虎)가 군사를 끌고 와 일격을 가하자, 이 연합군은 무참하게 무너지고 말았다. 그것은 처음부터 마치 어른과 어린애의 싸움 같았다.

이런 중에서 그래도 적극적으로 나서는 자는 이홍이었다.

「이놈! 어린놈이 무엄하구나.」

그는 이렇게 호통을 치며 석호의 앞을 막고 나섰다. 그러나 막상 석호가 이름 그대로 호랑이처럼 눈을 부릅뜨고 달려드는 것을 보자 기겁을 해서 창도 제대로 못 놀려본 채 그 칼에 맞아 죽고 말았다.

이에 겁을 먹은 왕자는 도망하는 병사들 사이에 끼여 허겁지겁 달아났다. 그러나 숨기에는 장수의 복장이 너무 두드러졌다. 석호는 짓궂게 추격해 와서 기어코 그의 목을 베고야 말았다.

이런 와중에서 왕찬은 성으로 들어가려고 말을 달리던 중 공교롭게도 석호와 정면으로 부딪쳤다. 석호가 칼을 높이 들어올리는 순간 왕찬은 말에서 뛰어내리며 외쳤다.

「장군! 저를 살려주십시오. 장군! 저를…… 저를……」

석호도 이렇게까지 나오는 왕찬을 죽일 생각은 없는지 병사를 시켜 오라를 지웠다.

이리하여 진류군을 손아귀에 넣은 석늑은 다시 양양으로 떠났다. 이때 양양은 일종의 무정부상태에 있었다. 여기에는 후탈·엄억이라는 마적의 괴수가 있어서 각기 1만여 명씩의 부하를 거느리고 있었고, 왕미의 아우인 왕여와 왕이도 잔당을 이끌고 와서 이곳을 근거지로 삼아 세력을 떨쳤다. 이들은 각기 상대의 존재를 승인하여 일종의 불가침조약 같은 것이 암암리에 맺어져 있는 터였다. 그리고는 최광(崔曠)이라는 자를 태수로 내세워 합법을 가장했다. 진인가 하면 진도 아니고, 한인가 하면 한도 아닌 지방군벌의 연합정권이라고나 할까.

석늑은 즉각 양양으로 진발하여 최광을 공격하니, 최광은 겁을 내고 번창(繁昌)으로 도주하였다. 이리하여 석늑은 북 한번 쳐서 양양을 얻었다.

한편 장빈은 일지군을 거느리고 최광을 추격하여 이를 생금하여 후환을 없애겠다 하며 조개와 함께 말을 몰아 적을 유인했다.

최광은 계략인 줄 모르고 조개를 얕보고 군사를 몰아와 대적했다. 조개는 얼마 동안 싸우다가 거짓 패하여 달아나니 최광은 추격하여 오다가 복병 속에 들어 장빈에게 사로잡혀 포박을 당하고 석늑 앞에 꿇렸다.

석늑은 장빈에게 말했다.

「호상은 땅이 광막하고 길이 머오. 강하(江夏)를 건너 업도(鄴都)로 돌아가 다시 의논합시다.」

장빈이 이에 대꾸했다.

「천하를 평정하려면 우선 백성을 구함이 마땅합니다. 지금 후탈(候脫)·왕이(王璃)는 형초(荊楚)의 큰 암입니다. 듣자하니 후탈과 엄억(嚴嶷)은 양식이 부족하여 사람을 잡아먹는다고 합니다. 비록 길은 멀더라도, 우선 이 악한 도적을 제거하고 백성의 해악을 덜어준다면 형초는 모두 공을 따를 것입니다. 어찌 버리려 하십니까.」

이 말을 듣고 석늑이 또 말했다.

「군사의 말이 옳소. 내가 듣건대, 적의 무리 가운데에는 후탈만이 강하다고 합니다. 우선 후탈을 칩시다.」

이리하여 곧 석호에게 군마를 주어 상음(湘陰)으로 보냈다.

후탈은 이 소식을 듣고 군사를 몰아 대항하여 10여 일을 싸우니, 양군의 사상자는 부지기수였다.

석늑은 석호에게서 승산이 없다는 기별을 받고 곧 야음을 틈타 3군을 이끌고 장경을 선두로 하고 스스로는 후대가 되어 새벽에 출발하여 길을 재촉해서 달렸다. 그리하여 즉각 후탈의 보루로 달려가 동이 틀 무렵에는 원문에 당도하였다.

후탈은 비로소 석늑이 이름을 깨닫고 크게 겁을 먹고 나가 싸우려 했으나, 이미 사세가 기울어짐을 알고 후문으로 빠져 도망을 치니 장경이 경기(輕騎)로 추격하여 사로잡아 버렸다.

석늑은 후탈을 꿇어앉히고 문책했다.

「사람의 성명(性命)은 천지에 달린 것이거늘, 네 어찌 자생(孳牲)을 양식으로 삼았더냐?」

그러나 후탈은 묵묵부답이었다.

석늑은 후탈의 목을 베고, 왕여·엄억을 주하려고 했다. 왕여는 겁을 먹고 금백거마(金帛車馬)를 석늑에게 바쳐 석늑의 군사를 호궤시키며, 한편 은밀히 장빈에게 서장을 보내어 애걸하여 제발 자기를 용서해 달라고 빌었다.

장빈은 석늑에게 엄억을 거두면 왕여·왕이는 자연히 따를 것이라 말하고, 글을 왕여에게 보내어 화(和)를 허락하여 일렀다.

「고구(故舊)를 생각한다면, 곧 평양으로 돌아가 고주(故主)를 도울 것이다. 공연히 적중(敵中)에 빠져들어 구린 일을 뒤에 남기지 말라.」

왕여는 그 말을 좇아 병혁(兵革)을 가하지 않고, 다만 형의 원수를 못 갚음을 한탄하여 은밀히 왕이와 의논했다.

「너는 날쌔게 사람을 찌르는 재주가 있다. 지금 석늑에게는 장빈이 있음으로써 오늘이 있는 것이다. 일단 우리가 강하(江夏)를 물러나면 석늑은 석호·공장 등에게 우리를 다시 치라고 할 것이다. 나는 살기를 바라지 않는다. 우리 내일 은밀히 한 계교를 쓰자. 나는 선척(船隻)을 강중에 띄우는 것을 살피겠다. 아우는 우주포백(牛酒布帛)을 강변에 가져와 거짓 전송을 한다 하고, 북 한 번 쳐서 이들을 엄습하라. 그러면 석늑을 무난히 벨 수 있을 것이다.」

왕이는 왕여의 계교를 듣고는 대단한 묘계라고 기뻐하며, 주효(酒肴)를 장만하고 주연을 베풀어 상금을 부락에 내리고 각기 계략을 일러주었다.

왕이는 우선 장빈에게 선물을 보냈다.

장빈은 계교 있음을 짐작하고,

「왕여 장군은 친히 올 것이냐?」

하고 물으니, 사자가 말했다.

「지난날 상당공에게 죄를 짓고 이 곳으로 도망하였는데, 다행히 장군께서 옛정을 생각하시어 저희를 정벌하지 않으시니, 저희 도리로는 마땅히 와 뵈어야 할 것입니다. 그러나 상당공이 노하실까 두려워 감히 못 옵니다. 원컨대 장군께서 용서해 주십사고 왕여 장군이 말합니다.」

장빈은 사자에게 그러겠다고 안심시켜 돌려보내고, 석늑을 만나 여차여차 하도록 계교를 이르니, 석늑은 기뻐하며 병사를 강변에 매복시키고 기다렸다.

이런 줄도 모르고 왕이가 이름을 보고, 석호 등은 일제히 일어나 포위해 버렸다. 왕이는 계략이 누설되었음을 알고 허겁지겁 달아났다. 오예·조녹·유보·조응 등은 이들을 추격하여 베어버리니, 왕이는 마침내 전사하고 말았다.

왕여는 이것을 보고 사세 이미 글렀음을 깨닫고 배를 버린 채 본부의 친위병을 데리고 동쪽으로 달아났다.

석늑은 그것을 모르고 강하를 지나 막 언덕에 오르려는데 망을 보던 순시선이 다가와 아뢰었다.

「적의 괴수 엄억은 양거(楊岠)를 강하태수로 추대하고 군사를 엄중히 하여 수비하고 있습니다. 경솔히 진군할 때가 아닙니다.」

석늑은 이 말을 듣자 대로하여 친히 대군을 거느리고 이를 공격했다. 양거는 석늑의 군세가 강성함을 보고 감히 나와 싸우지 않고 밤을 타 성을 버리고 엄억의 진으로 도망쳤다.

석늑은 석호를 시켜 병사를 휘동하여 이를 추격케 하니 석호는 적의 보루를 포위했다. 엄억은 마침내 세 부족하여 도저히 대적할 수 없음을 깨닫고 갑옷을 벗고 투항했다.

석호는 엄억의 군사 2만을 거두어 데리고 중군에 돌아와 석늑에게 고하니, 석늑은 이들을 모두 평양으로 보냈다.

한황제는 조서를 내려 석늑의 공을 포장(褒奬)하고 그에게 남로(南路)의 대총관을 제수했다.

2. 왕준의 야심

유주자사 왕준의 세력이 녹록치 않음은 앞에서 말했다. 그는 30만의 대군을 지닌 외에 근방에 사는 오랑캐들까지 그 휘하에 거느리고 있었으므로 독립국가의 군주나 다름이 없었다. 더구나 진조가 겨우 명목만을 유지하는 판이라 무엇 하나 꺼릴 바가 없는 터였다.

석늑이 여러 고을을 쳐서 그 세력이 유주의 바로 코앞까지 미치자, 장사 유양(劉亮)과 사마 고유(高柔)는 석늑을 치자고 주장하고 나섰다.

「석늑은 점차로 이웃을 잠식하여 그 세력을 확장시키고 있습니다. 만일 이것을 방치한다면 끝내는 큰 해독을 가져올 것입니다. 그러니 어서 이를 치십시오 지금 아니 치면 그 제재를 받게 되실 것입니다.」

제재를 받을 것이라는 말에 왕준이 화를 냈다.

「제재를 받다니? 나에게는 웅병 30만이 있고, 수차 강구(强寇)를 토멸시켰거늘, 어찌 석늑 따위가 나를 제재한단 말인가?」

하며 들으려 하지 않았다.

그러나 유양은 지금 석늑의 세를 꺾어야 함을 적극 간하니, 왕준은 책망한다고 대로했다.

「어찌 석늑을 추켜올려 우리 기세를 꺾는단 말이냐. 그대는 석늑과 내통하는 것이 아니냐?」

그러자 유양은 아무 말도 못하고 물러났다. 그리고는 깊이 탄식했다.

「어리석은 자를 섬길 바에는 차라리 바위를 상대하여 타이르는 것이 낫지!」

공교롭게도 이 소리를 듣고 고해바치는 자가 있었다.

「무엇이라고? 이놈을 그대로 두었다가는 큰일이 나리라!」

왕준은 곧 유양을 죽이라고 명령했다.

그때 옆에 있던 고유가 간했다.

「장군! 부디 고정하십시오 유양은 장군을 위해 옳은 소리를 했을 뿐인데, 어찌 죽이려 하십니까. 언로(言路)를 끊으시면 안됩니다.」

「무엇이 어쨌다고? 나를 위하는 말이라?」

왕준은 어떻게나 노했던지 안석을 주먹으로 치면서 외쳤다.

「이놈도 끌어내다가 같이 죽여라. 나를 어리석다고 욕한 놈이 나를 위하는 놈이야! 이 멀쩡한 놈 같으니!」

이렇게 되면 말리는 사람이 있을 턱이 없었다. 말을 꺼냈다가는 고유처럼 되고 말 것은 뻔한 일이었다.

왕준은 한때 어질다는 평까지 받은 적이 있었던 인물이었으나, 그의 세력이 커짐에 따라 차츰 상례를 벗어나는 행동을 했다. 도덕적인 절제력의 나사못이 빠진 것처럼 보였다. 어쨌든 유양과 고유를 죽인 일은 그에게 나쁜 영향을 주었다. 그 뒤 장병들 사이에는 은근히 석늑과 내통하는 자가 생겨났다.

과격한 행동을 하고 난 뒤면 왕준은 으레 후회했다. 고유와 유양을 죽이고 나서 도리어 그들의 장례식을 성대히 치러주고 그 유족들의 생계까지도 돌보아주었다. 그러면서도 무슨 일을 만나면 광기를 발휘하고 마는 왕준이었다.

명망이 높은 곽원(藿原)이라는 사람이 죽어야 했던 것도 그러한 예였다. 은근히 패왕을 꿈꾸는 왕준은 인재를 모아들였다.

「장군! 중소산(中宵山)에 은거하고 있는 곽원의 이름을 들으셨나이까? 이 사람은 가슴에 천문지리와 육도삼략을 간직하여 당대에 비길 바 없는 인물이오나, 속세와 인연을 끊고 한운야학을 벗삼아 나날을 보낸다고 합니다. 이 사람만 얻으신다면 문왕이 강태공을 만나고 소열황제가 제갈공명을 만난 것 같사오리니 어찌 대사가 이루어지지 않음을 근심하리까.」

이렇게 권하는 자가 있었다. 그 소리를 들은 왕준은 크게 기뻐하여 곧 사람을 중소산에 보내 곽원에게 출사(出仕)를 권고했다.

그러나 곽원은 응하지 않았다.

「높은 선비란 원래가 그러니라.」

삼고초려의 고사를 알고 있는 왕준은 이렇게 이해성을 보이면서 계속 사람을 보냈다. 그리하여 세 번째에도 거절을 당하자 아들을 보내 패왕의 도리에 대해 가르침을 청하게 했다.

「나는 왕도(王道)에 대해서는 약간 배운 바가 있으나 패자의 도리에 대하여는 아는 바가 없습니다. 허나 천하는 덕 있는 사람에게 돌아갈 뿐입니다. 힘을 쓴다고 될 일이 아닙니다.」

곽원은 이렇게만 말할 뿐 고개를 돌렸다.

이 보고를 받은 왕준은 크게 노했다.

「이놈을 그대로 두었다가는 나라를 그르치리니 곧 목을 베도록 하라!」

대장 손위가 간했다.

「이 사람에게는 이렇다 할 과실도 없는데 어찌 죽이려 하십니까. 명사를 죽였다는 비난만 들으실까 두렵습니다.」

그러나 왕준은 듣지 않았다. 도리어 손위를 딱하다는 듯이 바라보며 말했다.

「그 말을 듣고도 그 사람을 몰라보겠는가. 이 자는 세상을 비방하는 뜻을 지녔단 말이오 기회만 있으면 반란을 일으키지 않는다고 누가 보장하겠는가.」

이후 대소 정사는 주원·조숭에게 위탁하여 맡아보게 하니, 두 사람은 탐혹하기 비길 데 없었다.

북주(北州) 사람은 이것을 속담화하여 「부중(府中)의 혁혁한 주구백(朱丘伯), 십낭(十囊) 오낭(五囊) 조랑(棗郞)에 들어간다.」고 비꼬았다.

주부 전교 또한 탐욕 잔혹하였으나 왕준은 벌하지 않으니, 병사는 모두 이를 본떠서 서로 부채질하며 바람을 일으켰다.

그들은 왕준을 설득시켜 널리 산택(山澤)에 파종(播種)하고, 물을 끌어 논에 대고, 조세(租稅)를 늘여 중간에서 이익을 보고, 남의 총묘(冢墓) 방옥(房屋)을 침해하고도 구휼(救恤)하지 않으며, 공역(工役)을 함부로 하니, 민심은 이탈되어 선비(鮮卑)에게로 가서 살

길을 찾았다.

승사랑(丞事郎) 한함(韓咸)이 간곡히 이를 간하였으나, 오히려 장살(杖殺)을 당하고 말았다.

이로 인하여 관병사서(官兵士庶)를 불문하고 한결같이 왕준을 원망하니, 풀길 없는 이 원한은 일단 적이 쳐들어오면 기왓장같이 깨어질 위기에 놓였다.

왕준의 이러한 실정(失政)을 은근히 기뻐하고 있는 사람이 있었다. 그것은 북부 일대를 송두리째 삼킬 기회만 노리고 있는 석늑이었다. 석늑은 세작을 통해 유주에서 일어나는 대소의 일을 모두 보고받고 있었다.

「그렇다면 왕준도 겁낼 것이 없으리라.」

이렇게 생각한 그는 시험삼아 어떤 군사행동을 보임으로써 왕준의 반응을 보기로 했다. 그는 군대를 시켜 유주의 경계 일대를 노략질하게 했다.

석늑이 던진 시금석(試金石)에 걸려든 왕준은 예상대로 크게 노했다.

「이놈이 어찌 이리도 *방약무인할 수 있단 말이냐. 그대로 두지 못하리라.」

그는 곧 단질육권에게 석늑을 치라고 지시했다.

우리는 앞에서 단질씨와 척발씨가 유주의 경내에 사는 오랑캐의 추장임을 보아왔다. 그들에게는 강한 군대가 있어서 엄연한 지방 군벌로 행세하고 있었다.

이전에 그들이 왕준을 편들어 싸움에서 이긴 것을 우리는 기억하거니와, 이번에는 사정이 달랐다. 단질육권은 요즘 왕준이 하는 일을 보고 그에 대한 인식이 달라져 있었다. 게다가 석늑의 세력이 어떠한지를 잘 아는 터였다. 무엇 때문에 위험스런 모험을 할 것인가. 그는 움직이지 않았다.

　<본래 치자(治者)의 도리는 덕으로써 감화시키는 데 있을 뿐 힘으로 굴복시키는 데 있지 않습니다. 지금 석늑이 창궐하여 과분한 행위가 없지 않으나, 아직 본주(本州)의 땅은 한 치도 밟지 않았거늘 어찌 이를 치겠습니까. 사람을 보내 대의로써 타이르심이 옳은 일이라 생각합니다.>

이런 편지를 단질육권으로부터 받은 왕준은 물론 노발대발했다. 그리하여 곧 사람을 보내 그를 만나자고 했다. 그러나 이번에도 단질육권은 응하지 않았다. 몸이 불편해서 못 간다는 대답이었다. 크게 노한 왕준은 글을 보내 그 태도를 책망했다.

　<조정에서는 장군을 대하심에 특히 관대하셨고, 나는 충량한 벗으로서 지금껏 대해오던 터이오 나라에 일이 있을 때에는 천리를 멀다 하지 않고 달려감이 신하의 도리거늘, 어찌 남의 고을 내 고을이 있겠소이까. 석늑이 바로 고을 밖까지 밀려왔으매 근심은 나에게만 있는 것이 아니라 장군에게도 의당 있을 것이거늘, 장군은 구차한 핑계를 내세워 움직이지 않고 또 불러도 오지 않으니, 이는 내가 이해할 수 없는 태도요 지금까지 지켜온 신절(臣節)이 일조에 더럽혀질까 걱정이니, 장군은 깊이 생각하기 바라오>

단질육권은 곧 장수들을 모아 상의했다.
「왕 자사가 이리도 화를 내니 장차 어떻게 처신해야 되겠소? 석늑과 왕준 사이에 끼여 처신이 어렵게 됐구려.」
단말배가 말했다.
「요즘 왕준의 행동을 보건대, 정신이 제대로 된 사람이라고는 여겨지지 않습니다. 백성에게서 가혹하게 재물을 거두어들임은 말할 것도 없거니와, 바른말을 물리치고 어진 이를 죽이는 등 그 행패는 끝 간 데를 모르고 있습니다. 그 세력이 비록 크다고는 하나, 이래 가지고야 얼마나 지탱하겠습니까. *오동잎 하나가 지는 것을 보고도 천하에 가을이 옴을 안다고 했는데(一葉落知天下秋일 엽낙지천하추), 망할 것을 알면서 구태여 협력한다고 하면 그가 망하는 날 우리도 함께 망할 수밖에 없을 것입니다.」

그의 말은 물 흐르듯 했다.

「거기에 비해 석늑은 신흥하는 한조의 세력을 업고 그 위엄을 북방에 크게 떨치고 있습니다. 그 병사는 강하고 장수는 용맹하여 가는 곳마다 적수가 없으니 크게 대성할 인물로 보입니다. 그는 우리에게도 지금까지 자못 호의를 보여온 터입니다. 우리는 지금이라도 왕준을 버리고 석늑의 편에 서는 것이 우리 자신을 살려가는 유일한 길이라고 생각합니다. 이 마당에 유주에 가서 왕준을 만나보십시오. 진심에서 자기를 위하는 사람도 죽이는 그가 어찌 해치려 들지 않겠습니까. 왕준의 편을 드는 것은 도리에 맞지 않을 뿐더러, 이제는 이미 그의 시대가 지난 것으로 보입니다.」

단질육권은 단말배의 의견을 옳게 여겨 사람을 시켜 서장을 석늑에게 바쳤다. 석늑은 단질육권의 사자를 후히 대접하고 깊이 단씨와 동맹할 것을 맹세했다..

단질육권과 석늑이 손을 잡았다는 소문은 금방 왕준의 귀에 들어갔다.

「아니, 이놈이 이럴 수가 있는가. 아무리 오랑캐이기로서니 이놈이 나를……」

왕준이 노하여 소리치자 주원이 옆에서 말했다.

「그까짓 것에 무얼 그리 노하십니까. 일률손(日律孫)에게 단질

육권의 땅까지 줄 것이니 이를 치라 하십시오. 오랑캐를 치는 데
는 오랑캐를 쓰는 것이 상책이오이다.」

이 꾀에 넘어간 일률손은 단질육권을 치다가 석늑이 편드는 바
람에 도리어 패하여 죽었다. 이 사건은 석늑과 단질육권의 사이를
한층 밀접하게 해주는 계기가 되었다.

석늑은 이 기회에 왕준을 치라는 권유를 많이 받았다. 그러나
석늑은 신중한 태도를 취했다.

「나도 늘 생각은 하고 있었소만 아직 그때가 아닌 것 같소. 왕
준에게는 대군이 있을 뿐 아니라, 이번에 죽은 일률손은 척발의로
의 아들이 아니오? 반드시 그는 원한에 불타 있을 것이며, 이웃에
있는 유곤·소속도 가담할 것이니, 이들을 상대한다는 것은 쉬운
일이 아니오. 차라리 왕준에게 굽히는 척하여 그 마음을 놓게 한
다음 서서히 기회를 보아 움직이는 것이 좋을까 하오.」

서보명(徐普明)이 말했다.

「일리가 있는 말씀이오나, 왕준은 반드시 의심할 것입니다. 누
가 생각해도 장군께서 그에게 굽히고 들어간다는 것은 자연스럽
지 못하기 때문입니다.」

「아니, 아니오.」

장빈이 손을 저었다.

「그렇지는 않소이다. 지금 왕준은 북방에 깔려 있는 오랑캐의
힘을 규합하여 큰 세력권을 형성하고는 있어도 아직 진조에 대해
반기를 들 단계에는 이르지 못하였습니다. 반드시 남면(南面)하여
왕을 일컫고 싶은 터에 장군께서 협조할 뜻을 보이신다면 왜 아니
따르겠습니까. 지금 장군께서는 위엄을 천하에 떨치고 있습니다.
장군 한 분의 거취가 천하의 정세를 좌우하게 되었으니, 이는 한
(漢)과 초(楚) 사이에서 한신(韓信)이 차지했던 위치와 같습니다.

말을 낮추고 금백(金帛)을 후히 하여 정성을 보이십시오. 반드시 따르오리다.」

석늑은 왕자춘과 동조(董肇)를 시켜 금은보화와 글을 왕준에게 보냈다.

<나는 본래 호지에서 태어나 사방을 유랑하던 중 우연히 풍운을 타서 이제껏 싸움터를 치구(馳驅)하여 왔습니다. 그러나 마음에 항상 잊지 못함은 덕이 있는 이가 나타나 사해를 평정하여 창생을 도탄에서 건져주었으면 하는 생각이었는데, 정세는 갈수록 혼미하여 탄식을 길게 함이 한두 번이 아니었나이다. 지금 진조가 덕을 잃어 재흥의 가망이 끊기고 한의 유신들이 일어나 유총을 받들고 광복을 꾀하고는 있어도 스스로 덕기(德器)가 아님을 어찌하리까. 지금 중원에 주인이 비고 창생이 소망을 잃었거니와, 덕망과 역량이 일세를 뒤덮는 이를 찾는다면 오직 공이 있을 뿐입니다. 하늘이 공에게 덕을 내리심은 장차 크게 쓰고자 하시는 뜻이니, 작은 절개에 얽매여 천명을 어찌 거역하실 수 있으리까. 원컨대 하늘의 뜻을 받들고 백성의 소망을 따르사 하루빨리 대용(大用)을 내려 사해를 편안케 하옵소서. 신 석늑은 공을 우러러봄이 적자(赤子)가 부모를 섬김과 같으니, 신의 정성을 살피시어 휘하에 써주신다면 견마(犬馬)의 노고를 아끼지 않겠습니다.>

이 편지를 받아 읽은 왕준은 몸이 구름을 타고 공중에 뜨는 것처럼 기뻤다. 자기의 위엄 앞에는 석늑도 자진하여 무릎을 꿇는구나 하고 생각하니 흥분으로 가슴이 뛰었다. 그는 체면을 잃지 않기 위해 애써 기쁨을 누르며 편지를 가져온 왕자춘에게 물었다.

「석장군께서는 일대의 영걸로서 업성에 웅거하여 성망이 무

겁거늘, 어찌 나에게 이토록 정성을 보이는가. 그대는 숨김없이
말하라.」

그 말투에는 벌써 임금이나 된 듯 존대한 데가 있었다. 왕자춘
은 왕이라도 대하듯 부복하여 말했다.

「석장군의 세력이나 명망은 공께서 말씀하시는 바와 같사옵니
다. 이것이 다른 사람이었다면 스스로 크다 하여 망령된 생각이라
도 했을는지 모르겠나이다. 그러나 우리 장군은 총명한 분이시기에
능히 천명이 돌아가는 곳을 살피신 것이옵니다. 힘만 가지고야 한
신인들 어찌 항왕이나 고조만 못했겠나이까. 다만 황제의 자리는
천명에 매어 있어 힘만으로는 취할 수 없음을 안 까닭에 고조를 섬
긴 것이 아니옵니까. 석장군이 공을 받듦도 꼭 이와 같나이다.」

왕자춘의 말은 청산유수 같았다.

「자고로 호지에서 난 사람으로 중국에 들어와 명신(名臣)이 된
예는 허다합니다만 어찌 자립하여 남면하기를 꿈꾸겠나이까. 석
장군은 하는 수 없이 한을 섬겼던 것이오나, 유총이 날로 덕을 잃
어 감을 보시고, 천하에 진주(眞主)를 찾던 중 마침내 공에게 마음
을 기울이신 것이니 공은 조금도 의심하지 마옵소서.」

이렇게 말한 왕자춘은 마지막으로 일침(一針)을 놓기를 잊지 않
았다.

「물론 공의 휘하에는 명장이 그득하신 줄 아나이다. 그러므로
구태여 석장군을 쓰실 필요까지는 없다고 하신다면 그것은 별문
제오이다.」

입이 딱 벌어져서 듣고 있던 왕준은 황급히 손을 저었다.

「그것이 무슨 말인가. 나에게 장수가 약간 있기로서니 어찌 석
장군을 흠모하지 않으랴. 진심에서 도와준다면 이에서 더한 일이
어디에 있겠는가.」

이때 조숭은 이미 석늑에게서 별도로 금은보화를 두둑이 받은 터였으므로 한 마디 편을 들고 나섰다.

「만사에는 때가 있는 것입니다. 지금 석장군까지 자진하여 내 부하시니 이 기회를 놓치신다면 언제 또 이런 때가 찾아오겠습니까. 석장군으로 말하면, 일세의 영웅으로 힘만 가지고 겨룬다면 장군만 못한 것도 없을 것입니다. 그럼에도 불구하고 몸을 굽히시는 것은 그것이 진정에서 나왔기 때문입니다. 조금도 의심치 마십시오」

이에 크게 기뻐한 왕준은 동조와 왕자춘에게 상을 내리는 한편 많은 예물과 답서를 석늑에게 보냈다.

왕준의 답서를 휴대하고 간 것은 전교(田矯)라는 사람이었다. 업성에 도착한 그는 석늑이 장수들을 이끌고 성 밖까지 나와서 영접하는 데 놀랐다.

「원로에 오시느라고 얼마나 수고가 많으셨습니까?」

석늑은 정중히 인사를 하고 친히 그를 성 안으로 인도했다. 어디까지나 칙사에 대한 대접이었다.

「여기 답서를 받들고 왔으니, 장군께서는 몸소 받으십시오.」

전교는 우쭐하여 거들먹거리면서 편지를 전했다.

　<유주자사 겸 대도독 왕준은 글월을 석장군에게 보내노라. 진조가 덕을 잃어 호걸들이 일어나 중원의 사슴을 좇을 새 천하가 크게 어지러워 백성이 돌아갈 바를 모르는 지금, 장군이 대의를 밝히고 확정(廓正 : 잘못을 널리 바로잡아 고침)에 뜻을 둠은 장하다 아니할 수 없소. 내가 장군의 이름을 흠모한 지는 이미 오래요. 이제 간담을 드러내 은근한 뜻을 보여 오시니 내 어찌 감격하지 않겠소이까. 함께 힘을 모아 천하를 바로잡기로 맹

세하는 바이며, 내 마음은 저 일월로써 증거를 삼나니 결코 장
군을 저버림이 없을 것이오. 장군은 힘쓸지어다.>

마치 황제나 된 듯한 어조였다. 석늑은 속으로 비웃으면서도 겉
으로는 자못 황공한 양 북을 향해 절을 하고 말했다.
「이제 나도 돌아갈 바를 얻었으니, 이렇게 기쁜 일이 어디에
있으리까.」
그리고 주연을 크게 베풀어 전교를 대접했다.
전교로부터 이 소식을 보고받은 왕준은 물론 크게 기뻐했다.
「오, 그렇더냐. 그렇게까지 하더냐?」
어찌나 좋았든지 그의 눈에는 눈물까지 글썽였다.
그 후 얼마 안되어 조그만 사건이 일어나 석늑은 자기의 충성
심을 다시 한번 보일 수 있었다.
왕준의 우사마 유통(游統)의 가신(家臣)이 범양을 수비하고 있
었는데, 그는 왕준이 그의 친구 한함(韓咸)을 살해함을 보고 배반
하여 석늑에게 투항하였다. 석늑은 유통의 가신을 참하여 수급을
상자에 담아 유주로 보냈다.
「오, 장한지고! 옛날의 충신열사인들 어찌 이보다 더하랴.」
왕준은 목소리까지 떨면서 고마워했다.
이리하여 왕준과 인연을 맺은 석늑은 그 후 또다시 왕준이 보
내는 예물을 가지고 온 전일의 전교의 심방을 받았다.
석늑이 장빈에게 물었다.
「전교가 여기 온 데는 무슨 뜻이 있을까요?」
장빈이 대답했다.
「전교가 여기 온 데는 우리의 강약허실(强弱虛實)을 보고자 해
서일 것입니다. 그러므로 우리의 속내를 감추어야 합니다. 부고를

비우고 약졸로 시위를 두어, 이를 접견시키고, 연후에 취한 틈을 타서 고장영채(庫藏營寨)를 보입니다. 우리가 약하게만 보이면 왕준은 자연 우리를 두려워하지 않게 됩니다.」

석늑은 그 말을 옳게 여겨, 그렇게 하도록 시킨 후 전교를 접견했다. 그리고 자리를 남면에 베풀어 왕준이 보내온 진미(塵尾)를 벽에 걸고 사조(紗罩)로 이것을 덮은 다음 북면하여 재배하고 전교에게 말했다.

「내 조석으로 왕공을 뵙지 못하다가, 내리시는 물건을 받자오니, 왕공을 뵌 듯 감격하오이다.」

그리고 동조를 왕준에게 보내, 2월에 유주에 가 뵙겠다는 서장을 바쳤다.

한편 왕준은 석늑의 서장을 보고 또 조숭에게서 석늑에 대한 편드는 이야기를 듣고 나서 더욱 석늑을 신임하게 되었다.

그리하여 그가 혹 자립을 꾀하더라도 유곤이 병주에서 군사를 모아 문죄할 것이니 감히 참립(僭立)을 하지 않을 것이며, 또 유요가 유곤에게 패하여 유총이 자주 군마를 내어 양가의 구살(仇殺)이 끊이지 않아 안정되지 않는데, 대병(代兵)이 구원하여 다행히 패하지는 않았다는 말을 듣고, 왕준은 유곤이 자기 일 때문에 여타를 돌볼 겨를이 없으리라 짐작하였다.

3. 제국에의 꿈

석늑과의 관계가 생기자 왕준의 태도는 더욱 교만해져갔다. 그는 사실상 제왕이나 된 듯이 행세하여 사람들의 눈살을 찌푸리게 했다. 그렇다고 충고하는 사람은 아무도 없었다. 그에 대해 무슨 말을 한다는 것은 자기 자신에게 사형선고를 내리는 일이나 다름없다는 것을 모르는 사람이 없었기 때문이다.

「크게 궁궐을 세우시옵소서. 궁궐이 웅장하지 않다면야 무엇으로 제왕의 존귀함을 나타내오리까.」

주원·조숭의 무리는 이렇게 그를 충동질했다.

그러나 왕준은 이를 물리침으로써 제왕다운 면모를 발휘했다.

「천하가 아직 어지럽고 백성이 도탄에 빠져 있는 지금 어찌 대궐이 급하겠소? 제왕의 길은 어진 정치에 있지 궁궐에 있는 것이 아니오.」

그러면 그런 대로 주원은 아첨을 더했다.

「과연 지당하신 말씀입니다. 저 같은 무리로서는 미칠 바가 아니오이다.」

「지나친 말을 다 하는구려.」

왕준은 아주 거만하게 웃으며 좋아했다.

그러나 그는 궁궐 대신 관아를 크게 확장하기 시작했다. 그 근방의 민가가 모두 헐리고, 관아의 넓이는 사방 10리까지 뻗치게 되었다. 사실상 대궐이나 다를 바 없었다.

「어서 대위에 오르시어 천하의 소망에 대답하시옵소서.」

간사한 무리들은 번갈아가면서 이러한 말로 그의 허영심을 부추겼다.

「그 무슨 말을 함부로 하오? 제왕이란 천명을 받고야 되는 일이거늘, 내 어찌 부덕한 몸으로 외람된 생각을 하겠소이까.」

그는 이렇게 겉으로는 거절했다. 그러면서도 차차 독립국가의 면모를 갖추어나갔다.

「군사와 백성이 많으매, 과거의 직제로는 다스려가기가 힘든 터입니다. 크게 관제(官制)를 고치시어 편의를 도모하시옵소서.」

어느 날, 조숭이 이렇게 건의하자 왕준은 기다렸다는 듯이 그 말을 따랐다.

조숭과 배헌(裵憲)을 상서에 임명하여 백관을 통솔케 하고, 그 아들을 거정궁(居正宮)이라 일컬어 흉노중랑장(凶奴中郎將)의 자격으로 군권을 잡게 했다. 또 장인 최슬(崔瑟)은 동이교위(東夷校尉), 주원은 기병급윤(冀幷汲允)의 제군사(諸軍事)가 되어 여러 고을의 병마를 맡게 됐다. 그리고 전휘(田徽)는 하문태수, 이혼(李渾)은 계성태수, 박성(薄盛)은 운중태수, 전교는 중산태수에 임명되었다. 완연히 한 국가로서의 체제였다.

이리하여 안으로 백관을 두고 밖으로 태수를 보내 통치하기에 이르자 겉으로 달라지지 않은 것은 왕준 자신뿐이었다. 그러나 모두가 그를 황제나 되는 듯이 떠받들었을 것은 쉽사리 짐작되는 일이다. 그는 용상 비슷한 큰 의자에 걸터앉아서 관리나 장군을 인견했다. 그 앞에 나간 사람들은 물론 제왕을 대하는 듯 국궁하고 말했다.

이를 보고 순작(筍綽)이, 옛날 조맹덕(曹孟德 : 조조)·사마중달(司馬仲達 : 사마의)이 신하 된 도리를 다하지 않았음을 들어 말했다.

왕준은 순작이 자기 일을 방해한다 하여 그를 위군(魏郡)으로 내쫓고, 범양태수 유설(游說)을 위군의 수령을 시키고, 고담(高紞)을 범양태수로 승진시켰다. 왕제(王悌)는 충량하고 재주가 있어 왕준이 등용코자 하였으나, 순작이 내쫓기고 대신 고담이 높이 쓰인 데 대하여 상간(上諫)하여 아뢰었다.

「순작·유양(游暢)은 나라의 동량(棟梁)인데 어찌 이들을 밖으로 내치십니까. 고담 전교는 후부우용(朽腐愚庸)하여 대군(代郡)을 다스릴 인재가 못 됩니다. 또한 일을 함에는 천의에 응하고 인(人)에 순하여야 하거늘, 교만·자대(自大)함은 어쩐 일이오니까?」

이 말을 듣고 왕준은 생각하기를, 네 놈을 그냥 두면 뒷날 반드시 자립하려는 자기의 뜻에 반할 것이라 하여 참하고 말았다.

이로부터 모든 왕준의 처사에 반발심을 품고 아무도 밝히 말해 주지 않았으며, 은밀히 밀어(密語)를 지어 시중 어린아이들에게 외게 하였다.

유주의 성문은 문을 닫은 것 같고,
그 속에 시체가 누워 있으니,
그는 곧 왕팽조(王彭祖)니라.

왕준은 듣고도 반성하지 않고, 도리어 노래를 입에 담는 자를 잡아 그 부형들까지 죽이니, 모두 무서워 떨며 입에 담지 않았다.

이와 같이 왕준의 잔학무도함에 벼슬하던 사람 중에는 석늑에 게로 도망하여 오는 자가 많았다. 그래서 석늑은 왕준의 동태를 낱낱이 알게 되었다.

「민심이 크게 이반된 지금이야말로 왕준을 칠 때가 아니겠소? 군사께서는 어떻게 생각하시오?」

장빈이 말했다.

「물론 치셔야 합니다. 다만 적에게 여유를 줄 것이 아니라 풍 우처럼 몰고 가서 급습하십시오. 반드시 공을 이루오리다. 예전과 달라 오랑캐들도 그를 돕지는 않을 것입니다. 단씨는 이미 우리 편이요, 나머지 부족들도 왕준과 사이가 벌어진 것으로 알고 있습 니다.」

「그것은 그렇지만……」

석늑은 다시 근심스러운 듯이 말했다.

「유곤의 일이 걱정이오. 그가 행여나 왕준의 편을 들고 나서지 않을는지……」

장빈이 말했다.

「그것은 너무 걱정하지 마십시오. 유곤과 왕준은 같은 진의 신하이지만, 기실은 *오월(吳越)과 같습니다. 왕준이 반심을 드러낸 터에 유곤이 어찌 그의 편을 들겠습니까. 그러나 장군은 삼대(三臺)를 쳐서 유곤과는 원한이 생긴 터이니까, 함께 왕준을 쳐서 전날의 잘못을 사과하겠다고 제의해 보십시오. 반드시 따를 것입니다. 유곤과 협력한다면 어찌 왕준 따위가 문제되겠습니까.」

석늑은 무릎을 치며 좋아했다.

4. 독수리 작전

유곤은 석늑에게서 사자가 왔다는 말을 듣고 깜짝 놀랐다. 더욱이 그가 보낸 예물과 편지를 보고는 입이 딱 벌어졌다.

　<저는 한을 섬기고, 장군은 진조의 신하로 서로 처지가 다르기에 흠모하는 마음이 목마른 것 같으면서도 그 정을 다할 수 없었습니다. 그러나 천하의 대사를 앞에 놓고 더 이상 참을 수 없어 글월을 드려 충정을 털어놓는 바입니다. 대저 사람이 만물 중에서 귀하다는 것은 인의예지(仁義禮智)가 있기 때문이며, 사람의 덕 중에서 가장 큰 것은 충효만한 것이 없다 합니다. 이제 왕준이 진조의 쇠미를 틈타 감히 궁궐을 짓고 백관을 두어 스스로 남면(南面)하려는 뜻을 드러내니, 이는 진조의 역적일 뿐 아니라 천하의 죄인임이 분명합니다. 어째서 그렇습니까? 사람이 지켜야 할 강상(綱常)을 어겼기 때문입니다. 그의 죄는 천인(天人)이 함께 용납할 수 없는 것이기에 나는 군사를 들어 이를 토벌하여 다시는 난신적자(亂臣賊子)가 나오지 못하도록 징계할까 합니다. 장군과 나와는 작은 혐의가 있는 터이나, 대의 앞에 어찌 사사로운 사정을 돌아보겠습니까. 함께 역신을 목

베어 천하에 대의를 밝히기를 기약하는 바입니다.>

편지를 읽고 난 유곤은 복잡한 반응을 보였다.

석늑이 이런 제안을 해온 동기는 무엇인가? 물론 자기 세력을 확장하는 데 있을 것이 분명했다. 그렇다고 왕준을 편들 수도 없었다. 왕준은 역신이 아닌가? 그것이 아무리 석늑을 약화시키는 결과가 된다 할지라도 역적을 편들 수는 없는 일이었다. 그렇다고 석늑의 요청에 응해서 그와 함께 연합전선을 벌이기도 싫었다.

「수고했소이다.」

한참만에야 그는 사자로 온 장여(張慮)에게 말을 건넸다.

「석장군의 의기에는 깊이 감동해 마지않는 바요. 그러나 전면적으로 편들기에는 거북한 사정이 있소 석장군의 일에 방해는 안하겠소이다. 부디 성공을 빈다고 전하시오」

그리고는 사자를 후하게 대접하여 돌려보냈다.

석늑은 그 정도로 만족했다. 적어도 왕준에게 가담할 의사가 유곤에게 없음이 판명되었기 때문이다.

그는 다시 왕준에게 보내는 표(表)를 썼다.

<신 석늑은 삼가 대장군 앞에 글월을 바치나이다. 대저 하늘이 있으매 일월이 있고, 백성이 사는 곳에 군주가 계시기 마련이거늘, 지금 중원에는 오래 대위(大位)가 비었으니, 백성은 누구를 의지하고 살아가오리까? 신은 앞서도 장군께 등극하실 것을 아뢴 바 있거니와, 지나치게 겸손하사 지금껏 백성의 소망을 물리치심을 뵈옵고 자못 한숨을 금할 수 없나이다. 일은 장군 일신에 관한 것만이 아니라 실로 천하와 억조창생에 관계되는 것이기에 신 기주목(冀州牧) 친히 경병(輕兵)을 이끌고 존호(尊號)를 바칩니다.>

이 표문(?)을 받은 왕준은 어찌나 좋았던지 춤이라도 추고 싶은 것을 억지로 참았다. 그에게는 정말 석늑이 고마운 사람으로 보였다. 사실상 하나의 정부를 만들어 놓고도 차마 남의 이목이 꺼려져서 용상에까지는 못 올라가고 있는 터에 그가 나타나서 기어코 그 자리에 올려놓고야 말겠다는 것이 아닌가.

석늑은 마침내 경기(輕騎)로써 먼저 출발하고 대장군 장경에게 날랜 군사 3만을 주어 화급히 야행하여 뒤따라 나아가게 하였다. 석늑은 백인(栢人)에 이르러 주모자 유윤(游綸)을 잡아 죽이고 앞서 가신(家臣)을 죽인 원한 있음을 기록하여 그 형 유통(游統)에게 보고하였다. 이는 앞질러 일이 세상에 누설될까 염려해서였다.

다시 역수에 당도하니, 역수 수장 손위는 석늑의 동정을 살피고, 그 속내가 다름을 간파하여 사자를 왕준에게 보내고자 우선 유통과 약속하여 함께 석늑을 저지하려고 했다.

유통은 석늑의 군사가 적음을 알고 손위에게 사자를 보낼 필요가 없다고 말렸다.

이윽고 석늑은 군(郡)에 당도하려는데, 왕준의 장수 왕갑시 등은 석늑을 사로잡아 불세출의 공훈을 세우려고 했다.

조승은 본래 석늑에게서 후한 선물을 받은 터라, 왕준에게 주공을 따르려는 석늑의 진정을 꺾지 말라고 종용했다.

왕준은 발끈하여 제 장수를 질타하며 말했다.

「석공이 여기 옴은 바야흐로 고를 봉대하고자 함이다. 석공을 치려고 하는 자는 참형에 처하리라.」

왕준은 곧 명하여 자리를 베풀고 주연을 차려 석늑을 기다렸다. 석늑은 이른 새벽에 군문(郡門)에 당도하여 문지기를 질타하여 문을 열게 하였다. 그러나 혹시 복병을 의심하여 소와 양 천여 마리를 몰아 들여보냈다. 이것은 말로써 예를 올리고, 통로를 막아

군사의 진군을 어렵게 하고자 하는 것이다.

이 때 왕갑시는, 왕준이 듣지 않는 것을 보고 군사를 이끌고 영삭(寧朔)으로 나갔다. 왕창(王昌) 등도 또한 밖으로 나갔다.

왕준은 석늑이 당도하였다고 들었는데, 아무리 기다려도 문무 관인이 들어와 청하는 일이 없으므로 심중에 의구심을 품어 앉았다 일어섰다 하다가 관아를 나와 보았다.

그랬더니 석늑은 융복(戎服)을 입고 정사당(政事堂)에 좌정하여 석호·석민에게 명하여 갑병을 데리고 내아로 들어오는 것이 아닌가. 그러더니 다짜고짜 왕준을 잡아 안전에 세우고 서광으로 하여금 문죄케 하는 것이었다.

「위(位)는 원대(元臺)에 관절하고 작(爵)은 상공(上功)에 열하여, 이 효한(驍悍)의 진(鎭)에 있으면서 연(燕) 전역을 지배하며, 강병(强兵)을 장악하고서도 경사(京師)의 경복(傾覆)을 보기만 하고 구하지 않았도다. 또 그뿐이랴. 천자께서 사로잡히셔도 구원하지 않고 자존망대하며 오로지 간포(奸暴)하여 충량한 신민을 살해하고, 마음껏 욕심을 부려 해독을 온 천하에 뿌려 지금 이 지경에 이르게 하였으니 어찌 천의(天意)가 무심하랴.」

왕준은 서광의 말을 듣고 나자 노기가 탱중하여 이를 갈았다.

「이 오랑캐들아, 어찌 반역하느냐!」

이때쯤에야 궁중에서 변이 난 줄을 짐작한 호교(胡矯)와 왕호(王昊)는 급히 5천의 군사를 이끌고 대궐로 향했다. 그러나 이미 장경이 나타나 3만의 군사를 시켜 철통같이 대궐을 포위한 뒤였다. 그들은 대적하는 것을 단념하고 왕창·왕갑시가 있는 광평·영삭 쪽으로 도망했다.

석늑은 아장 왕낙생(王洛生)에게 5백 명의 병사를 주어 왕준 부자를 양국성으로 호송케 했다. 그리고는 왕준의 부하들을 모두 잡

아들였다. 그리하여 조옹·전교·전휘·주석·주원 등의 목을 베
었다. 그리고는 창고에 있는 보화와 전곡을 모두 거두고 궁전에
불을 질렀다. 부귀영화가 한바탕 꿈이라 했거니와, 왕준이 그렇게
도 바라던 꿈은 이루어지기도 전에 불타고 있었다. 불꽃은 삽시간
에 퍼져서 유주 일대는 불길에 휩싸였다.

이때 서광이 석늑에게 말했다.

「왕준 부자를 왜 보내셨습니까. 호송길이 하루가 아닙니다. 또
한 역수(易水), 백인(栢人) 등의 애구가 있으니, 혹시 습격이라도
있을지 모릅니다. 지금 그들을 잡아 참하십시오 그냥 두면 반드
시 후환이 있을 것입니다.」

석늑이 소스라쳐 놀라며 외쳤다.

「아차, 내가 잘못했구려. 이 일을 어쩐다?」

장경이 나섰다.

「그렇게 멀리는 안 갔을 것이니 제가 쫓아가겠습니다.」

석늑은 장경에게 1만 명의 군사를 주어 급히 추격케 하였다.

5. 왕준의 운명

석늑의 기습작전은 일단 대성공을 거둔 셈이었다. 그러나 그가
급히 왔던 것과 같이 급히 물러가지 않은 것은 큰 실수였다. 왕준
에게 대군이 있었던 것은 앞에서 보아온 바이다. 석늑이 너무나
급히 나타났기 때문에 각지에 흩어져 있는 군대가 모일 여유가 없
었지만, 일단 석늑이 나타나 왕준을 사로잡았음이 밝혀진 이상 사
정은 달랐다.

유주에서 하룻밤을 자고 난 석늑에게 각처에 분산됐던 왕준의
장수들이 10만 대군을 모아 쳐들어온다는 정보가 날아들었다.

그제야 깜짝 놀란 석늑은 부랴부랴 귀로에 올랐다. 부산하게 왔

다가 부산하게 돌아가는 길이었다.

한 40리를 행군한 석늑의 눈앞에 대군이 포진하고 있는 것이 보였다. 호교와 손위가 이끄는 부대였다.

「저놈들을 뚫고 앞으로 나가라. 적과 싸움으로 시간을 끌 것이 아니라 길만 빼앗아 전진하라!」

석늑은 이렇게 외치면서 적진 속으로 뛰어들었다. 그의 병사들은 모두 죽음을 무릅쓰고 돌격해갔다.

'길이 막혔으니 이래저래 죽을 몸이 아닌가.'

이런 생각이 그들에게는 있었으므로 모두 용감히 싸웠다. 특히 석늑의 활약은 눈부셨다. 그 칼이 번뜩이는 곳마다 무수한 유주 군사들이 쓰러져갔다.

「모두 일제히 활을 쏴라!」

손위는 본진에서 전황을 바라보고 있다가 명령을 내렸다. 비 오듯 쏟아지는 화살을 맞고 석늑의 부하들이 여기저기에서 쓰러졌다. 이것을 본 석늑이 외쳤다.

「저까짓 화살을 왜 그리들 두려워하느냐. 살고자 하면 죽고 죽고자 하면 살리라!」

이에 용기를 얻은 병사들은 다시 앞으로 밀려갔다.

석늑은 날아오는 화살에도 아랑곳하지 않고 적진 속을 헤치고 나가는데, 뒤에서 고함소리가 들려왔다. 뒤를 돌아다본 그는 다시 놀라지 않을 수 없었다. 분명 적군으로 보이는 한떼의 군사가 밀려들고 있었다. 앞뒤에서 협공을 받은 석늑의 부대는 지리멸렬의 상태에 빠졌다. 화살에, 창에, 칼에 맞아 석늑의 병사들은 수없이 죽어갔다.

이를 본 석늑의 분노는 하늘에 뻗치는 듯하였다. 그는 눈을 부릅뜨고 닥치는 대로 쳐 죽이며 앞으로 나갔다.

「이놈! 거기 섰거라!」

갑자기 한 장수가 나타나 석늑의 앞을 막았다. 호교였다. 석늑은 대답도 없이 번개처럼 칼을 휘둘렀다. 그 칼이 어떻게나 빨리 움직였는지 첫 칼에 말머리를 베고, 두 번째 칼은 호교가 땅에 떨어지기 전에 그의 어깨를 베었다. 호교는 말과 땅 사이의 공간에서 목숨을 잃은 것이었다.

이것을 보고는 그 앞을 가로막는 자가 없었다. 이에 비로소 길이 열려 석늑과 살아남은 그 부하들은 유주군의 포위 속에서 벗어날 수가 있었다.

석늑의 일행은 힘을 다해 길을 달렸다. 얼마를 달려오자 눈앞에는 역수가 가로놓여 있었다. 석늑 일행이 겨우 물을 건너섰을 때, 앞에서 먼지로 하늘을 자욱하게 메우면서 한떼의 군사가 달려오는 것이 보였다.

「아, 마지막이구나!」

석늑은 깊이 탄식했다.

그러나 그것은 장경의 부대였다. 장경은 왕준을 압송하는 왕낙생을 무사히 경계까지 보내놓고 나서 무슨 변이 행여나 일어나지 않을까 하여 다시 돌아오는 길이었다.

「아, 장군!」

석늑은 너무나 기뻐서 장경의 손을 덥석 잡고 잠시 동안 놓으려 하지 않았다.

한편 손위는 적을 크게 깨뜨리고도 우울한 표정을 고치지 못했다. 석늑을 놓친 바에는 승리라고 할 수도 없었다. 자기네는 기둥이요 주인 격인 왕준 부자를 잃지 않았는가. 이겼으면서도 결국은 진 싸움이었다.

그가 군대를 수습하여 돌아가려고 했을 때였다.

「장군! 큰일 났습니다.」

한 병사가 말을 달려오면서 급히 외쳤다.

「지금 단필탄(段匹彈)이 군사를 끌고 와서 유주 성을 점령했습니다.」

「뭐야」

손위는 숨이 막히는 듯이 부르짖었다. 정말 이것은 큰일이었다. 단필탄은 단씨네 일족으로 호족(胡族)으로서는 유력한 자였다. 한참을 넋 빠진 사람처럼 서 있던 손위은 주먹을 불끈 쥐고 부르짖었다.

「자, 유주로 가자. 가서 이 오랑캐를 몰아내자. 이 도둑놈을!」

「잠깐 고정하시지요.」

왕갑시가 나섰다.

「우리가 성을 비운 사이에 들어앉은 그놈의 소행은 괘씸하지만 그에게는 반드시 대비책이 서 있을 것입니다. 지금 우리가 피로한 군사를 끌고 가서 어찌 그를 이겨내겠습니까. 또 주공이 잡혀가신 지금 성을 뺏은들 어떻게 한다는 말입니까. 차라리 일단 북으로 피했다가 힘을 길러 오늘의 한을 씻읍시다.」

옳은 말이라고 생각한 손위는 왕창·왕갑시와 함께 금성(金城)을 향해 떠났다.

석늑은 유주 병장이 북으로 가는 것을 보고 양국으로 되돌아가려고 양국 지경을 넘어서려다가 다시 생각하기를, 왕준의 얼굴을 안 보는 것이 낫겠다 싶어 종사 경봉(慶封)을 불러 말했다.

「왕준 부자는 지체가 높고 작록이 중하다. 나와 상견하기 거북할 것이다. 그와 나는 일찍이 원수 진 일이 없다. 그대는 우선 성중에 들어가서 그들을 참하라. 용서하면 안된다.」

경봉은 분부를 듣고 말을 달려 양국에 당도하여 은밀히 장빈에게 여차여차 하라고 사연을 말하고, 왕준 부자를 끌어내었다.

왕준 부자는 마구 저주하고, 욕설을 퍼부었으나 마침내 해를 당하고 말았다.

왕준 부자를 참한 뒤에 석늑은 성중에 들어와 왕준의 시체를 매장하고자 하니, 장빈이 말렸다.

「왕준은 유영을 살해하여, 황제는 아직도 왕준에 대한 원한을 품고 있습니다. 이 전리품을 지금 황제에게 헌납합시다. 그러면 황제는 우리의 공을 치하하고 의심을 하지 않을 것입니다.」

석늑은 장빈의 말대로 왕준의 수급을 상자에 넣어 조연(曹椽)과 전조(傳遭)를 시켜 한제에게 바쳤다.

「아, 장한지고!」

황제 유총은 매우 기뻐했다.

「오늘에야 유영의 원수를 갚았으니, 참으로 짐의 가슴이 후련하도다.」

황제는 석늑을 평난대도독(平難大都督)에 봉하고 12개의 고을을 식읍(食邑)으로 주었다. 그리고 장빈을 연국공(燕國公)에 봉하고, 장경·조염 등에게도 후한 상을 내렸다.

6. 신기묘산(神機妙算)

석늑이 구태여 왕준의 목을 평양에 보낸 데에는 조정이 자기를 의심케 하지 않으려는 배려가 깃들여 있었다. 그런데 황제는 도리어 큰 상을 내리고 표창까지 해주었으므로 마음이 놓인 그는 다시 진의 세력 하에 있는 땅들을 뺏기 위해 군량을 모으고 출전준비를 서둘렀다.

앞서 삼대(三臺)에서 쫓겨난 유연은 늠구(廩丘)에 근거지를 두고 군사와 양식을 모으며 설욕할 기회를 엿보고 있었다. 그는 석늑이 왕준과 싸운다는 소식에 접하자, 밀려가 업대(鄴臺)를 공격할 뜻을 보였다.

이 보고를 받은 석늑은 장경에게 말했다.

「업대에는 예사 장수가 가서는 안될 것입니다. 장군은 위엄이 일세를 뒤덮은 터이니, 가셔서 도둑을 물리쳐 주시겠습니까.」

장경은 백발을 휘날리며 말했다.

「제가 언제 싸움을 사양한 적이 있습니까.」

크게 기뻐한 석늑은 그를 원수로 삼고, 석호를 선봉, 공장·소반을 좌우 장으로 임명하여 늑구를 치게 했다. 군사는 5만이었다.

한편, 업대를 치기 위해 군사를 움직이려던 유연은 이미 석늑의 부대가 경계에 나타났다는 정보를 듣고 매우 노했다.

「이놈이 어찌 이리도 나를 무시하는가. 이번에는 반드시 전일의 한을 씻으리라.」

그는 곧 한흥·번양·전청·낭목 등과 함께 성을 나와 석늑의 군사를 맞아 진을 쳤다. 이윽고 북소리가 둥둥 울리면서 유연이 진 앞에 나타나 크게 호통을 쳤다.

「이 역적 놈들아! 전에는 우리 삼대를 빼앗더니 이번에는 또 무엇을 노리고 여기에 이르렀느냐. 탐심이 지나치면 천벌을 받느니라.」

이 소리에 장경 측에서 조응이 나타나며 외쳤다.

「정말 우스운 놈이로구나. 이미 망령되이 움직였다가 성을 뺏겼으면 근신하여야 옳겠거늘, 너는 어찌 방자하여 다시 군사를 모았느냐. 너 같은 것은 죽이기에도 부족하니, 어서 병주로 달려가서 너희 아저씨하고 함께 살아라.」

「이놈이!」

유연이 화를 벌컥 내며 나가려 하자 한흥이 급히 그의 소매를 잡았다.

「주장(主將)이 어찌 경솔히 움직이시겠습니까. 저런 놈은 저에게 맡기십시오」

말을 마친 한홍은 달려나가 조응과 싸웠다. 두 사람은 창과 창으로 맞섰다. 그러나 백전노장을 상대하기에는 한홍의 힘이 너무 약했다. 그가 주춤주춤 뒤로 물러서는 것을 본 번양이 달려 나와 싸움을 도왔다.

「저놈이!」

본진에서 관전하던 석호가 쫓아나갔다. 그가 눈을 부릅뜨고 달려드는 모양이 하도 사나워서 번양이 주춤하는 순간 조응의 칼이 그의 가슴을 깊이 꿰뚫었다.

가만히 보고 있다가는 사기에 영향이 미치리라 생각한 유연은 일제히 공격을 가하게 했다. 이에 응해 장경의 군사들도 물밀듯이 앞으로 내달렸다.

대혼전 속에서 석호의 활약은 특히 눈에 띄었다. 그의 칼이 번뜩일 때마다 병사들이 추풍낙엽처럼 쓰러졌다. 이것을 본 낭목이,

「이놈! 거기 서라.」

하고 그 앞을 막자 석호는 한칼에 그의 어깨를 찍어버렸다. 그러자 유연의 군사는 도주하기 시작했고, 유연 자신도 더 싸울 수 없음을 깨닫고 늠구 성으로 피해버렸다.

조카로부터 급보를 받은 유곤은 깊이 탄식했다.

「아, 전날 왕준을 방관하는 것이 아니었는데 그랬구나.」

이제는 후회해야 소용이 없었다. 속히 늠구로 군대를 보내자는 주장이 있었으나 유곤은 머리를 저었다.

「늠구보다는 상산(常山)을 치도록 하오」

「그것은 왜 그렇사옵니까?」

부하들이 의아해 하자 유곤이 웃었다.

「왼팔이 베었다고 왼팔에 침을 꽂는 것은 엉터리 의원이오 상산을 급습하면 성공하기 쉬울 뿐 아니라, 석늑의 세력을 갈라놓는 결과가 되지 않겠소?」

그제야 장수들은 고개를 끄덕이며 유곤을 다시 한번 쳐다봤다.

「장군의 신기묘산에는 아무도 못 당하겠습니다.」

그것은 실제로 잘한 일이었다. 유곤의 명령을 받은 초구(焦球)가 갑자기 밀어닥치자, 상산을 지키고 있던 형태(刑泰)는 허겁지겁 나와 싸우다가 전사하고 말았다.

이 패보에 접한 석늑은 크게 노하여 조개에게 군사 3만을 주어 상산 탈환에 나섰고, 초구는 군사를 끌고 상산 경계에 나와 이를 맞이했다.

조개는 진두에 말을 세우고 호통을 쳤다.

「너희는 어찌 좀도둑 모양 남의 성을 빼앗았단 말이냐. 빨리 성문을 열어 항복한다면 모를까 그렇지 않다면 전군이 몰살되리라.」

초구가 앞으로 나서며 크게 웃었다.

「너희가 정정당당한 방법으로만 싸웠더냐? 삼대는 어떻게 빼앗았으며, 왕준 장군은 어떻게 사로잡았느냐. 강아지가 사람을 욕하는 격이로구나.」

「이놈이 무례하도다!」

크게 노한 조개는 창을 비껴들고 말을 달려 나왔다. 초구는 상대가 늙은 것을 보고 얕보는 마음이 앞섰다.

「어서 관 속에 들어가야 할 놈이 무엇 하겠다고 여기에 나타났느냐!」

그는 이렇게 조롱까지 하면서 유유히 칼을 뽑아들었다. 그러나

곧 눈앞이 아찔해짐을 느꼈다. 그도 그럴 것이 조개의 창은 천변
만화하여 눈앞이 온통 창으로 둘러싸인 것 같았던 것이다.

「이놈!」

조개의 입에서 호통이 떨어진 순간, 그는 이미 옆구리를 찔려
말 아래로 구르고 있었다.

이것이 싸움의 분수령이 되었다. 조개의 병사들은 용기백배하
여 몰려갔고 초구의 부하들은 앞을 다투어 도망했다. 초구의 부장
온교(溫嶠)는 패잔병들을 수습하여 노주(潞州)로 달려가는 것이
고작이었다.

이러한 소식에 접한 유곤은 한참이나 말이 없다가 왕직(王直)을
불렀다.

「온교가 어디로 갔다고 했지?」

「노주로 갔다고 들었습니다.」

「그래?」

유곤은 거만하게 고개를 들었다.

「그렇다면 그대는 중산(中山)을 치라. 병사는 1만이면 족할 것
이야.」

이번에는 그의 전략에 감탄하는 사람이 한 명도 없었다. 노주를
구하기 위해 중산을 치는 것이 뻔했기 때문이다.

어쨌든 이번에도 이 전략은 들어맞았다. 왕직의 군사가 밤에 밀
어닥치자 성은 저항도 한 번 제대로 못한 채 함락되었고, 그곳의
책임자인 진고(秦固)는 사로잡혔다.

이 소식에 접한 석늑은 유면·호연막·오예·공돈 등에게 병
사 2만을 주어 보냈는데, 왕직이 사로잡히는 것으로 그 싸움은 끝
났다. 모든 것이 상산의 경우와 흡사했다. 불의에 습격하여 뺏으
면 석늑 편이 밀려와 되찾았다.

이번 싸움은 그런 식이었다.

싸움은 유면과 왕직의 대결에서 비롯되었고, 곧 전면적인 충돌이 뒤에 따랐다. 서로 치고 찌르는 등 일진일퇴를 거듭하면서 한동안을 끌었다.

이때 초조해진 왕직은 적장을 잡기 위해 한 꾀를 생각해내어 말을 달려 도망쳤다. 그는 추격해오는 적장을 활로 쏘아 잡을 생각을 한 것이었다.

그러나 이것은 두 가지 점에서 과오를 범했다고 볼 수 있다. 우선 사병에게 주는 영향이 좋지 않았다. 그들은 대장이 도망치는 것을 보고 그것이 계략인 줄은 알 턱이 없는 까닭에 자기들도 도망치기 시작한 것이었다. 또 하나는 적장도 활을 쏠 수 있다는 것을 미처 생각지 않았다는 것이다.

왕직은 얼마쯤 달리다가 활을 꺼내 들었다. 그리고 그가 적장을 잡기 위해 상반신을 뒤로 돌리려는 순간이었다. 추격해오던 유면이 쏜 화살이 그의 등에 박혔다. 유면은 적장을 쫓아가다가 병사들이 앞에 거치적거려서 추격이 뜻대로 되지 않았으므로 활을 쏜 것이었다.

화살에 맞은 왕직은 찔끔 놀라서 상반신을 말잔등에 넙죽 엎드린 채 도망쳤다. 그의 갑옷이 몹시 두꺼웠던 까닭에 몸에는 상처를 입지 않았던 것이다.

그러나 유면은 다시 활을 당겼다. 이번 것은 왕직의 목에 명중했다. 두 말 할 것도 없이 왕직은 말에서 떨어졌고 몰려든 유면의 병사들에 의해 꽁꽁 묶이고 말았다.

크게 이긴 석늑의 장수들은 공돈·오예를 중산에 남기고 늠구로 몰려가 유연 토벌에 가세했다.

이 보고를 받은 유곤은 더 이상 신기묘산을 발휘하려 들지 않

았다. 산상과 중산을 공격한 것은 석늑의 세력을 분산시켜 간접적
으로 늠구에 갇힌 조카 유연을 구하자는 데 목적이 있었던 것이
나, 결과적으로는 자기의 군대에만 손실을 가져왔을 뿐 아니라 유
연을 더욱 위기에 몰아넣은 결과밖에는 되지 않았다.

이젠 악릉(樂陵) 태수 소속(邵續)에게 원군을 청하는 수밖에 없
었다. 소속은 곧 낙문원(駱文鴛)이라는 장수에게 5천의 병사와 함
께 감군(監軍)이라는 명목으로 희담(姬澹)도 딸려 보냈다. 유곤은
그들을 늠구로 보내 유연을 돕도록 부탁했다.

한편 늠구에 갇혀 있는 유연은 지칠 대로 지쳐 있었다. 대군에
게 포위된 채 유주에서 보내올 원군을 기다렸으나, 20일이 지나도
록 그림자 하나 비치지 않자 낙담하지 않을 수 없었다. 숙부가 자
기 죽는 것을 방관할 리는 없은즉, 그쪽에도 무슨 일이 일어난 것
이 분명한 것 같아 애가 탔다.

하루는 그의 먼 동생뻘이 되는 유계(劉啓)가 말했다.

「너무 걱정하지 마십시오. 하늘이 무너져도 솟아날 구멍이 있
는 법입니다.」

유연은 그 소리가 자기를 비꼬는 것같이 들려 낯을 찌푸렸다.

「형님!」

그런 유연의 표정은 아랑곳없다는 듯 유계는 다가앉았다.

「곤주(袞州)와 예주(豫州) 사이에 마적 떼가 있는데, 그 대장이
장평(張平)과 장간(張干)이라 하고 이들은 형제이죠.」

유연은 잠자코 듣고만 있었다.

「이들은 만부부당의 용사이어서 관군도 손을 못 대고 있는 형
편입니다. 누군가가 그들에게 귀순을 권했더니 병주의 유자사 같
은 분이 부르신다면 가겠다고 하더라는군요. 이것은 확실한 사람
에게서 들은 이야기입니다.」

여기까지 말한 유계는 유연의 얼굴을 바라보며 말을 이었다.

「지금 석늑의 군량은 모두 돈구(頓丘)에 있다고 들었습니다. 오늘밤 어둠을 타고 내가 직접 그들을 찾아가 돈구를 쳐서 거기에 있는 쌀을 빼앗아가라고 권할까 합니다. 석호고 석늑이고 간에 먹을 것이 없고서야 어쩌겠습니까.」

「그래 해보자!」

그제야 유연은 크게 기뻐해 마지않았다. 그제야 비로소 솟아날 구멍이 생겨난 듯한 느낌이었다.

그날 밤, 어둠을 타고 몰래 성을 빠져나가는 장정 한 사람이 있었다. 말할 것도 없이 유계였다. 유계는 성문으로 나가면 적에게 들킨다 해서 성 위에서 밧줄을 타고 내려갔다.

땅에 내려선 유계는 한참이나 숨을 죽이고 성벽에 몸을 바짝 붙인 채 서 있었다. 그리고 근방에 아무도 없음을 확인하고야 발소리를 죽여 가며 어둠 속으로 사라졌다.

얼마를 가던 그는 갑자기 발걸음을 멈추었다. 그리고는 땅이 움푹 팬 곳을 발견하자 거기에 납작 엎드렸다. 조금 있으니까 순찰병 두 사람이 말도 없이 그의 곁을 지나갔다. 유계는 숨을 죽이고 그들을 찬찬히 관찰했다. 그리고는 저놈들을 죽일까 하고 생각해 보았으나 이내 고개를 흔들었다.

얼마 후 그는 적진을 무사히 통과했다. 성에서는 군사가 한 번도 나온 적이 없기 때문에 석늑 측의 경비란 그리 대단한 것은 아니었다.

날이 밝을 무렵 그는 늠구의 경계를 통과했다. 어느 마을을 지나자니까 말이 한 필 개울가에 매여 있었다. 그것을 본 유계는 다가가서 서슴지 않고 올라탔다. 그리고는 버드나무 가지를 꺾어 말 엉덩이를 후려갈겼다.

주야로 말을 달린 그는 이튿날 점심때가 훨씬 지나서야 석강산
(石岡山) 입구에 도착했다. 산은 이름과는 달리 수목이 울창한 흙
산이었다. 서슴지 않고 골짜기로 들어서던 그는 도둑의 보초선에
걸렸다. 졸개가 뛰어 나오면서 무어라고 소리를 질렀으나 그는 말
에 속력을 주어 그대로 지나쳐 버렸다. 뒤에서 고함소리가 들리는
듯했으나 이내 스러져버렸다.

얼마를 달려가던 그는 창을 비껴든 졸개 서너 명이 길을 가로
막는 것을 보았다.

「이놈들!」

제법 추상같이 호통을 치고 난 유계는 무슨 생각에선지 졸지에
태도를 바꾸었다.

「오, 수고들 하는구나, 나는 장군의 친구이다.」

어리둥절해서 졸개들이 그를 쳐다보는 순간 그는 채찍을 들어
말을 갈겼다. 전속력으로 달리는 말 위에서 그는 뒤를 돌아다보았
다. 뒤에서 졸개들이 쫓아오면서 무어라고 소리소리 지르고 있는
것이 보였다. 그는 재미있다는 듯 웃으며 말을 달려 앞으로 나갔
다. 얼마를 달려가자 산성(山城)이 보였다.

「나는 유주자사 유공의 조카 되는 사람이다! 너희 장군께 뵙잔
다고 여쭈어라.」

진채를 지키던 졸개 하나가 보초의 안내도 없이 달려온 낯선
손님의 아래위를 훑어보더니 안으로 들어갔다.

얼마 후 유계는 진채 안으로 안내되었다.

이름만 진채지 어엿한 관청이나 다름없는 저택에서 장평·장
간은 유계를 맞았다. 마흔이 조금 넘었을 듯싶은 두 형제는 제법
훤칠한 대장부였다. 큰 체구에 떡 벌어진 어깨, 그리고 훤한 신수!
그들은 웃음을 담뿍 머금은 얼굴로 유계를 환영했다.

「아, 그러십니까? 유장군의 고덕은 일찍부터 사모해오고 있던 바입니다. 그 조카가 되신다니 반갑습니다.」

장평은 이렇게 말하며 차를 권했다.

유계는 늠구의 사정을 설명하고 나서 말했다.

「숙부님의 말씀이 늠구를 구할 수 있는 것은 오직 장군 형제 뿐이라 하셔서 이렇게 찾아왔습니다.」

「그것이 또 무슨 말씀이신가요?」

장간의 눈이 둥그레졌다.

「석늑의 군량은 모두 돈구에 있습니다.」

유계가 미소를 띠며 말했다.

「장군들께서 습격하신다면 아마 수십만 석은 얻으실 수 있을 것입니다. 그 군량만 없어진다면 늠구도 저절로 되찾게 될 것이 아니겠습니까.」

장평과 장간은 서로 바라보며 웃었다. 아마 과히 싫지는 않은 모양이었다.

「물론 그 군량만을 위해서 움직이시라는 것은 아닙니다. 지금 위한(僞漢)이 무도하여 침략을 일삼기에 천하가 크게 어지러워져 있지 않습니까. 석늑은 앞서 삼대를 뺏더니 이번에는 늠구를 공략 했습니다. 그가 여기로 밀려오지 말라는 보장이 어디에 있겠습니 까. 우리 숙부께서는 이 간악한 세력을 누름에 있어 장군과 손을 잡기를 원하고 계십니다. 깊이 생각하십시오.」

실리를 던져 뀐 다음 다시 명분을 제공한 것이었다. 유계는 심 리의 미묘한 움직임에 대해 그만큼 민감했다

「알았습니다. 유장군의 분부신데 우리가 어찌 가만히 있을 수 있겠습니까.」

드디어 장평은 쾌락하고 나섰다.

이때, 돈구를 지키고 있던 자는 소반(邵攀)이라는 장수였다. 전선이 훨씬 앞이고 보니 당연한 일이기도 하지만, 아무 경계도 없이 지내다가 어느 날 밤 적의 기습을 받았다. 그는 마적을 적군으로 착각했다.

그가 자다가 뛰쳐나갔을 때는 이미 마적들은 진채 속에 뛰어들어 닥치는 대로 무기를 휘두르고 있는 참이었다. 자다가 깨어난 병사들은 제대로 싸우지도 못한 채 맞아 죽거나 도망치는 것이 고작이었다. 소반도 대세가 기운 것을 직감하고 말머리를 돌렸다. 그 순간 갑자기 앞에 나타난 장광의 칼이 번쩍 올라갔다. 소반은 얼굴 정면을 맞고 말 아래로 굴러 떨어졌다.

마적들의 이 작전은 대성공이었다. 창고에 나타난 장평 형제는 눈이 휘둥그레졌다. 말로만 들었던 10만 석, 20만 석을 실제로 보니 어마어마하였다. 임시로 아무렇게나 지었다고는 하나 실히 5백 간은 됨직한 창고에 쌀가마가 가득 들어차 있었다.

날이 밝아왔다.

「형님 이것을 얼른 옮겨야 하지 않겠습니까?」

장간은 이렇게 말하며 형을 쳐다보았으나, 장평은 피식 웃었다.

「이제 와 생각하니 공연한 짓을 했구나!」

「아니, 그게 무슨 말씀이오?」

「생각해 보렴!」

장평은 딱하다는 듯이 아우를 바라보았다.

「이것을 좀 둘러보아라. 산더미 같은 이 양식을 무슨 수로 옮기겠니? 우리 힘으로는 1년은 걸려야 할 것이다. 그렇다고 석늑이 두고만 볼 리도 없으니 우리는 어차피 이곳에서 쫓겨나야 될 것이 아니냔 말이다.」

이렇게 말한 장평은 쯧쯧 혀를 찼다. 그들이 밥을 해서 배불리

먹고 난 직후 막 숨을 돌리려는데 보초가 놀라운 소식을 가지고 왔다.

「적이 쳐들어옵니다. 좋이 몇 만은 되어 보입니다.」

이 말을 듣는 순간 장평이 얼굴에 경련을 일으켰다. 그는 뛰어나가 졸개들에게 외쳤다.

「불을 질러라. 창고에 어서 불을 질러라!」

온 창고에 불이 붙는 것을 확인한 장평은 졸개들을 돌아보며 쓸쓸히 웃었다.

「이번에는 유곤이 좋아할 짓만 했다. 어서 돌아가자.」

그는 적군이 나타난 방향과 정반대쪽으로 말을 몰았다.

마적들과 동행할 수도 없고 해서 어물어물하고 있던 유계만 적군에게 사로잡혔다.

7. 꾀어내서 잡는 법

사로잡힌 유계는 양양(襄陽)으로 압송되었다. 그는 석늑에게서 심문을 받게 되자 자진하여 자초지종을 빠뜨림 없이 설명했다.

「그놈들만 허탕을 쳤구면.」

석늑도 큰 소리로 웃었다. 그리고는 그의 결박을 풀어주었다.

「너 때문에 군량 몇 십만 석이 없어졌다만, 서로 처지가 다르니까 나무랄 수도 없는 노릇이지! 세상이 안정될 때까지 너는 여기에 있거라.」

이렇게 말한 석늑은 유계를 문관에 임명하여 양국군으로 보냈다. 언젠가 자기의 모자에 대해 유곤이 따뜻이 대해준 빚을 갚자는 생각에서였다. 그러나 그런 줄도 모르는 유계는 자기의 용감성을 인정받은 것으로 알고 극히 만족해했다.

유계가 물러가는 것을 바라보고 있던 석늑은, 아직도 웃음이 가시지 않은 얼굴로 장빈에게 말했다.

「하여간 저놈 때문에 늠구 사정은 더욱 절박해졌소 이대로 물러날 수도 없고 더 버틸 수도 없고…… 아무래도 군사께서 다녀오셔야겠소이다. 병사를 얼마나 이끌고 가시렵니까?」

「그렇지 않아도 내가 다녀올까 하던 참입니다. 군사야 5천이면 족하지요.」

장빈은 흰 수염을 매만지며 웃었다.

가뜩이나 전선이 교착된 위에 군량까지 손실을 당해 의기소침해 있던 장경과 석호는 장빈이 나타나자 무척이나 반가워했다.

「노구를 이끄시고 군사 어른께서 직접 와주시니 반가운 중에도 죄송하기 이를 데 없습니다. 성이 견고하여 뺏기 어려운 데다가 이제는 군량마저 잃었습니다. 어떻게 해야 되겠습니까?」

그 난폭한 석호도 어깨가 축 늘어져 있었다.

「그까짓 것을 무어 그리 걱정하시오. 노부(老夫)가 안 왔으면 모를까 이미 이곳에 온 이상 안심하고 계십시오.」

장빈은 웃어 보였다.

「우리가 업성으로 돌아가는 양 진채를 거두어 여기를 떠나면 저것들은 필연코 추격해 올 것입니다. 그때에 좌우에 매복해 두었던 군사가 일어나고, 또 다른 부대는 성을 점령해 버리는 것입니다. 잠깐이면 끝날 것입니다.」

이튿날, 석늑의 군사가 철수한다는 보고를 받은 유연은 자기 귀를 의심했다. 그는 직접 망루에 올라갔다. 아닌 게 아니라 철수하는 적군의 모습이 바라다보였다. 진에 쳐 있던 장막은 모두 걷히고 끊임없이 부대가 떠나가고 있는 중이었다.

유연은 성 밖에 주둔한 원군에 급사를 보내어 적군을 추격하자고 주장했다. 희담은 역시 노련한 장수여서 직접 성에 나타나 말

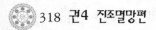

렸다.

「스스로 물러가는 군대는 쫓는 법이 아닙니다. 무슨 꿍꿍이속이 있는지도 모릅니다.」

그러나 유연은 웃었다.

「너무 걱정하다 못해 초조해 있는데다가 군량까지 잃었으니 안 돌아가고 배기겠소이까. 완전히 해이해진 적군을 두려워할 것은 없습니다.」

희담은 손님격이라 더 반대하지는 않았다.

유연은 급히 군사를 동원하여 성에서 나왔다. 적진에서 양식이니 무기 같은 것을 수레에 잔뜩 실은 수송부대가 막 떠나려는 순간이었다.

「저놈들을 한 놈도 남김없이 죽여라!」

이렇게 고함을 치면서 유연은 진중으로 뛰어 들어갔다. 수레를 몰고 떠나려던 적군이 산산이 흩어져 달아나자 손쉽게 물자를 얻은 유연은 다시 부하들을 독려하여 적의 뒤를 추격했다.

한 식경이나 달렸을까, 적의 후미가 똑똑히 눈에 들어왔을 때였다. 갑자기 포성이 울리면서 좌우로부터 복병이 쏟아져 나오는 것이 아닌가.

「아차, 실수했구나!」

그제야 깜짝 놀란 유연은 병사들에게 외쳤다.

「모두 후퇴해라. 어서 성으로 돌아가자!」

그러나 이미 그들은 장경·석호·공장·조응 등이 이끄는 군대에 몇 겹으로 포위당해 있었다.

이때 희담이 칼을 쑥 뽑아들었다.

「죽음을 각오할 때 살 길이 열리는 법이다. 살고 싶은 자는 내 뒤를 바짝 따르라.」

이렇게 외친 그는 그대로 적군 속으로 뛰어 들어갔다. 여기에 용기를 얻은 장병은 우르르 앞을 다투어 그 뒤를 따랐다.

물론 많은 희생자가 났다. 그러면서도 살겠다는 군중의 의지력은 적진을 뚫고 길을 여는 데 성공했다. 유연도 구사일생으로 포위망을 벗어나 성 쪽으로 말을 달렸다. 빨리 성에 들어가기만 하면 된다는 생각은 위로가 되었다.

그가 성문에 거의 다다랐을 때였다.

「유연아! 어째서 이제야 오느냐?」

누군가가 이렇게 외쳤다. 문루를 쳐다보는 순간 유연은 기겁을 했다. 거기에 버티고 있는 것은 분명 적장들이었다. 그 중에서 문관 복장을 한 노인이 크게 웃었다.

「성은 이미 내가 접수했은즉, 너는 속히 말에서 내려라. 나쁘게는 대우하지 않으마.」

유연은 기가 찼으나 화를 낼 기력도 없었다. 그는 화살이 무수히 날아오는 속을 말잔등에 납작 엎드려 달아났다

제11장. 풍운의 장안성

1. 매복지계(埋伏之計)

한(漢)의 황제 유총은 주색에 파묻혀 있으면서도 장안의 정황에 대해서는 꽤 많은 관심을 가지고 있었다. 자기만이 천명을 받았다고 자처하는 그로서는 거기에 또 하나의 황제가 있다는 것을 인정하기가 싫었다. 그러므로 다른 고장이야 어찌 되었든 장안만은 기어코 뺏고 싶은 것이 그의 심정이었다. 그러므로 유요가 또 패하여 효관으로 후퇴한 것을 생각하니 늘 마음이 언짢았다.

어느 날, 그는 진원달에게 말했다.

「중산왕이 이번에도 장안 공략에 실패했으니 짐이 직접 대군을 이끌고 친정(親征)할까 하는데 승상의 뜻은 어떻소?」

「구태여 친정하실 필요까지 있으시겠나이까.」

전원달이 조심스레 아뢰었다.

「장안은 천하의 요지이며, 적의 근거지입니다. 누가 치나 손쉽게는 떨어지지 않을 것이옵니다. 중산왕 전하의 용맹이 모자라서가 아니오이다.」

「그러면 *백년하청(百年河淸)을 기다리는 격이 아닌가……」

황제는 못마땅한 듯 어성을 높였다.

「너무 조급히 생각 마시옵소서. *곡식을 빨리 자라라고 그
싹을 잡아당긴 자의 이야기(助長조장)가 전해오고 있사옵니다만,
다 시기가 있는 줄 아옵니다. 장안과 낙양은 천하에서 가장 보배
로운 두 개의 과일이옵니다. 이미 낙양은 우리 손에 떨어졌거니
와, 가을이 깊어져 오면 장안이라는 과일인들 어찌 아니 떨어지
오리까.」

진원달은 다시 말을 이었다.

「천자는 나라의 기둥이옵니다. 구중궁궐 속에 안거하사 억조
창생의 존경을 받으시면 되시나이다. 어찌 필부와 같이 싸움터에
나타나사 적과 승부를 다투오리까. 그러나 장안도 보고만 있을 수
는 없사오니, 장수와 군대를 효관에 보내시어 중산왕을 돕도록 하
시옵소서.」

이에 기뻐한 황제는 15만의 대군을 출동시켰다. 유요를 관중도
독(關中都督) 정서대원수(征西大元師)에 임명하고, 강발을 찬획기
무정서대군사(贊畫機務征西大軍師)에 탁용했으며, 강비를 후군통
제(後軍統制), 양용의 아들 양계훈(楊繼勳)을 후군선봉, 이유의 아
들 이화춘(李華春)과 황양경의 아들 황용서를 전부부장군(前部副
將軍)에 발탁했다. 또 황제(皇弟) 유찬과 대장군 호연호에게 군량
을 호송케 하고, 관심을 전부선봉(前部先鋒)을 삼아 장안을 빼앗
으라고 명령했다.

한의 대군이 효관에 모이고 있다는 정보가 들어오자, 장안은 또
다시 발칵 뒤집혔다.

「유요가 또 온다는구려. 이 일을 장차 어떻게 해야 되겠소?」
어린 황제는 얼굴이 파래져서 문무백관을 모아놓고 말했다.
좌위장군(左衛將軍) 한표가 출반하여 상주했다.

「폐하께서는 너무 걱정하지 마시옵소서. 유요는 용맹하다고

해도 필경은 한낱 필부일 따름이옵니다. 전에도 두 번이나 쳐들어
왔다가 병사만 죽이고 물러간 위인이니 이번이라 해서 다를 것이
무엇이 있사오리까. 우리는 그 동안 성을 수축하고 군사를 모았으
며, 군량도 막대한 양을 거두어들였으므로 전에 비해 훨씬 유리한
처지에 있사옵니다. 신이 재주는 없으나 군사를 이끌고 나가 길을
막고 한 사람도 살아서 못 돌아가게 하겠사옵니다.」

말인즉 씩씩했다. 그러자 대사마 가필(賈疋)이 말했다.

「적을 얕보지 마십시오. 유요는 세상이 모두 두려워하는 맹장
이요, 관산 형제와 호연승·황신 등은 일대의 호걸들입니다. 거기
다가 모사 강발이 있어 신출귀몰하는 전략을 세우고 있습니다. 유
요는 전에 실패한 까닭에 이번에는 그만큼 단단한 각오가 있을 것
입니다.」

이번에는 국윤(鞠允)이 나서서 말했다.

「용병은 신속을 귀하게 여기는 법입니다. 우리가 이렇게 이야
기하고 있는 동안에도 적은 한걸음 한걸음 다가오고 있다는 것을
잊어서는 안됩니다. 속히 군대를 동원하여 요로를 차단하는 한편,
각처에 기별하여 원병을 불러와야 될 줄 압니다.」

이에 삭침은 황제의 윤허를 얻어, 한표에게 3만의 군사를 주어
신풍(新豊)에 나가 적을 막게 하고, 다시 국지·화경·양종·송
철·왕비에게도 5만의 군사를 주어 이를 돕게 했다.

장안이 가까워지자, 한군의 원수 유요는 강발에게 말했다.

「장안으로 가는 길목에는 신풍이 가장 요지이니, 마땅히 이를
앞서 점령해야 될 것 같소」

강발도 같은 의견이었으므로 그는 곧 선봉 관심을 불러서 명령
했다. 그러나 이때,

「잠깐 기다리십시오.」

하고 계하에서 외치는 소리가 들렸다. 모두 돌아다보니 후군 선봉장인 양계훈이었다. 그는 이번에 처음으로 출전하는 약관의 청년이었다.

「장안성을 치는 것이라면 관장군께서 직접 맡으셔야 하겠지만, 조그만 고장 하나를 확보하는 데 어찌 친히 가실 필요가 있겠습니까. 거기에는 소장이 가겠나이다.」

「말을 삼가오」

강발이 꾸짖었다.

「이미 장령이 내린 터에 신진의 몸으로 자청하고 나서는 것은 예의가 아니오.」

그러나 양계훈은 물러서려 하지 않았다.

「관장군의 용명은 천하가 다 아는 터입니다. 제가 어찌 공을 탐내서 이런 말씀을 올렸겠습니까. *닭을 잡는 데 소 잡는 칼을 쓰시기에(割鷄焉用牛刀할계언용우도) 제가 대신 가겠다고 나선 것뿐입니다.」

다시 강발이 꾸짖으려 하자, 유요가 말을 가로챘다.

「그 기상이 좋으니 한번 나가보라. 그러나 신중히 움직여 실수하지 마라.」

그 목소리에는 따뜻한 정이 흐르고 있었다. 유요는 자기가 처음으로 출전하던 때의 일을 떠올렸는지도 모른다.

유요는 그래도 마음이 안 놓였든지, 호연호·왕진·이화춘·호연승으로 하여금 함께 가게 하고, 만사는 호연호의 지시에 따르도록 명령했다.

그러나 신풍에 닿은 그들은 실망하지 않을 수 없었다. 벌써 거기에는 국지·한표 등이 먼저 와서 진을 치고 있는 것이었다. 이를 본 호연호는 매우 노하여 공격을 가하려 했으나, 그 참모 노휘

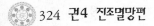

(魯徽)가 말렸다.

「장안에서는 공격을 당하는 것이 세 번째이므로 수비태세가 공고히 갖추어져 있을 것으로 압니다. 삭침·가필은 꾀가 많고 한표·화경은 용맹하여 원수께서도 그들을 칭찬하신 적이 있으십니다. 장군께서는 곧 본부에 보고하시어 그 지시에 따라 움직이십시오.」

「그것이 다 무슨 소린가?」

호연호가 흰 수염을 날리며 언성을 높였다.

「신풍을 점령하라는 장령을 받고 왔으면 점령하는 것이지 무슨 딴 궁리를 한단 말인가. 장기(張驥) 같은 맹장도 10합에 내 손에 죽었거늘, 어찌 저런 무리들을 겁내랴!」

그래도 노휘는 물러서지 않았다.

「한표의 용맹은 보통이 아닙니다. 부디 얕보지 마십시오.」

마침내 호연호는 호통을 쳤다.

「어찌 그리도 적장을 칭찬하여 아군의 사기를 꺾느냐? 나는 30년이나 싸움을 하면서 늙은 사람이다. 어찌 너 같은 것의 지시를 받으리오!」

그는 곧 군사를 끌고 나가 외쳤다.

「이놈들아! 호연호 장군이 여기에 임했나니 너희가 어찌 길을 막는단 말이냐! 썩 물러가라!」

이 소리에 성이 난 한표가 달려 나가려 하자 국지가 소매를 잡으며 말렸다.

「장군! 나가지 마시오. 저런 놈은 다른 방법으로 잡아야 합니다.」

국지는 의아해 하는 한표에게 설명했다.

「지금 호연호가 아주 거만스레 달려 나왔으나, 그 병사들을 보건대 생기가 없습니다. 이는 주린 때문이 아니라면 겁을 집어먹고 있는 것일 겁니다. 이런 경우에는 다른 계책을 쓸 필요가 있습니다.」

한표는 그래도 뛰어나가려고 하는데 그때 마침 성중으로부터 삭침이 순시차 도착했다. 국지로부터 보고를 받은 삭침은 매우 기뻐했다.

「과연 용하게 보았소. 이는 하늘이 주신 좋은 기회요.」

그는 곧 노충과 양위에게 명령했다.

「그대들은 군사 2만을 이끌고 가만히 서북 길로 나가 병산(屛山) 안에 숨으시오. 그리고 포성이 들리거든 뛰어나와 적을 시살하시오.」

다음에는 화경이 불려왔다.

「장군은 군사 1만을 이끌고 서쪽 길가에 매복해 있다가 선봉이 쫓기는 것을 보거든 일어나 길을 끊어 적군의 원병이 못 오도록 막으시오.」

그리고는 양종에게 명령했다.

「장군은 본부의 진을 엄하게 지켜 적이 물러가지 못하도록 하오.」

이렇게 명령을 마친 삭침은 좌우를 돌아보며 웃었다.

「자, 지금부터는 좀 쉽시다. 아직 시기가 멀었소.」

호연호는 적의 반응이 없으므로 싱겁게 본진으로 돌아갔다. 그리고 적의 동정을 살폈으나 적진에서는 아무런 움직임이 없었다. 그러면서도 진형은 제법 짜여 있어서 건드리자니 켕겼고, 그렇다고 돌아갈 수도 없는 노릇이었다. 오시(午時)가 지나고 미시(未時)가 되었다. 그들은 조반을 일찍 먹고 달려온 까닭에 몹시 배가 고팠다. 그러나 식량을 준비하지 않고 왔으니 어쩔 도리가 없었다.

이때 한군의 움직임을 바라보고 있던 삭침이 한표에게 말했다.

「때가 온 것 같소. 저놈들은 배가 고프고 지루하여 대오가 엉망이구려. 장군은 나가 싸움을 거시오. 그리고 패하여 도망치는 척하되 적을 병산 안으로만 유인하시오. 이것으로 장군의 임무는 끝나는 것이외다.」

한표는 기뻐하며 북을 요란스레 울리면서 나갔다. 호연호는 기다렸다는 듯이 뛰쳐나와 한표를 채찍으로 가리키면서 외쳤다.

「이놈! 어디 가 있다가 이제야 나왔느냐. 겁이 나서 못 나오던 놈이 지금은 겁이 나지 않느냐.」

한표가 크게 웃었다.

「내가 진작 나오지 않은 것은 다 깊은 생각이 있었기 때문이다. 내가 한 시각을 늦게 나오면 그에 따라 네 목숨도 한 시각 연장되고, 내가 두 시각 늦어지면 너도 그만큼 더 살게 되는 것이 아니냐. 나는 너 같은 늙은이의 목을 차마 베기 싫어서 자비를 베풀었거늘, 그것도 모르고 스스로 제 목숨을 재촉한단 말이냐.」

「무엇이!」

호연호는 크게 노했다. 그는 눈을 부릅뜨고 무서운 형세로 달려갔다.

「그래도 이놈이 죽을 줄 모르고……」

그러나 한표는 여전히 능글맞은 웃음을 보이면서 그와 맞섰다.

이때쯤 양쪽 군사도 서로 충돌하여 그 고함소리와 비명이 온 들을 가득 메웠다. 이런 가운데서 호연호와 한표는 불꽃이 튀도록 싸웠다.

싸움이 30합에 이르렀을 때였다. 호연호가 창을 내지르자 한표는 칼을 들어 막는다는 것이 그만 헛나가서 창은 그의 옆구리를 스치고 지나갔다. 그 순간 한표는 말을 돌려 달아났다.

「네 목숨 끊는 일을 하루만 연장해 줄 테니 어서 돌아가라.」

한표는 도망을 치면서도 이런 말을 하여 호연호의 약을 올렸다.

「이놈이 그래도…… 내 그 혀를 뽑아놓고야 말겠다.」

이렇게 외치면서 호연호는 바짝 그 뒤를 쫓아갔다.

호연호가 한표를 쫓아 병산 골짜기로 들어섰을 때 뒤에서 왕진(王震)이 달려오며 외치는 소리가 들렸다.

「장군! 쫓아가지 마십시오. 복병이 있을지도 모릅니다.」

호연호는 듣지 못하고 한 달음에 달려 곧 골짜기로 빠져 들어갔다.

왕진은 잇달아 따라가며 외쳤다. 호연호가 주춤하여 말을 세우는데, 홀연 포성이 골짜기를 울리며 노충·양위가 뒤에서 나오고, 왕비·초승이 양편에서 쳐나왔으며, 한표·양종은 전면에서 내달아 호연호의 군대를 골짜기 속에 가두고 말았다.

이때 양계훈이 소리쳤다.

「내가 뒤를 맡을 것이니, 전력을 집중하여 골짜기를 뚫고 나가십시오. 장소가 좁으니까 적도 어쩔 수 없을 것입니다.」

이에 호연호·호연승·이화춘 등 세 장수는 병사들을 끌고 무서운 형세로 밀고나갔다. 어떻게나 맹렬했는지 포위군의 일각이 무너져나갔다. 이때 진(晉)의 편장(偏將) 갈화(葛華)는 다 잡은 쥐를 놓치지 않으려고 창을 들고 길을 막았다.

「이놈!」

이화춘이 쏜살같이 달려 나와 창을 던졌다. 창은 갈화의 목에 정확히 꽂혀 자루가 바르르 떨렸다. 이것을 본 진군은 좌우로 흩어져버려 그들은 골짜기 입구 가까이까지 올 수가 있었다.

뒤에서 쫓아오던 왕비가 다급해져 입구를 지키는 병사를 향해 소리를 질렀다.

「저놈들을 놓치지 마라. 만일 놓친다면 반드시 참하리라!」

이 소리를 듣자 양계훈이 발끈 노하여 말을 돌렸다.

「이 방자한 놈!」

양계훈의 칼이 허공에 번쩍이니 왕비는 어깨를 맞고 말 아래로 굴렀다.

한참만에야 골짜기를 벗어난 호연호는 얼마 안되는 병사를 수습하여 앞으로 나갔다. 이때 한군들은 굶주림과 피로로 건드리기만 해도 넘어질 지경인데, 뒤에서는 진군의 대부대가 바짝 추격해 오니 아주 위태로워 보였다. 그들은 있는 힘을 다해서 허둥지둥 도망하였다.

그런데 이것은 또 어찌 된 영문인가. 앞에서 한떼의 인마가 사태라도 난 듯 밀려오고 있지 않은가.

「아, 마지막이구나!」

호연호는 깊이 탄식하며 말을 세웠다. 그는 적에게 죽느니 자살하려고 칼을 뽑아들었다. 그 순간,

「장군! 저것을 좀 보십시오」

하며 누군가가 손으로 가리켰다.

「강비 장군이십니다.」

「무엇, 강비 장군?」

호연호는 자기 눈을 의심했다. 그러나 앞에서 달려오는 것은 분명 강비가 이끄는 원병임에 틀림없었다.

삭침도 새로운 대군이 도착하는 것을 보고 퇴각명령을 내려 군대를 거두었다.

군사를 점검해 본 호연호는 크게 후회했다. 5만의 군사가 2만으로 줄어 있었다.

「아, 이 일을 어쩌랴!」

탄식하는 그의 눈앞에 노휘의 얼굴이 스치고 지나갔다. 안된다고 그렇게 말리던 노휘가 아니던가. 본진에 돌아가 그를 어떻게 대한단 말인가. 그 순간, 그의 머릿속에 불현듯 떠오르는 생각과 함께 그의 얼굴은 불그스름하게 상기되었다. 그는 곧 심복부하를 불러 가만히 일렀다.

「빨리 진으로 가서 노휘의 목을 베어라. 우리의 사기를 꺾은 것은 그놈이니 내가 도착하기 전에 해치워라.」

강비와 황용서는 이런 음모가 있는 줄도 모르고 군사를 데리고 돌아가고 있었다.

호연호의 명을 받은 심복 군사는 노휘를 포박하였다.

노휘는 군사에게 말했다.

「나는 그가 궤계를 쓸 줄 알고 충언을 말하였다. 이것은 모두 나라를 위한 일이다. 지금 싸움에 패하고 회군한다고 한다. 한 번 패했더라도 다시 후일을 도모하면 될 터인데, 어찌하여 나를 죽이려 드느냐. 아아, 원통하구나. 원수(元帥)와 군사께 한번 뵙지 못하니 진실로 원통하구나. 나는 지금 구천지하에서 전풍(田豊)과 함께 노닐 수 있거니와 현(賢)을 시기하고 잘못을 꾸미려는 그는 어찌 남의 비웃음을 면할까 보냐.」

말을 마치고 궁궐을 향하여 배례한 다음, 포박을 받아 목을 늘이고 칼을 받았다. 보는 이들은 모두 눈물을 흘려 슬퍼하였다.

호연호는 노휘를 죽이고 영채로 돌아와 강비와 적을 무찌를 것을 수의했다.

강비가 말했다.

「공의 병사가 꺾였다고 하지만, 내게 1만 군사가 있소. 이 곳을 수비하면서 천천히 군사를 움직입시다.」

그리고 한편으로는 사람을 효관으로 보내 유요에게 알렸다.

2. 배운 것은 써먹고 보자

신풍에서 패했다는 보고를 받은 유요는 크게 노했다.

「이놈들을 쳐서 몰살하고야 말리라. 군사께서는 어떤 계략이 있소?」

강발이 말했다.

「너무 격하게 생각 마십시오. 싸움에는 언제나 승패가 따르는 법인데 어찌 싸울 때마다 이길 수 있사오리까.」

「아무리 그렇기로서니 내 이를 어찌 참겠소」

유요가 언성을 높였다.

「삭침인가 하는 놈이 꾀를 써서 그리 되었다니, 무슨 일이 있어도 이놈을 잡아 없애야 하겠소. 그렇지 않으면 두고두고 우리를 해칠 것 아니오?」

그러나 강발은 조용히 타이르듯 말했다.

「지금 우리 군사는 패한 직후라 사기가 꺾여 있으며, 적은 험지에 진채를 치고 있는 터인데 어찌 쉽사리 떨어지겠습니까? 그것보다는 다른 고을을 치는 것이 좋겠습니다. 그리하여 장안의 수족들을 제거해 버린다면 어찌 근본인들 유지할 수 있겠습니까. 그런즉 장안을 고립시키는 것이 상책이오이다.」

이에 유요는 신풍에 가 있는 군사를 소환했다.

호연호가 나타나 패전한 것을 사과하고 밖으로 나가자, 유요는 부장 급들을 책망했다.

「주장이 적을 얕보아 실수하는데 그대들은 어찌하여 보고만 있었는가?」

엉뚱한 꾸중을 들은 장수들이 말했다.

「노회가 싸우지 말라고 얼마나 간했었는지 모릅니다. 그러나 호연호 장군께서는 도리어 노휘를 욕하고 싸우시다가 실수하신 것입니다. 저희들에게는 책임이 없나이다.」

「그래?」

유요의 눈이 빛났다. 부장들의 말을 듣고 노휘를 중히 쓰리라 마음먹고 노휘를 찾았다.

「노휘는 어디 있는가? 노휘를 불러오라.」

그러나 장수들은 서로 얼굴만 쳐다볼 뿐 아무도 선뜻 움직이지 않았다.

「무엇들을 하는가?」

유요가 언성을 높였다.

「장수들의 규율이 어찌 이다지도 해이해져 있는가. 부르라는 데 왜 부르지 않는가?」

그제야 한 장수가 마지못해 말했다.

「사실은 패전 후 노휘는 죽었사옵니다.」

「뭐라고? 전사했다는 말인가?」

「아니옵니다.」

「그렇다면 왜 죽어?」

답답하다는 듯 유요가 소리를 버럭 질렀다.

「그런 것이 아니오라, 호연호 장군께서 죽이셨사옵니다.」

「무엇이 어쩌고 어째?」

유요가 고함을 쳤다. 유요는 다시 한 번 전후 사정을 청취하고 난 다음 어떻게나 화가 치미는지 칼로 안석을 쳤다.

「이놈, 호연호를 잡아오라. 슬기로운 장수의 말을 안 듣다가 실패하고 나서 도리어 그 사람을 죽이다니? 이런 놈을 그대로 두었다가는 국사를 그르치리라!」

강발이 부드러운 음성으로 말했다.

「호연호 장군이 분명 과실을 범한 것은 사실이나, 패전의 책임을 너무나 무겁게 생각한 데서 나온 일입니다. 그리고 그의 공로를 생각하십시오. 머리가 백발이 된 오늘까지 30년 동안 싸움터만 돌아다닌 노장이 아닙니까. 조그만 죄가 있다 하여 어찌 참하기까지야 하실 수 있겠습니까. 그뿐 아니라 호연호 장군은 국척(國戚)입니다. 폐하께 상주함이 없이 함부로 벌하시지 못할 것이옵니다.」

그제야 어느 정도 노여움을 푼 유요는 호연호를 불렀다. 호연호는 앞에 나와 대죄했다.

「그저 제가 우매하여 과실을 범했나이다. 싸움에서 죽어 이 부끄러움을 씻을까 하나이다.」

이렇게 말하면서 우는 것을 보자, 유요도 측은한 생각이 들었다.

「다시는 충간하는 사람을 살해하지 마시오. 장군의 과실에 대하여는 더 말하지 않겠소. 그 대신 군사를 이끌고 경양(涇陽)을 쳐서 공을 세워 속죄하시오.」

호연호는 몇 번이나 고개를 숙여 사례한 후 물러갔다.

유요는 경양뿐 아니라 여러 고을을 동시에 치기로 했다. 강비는 위성(渭城)을 치고, 관하는 안릉(安陵), 관심은 무릉(茂陵)을 치기 위해 떠나갔다. 유요 자신도 부풍(扶風)을 치기로 했다.

이렇게 다섯 군데로 향하는 장수 중에서 가장 절박한 심경에 처해 있는 자는 말할 것도 없이 호연호였다. 그는 신풍에서의 불명예를 회복하기 위해서라도 불가불 이겨야만 되는 싸움이었다.

그가 비장한 각오로 경양 땅을 밟았을 때, 그곳을 지키고 있던 적홍(狄鴻)은 성에서 나와 진을 치고 있었다. 적홍은 유명한 적맹(狄猛)의 아들로서, 그의 용맹은 부친보다 낫다고 소문이 나 있는 장수였다.

적홍은 진두에 말을 세우고 크게 호통을 쳤다.

「역적을 섬기면서도 부끄러워하지 않는 주제에 여기가 어디라고 또 밀려왔느냐. 냉큼 물러나지 않으면 그대로 두지 않으리라.」

호연호가 나서며 크게 외쳤다.

「나는 지금껏 30년 동안 천하를 횡행했다만 아직 너 같은 놈의 이름은 들은 적도 없다. 네가 어찌 나의 길을 막는단 말이냐. 다시 생각함이 좋으리라.」

적홍은 적장이 백발의 노인임을 얕보아 창을 비껴들고 나섰다.

두 장수는 한동안 싸웠다. 그러나 역시 청년과 노인의 기력 차이인지 시간이 흐를수록 호연호의 창술이 흐트러져갔다. 그리고 마침내 못 이기겠는지 말머리를 돌려 달아났다.

「저놈을 잡아라!」

적홍은 이렇게 외치며 군사를 몰아 그 뒤를 쫓아갔다.

싸움은 호연호의 대패였다. 전쟁이 처음인 적홍은 오직 호연호를 잡겠다는 일념에 몰두하고 있었다. 호연호라면 천하에 이름을 떨친 명장이 아니냐. 그의 목을 베었을 때 세상은 얼마나 놀라고 얼마나 자기를 우러러볼 것인가. 그 광경이 눈에 보이는 듯했다.

그가 호연호를 추격하여 어느 골짜기에 들어섰을 때였다. 갑자기 어디선가 포성이 울렸다. 그 순간 좌우 숲으로부터 호연승과 이화춘이 군사를 끌고 나타나 돌아갈 길을 끊는 것이 아닌가. 그때서야 적의 술책에 빠진 것을 깨달은 적홍은 어디로든 길을 뚫고 도망치려 했다. 그러나 적의 맹렬한 공격에 많은 사상자만 내고 말았다.

적홍은 다시 돌아서서 호연호가 사라진 쪽으로 나아갔다. 지금이라도 그를 만나기만 하면 쉽게 해치울 수가 있을 것 같았다.

그가 어느 모퉁이를 돌아섰을 때였다. 바로 눈앞에 호연호가 군사를 이끌고 서 있는 것이 아닌가.

「이놈, 잘 만났다.」

적홍은 우롱당한 화풀이라도 하려는 듯 맹렬히 달려들었다. 그러나 이번에는 그렇게 녹록한 상대가 아님을 절실히 느껴야 했다. 호연호가 쓰는 창은 어떻게나 번개같이 신속한지 보기에도 아찔할 지경이었다.

「이놈! 이래도 말에서 못 내리겠느냐.」

호연호의 입에서 호령이 떨어지는 순간, 적홍의 창이 저만큼 날아가 버렸다. 창을 놓친 적홍은 허둥지둥 말머리를 돌리려 했다. 그러나 바로 그 순간, 호연호의 창은 그의 등을 깊숙이 꿰뚫었다.

호연호는 적장의 목을 베어들고 경양성으로 쳐들어갔다. 성을 지키던 관모(管模)는 싸우지도 않고 항복해왔다.

호연호는 이전 신풍에서 적에게 당한 그대로 작전을 써서 진군을 격파한 것이었다.

「전략이란 별것 아니군!」

전승을 보고하기 위해 부풍으로 가는 말 위에서 그는 빙그레 웃었다.

3. 바보와 천재

세상에서 가장 난처한 일은, 자기가 전혀 못하는 일을 해야만 할 때이다. 가령 글밖에 모르는 사람에게 밭을 갈게 한다든가, 농사밖에 지을 줄 모르는 사람에게 억지로 글을 가르친다고 가정해 보자. 그 고초가 과연 어떻겠는가.

위성(渭城)을 지키는 황보양(皇甫陽)도 그런 사람이었다. 무예나 병법에 대해서는 거의 아는 바도 없었고, 또 알려고 하지도 않았다. 집안이 좋아서 한자리 얻은 것이 이곳 위성의 수장(守將)직이었으나, 매일 하는 짓이라곤 책을 읽는다든가 시를 쓰는 일이

고작이었다.

그는 자기를 행운아라고 생각하고 있었다. 그 동안 여러 싸움으로 천하가 발칵 뒤집혔는데도 여기만은 종래 병화를 면했기 때문이었다.

'만일 적이 쳐들어온다면?'

이런 근심이 때로 고개를 안 드는 것도 아니었지만, 그는 그럴 때마다 강력히 부인해서 그런 생각을 눌러버렸다.

'여기가 도읍인가, 요지인가? 여기에 쳐들어올 미친놈이 어디 있어?'

그는 이렇게 생각하며 행복해 했다. 그러기에 싸울 준비라곤 조금도 되어 있지 않았다. 장안이 위태롭다든가, 낙양이 어떻게 되었다든가 하는 소문이 들릴 때면, 그는 그것을 소재로 하여 비분강개하는 글을 썼다. 그리고는 스스로 감격해 하면서 자기 같은 애국자는 없다고 생각하는 것이었다.

그러나 행운에도 한계가 있는지, 이번에는 의외에도 적이 나타났다. 그것도 고르고 골라서 강비라는 무서운 장수가 1만 명이나 되는 정병을 이끌고 쳐들어온다는 정보가 날아들었을 때, 그는 하도 기가 막혀서 잠시 말도 못했을 정도였다.

「아, 고약한 놈!」

그는 이렇게 호통부터 쳤다. 듣는 사람은 그가 적개심을 토로한 말로 받아들였지만, 그의 속셈은 그것이 아니었다. 어느 무식한 놈이 여기에 쳐들어온다는 것인가? 가능하다면 만나서 위성이 얼마나 군사적 가치와는 별개의 고장이며, 따라서 공격할 필요가 없는가를 설명하고 싶은 생각에서 한 말이었다.

'아, 지각없는 놈!'

따라서 이렇게 말하는 것이 더 진의에 가까웠을는지도 모른다.

하여간 무식한 적장을 탓하고 있을 수만도 없어서 그는 곧 조카인 황보근(黃甫勤)을 불러들였다. 황보근은 그에 비해 몸집이 우람하고 힘도 셌다. 그래서 그는 늘 대견한 마음으로 조카를 대해오던 터였다.

「우리 집 장재(將材)는 저놈이란 말야! 좀 무식해서 탈이긴 하지만……」

그는 가끔 이런 생각도 한 적이 있었다.

몸이 크고 힘이 세다는 이유만으로 숙부에게서 장수 대접을 받고 있는 황보근은 이렇게 말했다.

「강비라는 자는 아주 무서운 장수이며, 그 휘하의 병사들은 여간 사납지 않다고 합니다. 그러나 적이 손 하나 못쓰도록 하는 수가 있습니다.」

「어떻게 말이냐?」

황보양은 너무나 반가워서 다가앉으며 물었다.

「성에서 30리를 가면 낙안파(落雁坡)라는 고개가 있지 않습니까? 그곳은 천하의 험지이니 이곳을 굳게 지키는 것입니다. 적이 와서 아무리 도전해도 응하지 않는다면 그들의 용맹이 무슨 소용에 닿겠습니까. 이렇게 몇 달이고 끌면 저희들이 지쳐서라도 물러갈 것이 아닙니까?」

「과연 용한 말이구나!」

이렇게 감탄해 마지않은 황보양은 곧 낙안파에 이르러 길을 막고 적이 오기를 기다렸다.

강비도 이 고개를 지키는 적병을 보자 주춤 걸음을 멈출 수밖에는 없었다. 그래서 고개 밑에다 진을 치고 길을 더듬어 올라가 싸움을 걸었다. 그러나 적진에서는 아무런 반응이 없었다. 이런 일이 몇 번인가 되풀이되자, 강비는 적진에서 아주 가까운 거리까

지 접근해 보았다. 그래도 죽은 듯이 고요하기만 한 적진을 바라
보자 그는 덜컥 겁이 났다.

「어서 돌아가자. 아무래도 무슨 속셈이 있는 모양이다.」

그는 지레 겁을 먹고 물러나고 말았다.

이때 적진에서 벌어지고 있는 꼴을 알았다면 강비도 포복절도
했을 것이다. 황보양은 진중에서 휘장 사이로 적을 바라보면서 떨
고 있었고, 그의 한 손은 조카 황보근을 잔뜩 움켜잡고 있었다. 무
슨 전략이 서 있어서 침묵을 지킨 것이 아니라 움직이려야 움직일
기력이 없어서 가만히 있었던 것이었다.

그런 줄도 모르는 강비는 낙안파를 통과하는 일을 마침내 포기
하고 말았다.

「아무래도 안되겠으니 샛길이 없는가 알아보라.」

그는 장수에게 이런 지시를 내리면서 한숨을 쉬었다.

이곳의 산은 매우 험준하기는 했으나 샛길이 없는 산이 있을
턱이 없었다. 몇 개의 길이 보고되자, 강비는 이른 새벽에 길을
재촉하여 산을 넘었다. 칡덩굴을 헤치고 바위를 기어오르느라고
무척 고생들을 했다. 그러면서도 적에게 발견되는 날에는 큰일이
날 것이라 하여 말에는 재갈을 물리고 병사에게는 잡담을 금지시
켰다.

강비의 군대가 산을 넘어 위성으로 접근해가자 놀란 것은 황보
양이었다.

「길이 아니면 가지 말라고 성인께서도 말씀하셨거든 저놈들
은 어디로 해서 넘었단 말이냐?」

황보양은 소용도 없는 화를 내기도 했다.

「숙부, 성이 위태로우니 어서 달려가야 합니다.」

이만한 일에라도 생각이 미친 것은 조카 황보근이었다.

그들이 달려갔을 때에는 적은 이미 앞에서 행군해가고 있는 중이었다. 그 뒤를 쫓아오는 것을 본 강비는 돌아서서 진형을 벌이고 황보양을 기다렸다. 그리고 외쳤다.

「대군이 임하매 조그만 성쯤은 달걀처럼 부수어지리니, 너는 어찌 말에서 내려 항복하지 않는가. 후회하지 마라!」

황보양은 몸을 사시나무처럼 떨면서도 그것만은 안된다고 생각했다. 그가 배운 바에 의하면 이런 때에 항복한다는 것은 도리에 어긋나는 일이었다.

「여보시오 장군!」

황보양은 이렇게 말을 꺼냈다. 강비의 진에서는 웃음이 터졌다.

「장군과는 초면이외다마는 이름은 익히 듣고 있었습니다. 장수는 싸움만 잘한다고 능사가 아닙니다. 힘을 쓸 곳에 쓸 줄 알아야 합니다. 군사적 가치가 있는 곳과 없는 데를 가려야 하는 법인데 장군은 왜 여기를 고르셨습니까. 그것은 크게 잘못된 일이니, 어서 돌아가시기 바랍니다.」

하도 뜻밖의 소리여서 강비는 도리어 어리둥절했다. 어떤 뜻으로 받아들여야 할지 판단이 가지 않았다. 어떻게 생각하면 바보 같은 소리로도 들렸으나, 다시 생각하면 무슨 뜻이 있는 것도 같았다. 바보와 천재는 종이 한 장 차이라고 하지만 강비는 자꾸 황보양의 바보스런 행동에 말려들고 있었다.

이것을 그대로 두었으면 더 재미나는 일이 벌어졌을지도 모른다. 그런데 또 하나의 바보인 황보근이 엉뚱한 짓을 하고 나섰다. 그는 앞으로 썩 나서면서 이렇게 외쳤다.

「우리 힘으로 겨루어 승부를 냅시다. 무기를 쓰지 말고 맨손으로 싸워 봅시다.」

강비가 창을 내던지며 달려왔다.

「어디 해보자. 네 힘이 얼마나 센지……」

황보근은 상대가 노인이라 얕보고 팔을 걷어붙이면서 앞으로 나섰다.

그러나 이 싸움은 아주 싱겁게 끝났다. 강비가 황보근의 멱살을 잡자마자 황보근은 마치 강아지처럼 발을 버둥거리면서 끌려갔다. 강비는 상대를 아주 간단히 말 아래로 던지고는 다시 창을 잡고 황보양을 향해 달려왔다.

「너는 또 무엇을 잘 하느냐. 어디 솜씨 구경 좀 해보자.」

기겁을 한 것은 황보양이었다. 그는 칼도 뽑지 않은 채 도망치다가 강비가 내지르는 창에 맞아 말 아래로 굴렀다.

용장 밑에 약졸이 없다고 하거니와, 겁쟁이 장수 아래 용감한 병졸이 있을 턱이 없었다. 황보양의 사병들은 모두 사방으로 흩어져 달아나고 말았다. 바보는 역시 바보로서의 본색을 드러내고야만 싸움이었다.

한편 선봉장 관심은 군사를 이끌고 무릉으로 진격하였다. 이때 무릉을 지키는 장수는 변근(邊謹)이라 하여 매우 용맹한 사람이었으며, 그 참사(參事) 평안(平安)은 지모가 놀라운 사람이었다.

「한군이 밀려오고 있다 하니, 마땅히 부풍에 기별하여 원군을 얻어서 물리쳐야 할 것 같소」

이렇게 변근이 말을 내자, 평안이 고개를 저었다.

「그것은 모르시는 말씀입니다. 지금 다른 성들도 일제히 공격을 받고 있는 중입니다. 어찌 남을 도울 여유가 있겠습니까. 오직 성을 굳게 지켜 시일을 끌면서 다른 곳의 승패를 관망하는 것이 좋겠습니다.」

그러자 변근이 펄쩍 뛰었다.

「그렇지 않소. 우리는 군량의 여축이 없는데 포위되면 군민이 함께 굶주릴 것이오. 일단 나가서 싸워보는 것이 좋겠소. 그리하여 적이 약하다면 스스로 물러갈 것이요, 강하다면 우리 쪽에서 부풍으로 철수하였다가 원군을 얻어가지고 와서 회복하는 것이 상책일 것이오.」

변근은 원래 성미가 급한 사람이라, 적의 포위 속에서 오래 버텨야 하는 그런 종류의 싸움을 가장 꺼렸다. 그는 성에서 40리를 나가 한군과 대치했다. 그리고는 진두에 나가 외쳤다.

「어느 놈이냐? 우리 경계를 침범하여 온 것은? 세상에는 각기 주인이 있거늘, 공연히 소란을 일으켜 백성을 괴롭히지 마라. 만일 물러나지 않으면 죽음을 면치 못하리라.」

이 소리에 응하여 한군 쪽에서도 관심이 달려 나왔다.

「천명에 의해 천하는 이제 우리 한(漢)으로 모두 기울고 있거늘, 너는 어찌 이런 소성을 들어 항거한단 말이냐. 속히 귀순한다면 부귀를 잃지 않으리라.」

「무엇이 어쩌고 어째?」

성미가 급한 변근이 그대로 창을 꼬나들고 나오니, 관근도 언월도로 이를 맞아 싸웠다. 두 장수는 30합이나 싸워도 승부가 나지 않았다. 관심으로도 쉽게 이길 수 없을 만큼 변근의 창술은 변화무쌍했다.

이를 바라보고 있던 평안은 병사를 끌고 갑자기 한군의 중군을 들이쳤다. 이런 때 공격을 받으리라고는 생각도 못하고 있던 한군은 당황해 하면서 이를 막아내기에 바빴다. 싸움은 몇 시간이나 계속되었다. 어느 쪽으로 전세가 완전히 기울지는 않았으나, 먼저 공격을 받은 한군 측 사상자가 훨씬 더 많았다. 본진으로 돌아온 관심은 초조해졌다.

「내가 선봉의 몸으로 이 꼴이 되었으니 무슨 면목으로 다시

세상에 나서겠는가. 호연호 장군도 이미 경양을 빼앗았다 하지 않는가!」

「장군은 너무 걱정하지 마십시오.」

황용서가 말했다.

「저들은 전과가 좋았다 해서 반드시 방심하고 있을 것입니다. 그런즉 이런 기회에 야습을 가한다면 한번에 공을 거둘 수 있을 것입니다.」

이 기습작전은 전세를 완전히 뒤바꾸어 놓았다.

3경이나 되었을까. 달이 대낮처럼 밝은 밤이었다. 가만히 도둑처럼 접근해간 한군이 밀려들자, 변근의 진영은 걷잡을 수 없는 혼란에 빠지고 말았다. 오늘 관심의 군대를 무찌른 기쁨에 그들은 밤늦게까지 술을 마신 뒤에 막 잠이 들었다가 이런 변을 당한 것이다. 당황해 했을 것은 당연한 일이었다.

어떤 병사는 동료가 흔들어도 깨어나지 않고 있다가 꿈과 죽음의 경계를 넘어섰고, 깨어난 사람들이라도 취기가 가시지 않아서 비치적거리는 자가 많았다.

「모두 중군을 지켜라. 활을 쏘아 접근 못하도록 막아라.」

변근은 이렇게 소리치며 병사를 독려하다가 관심을 만났다.

「음, 잘 만났다!」

「오, 이놈!」

두 사람은 철천지원수나 되는 듯이 눈을 부릅뜨고 싸웠다. 그러나 변근은 술기운이 있어 몸이 말을 듣지 않는데다가 황용서까지 나타나 협공해왔으므로 이내 관심의 언월도에 목숨을 잃고 말았다.

싸움은 한군의 일방적인 승리로 끝났다. 평안은 사로잡혔으나, 스스로 혀를 깨물고 죽었다.

4. 한표의 최후

관하는 안릉으로 향했으나, 그곳을 지키던 장수들은 처음부터 체념한 나머지 성을 버리고 도망쳐 버렸으므로 피 한 방울 흘리지 않고 부전승을 거두었다.

한편 유요가 직접 공격하기로 되어 있는 부풍의 사정은 그렇게 간단치가 않았다. 이곳은 본래가 큰 고을인 데다가 진주(秦州)의 남양왕(이전의 낭야왕의 아들) 사마보의 원군 2만 명이 내도했고, 서량의 왕해(王駭)도 3만 명의 군사를 이끌고 도우러 왔으므로 유요는 이쪽을 뒤로 미루고 그 대신 영무(靈武)를 치기로 했다.

영무의 수장 두만(杜曼)은 장안으로 사자를 파견했으나, 사자는 도중에서 삭침·국윤을 만났다. 그들은 신풍으로 가는 참이었다.

「아무래도 장군이 가주셔야 되겠소 유요가 직접 공격하는 터에 버려둔다면 견뎌내지 못할 것이오.」

삭침은 국윤에게 2만 명을 주어 영무로 가게 했다.

국윤의 원군이 도착한 그날 밤, 강발은 유요에게 건의했다.

「국윤은 신풍에서 이겼다 하여 반드시 우리를 얕보고 있을 것입니다. 더욱이 그들은 먼 길을 왔기 때문에 오늘밤은 방비도 소홀할 것이니 불시에 일격을 가한다면 반드시 격파할 수 있을 것입니다.」

3경이 되기를 기다려 유요는 적진을 급습했다. 성 밖에 진을 치고 곤히 잠들어 있던 국윤은 갑자기 누가 깨우는 바람에 자리에서 일어났다.

「적입니다. 적이 쳐들어왔습니다!」

그를 깨우는 병사의 목소리가 떨리고 있었다.

「무엇이, 적이라고?」

그제야 사태를 짐작한 국윤이 허둥지둥 장막 밖으로 뛰쳐나갔다. 갑자기 적을 맞이한 진영 안은 야단법석이었다. 질서도 계통도 완전히 끊어져서 닥치는 대로 서로 싸우고 있었다. 달밤이라고는 하나 워낙 다급한 판이라, 자기편을 적으로 오인하여 죽이는 수도 많이 있었다. 국윤은 너무나 분해서 칼을 뽑아들고 뛰어들었다.

조금 있자니까 진군들이 와르르 흩어지며 적장 한 사람이 철편을 휘두르며 나타났다.

'유요구나!'

이런 생각이 머리를 스치는 순간, 국윤은 저도 모르게 말머리를 돌려 달아나기 시작했다.

'내가 왜 이러나? 유요가 무서운가?'

이렇게 스스로 물어보았으나, 이유는 알 수 없었다. 하여간 이 자리는 피하고 볼 것이라고 그의 본능은 가르치고 있었다.

국윤의 부장인 양종(梁綜)은 말을 달리다가 유요와 정면으로 마주치고 말았다. 갑자기 맞닥뜨린 것이어서 피하고 말고 할 여유도 없었다.

「이놈!」

유요의 호통이 떨어지는 순간, 양종은 투구와 머리가 함께 부서져서 말 아래로 굴렀다.

성중에 있다가 우군이 야습을 당한 것을 알고 달려 나온 두만도 사로잡혔다.

영무를 뺏고 유요는 다시 옹주(雍州)로 향했다.

옹주의 수장 국무(鞠撫)는 국지(鞠持)의 아우였다. 신풍에서 아우의 편지를 받은 국지는 곧 한표에게 1만의 군사를 주어 보냈다. 그러나 한표가 도착했을 때에는 국무는 이미 전사한 뒤였다.

이 소식이 뒤미처 전해지자, 국지는 다시 노충과 양위에게 1만의 군사를 주어 급파했다.

「부디 신중히 행동하여 실수가 없도록 하오. 한장군은 용맹을 믿는 터이니, 장군들이 옆에서 견제해야 될 것이오.」

아우를 잃은 국지는 떠나는 두 사람에게 신신당부하기를 잊지 않았다. 이때 한표는 성을 굳게 지키고 원군이 오기만을 기다리고 있는 중이었다. 어느 날, 한 병사가 달려와 가쁜 숨을 몰아쉬면서 보고했다.

「지금 성 밑에서 싸움이 벌어졌습니다. 군기를 보건대 노충·양위 두 장군이 이끌고 오신 원군임이 분명합니다.」

한표는 급히 문루에 올라가 바라보았다. 원군의 도착이 의외로도 빠른 것이 마음에 걸렸으나 분명히 양위·노충의 부대임에 틀림없었다. 전세는 어느 편이 유리하다고 단정하기가 어려웠다. 무기가 어지러이 햇빛을 받아 번쩍이고 고함소리에 천지가 진동했다.

「이 기회에 적을 격멸하지 않으면 어느 때를 기다리겠느냐.」

한표는 스스로 군사를 이끌고 성에서 나갔다.

「진의 대장군 한표가 여기 임했나니, 너 유요는 빨리 말에서 내려 항복을 드려라. 너의 악심을 하늘이 언제까지 두고 보시랴.」

그는 이렇게 외치면서 유요의 부대를 공격했다.

한참 싸우고 있는 한표에게 누군가가 외쳤다.

「장군! 저것을 좀 보십시오, 원군들이 모두 성 안으로 들어갑니다.」

이 소리에 성 쪽을 바라본 한표는 깜짝 놀랐다. 응당 자기와 함께 적을 협공해야 할 노충·양위의 군사는 어찌 된 영문인지 성으로 한창 들어가고 있지 아니한가. 그리고 이상한 것은 한군이 그것을 보고도 추격을 하지 않는다는 점이었다.

「아차! 내가 속았구나.」

그제야 한표는 말머리를 돌리면서 부르짖었다.

「모두 성으로 철수해라! 지금 입성하고 있는 저놈들은 원군이 아니다. 저놈들을 잡아죽여라!」

그리고 그는 성을 향해 달려갔다.

「오, 네가 한표냐?」

성문에서는 황신이 수염을 쓰다듬으며 웃고 있었다.

「이미 성이 우리 손에 들어왔는데, 너는 냉큼 말에서 내리지 않고 뭘 하느냐?」

「아, 이놈이!」

한표는 어떻게나 분한지 아무것도 눈에 들어오지 않았다. 그는 이를 악물고 황신을 향해 달려갔다. 그러나 그 순간 화살이 그를 향해 비 오듯 날아왔다. 한표는 몸에 무수히 화살을 맞고 그 자리에 쓰러졌다.

그 이튿날에야 진짜 원군이 나타났다. 그들은 옹주 성 10리 밖에서 복병을 만나 여지없이 패하고 양위·노충도 다 함께 전사했다.

제12장. 아, 장안성!

1. 추격할 필요는 없다

장안 부근의 여러 고을이 연이어 함락당하자, 장안은 완전히 공포 분위기에 휩싸였다.

「도둑이 이토록 강성하다니!」

어린 황제는 탄식해 마지않았다.

「이제 장안의 우익(羽翼)이 모두 잘렸으니 무엇으로 적을 막으랴. 경들은 종사를 보존할 계책을 세우라.」

양분(梁芬)이 출반하여 아뢰었다.

「국세의 간난(艱難)함이 이 지경에 이르렀으니, 신하된 도리로 오직 황공할 뿐이옵니다.」

그는 이렇게 말하며 눈물을 흘렸다.

「지금 각처의 성이 모두 적에게 넘어가고 장수들 또한 전사하였사오나, 오직 진주(秦州)에 계신 고 남양왕 전하의 아드님 사마보 전하께서는 7, 8만의 웅병을 지니고 계시옵니다. 곧 조칙을 발하사 도읍에 들어와 방비에 임하도록 하시옵소서. 지금으로서는 이 길밖에는 도리가 없사옵니다.」

여기에 대해서 아무도 반대하는 사람이 없었으므로 황제는 곧 조칙을 내렸다.

　—오호라, 시세의 기울어짐이 어찌 이에 이를 줄이야 누가
예측했으랴! 짐이 즉위 이래 주야로 근심하기는 오직 한구를
쳐서 사해를 다시 건지는 일이었더니, 일이 뜻과 어긋나매
오직 짐의 부덕함을 스스로 책할 뿐이로다. 근자에 유요는
경양·무릉·위성·옹주를 점령하여 수도의 우익을 제거하
니, 그 뜻이 어찌 장안에 있지 않다 하리오? 중원에서 오직
대병을 지닌 고을은 진주뿐이니, 경은 선친의 충성을 본받아
도둑을 물리쳐서 사직을 구하도록 하라. 경에게 특히 대승상
(大丞相)을 제수하노니 곧 입궐하기 바라노라.

진주에서는 이 조서를 앞에 놓고 회의가 열렸다. 장수들의 의견
은 움직이지 말자는 데로 기울어졌다.

「뱀이 손을 물면 장사도 팔을 놓는다고 하였나이다. 지금 유요
의 사나움은 마치 독사와도 같사오니, 자진하여 물리치러 갈 필요
까지는 없습니다. 마땅히 요로를 지키면서 시세의 변화를 관망하
는 것이 좋겠사옵니다.」

「옳은 말씀입니다. 이런 난세에는 앞서 제 걱정을 해야 합니
다. 돌아가신 전하의 순국으로 국가에 대한 의무는 다하고도 남
았습니다. 한데 무엇 때문에 전하까지 불 속으로 뛰어들어야 하
나이까.」

묵묵히 듣고 있던 사마보의 마음도 움직이는 듯했다.

그때 종사중랑(從事中郞)으로 있는 배선(裵詵)이 나섰다.

「지금의 그 말은 *시위소찬(尸位素餐)의 안일함만 탐하는 자
의 소리입니다. 이미 조칙을 받은 이상 수화(水火)라도 피하지 않
음이 신하된 도리입니다. 어려운 때에 아니 나선다면 국가에서 신

하를 기르는 뜻이 어디에 있겠습니까. 하물며 폐하의 윤지(綸旨)
가 간곡하심에 있어서이겠나이까?」

배선의 말에는 비분이 넘쳐흘렀다.

「뱀에게 손을 물리면 팔을 놓는 것으로 충분할지 모르나, 머리
를 물린다면 그 수족이 성한들 무슨 소용에 닿겠습니까? 지금 전
하께서 천승(千乘)의 부귀를 누리실 수 있는 것도 위로 폐하가 계
시기 때문입니다. 만일 장안이 떨어져 나라가 망한다면 어찌 전하
만 편안하실 수 있겠습니까. 어서 장안을 구하셔야 합니다. 근본
이 잘릴 때 지엽만이 살아남을 수 없는 까닭입니다.」

이제는 아무도 말을 하는 사람이 없었다. 사마보는 한참 동안
눈을 감고 있었다. 자기 마음의 갈등을 어쩔 수 없었던 것이다. 배
선의 말은 아주 정당했다. 그것은 조금도 의심의 여지가 없었다.
그러나 포기하자는 여론에도 마음이 끌렸다. 그것은 본능의 속삭
임이었다.

이윽고 사마보는 고개를 들었다.

「과연 옳은 말씀이오 오래간만에 의로운 경륜을 듣고 보니 가
슴이 후련하오. 군주께서 욕을 보시는데 신하가 어찌 죽음을 피하
겠소?」

이렇게 말한 사마보는 추연한 기색을 띠었다. 그리고 호숭(胡
崧)을 불렀다.

「장군은 군사 3만을 이끌고 급히 장안으로 올라가라. 갈충보
국(竭忠報國 : 충성을 다하여 나라의 은혜를 갚음)하지 않으면 어찌
사람이랴!」

그의 어조에는 충심이 어려 있는 듯했다. 그러나 그의 속셈은
달랐다. 명분을 위해 호숭은 보내되, 자기는 여기에서 정세를 관
망하려는 것이었다. 나라를 위해 약간의 희생은 피할 수 없겠으나

자기 자신을 제물로 바치기는 싫었다.

호숭은 도중에서 왕해(王駭)의 군사와 만났다. 왕해는 부풍을 구하기 위해 달려왔으나 유요가 그곳을 포기했으므로 그는 장안으로 향하던 참이었다.

말을 나란히 하여 행군하던 그들은 장안에서 40리 떨어진 곳에 이르렀을 때 한군과 부딪쳤다.

한나라 진영으로부터 관산이 말을 달려 나와 외쳤다.

「예로부터 시무(時務)를 아는 이를 달사(達士)라 했다. 지금 천하가 진을 배반하여 장안이 고립되니 위태롭기가 풍전등화와 다름이 없는 터이거늘, 그대들은 어찌 천명에 따르지 않고 대의를 거역하려 드는가.」

호숭이 나서면서 대답했다.

「우리 진조는 비록 형세가 약간 줄었다고는 하나 아직 천하의 태반을 차지하고 있는 터이다. 강남에는 낭야왕께서 웅병 수십만을 거느리고 계시니, 장수는 용맹하고 군량은 족한 바이며, 유곤·장식·단씨(段氏) 등도 중병(重兵)을 지녀 양주·유주·계주를 지키고 있고, 우리 남양왕께서도 20만의 대군으로 진주에 주둔하고 계시는 터이다. 어찌 너희 오랑캐와 비하겠느냐. 망령된 말은 아예 하지 말고 어서 물러가 죽음을 면하라.」

성이 난 관산이 언월도를 들고 달려 나와 호숭과 싸웠다. 두 장수의 싸움은 마치 두 마리의 호랑이가 먹이를 다투는 듯했다. 칼과 칼은 공중에 무수한 곡선을 긋고 무기가 서로 부딪칠 때마다 날카로운 금속성이 고막을 찢을 듯이 울려 퍼졌다. 두 사람은 40합이나 싸웠건만 어느 쪽이나 조금도 굴하는 기색이 없었다.

두 장수가 싸우는 것을 바라보고 있던 한군이 공격을 개시하자, 드디어 불꽃 튀는 싸움이 벌어졌다. 서로 차고 찌르고 베면서 싸움은 팽팽하게 맞섰다. 얼마를 이렇게 싸우는데, 갑자기 한군의 후군이 무너지기 시작했다. 다른 데로 돌아온 왕해의 군대가 이때 일격을 가해왔던 것이다.

이렇게 되면 싸움은 끝난 것이나 다름없다. 지칠 대로 지쳐 있던 한군은 협공을 받자 여지없이 흩어져갔다. 유요는 말을 세우고 도망하는 병사들을 꾸짖어보았으나 소용이 없었다. 그것은 마치 무너지는 제방을 한 삽의 흙으로 막아낼 수 없는 것과도 같았다.

패주하는 한군을 쫓아가던 왕해는 말을 멈추고 서 있는 호숭을 만났다.

「장군! 왜 아니 쫓아가시오? 유요를 잡을 때는 지금이오」

그러나 호숭의 표정은 냉랭하기만 했다.

「그것은 잡아서 무엇 하오?」

「네? 뭐라고 하셨소?」

왕해는 제 귀를 의심했다.

「이것 보시오, 장군!」

호숭은 정색을 하며 말했다.

「유요의 군대를 격파하기란 그리 쉽지도 않거니와 설사 죽을 힘을 다해 성공시켜 놓는다 합시다. 그것으로 덕을 보는 것은 누구일 것 같소이까. 말할 것도 없이 삭침·국윤의 무리들이오 우리들은 그의 개 노릇이나 하게 마련이죠」

왕해는 아직도 그 뜻을 완전히 몰라서 어리둥절한 표정으로 호숭만 쳐다보았다.

「장안이 함락된다고 걱정할 것은 없습니다. 그렇게 무능한 사람들이 잡히든 죽든 아까울 것이 무엇이겠소? 그리하여 중원이 비게 되면 우리 전하를 추대하여 등극하시게 하고 크게 도둑을 물리치면 됩니다. 그때 가면 우리는 모두 개국원훈(開國元勳 : 새로 나라를 세울 때 공훈이 많은 신하)이 되는 것이죠」

하며 마침내 먼저 주둔했던 곳으로 군사를 물리고 있었다.

왕해(王該)는 호숭이 군사를 물렸다는 소식을 듣고 전제(田齊)에게,

「호숭의 마음을 나는 안다. 진실로 군주를 구하고 한구를 칠 생각이 없는 것이다.」

하며 군사를 거두어 서량으로 회군하였다.

왕해는 퇴군하여 장식(張寔)에게, 유요를 영대에서 크게 패주시킨 사실과 호숭의 말을 자세히 고했다.

장식의 숙부 사해태수 장숙(張肅)은 왕해의 말을 듣고 노염이 불길같이 일어났다.

「신자(臣者) 된 도리는 군주를 구함을 충(忠)으로 삼고, 주인에의 보답을 근본으로 하거늘, 이미 패주하는 한병을 추격하지 않고, 주의 명을 받지도 않고 회군하다니, 이를 어찌 장수라 할까보냐.」

하고 왕해를 참하여 군법을 바로잡으려 했다.

이 때 전제가 앞으로 나가 슬피 고했다.

「어찌 감히 국사(國事)를 그르치려 하겠습니까. 저희는 목숨을 걸고 앞장서서 20여 리나 추격하였습니다. 그러나 진주(秦州) 병사가 접응하지 않으니, 저흰들 어찌 하겠습니까. 저희들은 깊이 적지에 들어 고군분투하게 되니 승리를 거두리라고는 실로 예측하기 어려워 회군한 것입니다. 지금 도적 유요는 경양(涇陽)·위성(渭城)의 병사를 모아 장안으로 쳐들어가려 합니다. 원컨대, 저희를 다시 보내시어 공을 세워 죄를 씻게 하여 주십시오」

장숙은 이 말을 옳게 들어 장식에게 말했다.

「장안은 지금 *누란의 위기(累卵之危누란지위)에 있으니, 이를 어찌 구원하지 않겠느냐. 특히 우리 집안은 역대로 국은을 입었으

니, 충성을 다하여 사직을 지켜 선대의 뜻을 펴드려야 한다.」

이에 장식은 또,

「그러나 숙부께서는 춘추가 높으시니 근력이 쇠하셨습니다. 군려(軍旅)의 일은 젊은 저에게 맡기시고, 이 조카 때문에 심려치 마옵소서.」

하며 태부사마 한박(韓璞)에게 명하여 무융장군(撫戎將軍) 장낭(張閬)을 통솔시켜, 전제·왕해와 함께 군사 3만을 인솔케 하여, 음예(陰預)를 선봉으로 관에 들어가 구원케 하고, 또 글을 북지태수 가건(賈騫), 농서의 종오조에게 보내 그들로 하여금 군사를 징발하여 진군케 하고, 남안(南安)을 후계(後繼)로 삼았다.

진서장군 초숭(焦嵩)은, 서량이 왕실에 충성을 다함을 보고 황급히 안서장군 송시(宋始), 영서장군 축회(竺恢)와 만나 다시 신병(新兵) 2만을 불러 장안을 호위케 하였다.

상시 화집(華輯)은 또 관내에서 나와 경조(京兆)·풍익(馮翊)·상락(上洛)·홍농(弘農) 등 네 군의 병사 2만을 일으켜 구원하러 왔다. 그리고 서장을 진주에 보내 상국 사마보에게 고했다.

사마보는 화집의 서장을 보고 진안을 불러 의논했다.

「진제께서는 나를 대사마 우승상 도독 관서군사로 삼으셨소 조서를 두 번이나 받들고 호숭을 진발시켰으나 아직 공을 세우지 못하고, 지금 또 한구가 창궐하니, 하서(河西)의 다섯 군은 모두 근왕의 군사를 일으켰소 지금 상시 화집의 서장을 보니 호숭은 군사를 더 진군시키지 않는다고 하오 그러니 그대는 일지 군마를 휘동하여 나가 호숭을 재촉해 장안을 구하시오」

그러나 진안은,

「저희는 선왕(先王)의 부탁을 받아 전하를 보필하고 있는 몸입니다. 어찌 전하를 위지로 몰아넣을 수 있겠습니까.」

하고 듣지 않았다. 그러자 사마보는 역정을 냈다.

「황제의 현작(顯爵)을 받고 국난을 만나 왕을 섬기지 않는다는 것은 역적이다.」

그래도 진안은 또 반대를 했다.

「선왕께서는 일신을 버리시고 나라를 위하셨습니다. 그리하여 저희들로 하여금 전하를 보호하고 상규(上邽)로 보내어, 표명(標名)을 청사에 기록케 하셨습니다. 지금 그가 경솔히 전하를 버리고 옹주(雍州)로 간다면 군신의 의리가 무엇이겠습니까. 신들이 교명(敎命)을 받들지 않음은 충성을 선왕께 바치는 것입니다. 그가 전하를 배척함은 선왕께 대한 배신입니다. 선왕께서는 해를 당하셨는데도 포증(襃贈)이 없고, 조중(朝中) 대사는 모조리 삭침·국윤·국지·염정 등 네 사람에게 맡기고, 전하는 특히 멀리 두시어 다만 허명만을 내렸을 뿐입니다. 신은 한의 손을 빌어 이 망은(忘恩)의 도당을 제거코자 합니다. 연후에 신 등은 전하를 천자로 추대하여 관중에 호령하고자 합니다.」

마침내 사마보는 곧 장춘(張春)을 불러 호승을 구원케 했다.

장춘은 이 때 진안을 질투하고 있었기 때문에 사마보에게 은밀히 아뢰었다.

「신이 만약 이 곳을 떠나면 진안은 반드시 반란을 일으킬 것입니다. 부디 진안을 참하십시오.」

그러나 사마보가 듣지 않아 모의가 누설되자, 부장 허구(許具)를 몰래 진안의 장막으로 들여보내 진안을 찔렀다. 상처를 입은 진안이 고함을 지르자 사람들이 몰려왔다. 그러나 허구는 어둠을 타고 도주하여 버렸다.

진안은, 이것은 사마보의 궤계(詭計)일 것이라 의심하여 본부의 병마 3천을 이끌고 도리어 농성(隴城)으로 투항하였다. 장춘은 다시 사마보에게 군사를 일으켜 진안을 추격하게 하였으나, 사마보는 또 듣지 않았다.

장춘은 은밀히 가건·오조에게 일렀다.

「진안이 반역하여 북지에 투항하였다. 허한 틈을 타서 그대의 성을 엄습할지 모르니 잘 방비하라.」

가건·오조는 이 기별을 받고 마침내 군사를 몰아 진(鎭)으로 돌아갔다.

2. 민제(愍帝)의 말로

유요는 진(秦)·양(凉)의 군사에게 패하고 마음이 괴로웠다. 그는 영대에 주둔하고 제장을 기다려 그들이 모두 도착하자, 또 상의하여 호숭을 먼저 토벌코자 했다.

강발이 말했다.

「호숭의 심중을 살피건대, 그는 우리를 시켜 장안을 함락케 하고 민제를 없앤 다음 그의 상전을 진주로 세우려는 것 같습니다. 잠시 그들을 공격하지 말고, 신풍을 탈취하고 나서 다시 도모하는 것이 좋을 듯합니다.」

말을 채 마치지 못했는데 첩자가 와서 고하기를, 국지(麴持)는 노충·양위가 꺾여 이 곳을 버리고 장안으로 돌아갔다는 것이다.

유요는 이 소식을 듣고 크게 기뻐하여 즉시 여러 사람을 모아 공략할 것을 상의하는데, 홀연 병사가 들어와 아뢰었다.

「한제께서 대장 왕등(王騰)·마충(馬沖)으로 하여금 군사 10만을 주어 신풍에 와 있습니다. 청컨대 원수께서는 속히 나가 맞으십시오.」

유요는 즉일로 군사를 일으켜 왕등·마충 두 장군과 합치니 군사는 모두 20만이 되었다.

장안성이 포위된 지 40일이 지나니 성중은 완전히 절망에 빠졌다. 얼마 동안은 매일같이 원군이 오기만을 기다렸지만, 이제는 그런 기대조차 하는 사람이 없었다. 모든 사람에게는 국가의 흥망보다도 절실한 문제가 있었으니 그것은 식량난이었다. 워낙 여축이 없던 성중에서는 처음부터 이 문제로 골치를 썩었지만, 그래도 처음 얼마 동안은 원군이 도착하리라는 꿈이 있었기에 현실을 어느 정도 잊을 수 있었다. 그러나 군사적인 면에서 일루의 희망마저 끊긴 오늘에 와서는 하루하루를 연명하는 것만이 모든 사람의 관심사였다.

고관들까지도 미음이나 죽으로 연명했다. 그러므로 누구를 만나면 저 사람은 무엇을 먹었을까, 양식을 어디에 숨겨두지 않았을까 이런 생각을 하며 서로 눈치를 살폈다.

그러나 이것도 상류층에나 있는 일이었다.

백성들은 얼굴이 누렇게 되어가지고 먹을 것을 찾아 거리를 헤맸다. 어떤 사람은 배가 고픈 나머지 가죽신을 삶아먹다가 이웃에 들켰다

「저놈 좀 봐! 무엇을 혼자 먹고 있네.」

누가 이렇게 길가에서 외치자 굶주린 무리들은 그 집에 뛰어들어가 그 알량한 음식을 쏟아놓았을 뿐 아니라 가재도구를 모두 파괴하고야 말았다.

소나 말도 한 마리 안 남아 이대로 더 끌다가는 모두 죽든가 아니면 그 어떤 민란이라도 나고야 말 것임이 예상되는 어느 날, 황문시랑 임파(任播)가 어전에 나와 상주했다.

「지금 성중의 참상은 이루 말할 수 없는 지경에 이르렀나이다. 백성은 모두 굶주림에 지쳐 있으며, 군사들도 하루 한 끼의 죽으로 연명하고 있습니다. 이대로 가다가는 무슨 변이 날지 모

르며, 변이 안 난다 해도 온 백성은 굶어죽을 수밖에 없는 형편이옵니다.」

황제는 묵묵히 듣고 있을 뿐이었다.

「대저 나라가 있는 것은 백성을 편히 해주기 위해서이며, 치도(治道)의 요체는 그들을 배부르게 해주는 데 있사옵니다. 폐하께서는 억조창생의 어버이시니, 어찌 저 적자(赤子)들이 굶어죽는 광경을 앉아서 보시겠나이까? 황공하오나 백성을 위해 결단을 내리시옵소서.」

황제가 한숨을 쉬면서 말했다.

「경은 짐에게 항복을 권하는 것인가?」

「황공무지로소이다.」

임파는 머리를 조아렸다.

「지방에는 아직도 우리 군사가 있기는 하오나, 지금껏 병사라곤 하나도 안 보이는 것을 보면 천하 민심의 귀추를 짐작할 수 있나이다. 죽음만이 남은 이때 백성과 병사의 목숨을 구하실 수 있는 것은 오직 폐하뿐이옵니다. 저희가 어찌 이런 중대사에 용훼(容喙 : 입을 놀림. 즉 말참견을 함)할 수 있겠나이까? 폐하께서 판단하시옵소서.」

어린 황제는 도움이라도 구하는 듯 만조백관을 둘러보았다. 그러나 모든 사람이 고개만 숙이고 있을 뿐 말하려는 이가 없었다.

「누가 의견이 있으면 말하오.」

마침내 황제는 더 못 참겠다는 듯이 부르짖었다.

「무슨 말이건 좋소. 생각대로 말해보오.」

그때서야 삭침이 입을 열었다.

「의리만 가지고 말씀하오면 응당 적과 크게 싸우다가 군신이 함께 죽는 것이 마땅하오이다. 어찌 조종으로부터 물려받은 사직

을 선선히 남에게 내주시리까. 그러나 황시랑 말씀에도 일리가 있
나이다. 아사에 직면한 백성을 생각하는 것도 응당 있을 수 있는
일인가 하나이다.」

　*요령부득(要領不得)의 말이었다. 싸우자는 것인지 항복하자는
것인지 모호하기만 했다.

　이때 시중(侍中) 신폐(辛蔽)가 아뢰었다.

　「폐하! 항복하자는 자와 알 수 없는 소리를 하는 대신을 함께
목 베어 효수하시옵소서. 나라에서 무거운 녹으로 신하를 기르심
은 일조 유사시에 긴요히 쓰고자 함이거늘, 이제 망령된 말로 상
을 기만하오니 이 어찌 신하라 하오리까? 불충한 무리를 참하시어
대의를 밝히시고 폐하께서는 성에서 나가 친정(親征)하시옵소서.
혹시 살 길이 생길는지도 모르나이다.」

　이 말은 장내를 더욱 무거운 공기로 짓누르게 했다. 이 때 밖의
수비병이 급히 들어와 한군이 이미 외라성(外羅城)을 깨쳤다고 아
뢰었다.

　진제는 곧 조서를 초하게 했다.

　「짐 한 사람으로 하여 만성(滿城)의 성명을 살상할 수 없다. 어
서 항서를 만들라. 그리하여 나가 생금(生擒)되겠노라.」

　황제가 거의 발작적으로 부르짖자, 아무도 고개를 들지 못했다.

　이윽고 임파가 일어나 조서를 써서 신폐에게 주어 한의 영채로
보냈다. 신폐는 어찌할 바를 모르고, 은밀히 삭침의 부중으로 들
어가 이것을 모의했다. 삭침은 신폐를 숨기고 장자 삭영(索榮)을
우선 한군 진영으로 보냈다.

　삭영은 한 진영에 당도하여 유요를 설득했다.

　「지금 진의 추형(樞衡 : 추요樞要의 직. 곧 국가의 태평泰平을 받은
중요한 직책)은 전부 나의 가친이 관장하고 있습니다. 거취행지(去

就行止)는 오직 가친 혼자 맡고 있습니다. 만약 대왕께서 거기장군 만호군공을 제수하신다면 즉시 무리를 이끌고 나와 항복하겠습니다. 그렇지 않으면 일월(日月)을 잡아맨다고 해도 깨치지 못할 것입니다. 더욱이 구원병이 이미 패상(覇上), 극문(棘門) 등에 있습니다. 이 사실은 대왕께서도 아실 것입니다.」

유요는 삭영의 말을 듣고 나서 그를 밖으로 내보내고 강발에게 물었다.

「먼저 군사를 일으켜 민제를 세운 것은 삭침입니다. 오늘날 주군을 팔고 영화를 구하는 자 또한 삭침입니다. 즉 시세를 따라 반복이 심하니, 소인의 말을 좇지 마십시오 지금 성의 멸망은 경각에 달렸습니다. 삭침 따위가 항복하고 않고를 가릴 것이 못됩니다.」

강발의 말을 옳게 여겨 유요도 삭침의 간녕함을 꾸짖고 삭영의 목을 베어 성중으로 보내 진(晋)의 군신에게 보였다.

「제황(帝皇)의 군사는 의(義)로써 행한다. 고(孤)는 군사를 통수하기 20년, 아직도 궤계로써 사람을 도모하지 않았으며, 암매(暗昧)로써 사람을 취하지 않았도다. 지금 삭영의 말은 여차여차하니 즉 간인(奸人)이다. 천하가 간(奸)을 미워하기는 한 가지니라. 고가 어찌 이를 용서할까 보냐. 특히 그 목을 베어 후인을 경계하노라. 각자 스스로 판단하라.」

삭침은 아들이 참수당함을 보고 부끄러이 여겨 거짓 칭병하고 자리에 눕고, 신폐를 놓아주어 유요의 진영으로 가게 하였다.

유요는 그 항서를 받고 신폐를 정중히 대접하여 회보(回報)를 들려 보냈다.

다음날, 민제는 양거(羊車)를 타고 관(棺)을 싣고 나가 항복하니, 군신은 수레의 채를 잡고 호읍(號泣)하면서 따라갔다. 진제는 흐르는 눈물을 억제하지 못하니 걸음걸음이 눈물이었다.

어사중승 길낭(吉朗)은 하늘을 우러러 탄식했다.

「나의 지(智)는 나라를 보전하지 못하였고 나의 용(勇)은 원수를 물리치지 못하였구나. 어찌 군신이 함께 북면(北面)하여 포로됨을 참을까 보냐.」

그는 마침내 칼을 뽑아 스스로 목을 쳐 자결하고 말았다.

장진(臟振)과 임파 등은 황제를 부축하여 수레에서 내려 구슬을 입에 물고 군문(軍門)에 무릎을 꿇었다(衛璧輿櫬함벽여친 : 구슬을 입에 물고 관을 등에 맨다는 뜻으로, 옛날 항복의 예. 사죄死罪에 복종함을 뜻함). 신빈(辛賓)·신폐는 통곡하여 마지않았다.

유요는 곧 몸소 장막 아래로 내려와 포박을 풀고, 관을 불태우게 한 다음, 의복을 바꿔 입히고 자리를 권하며 좋은 말로 위로했다. 진의 제신들은 모두 땅에 부복하여 배례하였다.

유요는 또 진제를 부축하여 일으켜 군사를 이끌고 성중으로 들어가 백성을 무안하고 대전에서 항복을 받은 다음, 양준(梁濬)·엄돈(嚴敦)·장진(臟振)·임파 등 30여 명을 참하였다.

유요는 진(晋)의 군신이 장안에서 무슨 다른 변을 일으킬까 두려워하여 중군장군 이익(李益)에게 새책보물(璽冊寶物)을 가지고 민제와 그 군신을 평양 한제에게로 보냈다.

한제는 광극전에 임하여 진의 군신을 조현하니, 민제는 계상재배(稽顙再拜)했다. 국윤은 부복 통곡하여 일어나지 않으니, 한제는 대로하여 꾸짖었다.

「네 곡(哭)을 원할진대, 무엇하러 예까지 왔는고!」

한제는 명을 내려 국윤을 끌어내게 하였다.

3. 구천(九泉)에 누운들

유요가 장안을 점령하고 민제를 사로잡은 것은 뭐니 뭐니 해도 하나의 획기적인 사건이었다. 이 일은 아직도 여명(黎明)이 있어 보이던 진조에 황혼이 다가왔음을 누구에게나 느끼게 해주었다.

물론 황제는 꼭 민제여야 할 필요는 없었다. 누구라도 진조의 황족이라면 일단 제위에 올라서 안된다는 법도 없었다. 그러나 낙양이 떨어지고, 회제가 사로잡힌 기억이 아직도 가시기 전에 다시 장안에서 새 황제까지 잡혔다는 것은 이제는 어쩔 수도 없을 것이라는 절망감을 가슴에 안겨주기에 족했다.

줄기를 베어도 살아남는 버드나무같이 진조가 아주 망한 것은 물론 아니었다. 아직도 한조(漢朝)에 무릎 꿇기를 거부하는 태수와 장수들이 지방에는 많이 깔려 있었다.

우선 우리는 사마보(司馬保)의 이름을 잊지 못한다. 남양왕의 아들인 그는 장안에 명목상의 원군만 보내는 척했을 뿐 사실상 그 멸망을 방관했던 사람이다. 그는 장안의 몰락을 계기로 스스로 황제가 되려는 음모를 꾸미고 있었다.

그 밖에 서량에는 장식(張寔)이 대군을 거느리고 있었고, 병주에는 유곤이 있었다. 또 낭야왕이 강남·강동 일대를 확보하고 있는 것은 앞에서 보아온 터이다.

장안이 떨어진 이후 가장 큰 사건이라 할 일은 유곤이 석늑의 공격을 받아 패하고 유주로 도망친 사건이다.

연달아 들어오는 이러한 첩서를 앞에 놓고 기뻐한 것은 평양의 황제 유총이었다.

그는 어느 날, 아주 호화스런 잔치를 궁중에서 베풀었다. 잔치야 그로서는 늘 베풀고 있는 터였지만, 이날의 그것이 다른 점은 만조백관이 초대된 공식적인 자리라는 점이었다. 그 자리에는 항복해 온 민제와 그 유신들도 참가했다.

「사해가 하나 될 날도 멀지 않은 듯하옵니다. 이는 오로지 성상 폐하의 덕화의 소치라 아니할 수 없사옵니다.」

「폐하께서는 북방에서 몸을 일으키시어 진조를 치고 이제는 한실을 부흥하셨사옵니다. 광무제(光武帝)의 업적에 지실 것이 없으신가 하옵니다.」

아첨하기를 좋아하는 신하들은 이런 말을 번갈아 해가며 술을 따라 권했다. 그때마다 황제는 기쁜 듯 너털웃음을 웃었다. 예전 싸움터에서 고생할 때는 그렇지 않았건만, 황제는 요즘 웃음소리까지 변한 듯했다. 뱃속으로부터 솟아나는 듯한 그 소리는 어쩐지 우매하고 공허한 듯이 느껴졌다.

이윽고 거나하게 취한 황제는 자리에서 일어나서 시를 읊기 시작했다.

봄 되니 호지에도 꽃이 행여 피었는가.
좌국성(左國城) 그곳에도 꾀꼬리 우짖는가.
두어라 30성상이 꿈이런가 하노라.

칼 짚고 일어나니 멍석같이 말린 천하!
태산에 칼을 갈고 위수에 말 먹이다.
낙양성 장안이 함께 무릎 꿇어 오도다.

백이요 천인 싸움 피로 옷이 젖었거니
죽어간 그 사람들 영웅이라 적었으랴.
큰 소리 한번 호령에 산천조차 떨도다.

어느 때 돌아오리, 사해 하나 되는 그날,
간과(干戈) 멈추는 곳 검은 구름 걷히고
밭머리 *격양가 들으며 다시 한잔 취하리. (鼓腹擊壤고복격양)

황제의 노래가 끝나자 장내에는 박수가 요란히 울려 퍼졌다.

「굴원(屈原 : 전국시대 초楚나라의 정치가이며 시인)·조식(曹植 : 위魏나라 조조曹操의 아들로서 붓만 들면 당장에 문장이 되었다는 「*칠보재七步才」의 고사는 유명하다)인들 어찌 폐하께 미치오리까?」

이런 말을 들으며 황제는 만족한 듯 웃었다. 그는 요즘 밤낮 술을 마시며 놀기만 해서 약간 시재(詩才)가 든 것은 사실이었다.

다시 술이 몇 순배 돌자, 이번에는 제갈선우가 흰 수염을 흩날리며 자리에서 일어났다.

「신도 약간의 소회가 있사오나, 행여 천청(天聽)을 더럽힐까 저어되옵나이다.」

이렇게 말한 제갈선우는 흰 수염을 쓰다듬으며 노래를 불렀다.

꿈에도 못 잊는 것 나라 다시 찾는 일
마음을 바쳤거니 몸이라 아꼈으랴.
30년 긴긴 세월이 하루같이 흐르도다.

왕사(王師) 나가는 곳 맞서는 적이 없고
부로(父老)들 눈물 뿌려 길에 나와 마중하니
성인의 깊으신 덕을 예서 또한 뵈오네.

낙양에 뒤이어서 장안이 떨어지니
천하가 하나 되기 어이 그리 멀단 말인가?
전날의 서린 그 한도 얼음인 듯 녹으리.

싸움에서 죽어가니 장수는 그 몇이며
꽃처럼 져간 병사 피도 아직 안 마른데
행여나 그들 그 뜻을 잊지 마시옵소서.

역시 장내에는 우레 같은 박수소리가 일어났다.

「귀명공(歸命公)!」

이윽고 황제가 민제를 돌아보았다. 귀명공이란 민제에게 내린 한의 작호다. 민제가 자리에서 일어나 공수(拱手)하고 섰다.

「경도 한 수 안 지을 수 없으리다. 부디 사양치 마오」

민제를 바라보는 황제의 눈은 부드러우면서도 날카로웠다.

「제가 어찌 천청을 더럽힐 수 있겠나이까?」

민제는 굳이 사양했으나, 황제는 듣지 않았다.

「시는 언지(言志)라 했소. 각자가 자기의 뜻을 말해보는 것일 뿐이오.」

마침내 만사를 체념한 듯 민제도 노래하기 시작했다.

안개요 구름일래 꽃이 핀 평양성에
군신이 함께 즐겨 흥도 한결 드높거니
창해가 마르도록 수(壽)하시라 비옵네.

동산에 해가 돋듯 임의 덕이 밝히시니
구주(九州)라 그 어느 곳 안 미치심 있으랴.
천하가 오직 한 빛을 우러르며 살도다.

내 일찍이 어리석어 용으로 저를 알아
하늘을 나는 듯이 꿈꾼 일 우스워라.
천명이 스스로 계심 오늘에야 알도다.

오직 바라노니 전야(田野)에 촌부 되어
밭 갈고 씨 뿌리며 고요히 지내고저
철 되면 오이를 따서 우리 님께 바치리.

아직 나이 어린 황제의 목청은 낭랑하고 아름다웠다.

「오, 그 목소리!」

박수가 끝나자 황제가 신기한 것이나 발견한 것처럼 말했다.

「경은 참으로 목청이 좋도다. 이후에는 날마다 궁중에 들어와 있다가 한 곡씩 불러 짐의 흥을 돋우라.」

민제는 얼굴이 붉어져서 말했다.

「신 부족하여 음률을 모르거늘, 어찌 폐하를 연석에서 모실 수 있겠나이까.」

「원 별소리를!」

황제는 그 말을 겸사로 받아들인 듯 펄쩍 뛰었다.

「그만하면 됐소. 짐은 아직 그렇게 고운 노래를 들어본 적이 없는 터니, 경은 굳이 사양 마라.」

이때 더는 못 참겠다는 듯이 신빈(辛賓)이 뛰쳐나갔다. 그는 민제의 구신으로 그를 따라 평양에 와 있었다.

「귀명공께서는 지금 폐하를 받들고 있는 몸이긴 하나 따지고 보면 진조의 천자이십니다. 어찌 천인(賤人)같이 연회에 배석하여 흥이나 돋우실 수 있겠나이까. 어명을 거두시기 바라나이다.」

「무엇이?」

황제의 눈초리가 씰룩 위로 올라갔다.

「너는 무엇이기에 감히 그런 말을 하고 나서느냐? 귀명후가 이미 짐에게 돌아왔으니 어엿한 짐의 신민임에 틀림없는 일! 그렇다면 군주를 위해 목숨이라도 바쳐야 되겠거늘, 노래하는 것쯤을 어찌 마다 한단 말이냐? 불측한 일이로고!」

염정(閻鼎)이 아뢰었다. 그도 민제의 구신이었다.

「갈충보국은 신자(臣子)의 도리이오나, 다 계층이 있고 직분이 있는 법인가 하나이다. 대신에게는 대신으로서의 충성하는 길이 있고, 필부는 필부로서의 길이 있사옵니다. 예전에 남면하여 신하를 거느리시던 귀명공께서 어찌 노래하는 것이 그 직분이실 수 있겠사옵니까. 임금이 욕을 당할 때면 신하는 목숨을 내던진다 하였사오니 차라리 신이 노래로써 폐하를 모시겠나이다.」

「이놈!」

황제가 호통을 쳤다.

「너는 그래서 너희 임금이 짐에게 항복할 때 안 죽었느냐? 고약한 놈이로다. 너희끼리 서로 싸우고 물어뜯다가 드디어는 나라가 망하고 임금이 사로잡히게 하여놓고, 이제는 임금을 위해서 목숨을 내던진다고? 좋다, 저놈의 목을 베어라.」

염정이 무사들에게 끌려 나가는 것을 보자 민제가 얼굴이 파래져서 일어났다.

「폐하! 너무 하시나이다. 어찌 죄 없는 자를 죽이시옵니까? 차라리 제가 죽겠습니다.」

「뭐, 경이 죽겠다고?」

황제는 더욱 성을 냈다.

「말을 삼가오. 여기가 누구 앞인 줄 알고 함부로 하는가. 자기 말에는 책임을 져야 하리라.」

민제는 몸을 와들와들 떨었다.

「책임을 지라 하시면 지오리다. 그것이 욕되게 사는 것보다는 낫겠나이다.」

황제는 어이가 없다는 듯 웃었다.

「이거 보오 경은 맘대로 죽을 수 있을 줄 아오? 안되지, 안돼!」

황제는 어린애처럼 도리질을 했다.

「경은 죽는 데도 짐의 허락이 없이는 안돼.」

그 순간 민제의 주먹이 바르르 떨렸다.

「이놈, 유총아!」

이 순간, 거기 있던 모든 사람이 자리에서 벌떡 일어났다.

「네가 어찌 그리도 포학무도하단 말이냐. 저 하늘이 두렵지도 않으냐! 짐을 이리도 모욕하다니……」

그러나 말은 더 계속되지 못했다. 황제의 호통소리가 터졌기 때문이다.

「저놈을 내다 목 베어라. 저 역적 놈을!」

황제는 발을 굴렀다.

민제가 형장으로 끌려갈 때, 연도에 서 있던 백성들 사이에서 울음이 터졌다. 민제는 병사가 따라주는 술을 단숨에 마신 다음, 붓을 청하여 시를 써놓고 죽음을 당했다.

> 한평생 살아온 것 꿈속의 또 꿈임을
> 그 중에 웃고 울고 편한 날이 없었고녀!
> 제왕의 집에 태어남 못내 슬퍼하노라.
>
> 낙양은 어디요, 장안은 또 그 어느 쪽
> 조종세업이 내게 와서 끊겼나니!
> 구천(九泉)에 누운들 차마 눈을 감을 수 있으랴.

서진(西晉)은 무제(武帝) 을유(乙酉)에 위(魏)를 빼앗고부터, 민제 병자(丙子)에 이르는 4대 52년으로 망하고 말았으니, 이 때는 서력으로 316년 되는 해였다.

4. 천재지이(天災地異)

민제에게 모욕을 주어 죽게 한 황제 유총은 그것으로 진나라의 뿌리를 뽑았다고 여겼을 뿐, 자기 자신에게 다가오는 조락(凋落)의 그림자는 눈치 채지 못하고 있었다. 남에게 그렇게 대할 수 있었다는 사실 자체가 그 자신이 과대망상적인 자존의식에 빠져 있다는 증거였다.

그는 자신에 넘쳐 있었다. 자기는 무엇이라도 할 수 있고, 어떤 경우에도 과실을 범하는 일이 없다고 생각했다. 그러나 그럴수록 그는 급격히 타락해갔다. 주색에 빠진 것은 말할 것도 없고, 국가의 대사를 그르쳤다.

환관 왕침(王沈)과 곽의(郭倚)가, 중호군 근준(靳準)의 두 딸 월광(月光)과 월화(月華)를 황제에게 천거했다. 황제는 그들을 불러 보니 과연 절세의 미인인지라, 월화를 정궁상황후(正宮上皇后)에 책봉하고, 월광을 좌우황후(左右皇后)에 책봉했다.

좌승상 진원달은 표문을 올려 이를 간했다.

—삼황오제(三皇五帝) 이래로 아직 한 나라에 세 황후가 있은 일이 없습니다. 지금 폐하께서는 어진 사람을 구하여 정치를 돕게 할 것은 생각지 않으시고, 오로지 아첨하는 무리를 총애하고 여색에 빠져 계십니다. 사직에 화란이 일어나지나 않을까 두렵사옵니다.

그러나 한제는 듣지 않았다. 진원달은 또, 좌우황후 월광이 정후(正后)가 되지 못했음을 분하게 여겨 좋지 못한 행동이 있음을 알고, 다시 이 일을 황제에게 비밀히 아뢰었으나, 황제는 믿지 않았다. 그래도 혹시나 하고 황제는 사람을 시켜 조사해 보게 했더니 진원달의 말이 틀림이 없었다.

황제는 월광을 불러 증거를 보이고 꾸짖었다. 월광은 부끄러워 자살하고 말았다. 황제는 월광의 아름다움을 잊을 수가 없어서,

'월광은 진원달 때문에 죽은 것이다, 진원달이 조사하는 사람에게 뇌물을 써서 월광을 모함한 것이다' 생각하고는 몰래 조사한 사람을 죽이고 진원달을 파면시켰다.

한조에는 이 때부터 아무도 간하는 사람이 없게 되었다. 황제 유총은 아무 거리낌 없이 여러 비빈과 더불어 날마다 연락에 빠져 한 달이 되도록 한 번도 조정에 나오지 않고, 정사는 모두 태자 유찬(劉粲)에게 맡겼다.

왕침·곽의는 황제의 총애를 받기는 했지만, 그들은 황제(皇弟) 유의(劉義), 대장군 유굉(劉宏) 두 사람이 조정에 있기 때문에 감히 권세를 함부로 하지 못했다. 그래서 곽의는 몰래,

「남들이 말하기를, 태제와 대장군이 몰래 무슨 일인지 꾸미고 있다고 하기에 염탐해 보았더니, 상사일(上巳日)의 연회 때에 난을 일으키리라 합니다. 날짜가 임박했으니, 빨리 도모하셔야 합니다. 전하께서 신의 말을 믿지 않으시거든, 대장군의 종사관 왕피(王皮)와, 사마 유돈(劉惇) 두 사람을 불러서 물어보십시오」

하고 참소했다. 그러나 태자는 그의 말을 따르지 않았다. 그러자 곽의는 또 몰래 왕피·유돈 두 사람에게 말했다.

「태제와 대장군이 반역을 도모하는 것을 폐하와 승상께서 다 알고 계시오. 두 분은 함께 이 일을 조처하시오」

「그럴 리가 있습니까?」

「폐하께서는 이미 죄를 결정하셨소. 나는 두 분과 친한 사이라, 두 분이 함께 화를 당하는 것이 안타까워서 하는 말이오」

곽의가 짐짓 눈물을 흘리며 슬피 우는 체하니 두 사람은 크게 놀라고 두려워서 낯빛이 변하여 일어나 두 번 절하고 구원해 달라고 간청했다.

「두 분이 무사하려거든, 태자께서 물으실 때 오직 그렇다고만

대답하시오. 그러면 내가 적당히 조처해서 무사하게 하리다.」

곽의의 간언은 결국 두 사람을 녹이고 말았다.

「예, 이르시는 대로 하오리다.」

이튿날, 태자는 과연 왕피·유돈 두 사람을 불러 물어보았다. 두 사람은 그렇다고 대답했다. 태자는 그들의 말을 그대로 곧이듣고 황제에게 아뢰어 태제와 대장군을 처형하기를 청했다. 그러나 황제는 듣지 않았다.

앞서 선제 유연이 작은아들 유의의 힘을 많이 입어서 매양 태자 유총과 더불어 뒷일을 의논할 때면, 유의는 반드시 우리 한을 편안하게 할 사람이니, 그에게 제위를 전하라고 했었고, 유총도 또한 아우의 성질이 성실하고 뜻이 서로 맞아서, 일이 있으면 반드시 그와 의논했으므로 어찌할 수가 없었다.

게다가 태자는 정말 부황이 제위를 태제에게 정할까 보아 두려웠지만, 아무리 생각해도 좋은 계교가 없어 몰래 시중 근준에게 의논했다.

근준은 또한 국구(國舅)가 되었지만 권력을 얻지 못했고, 또 태제와 대장군이 조정에 있어서 마음대로 할 수 없으므로 기회를 엿보고 있었던 터라 태자를 꼬드겼다.

「태제와 대장군이 변을 일으키려 하는 것을 고한 사람이 있었지만, 황상께서는 이것을 믿지 않으십니다. 오래지 않아 반드시 태제에게 황제의 자리를 빼앗기실 것이오 전하께서는 어찌하여 부황의 업을 잇지 않고 헛되이 세상을 살아가려 하십니까? 신은 황공하게도 국척이므로 감히 목숨을 걸고 말하는 것입니다.」

「왕피·유돈이 다 그 일을 공술해서 이미 확실한 증거가 드러났지만, 다만 황제께서는 이를 믿지 않으시니 어찌할 수 없소」

「전하께 만약 뜻이 있으시면, 신에게 한 계교가 있습니다. 태제는 원래 선비들을 잘 대접합니다. 지금 동궁은 경계가 삼엄해서 빈객이 잘 드나들 수가 없어 태제의 잘못을 알리기 어렵습니다. 그러니 동궁의 경계를 늦추십시오 그리하여 태제의 빈객들이 드나들거든 틈을 엿보아 태제의 잘못을 잡으십시오 그러면 신이 전하를 위해 몰래 그 빈객을 매수하여 죄상을 꾸며 폐하께서 믿지 않으실 수 없게 하오리다.」

그래서 유찬은 동궁의 아문장 복추(卜抽)에게 명하여, 수위하는 군사를 이끌고 나가 이구(李矩)를 방어하게 했다. 동궁의 소부(小傅) 진휴(陳休)와 참군 복숭(卜崇)은 원래 충직 청렴한 사람으로, 근준의 계략에 의한 것인 줄을 모르고 간했다. 그러나 태자는 듣지 않았다.

「동궁은 태제의 소관이고, 정사에의 총추(摠樞)는 내 소관이다. 숙질이 마음을 한가지로 해서 일을 처리하고 있는데, 경비를 엄중히 할 필요가 어디에 있느냐?」

왕침 등이 진휴·복숭 두 사람을 미워하여, 그들을 해치려는 기미를 알아챈 동궁의 시중 복간(卜幹)이 몰래 진휴 등에게 일러주고, 오래지 않아 화가 미칠 것이니 왕침 등에게 밉보이지 말라고 했다. 그러나 두 사람은,

「우리는 이미 나이 50이 넘었고, 또한 벼슬이 높이 올랐소 충의를 지켜 절(節)에 죽을 따름이오 어찌 머리를 숙여 환관에게 아첨한단 말이오」

하였다. 며칠이 안돼 근준이 태제 유의를 탄핵했다.

「대장군 유굉과 동궁의 관속배가 번갈아 빈객을 통해 금문(禁門)에 드나들면서 반역을 꾀하고 있습니다.」

옆에 있던 왕침이 또한 극력 참소하니, 황제는 마침내 이를 믿고, 진휴·복숭 등 일곱 명을 잡아다가 고문하여 참형에 처했다.

이튿날, 조서를 내려 황제(皇弟) 유의, 대장군 유굉, 시중 복간 세 사람을 폐하여 서인(庶人)을 삼았다.

하간왕 유이(劉乂)가 시중 강발 등과 의논하여 태제의 무죄함을 연명으로 상소했다.

「신 등이 엎드려 천하를 다스리는 도리를 생각하건대, 정(正)과 역(逆)이 있습니다. 정은 곧 천리(天理)가 행해져서 모든 일이 편안함이요, 역은 곧 천하가 어지러워져서 모든 정사가 타락합니다. 지금 왕침이 환관으로서 천상(天常)을 업신여기고 권병(權柄)을 도둑질하여 조정을 어지럽히고 관리의 폐출을 함부로 합니다. 형제 숙질들을 모두 벼슬시켜, 경기의 기름진 땅 수백만 무를 차지하여 부유하기가 왕후와 같고, 존귀하기가 천자의 다음 갑니다. 백성의 원망이 하늘을 찌르고 도둑이 사방에서 봉기합니다. 석늑·조억 등도 다 간흉을 두려워하여 피합니다. 장래에 반드시 큰 화를 이룰 것입니다. 옛말에 물 끓는 것을 그치게 하는 데는 장작을 치워버려야 하고, 종기가 비록 아프지만 독을 빼야 한다고 했습니다. 신 등이 생각하건대, 왕침·곽의를 주살하고, 황제(皇弟)를 불러오며, 대장군을 복직시키고, 진원달의 벼슬을 다시 내리시면 저절로 밖의 도둑은 사라지고, 안의 환난은 가라앉을 것입니다.」

이 때, 마침 황제는 두 황후와 함께 천추각(千秋閣)에서 잔치를 열어 술을 마시고 있었는데, 왕침·곽의 두 사람만이 옆에 모시고 있었다.

상소문이 이르자, 황제는 그것을 왕침 등에게 보였다. 두 사람은 꿇어앉아 말했다.

「대신들이 모두 세 사람의 잘못을 알지 못하고, 도리어 저희들을 죄 주고자 합니다. 폐하께서는 통촉하시옵소서.」

황제는 몇 번을 읽어 보았으나 의심이 풀리지 않아 태자를 불

러서 물어 보았다. 유찬은 극구 왕침과 곽의의 충성을 칭찬하고,
태제와 대장군과는 아무런 관계가 없다고 했다.

그제야 황제는 태자의 말을 믿고, 도리어 왕침·곽의를 열후(列
侯)에 봉했다.

유이가 다시 여러 장수들과 함께 상소하여 왕침 등을 처형해서
국정을 바로잡을 것을 청했으나, 황제는 노하여 상소문을 찢어 버
리고는 꾸짖어 물리쳤다. 유이는 집으로 돌아와 울분을 참지 못하
여 음식을 먹지 않고 죽었다.

진원달은 그의 죽음을 슬퍼하여, 철인(哲人)이 죽었으니 나라가
병들 것이다. 내 어찌 구구하게 목숨을 이어 선제의 탁고를 저버
리랴 하고 황제에게 바치는 유소(遺疏)를 남기고 자결하고 말았다.

　—신은 죽음에 임하여 체읍하옵고 삼가 황제 폐하께 아뢰
　나이다. 치도(治道)의 요체는 군사에도 있지 않고 재물에도
　있지 않사오며, 오직 군주가 마음을 바로 쓰시는 데 있나이
　다. 군주가 덕이 있으면 억조창생이 스스로 따르게 되어 있
　는바 재물과 병사가 무슨 상관이옵니까.

　지금 장안을 쳐서 중원을 차지했다고는 하나, 아직도 진조
　의 잔당이 지방에 뿌리를 박고 있으므로 군신이 함께 삼가고
　부지런히 하여 더욱 분발할 시기인가 하나이다. 폐하께서는
　측근의 소인을 물리치시고 바른말을 용납하사 선제의 유지
　를 이어가시옵소서.

　신은 양조(兩朝)에 걸쳐 국은을 받음이 하해 같사오나, 늙
　고 무능하여 조금도 보탬이 되지 못하옵기에 스스로 목숨을
　끊어 폐하께 사죄를 드리나이다.

　옛말에 새가 죽으려 하매 그 소리가 슬프고, 사람이 죽으

려 하매 그 말이 착하다 했나이다. 신이 불민하오나 마지막
상소하는 이 마음에 어찌 추호라도 딴 뜻이 있사오리까? 폐
하께서는 굽어 살피시고 굽어 살피옵소서.

5. 충신은 하나 둘 한(漢)을 떠나고

진원달이 죽었다는 소문이 퍼지니, 전국의 백성들은 철시하고
통곡했다. 깊은 산골짜기의 외딴 민가까지도 마치 부모의 상을 당
한 듯이 슬퍼했다.

왕침 등은 진원달의 상소문을 숨기고 황제에게 바치지 않았다.
황제는 진원달의 죽음을 알았으나 문상하지 않았고 시호도 내
리지 않았다.

원로대신 강발·황신·관산 등이 모여 땅이 꺼지게 탄식했다.

「태제는 폐함을 당하고, 대장군 유굉, 하간왕 유이, 상승 진장
굉이 모두 고인이 되었구려. 세상이 이렇게 되어가니, 장차 화가
우리의 몸에 미치겠소」

황신의 말에 강발이 대꾸했다.

「우리가 물러가지 않고 있다가는 반드시 진원달의 뒤를 따르
게 될 것이오. 빨리 목숨을 보전하도록 해야 할까 하오」

관산이 그 의견에 찬성했다.

「강존충의 말씀이 옳소. 우리 함께 승상부에 가서 이 일을 의
논합시다」

세 사람은 제갈선우에게로 가서 의논했다.

「나는 병들어 자리를 뜨지 못하니, 여러분과 함께 돌아가 여생
을 즐길 수가 없소. 그러나 여러분은 빨리 안전을 도모하시오」

이리하여 세 사람은 각각 표문을 올려 늙어서 사직하고 물러감
을 고했으나, 황제는 허락하지 않았다. 며칠 뒤에 세 사람은 다시

사표를 올렸다. 황제는 정전에 나와 강발 등을 위로하고 달랬다.

「하간왕과 좌승상은 늙어서 병들어 벼슬을 내놓은 것이오 다른 까닭이 있었던 것이 아니오. 또 태제와 대장군은 역모를 꾀했소. 짐은 아직 일찍이 공들을 소홀하게 하지 않았고 해를 가하지 않았소 경들은 무슨 의심받을 일이 있다고, 과인을 꺼려 갑자기 물러가려 하오?」

강발이 아뢰었다.

「폐하의 분부가 아니 계시더라도 신 등은 친히 선제를 모시고 또 폐하와 남정북벌하여 아직껏 수고로움을 탓하지 않았습니다. 이제 많은 녹을 내리시니 성은에 보답해야 할 것입니다마는, 다만 이미 양쪽 귀밑머리가 희어지고 정신이 흐려 일을 감당하지 못하옵니다. 성의에 어긋나게 될 것이 두렵습니다. 간절히 *해골을 빌어(乞骸骨걸해골) 시골로 돌아가고자 하옵니다.」

「경은 늙었다고 평계하여 굳이 과인을 버리려 하오? 조정에 그대로 있어주오.」

「제 아우는 앞서 관중(關中)에서 위북(渭北)을 빼앗고 태자를 구원해 낼 때, 화살을 맞아 지금도 왼쪽 어깨가 아파서 입에서 약이 떨어질 날이 없습니다. 허락하여 주시옵소서.」

황제는 하는 수 없이 강발의 사직을 허락했다. 강발은 고두사례하고 물러났다.

관산이 또한 엎드려 사직을 청했다.

「경의 선친과 과인의 선제와는 생사를 같이하신 사이니, 경과 과인은 한 동기요, 두 형은 이미 짐을 남기고 먼저 세상을 떠나버리고, 과인은 아직 편안함을 얻지 못했소 이제 과인은 곧 제위를 태자에게 물려주고 물러나 경들과 함께 한가로이 아침저녁을 즐기어 선대의 도원(桃園)의 의를 펴고자 하는데, 물러가다니 무슨 말이오?」

황제 유총은 간절히 만류했다.

「신의 두 형은 힘을 다해 노력하다가 쇠약해져서 잇따라 죽고, 신의 백모는 나이 이미 여든 다섯입니다. 항상 저희들 형제를 붙들고 우시면서 돌아가신 뒤의 일을 부탁하셨습니다. 이제 두 형이 죽었고, 신이 또 백모를 모시고 고향에 돌아가지 못하면 전일의 부탁을 저버리게 됩니다. 또한 신의 양쪽 귀밑머리가 희끗희끗하고, 건강은 아침저녁을 즐길 수 없게 되었습니다. 부모에게 효도하지 못하고, 어찌 나라에 충성을 다하겠습니까? 또한 신의 어머니는 나이 일흔 아홉으로, 고향을 생각하시는 마음이 몽매간에 간절하십니다. 바라옵건대 백모와 어머니를 모시고 금병산(錦屛山)으로 가서 위로해 드리게 해주시옵소서. 만약 하늘이 신의 목숨을 거두어가지 않아, 다시 와서 성은에 보답한다면 다행이겠습니다.」

「경이 효도를 온전히 하고자 하니, 과인이 경의 말을 듣지 않을 수 없구려.」

황제는 눈물을 흘리며 허락했다. 뒤이어 황신을 돌아보고 말했다.

「경도 또한 물러가려 하니, 경은 어찌 우리 부자를 버리려 하오? 과인 혼자만 남아 있으란 말이오?」

황신은 두 번 절하고 아뢰었다.

「신이 스스로 촉을 떠나 외로이 숱한 고난을 겪고 *구사에 일생(九死一生)으로 살아나서 힘을 다하여 오늘에 이르렀습니다. 그리하여 영광이 극에 달했습니다. 그러나 근래에 와서는 나이 탓인지 일을 감당하지 못하옵니다.」

황제는 이미 강발 등의 사직을 허락하지 않을 수 없어서, 다만 조정에 머물러 있되 한가로이 지내기를 허락했다.

이튿날, 황제는 광극전(光極殿)에 잔치를 배설하여 세 충신의 공로를 치사하고 위로한 다음, 친히 문무백관을 거느리고 대궐 정문에 나와 손을 잡고 눈물을 흘리며 전송했다.

황신은 머무르고, 강발과 관산 등은 관중(關中) 농상(隴上)을 향해 떠났다. 백성들은 이제 오래지 않아 한에 환난이 올 것이라고들 숙덕였다.

이 때, 노장 호연호는 마음이 편안치 않아 여러 날 입조하지 않고 있었는데, 강발 등이 사직하고 물러감을 보고 가까스로 조카 호연승과 함께 전송하는 자리에 참석하고 돌아와서 서로 의논한 끝에, 내일 표문을 올려 사직하고 여생을 편안히 지내기로 했다.

그래서 두 사람은 상소문을 지어 놓고 함께 잠자리에 들었다. 밤이 이슥하여 삼경이 되었는데 갑자기 노휘(魯徽)가 머리를 흐트러뜨리고 어깨를 벗어젖히고 나타나서 호연승을 꾸짖었다.

「네 숙부가 억지로 군사를 내려 하여, 내 충성된 말과 좋은 계교로써 간했으되 듣지 않았다가 싸움에 패하고 돌아와서는 부끄러워서 애매한 나를 죽였다. 너는 그 옆에 있어 한 마디도 권하지 않았다. 지금 내 음사(陰司)에 호소해서 네 숙부를 잡아다가 다스리려 한다.」

호연승이 잠을 깨어 보니 몸이 땀에 흠뻑 젖어 있었다.

그러자 호연호가 벌떡 일어나 크게 외쳐,

「나는 노휘다. 네게 충성스러운 계교를 권했는데 어찌하여 그 계교를 쓰지 않고 나를 죽였느냐? 내 지금 너와 함께 상제(上帝)께 가서 네 죄를 밝히려 한다. 달아날 생각 마라!」

하고는 호연승을 잡고 놓지 않았다. 한참을 그러고 있다가 호연호는 잡았던 손을 놓고 벌렁 나가자빠져서 피를 한 말이나 토하고는 그대로 죽어버렸다.

호연호가 죽자, 호연승은 황제에게 알리고 안장할 것을 청했다. 황제는 크게 애도하며 왕공의 예로 장사지내도록 했다. 그러나 닷새가 채 안되어 이번에는 호연승도 피를 토하고 죽었다.

이리하여 한의 명장(名將)과 명신(名臣)은 하나 둘 혹은 죽고 혹은 떠났으니 불과 한 달 동안에 그 수는 수십 명이나 되었다.

이 때, 유요는 아직 장안에 머물러 있었고, 장빈·장경은 석늑의 수하에서 양국(襄國)에 머물러 있었다.

한조에는 이제 개국의 공신들이 없었다. 왕침·곽의는 그 허술함을 틈타서 근준을 천거하여 태자를 도와서 함께 정치를 천단했다. 무슨 일이나 대개는 황제에게 아뢰지 않고 마음대로 처리했다.

황제는 불현듯이 진원달·제갈선우·유의·유이 등이 보좌하던 지난날, 문무의 백관은 각각 그 직책을 지켜 모든 일을 처리해서 나라가 한없이 편안했던 일이 저절로 생각났다. 또 전일 진원달이 죽을 때 올린 글이 있다는 것을 알자, 이것을 찾아서 읽어보고는 눈물을 흘리며 슬퍼했다.

황제는 그제야 다시 태제를 대궐로 불러들였다.

「과인이 밝지 못하여 아우에게 곤욕을 당하게 했다. 후회막급이니 과히 허물치 말라. 모두 소인들이 나를 그르친 것이다.」

태제는 엎드려 흐느껴 울며 억울함을 호소했다. 황제는 태제의 초췌한 모습에 마음이 아팠다.

왕침은 태제가 다시 돌아옴을 보고, 만약 황제가 지난날의 잘못을 뉘우친다면 죄가 자기에게 미칠 것을 두려워하여 곧 유찬을 속여 꼬드겼다.

「지금 폐하께서 태제를 불러들여 동궁에 들게 하셨는데, 만약 전처럼 태제를 믿고 중히 쓰신다면, 전하는 보위(寶位)를 얻지 못하시고, 또 저희들은 목숨을 보전하지 못할 것입니다.」

「그럼 어떻게 하면 좋겠소?」

「전하께서 태제에게 황제의 칙명이라 하셔서, 곧 무슨 변고가 일어날 것 같으니, 동궁을 지키는 군사들에게 영을 내려 갑옷 입고 창칼 갖추어 비상시에 대비하게 하라고 하십시오.」

유찬은 왕침의 의견을 좇아 태제에게 그대로 일렀다. 태제는 그런 줄도 모르고 군사들에게 영을 내려 무비(武備)를 하고 기다리게 했다.

유찬은 계교가 맞아 들어가는 것을 보고 곧 왕침을 불러 의논했다. 왕침은 몰래 근준과 함께 들어가 황제에게 아뢰었다.

「태제는 원한을 품고 간사한 무리의 말을 듣고는 역모를 하려고 그의 호위병들을 모두 무장을 시켰습니다. 금시에 변이 일어나겠습니다.」

황제는 크게 놀라 급히 심복을 시켜서 알아보게 했다. 그랬더니 과연 동궁의 군사들이 모두 갑옷을 입고 있다는 것이었다.

황제는 더 생각해보지도 않고 근준에게 명하여 군사를 거느리고 가서 동궁의 호위병들을 잡아오게 했다. 근준은 호위병 5천여 명을 모조리 결박 지어다가 구덩이에 묻어 죽였다.

유찬은 태제를 북쪽 먼 지방으로 귀양 보내기를 청했으나, 황제는 아무런 분부를 내리지 않았다. 왕침은 유찬에게 권하여 몰래 자객을 보내어 태제 유의를 죽여버렸다.

그랬더니, 갑자기 비가 쏟아지고 동궁에는 피비가 내려 온 대궐 안이 피비린내로 가득 찼다.

연명전(延明殿)의 기왓장이 떨어져 한 자나 땅 속으로 들어가고, 서명문(西明門)이 와르르 무너졌다.

황제는 크게 놀라, 사관(史官)을 불러서 물었다. 나라에 흉한 일이 있을 것이라는 사관의 말이 채 떨어지기도 전에 문득 유의가 죽었다는 보고가 들어왔다. 황제는 눈물을 비 오듯 흘리며 선제의 능소 옆에 장사지내라고 했다.

그러나 유찬과 왕침은 또 칙명을 어기고 태제를 딴 곳에 묻었는데, 그 때문에 뒷날 근준이 선제의 능을 파헤쳐버릴 때 화를 면했으니, 이 또한 하늘의 뜻이던가.

이로부터 평양에는 괴변이 잇따라 일어났다. 동궁은 까닭 없이 저절로 무너지고, 밤마다 귀신의 울음소리가 끊이지 않았으며, 붉은 무지개가 하늘을 건너질러 해와 나란히 비쳤다.

황제 유총은 놀라서 누에 올라가 친히 천문을 살폈다. 그러자 갑자기 무슨 물건이 별처럼 빛나고 우레와 같은 소리가 나더니, 이윽고 평양성 밖 서북쪽에 떨어졌다. 그곳에는 깊이가 서너 자, 넓이가 두 길쯤 되는 커다란 구덩이가 패였는데, 그 속에 돼지와 같이 생긴, 주둥이가 기다란 것이 들어 있었다.

그것은 무게가 5백 근이나 되었다. 이튿날에는 그것이 어린아이가 되어 죽어서 땅에 엎드려 있는데, 밤낮 사흘 동안을 우는 소리가 나다가 멎었다.

황제는 마음이 몹시 편안치 않아 신하들을 불러서 물었다. 이때 유광원·정하 두 사람이 아뢰었다.

「폐하께서 여인들을 총애하시고, 충신을 내치시며, 골육을 해치시기 때문에 하늘에서 재앙을 내려 폐하를 놀라시게 하는 것입니다. 빨리 반성하시고 일을 바로잡으시어 하늘의 노여움을 가라앉히십시오. 그러면 전화위복이 될 것입니다.」

근준이 반박했다.

「이것은 곧 음양(陰陽)의 괴변인데 인사(人事)에 무슨 관계가 있단 말이오?」

그러나 정하는 굽히지 않았다.

「천지의 괴변이라 하더라도 오직 우리 평양에만 그런 괴변이 있으니, 어찌 나라에 관계가 없다고 할 수 있겠소」

의논이 구구하여 옥신각신하는 판에, 후궁 유후가 뱀 한 마리, 짐승 한 마리를 낳았다는 기별이 왔다. 황제는 놀라서 친히 내전으로 달려갔다.

내관이 나오며 말하기를, 뱀은 말만 하고, 짐승은 범만 해서 가까이 갈 수가 없다고 했다. 황제는 대경실색하여 급히 위병을 불러서 활을 쏘아 잡으라고 했으나 화살은 맞지 않았다. 이윽고 뱀과 짐승은 바로 성 밖 별 떨어진 자리로 가서 빙빙 돌며 울었다.

군사들이 뒤쫓아가서 활을 쏘니, 땅이 합쳐서 본래처럼 평평하게 되었다. 그제야 황제 유총은 내전으로 들어가 유후를 보았다. 유후는 눈을 부릅뜨고 똑바로 바라보더니 큰 소리로 외쳤다.

「천자가 나라를 망친다!」

한 소리 외치고는 이내 죽었다.

6. 소리개 같은 석늑, 늑대 같은 조억

한황제 유총은 유후가 죽고 어진 신하들이 물러간 다음부터는, 나라의 형세가 점차 기울어지고 대궐 안에 변괴가 끊이지 않아 마음속으로 놀라고 걱정이 되어 군신에게 조서를 내려 대책을 아뢰라고 했다.

제갈선우가 이 말을 듣고, 아들 제갈무(諸葛武)를 돌아보며 말했다.

「내 늙고 병들어 집에 들어앉아서 병을 치료하느라 나라 일에 참례치 못했더니, 왕침·근준의 무리가 정치를 좌우하여 원훈(元勳)들은 자리에서 물러가고 하늘의 재변은 끊이지 않아 이제 조서가 내렸다. 내 대궐에 들어가서 황제께 아뢰어, 평생의 충성을 다

하고자 한다. 나라가 장차 바뀔 것이니, 내가 죽거든 너는 한의 녹을 탐내지 말고 내 시신을 거두어 천중(川中)으로 가서 할아버지의 산소 옆에 장사지내라. 명심해 잊지 마라.」

제갈선우는 아들에게 부탁하고 나서 부축을 받아 가까스로 대궐로 들어가 황제를 뵈었다. 황제는 반가이 그를 맞으며 말했다.

「승상은 나이 많고 기력이 쇠약하여 편안치 못한데, 짐은 나라 일이 시끄러워 아직 멀어진 정을 돌아볼 겨를이 없었소 지금 나라에 재변이 잇따라 일어나, 백관에게 의견을 물었으나 아직 좋은 의견을 말하는 사람이 없소 이제 승상이 친히 왔으니 좋은 교훈이 있을 줄 아오」

제갈선우가 아뢰었다.

「폐하께서 하문하시니, 신의 생각을 아뢰겠습니다. 태제가 돌아가니 동궁이 무너지고, 충신이 피살되니 연명전의 기와가 떨어지고, 대장군이 죽으니 서명문이 쓰러지고, 태음성(太陰星)이 떨어지니 유후가 요괴를 만나 세상을 떠나고, 내사(內史)의 딸이 사내로 변했는데, 이것은 곧 음기가 쇠하고 양기가 성해진 것입니다. 지금 한나라는 중원을 차지하고 있습니다. 그러나 폐하께서는 날마다 후궁들과 연락에 잠기시어 나라의 큰일을 다스리지 않으시고 모든 것을 태자와 근준에게만 맡기십니다. 태자는 원래 총명하신 분이지만, 왕침 등 소인들에게 미혹되고, 간사한 무리에게 물들어서 골육과 충성된 사람을 죽이고, 공로 있는 사람들을 떠나가게 했습니다. 특히 편안함을 구하여 나라의 방비를 소홀하게 합니다. 뿐만 아니라 석늑은 소리개처럼 조(趙)와 위(魏)를 엿보며 명령을 듣지 않고, 스스로 패자(覇者)가 될 뜻을 품고 있으며, 조억은 늑대처럼 제(齊)를 돌아보며 조정에 복종하지 않고 배반할 생각을 품고 있습니다. 또 신이 밤에 천문을 본즉, 연(燕)·대(代)·제(

齊)·조(趙)·오(吳)·초(楚)가 모두 강대해질 기운입니다. 아마도 중원이 전쟁터가 될 줄로 아옵니다.」

「오랫동안 좋은 말을 듣지 않아 마음이 어두워졌는데, 이제 다시 바른 의견을 들으니 후회막급이오. 그러면 어떻게 하는 것이 좋겠소?」

「선(善)을 지으면 상서로움이 오고, 덕(德)을 지으면 경사가 있습니다. 그러면 천심도 되돌아올 것입니다. 원하옵건대, 폐하께서는 골육을 사랑하시고 옛 신하를 믿으시며, 간사한 무리를 내치시고, 총희를 멀리하시며, 군사를 친히 통솔하시면, 오(吳)·촉(蜀) 두 곳은 두려울 것이 없습니다. 진(晉)에 원수 갚고자 하는 마음이 있다 하더라도 극히 어려운 일입니다. 두려운 것은 오직 석늑뿐입니다. 변이 생긴다면 틀림없이 석늑에게서 생길 줄로 아옵니다.」

「옛 신하와 장수들은 모두 짐을 버리고 갔소. 군비를 누가 능히 맡아서 처리할 수 있겠소?」

「폐하께서 조서를 내려 친히 다스리시어, 밖으로는 멀리 진시황과 한무제의 자취를 좇아 각처를 순행하시고, 안으로는 고조(高祖)께서 초(楚)를 도모하신 것처럼 계교로써 강한 자를 제어하시고, 그런 다음에 군사로써 조처하신다면 족히 성사할 것이요, 나라를 보전할 것입니다. 신은 이 길밖에는 다른 계책을 모릅니다. 석늑은 한신(韓信)이요, 조억은 팽월(彭越)입니다. 한신만 꼼짝 못하게 하면 팽월은 염려할 것이 없습니다.」

황제는 고개를 끄덕였다. 제갈선우는 물러가면서 다시 한 마디 아뢰었다.

「석늑을 방어해야 하지만, 그보다 먼저 안에서 일어나는 변을 막아야 하옵니다.」

왕은 제갈선우의 말이 모두 옳음을 잘 알았지만, 뜻대로 행하지 못했다. 왕침·곽의를 내치고 근준을 멀리하고자 했지만 황후 월화 때문에 어찌하지 못했다.

제갈선우는 다시는 간하지 않았다.

7. 또 하나의 진조(晉朝)

한(漢)의 조정이 이렇게 내리막길을 달리고 있을 때, 강남에서는 낭야왕 사마예(司馬睿)가 착착 북벌준비에 열을 올리고 있었다.

어느 날, 그는 왕도(王導)에게 말했다.

「장안이 떨어지고 황제께서 평양에 파천하셨건만, 과인은 손하나 쓸 수 없으니, 이래 가지고야 어찌 사람이라 할 수 있겠소? 경은 마땅히 북벌할 계책을 세우라.」

왕도가 대답했다.

「지금 조정이 없으매 방백과 장수들은 갈 바를 몰라 하고 있는 형편입니다. 전하께서는 격문을 사방에 띄우시어 합심하여 한적을 치자고 하시옵소서. 반드시 큰 군사가 모일 것입니다. 그렇게만 되면 어찌 한군쯤 못 깨뜨리겠나이까?」

왕도는 다시 말을 계속했다.

「사람이란 누구나 관작을 좋아하나이다. 이러한 때 전하께서는 각 방백에게 벼슬을 내려 그들의 마음을 사시옵소서. 조정이 없는 지금 전하께서 이만한 일을 하신다고 비난할 사람은 아무도 없나이다.」

이에 낭야왕은 격문을 각처에 보내는 한편 유력자들의 벼슬을 높여주었다.

유곤 : 광무후(廣武侯)

단필탄 : 진북장군·발해후(渤海侯)

단복진(段復辰) : 광녕공(廣寧公)

단육권(段陸眷) : 요서공(遼西公)

소속(邵續) : 광평후(廣平侯)

유연(劉演) : 곤주자사

이구(李矩) : 정양후(定襄侯)

최슬(崔瑟) : 동이교위(東夷校尉)

도간(陶侃) : 고밀후(高密侯)

모용외(慕容廆) : 선비대도독(鮮卑大都督)·요동공(遼東公)

장식(張寔) : 서량왕(西凉王)

이렇게 각지의 유력자에게 작위를 내렸거니와, 그 중에서도 세
상을 놀라게 한 것은 한나라의 청주도독 조억에게 광효후(廣驍侯)
라는 벼슬의 차례가 간 일이었다. 이때 한의 조정에서 석늑과 함
께 그를 의심하는 듯한 눈치가 보였으므로 그는 낭야왕과 내통하
고 있었던 것이었다. 물론 한의 중앙정권이 건전하고 강력하게 운
영되었다고 하면 이런 일은 없었으리라.

하여간 낭야왕의 이런 조치는 각처에 산재해 있는 진조의 잔재
세력에게 어떤 활력을 불어넣는 결과가 된 것만은 사실이었다. 대
부분의 실력자들은 모두 호응하여 대의에 참가할 뜻을 표해왔고,
군대를 일으키기에 앞서 낭야왕이 등극하여 이름과 권위를 아울
러 세워줄 것을 바라는 소리가 높았다.

왕도는 백관을 이끌고 낭야왕에게 권했다.

「지금 각지의 태수들은 모두 전하께서 등극하사 끊어진 황통
(皇統)을 이어주시기를 바라고 있나이다. 우리가 일어남이 진을 다
시 세우고자 함이라면 어찌 주인이 없고서야 될 노릇이겠나이까.
전하께서는 오랫동안 강동·강남을 차지하여 덕과 위엄이 사해에
넘치시는 터이오니, 부디 창생의 여망을 저버리지 마옵소서.」

「그것이 무슨 소리요?」

낭야왕이 웃었다.

「아직 구토를 회복하여 국가의 수모를 풀지도 못한 터에 과인이 어찌 그러한 외람된 짓을 할 수 있겠소?」

왕도가 다시 말했다.

「전하께서 굳이 사양하신다면 이름이 없고 위엄이 없으니 어찌 각처의 군마를 통솔하실 수 있겠나이까. 천자의 이름은 크고 큰 것이어서 초동목부(樵童牧夫)라도 그 존귀함을 아나이다. 나라를 다시 찾는 일은 대위를 계승하는 일에서부터 시작해야 될 것이옵니다. 그리하여 조칙을 발하시어 분부하신다면 천하가 모두 호응하여 죽기 살기로 싸우려 할 것입니다. 전하께서는 이 뜻을 깊이 생각하시옵소서.」

그러나 낭야왕은 끝내 고개를 흔들었다.

「대위에 오른다는 것은 천명이 없고서는 못하는 일이오 덕이 없는 과인 같은 것이 어찌 신기(神器)를 욕되게 할 수 있으리오 다시는 그런 말을 마시오」

왕도가 더 말하려 하자, 낭야왕은 자리를 뜨고 말았다. 이에 왕도는 비상한 결심을 하지 않을 수 없었다. 그는 이튿날 상소하여 사직할 것을 청했다.

　　—신 왕도는 돈수백배하옵고, 삼가 글월을 닦아 낭야왕 전하께 올리나이다. 신은 본디 전원에서 밭 갈며 한가한 일월을 보내기 소원이었더니, 전하의 부르심을 받아 오늘에 이르렀나이다. 그러나 재주 부족하여 조금도 보필의 책임을 다한 바 없사오니, 스스로 물러남으로써 전하께 사죄할까 하옵니다. 전하께서는 부디 신의 청을 물리치지 마옵소서.

낭야왕은 깜짝 놀라서 왕도를 불러들였다.

「경은 어찌 이런 말을 하여 과인을 괴롭게 하는고? 과인이 의
지하고 있는 것이 대체 누구기에……」

낭야왕은 상소문을 쥔 손을 떨었다.

「무능한 자가 왕은을 받자온들 그것이 전하께 무슨 도움이 되
오리까. 고향에 돌아가 여생을 보내게 윤허해 주시옵소서.」

왕도가 이렇게 말하자, 낭야왕은 자리에서 일어나 왕도의 손을
덥석 잡았다.

「그러지 마오 과인이 부덕하나 믿는 것은 경뿐인데 어찌 과인
을 버리려 한단 말이오? 안되오 과인의 곁을 떠나지 마시오 국가
의 대사를 앞두고 어찌 마음이 변하였소?」

왕도는 눈물을 흘리며 말했다.

「신의 마음이 어찌 변했사오리까? 전하의 뜻이 정해지시지 않
으셨으매 떠나려는 것이옵니다.」

「아니 과인의 뜻이 안 정해졌다니?」

「그렇사옵니다. 끊어진 나라의 명맥을 되살리려는 이때 전하
께서는 어찌 겸양만을 내세우시어 천명을 거역하려 하시나이까.
전하께서 부덕하시다 하여 대사를 외면하신다면 신인들 무슨 덕
이 있어 전하를 보필하겠나이까. 이것이 곧 신이 머물 수 없는 까
닭이옵니다.」

낭야왕은 괴로운 듯 대답을 못했다.

「진조를 다시 세우려면 황족 중의 어느 분을 세워 기치와 명
분을 뚜렷이 하지 않을 수 없사온데, 친왕들 사이에서 가장 덕망
과 역량을 아울러 가진 분은 전하이십니다. 이것은 *모든 사람의
눈이 보는 바이며, 모든 사람의 손이 가리키는 바이옵니다(十目所
視 十手所指십목소시 십수소지). 그럼에도 전하께서는 어찌 겸양만을
내세우시나이까. 물론 겸양도 좋사옵니다. 그러나 천하의 대사를

앞에 놓고는 그런 체면치레가 통하지 않나이다. 전하의 겸양이 되살아나려는 진조의 명맥을 끊는 결과가 된다고 해도 전하께서는 겸양을 고집하겠사옵니까. 큰일을 위해서는 소절(小節)에 구애받지 마셔야 하나이다.」

왕도의 말은 절절했다.

「그리고 대위가 비었을 때는 누가 누구에게 지시를 하며, 또 무엇을 위해서 싸우겠사옵니까. 마치 목적지 없는 나그네 같아서 장병들은 그 마음을 정하지 못하오리다. 하물며 부귀공명을 탐내는 것은 사람의 상정임에 있어서이겠습니까. 황제가 계시면 왕후 장상이 되기 위해 뜻있는 사람들은 모두 궐기하려니와, 그렇지 않은 경우에는 한의 위제(僞帝)에게로 달려가오리다. 전하께서 고집하시는 것은 유총만을 유일한 황제로 만들어주어 그들의 천하 경략을 도와주는 결과밖에는 되지 않나이다.」

여기서 왕도는 다시 머리를 조아렸다.

「그러나 이 모든 희망이 끊어진 지금, 제가 여기에 머물러 할 일이 무엇이겠나이까. 전하께서 굳이 허락해주지 않으신다면 야반도주라도 서슴없이 하겠나이다.」

이 말에 낭야왕은 충격을 받은 듯 멍하니 앉아 있다가 말했다.

「경은 가지 마오. 과인도 잘 생각해보겠소」

「황공하오이다.」

왕도는 희색이 만면하여 만조백관들에게 외쳤다.

「전하의 윤허가 내리셨으니, 곧 등극하실 채비를 차리도록 하시오」

이 말을 들은 조신들 사이에서는 만세소리가 터져 나왔다. 낭야왕은 당황해 했으나, 이미 일은 저질러진 뒤라 이제 새삼 부인할 수도 없는 노릇이었다.

다음날, 낭야왕의 즉위식이 성대히 열렸다. 왕은 용기봉련(龍旗鳳輦)으로 사직단에 나타나 천신지기(天神地氣)에 제사를 지냈다.

   —대흥(大興) 원년 4월 병오일, 황제 사마예는 감히 현모(玄牡)를 써서 천신지기에게 삼가 고하는 바로다. 아조(我朝)가 천명을 받자와 천하를 통치한 이래, 성스런 임금이 위에 서고 충량한 신하가 아래에서 받들어 황조(皇祚) 무궁키를 기약했더니, 국운이 불길하여 위한의 침략을 받으매 두 도읍이 떨어지고 두 분 황제께서 해를 입으신지라, 황통을 바로 잡지 못한다면 무엇으로 하늘과 사람의 여망에 대답하리오. 짐은 덕이 박하고 재주 모자라 신기(神器)를 욕되게 할 처지가 스스로 아니로되, 군신의 추대를 물리칠 길 없어 이에 대위에 오르노니, 명명한 상천은 굽어보시어 천우(天祐)를 길이 내리시기 바라노라.

   오호라! 근자에 국사 다난하여 백성들의 고생이 막대했도다. 짐은 이제 어지러움을 정하고 모진 자를 쳐서, 창생을 도탄으로부터 구하여 위로는 하늘의 기대에 보답하고, 아래로는 조종(祖宗)의 기탁(寄託)에 어긋남이 없고자 하노니 천신지기는 짐의 정성을 물리침이 없으시기 바라노라.

예관인 조협(刁協)이 책문(册文)을 읽고 나자, 낭야왕은 다시 환궁하여 용상에 앉아 군신의 하례를 받으니 이가 곧 원제(元帝)이다. 그는 연호를 대흥(大興)이라 하니, 때는 317년 4월 병오일이었다.
   이로써 후세 사가들은 진의 무제 사마염부터 민제 사마업까지(265~316) 52년간을 서진(西晉)이라 부르고, 원제 사마예 이후 104년간을 동진(東晉)이라 불렀다.

제13장. 움직이는 강남

1. 성을 구한 처녀

제위에 오른 원제 사마예는 곧 칙령을 내려 세자 사마소(司馬
紹)를 태자에 봉하고, 작은아들 사마부(司馬傅)를 낭야왕, 태공왕
(泰恭王)을 광릉도독, 서양왕(西陽王) 사마승(司馬承)을 태보(太保)
에 임명했다. 그리고 왕도는 사도(司徒), 왕돈(王敦)은 진북대장군,
조협은 복야, 주의(周顗)는 이부상서, 하순(賀循)은 태상(太常), 사
마승(司馬丞)은 초군왕(譙軍王)이 되었다. 그 밖에 내외의 유력자
와 명사들에게도 다 관작이 주어졌다.

특히 조협은 낙양의 중앙정부를 섬긴 경험이 있고, 하순은 당대
의 유종(儒宗)이었으므로 새 조정의 문물제도는 대개 이 두 사람
의 손에 의해 제정되었다.

진 황제의 조서가 유주에 이르자, 유곤은 곧 우사마(右司馬) 온
교(溫嶠)로 하여금 표를 가지고 건강으로 가서 하례하게 했다.

온교가 떠나려 하자, 유곤이 그를 격려해서 말했다.

「진나라가 미약해지기는 했지만, 아직 천명이 옮겨가지 않았
소. 내 황하 이북의 땅에 공을 세워서 경으로 하여금 명예를 강동
에 떨치게 할 것이오」

온교가 집에 돌아와 떠날 채비를 하자, 그의 어머니는 옷소매를 잡고 떠나지 말라고 했다. 그러나 온교는 기어코 떠나 주공(主公)의 명을 좇았다.

온교가 건강에 이르자, 왕도·주의·유양 등이 모두 그의 재주를 사랑하여 다투어 그와 교제하고자 해서 결국 온교는 돌아가 유곤을 섬기지 못했다. 또 조서가 요동에 이르자, 모용외는 진 황제가 자기를 다만 용양장군(龍讓將軍) 창려공(昌黎公)에 봉한 것을 보고 마음이 몹시 불쾌했다.

「내 대선우(大單于)의 칭호를 일컬어, 이제 요동에 따르지 않는 자가 없다. 그러니 지금 이 벼슬을 받으면 사람들은 나를 나무랄 것이다.」

현사 고후(高詡)가 아뢰었다.

「패왕의 업은 의가 아니면 흥하지 않습니다. 이제 진나라 왕실이 쇠미해졌다 하지만, 아직 인심이 떠나지 않았습니다. 공은 사신을 강동으로 보내서 하례하고, 그런 다음에 대의에 의해 군사를 일으키면 천하를 규합할 수 있을 것입니다. 사양치 마십시오」

모용외는 그의 말을 옳게 여겨 사람을 건강으로 보내 표를 올려 사례했다. 진제는 다시 모용외에게 절월(節鉞)을 하사했다.

이 무렵 경릉군(竟陵郡)에 두증(杜曾)이라는 자가 있어 도당을 모으기 몇 만에 이르러 그 일대를 노략질하고 있었다. 일종의 마적이었다. 원제는 즉위하기 전부터 그것을 걱정하고 있었으나, 도둑이라고는 해도 워낙 거창한 세력이어서 미처 손을 못 대고 있었다. 그러나 북벌을 꿈꾸는 지금에 와서까지 버려둔다면 후방이 교란당할 우려가 있었으므로, 광주자사 도간(陶侃)을 시켜 이를 정벌케 했다. 그러나 명령을 받은 도간이 상대를 얕보고 덤볐다가 도리어 패전했기 때문에 문제는 의외로 심각해져 갔다.

　조정에서는 완성을 지키는 순숭(荀崧)을 형주도독에 임명하여 이를 토벌케 했으나, 도간과 순숭의 협공을 두려워한 두증은 도리어 완성으로 달려와 이를 포위해버렸다. 완성에는 군사라야 5천밖에는 없었고 게다가 순숭은 병석에 누워 있는 중이었다.

　「아, 이 일을 어찌한단 말인가! 이대로 가다가는 성이 떨어지고 우리도 사로잡히리라.」

　자리에 누워 있는 순숭은 한탄해 마지않았다.

　「아버지!」

　이때 자기 어머니와 함께 머리맡에 앉아 있던 순숭의 딸이 말했다. 그녀는 14살밖에 안된 소녀였다.

　「누군가를 양양으로 보내서 구원을 청해야 하지 않을까요?」

　순숭은 야윈 얼굴에 웃음을 띠면서 딸을 바라보았다.

　「물론 네 말대로다. 그러나 도둑들이 저렇게 에워싸고 있는 판에 어떻게 그 포위망을 뚫고 나간단 말이냐. 만일 붙들려서 자백이라도 하고 보면 더 큰일이 아니겠느냐.」

　딸은 눈을 깜박이며 듣고 있었다. 그녀의 이름은 경랑(鏡娘)이었다. 규중에서 고이 자란 경랑이었으나, 시대가 시대인지라 그녀도 전쟁에 관한 이야기는 늘 듣고 있었다. 그래서 원군으로 가장한 적에게 속은 이야기 같은 것도 많이 듣고 있었다. 경랑은 무엇인가 생각하고는 결심한 듯 다가앉았다.

　「아버지, 제가 다녀올까요?」

　「뭐, 네가?」

　아버지는 어이가 없다는 듯 딸을 바라보았다. 어머니가 정색을 하며 나무랐다.

　「어른들 하는 일에 함부로 참견하는 것이 아니다. 아무리 철이 없기로서니 별소리를 다 하는구나. 어서 네 방으로 돌아가거라.」

그러나 경랑은 물러나려 하지 않았다.

　　「왜 저는 못 간다는 거예요? 이런 때에는 어른보다 아이가 나을 겁니다. 도둑들도 나까지는 의심하지 않을 거예요. 남장을 하고 석(石)태수께 제가 가서 사정을 알려드리겠어요.」

　　아버지는 말이 없었다.

　　「아버지! 아버지만이 이 곤경을 당하는 것이 아니고, 온 성중 사람을 구하는 일인데, 제가 어찌 몸을 아끼겠어요? 꼭 저를 보내주세요. 말리셔도 기어코 갔다 오겠어요.」

　　「듣기 싫다!」

　　어머니가 언성을 높였다.

　　「전쟁이란 남자들이 하는 일이다. 규중처녀인 네가 어디를 간단 말이냐!」

　　어머니는 기가 찬 듯 성난 얼굴로 딸을 바라보았다.

　　「엄마도 정말 딱해요.」

　　경랑은 도리어 화를 내며 어머니를 바라다보았다.

　　「전쟁은 남자 일이라고요? 그러면 성이 떨어지는 날 어머니나 저는 무사할 줄 아세요? 위급할 때에 남녀의 구별이 어디 있단 말이에요?」

　　이렇게 쏘아붙이듯이 어머니에게 말하고 난 경랑은 아버지의 손을 잡았다.

　　「아버지, 제 소원입니다. 아버지, 저를 보내주세요. 저는 꼭 사명을 완수할 것이며, 어떤 경우라도 아버지의 이름을 욕되게는 안 하겠어요, 아버지!」

　　「오냐, 그래 갔다 오려무나!」

　　마침내 순승은 단념한 듯이 말했다.

　　「하나밖에 없는 딸을 내보내는 아비의 마음이야 오죽하겠느냐만, 성이 함락되면 네 말마따나 아녀자라 해서 무사할 수 있겠느냐. 도리어 너 같은 애들이라면 적진 속을 통과할 수 있을지 모른다. 하여간 다녀오너라.」

그의 눈에는 일순간 희망의 빛이 감돌았다.

경랑은 새벽녘에 성문을 빠져나갔다.

「아가씨, 조심하세요」

성문을 열어 준 늙은 사병은 딱하다는 듯이 경랑의 어깨를 가만히 만졌다.

「걱정 말라니까.」

경랑은 귀찮다는 듯 한 마디를 남기고는 성문에서 멀어져갔다. 그녀에게는 여러 사람—아버지나 어머니라든가 이 사병 같은 이들이 보여주는 동정이 싫었다. 왜 여자라고 해서 동정을 받아야 하는 것인가? 그것이 못마땅했다.

경랑은 무작정 앞으로 나갔다. 별들이 차츰 자취를 감추고 훤히 동이 터왔다. 어디선가 참새가 지저귀는 소리가 들렸다. 경랑은 난생 처음 어머니 곁을 떠난 데 대해 지극히 만족하고 있었다. 이제야 어른이 된 것 같은 생각이 들었다. 그와 동시에 자기가 떠날 때 오들오들 떨고 있던 어머니의 모습도 머리에 떠올랐다.

「어머니는 참 딱도 하지!」

경랑은 새삼 혀를 찼다. 그러나 돌아가면 어머니에게 효성을 다해야 되겠다는 생각이 들었다. 왜 그런 생각이 떠올랐는지 그것은 경랑 자신도 알 수 없었다.

경랑이 서쪽 성 모퉁이를 돌아서 한 5백 보쯤 갔을 때, 갑자기 누군가가 튀어나와 팔을 잡는 바람에 깜짝 놀랐다.

「누구냐, 넌?」

이렇게 묻는 사람은 한 30세는 되어 보이는 졸개였다.

「아저씬 누구요?」

경랑은 상대의 얼굴을 빤히 쳐다보았다. 군인들 속에서 자라서인지 겁도 나지 않았다.

「야, 요놈 봐라.」

졸개는 기가 막힌다는 듯이 웃었다.

「넌 도대체 어디를 가느냐? 지금이 어느 때라고……」

「난 고모네 집에 왔다가 성이 에워싸이는 바람에 빠져나왔어요. 양식이 떨어져서 성에서는 야단이지요. 배가 고파 살 수가 없습니다. 집은 여기서 50리쯤 떨어진 고장입니다. 동천(東川)이라는 마을이지요.」

졸개는 무엇을 생각했는지 크게 웃어댔다.

「하, 조그만 놈이 아주 똑똑한걸! 얼굴도 예쁘장하거니와 말씨까지 계집애 같구나!」

경랑은 이런 보초선에 몇 번이나 걸렸다. 그러나 그가 너무 어려 보였으므로 도둑들도 그녀의 변명을 듣고 납득해주었다.

그녀가 양양에 닿은 것은 사흘이 지난 뒤였다. 양양태수 석남(石覽)은 순숭의 딸이 왔다는 소리를 듣고 깜짝 놀라며 불러들였다. 그리고는 남장한 소녀를 보자 눈물이 글썽해졌다.

「오, 네가 순장군의 딸이냐? 여기는 어떻게 왔느냐?」

「아버님의 분부를 받고 사또를 찾아뵈러 왔습니다. 여기에 서한이 있나이다.」

경랑이 바치는 편지를 읽자 석남이 한탄했다.

「아, 장하다! 네가 어찌 여자로 태어났단 말이냐?」

그리고는 성중의 사정과 여기까지 오는 동안의 경과를 캐물었다. 경랑의 설명을 듣고 난 석남은 다시 감탄해 마지않았다.

「장하다! 네가 처녀의 몸으로 아버지를 구하기 위해 적진을 헤치고 여기까지 달려왔구나.」

석남은 경랑의 어깨를 쓸어주며 말했다.

「네가 여기까지 온 것을 생각해서라도 어찌 내가 방관만 할 수 있겠느냐. 그러나 내가 갖고 있는 병력만으로는 미약하니 예장(豫章)의 주(周) 태수를 움직여 함께 도둑을 무찌르도록 해보자꾸나. 내가 편지를 심복에게 주어 예장으로 보낼 것이니 너도 함께 가보아라. 처녀의 몸으로 안됐다만 조금만 더 고생을 하려무나.」

경랑은 자리에서 일어나 사례했다.

「장군께서 이렇도록 호의를 보여주시니, 이 은혜 각골난망(刻骨難忘)이옵니다. 제가 어찌 천리를 멀다 하오리까.」

며칠 후, 예장에서는 태수 주방(周訪)이 경랑의 방문을 받고 감탄해 마지않았다.

「세상이 어지러워 남자들도 의를 돌보지 않는 이때에 어린 소녀의 몸으로 위험을 무릅쓰고 여기까지 왔으니, 참으로 여장부라 할 것이다.」

그는 곧 군대에 동원령을 내렸다. 그의 아들 주무(周撫)와 하문화·하문성을 시켜 군사 2만을 이끌고 수로를 따라 떠나게 하고, 자기도 후군을 이끌고 경랑과 함께 예장을 출발했다. 이때 성을 에워싼 두증은 마음이 초조하여 공격을 서두르고 있는 참이었다.

「이만한 성 하나를 두고 열흘씩이나 끈단 말이냐! 오늘은 결단코 후퇴하지 말고 시석이 날아와도 기어이 성을 기어 올라가라.」

그는 이렇게 호통을 치고 있다가 척후의 보고를 받았다.

「장군! 큰일 났습니다. 지금 예장태수 주방이 수로를 타고 이리 오고 있으며, 양양의 석남도 기병을 끌고 오고 있습니다. 오늘 미시(未時)쯤 두 군대가 모두 도착할 것으로 보입니다.」

「뭐라고?」

두증이 파랗게 질렸다. 두증은 곧 간부들을 모아 회의를 한 결과 양군의 협공을 받는다면 도저히 저항할 수 없을 것이라는 결론을 얻었다. 본래 도둑에 불과했으므로 체념도 빨랐다. 두증은 경릉으로 돌아가기로 정하고 곧 군대를 철수시켰다.

두증이 달아나는 것을 보고 순숭은, 아마 양양에서 구원병이 오는가보다 생각하고 성에 올라가 살펴보니, 거뭇하게 주무의 수군이 강을 뒤덮어 이르고 있었다.

양양에 구원을 청했는데 양양에서는 아무런 소식이 없고, 예장에서 구원병이 이르렀기 때문에 순숭은 한편으로는 구원받은 것이 다행이면서도 한편으로는 의아했다. 그러자 경랑이 말을 달려 성 안으로 들어왔다. 경랑은 아버지에게 절하고 자초지종을 세세히 이야기했다. 순숭은 기뻐서 어찌할 줄 몰라 했다,

「너는 비록 여자이지만 남자보다 낫구나. 네 오라비들이 너만큼만 했으면 내 아무런 걱정이 없겠다.」

순숭은 친히 강변으로 나가 주무 등을 맞아 성 안으로 인도해서 크게 잔치를 베풀어 노고를 치사했다.

주방과 함께 입성한 경랑이 아버지와 온 성중 사람들로부터 천사인 양 대우받았을 것은 뻔한 일이었다. 지금도 완성에는 경랑호(鏡娘湖)라는 호수가 있다고 하거니와, 이것도 경랑의 공로를 길이 전하기 위해 백성들이 판 것인지도 모른다.

달아난 두증은 완성으로 가는 도중 도간의 복병을 만나 군사를 대부분 잃고 태화산(太和山) 속으로 들어가 숨었고 이것으로 형주와 양양 일대는 평온을 회복했다.

2. 항복이 가져온 것

형주·양양이 조용해짐으로써 강남 일대는 다 평정된 셈이었

다. 이에 원제는 중원으로 눈을 돌리게 되었다. 그는 단씨(段氏)의 세력을 이용하여 석늑을 치기로 했다.

이때 유곤은 병주에서 쫓겨나 단필탄에게 의지하고 있는 중이었으므로 조칙은 유곤·단필탄에게 내려졌다. 유곤을 태위, 단필탄을 태보로 임명하니, 단씨 일족의 군사를 들어 석늑을 치고 낙양을 회복하라는 내용이었다.

그러나 단씨네의 유력자들, 즉 단질육권·단말배 등은 모두 반대하고 나섰다—석늑과는 불가침조약 같은 것이 암암리에 시행되고 있어서 평화를 유지하고 있는데 무엇 때문에 그것을 깨뜨리겠느냐. 석늑의 세력을 꺾는다는 것은 꿈같은 얘기며 결국 우리에게 돌아올 것이 무엇인가. 싸움이 불리할 때 강남의 새 정권이 무엇을 어느 정도나 보장해줄 수 있다는 말인가.

「원래 중국인이란 믿을 것이 못됩니다. 그들은 우리를 오랑캐라 일컬어 늘 경멸해왔던 터인데, 저들이 급하다고 해서 우리가 흥망을 걸고 싸워야 할 필요가 어디에 있겠습니까?」

아우인 단말배는 이런 말로 반대하고 나섰다. 형인 단질육권도 단필탄을 근심스런 눈으로 바라보면서 말했다.

「아우가 유곤을 감싸주는 정리는 어느 정도 이해하네만, 그들을 위해 우리의 운명을 걸 수는 없잖은가! 더구나 이 조칙에 응한다면 우리는 유곤의 휘하에 있게 되는데, 그런 굴욕을 어찌 사서 받겠는가.」

단필탄도 끝내 단념하는 수밖에 없었다. 유곤은 애가 타서 야단이었지만, 지금의 그로서는 어쩔 도리가 없었다. 단말배는 평소에 석늑과 가까운 사이라, 이런 진조의 움직임을 통고해 주었다. 석늑은 다시 이 사실을 평양의 한제 유총에게 보고했다.

한제는 석늑의 보고를 받고 신하들을 소집하여 의논했다.

「낭야왕이 황제로 일컫고 있단 말은 들어 알고 있었으나 중원까지 엿볼 줄은 몰랐도다. 경 등은 강토를 확보할 대책을 세우라.」

근준이 나섰다. 그는 딸을 바친 이후 내시들과 작당하여 정치를 좌지우지하고 있는 중이었으므로 이런 때면 으레 앞장설 의무가 있는 것처럼 느껴졌다.

「진(晋)이 소망을 걸고 있는 것은, 이 서토(西土)의 몇 고을이 아직도 자기네 편을 들고 있기 때문이옵니다. 지금 여음(汝陰)·형양(滎陽)으로 말하면 깊숙이 우리 영토 안에 들어와 있사오니 이 두 고을을 먼저 치시옵소서. 그것만 합치면 태산의 동서가 다 우리 판도가 되거늘, 그들이 어찌 준동할 수 있사오리까.」

무엇이나 그의 말을 듣게 된 황제는 곧 유창(劉暢)에게 명하여 군사 3만을 이끌고 여음부터 치게 했다. 이때 여음의 태수는 이구(李矩)였다. 그는 이 소식을 듣자 곧 막료들을 모아놓고 상의했다.

「유창이 군사 3만을 이끌고 쳐들어온다 하오. 그대들의 의견을 듣고 싶소.」

이빈(李賓)이 말했다.

「지금 위한의 세력은 욱일승천(旭日昇天)하고 있어서 낙양과 장안도 떨어뜨린 터에 어찌 이 작은 성으로 지탱해내겠습니까. 성인도 시속에 따르라 하셨습니다. 무고한 병사와 백성을 구하는 방향으로 일을 추진하시는 것이 어떻겠습니까.」

이구가 분연히 말했다.

「그것이 무슨 소리요? 내가 이 고을을 지키기 10여 년이거늘, 어찌 저들에게 무릎을 꿇는단 말이오. 안되오, 안돼!」

이때 곽묵(郭默)이 웃으며 말했다.

「이공의 말씀도 옳고 장군의 말씀도 옳습니다. 나는 두 분의 의견을 합쳐서 이 성을 구할까 합니다.」

「그것이 무슨 소리요?」

이구는 불쾌한 듯이 곽묵을 노려보았다. 위급한 마당에 농을 하고 있는 것처럼 들렸던 것이었다.

「이공 말씀대로 우선 항복하는 것입니다.」

곽묵은 아랑곳없다는 듯 말을 계속했다.

「우리가 일단 항복을 하면 적은 마음을 놓을 것입니다. 그 후에 기습을 감행한다면 적이 깨어지지 않고 어찌겠습니까. 두 분의 의견을 합쳐 쓰겠다는 것은 이 뜻입니다.」

「아, 묘하군!」

그제야 이구도 손뼉을 쳤다.

곽송(郭誦)이 작성한 항서(降書)를 이빈이 지니고 적진을 찾아갔다. 이때 한군은 경계에 도착하여 진을 치고 있는 중이었다.

유창 앞에 안내된 이빈은 두 번 절하고 공손히 말했다.

「여음의 아장(牙將) 이빈은 태수 이공의 명령을 받들어 장군께 문안을 드립니다. 우리 고을은 성이 작고 군사가 얼마 되지 않아 도저히 대군을 맞이할 형편이 못됩니다. 삼가 대의를 따르고자 하니 무고한 백성에게 해를 끼치지 않도록 하여주시기 바라나이다. 여기에 항서가 있습니다.」

유창의 입이 딱 벌어졌다.

「이장군이 어질다는 말은 나도 들었지만, 백성을 생각하심이 이렇게까지 깊으신 줄은 몰랐소이다. 내가 왜 아니 듣겠소이까.」

그리고 항서를 읽었다. 항서에는 그의 덕을 극구 칭찬하고 있었으므로 유창은 더욱 기뻐했다.

「이미 대의를 따르기로 한 바에는 한 형제나 다름이 없소 조금도 어려워 마시오.」

유창은 술을 내어 이빈을 환대했다. 이빈은 돌아와 결과를 보고

하고 나서 말했다.

「그들은 조금도 의심하는 빛이 안 보였습니다. 장수나 사병이 다 취하였으니 야습한다면 성공은 틀림없습니다. 곽공의 계략이 묘한 줄 이제야 알았습니다.」

크게 기뻐한 이구는 곧 출격을 서둘렀다. 모든 장병에게 흰 수건을 주어 머리에 감게 하고 말에는 재갈을 물린 다음, 삼경의 어둠을 타고 밀려가 적진을 사면에서 에워쌌다.

유창의 군대는 모두가 만취하여 자고 있다가 변을 만났다. 그들은 허둥지둥 일어나 대적하려 했으나 손발이 뜻같이 움직여질 리 없었고, 어떤 자는 투구는 썼으나 갑옷을 안 입었고, 어떤 사람은 갑옷은 입었으나 무기는 들고 있지 않은 형편이었으므로 상대가 되지 않았다.

여기에 비해 이구의 군사는 모두 사기가 충천해 있는데다가 머리에는 흰 수건을 두르고 있었으므로, 어둠 속에서 흔히 있을 수 있는 동지끼리의 살상도 생기지 않았다.

싸움은 완전히 일방적인 것이어서 죽는 것은 한군뿐이었다. 유창도 이에 당할 재간이 없어서 부장 왕교수(王喬遂)와 함께 도망가고, 살아남은 병사들은 뿔뿔이 흩어지고 말았다. 날이 밝았을 때, 한군의 진중에 깔린 시체의 수는 2만이나 되었다.

이리하여 진나라의 형세가 약간은 떨쳐, 회남지방은 평온해졌다. 원제는 그 공을 칭찬하여 이구를 회남도독에 임명해서 계속 여음과 영양을 지키게 했다.

원제는 다시 왕도와 조협을 돌아보고 말했다.

「각 진(鎭)은 다 유능한 사람이 맡아 지켜 가끔 한나라 군사를 격파해서 중원은 편안하고 강동은 다행히 무사하오. 그러나 사람들의 말을 들으면, 교활한 도둑 두증이 태화산에서 다시 나와 물을 따라 내려와 바로 건강을 습격할 것이라고 하오. 짐은 항상 이것이 걱정이오.」

왕도가 아뢰었다.

「폐하께서는 근심 마시옵소서. 곽박(郭璞)이라는 술사(術士)가 있는데, 천문과 지리에 밝고, 성수(星數)와 괘역(卦易)에 정통하여 깊은 이치를 모르는 것이 없습니다. 한번 불러다가 두증의 운수를 알아보시옵소서.」

원제는 곧 사람을 보내서 곽박을 불렀다.

곽박이 부름을 받고 대궐로 들어왔다.

「왕 사도의 말이, 그대가 신령스러운 재주가 있다 하기에 오라고 했소. 두증의 운수가 어떠한지 점쳐 보라.」

곽박은 곧 자리를 마련해 놓고 두 번 절한 다음 한 괘를 얻어 가지고 아뢰었다.

「두증이 아직 멸망하지는 않았습니다. 그러나 아무 일도 하지는 못할 것입니다. 그는 내년에 양양성(襄陽城) 아래에서 죽을 것이니 조금도 개의치 마시옵소서.」

원제는 다시 조정 안을 점쳐 보라고 했다. 곽박은 점을 치고 나더니 땅에 엎드려 하례했다.

「천자의 위에 오르실 괘입니다. 그러나 통일은 되지 않겠습니다. 또 본조(本朝)에는 크게 간사한 자가 있어 망령되이 찬탈을 꾀합니다. 그러나 다행히 왕기가 왕성하여 스스로 멸망할 것입니다.」

왕도가 물었다.

「한(漢)의 운수는 어떻겠소?」

곽박이 다시 한 점괘를 얻어 가지고 아뢰었다.

「한은 전처럼 왕성하지는 못하지만, 역시 아직 멸망하지 않습니다. 하북과 관서는 그냥 오랑캐의 소굴이 될 것이요, 낙양은 장차 복귀할 것입니다. 다만 영정(寧靖)을 얻지 못할 것이요, 서촉(西蜀)은 아직 패하지 않을 것입니다. 묘금개목(卯金盖木)을 기다려 비로소 남북이 평정될 것입니다.」

그러나 원제와 신하들은 그의 이 말을 해석하지 못하고 그를 상서랑(尙書郞)에 임명했다.

곽박은 백성과 관리가 편안함과 사치를 좋아함을 보고 원제에게 글을 올렸다.

─삼가하고 두려워하는 자는 복을 얻고, 게으르고 교만한 자는 화를 부릅니다. 폐하께서는 만방에 군림하시어 만민을 다스리십니다. 순우(舜禹)를 본받으시어, 마음을 공손하고 검소하게 가지시고, 잘못을 없이 하시어 위엄과 덕을 펴시면 곧 인민이 우러러볼 것입니다. 신이 보건대, 세상 사람이 놀기를 좋아하고 사치를 숭상합니다. 이것은 와신상담(臥薪嘗膽) 원수를 갚으려는 뜻이 있는 사람이 할 바가 아닙니다. 그리하여 도둑이 제멋대로 날뛰고, 나라가 갈기갈기 찢기어 백성들이 모두 *도탄의 고통에 빠졌습니다(塗炭之苦도탄지고). 원컨대 폐하께서는 그러한 폐단의 근원을 막으시고, 오랑캐의 침략을 명심하시며, 종묘사직을 염려하시면 자연 백성이 따를 것이요, 나라의 형세가 떨칠 것입니다.

원제는 곽박의 글을 가납(嘉納)했으나, 이미 오랫동안 습관이 되어 있어 갑자기 바로잡지 못했다.

곽박은 정사를 논란하여 적지 않게 바로잡았지만, 자기 자신은 성질이 경솔하고 위엄이 없으며, 술을 즐겨하고 색을 좋아하여 다른 신하들이 존경하지 않았다.

3. 토사구팽(兎死狗烹)

이 무렵, 대륙은 하북·중원·형주·광주 등지가 모두 소란하
여 편안할 날이 없고, 다만 강동이 좀 편안하고 사천지방이 무사
할 뿐이었다.

성도(成都)의 이웅(李雄)은 어진 사람과 재주 있는 사람을 능력
에 따라 벼슬에 임명했으므로 관리들은 맡은 일을 잘 처리하고 백
성은 다 생업을 즐겼다.

태부(太傅) 이양(李讓)은 내정에 능했고, 소보(少保) 이봉(李鳳)은
외치에 밝았다. 백성들에게는 조세를 가볍게 하고 부역을 적게 하
여 모두 부유하게 지냈다. 그리하여 *길에 떨어진 물건을 줍지 않고
(道不拾遺도불습유), 밤에 문을 닫지 않았다. 그러나 이 때문에 도리
어 조정은 위엄이 없고, 군사는 규율이 엄하지 않았다.

진나라의 양주(梁州)는 성국(成國)과 인접해 있는데, 두 나라의
백성은 서로 침노하는 일이 없이 화목하게 지냈다.

앞서 장광(張光)이 적 양난적(楊難敵)과 싸우다 전사한 뒤, 진조
에서는 임음(任愔)을 양주자사에 임명했는데, 임음은 장광의 충성
을 사모하여, 왕돈을 보고 장광에게 벼슬을 추증하여 그 충혼을
위로하고, 그의 아들 장매(張邁)로 하여금 아버지의 벼슬을 계승
하게 하자고 하여, 왕돈이 그 뜻을 조정에 아뢰었더니, 원제는 장
광을 관내후에 봉하고, 그 아들 장매로 양주자사를 삼아서 임음을
대신하게 했다.

장매가 양주에 부임하여 몇 달이 안되어 미처 군사가 정돈되지
않았는데, 구지(仇池)의 양난적의 조카 양유(楊留)라는 자가 양주
를 침범해왔다. 장매는 아버지의 원수를 갚고자 곧 군사를 일으켜
친히 양유를 공격했다. 그러나 복병을 만나 화살에 맞아 죽고, 군

사도 5백여 명이 목숨을 잃었다.

고을 관원들이 임시로 장광의 조카 장함(張咸)을 추대하여 장매의 군사를 거느리게 하니, 장함은 양유를 불시에 급습하여 목 베어 죽여서 장매의 원수를 갚았다.

양난적은 이 소식을 듣고 양유의 원수를 갚고자 묘병(苗兵) 5만을 이끌고 왔다. 장함은 적은 군사로 맞아 싸울 수 없어 구원을 진조에 청할까 생각했으나 너무 멀어서 안될 것 같아 다른 곳으로 옮겨가 적의 예봉을 피하려고 했다.

형수인 장매의 아내 왕씨가 말렸다.

「이 고을 사람들이 장씨네 은혜를 많이 입었기 때문에 아주버니를 추대한 것입니다. 그러니 끝까지 함께 지키셔야지요. 가벼이 강토를 버려서는 안됩니다.」

「형수님 말씀이 옳기는 합니다마는, 중과부적으로 어찌할 수 없을 것 같아서 그러는 것입니다.」

장함은 한참을 곰곰 생각한 끝에 글을 써서 사람을 성도의 이웅에게로 보냈다. 이웅은 양주의 장함이 투항해 옴을 보고 마음속으로 크게 기뻐하며, 곧 대장 서거(徐擧)로 하여금 군사 5만을 이끌고 가서 양주를 구원하게 했다.

양난적은 성을 포위하고 10여 일을 공격했으나 떨어뜨리지 못하고 군사만 수천 명을 잃었는데 또 이웅의 군사가 구원을 온다는 소식을 듣자 곧 군사를 거두어 구지로 돌아가 버렸다.

장함은 마침내 친히 촉의 성도로 가서 이웅에게 사례하니, 이웅은 그를 다시 양주태수에 임명했다.

한편, 한의 시안왕 유요는 장안에서, 장함이 양주를 들어 성나라에 귀부하여 구원을 청했다는 소식을 듣고는, 한편 노엽고 한편 원망스러워, 제 어찌하여 우리 대국에 구원을 청하지 않고 조그만 나라에 와 붙는단 말이냐, 내 이를 쳐서 빼앗으리라 하고, 곧 평양의 한제에게 표를 올려 허락을 청했다. 한제는 시안왕의 표를 보고 여러 신하들을 불러 의논했다. 상서 범융(范隆)이 아뢰었다.

「양주는 성도에 가깝습니다. 반드시 이웅이 와서 구원할 것이니, 그러면 원한을 사서 원수만 맺게 될 것입니다. 또 듣건대, 석늑과 조억은 모두 딴 마음을 품고 있다고 합니다. 아마도 스스로 패자(覇者)가 되고자 하는 모양입니다. 석늑에게는 장맹손·서보명 두 사람이 그를 돕고 있습니다. 조서를 내리시어 석늑을 청주로 보내시고, 조억은 불러올려 태부(太傅)에 임명하소서.」

원제는 범융의 말을 옳게 여겨 곧 조서를 내려 조억을 불렀다.

조억은 조서를 보고 막료를 모아놓고 의논했다.

「내 근준·왕침이 정권을 농락하기 때문에 일찍이 몰래 강동으로 돌아가 진나라에 귀부해서 광효후(廣驍侯)의 봉작까지 받았소. 이제 한제가 또 나를 불러 태부를 삼으니, 가면 곧 진나라에 신의를 잃을 것이요, 가지 않으면 곧 한나라에 예를 잃을 것이오. 대장부가 이랬다저랬다 할 수도 없는 노릇이니, 어쩌면 좋겠소?」

참모 하국신이 말했다.

「동쪽과 서쪽이 다 쉽사리 갈 곳이 아닙니다. 만약 서쪽으로 갔다가는, 곧 한신(韓信)의 *날랜 토끼가 죽자 개가 삶기는 한탄을 하게 될 것이요(兎死狗烹토사구팽), 만약 동으로 갔다가는 곧 이사(李斯 : 진시황의 재상)가 황이(黃耳)를 거느리고 상채(上蔡)에 노는 한탄을 하게 될 것입니다. 그러나 만약 이 강을 끼고 수비를 견고히 한다면, 물러나서는 능히 지킬 것이요, 나아가서는 능히 다툴 것입니다. 그러니 글을 올려 병으로 인해 큰 은혜를 받고도 나아가 뵙지 못한다 하고, 병이 나으면 곧 입조하여 견마의 수고로움을 아끼지 않겠노라고 하십시오.」

조억은 그의 의견을 좇아 곧 평양으로 사람을 보냈다.

한제는 조억의 글을 보고 한탄했다.

「조억은 가만히 앉아서 제(齊)를 진압하고 곁눈질하여 기회를 엿보고 있어 짐의 조서를 받들지 아니하니 이를 어찌하면 좋겠소?」

범융이 다시 말했다.

「다시 조서를 내려보내서 복종치 않음을 책망하고, 병으로 입조하지 못한다면 우선 양식 10만 곡(斛 : 1곡은 열 말), 은 10만 냥을 올려보내 군용에 충당하게 하라고 하십시오. 그래서 양식과 은을 보내오면 그만이요, 만약 조서를 받들지 않고 양식과 은을 보내지 않으면 그 때 가서 장수에게 명하여 군사를 이끌고 가서 석늑과 함께 그를 치게 하옵소서.」

그래서 한제는 다시 조서를 내렸다. 조억은 조서를 받아 보고 한나라의 옛 은혜를 생각하고는 사람을 시켜 양식 5만 곡, 은 5만 냥, 갑옷, 투구 5천 벌을 평양의 한제에게 바쳤다.

한제는 기뻐했다. 곧 주연을 베풀어 여러 신하들과 더불어 축하의 술잔을 기울였다. 거나하게 취한 한제는 왕침의 시녀에 절세의 미인이 있다는 말을 듣고 곧 왕침에게 대궐로 들여보내라고 했다.

신하들은 황제가 취한 까닭에 간하지는 않고, 왕침을 보고 응하지 말라고 했다. 그러나 왕침은 왕의 뜻에 영합하려고 여러 사람의 말을 듣지 않고 밤에 몰래 그 여인을 대궐로 들여보냈다.

황제는 그녀를 황후로 삼아서 월화의 다음 지위에 두었다.

상서령 왕감, 중서좌승(中書左丞) 조순(曹恂), 우승 최의지(崔懿之) 등이 글을 올려 간했다.

──신 등이 듣건대, 왕자가 후비를 세우려면, 위로 건곤(乾坤)의 뜻에 맞아야 하고, 아래로 일월(日月)의 법에 응해야 하

며, 반드시 대대로 덕이 있는 명문에서 정숙한 이를 골라야
한다고 하옵니다. 폐하께서 마음 내키시는 대로 마구 비녀
(婢女)로 황후를 삼으시어, 이제 귀천이 혼동되고, 법이 문란
해지며, 황실의 기강이 전도되었사옵니다. 장차 어떻게 뒷사
람을 가르치려 하시며, 장차 한나라에 미칠 재화를 어찌하고
자 하옵나이까? 주(周)나라 여왕(厲王)을……

황제는 도리어 노했다.

「짐이 한 여인을 들여놓은 데 대해 이처럼 말이 많은가? 너희
들이 감히 나를 여왕(厲王)에 견주어 비방한다니, 괘씸하구나!」

왕감이 아뢰었다.

「이미 왕후에 책봉했거늘, 구태여 짐의 부끄러움을 드러내고
잘못을 훼방하려 하느냐?」

조순과 황감이 다시 간했다.

「고자 놈의 종년은 천한 것 중에서도 가장 천한 것입니다. 어
떻게 누구에게 명령하여 이를 황후라 부르게 하옵니까? 이것은 더
러운 것을 의관 옆에 두어 스스로 더러움을 취하는 것입니다. 뒷
날 역사에 실리어 영원히 수치를 남기게 될 것이옵니다. 폐하께서
는 깊이 통촉하옵소서.」

황제는 길길이 뛰었다. 분을 참지 못하여 부들부들 떨면서 근준
과 왕침을 불러 당장에 세 사람의 목을 베라고 호령했다. 왕침이
무사를 시켜 세 사람을 끌어내며 호통을 쳤다.

「이놈들아, 어찌 감히 함부로 주둥이를 놀린단 말이냐?」

왕감이 눈을 부릅뜨고 꾸짖었다.

「나라를 그르치는 이 도둑놈아, 한나라의 천하를 어지럽히는
자가 바로 네놈들 쥐새끼의 무리니라.」

최의지도 근준을 보고 호령했다.

「너는 불충한 마음을 품고 나라에 환난을 일으키고자 했다. 그
래서 종년으로 황후를 삼아도 한 마디도 간하지 않았다. 왕침을 도
와 무리를 모아 한나라를 뒤엎으려 하고 있음을 내 벌써부터 알고
있다. 네가 남을 해치면 반드시 남이 너를 해칠 것이다.」

조순이 최의지를 나무랐다.

「대장부가 죽을 곳을 얻었으면 죽을 뿐이지, 무슨 말이 그리
많소? 도둑의 무리는 오래지 않아 벌을 받을 것이오.」

세 사람은 칼 아래 이슬이 되었다.

이 날 내전 측백당(側栢堂)에 갑자기 불이 나서 미처 피하지 못
하고 황제 유총의 아들 스물한 명이 한꺼번에 불에 타 죽었다.

4. 새로운 권신(權臣)

권력이 있는 곳에는 자연히 그것을 남용하는 자가 생기게 마련
이다. 낭야왕 사마예가 건강에서 즉위하고 새로운 의기로 출발할
때만 해도 군신은 함께 천하의 통일을 굳게 다짐하고 일신의 부귀
같은 것은 염두에도 두지 않았었다. 그러나 북벌이 지연됨에 따라
권력은 안에서 부패의 싹을 키워가고 있었다. 그 대표적인 예를
우리는 왕돈(王敦)에게서 찾을 수 있다.

왕돈은 왕도의 서형이었다. 그는 낭야왕을 위해 과거에는 큰 공
도 적지 않게 세웠던 인물이었으나, 새 조정이 생기고 권력이 따
르는 진북대장군에 임명되자 차츰 그 권력에 도취되어 갔다.

그는 수하에 10만 대병을 거느리고 장사(長沙)에 주둔하고 있었
다. 그 일대의 각주 군사는 그의 지휘 하에 있었을 뿐 아니라 도읍
과는 멀리 떨어져 있었으므로 누구 하나 꺼릴 것도 없는 터였다.

그는 크게 군사를 모으고 양곡을 거두어들였다. 한을 치기 위해

서라는 말은 명목일 뿐, 실은 자기의 세력을 확장하기 위해서였다. 그리고 살림이 커지자 조정의 허락 없이 관리를 두었고, 무슨 일이든 먼저 처리하고 나중에야 보고했다. 그에게는 한을 칠 생각이라고는 눈곱만큼도 없었다.

「무엇 때문에 한을 친단 말인가. 꼭 이길 수 있다는 보장도 없는 바에……」

그는 이런 소리를 거리낌 없이 지껄였다.

이렇게 되고 보니 원제는 미상불 근심이 되지 않을 수 없었다.

「경의 형 말인데……」

어느 날, 원제는 좀 거북한 듯이 왕도를 향해 말했다.

「그 사람은 좀 방자해져가는 듯하오. 한을 치는 일은 뒤로 미루고 월권행위를 한단 말이오. 후일에 혹시 불신(不臣)의 행위가 있을지도 모르겠소.」

「어찌 그런 일이야 있겠나이까.」

왕도가 낯을 붉혔다.

「그는 제 서형이긴 하나 하는 일이 거친 것은 사실이옵니다. 그러나 주방이 양양에 있고, 감탁이 남군, 순숭이 완성에 있은 즉 무슨 일이 있어도 과히 근심할 것은 없는 줄 아나이다. 이 세 사람은 제가 천거했습니다만, 사실은 제 형을 견제하기 위한 조치였나이다.」

왕도는 자기의 선견지명이라도 자랑하는 듯한 말투였다.

「그 세 사람은 다 충절이 있는 터이옵니다. 그러나 그것만으로도 안되겠다 싶으시면 제 형인 징(澄)을 계양(桂陽) 자사에 임명하시고 아우인 능(綾)을 장사에 배치하옵소서. 이 둘은 제 서형과 평소부터 뜻이 맞지 않는 사이이기 때문에 반드시 그 세력을 견제하려 들 것이옵니다.」

원제는 그 말에 따라 두 사람을 등용했다.

어떻게 보면 왕씨네 세력만 부식해 놓은 결과가 된 듯도 했으나, 왕도의 말이 전연 거짓도 아니었다. 이것은 왕돈이 재빨리 왕징을 제거하려고 나선 것만 보아도 알 수 있는 일이었다.

왕징은 계양으로 부임하다가 어느 역관(驛館)에서 죽었다. 누구의 소행인지 가슴에 단도가 꽂힌 채 발견되었다. 왕돈은 그 소식을 듣자 곧 달려가 크게 곡하고 장사를 아주 성대히 지내주었다. 그러나 누가 죽였는지 아는 사람은 알고 있었다. 장사로 부임한 왕능도 여기 대해서는 침묵을 지켰다.

하루는 왕돈이 말했다.

「큰형님이 흉변을 당하시매 이렇게 애통할 데가 없네그려. 어느 놈의 소행인지 드러나는 대로 이 한을 씻고야 말 것이지만, 지금으로서는 알 수가 없으니 이런 때일수록 형제끼리 굳게 손을 잡아야 할단 말이야! 안 그런가?」

왕능은 형의 시선을 얼굴에 받고 태연하려 애쓰면서 말했다.

「그야 물론이죠. 허나 너무 상심하지 마십시오. 그런다고 돌아가신 형님이 되살아오시겠습니까.」

「그렇기로서니 어찌 가만히 있을 수 있단 말인가? 하도 분하니 하는 소리지!」

왕돈은 자못 분개한 듯 언성을 높이더니 이내 부드러운 어조로 말했다.

「그런데 아우, 내가 여기에 주둔하고 있으니 장사의 자사는 따로 임명할 필요도 없는데 조정에서는 자네를 보내셨단 말이야. 아마 형제끼리 힘을 합쳐 일을 해보라는 뜻이겠지?」

그는 눈을 끔벅끔벅하면서 말을 이었다.

「그러나 큰형이 돌아가셔서 계양이 비어 있는 터이니 아우는 그리로 가게. 그리하여 형제끼리 도우며 지내세.」

형을 두려워하던 왕능은 물론 승낙했다. 왕돈은 왕돈대로 조정에 청하여 왕능을 정식으로 계양태수가 되게 해주었다. 그렇다고 해서 왕능이 그것을 고맙게 여길 리는 없었다. 이미 왕징이 살해당했듯이 언제 자기에게 불똥이 튈지 알 수 없는 일이었다. 이럴 때에는 역시 실력을 기르는 것 외에는 호신책이 없다고 생각한 왕능은 몰래 군사를 모으고 양곡을 거두어들이기에 힘썼다.

　마침 이때 누군가가 왕여(王如)를 추천했다. 왕여란 물론 왕미(王彌)의 아우다. 그는 형이 죽음을 당할 때 도망하여 이곳에 와 있었던 것이다.

　「의기가 아주 대단한 사람이고, 용맹은 자기 형 못지않지요. 이 사람만 얻는다면 10만 대군을 얻은 폭은 되오리다.」

　크게 기뻐한 왕능은 곧 왕여를 불러 은근한 뜻을 표했다. 물론 의탁할 곳이 없던 왕여인지라 기쁘게 응했다.

　그러는 한편 왕여 채용이 행여나 형의 의심을 사지나 않을까 걱정한 왕능은 왕돈에게 편지를 보내어 양해를 구했다.

　＜왕미의 아우 왕여가 이곳에 유락해 있다가 나를 찾아왔습니다. 아시는 바와 같이 그는 석늑에 대해 원한을 품고 있는 인물이며, 위한을 섬겼던 것을 크게 후회하고 있었습니다. 쫓기는 새가 품에 들어오면 사냥꾼도 이것을 감싸준다 했습니다. 그를 휘하에 둘 생각입니다.＞

　왕돈에게서 곧 회답이 왔다. 왕여는 이름있는 장수니 계양의 도위(都尉)로 임명하겠다는 것이었다. 물론 왕돈의 생각으로도, 조정에 상주하여 정식 절차를 밟겠다는 것이겠으나, 그전에 무작정 제 마음대로 임명한 것은 역시 그다운 방자한 행동이었다.

　어쨌든 이것으로 왕돈의 의심을 푼 폭이 되었으므로 왕능에게는 이의가 없었다. 이때부터 왕여는 그림자처럼 왕능을 따르게 되었다.

한번은 무창(武昌)으로 왕돈을 찾아가는 길에 왕여를 데리고 갔다. 이때 왕돈은 본진(本陣)을 장사에서 그곳으로 옮기고 있었다. 왕돈은 장병들의 무술을 훈련시키고 있는 중이었다.

「오, 장군의 이름은 들은 지 오래였소 어서 이리 앉으시오」

왕돈은 왕여를 환대했다.

마침 장수들이 창술·검술 시합을 하게 되었다. 한참을 구경하던 왕여는 웃음을 머금으면서 왕돈에게 말했다.

「과연 용장들이십니다. 보고만 있어도 배울 바가 많습니다.」

이 말을 어떻게 들었는지 왕돈의 눈이 번쩍 빛났다.

「참, 마침 좋은 기회요 장군의 용맹은 천하가 알고 있은즉, 한번 시범해 주시겠소이까?」

왕여는 서슴지 않고 나섰다.

「장군의 눈을 더럽힐 뿐이겠습니다만, 파적(破寂 : 심심함을 면함)이나 되시게 약간 시험해 보겠습니다.」

왕여는 말을 마치자 창을 들고 말에 올랐다.

왕여는 말을 달리면서 창술을 보였다. 창을 어떻게나 번개같이 휘두르는지 왕여의 몸은 한 줄기 싸늘한 빛깔에 온통 에워싸여 있는 듯이 보였다. 달리는 말과 그 위를 빙글빙글 도는 흰 빛깔, 보이는 것은 그뿐이었다. 장내에서는 떠나갈 듯한 박수가 터졌다.

다음에는 궁술이었다. 왕여는 백 보 밖에서 활을 쏘았는데 열대가 모두 과녁에 맞았다. 또다시 떠나갈 듯한 박수가 일어났다.

「오, 장하오 과연 천하의 용장이 다르심을 알았소」

왕돈은 이렇게 칭찬했으나 눈에서는 차가운 빛깔이 번쩍이고 있었다.

계양으로 돌아온 왕능은 왕여를 크게 꾸짖었다.

「가뜩이나 대장군은 나를 의심하는 터인데, 무엇 때문에 재주를 보여서 그 시기심에 불을 붙인단 말인가. 그대는 나를 망하게 하려는 것인가.」

여러 사람 앞에서 욕을 먹은 왕여는 얼굴이 홍당무가 되어 물러났다. 그리고는 왕능을 원망했다.

「내가 아무리 이런 꼴이 되었기로서니, 제까짓 게 무엇인데 나에게 호령을 한다는 것이냐. 아니꼬운 놈 같으니!」

그는 이런 불평을 자주 털어놓곤 했으므로 왕능과의 거리는 점점 멀어져 갔다.

이 소식을 들은 왕돈은 빙그레 웃었다. 그리고는 편지를 써서 왕여에게 보냈다.

  <일전에 장군의 신용(神勇)을 친히 뵌 후로는 지금껏 마음에 흠모의 정을 잊지 못하고 있습니다. 그리고 이러한 장군으로서 너무나 불우한 처지에 계심을 깊이 탄식해 마지않습니다. 제 아우 능(綾)은 본래 백리지재(百里之材)가 아닙니다. 그러기에 오직 근신할 것을 당부했던 것입니다만, 사사로이 군대를 모으고 양곡을 비축하며 실로 의아한 행동이 많은 터입니다. 만일 이대로 둔다면 반드시 나라와 집안을 송두리째 망칠 것이 틀림없습니다. 나도 사람이라 정에 약한데 하물며 형제의 경우이오리까. 그러나 의는 정보다 무겁습니다. 아우를 두둔하여 나라를 안 돌봄이 어찌 충성이겠으며, 멸문의 화를 알면서 기다리는 것이 어찌 효도이겠습니까. 그러므로 나는 한 팔을 떼어버릴망정 이것으로 생명을 구할 수 있다면 그쪽을 택하고자 합니다. 장군과는 만난 지 오래지 않으나 일대의 의기남아임을 알기에 이

런 고충도 털어놓는 것입니다. 원컨대 장군은 나라를 위하시어
악을 제거해 주십시오. 그리하여 계양을 스스로 통치하시기 바
랍니다. 말은 짧지만 제가 장군에게 보내는 경모의 마음에는 한
정이 없습니다.>

어느 날, 왕능은 장수들과 술을 마시고 취했다. 여기저기서 노
래하는 사람, 떠드는 사람으로 방안은 떠나갈 듯이 흥청거렸다.
「저도 춤을 추어 주흥을 돋울까 합니다.」
이렇게 말하며 왕여가 칼을 쑥 빼어들자 장내에서는 박수소리
가 요란스레 터졌다.
「그렇지, 검무를 추어야지!」
왕능도 신이 난다는 듯 무릎을 쳤다.
왕여의 검무는 미상불 볼만했다. 워낙 검술의 명인이 추는 터라
칼 놀리는 솜씨가 어떻게나 빠른지 방안은 칼빛으로 가득 찬 것
같았다. 왕여가 칼을 휘두르며 장내를 세 바퀴째 돌 무렵이었다.
왕능 앞을 지나가던 그의 칼날이 번쩍 빛났다.
그 순간 모든 사람들은 저도 모르게 자리에서 벌떡 일어났다.
그리고는 제 눈을 의심하듯이 다시 앞을 바라보았다. 그러나 거기
에 구르고 있는 것은 왕능의 목임에 틀림없었다.
「조용히 하시오」
왕여의 우렁찬 목소리가 방안을 울렸다.
「왕능이 역모를 도모한 흔적이 있어, 나는 진북대장군의 명령
을 받아 이를 죽인 터이오. 대장군께서는 이미 폐하의 윤허를 받
고 계신 것으로 알고 있소」
그는 위엄 있는 눈초리로 사방을 둘러보며 다시 말했다.
「생각해보시오 내가 단독으로야 무엇을 믿고 이런 일을 저질

렀겠소? 어명이기에 한 것뿐이니 동요하지 마시오 곧 무슨 분부
가 있을 것으로 아오」

여러 장수들도 할 말이 없었다. 하기는 왕여가 독단으로 한 것
은 아닐 것이었다. 그렇다면 황제까지는 모른다 해도 왕돈이 관여
하고 있는 것만은 틀림없지 않은가. 섣불리 움직이는 것보다는 하
회를 기다리자, 장수들은 이렇게 생각한 것이었다.

왕여가 장담한 대로 며칠이 지나지 않아 무창으로부터 사자가
왔다. 왕여를 급히 부른다는 것이었다. 그것 보라는 듯이 의기양
양한 태도로 왕여는 떠났다.

그러나 무창에서는 뜻밖의 사태가 벌어졌다. 왕여를 보자 왕돈
은 크게 호통을 쳤다.

「이놈! 네가 무엇이기에 한 고을의 태수를 멋대로 죽인단 말이
냐. 너에게는 상관도 없고 조정도 없단 말이냐?」

왕여는 하도 어이가 없어 무슨 말을 하고자 했다. 그러나 왕돈
은 좌우를 돌아보면서 호령했다.

「무엇들을 하고 있느냐. 어서 저놈을 끌어내 목을 베어라! 나
라의 역적이요 내 아우의 원수인데 어찌 잠신들 살려둘까 보냐.」

대기하고 있던 병사들이 우르르 몰려들어 왕여를 묶고 말았다.

그제야 계략에 넘어간 줄 안 왕여는 눈을 부릅뜨고 왕돈을 노
려보며 이를 갈았다.

「아, 너 같은 소인 놈에게 속은 내가 분하다. 이놈! 아우를 죽
이라 해놓고 이번에는 나를 죽여! 이 몹쓸 놈!」

형 왕미가 그랬듯이 왕여의 최후도 너무나 비참했다.

제14장. 반전하는 전국

1. 말 일곱 마리와 소 한 마리

옛날, 위(魏)나라 명제(明帝) 때 일이다.

장액(張掖) 지방에 큰 비가 내렸다. 온 하룻밤 동안을 동이의 물을 기울여 쏟듯 퍼부었다. 날이 훤히 새면서 비는 좀 뜸해졌는데, 온 천지가 물구덩이였다. 평지에는 길이 넘게 괴어 소용돌이쳐 흐르고, 산이며 언덕이 모두 벗겨져 풀과 곡식이 하나도 남지 않았다.

그런데 한 곳에, 언덕이 무너져 물이 휩쓸려 나간 자리에 커다란 비석 하나가 우뚝 솟아 있었다. 흙에 묻혀 있던 것이 흙이 패여나가 겉으로 드러난 것이었다.

그 비석은 높이가 한 길 남짓하고, 넓이는 여섯 자 남짓했다. 위쪽에 집이 한 채 새겨져 있고, 그 안에 말 일곱 마리가 새겨져 있는데, 큰 말 세 마리는 구유에서 먹이를 먹고 있고, 작은 말 네 마리는 머리를 쳐들고 가만히 서 있었다. 또 그 뒷면에는 소 한 마리가 새겨져 있는데, 왼쪽으로 머리를 돌려 태양을 바라보고 서 있다.

아무도 그것이 무슨 뜻인지를 몰라서 사람들이 떼메어다가 성 안의 군아(郡衙) 앞뜰에 갖다 세워 놓았다. 숱한 사람이 와서 구경

을 하였으나 역시 아무도 그 뜻을 해석하지 못했다. 그래서 이 사
실을 조정에 아뢰었다.

마침 이 때 촉한(蜀漢)의 대장군 마초(馬超)가 서량지방을 지키
고 있었는데, 이 곳은 장액지방과 멀지 않아 그 소문이 마초의 귀
에 들어왔다. 마초는 사람을 시켜 후주(後主) 유선(劉禪)에게 아뢰
었다.

유선이 승상 제갈공명에게 물으니, 공명이 대답했다.

「유명(幽冥)은 깊고 멀어서 알기 어렵습니다. 신의 어리석은
생각으로 추측하건대, 말이 집안에 있는 것은, 사람이 말을 맡아
다스림이니, 곧 사마씨(司馬氏)에 응하는 것입니다. 세 마리가 함
께 구유에서 먹이를 먹는 것은 사마의(司馬懿)의 3부자가 함께 조
위(曹魏)를 섬겨 땅에서 나와 하늘로 올라감이요, 네 마리가 편안
히 서 있는 것은 그의 자손이 번성하여 장차 위나라를 빼앗아 천
하를 얻음일 것입니다.」

「상부(相父)의 말씀이 그럴 듯합니다. 그러면 뒷면에 있는 소
는 무슨 뜻입니까?」

하고 후주가 다시 물었다. 제갈공명은,

「우성(牛姓)의 사람이 아니면 그를 도와 일을 이루게 하지 못
할 것입니다. 곧 우성은 사마씨에 이어 왕이 될 것입니다.」

하고 대답했다.

이런 일이 있은 뒤 낭야왕 사마근(司馬覲)의 비 하후씨(夏侯氏)
가 하급관리 우금(牛金)과 사통해서 사마예를 낳았다. 후일 사마
예가 남쪽 건업을 진수(鎭守)할 때, 회제·민제 두 황제가 중원을
다 잃어버렸다. 그래서 사마예는 금릉(金陵)에서 제위에 올랐다.
이것이 곧 그 소에 응한 것이었다.

원제가 즉위한 이래, 왕도의 계교로 강한 도둑 두도를 제거하

고, 주소의 반란을 가라앉히고, 화질의 반역을 베어 버렸으되, 이
는 다 조정의 군사를 동원하지 않고 이루었으므로 왕도는 더욱 더
신임을 받았다.

이리하여 나라의 대권이 모조리 왕씨에게로 돌아가, 왕도는 안
에서 전권을 잡고, 왕돈은 무창에 웅거하여 군사를 좌우하며, 형
주·상주 등 큰 고을은 왕함·왕익이 나누어 지켜 그 위세가 대단
한 터라 원제는 속으로 몹시 두려워했다. 혹시 모반하여 제위를
빼앗지나 않을까 항상 불안했다.

그래서 원제는 몰래 충직한 신하를 뽑아서 심복을 삼아 조정을
지켜 왕씨 일족에 대비하려고 팽성의 유외(劉隗)와 조협(刁協)을
불러 대사를 부탁했다.

두 사람은 또 황제에게 유양(庾亮)·온교(溫嶠) 두 사람을 천거
하여, 태자를 보좌케 해서 근본을 튼튼하게 하기를 청했다. 원제
는 그들의 의견을 좇아, 온교를 시독(侍讀)에 유양을 시강(侍講)에
임명했다. 그리고 유양의 누이동생으로 태자비를 삼았다.

2. 배반자는 누구?

한편, 유창이 곽묵에게 패하여 돌아오자, 황제 유총은 크게 화
를 냈다.

「천하가 이미 우리에게 기우는 판에 이놈이 어찌 이렇게도 무
도하단 말이냐. 누가 나가 이놈을 잡아 오늘의 한을 씻을꼬?」

이때 뜻밖에도 태자 유찬이 나섰다. 그는 모략으로 태제(太弟)
를 죽이고 소원대로 동궁의 주인이 되었는지라, 크게 승리를 거두
어 자기의 위신을 빛내보고 싶었는지도 모른다.

「북방에는 아직도 진의 잔당이 준동하여 폐하께 심려를 끼치
오니 소자가 나가 평정하고 돌아오겠나이다.」

황제는 입이 딱 벌어졌다.

「태자가 친히 가겠는가? 그렇다면 짐이 무엇을 걱정하랴.」

황제는 5만의 군사를 쪼개주고 출발을 서두르게 했다. 유찬은 태자가 된 후 황제의 비위를 잘 맞추었으므로 황제는 태자가 어지간히 지혜가 있는 자라고 생각하고 있는 터였다. 태자만 간다면 곽묵쯤 문제가 되지 않을 것 같았다.

유찬의 대군이 여음(汝陰)으로 향하니 곽묵은 곧 형양에 있는 이구에게 보고하고 방비책을 서둘렀다. 이구는 유곤의 장수로 진양에서 패하여 하현(夏縣)에 와 있는 장조(張肇)와 범승(范勝)의 동조를 얻어 3만의 군사를 이끌고 여음을 구하기 위해 달려갔다.

한편 여음을 포위한 유찬은 불꽃이 튈 정도로 공격을 가해보았으나 성은 끄떡도 하지 않아 많은 사상자만 내는 결과를 가져왔다. 이런 판국에 이구가 나타난다는 정보에 접하자, 그 협공을 두려워한 나머지 황하를 건너가 진을 쳤다.

황하를 사이에 두고 양군은 대치했다. 검붉은 물결 너머로 서로 적진의 모양이 빤히 보였다. 이런 중에 며칠이 지났다.

이구는 곽송을 불러 말했다.

「저놈들의 진영을 보건대, 일이 뜻대로 되지 않아서 사기가 다소 떨어져 있는 듯하오. 장군은 상류 쪽에서 강을 건너 적진을 야습하시오. 그리하면 공을 거둘 것이오.」

곽송은 1만 명을 이끌고 밤에 강을 건넜다. 미리 마련해 놓았던 뗏목을 썼기 때문에 도하작전은 금세 끝났다.

부대를 정비한 곽송이 떠나려 했을 때였다.

「장군!」

척후가 숨을 헐떡이며 달려왔다.

「지금 적병이 이쪽으로 오고 있습니다. 발소리를 죽여가며 오는 품이 우리 진영을 야습하려는 것 같습니다.」

이 소리를 들은 곽송은 한참이나 웃었다.

「우리도 야습하려고 물을 건너왔고, 저놈들도 야습하기 위해 강을 건너려 하고…… 세상에 이처럼 묘한 일이 어디 있겠는가!」

이윽고 그는 심정(沈貞)을 돌아보며 말했다.

「이번에는 저놈들을 전멸시켜버려야 하겠소. 장군은 곧 2천 명을 끌고 도로 건너가 숨어 있다가 포성이 나기를 기다려 적을 치시오. 나는 여기에서 적을 잡겠소.」

심정이 떠나자 곽송은 뗏목을 숨긴 다음 길 좌우에 병사들을 매복시키고 기다렸다.

얼마가 지나자 적군이 접근해왔다. 그들의 뗏목은 좀더 상류에 있는 듯하여 적군은 복병이 있는 길을 더 행군해갔다. 곽송은 적과 거리를 두고 그 뒤를 쫓아갔다.

얼마 안 가서 한군은 강을 건너기 시작했다. 재갈을 물렸으련만 어디선지 말울음소리가 났다. 곽송의 군대는 그림자처럼 접근하여 그들을 멀리서 에워싸고 기다렸다.

한군이 절반가량 도하(渡河)를 마쳤을 때였다. 갑자기 포성이 울리면서 이구의 복병이 튀어나오는 바람에 한군은 대경실색하여 혼란에 빠졌다. 유찬 자신도 어쩔 바를 몰라서 외쳤다.

「모두 돌아서라. 강을 건넌 병사들을 불러라. 어서 포위망을 뚫고 본진으로 돌아가자!」

그러나 대혼란 통에 이런 말이 들릴 리 없었다. 당장 눈앞에 죽음이 다가온 것을 의식하는 순간 한군의 장병들은 이미 한군도 무엇도 아니었다.

그들은 다만 죽기를 겁내는 어리석은 인간에 불과했다. 그리하여 제각기 살려고 발버둥쳤기 때문에 혼란은 더욱 가중되어 서로 앞을 다투다가 밟혀서 죽는 자의 수효도 적지 않았다.

이구 쪽에서 볼 때에는 이렇게 수월한 싸움은 없었다. 처음부터 전의를 잃고 있는 적을 상대하는 것이라 일종의 사람사냥 같은 것이었다. 만만치 않은 적을 상대할 때보다는 이런 때일수록 신바람이 나는 것이 인간이다.

그들은 하나 둘 죽여 가는 동안에 재미가 나서 나중에는 완전히 도취해버렸다. 그리하여 미친 듯이 칼이나 창을 내둘렀고, 거기 따라 한군의 시체는 길에 그리고 강변에 너저분하게 깔렸다.

물론 강을 건너가 있던 한군이 당황망조하여 돌아오려 하다가 거의가 전사했을 것임은 쉽게 짐작되는 일이거니와, 가장 비참했던 것은 뗏목 위에 있던 군사들이었다. 그들은 육지에 오를 수도 없고 그대로 있을 수도 없어 물에 뛰어들었다가 수중의 고혼이 되고 만 사람이 많아서 육지거나 물이거나 그리고 강 건너 쪽이거나 울부짖는 소리로 아비규환을 이루었다.

겨우 본진으로 도망온 유찬은 군병을 점검해보았다. 5만 명 중에서 멀쩡한 병사는 불과 2만이 될까 말까 했다.

「아, 내가 무슨 낯으로 성상께 복명한단 말이냐?」

유찬은 깊이 탄식하지 않을 수 없었다.

「저하! 위에 있는 분은 희로애락의 정을 경솔히 나타내지 말아야 하나이다.」

정섭(鄭燮)이 말했다.

「그보다는 어서 낙양으로 사람을 보내 원병을 청하십시오 만일 지금이라도 적이 쳐들어온다면 지탱하기 어렵습니다.」

유찬은 곧 정섭을 낙양으로 보냈다. 그러나 낙양을 지키고 있던 조고(趙固)의 반응은 아주 냉랭했다.

「태자 저하께서 곤경에 빠지셨다고 하니 의로 말씀한다면야 어찌 한시라도 지체하겠소이까. 그러나 요즘 강남에서는 진이 다시 세력을 떨쳐 중원을 엿보고 있고, 서북은 서북대로 진의 병력이 많이 남아 있는 터입니다. 내가 낙양을 비웠다는 소리만 들으면 누가 밀려와도 밀려올 것이 뻔하니 사세 매우 난처하오이다.」

정섭은 여러 가지로 말해보았으나 조고의 말은 여전히 냉담할 뿐이었다.

유찬은 일의 전말을 평양에 보고하는 수밖에 없었다. 황제는 크게 노했다.

「조고란 놈이 어찌 태자의 청을 거역한단 말이냐. 충심이 있는 신하라면 그렇게는 못하리라.」

그는 자기의 아우인 유창(劉暢)을 대장으로 하여 8만의 군사를 급거 출동시켰다. 유아(劉牙)·복태(卜泰) 같은 장수도 이에 배치되었다. 유창이 떠나는 인사를 하자 황제는 신신당부하기를 잊지 않았다.

「조고는 딴 뜻을 품고 있음이 확실하니 기회를 보아 사로잡아서 도읍으로 압송하라. 짐이 친히 국문하리라.」

대군이 떠나자 왕침(王沈)이 황제에게 말했다.

「조고는 그 마음이 충직하지 못한 소인이옵니다. 신은 진작부터 이것을 알고 있었으나 확실한 증거가 없어서 말씀 올리지 못했사옵니다.」

그는 가장 우국지정에 넘치는 표정을 지어 보였다.

「풍문에 의하면 그는 이구와 내통하여 물자교역을 해왔다 하나이다. 낙양에서 쌀을 거두어 보내면 저쪽에서는 북방의 특산인 갑옷을 보내오는 까닭에 그것으로 톡톡히 재미를 보았던 모양입니다. 이렇거늘 어찌 이구를 칠 수 있었겠사옵니까.」

「아, 저런 놈 봤나!」

황제는 기가 막힌다는 듯이 소리를 질렀다.

「지금 유장군께 그를 사로잡으라고 명령하셨으나, 낙양에는 대군이 있는 터이니 그것이 어찌 수월하겠사옵니까. 자칫하다가는 내분만 조장할까 두렵사옵니다.」

「음, 그것도 그렇구나!」

황제는 불안한 눈초리로 왕침을 건너다보았다.

「이렇게 하시옵소서. 조고 밑에서 부장으로 있는 주진(周侲)은 충성된 사람이오니, 그에게 태수 직을 내리시어 안에서 도모하라 분부하시옵소서. 그렇게 되면 역적을 손쉽게 잡을 수 있을 것이옵니다.」

주진이 자기 고모의 아들이기 때문에 하는 소린 줄을 꿈에도 모르는 황제는 크게 기뻐했다.

「경의 지략은 진실로 놀랍도다. 장자방(張子房)인들 어찌 이에 미치랴.」

황제는 곧 주진에게 밀지를 내렸다. 그러나 일이 공교롭게 되느라고 조서를 가지고 가던 사람이 이구의 군사에게 잡혔다. 조서를 읽은 이구는 곧 낙양으로 사람을 보냈다.

　　<여기에 장군을 해치려는 음모를 발견했기에 알려드립니다. 군군신신(君君臣臣)이라 했습니다. 임금이 임금답지 않은데 장군만이 억울하게 돌아가시렵니까. 조서를 읽어보시고 귀추를 정하시기 바라며, 우리는 언제나 장군을 환영할 것입니다.>

반응은 연쇄적으로 일어났다.

「아, 이놈들이! 이 죽일 놈들!」

조고는 주먹을 쥐고 부르짖었다. 그는 놈들이라는 욕을 서슴지 않았다. 그것은 자기를 해치려는 사람들을 가리킨 것이 분명하며,

그 속에는 황제도 포함되어 있음은 명약관화한 일이었다. 그 순간
그는 이미 한의 신하가 아니었다.

그는 곧 주진을 잡아 죽이고 이구와 손을 잡았다.

이때 유찬과 합세한 유창은 앞서 곽묵을 쳐서 원한을 푼 다음
조고를 잡아갈 생각이었다. 그에게는 조고쯤 잡는 것은 문제도 되
지 않으리라 여겨졌다. 조고는 한의 신하이니까 황제의 명령이라
면 꼼짝 없이 잡히리라 생각한 것이었다.

그러나 사태는 의외의 방향으로 급진전되어 조고가 이미 주진
을 죽이고 이구와 손을 잡았다는 말을 듣고는 놀라움을 금할 수가
없었다.

「아, 말세로구나!」

이렇게 개탄한 유창은 앞서 조고부터 치기로 했다.

조고는 군대를 끌고 성 밖에 나와 진을 치고 유창의 군대를 맞
이했다. 유창은 진두에 나서서 외쳤다.

「너는 어찌 표변하여 한을 버리고 진 편을 든단 말이냐. 아무
리 세상이 어지럽기로서니 이럴 수가 있단 말이냐. 입이 있거든
어디 말을 해보아라!」

그러자 조고는 도리어 껄껄대고 웃었다.

「나는 악인이고 너희들만 성현으로 자처하느냐. 세상에 이보
다 더 우스운 일이 어디 있으랴.」

그는 여기에서 또 한번 웃었다.

「내가 무슨 죄가 있기에 나를 죽이려 했단 말이냐? 더욱이 혐
의가 있으면 당당히 물을 일이지, 내 부하를 시켜 나를 죽이려 했
으니 좀도둑이 한 짓이라면 모를까, 이것이 어찌 황제의 체면에
어울린다 하랴. 너희가 아무리 발악을 해보아도 황제의 처신이 이
렇고서야 대사를 이루기는 틀린 노릇이니, 너도 어서 진으로 돌아

오라. 지금 우리 폐하께서는 천자 영명하사……」

그러나 이 말은 끝을 맺지 못했다. 듣고 있던 유창은 가슴이 터질 듯했으므로 곧 총공격령을 내린 것이었다.

「보라, 저 역적 놈을! 저놈을 잡아 한을 씻지 못한다면 우리가 어찌 사람 노릇을 하랴.」

이런 격분은 삽시간에 전병사에게 번져가서 한군은 홍수가 밀리듯 몰려갔다. 어제까지 한을 섬기던 조고의 입에서 황제에 대한 욕설이 튀어나오는 것은 무지한 병사들로서도 있을 수 없다고 생각되어졌기 때문이다.

싸움은 오래 끌 필요도 없었다. 조고는 대패하여 성중으로 도망쳐 들어갔다. 유창은 곧 그 뒤를 추격하여 성을 에워쌌다. 그러나 여기서부터는 그렇게 수월하게 일이 진전되지 않았다. 낙양이라면 견고하기로 천하에 이름난 성이다. 몇 만쯤의 공격으로 쉽게 뺏을 수 있을 턱이 없었다.

공격은 이틀을 두고 계속되었다. 그러나 사상자만 내고 물러났을 뿐이다. 성에서는 화살을 퍼붓고 돌을 굴리고 했으므로 성벽을 기어오르려던 병사는 누구 하나 무사한 사람이 없었다. 이를 보고는 유창도 주춤하지 않을 수 없었다. 그는 태도를 바꾸어 성을 포위만 하고 적이 약화되기를 기다리기로 했다.

한편 조고에게서 위급을 알리는 소식을 받은 이구는 곧 2만 명의 군대를 보내기로 했다.

「조고의 내응으로 낙양이 싸우지도 않은 채 우리에게 돌아왔는데 어찌 이곳을 다시 적에게 내주랴. 조고 한 사람의 운명이 문제가 아니라, 우리나라 전체의 운명에 관한 문제이니 부디 신중을 기하라.」

그는 출동하는 곽묵·곽송·범승·경치 등에게 말했다.

하루를 행군하다가 조가장(趙家庄)이라는 마을에서 야영하며 곽묵이 한탄했다.

「조고는 성을 지키고 있으니까 쉽게는 패하지 않을 것이오 다만 적의 병력은 10만에 가깝다 하니 무엇으로 그들을 쫓아낸단 말이오? 중과부적이라 미상불 걱정이 되는구려.」

「형님도, 그런 것을 가지고 무어 그리 걱정을 하십니까?」

모든 장수의 시선을 받으면서 곽송이 말했다.

「적은 군사로 대군과 싸우려면 적을 속이는 수밖에 없습니다. 여기서 낙양은 1백 50리나 되니, 적은 우리가 오고 있는지 모르고 있을 것입니다. 그러니 밤에만 걷고 낮에는 산에 숨어 자면서 몰래 적진에 접근해 가되 갑자기 일격을 가하는 것입니다. 그러는데야 그들이 패하지 않고 어찌하겠습니까.」

그래서 곽묵의 군대는 이튿날부터 낮에는 숨고 밤에만 가는 행군이 계속되었다. 사흘째 되는 날 밤 삼경께 그들은 낙양성 밖에 도착하여 멀리 한군의 진영에서 새어나오는 불빛을 확인할 수 있었다.

멀리 한군의 진영을 에워싼 이구의 군사들은 소리를 죽여 포위망을 압축해 들어갔다. 그리고는 갑자기 고함소리와 함께 적진으로 뛰어 들어갔다.

이런 공격을 받으리라고는 꿈에도 예상하지 못하고 있던 유창의 대군은 어쩔 바를 몰라 했다. 너무 다급해서 갑옷을 걸칠 틈도 없었다. 모두 자던 그대로 뛰어나와 도망치기에 바빴다. 적이 누구며 얼마나 되는 병력인가 파악하려 드는 사람은 아무도 없었다. 그저 죽을 것만 같아서 허둥댈 뿐이었다.

10만이나 되는 군대가 빚는 혼란으로 한군의 진영은 그야말로 아수라장이 되었다. 서로 밀고 밀리며 야단을 치다가 넘어진 자는 다시는 일어나지 못했다. 무수한 동지의 발이 그를 밟아버렸기 때문이다.

이구의 군사들은 닥치는 대로 칼을 휘둘렀다. 워낙 많은 적이 밀집해 있는지라 아무렇게나 휘둘러도 헛맞을 염려는 없었다. 누군가가 맞고 쓰러졌다. 이런 무의미한 살생은 동이 훤히 틀 때까지 계속되었다. 낙양성 밖에는 한나라 병사의 시체가 낙엽처럼 깔려서 발 디딜 틈도 없었다.

3. 천하를 위한 경륜

낙양성을 공격하던 한군이 패주한 다음날, 이구가 장조(張肇)와 함께 군사 8천을 이끌고 당도했다. 그는 곽묵·곽송 형제가 가진 군대의 수효가 적으므로 반드시 고전을 면치 못할 것이라 생각하고 달려온 것이었다. 그런 만큼 기쁨도 컸다.

「뭐? 적을 이미 물리쳤단 말이지?」

상세한 경과를 보고받은 그는 감탄해 마지않았다.

「참 잘했소. 그렇다면 무엇을 걱정하랴.」

곽송이 말했다.

「기습으로 적을 속였기 때문에 작은 공은 이룰 수 있었습니다만, 적은 여전히 강대한 세력을 유지하고 있습니다. 그들은 지금 맹진(孟津)에 진을 치고 있으니 다시 이들을 야습하여 타격을 가하는 것이 좋겠습니다.」

「좋은 의견이오.」

이구의 부대는 날이 어둡기를 기다려 황하를 건넜다. 말에는 재갈을 물리고 병사에게는 잡담을 금하면서 그들은 바람처럼 몰려갔다. 이구가 새로 데려온 군사를 합치면 총병력 1만 5천이었다.

한장 나후(邏候)가 이것을 알고 유창에게 보고했으나, 유창은 개의치 않고 내버려두었다. 진장 장피(張皮)는 곧 사람을 보내 곽송에게 알렸다.

곽송은 곽목·경치·낙증·범승 등을 거느리고 장피와 더불어 한밤중에 여섯 길로 나누어 불시에 공격해 들어갔다.

일패도지(一敗塗地)하여 의기가 꺾여 있던 한군은 곤히 잠들었다가 다시 불벼락을 맞았다. 이들도 전일의 쓰라린 경험이 있는지라 보초만은 요소요소에 세워두었다. 그러나 어두운 밤중에 밀려드는 적군을 보초가 발견할 수 있을 턱이 없었다.

한 방의 포성이 울려퍼지며 사방을 에워싼 이구의 군대가 공격을 가하니 보초는 모두 도망치고 말았다. 한 발 앞서 도망치라고 보초를 세운 꼴이 되고 말았다.

한군은 진이 무너지고 1만 여의 군사와 말을 잃고 달아났다. 이구 등은 한군의 영채를 점령하고 숱한 병장기와 양초를 노획했다.

유창은 정신없이 40리를 달려 새벽녘에야 이구의 군사는 겨우 1만 5천에 지나지 않음을 알았다. 10만 대군이 그 5분의 1도 안되는 적에게 참패한 것을 생각하니 치가 떨렸다.

이윽고 어느 산 밑에 한군은 모여들었다. 머리가 터진 사람, 팔에 상처를 입은 사람, 다리를 저는 사람…… 열에 너덧 명은 어디엔가 부상을 입고 있었다. 점호해 보니 5만이 약간 넘는 수효였다.

「아, 일이 이에 이르니 무슨 낯으로 평양에 돌아가랴!」

태자 유찬도 깊이 탄식하지 않을 수 없었다.

「저하! 승패는 병가지상사라 했나이다. 너무 걱정하지 마시옵소서.」

유창이 말했다. 패장에게는 가장 편리한 말이었다.

「우리는 기습을 받아 패하기는 했어도 아직 5만의 대군이 남아 있사오나 적은 겨우 1만밖에는 남지 않은 듯했나이다. 이 병력으로 어찌 못 이긴다는 법이 있사오리까. 황하를 건너 험한 지세를 이용한다면 적도 접근하기 어려우리니, 잠시 정세를 관망하는 것이 좋겠나이다.」

유찬은 무슨 특별한 생각이 있는 것도 아니었으므로 말없이 고개를 끄덕였다.

그들은 군대를 이끌고 황하를 건너 상류 쪽에 포진했다. 이곳은 강물을 따라 험한 벼랑이 늘어서 있었으므로 진지로는 안성맞춤이라고 할 수 있었다.

이구도 이번에는 쉽게 쳐들어오지 못했다. 두 번이나 계속하여 대적을 격파하기는 했어도 그 동안에 그들이라고 희생이 아주 없을 턱이 없었다. 유창이 예상한 대로 1만도 채 못되는 병력밖에 없는 터였으므로 신중을 기하는 것도 무리가 아니었다.

황하를 사이에 두고 양군은 20일이나 대치했다.

「이렇게 시일을 끌다가 적의 원병이라도 오는 날에는 어찌한단 말이오? 무슨 수를 쓰기는 써야 하련만……」

이구가 이렇게 한탄하자 곽묵이 말했다.

「이 병력으로는 싸울 수가 없습니다. 적은 두 번이나 패했기 때문에 겁을 먹고 쳐들어오지 못합니다만, 그들이 일단 싸우려 든다면 큰일이 나고야 말 것입니다.」

그는 무엇을 생각하는 듯하더니 다시 말을 이었다.

「이렇게 하는 게 어떻겠습니까. 편지를 보내 서로 철군하자고 제의해 놓고, 돌아가는 적의 길목을 막아 치는 것입니다. 저들은 전의를 잃고 있는 까닭에 반드시 응하리라 믿습니다.」

「그것 참 좋은 생각이오」

이구는 곧 병사를 시켜 서한을 닦아 적장 유창에게 전달하게 했다.

<장군과 나는 서로 처지가 다르매 간과(干戈)로써 맞서고 있을 뿐 사사로운 원한은 조금도 없습니다. 천하는 어느 누구만의 것도 아니기에 보는 데 따라 의견이 달라집니다. 한에서도 실지의 회복을 내세우지만, 우리 진조에서 볼 때에는 천하는 본래 우리 것으로 여겨지니 어찌하겠습니까. 그 동안 몇 번의 싸움으로 양편이 다소의 군사를 잃었고 장병의 피로도 그 극에 달해 있습니다. 설사 어느 한쪽이 이긴다 해도 천하대세를 좌우할 수 없을 터이지만, 이를 위해 우리가 서로 바친 희생은 너무나 큰 듯하오이다. 장군께서 잠시 평양으로 돌아가시어 소용없는 싸움을 정지하십시오. 장군께서만 승낙하신다면 저도 기꺼이 철수하겠습니다.>

이 편지를 받은 한군 측에서는 장수들이 모여 논란을 벌였다. 그러나 싸우자는 주장보다는 철군에 동의하는 의견이 압도적으로 많았다.

태자 유찬은 결론을 내리듯 말했다.

「우리가 수효에서는 압도적이라 하지만 병사들이 모두 전의를 잃고 있으니 이런 군대로야 어찌 싸우겠소 이러한 때 적이 앞서 제안해왔으니 이번에는 돌아갑시다. 후일엔들 이 한을 씻을 기회야 왜 없겠소?」

복태가 말했다.

「저하 말씀대로 철군하는 것은 좋사오나, 간사한 적이 무슨 짓을 할지도 모르겠나이다. 그러므로 군대를 셋으로 나누어 적이 추격해올 경우에 대비해야 하리라 믿나이다.」

이에 유찬은 유창에게 군사 2만을 주어 후군이 되게 하고 서서히 후퇴하기 시작했다. 이구 쪽에서도 이에 응해 곧 진채를 부수고 떠나는 것이 보였다.

복태가 걱정한 것과는 달리 적의 추격도 없었으므로 한군은 무사히 철수할 수가 있었다. 그들은 그날 밤 송자곡(松子谷)이라는 골짜기에서 야영을 했다. 전지에서 80리나 떠나왔으므로 좁은 골짜기였으나 마음 놓고 잘 수가 있었다. 모두 한시름 놓았다는 기분이 들어서 일찍부터 잠이 들었다.

이경이나 되었을까. 여기저기 피워놓은 화톳불만이 어둠을 밝히고 있는 진영으로 갑자기 한떼의 군사가 발소리를 죽이면서 밀려왔다. 그들은 제각기 지고 온 마른풀을 진영 주위에 쌓아놓은 다음 재빨리 불을 붙였다. 불은 삽시간에 온 진영을 삼켜버렸다.

이때에야 진영 안에서는 대소동이 일어나기 시작했다. 곤히 자던 사람에게 사방에서 하늘이 그을릴 듯이 타오르는 불꽃이 얼마나 놀랍고 두려운 것으로 비쳐졌겠는지는 상상하고도 남음이 있었다.

그들은 옷 입을 사이도 없이 이리 몰리고 저리 몰리면서 아우성을 쳤다. 땅이라도 발로 구르고 싶은 그들의 심정과는 아랑곳없이 불꽃은 온 진영을 휩싸버렸다.

당연한 일이지만 타 죽은 사람이 부지기수였다. 어떤 병사는 옷에 불이 붙어 땅 위에 누워 데굴데굴 뒹굴다가 죽어갔다. 장막이 타고 나무가 타고 살이 타는 냄새가 코를 찔렀다.

이런 속에서 왕이(王邇)는 태자 유찬에게 외쳤다.

「신이 활로를 뚫겠으니, 전하께서는 곧 뒤를 따르시옵소서.」

이렇게 말한 그는 온몸에 물을 뒤집어쓴 다음 말에 올랐다. 그리고는 불길이 약한 한쪽을 향해 병사를 끌고 달려갔다.

「이놈들!」

왕이의 칼이 번뜩이자 앞을 막던 적병 몇이 그 자리에 쓰러졌다. 그는 죽이고 죽이고 또 죽였다. 불빛에 비친 그의 모습은 귀신처럼 사나웠다.

그때 화살이 날아와 그의 볼에 꽂혔다. 왕이는 화살을 뽑아버리면서 외쳤다.

「저하! 어서 나가십시오. 저쪽에 불이 없나이다.」

말을 마치자 그는 땅 위에 나가떨어졌다.

유찬과 유창은 하도 급한 판이라 왕이를 구할 생각도 못하고 말을 달렸다. 유찬은 얼마 안되는 패잔병을 이끌고 서쪽을 향해 무작정 말을 달렸다. 날이 새고 적군의 추격도 없었건만, 누가 자꾸 뒤통수를 치는 것만 같은 생각이 들었다. 온종일을 달린 끝에 저녁때가 되어서야 온읍(溫邑)에 들어가 걸음을 멈추었다.

「아, 지독한 놈들!」

태자 유찬은 혼자 중얼거리며 몸을 떨었다.

한편 크게 승리한 이구는 경치(耿稚)를 시켜 호로관(虎牢關)을 지키게 하고 자신은 형양으로 돌아갔다. 이러한 패보가 평양에 전해지자 황제는 크게 탄식해 마지않았다.

「어찌 도둑의 형세가 이다지도 강성하단 말이냐. 짐이 나아가 친정하리라.」

황제는 자기가 가기만 하면 모든 일이 해결될 것 같은 생각이 드는 모양이었다.

「폐하! 고정하시옵소서.」

근준이 간했다.

「어찌 그만한 도둑을 치시는 데 친정까지 하실 필요가 있겠나이까. 한 장수에게 군사를 주어 정벌케 하시옵소서. 어가를 가벼이 움직이실 수는 없나이다.」

마치 충신이기나 한 듯한 말투였다. 황제는 곧 상서 범융(范隆),

진북장군 유훈(劉勳), 중군장군 왕등(王騰)에게 3만의 군사를 주어 이구를 치게 했다.

「이구는 꾀가 많은 모양이니 부디 조심하라.」

황제는 환송하는 자리에서 몇 번이나 이런 말을 되풀이하였다.

범융의 대군이 온읍에 닿은 것은 떠난 지 열흘 뒤였다. 그들은 태자와 유창의 환영을 받았다.

곧 연회가 벌어졌다.

「몇 번이나 적에게 속아 패전만 하였으니 면목이 없소. 이구에게는 곽묵·곽송 형제가 있어 계략을 짠다 하는구려.」

태자는 정말 면목이 없어했다.

「저하, 그만한 일을 가지고 너무 상심 마시옵소서. 고조께서도 얼마나 패배의 고통을 맛보셨는지 모릅니다. 그러나 마지막에는 천하를 통일하지 않았사옵니까.」

그는 이런 말을 하여 태자를 위로하고 나서 물었다.

「요즘의 적정이 어떠합니까?」

태자 대신 유창이 대답했다.

「이구는 형양으로 돌아가고 곽묵이 맹진을 지키고 있었는데, 이번에 장군께서 원군을 끌고 오신다는 말을 듣고 겁이 났는지 호로관에 들어가 경치와 합세했다고 합니다.」

이 소리를 듣자 범융은 크게 웃었다. 그리고 태자에게 말했다.

「얼른 생각하기에는 호로관을 뺏고 형양을 치는 것이 순서 같지만, 호로관은 한 용사가 지키면 백만 대군도 못 들어간다는 요해지이고, 또 형양과 가까우니 이구와의 연락도 쉬운 고장입니다. 이곳을 뺏기는 지극히 힘들며, 또 얻는다 해도 천하대세에 어떤 영향이 있는 것도 아니옵니다.」

그의 말은 청산유수같이 거침없었다.

「그보다는 평양에 일단 개선하셨다가 대군을 들어 조고를 쳐서 낙양을 되찾는 편이 훨씬 빠를 것입니다. 낙양은 천하의 인후(咽喉)라 이곳을 차지하는 자는 천하를 얻고, 잃는 자는 망해야 했던 곳입니다 호로관이나 형양은 사람으로 치면 손가락이나 발가락 같은 곳이니, 설령 곪는다 해도 생명에는 관계가 없거니와, 낙양은 인후 같은 곳이라 여기에 병이 나면 목숨이 위태롭나이다. 어찌 낙양을 버려두고 호로관 따위에서 고전하고 있어야 하나이까. 낙양만 우리 손에 들어온다면 호로관이나 형양은 저절로 떨어질 것입니다.」

그는 여기서 한층 목소리를 높였다.

「저하께서는 천명을 이으실 고귀한 신분이십니다. 어찌 하찮은 이구·곽묵 따위와 당치도 않은 승부를 다투시겠나이까. 이번에 원군의 내도로 적도 두려워하여 피했사온즉, 전하의 위신은 크게 떨치신 결과가 되었습니다. 어서 평양으로 돌아가시옵소서.」

대단한 웅변가였다. 안 싸우고 가는 것이 천하를 위한 경륜인 것처럼 모든 사람에게 들렸다. 태자도 감동한 듯 말했다.

「과연 옳은 말씀이오. 상서의 경륜을 듣자니 내 가슴이 탁 트이는 듯하구려.」

그리하여 유찬은 마치 개선장군이나 되는 듯이 뽐내면서 귀도에 올랐다.

3. 갈팡질팡하는 장수

호수에 돌을 던지면 파문이 인다. 이구가 연거푸 한의 태자 유찬의 대군을 격파하니, 그 영향이 없을 리 없었다. 이 소식을 듣고 기뻐한 사람도 많았겠지만, 가장 좋아한 것은 남양왕 사마보였다. 그는 민제를 도와 진조를 다시 일으키려 애쓰던 남양왕 사마모의

아들이다. 그는 아버지의 봉작을 이어받아 장안에서 우승상 노릇
까지 한 일이 있었으나, 이때에는 상규(上邽)를 근거지로 삼아 정
세를 관망하고 있는 터였다.

일찍이 장안이 유요의 공격을 받아 위태로울 무렵, 이를 돕는
문제로 그 신하들과 의견이 엇갈려 진안이 농성(隴城)으로 도망간
것은 앞에서 보아왔다. 진안은 역시 거물이었다. 그가 없어지자
남양왕의 세력은 급격히 저하되어갔다. 더욱이 장안의 조정이 없
어지고 보니 황족으로서의 권위도 떨어질 수밖에 없는 일이었다.
그는 이런 고통을 참으면서 기회만 엿보던 참이었는데 이구가 근
래에 보기 드문 전과를 올렸던 것이다.

「이구의 힘을 빌리시옵소서. 그는 지금 한군을 대파하여 크게
위엄을 떨치는 중이오니 그에게 좋은 벼슬을 내리시고 함께 장안
을 치자 하옵소서. 그리하여 장안을 되찾으시고 제위(帝位)에 오
르신다면 누가 마다하겠나이까.」

이렇게 하정(夏正)이 권했다. 하정은 그 아우 하문(夏文)과 함께
본래 낭야왕의 장수였다. 그는 장안이 위태로울 무렵, 낭야왕의
명령으로 군사를 끌고 북상해왔으나, 공 없이 돌아가는 것을 부
끄러이 여겨 남양왕 밑에 들어온 자였다. 그러므로 낭야왕이 황제
가 된 것을 별로 달갑지 않게 생각하고 있었다. 새 황제의 세력이
중원에까지 미치는 날에는 벌을 받아야 할 것이니 두려웠던 것이
었다. 그러므로 이 기회에 남양왕을 황제로 만들고 싶은 것이 그
의 심정이었다.

남양왕은 곧 그 말을 받아들여 이구에게 편지를 보냈다. 이구를
하남도독으로 삼는 바니 함께 장안을 치자는 취지였다. 이것으로
짐작되는 것은, 남양왕의 새 황제에 대한 태도이다. 건강에서 즉
위한 황제를 대단치 않게 여긴 그였기에, 이구에게 벼슬도 마음대

로 주려 했던 것이다.

그러나 이구에게는 이구 나름대로의 처지가 있었다. 그도 강남에 있는 조정에 대해 별반 신경을 쓰지 않고 있었다. 그런 명분에 앞서 두려운 것은 바로 장안에 버티고 있는 시안왕 유요였다.

유요는 중산왕의 칭호를 새로 받았건만 세상에서는 그를 예전대로 시안왕이라고 했다. 그 시안왕이 자기가 남양왕과 결탁하는 눈치를 안다면 가만히 있지 않을 것은 뻔한 이치였다. 그리고 이구에게는 시안왕과 겨룰 병력도 없거니와 그런 야심도 갖고 있지 않았다.

<전하의 후의에 대하여는 감사해 마지않는 터이옵니다. 그러나 관작은 조정에서 내리실 일이거늘, 어찌 전하께 받을 수 있으리까. 또 유요를 치는 일은 신중을 기하시기 바라나이다. 제가 가담해 보아야 이런 정도의 힘으로는 패배를 자초할 뿐이오니, 생각을 돌리시기 원하옵나이다.>

하나 일이 공교롭게 되느라고 이 편지는 유아(劉牙)의 손에 들어왔다. 유아는 황제의 명령으로 유요를 찾아 장안으로 가던 중에 수상한 사나이를 만났다. 남루한 옷을 입은 백성 하나가 그의 일행을 보자 필요 이상으로 허리를 굽실거렸다. 그러면서도 그 눈은 매우 날카롭게 빛났다. 아무리 보아도 예사 백성 같지는 않았다. 유아는 혹시나 하는 생각에 병사를 시켜 그 자의 몸을 뒤져보게 했다.

편지에 대강 눈을 준 유아는 매우 기뻐하여 장안에 이르자 유요에게 보였다.

「어쩐지 수상하다 싶더라니 그놈이 이런 것을 갖고 있지 않겠나이까.」

그가 이렇게 자랑삼아 말하자 유요도 긴장한 낯빛으로 말했다.

「이구가 다행히 응하지는 않는 눈치지만, 남양왕이란 놈이 괘씸하오.」

이때 유자원(游子遠)이 옆에 있다가 말했다.

「이구는 태자 전하의 군사를 크게 깨어 위엄을 떨치는 듯해도, 본래가 자기 고을을 유지하는 데 뜻이 있을 뿐 다른 생각은 없는 사람입니다. 그러나 남양왕은 장안을 되찾아 자립할 것을 꿈꾸는 인물이니, 우선 남양왕을 치시어 화근을 제거해야 되리라 믿나이다.」

유요가 머리를 끄덕이는 것을 보자 유자원은 다시 말을 이었다.

「신에게 한 가지 꾀가 있나이다. 군대를 움직일 필요 없이 다만 약간의 금품만 내려주옵소서. 세객(說客)을 농서에 있는 진안에게 보내어 그로 하여금 남양왕을 치게 하는 것입니다. 진안이 이긴다면 그대로 보고만 있어도 될 것이며, 만약 힘에 겨운 듯할 때에는 한 장수를 보내서 돕게 하면 될 것입니다.」

「과연 용하도다!」

유요는 무릎을 치면서 격찬해 마지않았다.

유요의 명령을 받은 유아는 약간의 금은보화를 휴대하고 진안을 찾아갔다. 10여 일만에 그가 진안 앞에 나타나자 진안은 매우 놀라며 맞아들였다.

「대감은 평양에 계시는 줄 알았는데, 어찌 이런 벽지에 왕림하셨습니까? 하실 말씀이 있으신 것이 아닙니까?」

진안은 어디까지나 대신에게 대한 예의를 깍듯이 차리면서 말했다.

「나는 시안왕 전하의 분부를 받고 천리를 멀다 하지 않고 장군을 뵈러 왔습니다. 우리 전하께서는 장군을 일세의 영걸이라며 평소부터 여간 흠모하시는 것이 아니었습니다. 그렇거늘 남양왕은 눈이 없어 도리어 장군을 해하려 했으니 이렇게 원억할 데가 어디 있겠습니까. 장군이 비록 이 농서 땅에 근거를 두셨다고는 하나, 이런 벽지의 소성으로야 어찌 웅지를 펼 수 있겠습니까. 이는 옥돌이 진흙 속에 묻혀 있는 격이니, 그 어찌 애석하다 아니할 수 있겠습니까.」

유아의 언변은 물이 흐르는 듯했다.

「지금 조고가 낙양에서 반기를 들었기 때문에 시안왕 전하께서는 이를 치러 떠나고자 하십니다. 그러나 관중에는 남양왕이 호시탐탐 장안을 엿보고 있기 때문에 특히 장군에게 장안을 맡길 생각이십니다. 시무(時務)를 아는 이를 영걸이라 했습니다. 장군은 깊이 대세의 귀추를 짐작하리라 믿으며, 기회는 두 번 다시 찾아오지 않는 법입니다. 장군은 군사를 들어 남양왕을 치십시오. 그리하여 장안에 진주해서 중원의 군권을 쥐고 도둑들을 소탕하여 한조의 원훈이 되십시오. 이것은 전하의 뜻인 동시에 저의 충심에서 나온 소망이기도 합니다. 장군께서는 어떻게 생각하시는지 모르겠습니다.」

「고마우신 말씀입니다.」

진안은 감격어린 어조로 응했다.

「저같이 불민한 사람을 전하께서 기억해주시고, 또 살 길을 지시해주시니 제가 어찌 안 따르겠습니까. 남양왕의 일은 저에게 일임해주시기 바랍니다. 반드시 기대에 어긋나지 않도록 힘쓰겠습니다.」

진안이 남양왕을 치기 위해 상규로 향한 것은 그로부터 며칠 뒤의 일이었다.

진안이 들어온다는 말을 듣고 놀란 것은 남양왕 사마보였다. 그는 곧 장수들을 모아놓고 이 문제에 대해 토의했다.

「진안이 옛일을 원망하여 군대를 끌고 쳐들어온다는구려. 지금 호승은 병으로 누워 있는데 누가 나가 이를 격퇴하랴?」

하문이 말했다.

「진안이 갑자기 움직이는 것은 반드시 한에서 충동을 했기 때문일 것입니다. 그러므로 그 세력은 얕보기 어려우며, 더욱이 우리 군대는 수효가 적을 뿐 아니라, 원래 진안의 통제를 받던 군사들이라 그를 두려워할 것입니다. 만일 싸우다가 이롭지 못한 경우에는 다 그에게 돌아가 버리지 않을까 걱정입니다. 사정이 이런즉 성을 굳게 지키는 한편, 서량(西涼)에 원조를 청하는 것이 좋을까 합니다. 장식(張寔) 장군은 충직한 사람이라 반드시 방관만은 하지 않을 것입니다. 그리하여 원군과 협공한다면 진안 하나쯤 깨뜨리기가 무엇이 그리 어렵겠나이까.」

사마보는 그 말을 옳게 여겨 서량으로 급사를 파견하는 한편 성을 굳게 지키기로 했다.

며칠이 지나지 않아 진안의 군사가 도착했다. 2만이나 되는 대군이었다. 사마보가 성에서 나오지 않자, 그들은 곧바로 성을 공격했다. 그러나 워낙 결사적으로 지키는 판이라 그리 간단히 함락되지 않았다.

성을 에워싸고 벌어지는 공방전이 여기에서도 되풀이되었다. 매일 진안의 군사가 고함을 치고 몰려가면 성에서는 화살과 돌을 퍼붓는다. 그러면 얼마를 싸우다가 하는 수 없이 후퇴한다. 이런 식의 싸움이 한 달을 끌었다.

물론 공격하는 측에 적잖은 사상자가 생겼을 것은 말할 나위도 없는 일이었다. 그러나 그보다 더 절박한 것은 성중의 사정이었다. 작은 성이라 식량의 여축이 많을 리 없었다.

보름도 안되어 식량 사정은 이미 한계점에 달했다. 군인들에게도 멀건 죽을 한 그릇씩 먹여야 되었으니 일반 백성들이야 오죽했겠는가. 가축을 잡아먹다 못해 개까지 절종이 됐다.

사람들은 '무엇을 먹을까?' 오직 이것만 생각하며 하루하루를 살아갔다. 이렇게 되면 살기 위해 사는 것이 아니라 먹기 위해 사는 인생임에 틀림없었다.

사태가 이쯤 되자 인심은 자연 흉흉하였다. 언제 어느 때, 누가 성문을 열고 적을 맞아들이려 할지도 모르는 형세였다.

사마보는 기가 찼다.

「서량에서는 아직도 기별이 없단 말이냐?」

때때로 이런 소리를 하며 스스로 망루에 올라가는 일이 많았다. 행여나 원군이 지금에라도 이를까 하는 간절한 소망에서 나오는 행동이었다. 그러나 보이는 것이라곤 진안의 군사뿐이었다. 아득히 서북쪽 산에 구름만 한가로이 떠도는 것을 보면서 사마보는 화를 내기도 했다.

「세상에 믿을 놈이 하나도 없구나. 믿을 놈이라곤 없어.」

그의 생각에 의하면 자기는 황실의 지친이었다. 장안의 조정이 망했기에 즉위만 안했을 뿐 황제나 다름없는 신분이었다. 그럼에도 불구하고 누구 하나 거들떠보지도 않는 것은 도저히 용납될 수 없는 일이었다. 그러나 아무리 성을 내보아야 그의 분노가 미칠 수 있는 범위란 기껏해야 이 상규 성 안이었다.

그러나 서량의 원군은 이미 가까운 곳에 와 있었다. 그들은 출정하기로 되었던 북궁수(北宮守)가 갑자기 앓아눕는 통에 그 회복을 기다리느라고 출발 기일이 늦어진 것뿐이었다.

북궁수의 병세가 좀체 좋아지지 않는 것을 본 장식은 마침내 그를 단념하지 않을 수 없었다. 그래서 3만을 이끌고 출발한 것은 북궁수가 아니라 한박(韓璞)이었다.

이 정보를 먼저 입수한 것은 사마보가 아니라 진안이었다. 성하나도 가까스로 상대하는 판에 원군까지 나타나 협공해온다면 도저히 승산이 없다고 판단한 진안은 농서로 철수했다가 다시 기회를 엿보기로 했다. 그러나 미처 그럴 사이도 없이 한박의 대군이 밀어닥쳤다.

진안은 할 수 없이 평천(平川)에 나가 진을 치고 적을 맞았다. 진안은 진두에 나서서 외쳤다.

「거기 온 장군은 누군가? 잠시 내가 하는 말을 들으라!」

양군은 모두 조용해져서 진안의 말에 귀를 기울였다.

「나는 억울한 사정이 있어서 여기까지 쳐들어온 것이오. 남양왕은 암우하여 나의 충언을 물리치고, 도리어 사람을 시켜 나를 살해코자 했으니, 그간의 사정은 천하가 다 아는 터이오. 남양왕이 만일 사람이라면 마땅히 전비(前非)를 뉘우치고 나를 불러 사과해야 될 터이거늘, 도리어 나를 제거하려는 음모를 진행하고 있었소. 그러므로 나는 거듭되는 이 박해에 못 이겨 여기까지 나온 것이거니와, 장군은 무슨 명목으로 군대를 움직인 것이오? 삼가 듣고자 원하는 바이오.」

「이놈! 말이 많구나.」

한박이 나서며 크게 꾸짖었다.

「너는 진조의 녹을 먹은 놈으로 어찌 조정을 배반하고 도리어 한을 위해 싸운단 말이냐? 이것이 어찌 충심이 있는 사람의 소행이겠느냐? 또 남양왕에게 억울한 일이 있으면 마땅히 변명함이 옳거늘, 도리어 군사를 일으켜 해하려 하니, 일단 주종(主從)의 관계에 있었던 사람으로서 어찌 이럴 수가 있으랴. 잔말 말고 어서 항복하여 용서를 빌어라. 네가 할 수 있는 일은 오직 그 일뿐이다.」

진안이 크게 웃었다.

「전에 장안이 떨어지고 황제가 잡히실 때, 남양왕은 이것을 바라보고만 있었는데, 그래 그것도 충이요 의라는 말이냐? 너희 서량은 그때 무엇을 하였느냐? 조정이 망해도 손 하나 움직이지 않은 놈이 말하기 좋다고 함부로 지껄이지 마라.」

「이놈! 그 혓바닥을 빼놓고야 말리라.」

한박은 크게 노하여 창을 비껴들고 달려 나왔다.

두 장수는 30여 합을 싸웠다. 그러나 힘과 재간이 비슷했던지 좀처럼 승부가 나지 않았다.

이때, 성중에서는 밖에서 벌어진 싸움을 발견하고 대소동을 벌이고 있었다.

「원군이 왔다!」

「싸움이다, 싸움!」

「서량 군사가 왔다!」

제각기 성에 올라가 떠드는 사람, 손가락질하는 사람으로 삽시간에 야단법석이 일어났다. 사마보도 급히 망루에 올라가 바라보았다. 양군이 맞붙어 혼전을 벌이고 있는 중이었다. 먼지가 자욱하여 자세한 것은 보이지 않았으나, 쫓기는 편이 없는 것으로 미루어 팽팽히 맞서고 있음을 알 수 있었다.

「급히 나가 쳐라! 서량에서 온 원군이 분명하도다.」

그는 좌우를 돌아보며 다급하게 말했다.

이에 서문을 통하여 하정·하문이 군사 1만을 이끌고 밀려나가고, 북문에서도 화포(和苞)·합도(盍濤)가 역시 군사 1만을 인솔하고 달려 나갔다.

전후에서 적을 맞이한 진안의 군대는 형편없이 패했다. 진안은 패주하는 병사를 수습하여 농서를 향해 달려갔다. 이것을 본 남양왕의 군사들은 깡충깡충 뛰면서 좋아했다. 한 달이나 갇혀 고생한 끝이기에 그들의 기쁨도 클 수밖에 없는 일이었다.

하문은 한박에게 달려가 치하하며 말했다.

「진안은 아시다시피 꾀가 많은 사람입니다. 그가 농서 성에 일단 들어가기만 하면 종내 큰 화가 미치고야 말 것입니다. 지금 이를 추격하여 아예 목을 베어버리는 것이 좋겠습니다.」

「옳은 말씀이오.」

한박은 도망가는 진안을 급히 추격했다.

어찌나 급하게 추격을 했든지 상규에 닿아서도 성에 들어갈 여유조차 주지 않았다.

「이 일을 어쩐단 말이냐?」

진안도 정말 어쩔 줄을 몰라 했다. 그는 장안으로 가려고 서쪽으로 말머리를 돌렸다. 그러나 그쪽에는 하정·하문의 군사가 길을 막고 기다리고 있었다.

진안은 급한 김에 천중(川中)으로 들어갔다. 그리고 성(成)의 황제 이웅에게 표를 바치고 귀속의 뜻을 밝혔다.

「진안은 이름있는 장수이오니 그 청을 받아들이시옵소서. 그리하여 이것을 *기화(奇貨)로 군사를 내어 농서를 거두시는 것이 상책인가 하나이다.」

염식은 이런 말로 진안을 받아주고, 이 기회에 중원으로 진출하기를 주장했다.

황제 이웅은 진안에게 양주도독의 관직을 내리고 염식의 아들 염명(閻明)에게 군사 3만을 주어 농서를 칠 준비를 서둘렀다.

제15장. 북부의 풍운

1. 부부(父父)라야 자자(子子)

이제 이쯤에서 대군(代郡) 일대에 뻗쳐 있는 척발(拓跋)씨에게
로 눈을 돌려보기로 하자. 앞에도 몇 번 설명했기 때문에 독자들
은 기억하려니와 그들은 호족(胡族)이었다. 인구가 많은데다가 워
낙 사나웠기 때문에 조정에서도 일종의 자치권을 인정해주고 있
었다. 그러나 진의 세력이 쇠미해지다가 드디어 망해버리자 그 추
장인 척발의로는 스스로 북대왕(北代王)이라 일컫기에 이르렀다.
이제는 어엿한 독립국가가 된 것이다.

이 북대왕은 둘째아들 북연(北延)을 남달리 사랑하여 세자로 삼
고, 장자 육수(六修)는 생모와 함께 신평(新平)에 나가서 살게 했다.
이런 조치는 왕위계승을 둘러싼 분쟁을 유발하기에 꼭 알맞았다.

북대왕이 즉위한 지 3년이 되는 정월 초하룻날의 일이었다. 척
발육수는 그의 장수 위웅(衛雄)과 함께 나타나 세배를 올렸다.

「오, 네가 왔구나!」

이날따라 왕은 반가이 아들을 맞았다. 그리고는 신평의 사정에
대해 이것저것 물은 끝에 말했다.

「참, 안에 들어가 세자를 보고 가거라. 사사로이는 형제지만

군신의 예로써 대해야 하느니라.」

이에 얼굴이 홍당무같이 되어 부왕 앞을 물러난 육수는 위웅에게 말했다.

「기가 막혀서! 나는 형이고 북연은 동생인데 군신의 예로써 대하라니. 그래 나보고 동생한테 가서 절을 하란 말인데, 이런 모욕도 있는가! 정말이지 아버지도 노망하셨나 봐.」

「저하!」

위웅이 주위를 살피면서 나직이 말했다.

「언성이 높으십니다. 이목이 많은 곳에서 그런 말씀을 하시는 것이 아닙니다.」

「이것 보게!」

육수가 버럭 소리를 질렀다.

「아니 그래, 아우에게 절하라는 말씀이 옳다는 것인가?」

「글쎄, 그러지 마시고……」

위웅이 울상을 지었다.

「만일 세자께 세배를 안한 일이 알려지면 대왕의 진노를 살 것이오니 뜻이 없으시다면 어서 신평으로 돌아가십시오. 머뭇거리고 계실 때가 아닙니다.」

그 말을 옳게 여긴 육수는 부왕에게 하직인사도 드리지 않은 채 밤을 기다렸다가 신평으로 돌아오고 말았다.

「일이 묘하게 되었나이다.」

대장 오환금(烏桓金)이 머리를 긁었다.

「그러나 일이 일단 이렇게 된 바에야 후회하신들 무슨 소용입니까. 지금쯤 대왕께서 매우 진노하사 군사를 보내고 계실 것이니, 어서 저하께서도 대비를 하시옵소서.」

이에 육수의 명령으로 위웅과 오환금은 험로에 진을 치고 왕의 군사가 오기를 기다렸다. 일은 오환금이 걱정한 대로 되어갔다.

「아, 이런 법이 어디 있는가!」

늙은 왕은 화를 내며 손을 들어 용상을 쳤다.

「나라는 사가(私家)와 달라 부자 형제지간이어도 군신의 예를 지키는 것이거늘, 육수가 세자에 대해 이렇듯 불손할 줄은 몰랐도다. 이를 버려둔다면 반드시 나라를 망치리니, 과인이 가서 죄를 묻고 그 도당을 벌할까 하노라.」

「대왕! 고정하옵소서.」

이때 희법(姬法)이 반열에서 나와 간했다. 희법은 희담(姬澹)의 아우다. 그들 형제는 말할 것도 없이 병주자사 유곤의 부하였으나, 석늑에게 패하여 유곤을 따라 여기에 와 있던 터였다. 희법은 자기 형이 육수를 의지하고 있었으므로 왕의 군사행동만은 어떻게 하든지 막으려 들었다.

「인륜에서 가장 무거운 것이 부자의 관계입니다. 어찌 왕자에게 과실이 있다 하여 군사까지 움직이려 하시오니까? 과실이 있으면 타이르시고, 그래도 듣지 않으면 불러서 벌하옵소서. 군사행동은 적에게나 취하는 일인즉, 극력 피하셔야 될 것으로 아나이다.」

「낸들 어찌 좋아서 그러겠는가?」

왕은 어성을 높였다.

「아비를 아비로 여기지 않고 임금을 임금으로 여기지 않는 자가 어찌 부른다고 오겠으며 꾸짖는다고 명령에 복종하겠는가. 과인은 그 성질을 잘 알거니와 이대로 과인이 죽는다면 반드시 세자를 해치리라. 썩은 팔은 잘라버려야 하나니, 팔을 하나 잃을지언정 어찌 그것을 아끼다가 목숨을 잃을까보냐.」

그는 곧 2만의 군사를 이끌고 신평으로 떠났다.

북대왕의 군대가 어느 좁은 산골짜기를 지나고 있을 무렵이었다. 갑자기 포성이 울리면서 한떼의 군사가 숲으로부터 몰려나와 그대로 중군에 뛰어들었다. 앞장 선 장수는 오환금이었다.

2열종대로 뻗은 왕의 군대는 지형관계로 중군을 구하기 어려운 데 비해 공격은 불을 뿜는 듯이 사나웠다. 오환금의 창이 번뜩일 때마다 왕의 호위들이 하나 둘 죽어갔다. 왕도 너무나 다급한 나머지 앞으로 나서면서 외쳤다.

「너는 어찌해서 역적이 되었느냐? 네가 과인에게 과연 이럴 수 있느냐!」

오환금은 도리어 눈을 부릅떠 왕을 노려보면서 대답했다.

「군군신신(君君臣臣)이요, 부부자자(父父子子)라 했으니, 임금이 의로써 대하지 않을 때 신하만이 어찌 충성을 바치며, 부모가 자애를 잃을 적에 자식만이 어찌 효성을 다할 수 있으랴. 족하(足下)는 상하의 구분을 문란케 하고 부자의 인을 짓밟았으니 어찌 임금이요 부모겠는가!」

그리고 말이 끝나기도 전에 그는 창을 들어 왕을 번개같이 찔렀다. 왕은 주춤 물러서려 했지만 옆구리에 경상을 입었다.

이때 만일 조연(趙延)이 가로막고 나서지 않았던들 왕은 목숨을 잃어야 했을 것이었다.

왕은 겨우 도망가고, 오환금은 조연을 상대로 10여 합을 싸우는데, 서거(西渠)까지 나타나 그에게 덤볐다. 이때쯤에는 대혼전이 전개되고 있었으나 중과부적이라 오환금에게 유리한 것만도 아니었다. 시간이 지남에 따라 5천의 병력이 절반으로 꺾인 것을 확인한 오환금은 그대로 말을 달려 신평으로 철수했고, 북대왕의 군사는 그 뒤를 바짝 추격했다.

쫓기느라 너무 급해서 성으로 들어갈 여유가 없었다. 오환금은 성 밑에서 패잔병을 수습하여 다시 싸웠다. 이때 서거는 오환금의 용맹을 두려워하여 화살을 퍼붓게 했다. 온몸에 화살이 꽂힌 채 용전분투하는 오환금의 모습이란 참말로 가관이었다.

가뜩이나 사나운 얼굴이 피투성이가 되어 악귀 야차 같았다. 그는 화살의 집중공격을 당하면 당할수록 더욱 사나워져갔다. 그의 창은 전후좌우로 번뜩이면서 무수한 살생을 계속해갔다. 이때 성중에서는 육수가 이 광경을 바라보고 있었다. 그는 아무리 거친 성격이라 하나 차마 아버지와는 싸울 수 없어 주저하고 있던 터였다.

「저하! 어서 나가 도와야 합니다.」

옆에 있던 희담이 못 보겠다는 듯 외쳤다.

「만일 이 성이 함락되면 저하를 기다리는 운명이 과연 무엇인지 생각해 보시기 바라나이다. 지금은 인륜이니 의리니 하는 것을 생각할 때가 아닙니다. 죽이느냐 죽느냐 하는 문제만이 남아 있을 뿐입니다. 오환금 장군이 누구를 위해 저렇게 싸우고 있겠나이까. 저 쓰러져가는 병사들의 피에 대한 책임이 저하에게 있습니다.」

이 말에는 그도 가슴이 뜨끔했는지 희담에게 말했다.

「그렇다면 장군이 나가서 오환금을 구하시오. 오래 싸우지는 말고 성안으로 철수하도록 하오.」

이에 희담은 군사 5천을 끌고 성을 나가 오환금을 도와 싸웠다. 북대왕의 군사도 새 병력 앞에는 주춤하지 않을 수 없었다. 거기에다가 희담의 용맹도 전세를 좌우하는 데 큰 힘이 되었다.

그는 큰 칼을 춤추듯이 휘두르며 오환금을 포위한 적군을 시살해 들어갔다. 가는 곳마다 병사들이 쓰러지며 저절로 길이 열렸다.

「오, 장군!」

희담의 도움으로 오환금이 무사히 성안으로 철수하자, 기다리고 있던 육수가 그의 손목을 잡으며 외쳤다.

「장군이 나를 위하다가 이런 꼴이 되었구려.」

그의 눈에서는 뜨거운 눈물이 흘렀다.

한편, 왕의 군대는 성을 포위하고 공격을 가했지만, 닷새가 지나도록 성은 끄떡도 하지 않았다. 무리한 공격으로 병력만 잃었을 뿐이다. 거기에다가 걱정인 것은 왕의 상처였다. 깊숙이 찔린 것은 아니라고 해도 노인의 육체로 견디기에는 과중한 부상이었다. 왕은 고통을 못 이겨 신음했고 그 소리는 장막 밖에까지 새어나왔다. 상처는 곪아갔고 무서운 신열로 헛소리까지 했다. 왕도 그제야 후회스럽던지 신열이 좀 내리자 장수들을 불렀다.

「자식이 아니라 원수요. 과인이 지금껏 유지해오던 명예가 이번 일로 인해서 땅에 떨어졌구려. 정말 원수야.」

늙은 왕의 입에서는 긴 한숨이 새어나왔다.

「대왕, 고정하시옵소서.」

서거가 말했다.

「어떻게 하든 이 성을 깨뜨려 역적 놈을 잡아 죽여야 하나이다. 이것을 그대로 두었다가는 난신적자가 꼬리를 물고 일어날까 저어되옵나이다.」

「아니오.」

왕은 의외로 머리를 좌우로 흔들었다.

「과인도 그 동안 생각해 보았소만, 아비가 되어 자식을 친 과인에게 과오가 있었소. 또 과인의 몸이 이러하거늘 어찌 싸움을 더 끌겠소? 이번에는 그냥 돌아가는 것이 좋을 듯하오.」

빈육수(賓六須)가 앞으로 나오며 말했다.

「과연 옳으신 말씀이오이다. 왕자 저하에게 항명의 허물이 있기는 하나 생각이 부족한 데서 나온 것뿐이옵니다. 어찌 대왕께 활을 겨눌 뜻을 품었겠나이까. 은혜로 어루만지시면 반드시 개과천선하리니, 어서 귀환하시옵소서.」

　　왕은 힘없이 머리를 끄덕였다. 이때 조연이 말했다.

　　「대왕께서는 그렇게 생각하셔도 상대편에서는 그 뜻을 알지 못하고 도리어 추격해올지 모릅니다. 저하께서야 그러지 않는다 해도 오환금은 악귀 같은 놈이니까 그럴 가능성이 많사옵니다. 저는 도중에 매복했다가 그들을 물리치겠나이다.」

　　서거도 찬성하고 나섰다.

　　「그거 참 좋은 생각이시오 나도 함께 가겠소」

　　왕은 구태여 말리지 않았다.

　　한편 왕의 군사가 철수하는 것을 본 성중에서는 추격론이 일어났다. 이것을 가장 열렬히 주장한 자는 오환금이었다. 그러나 희담은 반대했다.

　　「도망가는 군대는 추격하지 말라고 병법에서 말했습니다. 하물며 그분이 대왕임에 있어서리까. 천의를 거역하다가는 상서롭지 못할 것입니다.」

　　그러나 오환금은 듣지 않았다.

　　「천의는 저쪽에서 먼저 깨뜨린 것이오 지금 귀환한다 해서 어찌 우리 저하가 무사하실 수 있사오리까? 일은 단번에 뿌리를 뽑아야 합니다.」

　　이렇게 말하며 오환금이 일어서자, 무슨 생각을 했는지 척발육수도 따라 일어났다. 그들은 군대를 끌고 나는 듯이 왕의 군사를 추격했다. 규강(虬崗)이라는 언덕을 지날 무렵이었다. 양쪽 숲으로부터 군사가 쏟아져 나오며 화살을 퍼부었다. 오환금은 진세를 정비해 싸워 보려고 애썼으나, 워낙 화살의 집중사격을 받고 보니 몸을 돌릴 사이도 없었다.

　　「후퇴하라!」

　　육수는 이렇게 외치며 말머리를 돌렸다. 그러나 그 순간, 화살세 대가 연거푸 날아와 그의 목과 어깨에 꽂혔다. 육수가 말에서 떨어지는 것을 보고 오환금이 허둥지둥 달려갔다. 그도 이미 몇 대의 화살을 맞은 터였다.

「저하, 저하! 정신 차리십시오.」

그는 이렇게 외치며 육수를 안아 말에 태우려 했다. 그때 화살이 날아와 그의 이마를 뚫었다. 오환금은 육수를 안은 채 그 자리에 쓰러졌다. 대왕(代王) 척발의로는 아들이 죽은 지 사흘 후에 죽었다. 병상에 누워 있던 그는 아들이 죽었다는 말을 듣자 크게 통곡해 마지않았다.

「내가 아들을 죽였구나! 내가 아들을 죽였어!」

그가 너무나 통곡하는 바람에 아물었던 상처가 다시 터져서 온몸이 불덩이같이 달아오르더니 끝내 죽어갔다.

2. 새 지배자

척발의로가 죽자 대국(代國)의 공기는 험악해져갔다. 세자 북연(北延)이 왕위에 오르고 모든 신하가 그를 떠받든다면 문제는 간단하겠지만, 일은 그렇게 간단하지가 않았다.

첫째로 북연은 용맹도 지략도 없는데다가 성미만 까다로워서 인망을 잃고 있었다. 게다가 이번 일은 그를 둘러싸고 일어난 일이므로 원망이 그에게 쏠렸다. 가장 강력하게 북연의 왕위계승을 반대하고 나선 것은 빈육수였다.

「선왕께서는 북연 저하의 생모를 총애하신 나머지 그분을 세자로 삼았던바 그로 인한 화가 오늘에 미친 것이오. 북연 저하는 오늘의 사태에 책임이 있으시니 결코 왕위에 오르실 수는 없는 것으로 아오.」

장수들은 대개 이 말에 찬성이었다. 그러면 누구를 세울 것인가? 이것을 두고도 꽤 많은 말이 오고갔으나, 결국은 희법(姬法)의 의견을 따라 선왕의 아우인 의타(猗牠)를 추대하기로 낙착이 되었다. 그러나 의타는 완강히 거절했다.

「나는 늙고 병들었는데 어떻게 나라를 다스린다는 말인가? 그런 말은 다시 하지 마오」

희법이 아무리 애원해 보아도 소용이 없었다. 또 그가 노쇠해 있는 것도 사실인 듯했다.

희법은 빈육수와 상의해 제2안을 제시했다.

「지금 나라에 주인이 비었으니 하루가 급한즉, 전하께서 안 나오신다면 모두 실망할 것입니다. 그러나 끝내 뜻을 돌이킬 수 없다 하시면, 아드님인 보근(普根) 공자를 모시고 가겠나이다. 만약 이것도 안된다 하시면 저는 여기서 머리를 찧어 죽겠나이다.」

고집쟁이인 노인도 이것까지는 거절할 수 없는 모양이었다.

「그 애가 결코 대위에 오를 그릇은 아니오만 잠시 나랏일을 보도록 하는 것이라면 괜찮겠소. 뒷날 서서히 상의하여 정말로 덕이 높은 분을 추대하고 우리 애는 돌려주기 바라오. 늙어서인지 자식을 멀리 보내기가 싫구려.」

이렇게 해서 보근이 왕위에 올랐다.

그러나 이 처사라고 해서 말썽이 없을 리 없었다.

하나는 신평 성의 반응이었다. 그들은 새 왕이 반드시 자기네를 칠 것이라 속단하고 단필탄에게로 가고 말았다.

또 하나는 세자이던 북연의 반응이었다.

「내가 세자이거늘 어느 놈이 와서 용상에 앉는단 말이냐? 이런 일을 보고도 참는다면 그것이 어찌 사람이랴」

분개한 북연은 심복들을 데리고 아침 일찍 대궐로 들어갔다. 막 조반을 마친 왕은 뜰을 거닐고 있었다. 옆에는 몇 명의 내시가 있을 뿐이었다.

「대왕!」

무슨 이야기라도 있는 듯이 북연이 접근해가자 보근은 의심도 없이 웃는 낯으로 그를 맞았다.

「웬일이시오? 이렇게 일찍이……」

그 순간 북연은 단도로 왕의 가슴을 찔렀다. 왕은 피를 흘리며 그 자리에 쓰러졌다. 북연은 쓰러진 왕의 목을 몇 번인가 더 찌른 다음 재빨리 궁중을 빠져나갔다. 태풍처럼 날쌘 행동이었다.

그러나 역시 북연은 지략이 없는 인물이었다. 그는 집에 돌아와 복수의 쾌감만 되씹음으로써 귀중한 시간을 허비했다. 그 동안에 서거·조연 등이 이끄는 대군이 나타났으며, 그의 저택을 포위해 버렸다.

서거와 조연은 부대를 이끌고 집안으로 뛰어 들어가 닥치는 대로 죽였다. 늙은이고 어린이고 간에 죽음을 면한 사람은 아무도 없었다. 북연이 잡혀 죽자, 장수들은 며칠 동안 왕 노릇을 한 보근의 아우 울률(鬱律)을 추대하여 왕위에 앉혔다. 불과 한 달 남짓한 사이에 어지간히도 풍상을 겪은 대국(代國)이었다.

3. 유곤의 최후

유곤은 병주를 잃은 이후 유주에 와서 단필탄을 의지했고, 작은 아들 유군(劉群)은 요서에 들어가 단말배 휘하에 있었다. 앞서 대국의 내란에 희담이 척발육수 편을 들었던 것은 독자들도 기억하시려니와, 대국에는 유곤의 큰아들인 유제(劉濟)가 인질로 가 있었다.

육수가 죽자 유제는 희담 이외에 위웅과 척발육수의 가족을 데리고 유주로 도망오니, 단필탄은 그들을 위해 정북성(征北城)을 내어주고 유곤으로 하여금 관할게 했다. 뿔뿔이 흩어져 있던 주종이 한데 모여 살게 되었으므로 유곤은 늘 단필탄에게 고마워했다.

말할 것도 없이 단말배는 단필탄의 아우였으나 그 성질은 매우 달랐다. 형에게 인후한 장자의 기풍이 있다고 하면 아우는 성미가 편협하고 시기심이 강했다. 형은 이렇다 할 전공도 없이 유주의 좋은 땅을 차지하고 있는 데 비해, 자기는 풍찬노숙(風餐露宿 : 바람과 이슬을 무릅쓰고 한데서 먹고 잠)하며 수많은 싸움터를 돌아다녔건만 변방이나 지키고 있는 것이 단말배에게는 불평이었다.

하루는 유군을 향해 단말배가 지나가는 말처럼 이야기했다.

「공의 춘부장께서는 중국에서 웅주거목(雄州巨牧)이셨고, 조정으로부터 태위의 직함까지 받지 않으셨소? 그런 분이 호지에 와서 허리를 굽히고 계시니 보기에도 딱합니다.」

유군은 상대의 말뜻을 이해할 수 없어서 어쩔 줄을 몰라 했다.

「그것이 무슨 말씀이십니까. 저희 부자가 고토(故土)에서 쫓겨나 의지할 곳 없는 신세가 된 것을 유주 공께서 거두어주셨기에 이리도 편안히 지내는데 그 어떤 불만이 있겠습니까.」

「아니, 아니.」

단말배는 머리를 저었다.

「사람에게는 다 격이 있는 법인데, 춘부장께서 어찌 우리 형 밑에 계시겠소이까? 우리 형은 무지해서 어디 사람을 알아보아야 말이지!」

단말배는 언성을 낮추어 말했다.

「이것 보시오. 우리 형은 사람이 오만하여 나까지 이런 곳으로 쫓아 보내놓고 이제는 또 나를 해하려 드는구려. 나는 확실한 증거를 갖고 있지만, 어찌 나뿐이겠소? 그대네 부자와 장수들까지 제거하려 한다 하오.」

유군의 눈이 휘둥그레지는 것을 바라보며 기다렸다는 듯이 단말배는 그 손을 잡았다.

「장군네와 나는 한 배에 탄 신세가 되었은즉, 운명을 같이할 수밖에 없소. 어서 춘부장께 편지를 쓰시오. 춘부장이 가지신 병력도 1만은 되니까 나와 같이 협공한다면 유주 하나 깨뜨리기가 어찌 어렵겠소이까. 그리하여 유주를 차지하고 천하에 호령하시면 그 아니 좋겠소?」

유군은 아직도 납득이 안 가는 점도 없지 않았으나 지금까지 단말배에게서 호의를 받아온 것을 생각할 때 마다고만 할 수도 없는 처지였다. 그러나 이 편지가 큰 파란을 일으킬 줄은 단말배나 유군이나 짐작도 못했다.

편지는 단문앙(段文鴦)에게 압수되었다. 마침 사냥을 나섰던 그는 길에서 수상한 청년을 발견하고 병사들이 달려들어 몸을 뒤졌더니 편지가 나왔다.

단문앙은 사냥도 중지한 채 성으로 돌아가 형에게 보였다.

「말배 그놈이!」

단필탄은 얼굴이 붉어지도록 노했다.

「그놈이 형제의 의를 잊고 망명객과 꾀하여 이런 일을 꾸미는 줄은 정말 몰랐구나. 고약한 놈들!」

단숙혼(段叔渾)이 말했다.

「그러기에 믿는 도끼에 발등을 찍힌다 하지 않습니까. 아신 바에는 어서 유곤을 죽여 화근을 없애버리십시오.」

단필탄은 그 말을 옳게 여겨 곧 유곤을 불렀다. 아무것도 모르는 유곤은 곧 나타나 반갑게 인사하는 품이 평소와 조금도 다름이 없었다.

단필탄도 다소 마음이 누그러졌으나 시험삼아 편지를 보였다.

편지를 읽고 난 유곤은 깜짝 놀라는 기색이 완연했다.

「이것이 어찌 된 일입니까. 세상에 이럴 수가……」

그는 자기를 주시하고 있는 단필탄을 똑바로 바라보며 말했다.

「의지할 곳 없는 제가 공의 은혜를 입어 풍상을 면하고 있거늘, 보은은 못할망정 어찌 이런 마음을 먹었겠습니까. 제 자식이 누군가의 꾐에 빠져든 듯하오이다.」

「너무 걱정하지 마시오.」

단필탄이 좋은 낯으로 위로했다.

「장군의 마음은 제가 압니다. 그러나 제 아우와 영식은 분명 뇌동하고 있는 것이 확실하니, 군대를 내어 이들을 정벌할 경우 행여 장군의 마음을 아프게 하지나 않을까 걱정이오이다.」

「그것이 무슨 말씀?」

유곤이 펄쩍 뛰었다.

「충성 외에는 효도가 없다는 것이 우리 집 전래의 가훈이외다. 그런 난신적자라면 어찌 내가 자식으로 알겠소이까. 그것은 조금도 적정 마십시오.」

그의 눈에서는 굵은 눈물방울까지 흘러내렸다. 단필탄은 주연을 베풀어 유곤에게 의심이 없음을 보였다. 그러나 유곤을 돌려보내는 데는 반대가 있었다. 유곤 자신은 괜찮다 해도 그 밑에 있는 장수들은 반드시 현재의 처지에 대해 만족하다고만은 볼 수 없으니 유곤을 업고 어떤 일을 저지를지 모른다는 것이었다.

「오신 김에 좀 쉬어서 가시오. 세상이 하도 뒤숭숭하니 여기 계시는 편이 나으실지 모릅니다.」

단필탄은 이런 말로 유곤을 머물게 했고, 유곤도 그 뜻을 뿌리치고 나설 처지가 물론 아니었기에 그냥 주저앉고 말았다.

유곤은 유주에서 융숭한 대접을 받으며 나날을 보내고 있었으나, 북정 성에 있는 그의 부하들은 그것이 아니었다. 도리어 유곤을 감금한 것으로 알았기 때문에 군대를 일으켜 치자는 논의가 비등하고 있었다.

이 소문이 유주에 전해지자, 유곤을 대하는 태도가 달라졌다.

「인심은 조석변이라더니 그래 이럴 수도 있는가?」

단필탄이 길이 탄식하자 단숙혼이 말했다.

「관대에도 한계가 있습니다. 유곤은 이번 일에 대해 전혀 아는 바가 없을지는 모르나, 그가 있기 때문에 일어난 사건임에는 틀림없습니다. 어서 그를 죽이십시오. 만일 탈출이라도 한다면 사태가 어떻게 변하는지 누가 알겠습니까?」

「참, 부득이하구나!」

단필탄은 거듭 한숨을 쉬었다.

「죄 없는 사람을 죽여 안됐지만 그렇다고 안 죽일 수도 없고 이런 것을 부득이하다고 하는 것이겠지!」

그는 단숙혼을 보고 다시 말했다.

「유곤을 죽이되 고생이 안되게 죽이구려. 그리고 후하게 묻어나 주오」

단숙혼은 병사를 시켜 유곤의 목을 졸라 죽였다. 유곤이 죽었다는 소문이 전해지자, 유제는 희담과 함께 군사를 이끌고 요서로 떠나버렸다. 단말배의 힘을 빌려 복수하자는 생각에서였다.

4. 형제의 싸움

유곤의 죽음은 어느 모로 보나 풍운을 일으키지 않을 수 없는 사건이었다. 이를 재빨리 이용한 것은 강남에 있는 진(晉)이었다.

—단필탄이 무도하여 유곤을 죽이니, 경은 이를 쳐서 나라

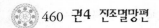

의 기강을 바로잡으라.

이런 조서가 단말배에게 내려졌다. 소위 이이제이(以夷制夷)의 수법이었다.

그렇지 않아도 일전이 불가피한 상태에 있던 단말배는 명목이 생긴 것을 크게 기뻐하여 우문실·유제·유군·노심·희담·학선 등을 대장으로 임명하고 10만 대군을 일으켜 유주로 향했다.

이 소문을 들은 단필탄은 크게 노하여 아우 단문앙을 대장으로 삼고 성을 나가 적을 맞았다.

양군은 유주 성을 떠나기 10리 남짓한 곳에서 마주쳤다. 서로 진을 치기를 마치자 양군에서 동시에 북소리가 요란히 울리며 단필탄과 단말배가 진두에 나타났다.

단필탄은 단말배를 채찍으로 가리키면서 크게 외쳤다.

「너는 어찌 마음이 불인(不仁)함이 이에 이르렀느냐? 골육이 서로 싸우는 것은 천리에 크게 어긋난 일이니, 빨리 군사를 끌고 돌아가 세상의 비방을 면하라!」

단말배가 앞으로 나서며 대답했다.

「내가 어찌 형제의 도리를 몰라서 이곳에 왔겠소? 형님이 함부로 충신을 죽인 까닭에 천자의 분부를 받들어 그 죄를 묻고자 하는 바이오. 형님은 군신의 도리를 생각하사, 순순히 건강으로 가셔서 변백하시기 바라오!」

「이놈!」

단필탄이 못 참겠다는 듯 호통을 쳤다.

「네가 유곤과 통하여 나를 해하려 했기에 유곤을 죽인 것인데, 유곤은 충신이고 나는 역적이란 말이냐. 비록 형제이긴 하다만 너 같은 놈은 이 세상에 태어나지 않았으면 좋았을 것이다.」

단말배가 버럭 언성을 높였다.

「천자의 조서가 여기에 있나니, 누가 나가서 저 역신을 잡겠느냐.」

이 소리가 끝나기도 전에 유군이 뛰쳐나가면서 외쳤다.

「이놈! 아버지의 원수를 기어이 갚고야 말리니, 어서 말에서 내려 내 칼을 받아라.」

그러나 단문앙이 달려 나오면서 그 앞을 막았다. 두 장수는 창과 창으로 20여 합이나 싸웠다. 유군의 창술도 여간한 솜씨가 아니긴 했으나 단문앙의 용맹 앞에 차차 밀리는 기미가 보였다.

이것을 보고 유제가 달려 나갔다. 아우를 위기에서 구하겠다는 생각은 갸륵했으나, 싸움으로만 볼 때에는 무모하기 이를 데 없는 도전이었다. 단문앙은 두 사람을 상대하면서도 여유만만하게 싸웠다. 그의 창이 유군을 노리는 듯하다가 갑자기 반대방향으로 번뜩이는 순간, 유제는 창을 장딴지에 맞고 말에서 떨어졌다.

이것을 보고 우문실이 달려가면서 호통을 쳤다.

「이놈 무엄하구나. 너도 우문실의 이름쯤은 알고 있으렷다!」

단문앙은 싸늘한 미소를 머금은 채 대답도 없이 달려들었다. 두 사람은 칼과 창으로 맞섰다. 우문실의 칼은 번개처럼 공중을 난무했고, 단문앙의 창은 때 아닌 서릿발을 싸움터에 날렸다. 두 사람의 싸움이 어떻게나 맹렬했든지, 천지도 숨을 죽이며 그 귀추를 주목하는 듯했다.

그들이 50합이나 싸우면서도 승부를 내지 못하는 것을 지켜보던 단필탄이 군사를 이끌고 갑자기 총공세를 취했다. 주춤한 단말배의 군사도 이와 정면에서 맞서게 되어 본격적인 격전이 드디어 벌어졌다.

이런 중에서도 우문실과 단문앙은 여전히 숨 막히는 대결을 계

속하고 있었다. 그러나 우문실의 운이 다했던지 그가 탄 말이 발을 헛디뎌 앞으로 씰룩했다. 그 순간 단문앙의 창은 적장의 옆구리를 깊숙이 꿰뚫었다.

「보아라, 우문실의 목이 여기 있다!」

창끝에 꿰어 든 목을 높이 들고 휘두르며 단문앙이 크게 외치자, 단말배의 군대는 그대로 무너지고 말았다.

「돌아서라. 도망가는 놈은 참하리라!」

단말배나 희담이 아무리 호통을 치면서 전세를 만회하려 해도 될 노릇이 아니었다. 단말배의 군대는 30리나 쫓겼다. 그러나 희담과 위웅이 뒤에 처져 추격하는 적을 막았기 때문에 사상자는 그렇게 많지 않았다. 겨우 진을 치고 부대를 정비한 단말배는 크게 한탄해 마지않았다.

「적이 저렇도록 사나우니 어찌 싸우랴. 더욱 우리 동생(단문앙)이 용맹하여 큰 탈이란 말이오.」

이때 노심이 나서면서 말했다.

「너무 걱정하실 것은 없습니다. 오늘 적이 싸우는 것을 보니까 용맹에만 의존하고 있을 뿐 지략이라곤 없었습니다. 약간의 꾀를 쓴다면 어찌 그들쯤 못 깨겠습니까.」

「부디 그 꾀를 말씀해주시기 바랍니다.」

단말배가 기뻐하며 말했다.

「장군은 중토의 명사시니, 반드시 좋은 계략이 있을 것으로 압니다.」

「아주 쉬운 일이지요.」

노심이 빙그레 웃었다.

「진문 양쪽에 궁수 5천을 매복시켜 놓을 것이니, 장군은 나가시어 단문앙을 유인해 오십시오. 우리가 화살을 빗발치듯 쏘아댄다면 제아무리 용맹한들 어찌 목숨을 유지하겠습니까. 단문앙만 잡는다면 단필탄을 잡기는 아주 용이하오리다.」

단말배는 매우 좋아하여 노심을 참모에 임명하고, 모든 작전은 그의 지시를 받게끔 했다.

이튿날, 단말배는 유군과 함께 나가 싸움을 걸었다. 이를 본 단문앙도 군사를 끌고 나와 진을 치고 단말배를 향해 외쳤다.

「우문실의 용맹으로도 내 창을 받아내지 못했거니, 아마도 이 아우를 대적할 인물이 없을까 걱정입니다. 형님은 무엇 때문에 소용도 없는 싸움을 하여 스스로 위엄을 손상시키십니까. 어서 돌아가십시오.」

이때 유군이 나서며 호통을 쳤다.

「이놈! 어찌하여 우리 아버지는 돌아가시게 했으며, 우리 형은 또 왜 죽였느냐. 너를 잡아 부형의 한을 풀지 못한다면 어찌 대장부라 하랴!」

그는 칼을 춤추며 나가 단문앙과 싸웠다. 그러나 유군은 물론 단문앙의 적수가 되지 못해서 자꾸 뒷걸음을 쳤다.

이것을 보고 있던 단말배가 나가 유군을 편들었다.

「형은 또 왜 왔소? 형이라고 내가 용서할 줄 아오.」

단문앙은 더욱 기고만장하여 외쳤다.

「대의 앞에는 형제도 없느니라. 너는 내 손으로 죽여주마.」

단말배도 눈을 부릅뜨고 달려들었다.

세 장수는 한 동안을 뒤범벅이 되어 싸웠다. 그러나 마침내 단말배와 유군이 말머리를 돌려 달아나기 시작했다.

「거기 섰거라! 비겁하구나.」

단문앙은 의기가 양양해서 그 뒤를 추격했다.

한참을 정신없이 달리던 단문앙은 난데없는 포성에 깜짝 놀라

걸음을 멈추었다. 그 순간, 양쪽에서 복병이 나타나더니 화살을 퍼부어댔다. 5천 명의 병사가 쏘는 화살이 모두 그 한 사람만을 향하여 날아왔으므로, 피하고 말고 할 여지가 없었다.

단문앙은 온몸에 수십 개의 화살이 꽂힌 채 말을 달려 포위망을 뚫고 달아났다.

어제의 싸움에서 우문실의 죽음이 승패를 결정했다고 한다면, 오늘의 싸움은 단문앙의 패주가 그 계기가 되었다. 어제 쫓기던 단말배의 군사가 오늘은 추격하기에 정신이 없었고, 어제의 승리자인 유주군은 도망하기에 바빴다. 들에는 무수한 시체가 깔렸고, 피가 흘러 내를 이루었다.

5. 소속의 생포

유주로 도망간 단필탄은 패잔병을 점검해보았다. 대장 두 명과 부장 10여 인이 죽었고, 병사의 수효는 만 명 이상이나 축이 나 있었다. 그는 길이 탄식했다.

「크게 패하여 사기가 꺾인 위에 아우마저 부상을 심하게 당했으니 무엇으로 적을 막으랴. 이 성을 오래 지켜내지 못할까 걱정이로다.」

「좋은 수가 있습니다.」

단숙혼이 나섰다.

「기주의 소속(邵續) 장군은 4, 5만의 군사를 가지고 있습니다. *순망치한(脣亡齒寒)이라 했거니, 이웃의 곤경을 무심히 보고만 있지는 않을 것입니다. 곧 사람을 보내 도와주도록 청하십시오.」

단문앙이 고개를 저었다.

「글쎄, 어렵지 않을까요? 그는 진나라 신하이니, 유곤을 죽인 일로 우리를 원망하지 않겠습니까. 다른 데를 물색해보는 것이 나

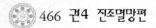

으리다.」

그러나 단숙혼은 자기주장을 여전히 고집했다.

「단말배가 유주를 얻으면 기주라 해서 무사하겠느냐고 말씀
하십시오 반드시 따를 것입니다.」

이에 단필탄은 밀사를 기주에 보내 서한을 소속에게 전했다.

> <단말배는 기주를 도모하고자 먼저 유주를 공격합니다. *입
> 술이 없어지면 이가 시리다(脣亡齒寒순망치한)고 합니다. 우리
> 유주가 단말배의 손에 들어가면 어찌 기주가 편안하겠습니까?
> 그는 이리와 같은 자입니다. *득롱망촉(得隴望蜀)으로, 유주를
> 얻으면 반드시 기주를 도모할 것은 뻔한 일입니다. 그러니 유주
> 를 보전하는 것은 곧 기주를 보전하는 것입니다. 장군은 깊이
> 통촉하십시오>

소속은 그 말에 일리 있다고 생각하여 조카 소축을 남겨 성을
지키게 한 다음 병사 2만을 이끌고 아들 소집과 함께 떠났다.

유주 성을 포위한 단말배는 기어이 성을 함락시키려고 결사적
인 공격을 가하다가 이 정보를 듣고 깜짝 놀랐다. 잘못하다가는
협공을 당할 위험이 있었던 것이다. 그는 군사를 철수시켜 동남으
로 30리를 진격하여 기주의 군사를 맞았다.

단말배가 진두에 나서서 외쳤다.

「우리 형이 어질지 못하여 충량을 해했기 때문에 나는 칙명을
받들어 이를 치는 중입니다. 장군은 당당한 진조의 신하로 어찌
조명에 항거하려 하십니까. 부디 신중을 기하시기 바랍니다.」

「이놈!」

소속이 나서며 호통을 쳤다.

「효자의 가문에서 충신이 난다 했거늘, 형을 모르는 놈이 어찌

조정은 안단 말이냐. 너의 소행은 천신이 용납지 않으시리니, 어서 말에서 내려 항복하라!」

단말배가 얼굴이 벌게지면서 뒤를 돌아다보았다.

「누가 나가서 저 역적 놈을 잡으랴!」

말이 채 끝나기도 전에 유군이 창을 비껴들고 앞으로 달려 나갔다. 이를 본 기주 군에서는 소속의 아들 소집이 또한 창을 휘두르며 달려 나와 그 앞을 막았다.

두 젊은 장수는 30여 합을 싸웠다. 그러나 서로 용맹과 기술이 비슷해서 좀체 승부가 날 것 같지 않았다. 이를 보고 있던 소속이 명령했다.

「총공격을 가하라. 한 놈도 없이 쓸어버릴 것이며, 명령 없이 후퇴하는 자는 참하리라!」

이리하여 유주 군이 북을 울리며 조수처럼 밀려갔으므로, 이것을 계기로 일대 혼전이 벌어졌다. 양군이 지르는 고함소리와 비명은 산악을 울리고 먼지는 일어 햇빛을 가렸다.

이런 싸움이 한동안 계속되고 있을 때였다. 갑자기 고함소리가 일어나며 한떼의 군마가 밀어닥치는 것이 보였다. 유주 성으로부터 단말배를 협공하기 위해 달려온 단문앙의 군대였다.

이 새 세력이 참가하자 승패는 금세 가려졌다. 단말배의 군사는 그가 두려워했던 대로 협공을 당해 여지없이 패하고 말았다.

단말배는 50리나 쫓긴 끝에 험지에 진을 치고 석늑에게 편지를 보내 원조를 청했다.

　　<지금 소속이 대군을 끌고 나왔기 때문에 기주가 비어 있습니다. 장군께서는 왜 이곳을 치지 않으십니까. 힘 안 들이고 공을 세울 수 있을 것입니다.>

기뻐한 것은 석늑이었다.

「그렇지 않아도 기주를 뺏으려 했는데, 이것은 하늘이 도우신 것이나 다름이 없지 않은가?」

그는 곧 아들 석호에게 5만을 주어 기주를 치게 했다.

석호의 군사가 몰려오자 소축은 성을 굳게 지키는 한편, 사람을 유주에 보내 속히 회군할 것을 청했다.

깜짝 놀란 소속은 곧 단필탄을 찾아가 떠나는 인사를 했다.

「일이 끝장이 나도록 머물려 했으나 부득이합니다. 이는 반드시 단말배가 충동했을 것인바, 그 승패가 어찌 될지는 헤아리기 어렵습니다.」

단필탄이 소속의 손목을 잡고 추연한 빛을 띠었다.

「장군께서 나 때문에 오늘날 화를 당하시는구려. 어서 회군하십시오. 저도 곧 군사를 끌고 가서 도와드리겠습니다. 어찌 장군의 곤경을 제가 보고만 있겠습니까.」

그의 눈에는 이슬이 맺혀 있었다. 소속의 군대가 돌아온다는 정보에 접한 석호는 장수들을 모아놓고 말했다.

「누가 나가서 소속의 군사를 접근 못하도록 막아 놓겠는가? 그 동안에 나는 저 성을 반드시 쳐부수리라.」

「그렇지 않습니다.」

석준(石遵)이 말했다.

「이 성은 *금성탕지라 하루 이틀에는 함락되지 않습니다. 잘 못하다가는 우리 쪽에서 협공을 당할 것입니다.」

석준은 자신있는 듯이 말했다.

「장군께서는 어서 청산곡(靑山谷)의 숲 속에 매복하십시오. 소속이 이곳을 지날 때 치시면 어찌 무너지지 않겠습니까.」

그 말에 입이 딱 벌어진 석호는 곧 군대의 절반쯤을 끌고 나는 듯이 청산곡으로 향했다.

소속은 기주성 일이 걱정이었으므로 청산곡의 좁은 골짜기를 지나면서도 아무런 경계도 하지 않았다. 군대가 완전히 골짜기 안에 들어섰을 때였다. 갑자기 포성이 울리면서 양쪽에 숨어 있던 군대가 쏟아져 나왔다.

기주의 군사들은 당황하여 어쩔 줄을 모르는데, 석호의 공격은 불을 뿜는 듯이 사나웠다. 순식간에 무수한 병사가 화살이나 창에 찔려 죽었다.

석호는 큰 칼을 휘두르며 아주 신명이 나 있었다. 그가 내려치는 칼은 몹시 강력했기 때문에 경우에 따라서는 사람과 말을 한꺼번에 쓰러뜨리기도 했다. 미친 듯이 죽이면서 적군 속을 돌아다니던 석호는 황금색 투구를 쓴 장수를 만났다.

「너는 소속이렸다. 이놈, 말에서 내리지 못할까!」

석호가 고함을 지르며 달려가자, 소속은 얼마나 다급했던지 투구를 벗어버리고 도망했다. 그 순간 석호는 활을 집어 들고 당겼다. 화살은 정확히 말에 꽂혀 사람과 말이 함께 쓰러졌다. 소속이 허둥지둥 몸을 일으키는 순간 어느 틈엔지 다가온 석호는 어린애라도 다루듯이 간단히 묶어버렸다.

싸움은 유주군의 대패로 끝났다. 청산곡에는 병사의 시체가 겹겹이 쌓여 발 디딜 데가 없을 지경이었다. 이런 속에서도 소집과 몇몇 병사는 사지를 벗어나 기주로 도망했다.

이튿날, 석호는 기주를 다시 에워싸고 소속을 끌어냈다.

「항복을 권해라. 듣지 않으면 죽이리라.」

소속은 성을 향해 외쳤다.

「내가 잡혔다고 해서 절대로 항복해서는 안된다. 나는 이미 죽은 것으로 알고 나라의 땅을 지켜라. 어찌 호락호락 남에게 내어

주랴.」

이에는 석호도 어이가 없어서 소속을 다시 끌어가게 했다.

얼마 안 있어서 단필탄의 원군도 도착했으므로 석호는 자칫하
면 협공당할 위기에 놓이게 되었다.

「이번에는 돌아가셔야 합니다.」

석준이 석호에게 간했다.

「성중에서는 결사적으로 지키고 단필탄의 원군까지 도착했으
니, 싸움은 우리에게 불리합니다. 소속을 끌고 양국군으로 돌아갔
다가 다시 기회를 보아야 합니다.」

석호는 그 말을 선선히 받아들였다. 그날 밤, 어둠을 타고 석호
의 군대는 기주를 떠났다.

6. 죽어서 보고 온 것

여기쯤에서 우리는 한의 수도인 평양(平陽)으로 눈을 돌리자.

황제 유총은 여전히 주색에만 묻혀서 정사를 돌아보지 않았다.
그뿐 아니라 간하는 신하가 있으면 죽여버렸다.

이렇게 되니 하늘도 무심할 수 없었던지 갖가지 천변지이가 일
어났거니와, 궁중의 측백당(側栢堂)에 화재가 나면서 황자(皇子)
스물 한 명이 타죽기도 했다. 스물여덟 명 중에서 스물한 명의 아
들을 밤사이에 잃었으니 웬만한 사람 같으면 반성도 있음직한 일
이었으나 황제는 조금도 개의치 않는 듯했다.

이것은 그때에 죽었던 유약(劉約)의 이야기이다. 유약은 황제의
열 일곱째의 아들이었다. 그는 측백당에 화재가 났을 때 대들보가
옆에 떨어지는 바람에 기절하여 죽었던 것이었다.

그 아내는 통곡하면서도 이것을 차마 현실이라 믿고 싶지 않은
나머지 가만히 그 몸을 만져보았다. 온몸이 얼음처럼 차서 분명

죽은 것이 확실했으나 가슴에는 얼마만큼 따스한 기운이 남아 있었다. 여기에 일루의 희망을 건 아내는 이레가 지나도록 시체를 묻지 않고 지켰다.

여드레째 되는 날 아침이었다. 머리를 빗고 있던 유약의 아내는 그 어떤 인기척이 나는 듯해서 고개를 돌렸다. 그리고는 깜짝 놀랐다. 그도 그럴 것이, 죽은 줄만 알고 있던 유약이 침상 위에 일어나 앉아 있지 않은가.

「꿈도 이상하다?」

아내의 놀라는 모양은 아랑곳없는 듯 유약이 중얼거리며 입맛을 다셨다. 아내는 달려가 그 손을 잡으며 흐느껴 울었다.

「아, 저하께서 살아나셨군요. 저하께서……」

아내는 앞을 가리는 눈물로 차마 말을 잇지 못했다.

「그게 무슨 소리요?」

도리어 유약이 의아한 듯 되물었다.

「당신 지금 무어라 하셨소? 살아났다? 내가 언제 죽었기에 살아났다고 하시오?」

유약은 아내의 설명을 듣고서도 좀처럼 믿기지 않는 모양이었다.

「참 이상한 일이었습니다.」

그제야 유약은 자기가 꾼 꿈 이야기를 했다.

유약이 불주산(不周山)의 서울엘 갔더니, 한 분 황제가 면류관에 곤룡포를 입고 계셨는데, 유약을 전각에 오르라고 하더니 말하기를,

「네가 짐을 모를 테지만, 짐은 네 조부 유원해(劉元海 : 유연 劉淵의 자)니라. 이 세 대신은 곧 유선(劉宣)·유화(劉和)·유의(劉義)요, 저 앞에 있는 세 장군은 곧 유백근·유영·유굉(劉宏)이다.」

하였다. 유약은 한 사람 한 사람 그 앞에 나아가 절을 했다. 그랬더니 종조부인 유영이,

「네가 여기를 용케 왔구나. 내 너와 함께 가서 여러 대장들을 만나 보게 하리라.」

하면서 유약을 어떤 큰 성으로 데려갔다. 성 안으로 들어가니 대궐이 있고, 문 위에 몽주이국행궁(蒙珠離國行宮)이라는 현판이 걸려 있었다. 둘째 문을 들어서자, 당각이 있는데 대궐과 같았다. 자세히 보니, 첫자리에 앉은 이는 정승 진원달이요, 그 왼쪽 반열의 열 장수는 관방·호연안을 우두머리로 하여 제만년이 끝자리에 앉아 있고, 오른쪽 반열의 열 사람은 호연유·이규를 우두머리로 하여 학원탁이 끝자리에 앉아 있으며, 양홍보는 둘째 문 안에 앉아 있고, 급상은 대문 밖에 서 있었다.

종조부 유영은 유약에게 자세히 일러주었다. 인사가 다 끝난 다음 유약이 유영에게 물었다.,

「남들의 말이, 급상은 건국에 많은 공을 세웠다고 하던데, 어찌하여 그 분만 대문 밖에 서 있습니까?」

유영이 말하기를,

「그는 자기의 군사를 오로지하여, 석늑·장맹손(장빈)과 더불어 스스로 패자(覇者)가 되려는 마음을 품고 있었기 때문에, 황제께서는 그를 문 밖에 서 있게 하신 것이다. 뒤에 장중손(장실)이 오니까, 황제께서 너는 중한 것을 잊고 경한 것에 붙으며, 큰 것으로써 작은 것을 섬겼다. 짐이 공을 논하여 너를 원수(元帥)로 삼았더니, 선주(先主)와 정의가 두터워 서로 형제라 하여 천하 사람이 다 숭배했다. 그런데 너는 석늑의 세력이 좀 강성해짐을 보자 곧 그 신하가 되어 그를 도왔다. 그리고서 어찌 여기를 왔느냐 하고 꾸짖으시니까, 장중손은 부끄러워서 낯을 들지 못하고 스스로 차

수이국(遮須夷國)으로 갔느니라.」

했다. 유연은 또 왕비표(왕미)를 보고,

「너와 자통(유영)은 곧 한의 2대 선봉장이다. 둘이서 황자와 함께 곤륜산으로 가서 놀다가, 돌아와 몽주국왕(蒙珠國王)을 뵙게 한 다음 평양으로 돌려보내라. 아직 여기 머물러 있게 해서는 안 된다. 어머니와 아내가 너무 오래 기다리지 않게 해라.」

말하자, 두 사람은 곧 말을 준비하여 유약을 데리고 곤륜산으로 갔다. 산이 하도 멀고 높아서 닷새만에야 겨우 고루 구경할 수 있었다. 구경을 마치고 그곳의 황제를 가 뵈니, 그는 곧 촉한의 소열 황제였다. 유약이 들어가 절하고 다시 안으로 들어가니, 안락궁이라는 대궐이 있어 들어가려고 하니까 황제가 말하기를,

「여기는 후주(後主) 효회황제 안락공이 들어 있는데, 그는 나라를 잃었으므로 후세 사람을 만나기를 싫어하여 함부로 만나지 못하느니라. 여기서 동북쪽으로 가면 차수이국이 있다. 오래도록 군신이 모여 일을 처리하지 못했다. 너희 부자가 오기를 기다리고 있는 것이다. 네 돌아가서 아비에게 일러주어 일을 수습하게 해라. 3년이 되거든 가야 한다. 늦으면 다른 사람에게 빼앗긴다. 너는 1년 앞서서 도임(到任)하여 인민을 편안하게 해라. 3년 뒤에는 나라가 크게 어지러워질 것이니, 해를 면하도록 해라.」

하였다. 그러자 유약이,

「할아버지께서 그런 변을 아시면 왜 몰래 그것을 없애버려서 종묘사직을 편안하게 해주지 않사옵니까?」

하고 여쭈었더니, 황제가 말하기를,

「살벌(殺伐)이 하도 심해서 하늘의 운수로 그렇게 되는 것이다. 망령된 말은 그만두고 곧 대궐로 돌아가거라.」

하고는 궁인을 시켜 유약을 성 밖으로 전송하게 했다. 유약은

하루종일 걸어서 의니거여국(猗尼渠餘國)의 관문을 지나게 되었는데, 이 관문을 지키는 군사가 국왕에게 보고했다. 국왕은 어가로 유약을 맞이하여 잔치를 베풀어 주었다. 또 가죽 주머니 하나를 주면서 말하기를,

「너는 평양으로 돌아가거든 짐을 위해 이것을 한황제 유현명(玄明 : 유총의 자)에게 전해 다오. 그리고 뒷날 네가 이곳을 지나가게 되거든 꼭 들러라. 공주로 네 아내를 삼을 것이니 꺼려하지 마라.」

하고는 또 어가로 유약을 보내 주었다. 유약이 돌아와서 대궐 안에 들어서니 아무도 모르는 체했다. 거여국의 사자는 가죽 주머니를 탁자 위에 놓고 가버렸다.

유약이 그 주머니를 들고 일어서려고 해도 다리가 말을 듣지 않기에, 아마 너무 피로해서 그런가보다 생각하고 내실로 들어가 자리에 누워도 아무도 유약에게 시중을 드는 사람이 없었다. 그래서 유약이 탄식하여 한숨을 쉬는데 마침 유약의 아내가 들어온 것이었다.

「나는 꿈을 꾸었던 것이오 그런데 당신은 이레가 되었다고 하니, 그게 무슨 말이오?」

그리고 유약은 다시,

「잠을 깨니 병이 다 나았소 차나 좀 주오. 한잔 마시고 나가 황제께 뵙고 말씀드려야겠소」

하고 말했다. 아내가 마루로 나가 보니, 과연 탁자 위에 가죽 주머니 한 개가 놓여 있었다. 주머니를 열어보니, 거여왕봉(渠餘王封)이란 네 글자가 뚜렷했다. 그는 남편에게 차를 갖다 주고 급히 내전으로 들어가 아뢰었다.

황제 유총이 가죽 주머니를 받아서 열어 보니 그 안에 백옥의

패(簡)가 하나 들어 있는데, 거기에 전서(篆書)로 무슨 글이 씌어 있었다. 여러 신하들이 보았지만 아무도 무슨 글자인지를 알아보지 못하고 오직 황제만이 그 글을 알아보았다.

그것은 오언(五言)의 시였다.

猗尼渠餘國	鄰王成都潁	의니거여국	인왕성도영
簡奉遮須主	提提專相等	간봉차수주	제제전상등
當念洛陽善	過我一結軫	당념낙양선	과아일결진
已許賢郎婚	再訂三生盟	이허현랑혼	재정삼생맹

황제는 시를 보고 크게 놀랐다.

「그렇다면 태자의 말이 맞는다. 나중에 과인이 들어가서 그에게 자세히 물어볼 것이니, 나올 것 없다고 일러라.」

하는데 유약은 벌써 나왔다. 오랫동안 앓던 사람이 언제 앓았느냐는 듯이 멀쩡했다. 모든 사람이 기이함에 놀랐다.

유약은 전 위로 올라가 절하고 나서 지낸 일을 처음부터 끝까지 자세히 아뢰었다. 황제는 고개를 끄덕였다.

「과연 그렇다면 우리 부자는 후세의 일을 분명히 안 것이다. 화를 면하고 죽는 것은, 대낮에 신선이 되어 하늘로 올라가는 것과 다를 것이 없다. 무엇을 염려하랴.」

유광원이 아뢰었다.

「음양(陰陽)은 각각 길이 다릅니다. 아득하게 멀어서 종잡을 수 없습니다. 폐하께서는 자애(自愛)하시어, 백성들의 소망을 저버리지 마옵소서.」

「만약 아득하게 멀어서 종잡을 수 없다면, 이 가죽 주머니의 옥간(玉簡)이 어떻게 여기 있겠소?」

황제 유총은 유광원의 말을 듣지 않고 후궁들과 연락으로 나날

을 보내고, 크고 작은 정사는 모조리 근준과 왕침 두 사람에게 내
맡겼다.

황제는 후궁들이 총애를 다투어 서로 욕하고 때리고 하여 대궐
안이 소란해도 꾸짖지 않았고, 음란한 짓을 함부로 해도 내버려
두었다. 오직 유유히 놀이로 세월을 보낼 뿐이었다.

유광원은 곰곰 생각해 보았다. 근준 등이 권력을 잡고 있고, 태
자는 그들에게 현혹되어 도리어 그들과 한 무리가 되었으니 이를
어찌할 것인가?

그는 깊이 생각한 끝에 몰래 황제에게 권했다.

「시안왕 유요를 불러올려서 나라의 모든 일을 맡아보게 하시
면 간사한 무리들이 감히 함부로 날뛰지 못할 것입니다.」

황제 유총은 그의 말을 좇아 곧 장안으로 사람을 보내서 유요
를 대승상 녹상서사(錄尙書事)에 임명하여 서울로 올라오라고 했
다. 유요는 자기를 보좌하는 문무관원을 모아 의논했다.

모사 유자원이 말했다.

「지금 성상께서는 음락이 도에 지나치시어, 국가의 대권이 모
조리 근준 등에게로 넘어갔습니다. 왕침·곽의가 그와 한패거리
가 되고 태자도 그들에게 속아 넘어가 부동하고 있습니다. 그들은
다 전하를 좋아하지 않습니다. 전하를 서울로 부른 것은, 제 형 광
원이 나라가 어지러워짐을 두려워하여 혼자서 어찌할 수 없어서
낸 꾀일 것입니다. 만약에 전하께서 가셨다가는 저들의 모해를 당
하십니다.」

「근준의 무리가 아무런 공도 없이 많은 녹을 받고 나라의 권
력을 잡아 함부로 구는 것을 어찌 보고만 있단 말이오?」

「저들의 세력이 이미 굳어졌고, 폐하와 태자가 다 깊이 신임하
고 모든 것을 맡겨, 이제 생살여탈(生殺與奪)의 권한이 다 저들에

게 있습니다. 저들이 어찌 가만히 있겠습니까.」

그제야 유요는 뜻을 정했다.

「경들의 말이 옳소 내 이 곳에 그대로 머물러 있어서 위엄을 보여 저들이 두려워서 감히 딴 뜻을 품지 못하게 하리다. 그러나 조서를 돌려보낼 일이 걱정이오」

유자원이 계책을 말했다.

「글을 올리시어, 『관서(關西)의 대적 양무·양난적이 쉴 사이 없이 우리를 엿보고, 진안이 몰래 호숭·사마보·이구·곽묵 등을 규합하여 장안을 회복하려 합니다, 신은 아침에 떠나면 저녁에는 변이 일어날까 두려워합니다. 여러 해 피 흘려 쌓은 공이 하루 아침에 남의 손에 넘어갈 것입니다』하십시오」

유요는 그의 의견을 좇아 상소하여 조서를 돌려보냈다.

황제 유총은 유요의 글을 받아보고 마음이 우울해서 생각에 잠겨 있는데, 근준과 왕침이 입을 모아 유요의 충성을 극구 칭찬하고, 그의 청을 받아들이라고 굳이 권했다.

황제는 그들의 말에 넘어가 다시 유요를 부르지 않고, 다만 유요를 좌승상에, 석늑을 우승상에 임명하여 더욱 나라 일에 힘쓰라고 했다.

4권 끝

478

◀이 책에 등장하는 고사성어(가나다 순)▶

갈불음도천수 渴不飮盜泉水 「갈불음도천수」는 「목이 말라도 도천 (盜泉)의 물은 마시지 않는다」라는 뜻이다.

《설원(說苑)》설총편(說叢篇)에 이런 이야기가 있다.

공자가 어느 날 승모라는 마을에 갔을 때, 마침 날이 저물었으나 그 마을에서는 머물지를 않았다. 또 도천의 옆을 지나쳤을 때 목이 말랐으나 그곳의 샘물을 떠먹지 않았다. 그 까닭은 마을 이름인 승모(勝母)가 「어미를 이긴다」는 것은 자식으로서의 도에서 벗어난 일이며, 그와 같은 이름의 마을에 머문다는 그 자체가 이미 어머니에 대한 부도덕으로 여겼던 까닭이다.

또 도천이란 천한 이름을 가진 샘물을 마신다는 것은 고결한 마음을 다듬고 있는 선비에게 있어서는 매우 불명예스러운 수치로 여겼던 까닭이라고 말하고 있다.

도천은 산동성 사수현(泗水縣) 동북쪽에 있어 예부터 이러한 고사로 인해 이름이 알려져 있어 도천이라는 용어는 수치스러운 행위의 비유로도 쓰인다. 《문선(文選)》에 있는 육사형(陸士衡 : 육기)의 「맹호행(猛虎行)」이란 시를 소개해 보기로 하자.

목이 말라도 도천의 물을 마시지 않고
더워도 악목의 그늘에 쉬지 않는다.
악목인들 나뭇가지가 없겠는가.
선비의 뜻을 품고 고심이 많도다.
　　　　……

渴不飮盜泉水　熱不息惡木陰　갈불음도천수　열불식악목음

惡木豈無枝　　志士多苦心　　악목개무지　　지사다고심
　　　　　……

　아무리 목이 마르더라도 도천의 물은 마시지 않고, 아무리 더워도 악목의 그늘에서는 쉬지 않는다는 것은 올바른 정신을 관철하기 위해서인 것이다.

　육사형의 이름은 기(機), 사형은 자(字)다. 할아버지인 육손(陸遜)은 삼국의 오(吳)나라 손권에게 벼슬하여 용명을 떨쳤으며, 아버지 육항(陸抗)도 오의 명신이었다.

　유학을 깊이 준봉하여 시문에도 뛰어나 오의 흥망을 논한「변망론(辯亡論)」이나「육평원집(陸平原集)」이 있다.

　나중에 진(晉)에 벼슬하고자 아우인 육운(陸雲)과 낙양에 있었을 때 사람들로 하여금「오를 정벌한 덕택에 이준(二俊)을 얻었다」는 칭송을 받기도 했다.

　대장군 하북대도독이 되었으나 모함에 빠져 성도왕 사마영에 의해 죽임을 당하자,「화정(華亭)의 학려(鶴唳) 어찌 듣겠는가」하는 말을 남기고 죽었다. 화정은 강소성 송강현의 서쪽 평원촌에 있고 할아버지 육손이 화정후에 책봉된 후부터 대대로 지내던 곳으로 감회 깊은 심정에 넘칠 것이다. 아우 육운도 이어 죽음을 당했다.

　학려는 학의 울음소리를 말한다.

걸해골　乞骸骨

　옛날 관료는 관직에 임명되면 자신의 몸을 임금에게 바친 것으로 여겼다. 때문에 사직을 원하거나 은퇴하고자 할 때 이를 주청하는 것을 일러「해골을 돌려달라(乞骸骨)」고 하여 늙은 관리가 사직을 원할 때 주로 쓰게 되었다. 《사기》항우본기에 이런 이야기가 있다.

　한왕 유방은 천하를 통일하는 데 많은 고초를 겪어야 했다. 뭐니 뭐니 해도 초의 항우는 강적이었다. 몇 차례나 궁지에 몰렸던 적이 있었다.

　한나라 3년(B.C. 204년)의 일이었다. 한왕은 영양(榮陽)에 진을 치고 항우와 대항하고 있었다. 지난해에 북상하는 초나라 군대를 이곳에서 방어

한 후 한왕은 지구전을 꾀하기로 했다. 그렇게 하기 위해서는 무엇보다도 중요한 식량을 확보해 두어야 한다. 그래서 수송로를 만드는 데 심혈을 기울여 우선 길 양쪽을 담으로 둘러쌓고 그 길을 황하로 잇게 하여 영양의 서북쪽 강기슭에 있는 쌀 창고에서 운반해 오도록 했다.

그러나 이 수송로는 항우의 공격 목표가 되어 한왕 3년에는 몇 번이나 습격을 당해 강탈되었다. 한군은 식량이 부족해서 중대한 위기에 빠져 한왕은 하는 수 없이 강화하기를 청하여 영양 서쪽을 한나라의 땅으로 인정해 주기를 원했다. 항우도 이 정도에서 화목하고 싶다고 생각하고, 그 뜻을 아부(亞父)로 모시고 있는 범증에게 의논했다. 그러나 범증은 반대했다.

「그건 안되오 지금이야말로 한나라를 휘어잡을 때인데, 여기서 유방을 없애지 않으면 반드시 후회하게 될 거요」

반대에 부딪친 항우는 마음이 변해 갑자기 영양을 포위하고 말았다. 난처해진 것은 한왕이었다. 그러나 그 때 진평(陳平)이라는 인물이 계책을 냈다. 진평은 전에 항우의 신하였으나 유방에게로 온 사람으로 지략이 뛰어났다. 그는 항우의 급한 성미와 지레짐작을 잘하는 기질을 몸소 겪은 바 있기 때문에 항우와 범증 사이를 갈라놓으면 된다고 생각했다. 우선 부하를 보내 초나라 군사 속에서 「범증은 논공행상에 불만을 품고 항우 몰래 한나라와 내통하고 있다」는 소문을 퍼뜨렸다.

단순한 항우는 소문을 그대로 믿고 범증에게는 알리지도 않고 강화 사신을 한왕에게 보냈다. 진평은 장양(張良) 등 한의 수뇌와 함께 정중하게 사신을 맞이했다. 그리고 소·양·돼지 등 맛있는 음식을 내놓고 대접했다. 그리고는 슬며시,

「아부께선 안녕하십니까?」 하고 물었다.

사신은 먼저 범증에 대한 문안을 하므로 다소 기분이 언짢아서,

「나는 항왕(項王)의 사신으로 온 것이오」 하고 쏘아붙였다. 그러자 진평은 일부러 깜짝 놀라는 표정을 지으며,

「아니 뭐라고, 한왕의 사신이라고? 난 아부의 사신인 줄로만 알았지」

하면서 극히 냉정한 태도로 돌변, 한번 내놓았던 음식마저 도로 물리고 대신 보잘것없는 식사로 바꾸어 놓고는 나가 버렸다.

이 말을 듣고 발끈한 항우는 그 화풀이를 범증에게로 돌려 한나라와 내통하고 있음이 틀림없다고 판단, 범증에게 주어졌던 권력을 모두 빼앗아버리고 말았다. 범증은 격노했다.

「천하의 대세는 이미 결정된 거나 다름없으니 왕께서 스스로 마무리를 지으시오 나는 걸해골(乞骸骨)하여 초야에 묻히기로 하겠소」

범증은 팽성으로 돌아가는 길에 화가 지나쳤음인지 등에 종기가 생겨 75세를 일기로 세상을 떠났다.

경국지색 傾國之色 ☞ 권3

고복격양 鼓腹擊壤

공자가 《서경(書經)》이란 역사책을 편찬할 때, 많은 전설의 임금들을 다 빼버리고 제일 첫머리에 제요(帝堯)를 두었다. 천황씨(天皇氏)·지황씨(地皇氏)·인황씨(人皇氏)는 물론 복희(伏羲)·신농(神農) 황제에 관한 전설적인 이야기는 전혀 비치지 않았다.

요임금이 순임금에게 천하를 전하고 순임금이 우(禹)에게 천하를 전해 준 것만을 크게 취급했다. 그리고 공자와 맹자는 이 요와 순 두 임금을 가장 이상적인 인물로 떠받들었다.

공자는 제자 자공(子貢)이,

「만일 널리 백성에게 베풀고 대중을 사랑하면 어질다고 말할 수 있겠습니까?」하고 물었을 때,

「어찌 어질다뿐이겠느냐. 요순도 오히려 그렇게 못한 것을 안타까워했느니라(何事於仁 堯舜 其猶病諸).」라고 대답하여 요임금과 순임금처럼 백성에게 널리 베풀고 대중을 사랑한 사람이 없다는 것을 간접적으로 암시했다.

그 요임금이 천하를 다스린 지 50년이 되었을 때, 아직도 그는 천하가 과연 잘 다스려지고 있는지 자신이 없었다. 맹자가 말했듯이, 닭이 울면

482

잠이 깨어 착한 일 하는 데만 마음을 쓰고 있었던 만큼 만족할 줄을 몰랐을 것이다. 그래서 하루는 요임금이 아무도 모르게 평민 차림으로 거리에 나가 직접 민정을 살펴보기로 마음먹었다.

강구(康衢)라는 넓은 거리에 이르렀을 때, 한 젊은이가 노래를 부르며 놀고 있었다. 예나 지금이나 노래란 것은 마음속에 있는 감정을 그대로 표현하는 것이므로, 그때그때 유행하는 노래를 들어 보면 세상이 어떻게 돌아가고 정치를 어떻게 하는지 알 수 있는 것이다. 요임금은 걸음을 멈추고 젊은이가 부르는 노래를 유심히 들었다.

우리 뭇 백성들을 살게 하는 것은
그대의 지극함 아닌 것이 없다.
느끼지도 못하고 알지도 못하면서
임금의 법에 따르고 있다.

立我蒸民　莫非爾極　입아증민　막비이극
不識不知　順帝之則　불식부지　순제지칙

우리 모든 백성들이 안정된 생활을 해나가고 있는 것은, 어느 것 하나 임금님의 알뜰한 보살핌과 사랑 아닌 것이 없다. 임금님은 인간의 본성에 따라 우리를 도리에 벗어나지 않게 인도하기 때문에 우리는 법이니 정치니 하는 것을 염두에 두거나 배워 알거나 하지 않아도 자연 임금님의 가르침에 따르게 된다는 뜻이다. 아이들의 이 노래에 요임금은 자못 마음이 놓였다. 과연 그럴까 하고 가슴이 뿌듯하기도 했다.

요임금은 다시 발길을 옮겼다. 그러자 저쪽 길가에 한 노인이 두 다리를 쭉 뻗고, 한쪽 손으로는 배를 두드리며 한쪽 손으로는 흙덩이를 치며 장단에 맞추어 노래를 부르고 있었다.

배를 두드린다는 고복(鼓腹)과 흙덩이를 친다는 격양(擊壤)을 한데 붙여 태평을 즐기는 대명사로 쓰이기도 하고, 또 강구동자(康衢童子)니 격양노인(擊壤老人)이니 하여 함께 태평의 예로 들기도 한다. 그 노인이 부른 노래는 이런 것이었다.

해가 뜨면 일하고
해가 지면 쉬며
우물 파서 마시고
밭을 갈아먹으니
임금 덕이 내게 뭣이 있으랴.

日出而作　日入而息　　일출이작　일입이식
鑿井而飮　耕田而食　　착정이음　경전이식
帝力何有於我　　　　　제력하유어아

　시의 내용을 풀어 보면, 해가 뜨면 일하고 밤이 되면 편히 쉰다. 내 손으로 우물을 파서 물을 마시고 내 손으로 밭을 갈아 배불리 먹고 사는데, 임금이 내게 무슨 소용이 있으며, 정치가 다 무슨 필요가 있느냐는 뜻이다. 공기와 태양의 고마움을 모르는 농촌 사람이 사실은 더 행복한 것이다. 정치의 고마움을 알게 하는 정치보다는 그것을 느끼지 못하는 정치가 정말 위대한 정치인 것이다.
　《십팔사략(十八史略)》제1권에 있는 이야기다.

구사일생　九死一生　전국시대 초(楚)나라의 시인이자 정치가인 굴원은 학식과 재주가 뛰어났으나, 그만큼 주위의 모략 또한 만만치 않았다.
　《사기》굴원가생열전(屈原賈生列傳)에 나오는 말이다.
　「굴원은 임금이 신하의 말을 가려 분간하지 못하고, 참언과 아첨하는 말이 임금의 지혜를 가리고, 간사하고 왜곡된 언사가 임금의 공명정대함에 상처를 내서 행실이 방정한 선비들이 용납되지 못하는 것을 미워하였다. 그래서 그 근심스런 마음을 담아『이소(離騷)』한 편을 지었다」
　이렇게 지어진 「이소」에 있는 구절이다.
　「긴 한숨을 쉬며 눈물을 감춤이여, 백성들 힘든 삶이 서럽기 때문이지. 내 비록 고결하고 조심하려 했지만, 아침에 바른 말 하여 저녁에 쫓겨났네. 혜초(蕙草)를 둘렀다고 나를 버리셨는가. 나는 구리 띠까지 두르고 있었네. 그래도 내게는 아름다운 것이기에, 비록 아홉 번 죽어도 후회하지 않으리라(雖九死其猶未悔)」

여기서 「구사」에 대해서 유양(劉良)은 다음과 같이 해설을 달았다.

「아홉은 수의 끝이다. 충성과 신의와 정숙함과 고결함(忠信貞潔)이 내 마음이 착하고자 하는 바이니, 이런 재앙을 만남으로써 아홉 번 죽어서 한 번도 살아남지 못한다 해도 아직 후회하고 원한을 품기에 족한 것은 아니다」

「구사일생」은 「아홉 번 죽어 한 번도 살아남지 못한다」는 말에서 유래된 말로서, 지금은 유양의 해설과는 달리 「죽을 고비를 여러 차례 넘기고 간신히 살아난다」는 뜻으로 쓰이고 있다.

금성탕지　金城湯池　☞ 권2

기화　奇貨　☞ 권2

낭패　狼狽

옛날 사람들은 승냥이(狼)와 이리(狽)는 전설상의 동물로 인식하였다. 승냥이 앞다리가 길고 뒷다리가 짧은 모습을 하고 있고, 이리는 앞다리가 짧고 뒷다리가 긴 동물이다. 낭은 패가 없으면 서지 못하고, 패는 낭이 없으면 다니지 못하므로 반드시 함께 행동해야만 한다. 여기서 상황이 곤란하여 이러지도 저러지도 못하는 것을 「낭패불감(狼狽不堪)」이라고 한 것이다.

이밀은 본래 촉(蜀)의 관리였다. 촉이 멸망하자 진무제 사마염(司馬炎)은 그를 태자세마(太子洗馬)에 임명하려고 했으나 번번이 사양하였다. 그렇지만 나중에는 더 이상 사양할 방법이 없자 자신의 처지를 글로 써서 올리기로 했다. 그 가운데 일부만을 옮기면 다음과 같다.

「저는 태어난 지 6개월 만에 자애로운 부친을 여의었고, 네 살 때 어머니는 외삼촌의 권유로 개가를 했습니다. 할머니께서는 저를 불쌍히 여겨 직접 기르셨습니다. 저희 집에는 다른 형제가 없으며 큰아버지나 작은아버지도 없어 의지할 곳이 없어 쓸쓸합니다. 저는 어렸을 때 할머니가 아니었다면 오늘날 있지 못했을 것입니다. 그런데 지금은 할머니께서 연로하니 제가 없으면 누가 할머니의 여생을 돌봐 드리겠습니까. 그렇지만 제가 관직을 받지 않으면 이 또한 폐하의 뜻을 어기는 것이 되니, 오늘 저의 처지는 정말로 낭패스럽습니다」

결국 이밀의 간곡한 상소는 받아들여졌다.

누란지위 累卵之危

「누란(累卵)」은 높이 쌓아올린 알이란 뜻이다. 조금만 건드리거나 흔들리거나 하면 와르르 무너지고 만다. 이보다 더 무너지기 쉬운 것은 없을 것이다. 그래서 아주 위험한 상태에 있는 것을 「누란지위」라고 한다.

이 말의 출전인 《사기》 범수채택(范雎蔡澤) 열전에는, 「알을 쌓아올린 것보다 더 위험하다」는 「위어누란(危於累卵)」이라고 되어 있다.

「원교근공(遠交近攻)」의 대외정책으로 그 이름이 알려진 범수(范雎)는, 그의 조국 위(魏)나라에서 억울한 죄명으로 자칫 죽을 뻔한 끝에 용케 살아나 장녹(張祿)이란 이름으로 행세하며, 마침 위나라를 다녀서 돌아가는 진(秦)나라 사신 왕계(王季)의 도움으로 진나라로 망명을 하게 된다.

이때 왕계는 진나라 왕에게 이렇게 보고했다.

「위나라에 장녹이란 천하에 뛰어난 변사가 있습니다. 그가 말하기를 『진나라는 지금 알을 쌓아둔 것보다도 더 위험하다. 나를 얻으면 안전하게 될 수 있다. 그러나 이것을 글로는 전할 수 없다』고 하는 터라 신이 데리고 왔습니다(秦王之國 危於累卵 得臣則安 然不可以書傳也 臣故載來)」

그러나 범수가 진왕을 만나 실력을 발휘하게 된 것은 이로부터 다시 1년이 지난 뒤였다. 마침내 진소왕(秦昭王)을 만나 당면한 문제와 「원교근공」의 외교정책 등을 말함으로써 일약 현임 재상을 밀어내고 진나라의 재상이 된다.

다기망양 多岐亡羊

「다기망양(多岐亡羊)」은 갈림길이 많아서 양을 찾지 못하고 말았다는 이야기에서 나온 말이다. 학문이나 어떤 재주를 배우는 데 있어서도 그 배우는 방법이 지나치게 여러 가지가 있거나, 지엽적인 것에 구애를 받게 되면 얻으려던 것을 얻지 못하게 된다. 이런 경우를 비유해서 「다기망양」 이란 문자를 쓴다.

이야기는 《열자》 설부편(說符篇)에 나온다.

양자(楊子 : 楊朱)의 이웃 사람이 양을 한 마리 잃어버렸다. 그 집에서는 자기 집 사람들은 물론 양자의 집 하인 아이까지 빌어 찾아 나서게 했다.

「아니, 양 한 마리가 달아났는데, 웬 사람이 그렇게 많이 찾아나서는 거지?」

양자가 이렇게 묻자, 이웃 사람은, 「갈림길이 많기 때문입니다.」 하고 대답했다. 얼마 후 그들이 돌아왔기에,

「양은 찾았는가?」 하고 물었더니,

「놓치고 말았습니다.」 하는 것이었다.

「왜 놓쳤지?」

「갈림길에 또 갈림길이 있어, 양이란 놈이 어디로 갔는지 도무지 알수가 없어 그만 지쳐서 돌아오고 말았습니다.」

이 말에 양자는 몹시 우울한 표정을 지으며 종일 웃는 일이 없었다. 제자들이 까닭을 물어도 대답을 하지 않았다. 그래서 맹손양(孟孫陽)이란 제자가 선배인 심도자(心都子)에게 가서 사실을 말했다.

심도자는 맹손양과 함께 양자를 찾아뵙고 이렇게 물었다.

「옛날 세 아들이 유학을 갔다 돌아오자, 그 아버지가 인의(仁義)에 대해 물었습니다. 그러자 큰아들은 『몸을 소중히 하고 이름을 뒤로 미루는 것입니다』 라고 대답하고, 둘째아들은 『내 몸을 죽여 이름을 남기는 것입니다』 라고 했는데, 셋째아들은 『몸과 마음을 다 온전히 하는 것입니다』 라고 대답했습니다. 이 세 가지 방법은 각각 틀리지만, 같은 선생 밑에서 같은 유학(儒學)을 배운 데서 나온 말입니다. 어느 것이 옳고 어느

것이 틀린 것입니까?」

그러자 양자는 이야기를 이렇게 돌렸다.

「어떤 사람이 황하 기슭에 살고 있었는데, 헤엄을 아주 잘 쳐서 배로 사람을 건네주고 많은 돈을 벌며 호화로운 생활을 하고 있었다. 그래서 그에게 헤엄치는 법을 배우러 오는 사람이 많았는데, 그 절반에 가까운 사람이 헤엄을 배우다가 물에 빠져 죽었다. 그들은 헤엄을 배우러 왔지 빠지는 것을 배우러 오지는 않았다. 하지만 돈을 버는 사람과 목숨을 잃는 사람과는 너무도 많은 차이가 있다. 그대는 어느 쪽이 좋고 어느 쪽이 나쁘다고 생각하는가?」

심도자도 잠자코 밖으로 나왔다. 그래서 맹손양은,

「당신의 질문은 너무나 간접적이고, 선생님의 대답은 분명치가 않다. 나는 뭐가 뭔지 도무지 알 수가 없다.」 하고 말했다.

심도자는 이렇게 대답했다.

「큰 도는 갈림길이 많기 때문에 양을 놓쳐 버리고, 학문하는 사람은 방법이 많기 때문에 본성을 잃어버린다(大道以多岐亡羊 學者以多方喪生). 학문이란 원래 근본이 하나였는데, 그 끝에 와서 이같이 달라지고 말았다. 그러므로 그 같고 하나인 근본으로 되돌아가기만 하면 얻을 것도 잃을 것도 없는 것이다. 선생님은 그 말씀을 하고 계신 거다.」

너무도 많은 교파와 종파들이 똑같은 근본 문제는 제쳐놓고, 하찮은 지엽말단(枝葉末端)의 형식을 놓고 왈가왈부하는 현상도 일종의 「다기망양」이라고 할 수 있다.

도불습유 道不拾遺 ☞ 권2

도탄지고 塗炭之苦
심한 고통 속에 있는 것을 「도탄지고」라고 한다. 「도탄지고에 빠졌다」는 말이 있다. 이 도탄은 한 개인의 고통보다는 많은 대중들의 경우에 쓰인다.

「나는 도탄에 빠져 있다」고 하면 좀 어색하지만, 「우리는 도탄에 빠져 있다」고 하면 실감 있게 들린다. 원래가 이 도탄이란 말이 대중의 고통을 비유해서 한 말이었다.

도(塗)는 진흙이란 뜻이고, 탄(炭)은 숯불을 뜻한다. 몸이 자유롭게 움직일 수 없는 진흙 수렁에 빠져 있고, 이글이글 타오르는 숯불 속에 들어 있다면 그 고통이 얼마나 크겠는가.

《서경》중훼지고(仲虺之誥)에,

「……유하의 어두운 덕으로 백성이 도탄에 빠졌다(民墜塗炭).」고 한 구절이 나온다.

은(殷)나라 탕(湯)임금은 걸(桀)을 내쫓고 천자가 되자, 무력혁명에 의해 천하를 얻게 된 것을 부끄러워하며,

「나는 후세 사람이 내가 한 일을 가지고 구실을 삼을까 두렵다.」고 말했다.

그러자 좌상(左相) 중훼가 글을 지어 탕임금을 위로한 것이 곧「중훼지고」다. 글의 내용은 이렇다.

「슬프다, 하늘이 사람을 내렸으나, 사람에게는 욕심이 있어 이를 이끌어 줄 지도자가 없으면 곧 혼란을 가져오게 된다. 그러므로 하늘은 총명한 임금을 낳아 이들을 올바로 이끌게 한다. 그런데 하(夏)나라 걸임금은 어둡고 덕이 없어 백성들이 진흙과 숯불 속에 빠지게 되었다. 그래서 하늘은 임금에게 용기와 지혜를 주어, 모든 나라들을 법도로써 바로잡게 하고, 우(禹)임금의 옛 영토를 이어받게 했다. 지금은 우임금의 옛 제도를 따라 천명에 순종하는 것이 마땅할 뿐이다.」

즉 중훼는 탕임금의 무력에 의한 혁명을 정당한 것으로 보고, 걸임금의 학정에 신음하는 백성들의 견딜 수 없는 고통을 덜어 주는 것이 위대한 덕을 가진 사람의 당연히 해야 할 책무라는 것을 강조하여 탕임금의 주저하는 마음을 격려했던 것이다.

득롱망촉 **得隴望蜀** 만족할 줄 모르는 인간의 욕심을 비유해서「득롱망촉」이라 한다. 이 득롱망촉에 대한 첫 이야기는 《후한서》잠팽전

(岑彭傳)에서 볼 수 있다.

건무(建武) 8년(32년), 잠팽은 군사를 거느리고 광무제를 따라 천수(天水)를 점령한 다음, 외효(隗囂)를 서성(西城)에서 포위했다. 이때 공손술(公孫述)은 외효를 구원하기 위해 부장 이육(李育)을 시켜 천수 서쪽 60리 떨어진 상규성을 지키게 했다. 그래서 광무제는 다시 군대를 나누어 이를 포위하게 했으나, 자신은 일단 낙양으로 돌아가기로 하고 떠날 때 잠팽에게 편지를 보내,

「두 성이 만일 함락되거든, 곧 군사를 거느리고 남쪽으로 촉나라 오랑캐를 쳐라. 사람은 만족할 줄을 모르기 때문에 고통스러운 것이다. 이미 농(隴 : 감숙성)을 평정했는데, 다시 촉(蜀)을 바라게 되는구나. 매양 한 번 군사를 출발시킬 때마다 그로 인해 머리털이 희어진다」하고 명령과 함께 자신의 감회를 말했다.

즉 장래를 위해 적군의 근거지를 완전히 정복해야겠다는 결심을 하고서도 그것이 인간의 만족할 줄 모르는 욕망 때문일지도 모른다는 자기반성을 하며, 그로 인해 많은 군사들의 고통은 물론 마침내는 생명까지 잃게 될 것을 생각하면 그때마다 머리털이 하나하나 희어지는 것만 같다는 절실한 심정을 말한 것이다.

여기서는 득롱망촉이 아닌 평롱망촉(平隴望蜀)으로 되어 있는데, 4년 후 건무 12년에는 성도(成都)의 공손술을 패해 죽게 함으로써 「망촉」을 실현하게 된다.

둘째, 이 말은 조조의 입에서 나온 것이다. 삼국의 대립이 뚜렷해진 헌제(獻帝) 건안 20년(215년)의 일이다. 촉의 유비와 오의 손권이 대립하고 있는 틈을 타서 위의 조조는 한중(漢中)으로 쳐들어갔다. 이때 조조의 부하 사마의가 조조에게,

「이 기회에 익주(益州 : 촉)의 유비를 치면 틀림없이 승리를 거두게 될 것입니다」하고 의견을 말했다. 그러나 조조는 머리를 가로 저으며,

「사람은 만족하는 일이 없기 때문에 괴로운 것이다. 이미 농을 얻었는데, 다시 촉을 바랄 수야 있겠느냐」하고는 그의 의견을 듣지 않았다.

490

　이것은 《후한서》 헌제기에 나오는 이야기인데, 여기에는 득룡망촉으로 되어 있다. 물론 천하의 간웅 조조는 힘이 모자라 감행하지 못하는 것을 큰 도덕군자나 되는 것처럼 가면을 쓰고 말한 것임에 틀림없다. 우리는 여기서 성군인 광무제와 간웅(奸雄)인 조조의, 말과 본심과의 미묘한 상반된 현상을 엿볼 수 있다.

명철보신　明哲保身　☞ 권3

반간계　反間計　적의 첩자가 아군에 잠입해 정탐을 하다가 발각된 뒤에 그를 역이용해서 반대로 아군을 위해 일하게 하는 계책을 「반간계(反間計)」라고 한다. 말하자면 이중간첩인 셈이다.

　일찍이 《손자병법》에서도
　「반간이란 적의 첩자를 역이용하는 것이다(反間者 因其敵間而用之)」
라고 나와 있다.
　《삼국지연의》에 나오는 이야기다.
　동오(東吳)의 도독 주유(周瑜)는 조조를 공격하려 했지만 조조 군중에 유능한 수군 장령들인 채모와 장윤이 장강 북안을 지키고 있기 때문에 승산이 없었다.
　이때 마침 조조의 휘하에 있는 장간(蔣干)이 주유를 만나러 오군 진중에 왔다. 그는 지난날 주유와 교제가 두터웠다는 것을 이용해서 동오의 군사기밀을 탐지하려는 속셈에서였다.
　주유는 장간이 찾아온 속셈을 눈치 채고 채모와 장윤의 이름을 빌려 가짜 항복문을 위조해 놓았다. 그 편지에 「미구에 조조의 목을 베어 바치겠다」는 말이 들어 있었다.
　장간은 한밤중에 주유가 잠든 틈을 타서 이 항복문서를 발견하고는 즉시 그 편지를 품속에 품고 부랴부랴 돌아가서 조조에게 바쳤다.
　이에 크게 노한 조조는 깊이 생각지도 않고 채모와 장윤을 죽여버리고 말았다. 이렇게 해서 주유의 반간계는 성공을 거두었고, 오나라 군사들은 나중의 전투에서 조조 군을 대파하게 되었다.

방약무인 傍若無人　전국시대도 거의 진(秦)의 통일로 돌아가 시황제의 권위가 군성(群星)을 눌렀을 때의 일이다. 위(衛)나라 사람으로 형가(荊軻)라는 자가 있었다. 책 읽기와 칼 쓰기를 즐겨했다. 국사에도 마음을 쓰고 있었으므로 위의 원군(元君)에게 정치에 대한 의견을 말했으나 채택되지 않았고, 그 후로는 제국을 표박(漂迫)하며 돌아다닌 듯하다. 사람 됨됨이 침착하여 각지에서 현인, 호걸과 사귀었다. 그 유력(遊歷)하는 동안의 이야기로서 다음과 같은 것이 전해진다.

그가 연(燕)나라에 갔을 때. 거기서 사귄 것이 전광(田光)과 축(筑)의 명수인 고점리(高漸離)였다. 축은 거문고와 비슷한 악기로서 대나무로 만든 현을 퉁겨서 소리를 낸다. 이 두 사람과 형가는 날마다 큰 길거리로 나가 술을 마셨다. 취기가 돌면 고점리는 축을 퉁기고 형가는 거기에 맞추어 노래하며 함께 즐겼다. 감상이 극에 달하면 함께 울기도 했다. 마치 곁에 아무도 없는 것 같았다(傍若無人).

「방약무인」이란 말은 《사기》 자객전에 나오는 것이 처음이다. 곁에 아무도 없는 것같이 남의 눈도 생각하지 않고 제멋대로 행동하는 것이다. 그때의 사람들은 대개가 형가의 이 행동을 그렇게 생각하고 있었겠지만, 「방약무인」 하면 제 고집만을 주장하는 무례함을 가리키는 수가 많다. 열심히 골몰해서 「방약무인」 한 것과 그저 품성에 따라 그런 것과 사람에 따라 각각 다르다.

형가는 나중에 연나라 태자 단(丹)의 부탁을 받고 진왕(秦王)을 쓰러뜨리기 위해 죽음을 다짐한 길을 떠난다. 배웅하는 사람들 틈에 고점리도 있었는데, 그들은 마침내 역수(易水) 가에서 작별하게 되었다. 이때 고점리는 축을 퉁기고 형가는 화답해서 저 「풍소소혜역수한(風簫簫兮易水寒)……」의 노래를 불렀다.

이 두 사람, 형가는 끝내 성사시키지 못한 채 죽고, 고점리는 뒤에 장님이 되면서도 친구의 원수를 갚으려고 진왕을 노리다가 역시 실패하여 형가의 뒤를 따라가게 된다. 그리하여 앞서 말한 노구천은 형가에 대한 자기의 불명(不明)을 부끄럽게 생각했다고 한다. 그러나 이 역수에서 이별할 때, 두 사람은 그와 같은 일을 알 턱이 없었다. 한 사람은 축을 퉁기고 한 사람은 노래하며 마치 곁에 아무도 없는 듯했었을 것이다.

백년하청 百年河淸 「백년하청」이란 말은 아무리 기다려도 소용이 없다는 뜻으로 쓰인다. 중국의 황하(黃河)는 항상 물이 누렇게 흐려 있기 때문에 백 년에 한 번 물이 맑아질 때가 있거나 한다는 말에서 생겨난 말이다.

원래는 백년하청을 기다린다고 하던 것이, 기다린다는 말없이 백년하청만으로 같은 뜻을 나타내고 있다.

《춘추좌전》에 이런 이야기가 있다.

초(楚)나라가 정(鄭)나라로 쳐들어오자, 정나라에서는 항복을 하자는 측과 진(晋)나라의 구원을 기다려 저항을 해야 한다는 측이 맞서 의견의 일치를 보지 못했다.

이때 항복을 주장하는 측의 자사(子駟)가 말했다.

「주나라 시에 말하기를 『하수가 맑기를 기다리고 있으면 사람은 늙어 죽고 만다. 여러 가지를 놓고 점을 치면 그물에 얽힌 듯 갈피를 못 잡는다』고 했다. 그리고는, 우선 급한 대로 초나라 군사를 맞아 그들의 말을 따르기로 하고, 진나라 군사가 오면 또 진나라를 좇으면 그만이다. 우리는 그들을 맞이할 선물이나 준비해 두고 기다리는 것이 마땅하다」

결국, 어느 세월에 진나라 구원병 오기를 기다릴 수 있겠느냐 하는 뜻으로, 황하가 맑기를 기다리는, 기대할 수 없는 부질없음을 예로 든 것이다.

「부지하세월(不知何歲月)」과 비슷한 말이다.

사면초가 四面楚歌 초한전(楚漢戰) 당시 항우(項羽)의 고사에서 나오는 너무도 유명한 말이다. 「사면초가」는 사방이 완전히 적으로 둘러싸여 있다는 뜻인데, 그 속에는 내 편이었던 사람까지 적에 가담하고 있는 비참한 처지란 뜻이 포함되어 있다.

초·한의 7년 풍진도 이제는 조용해지는 듯싶더니, 한왕 유방(劉邦)이 약속을 어기고 항우를 해하(垓下)에서 포위했다.

해하에 진을 친 항우는 군사도 적고 식량도 다 떨어져 가고 있었다. 겹겹이 둘러싸고 있는 한나라 군사는, 장양(張良)의 꾀로 초나라 출신 장병들을 항우 진영 가까이에다 배치하고 밤에 초나라 노래를 부르게 했다.

《사기》 항우본기에 보면,

「밤에 한나라 군사가 사면에서 모두 초나라 노래를 부르는 것을 듣자, 초왕은 이에 크게 놀라 말하기를『한나라가 이미 초나라를 다 얻었단 말인가. 어째서 초나라 사람이 이다지도 많지?』했다(夜聞漢軍四面而皆楚歌 項王及大驚曰 漢皆旣得楚乎 是何楚人之多也)」고 나와 있다.

여기에서 외톨이가 되고 만 것을 가리켜「사면초가」라 부르게 되었다. 이 마지막 장면을 계기로 해서 항우는 무수한 말들을 뒷사람들에게 남겨 주고 있다.

「역발산기개세(力拔山氣蓋世)」니,「무면도강동(無面渡江東)」이니,「권토중래(卷土重來)」니 하는 등등.

사 족　　蛇 足

「사족(蛇足)」은 뱀의 발이란 말이다. 그릴 필요가 없는 뱀의 발을 그리다가 내기에 지고 말았다는 고사에서, 필요 없는 공연한 것을 가리켜「사족」이라고 말한다.

초나라 영윤(令尹 : 재상) 소양(昭陽)이 위나라를 치고, 다시 제나라를 치려했다. 이때 진진(陳軫)이란 변사가 제나라 왕을 위해 소양을 찾아갔다.

「초나라에선 전쟁에 크게 승리하면 어떤 벼슬을 줍니까?」

「벼슬은 상주국(上柱國), 작(爵)은 상집규(上執珪)가 되겠지요」

「그보다 더 높은 지위는 무엇입니까?」

「영윤이 있을 뿐입니다」

「그럼 영윤이 된 사람에게는 관작을 높일 수가 없지 않습니까. 제가

494

장군을 위해 비유 이야기를 하나 하겠습니다」 하고 다음과 같은 이야기를 했다.

여러 사람이 술 한 대접을 놓고 혼자 다 마실 내기를 했다. 내기는 땅바닥에 뱀을 먼저 그리는 것이었다. 한 사람이 뱀을 제일 먼저 그렸다. 그는 술은 내 것이다, 하고 왼쪽 손으로 술잔을 들고 오른손으로는 계속 뱀의 발을 그리면서 「나는 발까지 그릴 수 있다」 고 뽐냈다. 그러나 그가 미처 발을 다 그리지 않아서 다른 사람이 뱀 그리기를 마치고 술잔을 빼앗아 들더니,

「뱀은 원래 발이 없다. 그런데 자네는 발까지 그렸으니, 발을 그린 뱀은 뱀이 아니다」 하고 술을 쭉 들이켜고 말았다.

이야기를 마친 진진은 이렇게 결론을 내렸다.

「장군은 초나라 영윤으로서 위나라를 쳐서 전쟁에 이기고 장군을 죽이고, 성을 여덟을 점령한 다음 다시 제나라를 치려하고 계십니다. 제나라에서는 장군을 무서워하고 있습니다. 이제 장군의 명성은 더 바랄 것이 없게 되었습니다. 그러나 그로 인해 장군에게 더 돌아갈 것이 무엇이겠습니까. 만일 제나라와의 싸움에서 만에 하나 실수라도 한다면 뱀의 발을 그리려다 전부를 잃게 되는 꼴이 되지 않는다고 누가 장담하겠습니까」

소양은 과연 그렇겠다 싶어 군대를 거두어 철수하고 말았다.

이 이야기에서 아무 도움도 되지 않는 공연한 것을 가리켜 「사족」 이라고 하게 되었다. 이 이야기는 《전국책》 제책(齊策)에 나온다. 여기에서는 그 내용만을 추렸다.

삼고초려 三顧草廬 ☞ 권2

선시어외 先始於隗 「선시어외」 는 먼저 외(隗)부터 시작하라는 말이다. 여기서 외는 곽외(郭隗)를 말한다.

《전국책》 연책(燕策)에 있는 이야기다.

전국시대 연(燕)나라의 소왕은 제(齊)나라에 빼앗긴 영토를 되찾고 치

욕을 앙갚음하기 위해 세상의 뛰어난 인재를 초빙하고자 하였다. 그래서 이 문제를 재상 곽외와 상의하였다. 곽외가 말했다.

「이런 옛이야기가 있습니다. 어떤 임금이 천리마를 구하려고 천 냥의 돈을 걸고 기다렸습니다. 그러나 3년이 지나도 천리마는 오지 않았습니다. 그러자 궁중의 하인 한 사람이 자신이 구해 오겠다며 나섰습니다. 그는 백방으로 수소문해 천리마가 있는 곳을 알았지만, 아쉽게도 그가 도착하기 전에 천리마는 죽어버리고 말았습니다.

그러나 그는 그 죽은 말의 뼈를 5백 냥을 주고 사가지고 왔습니다(買死馬骨). 그러자 임금은 『죽은 말의 뼈를 5백 냥이나 주고 사오다니?』하며 화를 냈습니다.

그러자 하인은 『생각해 보십시오 죽은 천리마의 뼈를 5백 냥에 샀다면 산 말이야 이르겠느냐고 생각하지 않겠습니까? 조금만 기다리면 서로 팔겠다며 천리마를 가진 사람이 몰려들 것입니다』

과연 얼마 되지 않아 천리마를 팔겠다는 사람이 셋이나 나타났다고 합니다. 마찬가지로 폐하께서 천하의 영재를 얻고자 하신다면 먼저 가까이 있는 저부터 우대하십시오. 그러면 저절로 천하의 영재들이 몰려들 것입니다.」

이 말을 수긍한 소왕은 즉각 황금대(黃金臺)를 지어 곽외를 머물게 하고 사부(師父)로서 받들었다.

그러자 과연 얼마 안 가서 명장(名將) 악의(樂毅), 음양가(陰陽家)의 비조(鼻祖) 추연(鄒衍), 대정치가 극신(劇辛) 등의 걸출한 인재들이 사방에서 연나라로 몰려들었다.

이들의 힘을 빌려 소왕은 제나라에 대한 원수도 갚고 나라를 부강하게 만들 수 있었다.

곽외의 이야기 중에서 「죽은 말을 사왔다」는 「매사마골(買死馬骨)」은 「별 볼일 없는 것을 사서 요긴한 것이 오기를 기다린다」 또는 「하잘 것 없는 것이라도 소중히 대접하면 긴요한 것은 그에 끌려 자연히 모여든다는 뜻으로 쓰이게 된 말이다.

496

「선종외시(先從隗始)」라고도 한다.

선즉제인 **先則制人** ☞ 권3

순망치한 **脣亡齒寒** ☞ 권2

시위소찬 **尸位素餐** ☞ 권1

십목소시 **십목소시** ☞ 권1

오월동주 **吳越同舟** 「와신상담(臥薪嘗膽)」의 이야기에 나와 있듯이, 오나라와 월나라는 오랜 원수 사이였다. 만나기만 하면 누가 죽든 싸워야 하는 원수 사이라도 한배에 타고 있는 한 목적지에 도착할 때까지는 서로 운명을 같이하고 협력하게 된다는 뜻으로 이「오월동주(吳越同舟)」란 말이 쓰인다.

혹「원수는 외나무다리에서 만난다」는 뜻으로 쓰기도 하는데, 해석 여하에 따라 쓸 수 있는 것 같다.

이 이야기는 《손자(孫子)》의 병법에 나오는 말이다.

《손자》는 12편으로 되어 있는데, 이 중 제 10편과 제 11편은 지형편(地形篇)과 구지편(九地篇)으로 되어 있다. 구지(九地)는 아홉 가지 상황을 말하는데, 아홉 가지 중 맨 마지막에 나오는 것이 사지(死地)다. 사지는 적과 싸워 이기지 못하는 한 후퇴도 방어도 불가능한 막다른 골목을 말한다.

이른바「죽을 땅에 빠뜨린 뒤라야 살 길이 생긴다(陷之死地而後生)」는 그「사지」다. 한신의「배수진(背水陣)」도 이 사지의 원리를 이용한 것임을 한신 자신이 말하고 있다.

《손자》에서는 이렇게 말하고 있다.

「대저 오나라와 월나라 사람들은 서로 미워한다. 그러나 그들이 같은 배를 타고 가다가 바람을 만나게 되면 서로 돕기를 좌우의 손이 함께 협력하듯 한다(夫吳人與越人相惡也 當其同舟而齊遇風 其相救也 如左右手).」

그러므로 용기 있는 사람과 겁이 많은 사람, 그 밖의 가지각색의 병사들을 일치 협력해서 싸우게 하는 것은 그때그때의 상황에 의한다. 대개 이런 내용인데, 사이가 좋지 못한 사람들이 같이 있게 된 것을 가리켜「오월동주」라고 하는 것은 여기에서 비롯된 말이다.

옥석구분 **玉石俱焚** ☞ 권2

완 벽 **完 璧** ☞ 권1

요령부득 **要領不得** 말이나 글이, 목적과 줄거리가 뚜렷하지 못해 무엇을 나타내려는 것인지를 알 수 없을 때 이런 말을 쓴다.「요령(要領)」은 요긴한 줄거리란 정도의 뜻을 가지고 있다.

그런데 옛날에는 이「요령부득」이 두 가지 다른 뜻으로 쓰였다. 하나는「요령(要領)」의「요(要)」가 허리의 요(腰)와 같은 뜻으로 쓰이는 경우인데, 이때의「요령부득」은 제 명에 죽지 못함을 말한다. 옛날에는 죄인을 사형에 처할 때, 무거운 죄는 허리를 베고 가벼운 죄는 목을 베었다.「요」는 허리를 말하고「령」은 목을 뜻한다. 그러므로「요령부득」은 허리와 목을 온전히 보존하지 못한다는 뜻이다.

그러나 오늘날 우리가 쓰는「요령」이란 말은 옷의 허리띠와 깃을 말한다. 옷을 들 때는 반드시 허리띠 있는 곳과 깃이 있는 곳을 들어야만 옷을 얌전히 제대로 들 수 있다. 여기에서 허리띠와 깃이 요긴한 곳을 가리키는 말로 변하게 되었다.

「요령이 좋지 못하다」든가,「요령을 모른다」든가 하는 뜻의「요령부득」이란 말이 처음 나온 곳은《사기》대원전(大宛傳)이다. 한무제는 흉노를 치기 위해 장건(張騫)을 대월지국으로 보낸 일이 있다. 그러나 월지국은 흉노 땅을 거쳐야만 되기 때문에 장건은 백여 명의 수행원과 함께 곧 흉노의 포로가 된다.

거기서 10년 남짓 억류생활을 하며 흉노의 여자를 아내로 얻어 자식까지 낳는다. 그러나 장건은 흉노가 안심하고 있는 기회를 틈타 대원(大宛)으로 간다. 대원국은 한나라와 무역을 원했기 때문에 장건을 대월지국까지 안내자를 딸려 보낸다.

그때 월지의 왕이 흉노에 의해 죽었기 때문에 태자가 새로 왕으로 앉아 있었다. 신왕은 대하국(大夏國)을 정복하여 그곳에 살고 있었는데, 땅도 비옥하고 이민족의 침략도 적은 곳이었기 때문에 편안한 생활을 즐기고 있었다.

그래서 흉노에 대한 복수심도 점점 식어지고, 한나라와는 거리가 먼 관계로 새삼 친교를 맺을 생각이 없었다. 그리하여 장건은 월지에서 대하까지 가긴 했으나, 끝내 월지왕의 참뜻이 무엇인지를 모르고 1년 남짓 있다가 돌아오고 말았다.

그러나 돌아오는 길에 다시 흉노에게 붙들려 1년 남짓 억류되어 있다가, 때마침 흉노 왕이 죽고 왕끼리 권력다툼을 하는 혼란한 시기를 틈타 탈출에 성공 무사히 조국 땅으로 돌아올 수 있었다. 한나라 수도 장안을 떠난 지 13년 만에 겨우 흉노에서 장가든 아내와 안내역으로 같이 갔던 감부(甘父)와 셋이서 돌아왔다. 그러나 요령을 얻지 못하고 돌아온 장건은 서역 문명의 소개자로 역사에 남게 되었다.

일엽낙지천하추 一葉落地天下秋 ☞ 권2

일모도원 日暮途遠 날은 저물고 갈 길은 멀다는 뜻이다.

《사기》오자서전(伍子胥傳)에 나오는 이야기다.

춘추시대 말기 오(吳)나라는 초(楚)를 평정하고 급격히 그 세를 불려 한때는 중원의 패권을 넘보기까지에 이르렀다.

오나라가 이렇게 강대해진 것은 초나라에서 망명해 온 오자서 때문이었다.

오자서의 아버지 오사(伍奢)는 초의 평왕(平王)의 태자 건(建)의 태부(太傅)였다. 평왕 2년 소부(小傅)인 비무기(費無忌)의 참언으로 아버지 오사와 형 오상(伍尚)이 죽음을 당하자 오자서는 초를 도망쳐 나와 아버지의 원수를 갚기 위해 이를 갈고 있었다.

오왕 요(僚)와 공자 광을 알현한 오자서는 공자 광이 왕위를 은근히 탐내며 자객을 구하고 있는 것을 알고, 전제(專諸)라는 자객을 구해서 공자 광에게 보내고 자신은 농사일에 전념하면서 공자 광이 목적을 달성하는 날만을 기다렸다.

오왕 요의 12년(B.C 512년) 초평왕이 죽고 비무기가 평왕에게 바친 진녀(秦女)의 몸에서 태어난 진(軫 : 소왕)이 위에 올랐다. 당연히 비무기의 전횡은 극에 달했다. 그러나 1년이 못 가서 내분이 일어나 비무기는 살해되었다. 오자서는 자기가 해치워야 할 원수 둘을 계속 잃게 되었다. 하지만 초나라로 쳐들어가 아버지와 형의 원수를 갚겠다는 일념은 조금도 식지 않았다.

비무기가 살해되던 해, 오왕 요는 초의 내분을 틈타 단숨에 이를 치고자 대군을 초로 출병시켰다. 그런데 또 그 틈을 타서 공자 광은 자객 전제를 시켜 왕 요를 살해하고 스스로 왕위에 올랐다. 그가 바로 오왕 합려(闔閭)이다.

그로부터 오자서는 손무(孫武 : 손자)와 함께 합려를 도와 여러 차례 초나라로 진격해 마침내 합려왕 9년(B.C 506) 초 수도 영(郢)을 함락시켰다.

오자서는 아버지와 형의 원수를 갚으려고 소왕(昭王)을 찾았으나 소왕은 이미 운(鄖)으로 도망쳐 목적을 달성하지 못했다. 그래서 평왕의 무덤을 파고 그 시체에 3백 대의 매질을 하여 오랜만에 한을 달랬다.

오자서가 초에 있을 때 친교가 있던 신포서(申包胥)라는 사람은 이때 산속에 피해 있었으나, 오자서의 그런 행태를 전해 듣고 사람을 통해 오자서의 보복이 너무나도 심한 것을 책망하고 그 행위를 천리(天理)에 어긋난다고 말했다. 그에 대해서 오자서가 신포서에게 보낸 답신에 있는 말이 바로 이 성구인 것이다.

「나를 대신해서 신포서에게 고맙다는 말을 전해주게. 나는 지금 해는 지고 갈 길은 멀다. 그래서 나는 사리에 어긋나게 복수를 할 수밖에 없었네(爲我謝申包胥 我日暮途遠 我故倒行而逆施之)」

즉 자신은 나이가 들고 늙어 가는데 할 일은 많다. 그래서 이치에 따라서 행할 겨를이 없다는 말이다.

여기에서 「차례를 바꾸어서 행한다」는 뜻으로 「도행역시(倒行逆施)」라는 성구도 나왔다.

그 후 신포서는 진(秦)나라의 도움을 받아 초나라를 부흥시켰고, 오자서는 도리어 오왕 부차에게 살해되고 말았다.

일장공성만골고 **一將功成萬骨枯** 한 장수가 공을 세우면 만 명의 군사가 뼈를 들판에 버리게 된다는 것이 「일장공성만골고」다.

이것은 《삼체시(三體詩)》 안에 수록되어 있는 조송(曹松)의 칠언절구 「기해세(己亥歲)」의 마지막 글귀다.

못의 나라 강과 산이 싸움의 판도에 들었으니
산 백성이 어찌 나무를 하고 풀 뜯는 것을 즐길 생각을 하리오
그대에게 부탁하노니 후를 봉하는 일을 말하지 말라
한 장수가 공이 이뤄지면 만 명의 뼈가 마른다.

澤國江山入戰圖　生民何計樂樵蘇　택국강산입전도 생민하계낙초소
憑君莫話封侯事　一將功成萬骨枯　빙군막화봉후사 일장공성만골고

이 시는 황소(黃巢)의 난이 한창이던 당희종(唐僖宗) 건부(乾符) 6년(879년)에 해당한 기해년에 지은 것으로 보인다.

황소는 마침내 양자강을 건너 북상했다가 정부군에 크게 패해 강동(江東)으로 달아나게 되었다. 이때 정부군이 만일 계속해서 추격만 했으면 난은 완전히 평정될 수 있었다. 그러나 이 때 정부군을 지휘하던 장군은,

「국가는 일단 위급한 때에는 장병들을 사랑하고 상주기를 아끼지 않지만 일단 태평한 세월이 오면 장병들은 헌신짝처럼 버림을 당하고 심하

면 없는 죄까지 받게 된다. 그러므로 전쟁이 끝나지 않도록 적을 살려두어야만 한다」하고 황소의 군사를 완전 섬멸하는 것을 고의로 회피하고 있었다. 이 때가 바로 기해년이다.

조송의 시는 어쩌면 이 장군의 그런 이기적인 태도에 분개해서 지은 것일지는 모른다. 그러나 보통 알고 있는 이 글귀의 뜻은 무수한 생명의 숨은 희생 위에 한 사람의 영웅이 탄생하게 되는 전쟁의 잔학성과 모순성을 말한 것이다.

못의 나라는 비습한 땅이란 뜻으로 황소가 달아난 양자강 하류지방을 말한 것이리라. 싸움의 판도는 전쟁 지역을 말한다. 나무하고 풀 뜯는 것을 즐길 생각을 하지 못한다는 것은 생업에 종사할 수 없는 전쟁의 시달림을 말한 것이다. 후(侯)를 봉하는 일은 곧 공을 세우는 일을 말한다.

그 결과 황소는 다시 세력을 회복하여 이듬해에는 수도 장안을 함락시키고 황제라 일컫게 된다. 다시 3년 뒤에는 정부군에 패해 동쪽으로 달아났다가 그 이듬해 패해 죽는다. 당나라도 이 난으로 20년쯤 지나 망한다.

이 시 말고도 전쟁터를 지나가다가 읊은 고시(古詩)에,

바라건대 그대는 영웅의 일을 묻지 말라.
한 장수가 공이 이뤄지면 만 명이 죽는다.

願君莫問莫雄事　一將功成萬名亡　원군막문막웅사　일장공성만명망

이라고 한 글귀가 있었다.

정중지와　井中之蛙　우물 안 개구리가 「정중지와」다.

좁은 우물 속에 들어앉아 그것이 세상의 전부인 줄 믿고 있는 개구리처럼, 보고 생각하는 것이 좁은 사람을 가리켜 말한다.

이 말의 유래는 《장자》에서 나왔다고 볼 수 있다. 그러나 비유로서는 누구나가 생각할 수 있는 일이다.

《장자》추수편(秋水篇)에 다음과 같은 이야기가 있다.

황하의 신(神)인 하백(河伯)이 물을 따라 처음으로 바다까지 내려와 보

았다. 끝없이 뻗어 있는 동쪽 바다를 바라보며 북해의 신인 약(若)에게
말했다.

「나는 지금까지 이 세상에서는 황하가 가장 넓은 줄로 알고 있었는데,
지금 이 바다를 보고서야 넓은 것 위에 보다 넓은 것이 있다는 것을 깨달았
소 내가 여기를 와 보지 않았던들 영영 식자들의 웃음거리가 될 뻔했소」

그러자 북해의 신이 말했다.

「우물 안 개구리에게 바다에 대해 말할 수 없는 것은 그들이 사는 곳에
만 사로잡혀 있기 때문이다. 여름 벌레에게 얼음에 관한 이야기를 할 수
없는 것은 그들이 사는 철만을 굳게 믿기 때문이다. 식견이 없는 선비에게
도를 말할 수 없는 것은, 그들이 배운 상식에만 묶여 있기 때문이다. 그런
데 그대는 강 언덕에서 나와 큰 바다를 구경하고 자기의 부족함을 알았으
니 함께 진리를 말할 수 있을 것 같다」

《장자》에는 정와(井蛙)라고만 나와 있는 것을 우리나라에서는 「정중
지와」란 문자로 표시하고 있다.

《후한서》마원전(馬援傳)에는 「정저와(井底蛙)」라고 나와 있다. 우
물 밑 개구리란 뜻이다.

우리는 누구나 자신이 우물 안 개구리가 아닌 줄로 알고 있지만, 과연
어떤지 다 같이 생각해 볼 일이다.

조이불강 **釣而不綱** 공자가 젊어서 가난하게 지냈기 때문에 제사에
쓸 고기와 손님을 대접하기 위해 때로는 고기를 잡는 일이 있었지만, 낚시
로 필요한 양만 잡을 뿐, 많은 고기를 잡기 위해 그물을 치는 일은 없었다
는 것이다.

《논어》술이편에 보면,

「공자는 낚시질은 해도 그물은 치지 않았다. 주살질을 해도 자는 새를
쏘지는 않았다(子釣而不綱 弋不射宿)」고 했다.

공자 자신이 그렇게 하라든가 한다든가 하는 말이 아니고, 제자들이
공자의 지난 일을 듣고 기록한 것이므로 이것은 어디까지나 공자의 개인

적인 생활 태도라고 볼 수 있다. 후세 사람들은 이 점을 들어, 성인의 짐승에 대한 사랑의 표현이라고 말하고 있다.

그물질을 하면 어린 고기까지 다 잡게 되므로 차마 그러지를 못했고, 편안히 잠든 새를 쏘지 않는 것은 평화롭게 자는 것을 차마 놀라 깨우고 싶지 않은 마음 때문이었을 것으로 본다.

강(綱)은 굵은 줄에 그물을 달아 냇물을 가로질러 고기를 잡는 것이라고 주석을 하기도 하고, 혹은 「주낙」을 말한다고도 한다.

또 「조이불강」을 「조이불망(釣而不網)」이라고도 하는데, 오히려 알기가 쉽다. 익(弋)은 주살로, 화살에 명주실을 매어 쏘는 것을 말하고 사(射)는 쏜다는 뜻이다. 살생을 하지 않는 것이 좋겠지만, 부득이한 경우라도 그것을 아끼는 마음과 택하는 마음이 필요할 것 같다. 이른바 마구잡이로 씨를 말리는 그런 행위는 도의적인 문제를 떠나 앞날을 생각지 않는 하루살이 생활과도 같은 지각없는 행동이 아닐 수 없다.

조 장　　助 長

「조장」은 글자가 나타내고 있는 것과는 다른 뜻을 지니고 있다. 흔히 「조장시킨다」는 말을 쓰곤 하지만, 대개의 경우 좋지 못한 결과를 가져오게 만든다든가, 혹은 그 자체가 옳지 못한 것을 부추기거나 눈감아 주는 따위를 말하게 된다. 아무튼 조장이란 말을 좋은 경우에 쓰지 않는 것은, 그 글자가 지니고 있는 뜻 이외에 다른 뜻이 있기 때문이다.

이 말은 《맹자》 공손추 상에 있는 유명한 호연장(浩然章)에 나오는 말이다. 공손추가 맹자에게 물었다.

「선생님은 어떤 점이 남보다 뛰어납니까?」

「나는 남이 말하는 것의 옳고 그름을 잘 알고 나의 호연지기(浩然之氣)를 잘 기르고 있다」

「무엇을 호연지기라고 합니까?」

「말하기 어렵다」 하고 전제하고는 호연지기에 대한 어려운 설명을 한 다음,

「반드시 여기에 종사를 해도 어떤 결과를 미리 기대해서는 안되며, 마음에 항상 잊지 말아야 하고, 또 어서 자라나게 하기 위해 억지로 돕는 일도 하지 말아야 한다(心勿忘 勿助長也). 마치 송나라 사람처럼 말이다」하고, 송나라 사람의 예를 들어 「조장」이란 말을 설명하게 된다.

송나라에 어떤 사람이, 자기 집 곡식이 무럭무럭 자라나지 않는 것이 안타까워, 대궁을 하나하나 뽑아 올려 길게 만들고 멍청히 집으로 돌아와 자기 집 식구들을 보고 이렇게 말했다.

「오늘은 정말 피로하다. 곡식이 자라나는 것을 내가 도와주었거든」

아들이 듣고 깜짝 놀라 밭으로 달려가 보았더니 곡식은 벌써 다 말라 있었다는 것이다. 맹자는 이 이야기 끝에,

「천하에 곡식이 자라나는 것을 억지로 돕는 것 같은 일을 하지 않는 사람이 드물다. 돕는 것이 아무 소용이 없다 해서 버려두는 사람은 김을 매 주지 않는 사람이고, 자라는 것을 돕는 사람은 싹을 뽑아 올리는 사람이다. 유익함이 없을 뿐만 아니라 도리어 해를 끼치게 된다」하고 조장이 게으름을 피우는 이상의 나쁜 결과를 가져오는 것을 다시 한 번 강조하고 있다.

이 세상의 모든 시끄러운 일들을 가만히 분석해 보면 어느 것 하나 이 조장의 결과가 아닌 것이 없을 것 같다. 그래서 차라리 내버려두라는 「무위자연(無爲自然)」의 사상이 대두되는 것이리라.

천도시비　天道是非　☞ 권1

천려일실　千慮一失

「천려일실」은 천 번 생각에 한 번 실수란 말인데, 「지자천려 필유일실(知者千慮 必有一失)」이 약해진 말이다. 즉 아무리 지혜가 있는 사람이라도 여러 가지 생각을 하다 보면 한두 가지 미처 생각지 못하는 점이 있다는 말이다.

「원숭이도 나무에서 떨어질 때가 있다」는 우리 속담과 비슷한 뜻이다.

이것과 반대되는 말에 「천려일득(千慮一得)」이 있다. 여러 번 생각을

하다 보면 한 번쯤 맞는 수도 있다. 이 말 역시 「우자천려 필유일득(愚者
千慮 必有一得)」이란 말이 약해져서 된 말이다. 즉 아무리 어리석은 사람
도 이 생각 저 생각 하다 보면 한두 번쯤 맞는 수가 있다는 이야기다.

《사기》회음후(淮陰侯) 열전에 나오는 말이다.

회음후 한신이 조나라를 치게 되었을 때, 광무군 이좌거(李左車)는 성
안군(城安君)에게 3만의 군대를 자기에게 주어 한신이 오게 될 좁은 길
목을 끊게 해달라고 요구했다. 그러나 성안군은 이좌거의 말을 듣지 않
고, 한신의 군대가 다 지나오기만을 기다리고 있다가 패해 죽고 말았다.

이좌거의 말대로 했으면 한신은 감히 조나라를 칠 엄두조차 낼 수 없었
다. 한신은 간첩을 보내 이좌거의 계획이 뜻대로 이뤄지지 않은 것을 알고
비로소 군대를 전진시켰던 것이다.

한신은 조나라를 쳐서 이기자 장병들에게 영을 내려 광무군 이좌거를
죽이지 말 것과, 그를 산 채로 잡아오는 사람에게 천금의 상을 줄 것을 약속
했다.

이리하여 이좌거가 묶여 한신 앞에 나타나자 한신은 손수 그를 풀어
상좌에 앉게 하고 스승으로 받들었다. 이때 한신이 그가 사양하는 것도
불구하고, 굳이 앞으로 어떻게 하면 좋겠는가를 물어오자, 그는,

「나는 들으니 지혜로운 사람이 천 번 생각하면 반드시 한 번 잃는 일이
있고, 어리석은 사람이 천 번 생각하면 반드시 한 번 얻는 것이 있다고
했습니다. 그러기에 말하기를, 미친 사람의 말도 성인이 택한다고 했습니
다. 생각에 내 꾀가 반드시 쓸 수 있는 것이 못되겠지만, 다만 어리석은
충성을 다할 뿐입니다」하고 한신으로 하여금 연나라와 제나라를 칠 생
각을 말고 장병들을 쉬게 하라고 권했다. 결국 한신은 이 이좌거의 도움으
로 크게 성공을 하게 된다.

「천려일실」은 너무 안다고 자신하지 말라는 교훈도 되고, 또 실수에
대한 변명이나 위로의 말로 쓰이기도 한다.

청 담   淸 談   ☞ 권1

칠보재 **七步才** 위문제 조비(曹丕)가 아우 동아왕 조식(曹植)이
반역음모 혐의를 받았을 때, 그를 차마 죽일 수도 없고, 그렇다고 용서할
수도 없어 자기가 일곱 걸음을 걷는 동안에 시를 지으면 죄를 사해 주겠다
고 했다. 그러자 운(韻)자가 떨어지기가 무섭게 시를 지어 보였다고 한다.

「칠보재」란 바로 조식과 같은 그런 시재(詩才)를 말하는 것이다. 조조
(曹操)와 그의 큰아들인 조비와 셋째아들인 조식은 다 같이 문장이 뛰어났
기 때문에 당시 이들 3부자를 가리켜 「삼조(三曹)」라고 했다.

그 가운데서도 조식이 시재(詩才)에 있어서 가장 뛰어났다. 큰아들 조비
는 조식의 시재를 시기하고 있었다. 또 부모들이 아우를 자기보다 더 사랑
하는 것을 미워하여 혹시 태자의 자리를 가로채지나 않을까 늘 경계를
하고 있었다.

그가 천자가 된 뒤에도 조식에 대한 시기는 변하지 않았다. 조식은 늘
형 문제의 감시를 받으며 살았다. 이 시를 짓게 되었을 때도 조식이 반역
음모를 꾀하고 있다는 보고를 듣고 부른 것이다. 다음은 조식이 지었다는
이른바 칠보시(七步詩)다.

> 콩깍지로 콩을 볶으니
> 콩은 솥 안에서 우는구나.
> 본래 한 뿌리에서 태어났건만
> 서로 볶는 것이 어찌 이다지 급한고

煮豆燃豆箕　豆在釜中泣　　자두연두기　두재부중읍
本是同根生　相煎何太急　　본시동근생　상전하태급

자신을 콩에다 비유하고, 자신을 괴롭히는 형을 콩깍지에다 비유했다.
농촌에서 흔히 있는 일로, 솥 안에 콩을 넣고 콩깍지를 지펴 콩을 볶으면
콩은 솥 안에서 뜨거워 톡톡 소리를 내며 죽어간다. 콩과 콩깍지는 원래
한 뿌리에서 생긴 것이다. 그런데 서로 사랑하고 아껴야 할 처지에 콩깍지
는 자신을 불태워 가며 솥 안에 든 콩을 볶고 있다. 형제간에 이럴 수가

있느냐 하는 뜻이다.

이 정도의 짧은 글이라면 일곱 걸음 걷는 동안에 아무라도 지을 수 있다고 생각할지 모르지만, 그것은 자유시(自由詩)의 경우에 가능한 일이다. 문제를 제시한 쪽에서 운자(韻字)를 부르고, 그 운자를 끝에 붙여 말이 되게 만들어야 하기 때문에 어려운 것이다. 즉 조비가 읍(泣)이란 글자와 급(急)이란 글자를 부르면 조식은 그 글자를 붙여 말을 만들어야 하는 것이다. 그저 말만 되게 만들기도 힘든 일인데, 이렇게 그 내용까지를 기막히게 만든다는 것은 참으로 어려운 일이 아닐 수 없다.

토사구팽 兎死狗烹 「물을 건너면 지팡이를 버린다」는 말이 있다. 필요할 그때만 지나면 고마운 줄을 모르는 사람의 척박한 심정을 단적으로 나타내는 말이다. 같은 뜻으로 중국에서는 옛날부터, 「날랜 토끼가 죽으면 사냥개는 삶긴다」는 말이 전해 오고 있다. 《사기》 회음후열전(淮陰侯列傳)에 보면 이렇게 나와 있다. 회음후는 한신을 말한다.

유방과 항우의 이른바 초한전(楚漢戰)에서, 한고조 유방이 항우를 무찌르고 천하를 차지하는 데 가장 큰 무공을 세운 것은 한신이었다.

그러나 이미 항우가 죽고 난 뒤의 한신은 한고조에게는 둘도 없는 무서운 존재였다. 그 무서운 항우를 능히 쳐서 이긴 한신이 한번 딴 마음을 먹게 되면 천하는 다시 유씨의 손에서 다른 사람의 손으로 넘어가게 될 가능성이 크다.

한신의 공로도 공로지만, 그의 비위를 건드릴 수가 없어 우선 초왕(楚王)이라는 엄청난 자리로 멀리 보내 두었다. 하지만 언제 반기를 들고 일어날지 잠시도 마음이 놓이지 않는 한고조였다.

그런 판에, 지난 날 항우의 부하로서 한고조를 몹시 괴롭힌 바 있는 종리매(鍾離眛)란 장수가, 옛날 친구인 한신에게 몸을 의탁하고 있었다. 그 소식을 전해들은 고조는 즉시 한신에게 종리매를 체포하라는 명령을 내렸다. 한신은 차마 옛 친구를 배반할 수 없어 명령에 따르지 않았다.

고조의 속마음을 잘 알고 있는 사람들은 이것을 구실로 한신이 반란을 꾀하고 있다는 고변상소를 올렸다.

고조가 이 문제를 놓고 어전회의를 열었을 때, 장군들은 군대를 거느리고 내려가 한신을 잡아오겠다고 했다. 그러나 진평(陳平)은,

「초나라는 군사가 날랠 뿐만 아니라, 아무도 한신을 당해 낼 수는 없습니다. 섣불리 손을 쓰면 도리어 큰일을 저지르게 됩니다. 그보다도 폐하께서 운몽(雲夢)으로 행차를 하시어 제후들을 초나라 서쪽 국경인 진(陳)으로 모이도록 명령을 하십시오. 그러면 한신도 자연 그리로 나오게 될 것입니다. 나라를 벗어나 있는 한신을 잡기란 별 어려움이 없을 것입니다」

모이라는 명령을 전해 받은 한신은 일이 심상치 않다는 것을 직감했다. 그래서 군대를 일으켜 반란을 꾀해 볼까도 했지만, 죄를 저지른 일이 없으니 고조를 만나 보는 것이 좋을 것도 같았다.

이렇게 망설이며 고민하고 있는데, 한 사람이,

「종리매를 체포하지 않은 것 때문이니, 그의 목을 베어 폐하를 뵈오면 반드시 기뻐하실 것입니다」 하고 권했다.

한신이 종리매를 불러 직접 그런 이야기를 꺼내자, 종리매는,

「한나라가 초나라를 습격하지 못하는 것은 내가 그대 밑에 있기 때문이다. 그대가 나를 잡아 한나라의 환심을 사고 싶다면 당장이라도 죽어 주겠다. 그러나 그렇게 되면 그대도 끝장이 나고 말 것이다」

한신이 여전히 망설이자, 종리매는 한신을 꾸짖어, 「그대는 장자(長者 : 덕이 있는 사람)가 아니다」 하고 스스로 목을 쳤다.

한신은 그 목을 가지고 한고조를 배알했다. 고조는 곧 군에 명령을 내려 한신을 포박해 수레에 싣게 했다. 이 때 한신이 말했다.

「과연 사람의 말과 같다. 날랜 토끼가 죽으면 좋은 개가 삶기고, 높은 새가 없어지면 좋은 활이 들어가고(狡兎死 良狗烹 高鳥盡 良弓藏), 적국이 파하면 모신(謀臣)이 죽는다고 했다. 천하가 이미 정해졌으니, 나도 삶기는 것이 원래 당연한 일이다」

여기서는 주구(走狗) 대신 양구(良狗)라고 했다. 달리는 개보다는 좋은 개라는 말이 더 적절한 것 같기도 하다. 「교토사이주구팽(狡兎死而走狗

烹)」을 줄여서「토사구팽」이라고 말한다. 그런데「과연 사람의 말과
같다」고 한 것은 옛날부터 전해 내려오는 말을 뜻하는 것이다.

　훨씬 연대를 거슬러 올라가, 춘추 말기 월나라 범려가 대부(大夫) 종(鍾)
에게 보낸 편지에 이런 말이 있다.

　「나는 새가 다하면 좋은 활이 들어가고, 날랜 토끼가 죽으면 달리는
개가 삶긴다(飛鳥盡良弓藏 狡兎死走狗烹). 월나라 임금의 사람됨이, 목이
길고 입이 까마귀처럼 생겼다(長頸烏喙장경오훼). 환난은 같이할 수 있어
도 즐거움은 같이 할 수가 없다. 그대는 어찌하여 떠나가지 않는가?」

　범려는 월왕 구천을 도와 오나라를 멸한 남방의 패자 소리를 듣게 되자,
즉시 사직하고 제나라로 가서 살고 있었다. 거기서 그는 대부 종에게 이런
편지를 보낸 것이다. 대부 종은 설마 하고 있다가 결국 구천에 의해 억울
한 죽음을 당하고 말았다.

　최근의 우리나라의 모 정치인이 새로운 정권에 밀려나면서 이 말을 인
용하면서 인구에 회자되기도 했다.

할계언용우도　割鷄焉用牛刀　「할계(割鷄)에　언용우도(焉用牛刀)리
오」라고 해서「닭을 잡는 데 어떻게 소 잡는 칼을 쓸 수 있겠느냐」하는
말이다. 작은 일을 처리하는 데 위대한 사람의 힘을 빌릴 필요는 없다는
비유로 쓰인 말이다.

　《논어》양화편에 있는 공자와 공자의 제자 자유(子遊)와의 사이에 오
고 간 말 가운데 나오는 말이다.

　자유가 무성(武城) 원으로 있을 때다. 공자는 몇몇 제자들과 함께 무성
으로 간 일이 있다. 고을로 들어서자 여기저기서 음악소리가 들려 왔다.

　그 음악소리가 아주 공자의 마음을 흡족하게 해주었던 모양이다. 자유
는 공자에게 무위자연(無爲自然)의 정치사상을 배운 사람이기도 했다.
《예기》예운편에 나오는 공자의 대동사상(大同思想)도 공자가 자유에게
전한 말이다.

　예(禮)는 자연의 질서를 말한다. 인간사회의 질서를 법으로 강요하지

않고, 자연의 도덕률에 의해 이끌어 나가는 것이 예운(禮運)이다. 자유는 음악으로 사람의 마음을 순화시켜 자발적으로 착한 일에 힘쓰게 만드는 그런 정책을 쓰고 있었던 것 같다. 공자는 그 음악 소리에 만족스런 미소를 띠며, 「닭을 잡는 데 어찌 소 잡는 칼을 쓰리오(割鷄焉用牛刀)」하고 제자들을 돌아보았다.

이 말은, 조그만 고을 하나를 다스리는 데 나라와 천하를 다스리기에도 충분한 예악(禮樂)을 쓸 것까지야 없지 않느냐는 뜻으로 재주를 아까워하는 한편, 그를 못내 자랑스럽게 생각한 데서 나온 말이다.

자유가 공자의 이 말이 농담인 줄을 몰랐을 리는 없다. 그러나 스승의 말씀을 농담으로만 받아넘길 수도 없는 일이다. 그래서 자유는,

「선생님께서 일찍이 말씀하시기를,『군자는 도를 배우면 사람을 사랑하게 되고, 소인은 도를 배우면 부리기가 쉽다』고 하셨습니다」하고 비록 작은 고을이나마 최선을 다하는 것이 도리일 줄 안다는 뜻을 말했다.

군자나 소인에게나 다 같이 도가 필요하듯이, 큰 나라나 작은 지방이나 다 그 나름대로 예악이 필요하지 않겠습니까 하는 대답이다. 공자도 자유가 그렇게 나오자, 농담이었다는 것을 말하지 않을 수 없었다. 그래서 제자들을 다시 돌아보며,

「자유의 말이 옳다. 아까 한 말은 농담이었느니라」하고 밝혔다.

*여기 실린 고사성어는 明文堂 간
《소설보다 재미있는 이야기 고사성어》에서 인용했습니다.

속삼국지 권4 • 진조멸망편

☆

초판 인쇄일 / 2005년 08월 25일
초판 발행일 / 2005년 08월 30일

☆

지은이 / 無外者
옮긴이 / 이원섭
펴낸이 / 김동구
펴낸데 / 明文堂
서울특별시 종로구 안국동 17-8
대체 010041-31-0516013
☎ (영업) 733-3039, 734-4798
　(편집) 733-4748　FAX. 734-9209
H.P. : www.myungmundang.net
e-mail : mmdbook1@myungmundang.net
등록 1977. 11. 19. 제 1-148호

☆

ISBN　89-7270-788-0　04820
ISBN　89-7270-784-8 (전5권)
낙장이나 파본은 구입하신 서점에서 교환해 드립니다.

☆

값 9,500 원